知音动漫图书 · 漫客小说绘
ZHI YIN COMIC BOOK 以梦想之名 点燃阅读
漫客小说绘

5

十层试炼区

TEN LEVELS IN THE TRIAL AREA

颜 凉 雨 ◎ 著

中国致公出版社 知音动漫

知音动漫图书 · 漫客小说绘出品

你不先把信任给别人，
凭什么让别人把心给你。

颜凉雨

目录
CONTENTS

第一章

情报轰炸

QING BAO HONG ZHA

1

从施方泽的房子离开已是傍晚。天边一大片火烧云，像灼灼的烈焰。

VIP们并没费太多力气就在附近找到了一间空房屋，和施方泽的房子只隔了两条街。不过意义不大，因为今天他们在门口闹出了不小的动静，施方泽已经说了会在近期搬家——施方泽在躲避着什么人或者势力，这点不难看出来。但今天接收了太多的信息，每一条拿出来都能砸得人恍惚，施方泽到底得罪了谁这种小事就排不上了。

VIP们找到的是一幢二层小楼，如果算最顶上的半个阁楼，就是三层。一共五个房间，霍栩主动要求去阁楼，理由也不是什么队友爱，而是清静。

就为这俩字儿，从越差点儿又怼他。

夜幕降临，这特殊的一天终于归于宁静。唐凛关起门来，第一次系统整理今天所有的情报。

关于死亡的闯关者们都在哪里，施方泽衡量利弊之后还是告诉了他——9/10被称为“圣战场”，是由一座主战场和环绕着它的七座神庙组成。闯关地点在主战场，而主战场的最深处，也就是关卡终点——主控室。至于死亡的闯关者们，施方泽得来的情报里只知道他们在七座神庙中的一座里，具体是哪个还不清楚。

虽然手里没有太多情报，但礼尚往来，唐凛还是把前十三关被关闭的来龙去脉连同一些推测都告诉了施方泽，比如后十关的难度突然提升，从时间节点上看，很可能就和前十三关被关闭相关。

事实上，关卡的变化还不止于此。在后十关的难度提升后不久，闯关口的开放频率也有了巨变，3/10 集结区彻底开放了，而天空城这里从不定期的按月计变成规律的每周开放一次。这些都表明关卡的运行在发生变化，或者说，关卡背后那个施方泽口中的“试炼区”在发生变化。

但自从一连几个已经熟知关卡半途退出路线的彩蛋成员闯关未归，施方泽就知道关卡生变了，再没闯过 7/10，无从在守关者身上放置新的“我在你左右”，而旧的已经失效得差不多了，所以试炼区到底发生了什么变化，他暂时还没有情报。

目前就是这些信息，庞杂而纷乱。唐凛能做的就是把最重要的信息抓出来，串成一条线——复活死掉的闯关者，进入主控室，创造超空间跳跃点，带所有人回家。如果可能，回去的同时，毁掉这个鬼地方。

今天之前，唐凛的目标只是闯关，可闯到了终点会怎样，真的就能回家吗，其实都是心存疑虑的。但没有更好的路，他只能抱着这个连自己都无法完全相信的目标，硬着头皮往前闯。可是今天之后，施方泽和霍栩联手给这个目标画出了具体的模样——那样危险，却又那样美好，让人禁不住想为它孤注一掷，去拼，去搏。

直到夜深，唐凛心底翻涌的情绪才慢慢冷却，理智重新回笼。如果把他想要做的这一切写成“可行性报告”，那报告的依据必须是“情报全部真实”。

霍栩的情报，唐凛不怀疑。VIP 可能还没收住这位伙伴的心，但相处了这么久，唐凛自认对霍栩的性格还是有几分把握的。他不想做的不想说的，只会硬扛着不做不说，从来不迂回着编谎话搪塞——他不屑，也懒得编。所以从入队，他既没掩饰也没解释过自己身上的神秘，比如对绷带的迷之执着，再比如白天刚吐露完惊天情报，晚上到了这里依然我行我素，一个字不多说。

如果霍栩的“超空间跳跃点”情报可信，那和施方泽的“外星论”情报在属性上就算吻合了。况且唐凛也想不出施方泽骗他们的理由，因为所有情报都指向闯关，无论他们要做什么，都得先闯过了 7/10、8/10 再说，而他们本来就是要闯关的，施方泽这些情报并没有强行改变他们的行动路线。

思来想去，唐凛知道自己内心已经有了选择倾向，但是想要把倾向落成坚定……他蓦地起身，离开房间，走到对面房门前，抬手刚要敲，房门却先一步打开了。

范佩阳站在门内：“我听见脚步声了。”

唐凛发现他还穿着回来时的衣服，连外套都没脱：“没休息？”

范佩阳侧过身，示意他进来：“一直在想事情。”

“我也在想，”唐凛走进门，发现屋里只有一张床，便坐在了床边，“自己琢磨完了，就想来听听你的看法。”

范佩阳关上门，转身回来特自然地坐到唐凛身边：“可以说的太多，你想先听哪个？”

两个人的重量让床陷进去一块，唐凛又往里坐了坐，才问：“你对施方泽这个人怎么看？”

范佩阳想了想，给出一个神奇的词：“熊猫。”

唐凛愣了半天，才领悟范总的深意——熊猫，吃竹子。

今天果然是备受冲击的一天，唐凛想，连范总都会冷幽默了。

“还有呢？”唐凛问正经的，“你觉得这个人怎么样？”

“防备心太重，自我意识过强，沉得住气，也骗得了人，不是一个好的合作对象。”范佩阳毫不客气点评完，话锋一转，“但情报应该是真的。”

唐凛莞尔，充分感受到了范总的不爽，估计如果不是给竹子面子，像施方泽那样说半句留半句的，范总能当场表演低气压。

“我也觉得他没理由骗我们，因为无论我们是否掌握这些情报，都是要继续闯关的，他的情报只会让我们闯到 9/10 时做出额外行动，除非这一行动对他有好处，否则他编造这些毫无意义。”

但一个身在 7/10 天空城的人，能有什么利益在 9/10 呢？唐凛想不出。

范佩阳沉吟片刻：“就算最坏的情况，这是一场骗局，只是为了达到施方泽的个人目的，我们也没有亏多少。7/10、8/10 总是要闯的，顶多是 9/10 被引到了岔路，但岔路未必就没收获，说不定借此还能探到这个关卡世界更多的信息……”他看向唐凛，声音缓下来，“唯一的问题是，风险不可控。”

唐凛：“正常闯关同样风险不可控。”

范佩阳：“是的。”

唐凛：“你已经有决定了。”他是来找范佩阳讨论的，可现在才发现对方已经有了决定。因为如果不是心中已经想定，范佩阳不会这样平和坦然。

范佩阳没否认，他静静看着唐凛，或许是夜晚的缘故，洒进来的月光让他看起来有种少见的温柔：“我把你带进来的，没经过你同意，我现在想把你送回家，行吗？”

如果说霍栩的回家路是施方泽等待已久的那道光，那施方泽就是和霍栩一起给范佩阳画出了他最想要的愿景。

“你真的想好了？”唐凛认真看他，前所未有的郑重，“复活死亡闯关者，找主控室，甚至最后霍栩到底能不能弄出超空间跳跃点，都是未知，很可能第一个环节我们就全军覆没了。”

范佩阳：“所以我想让你留在天空城……”

唐凛刚要皱眉，又听见他说："但你应该不同意。"

唐凛被气笑了："知道我不同意你还想？"

"凡事无绝对，万一呢。"范佩阳理直气壮。

"没有万一。"唐凛果断把对方的念头掐灭在萌芽状态。

"那就一起去。"范总妥协得还挺委屈，不过下一秒就正色起来，望进唐凛的眼睛，"我不会让你遇见任何危险。"

唐凛信。可那坚定的信任里又生出一点儿心疼，一点儿酸涩。他控制不住地问："范佩阳，你真想好了？一旦我们彻底离开这里，我的记忆可能就再也没办法恢复了。"

范佩阳沉默片刻，平静抬眼："如果能换你安全返回，你把我全忘了都行。"

唐凛没了声音。他不知道该说什么来回应，此刻一切言语都显得轻飘苍白。

就在房间即将被寂静吞没时，范佩阳忽然说："明天我去趟黑市。"

唐凛一时没跟上话题的跳跃："什么？"

范佩阳耸耸肩："既然离开这里就没办法了，那就要趁着还没离开的时候加倍努力。"

唐凛总算反应过来："你又要去收治愈系文具？"

不料范佩阳果断否定："你的文具树就是治愈系，而且有很大概率终极觉醒会是'完好如初'，我再去找治愈系文具没有意义。"

唐凛没想到范佩阳竟然先行领悟了自己准备用来说服他的话，由衷欣慰道："你总算想明白了。"

范佩阳："所以我这回去找记忆相关的文具。"

换汤不换药……

唐凛叹口气："那你还不如去找探花和白路斜，他俩的文具树都和记忆搭边，比你在危险的黑市里没头绪地乱找强得多。"

范佩阳："我也会去找他俩，不过行程排在后天了。"

唐凛："……"

到底什么才能阻止范总满关卡世界涉险加胡乱花钱？唐凛想来想去，只有自己恢复记忆这一条路。然而任他再努力回顾，仍只有那些被裁减后又重新拼接的记忆线。可即便是那些，里面也有遥远的、不甚清晰的。这就和文具无关了，是时间给记忆带来的必然折旧和缺损——越遥远越模糊，越近的越清楚，而近的，也总会在某一天成为远的，这就是记忆。

"范佩阳，"唐凛低低开口，像劝解，像宽慰，又像商量，"你有没有想过往前看？"

"往前？"范佩阳淡淡反问，目光意味不明。

唐凛深深看他："你一直想把我的记忆找回来，但你忘了，我们现在所经历的一切，在未来也会成为‘过去的记忆’。”

范佩阳似有若无地笑了：“你想说旧的记忆没了还会有新的，我应该放弃过去把握当下展望未来？”

唐凛是这样想的，可他不懂范佩阳为什么笑。而且范佩阳明明在笑，却让人觉得悲伤。

“你现在和从前一样对我了吗？”范佩阳突如其来地问。

唐凛猝不及防，呆愣在那儿。

范佩阳又问：“你在未来，有可能和从前一样对我吗？”

唐凛脑中一片空白，心却跳得厉害。

范佩阳抬手摸了摸唐凛的头，温柔又无奈地说：“如果都没有，就别给我希望。”

范佩阳要的从来都不是记忆。可是他想要的那些现在和未来都不给他，他只能抱紧过去，不放手。

楼下客厅的灯全关着，只窗外月色洒进来些许银光。

霍栩蹑手蹑脚地从阁楼上下来，摸索着墙壁转身，刚要继续往门口去，背后忽然飘来一声轻柔的呼唤：“小霍栩。”

霍栩打了个激灵，猛地转头，只见窗边的餐桌旁正好是月光遗漏的一角，朦胧黑暗里有一个纤细身影。

“这半夜三更的，去哪儿啊？”南歌单手搭上餐桌，手托腮，借着月光露出温柔笑脸。

月色，女人，午夜呢喃……这么多要素堆一起，得亏霍栩心理素质够强。

“你半夜不睡觉，坐在这里干吗？”多少受了点儿惊讶，霍栩出言就有点儿不客气。

“渴了，下来喝口水。”南歌顺溜答完，好整以暇地把问题抛回去，“你半夜不睡觉，下来干吗？”

霍栩的脸色变得有点儿不自在，憋了半天，憋出一句同款答案：“咳，我也下来喝水。”

南歌乐着上下打量他：“全副武装下来喝水？连绷带都重新缠了一遍？”

霍栩眼底浮现懊恼，也不知道是恼南歌的牙尖嘴利，还是恼自己的疏忽大意。

南歌不再逗他，收敛调侃，坐直身体，望着他道：“组长说你晚上会逃跑，特意让我在这里守着。”

心思被戳破，霍栩有些狼狈，幸好夜色足够暗。不过话既已说开，他也不再藏着掖着：“不是逃跑，是主动脱队。”

“心虚然后选择主动脱队，就是逃跑。”南歌一口气说完，还不忘表明出处，“组长说的。”

霍栩磨牙，压住被唐凛隔空挑起的火：“还有什么，一次性说完。”

还真有。

南歌原汁原味转述：“组长说，你会逃跑不仅是因为隐瞒而心虚，你还害怕继续留下来会被越胖胖反复骚扰，被竹子各种聒噪，被范总提防甚至重启全天候贴身地狱。”

霍栩扯出一个极其僵硬的笑，摆明是听得想揍人了：“我的事情我想说就说，不想说就不说，不存在心虚不心虚。还有，十个郑落竹、一百个越胖子我也打得过，呵，我害怕他们？”

南歌一脸天真地问：“你是故意把范总漏掉的吗？”

霍栩：“……”

不再欺负他，南歌真心道：“霍栩，你想毁掉这里，我们也想毁掉这里，目标一致，为什么要散伙？”

“散伙不代表不能合作。”霍栩歪头，“你们跟甜甜圈、孔明灯他们也不是一队的，还不是一起闯关。”

“你和他们不一样，”南歌说，“你是 VIP。”

“是你们硬拉我进来的！”霍栩起了一丝焦躁。奇怪的是，这焦躁他能清晰感觉到，不是对南歌，甚至也不是对唐凛，可他又搞不懂还能是对谁。

南歌看着他，神情有些复杂：“是我们硬拉你进来的。所以，那么辛苦才把你拉进来，更不能轻易放你走。”

霍栩深吸一口气，冷哼：“那就不该只让你一个人来拦我。”

南歌眨眨眼，忽然有点儿委屈：“我找了越胖胖，他之前在阁楼和你搏斗得太激烈，现在睡死了根本喊不醒。”

霍栩皱眉：“郑落竹呢？”

南歌：“天没黑就又去找施方泽了，跟我们回来只是为了记住房子的位置。”

霍栩：“唐凛和范佩阳？”

南歌：“可能在进行一些比较重要的私人交流。”

霍栩：“……”都什么破队友，好意思就让一个女人过来冲锋陷阵？！

看出霍栩的心思，南歌果断举手：“先声明，我没打算硬拦你，你可千万别冲动弄我一身水。”

霍栩：“……那你啰唆这么多。”

“组长给的任务嘛。”南歌十分坦白，“组长说了，刚才那些话都讲完，你还想走，就让你走。”

“真的？”霍栩十分怀疑地眯起眼，总觉得还有歪门邪道在前方等着他。

“真的。”南歌的笑容淡下来，这一次，她的眼里再没一点儿玩笑。

霍栩定定地看了她很久，最终还是转身。

南歌：“再等等。”

霍栩几乎是立刻转回来，满脸写着“我就知道”！

“最后一句，真的是最后一句。”硬把人喊回来，南歌也有点儿歉意，毕竟强扭的瓜不甜，可她还是想再试试，“前面的话都是组长让我说的，最后这句是我自己的。”

“听着呢。”霍栩声音别扭，人却站住了没再动。

南歌缓下声音，低低道：“在集结区的时候，我曾经问过唐凛为什么选择你。我说你这个人一看就独惯了，很难和谁交心，还古古怪怪，说不定哪天就爆出什么大事，惹出什么乱子……可是唐凛和我说，越难交心的，一旦交心，就比谁都可靠。他不关心你身上藏了多少秘密，你愿意说就说，不愿意说就不说，真有一天出事了，也不是你一个人的事，是整个VIP的事。”

云遮了月亮，客厅里再无光，夜色如墨。

霍栩站在黑暗里：“你们VIP到现在都没团灭，真是奇迹。”淡淡的声音里有讥讽，有不屑，可又有些许说不清道不明的东西。

“傻吧？”南歌也在黑暗里，带着笑意的声音却温柔悦耳，“我也觉得傻透了，但我没资格批评，因为在地下城的时候，就是这支傻透了的队伍，把当时对于所有地下城闯关者来说都很稀少昂贵的‘‹特›我是VIP’拿出来一个，给了不相干的我。”

霍栩：“你被感动了，从此死心塌地？”

南歌：“我被感动了，从此开始担心我的组长再这么下去会吃亏。”

霍栩：“……”

南歌：“可是唐凛说，你不先把信任给别人，凭什么让别人把心给你。”

翌日，清晨。

郑落竹风尘仆仆回到VIP居住点，一进门就看见自家组长带着丛越、南歌在餐桌旁吃早饭，范总应该是先吃完了，站在窗前看外面逐渐热闹起来的街道。

“霍栩呢？”郑落竹四下环顾，没找到第五位伙伴。

丛越没好气地往上一努嘴：“三两口吃完就上楼了，常年不合群，永远搞神秘。”

郑落竹松了口气：“我还以为和你打完架，一气之下离家出走了呢。”

丛越拍案而起：“他有什么资格离家出走？被揍的是我，要走也是我走！”

郑落竹：“……”这个也要争吗？

南歌乐不可支，招呼郑落竹：“过来吃饭。”

“不用，在阿泽那边吃过了。”郑落竹看向唐凛，一脸干劲，“组长，今天什么行动，我保证不再请假。昨天和阿泽聊一晚上，聊得特别尽兴，现在我干什么都能全力以赴，绝不分心！”

“行，”唐凛认可地点点头，吃掉最后一口面包，擦擦手，起身，“我们去找施方泽。”

郑落竹：“……嗯？”

施方泽不是一个好的合作对象，但不代表不能合作。因为只要合作，就一定存在风险，而规避风险最有效的方式，从来都不是“依靠合作方的坦白”这种不可控的东西。考虑周详的合作方案和高度一致并双赢的目标，才是合作成败的根本——前者能将风险最大化规避，后者能让合作双方发挥最大动力。

对于郑落竹这么快就去而复返，还带回了四个 VIP 成员，施方泽有些意外，等到唐凛说明来意就更意外了。他料到了 VIP 会想要毁掉主控室，毕竟队里放着霍栩这样的“神助攻”，没道理坐等 9/10 洗脑轮回，不管是为了自由还是为了报仇，都肯定要去主控室里搏一搏。但他没想到 VIP 会决定得这样快。昨天一下子收到那样多的信息，他以为 VIP 至少也得缓上三五天才能全厘清，再用个十天半月，才有可能开始谋划未来方向。

即便如此，施方泽已经感觉到了紧迫性。因为他已经将主控室的秘密吐露——决定和霍栩进行情报交换的那一刻，这个秘密在施方泽这里就等于公告天下了。他必须赶在 VIP 或者任何一个获取了主控室秘密的组织企图毁掉主控室之前，把那些死亡的闯关者从神庙空间救出来。故而今早送走郑落竹之后，他就让大吉和礼拜天出去联络散在天空城各处的另外几个彩蛋组织成员。

他带着这些信任他的人在天空城里蛰伏了这样久，就为等待一条回家的路，如今这条路现了曙光，他们的救人计划终于可以真正开启。

唯一的问题是，他们先行救下了人，但那个口气颇大的霍栩并没有成功打通“后路”，甚至 VIP 们很可能连 7/10、8/10 都过不了，尚未摸到 9/10 的边就进了神庙空间，成为死亡闯关者中的一员，到时该怎么办？施方泽可以谋划一切，却真的搞不定那个见鬼的“超空间跳跃点”。

想来想去，只有一个解决办法——把霍栩和郑落竹从 VIP 拐过来。拐霍栩，“救人、寻找主控室、创造回家的路、毁掉主控室”这四个节点就可以串成一条线来把控；拐郑落竹，和计划无关，他就是想要人过来。

短短一个清晨，施方泽便将这些全部梳理透彻，决断落定。结果大吉和礼拜天前脚刚走，郑落竹后脚就带着唐凛、霍栩、南歌、从越找上了门。

一进门，唐凛就开门见山：“我们合作吧。”

VIP 不单单是一个晚上就决定了毁掉主控室，还要和彩蛋联手救人。施方泽谋划好的“一条线”还没来得及执行，就被 VIP 主动上门，用另一种形式串上了。

虽然不在预料之内，可最终结果在施方泽看来不算坏，前提是对方真的决定好了。

“你确定要去救人？”这是施方泽听完VIP提议后问的第一句话。问这话时，他冷冷看着唐凛，打量的目光却犀利。

唐凛知道，对方在判断他的认真度。一个人很难为一件事情坚持那么多年，如果能坚持下来，这件事多半已经成了信仰。救下死亡的闯关者，让所有不幸被卷入这里的人都安全回家，就是施方泽的信仰。为此，他可以隐忍，可以蛰伏，可以等待，同样的，他也比任何人都更在意，更谨慎。

唐凛没有故作热血沸腾或慷慨大义，他直面施方泽的审视，坦然道：“如果根本救不了，我不会为了某些不切实际的理想主义，让自己和整个VIP徒劳涉险。但既然能救，为什么不救？”

施方泽：“因为这样就会在寻找主控室之前多出一个环节，危险程度和行动失败率都会翻一倍。”

唐凛：“你没考虑不可抗力。”

施方泽：“什么不可抗力？”

唐凛：“如果我们直奔主控室，你肯定会抢在我们前面救人，必要时，不排除你会用极端手段阻挠我们的进度，以保证你的步骤率先完成。我们控制不了你，你也控制不了你自己，标准的不可抗力。”

施方泽：“……”

两个组长在安静的空气里对视良久。

施方泽轻轻叹口气，眼眉舒展：“推断准确，逻辑合理，我无话可驳。”

唐凛浅笑：“所以为了杜绝这种极度危险且不可抗的意外，我觉得还是和你谈合作比较稳妥。”

施方泽：“你想怎么合作？”

唐凛：“把消息散给其他信得过的队伍，尽可能多地集合闯关力量。他们或许不愿意救人，但绝对想要回家，从这里彻底解脱。只要终极目标一致，就可以联手，这样到了9/10，我们就能更主动。”

施方泽：“如果到了9/10，他们不救人，逼你们直接去主控室呢？”

“所以我才说找信得过的队伍，散消息也是在特定范围内散，从源头将风险降低。”唐凛说着，眼带笑意地瞥霍栩一眼，“而且懂鸮系统技术的在我们这里，他们敢逼，我们就敢同归于尽。”

施方泽听前面还行，听到后面就克制不住地皱眉：“同归于尽是最蠢的选择，对谁都没好处。”

“我也知道那意味着满盘皆输，”唐凛轻声一叹，真诚又无奈地看向施方泽，“但我们的技术伙伴耐心很有限，脾气很暴躁，我按不住。”

施方泽：“……”

南歌、郑落竹、丛越：“……”

刚从走神状态恢复的霍栩茫然四顾。技术伙伴？哪个？

“你想把情报散给谁？”从唐凛的言语中，施方泽听出他已经有人选了。

“这次和我们一起抵达天空城的另外几支队伍。”唐凛据实相告，“三天后，不，该是两天后了，我们约好了再次集合，互换情报。”

施方泽：“所有和你们同一批通关的人？”

唐凛点头：“我是这么打算的，但如果你有必须对其隐瞒的组织，我们可以再讨论。”

施方泽头疼：“你的这一批人几乎涵盖了天空城的一大半势力。五大组织、几个重点的中小型组织全在里面，你今天透给他们，用不了多久，就会直接传遍整个天空城。”

“传遍是必然的，你也说了，世上没有不透风的墙。”唐凛想得开，“只要我们抢在传遍之前进入闯关口就行了，他们就是想捣乱也追不上。”

施方泽静静看着他，笑了：“孤注一掷。”

唐凛也扬起嘴角：“从闯关途中再也不能撤退返回开始，你就知道了，机会只有一次，不是吗？”

是。所以施方泽才想得更多。任何一个疏忽，都是致命的。

“关卡变了。”施方泽忽然透露了之前从未提过的信息，“问题出在前十三关，但具体发生了什么，我没有掌握确切情报，很可能就是你昨天和我说过的，前十三关的通路被关闭了。总之，通过文具树听来的情报可以确定守关人们都被架空了，关卡由新的团队接手运营，守关的也都换成了花钱申请过来娱乐的‘客人’。”

客人？郑落竹、南歌、霍栩、丛越面面相觑，是指从狩猎者游戏开始的“Guest 军团”吗？Guest. 001—Guest. 006 守了 4/10，Guest. 007 守了 5/10，6/10 那俩变态虽然没自报家门，但杀人魔曾在古堡上半部各层晃悠，招魂似的喊着什么“小十三”，很多躲在房内的闯关者都听见了，难道他是在喊浴袍男？所以浴袍男是 Guest. 013？这还带跳号的？

“应该就是这个原因。”唐凛说，“前十三关第一块鸮玉被无意中挖出来之后，后十关的关卡难度就开始提升，而当前十三关和地球的通路被彻底切断，无法再重启，K 星人对关卡的运营方式也发生了变化。”

如果说前者是鸮系统遭到攻击后的应激反应，那后者就是 K 星人对待关卡变化的应激反应了。

“然后关卡难度提升没多久，2/10 集结区的闯关口就彻底开放了。”唐凛继续道，“现在再看，天空城闯关口开放间隔缩短、频率增加，也在这个时间点。”

施方泽：“还有守关人被架空和客人进入关卡守关，同样的时间点。”

唐凛：“你说守关的都变成客人，那后面的关卡呢？那些原本应该过来拿我们当陪练的军人呢？”

施方泽：“不清楚。不过很早的时候，有一次文具树传回的交谈里，提到过试炼区的作用已经越来越小了，因为他们找到了更好的训练方式，军队愿意派人来这里训练的意愿越来越低，那时候的守关人已经开始担心这里迟早要结束运营。”

唐凛思索片刻，终于连上了一路闯关的纷杂线索，第一次理出了时间线：“所以是第一块鸮玉被毁，关卡难度提升，然后前十三关被永久关闭，再也进不来新人，K 星人便开始对关卡的运营方式进行更改。可能是不得不配合关卡的变化，也可能是打算趁闯关者完全耗光之前压榨最后的价值，结果就是守关人被架空，客人入驻。又因为客人的需要，闯关口频繁开启。”

“合理。”施方泽说，“至于后面等待我们的是军人还是客人，恐怕只有闯了才知道。”

唐凛：“你希望是军人还是客人？”

施方泽笑了，云淡风轻里带着若有似无的冷意：“都一样不拿我们当人，没区别。”

关卡生变意味着神庙空间和主控室也可能有相应的变化。唐凛明白，施方泽突然透露新情报，又讲了这么多，是在提醒他行动的不确定性和危险远比他想得还要多。可是这些唐凛早有预估。他们和关卡世界就像信息极不对称的交战双方，一方全然空白，只能自行探索蛛丝马迹，一方全盘掌握，上帝视角，游刃有余。他是想清楚了这些才做的决定。

相比之下，他更在意另外一件事——

“施组长，你还有其他秘密吗？”唐凛用调侃的口吻，眼神却认真，“毕竟大家要合作，你越早给我情报，对联合行动越有利。”

施方泽知道这是嘲讽他呢，不以为意地笑了。

一旁围听全程的郑落竹实在忍不住了：“阿泽，你别挤牙膏似的今天说一点儿，明天说一点儿，你有什么情报就一次性说完呗，捂着又不能生利息！”

施方泽刚舒展开的从容笑意定在脸上。他前世一定欠了竹子很多债，很多很多。

几不可闻地叹口气，施方泽重新看向唐凛，绽开前所未有的大方微笑：“秘密，有。你是想知道和关卡相关的，还是和我私人相关的？”

唐凛莞尔：“关卡相关的就行，私人的我们不打听。”

"那就只剩最后一个了。"施方泽难得直截了当，"从关卡发生巨变开始，我就没再闯关，也无法继续放新的'我在你左右'，而之前放在守关人身上的大多已经失效。"停顿了下，他忽然话锋一转，"不过也没全军覆没，我在地下城闯关时放的那个侥幸存活到了现在。"

唐凛惊讶，这意味着施方泽手里还有一条极珍贵的情报渠道!

郑落竹也惊讶："地下城不应该是最早放的吗？"敢情后面放的都阵亡了，最早的反而没事?

从头到尾没出过声的霍栩突然抬头望向施方泽："你这个什么我左你右……"

丛越小声提醒："是'我在你左右'。"

"无所谓，"霍栩问施方泽，"现在能听吗？"

施方泽一时判断不出霍栩是怀疑他的情报源，还是好奇"我在你左右"的窃听模式，不过双方都谈到这份上了，也是时候展示一下自己的诚意了："现在可以，"他笑眯眯地回答霍栩，"而且我可以直接共享给你们听。"

微微垂眼，施方泽集中注意力，启动"我在你左右"。

房间变得安静。但是很快，那安静里就多出一些细微的杂音，很轻，像是另外一个空间的背景音。所有人都不自觉屏住呼吸，侧耳倾听。音源的另一端几乎和这边的房间一样安静，只有极轻的沙沙声，像是空气在流动，证明另一端连通着某个空间。众人全神贯注，生怕错过任何一个音节，同时在心里飞速判断对面该是一个怎样的场景。

时间一分一秒流逝，音源端依然安静，一直很安静。

屏息屏得快缺氧的 VIP 们终于信任崩塌，默默转头看向施方泽："你确定窃听器没失效？"这听起来分明就是严重技术故障啊!

施方泽神色如常，显然对于这位"情报员"已十分熟悉适应："再等等。"

VIP 们将信将疑地又等了几分钟，那边终于传来了声音。一个人好像从窃听源的近处站起来了，发出衣服摩擦的窸窣声，然后走远，脚步平稳。过了会儿，脚步声由远及近，那人又回来了。接着是喝水声，杯子被放到了桌上的轻微碰撞声。然后没了。空气重归安静，继续安静，一直很安静。

VIP 伙伴们："……"所以是起身拿了一杯水，喝完之后又开始静坐吗？!

"情况就是这样，"施方泽理解 VIP 们此刻的心情，"唯一幸存的窃听器很不巧就在这位日常生活十分苍白的守关人身上，不过他也只有在休息日这样，工作时间和其他守关人聚在一起，还是很有情报价值的。"

VIP 们懂了。这位虽然不是直接情报源，却用一己之力架起了无数情报桥梁。不过施方泽说窃听器是地下城放进去的，那这位就该是地下城的守关者之一……

情报源那端突然响起刺耳音符，打断了大家的思绪。那音符诡异而急促，听得人心跳加速，浑身不适。

“凶铃”半路停止，像是人为中断，接着一个温润的声音在窃听器的近处响起：“我和你说过，没事的时候不要滥用‘紧急联络’，尤其是在休息日。”

唐凛一怔，还真是提尔。虽然只在地下城关卡里有过一面之缘，但考核的时候提尔可是把他们从头教育到尾，这声音想忘都难。

“都用‘紧急联络’了，自然是有事嘛。”另外一个声音响起。

唐凛：“……”

这声音，还有这完全不拿自己当外人的态度，也是十分熟悉了——得摩斯，2/10 的守关人，真情实感的八卦者。

“那就说事。”提尔语气渐缓。

得摩斯可怜兮兮的：“我饿了，想吃饭，没人陪，好孤独。”

提尔没说话。

一秒钟后，得摩斯的声音连同他那边的嘈杂的背景音彻底消失。显然，通话被单方面切断了。情报源头又只剩下安静的提尔和安静的空气。

时间在苍白无声里重新变得漫长。才过几秒，这边满屋子的窃听者已经开始想念得摩斯。

2

两天后，天空城中央广场。

天色将明未明，夜猫子都睡去，健康作息的还没醒，广场上一片冷清空荡，只有喷泉池还在喷洒，轻轻水声衬得这里越发静谧。

唐凛带着 VIP 伙伴抵达时，大部分队伍已经到了。

铁血营——何律、三道杠。

孔明灯——周云徽、老虎、强哥、华子。

十社——崔战、郝斯文。

步步高升——江户川、佛纹、下山虎、骷髅新娘。

莲花——十三幺、清一色、对对碰、大四喜。

白组——许叮咚、蒋城。

三十一人，只差甜甜圈六人和白路斜。

这是三天前分开时大家就定下的碰面，但没定准确时间，只以天色为准，约好当天边泛起第一抹白就出动。说起来有点儿鬼鬼祟祟的意味，但这也是难免的，谁让除了 VIP 自己说了算，其余队伍都只属于自家大组织中的一个小分队——小分队私自出来和其他组织的队伍交换情报，怎么想都有点儿微妙。

但微妙归微妙，约定时每个人都答应得很爽快，好像天经地义就该这样。甚至相比组织里一些他们不熟悉的组员，一同从狩猎者游戏、通往山巅的路、沙漏古堡闯过来的这些家伙更像战友。当然，这么矫情的话没人说，像崔战、周云徽那种，还互相看不顺眼呢，可这并不妨碍他们三十一人在无意识中形成一种凝聚感。

“甜甜圈呢？”唐凛遍寻左右也没看见娃娃脸的关岚和他那五个各有风情的伙伴。

何律摇头。

周云徽摊手。

崔战打了个哈欠：“估计还没睡醒吧。”

唐凛又看向蒋城和许叮咚：“白路斜呢？”

两人互相看一眼，都有点儿尴尬。

旁边早问过相同问题的莲花和步步高升帮他俩解释

骷髅新娘：“白路斜组长一到天空城就辞去了分部代理组长职务，所以现在以一个普通白组成员的低标准要求自己，比如睡觉要睡到自然醒。”

清一色：“就算很不凑巧地提前醒了，也懒得特意过来。”

下山虎：“于是让这二位全权代表。”

江户川：“不过蒋城和小叮咚也没带来什么意外情报。”

许叮咚：“那个，许……”

十三幺：“所以他俩主要是过来旁听，把我们的新情报带回去给他们的前组长。”

唐凛点点头，可以，这很白路斜。和小白一比，自家霍栩简直省心得像别人家的孩子。

广场外有脚步声传来。众人转头，朦胧夜色下，甜甜圈到了。

“我们果然最晚。”和尚摸着光头，大步流星，第一个抵达。

“再磨蹭一会儿天都亮了。”五五分跟在后面，撇撇嘴。

全麦双手插兜，走路姿势十分潇洒：“重要人物都最后登场。”

莱昂一如既往冷漠脸，看不出情绪。

探花陪着关岚走在最后。之所以说“陪”，是因为探花频频往关岚那边看，眼里的关切几乎藏不住。

可关岚没有什么异常，抬头看见他们都到了，露出一张灿烂笑脸，带着耍赖似的顽皮：“最后到的有没有奖励？”

“奖励你们绕广场跑十圈，一边跑一边喊‘迟到可耻’。”三道杠穿着铁血营的标志性迷彩服，仿佛军训里冷酷无情的教官。

“行了，别浪费时间了。”崔战心急地拉回正题，“人全在这儿了，有什么情报赶紧汇总。”

周云徽适时插话：“天空城本身的规则就不用了，闯关口现在每周开启一次，每次进入不得少于十人，昨天才刚刚开启过，这些大家应该都掌握了吧？”

“那我们先说。”佛纹代表步步高升发言，“自从7/10闯关口开启频率发生变化，本来就惨烈的通关率更是急转直下。”

对对碰：“一上来就这么刺激吗？”

佛纹没想到是这局面，瞬间十分抱歉：“我以为你们都知道……”

7/10通关后，是会和3/10一样进入一个通关集结区的，不同的是7/10通关集结区只可以停留三天，三天后必须去闯8/10。不过这三天，闯关者们除了休息，还可以回天空城一次，所以很多通关者都会利用这次机会回来给自家组织传递情报。7/10的关卡内容当然不能讲，但本次进入闯关口的有多少人通关了、都是谁、分布在哪些组织是可以传递的。留守在天空城的人便可以据此来评估关卡风险，同时对于自家伙伴的伤亡也做到了心中有数。所以对于7/10通关率的变化，天空城各组织都感受强烈。

VIP也从施方泽那里得来了一样的信息，同时范佩阳去黑市的时候也再次验证了这一情报。

周云徽生无可恋地揉着太阳穴，对佛纹说：“我们是知道，但这么打击斗志的，大家也已经心照不宣了，其实你可以留到后面。”

“我想着先把最坏的说了，后面再来噩耗，也抵不过这个了，这样心情就不会越来越糟，”佛纹努力让自己看起来积极阳光，“说不定还能触底反弹。”

“触底反弹没可能了，”清一色指指自己的心口，“这儿已经被你一个核弹抹平了。”

“别贫了。”崔战没好气地出声，“你们到底还闯不闯？如果觉得没戏，压根儿不打算闯了，咱们还在这儿浪费个屁时间，直接各回各家，爱干吗干吗。”

孔明灯的老虎拿胳膊肘碰碰周云徽，说：“组长，我现在有点儿明白你为什么欣赏这小子了，他爆粗口的时候还有点儿顺眼。”

周云徽：“……”他什么时候欣赏了？

小插曲没影响佛纹继续：“其他我们掌握的情报，还有……”

他直接跳过了崔战要不要闯关的话茬。因为当然要。否则他们就没必要来这里赴约了，还用夜色掩护，搞得跟劈腿幽会似的。

说来也奇怪，明明得来的消息一个比一个坏，明明知道前路九死一生，明明理智不断发出警报，可心底最深处那一簇想闯关的火苗从来没有彻底熄灭过。不知道是不是接连通关给了他们迷之自信，总觉得如果还是和这帮家伙一起，好像没什么守关人不能暴揍，没什么关卡不能蹚平。

步步高升之后，孔明灯、十社、莲花、白组也相继贡献了自己的情报，但都是外围信息和一点儿各组织的内部动向。外围信息，比如天空城的势力分布、每次进入闯关口的人员组成、黑市的存在等等，VIP 们已经从同花顺那里获得。至于各组织的内部动向，对于闯关本身意义不大，顶多就是让大家更清楚下一次闯关口开启，按规矩会轮到哪几个组织提供闯关者。

轮到铁血营的时候，能说的都让大家说完了，何律认真想了半天，才勉强想出一条："黑市里有一个叫八万八的人，常年倒卖一次性文具，手上应该有大量存货。"

这时，一直安静的甜甜圈，终于有人说话了。

"都五级文具树了，一次性文具能起的效果基本就和玩具差不多，"和尚一脸嫌弃，"你用在那些守关的家伙身上，作用就是给对方挠挠痒痒。"

"关键是八万八那个奸商还狮子大开口，"蒋城一看就被伤害过，语带愤慨，"一个小破'金钟罩'，他敢喊价一万八，想钱想疯了！"

"等等，"一提到钱，郑落竹记忆力就上线了，"一万八？"他带着询问看向自家范总，如果没记错，范总在地下城买"金钟罩"的时候，一个要三万吧？亏了啊！

何律想起范佩阳在 1/10 地铁里使用过"金钟罩"，顿时明白了郑落竹的反应，耐心解释道："一次性文具在地下城里是最贵的，因为那时候的文具对闯关作用最大，现在天空城里再买文具，只能起到很有限的应急作用。"

"那也分文具，"江户川补充道，"很多攻击系的一次性文具现在连应急作用都起不到，防御系的文具最多也就扛一下攻击，还未必扛得住。"

何律也知道自己这条情报有些鸡肋。其实八万八的主要客户源都在地下城，他大部分文具是在地下城收的，也是回地下城里去卖，天空城这边就是挂着，不怎么开张，毕竟大家都闯到 7/10 了，战斗经验、战斗技巧都积累了不少，与其花大价钱买几个起不了大作用的文具，还不如专注训练自己的文具树。思及此，他坦然承认："我掌握的情报，大家都说完了，实在贡献不出更有价值的。"

就剩甜甜圈和 VIP 了。

众人转头看向这两个平日最高调的小分队，莫名觉得今天两队都有些反常的沉默。

崔战扬起眉毛："你们这是有致命情报？"

关岚明显在走神，听见崔战的声音才怔了下，整个人迅速清醒，扯出笑容，还是熟悉的天真无辜："不致命，就是你们说来说去好像都没提到探索者，他们可是占了快1/5的天空城……"

三十人是围成圈的，有人在里圈，比如正在交谈的各组长，也有人在外围，比如从越。这会儿他悄悄往旁边挪了一点儿，来到同样落在外围的五五分身边，小声问："你们组长怎么了？"

很多人都看出了关岚的不在状态，但好奇心旺盛到主动过来问的也就从越了。当然，还有一个原因——组长们都在交流，胖胖很闲。

五五分看起来情绪也不高，像是被自家组长传染了，闻言轻声叹息，英俊的面容越发忧郁："也没什么，就是仇人没找到。"

从越："仇人？"

五五分点头："嗯，他以为那人就在天空城。"

从越："结果不在？"

五五分："原本是在的，但两周前进了闯关口，没到集结区。"

"没到集结区，不就是……"从越盘了一下这个逻辑，再想想关岚先前的失魂落魄，十分迷惑，"那关岚应该高兴啊，不用他动手，仇人自己就死在关卡里了。"

五五分摊手，比从越还迷惑："我们都是这么想的，除了组长本人。"

外围的窃窃私语没影响内圈的交流。

关岚代表甜甜圈切实提供了新的思路："探索者人数众多，凭他们那种不要命的探索方式，手里一定有常规渠道得不到的情报，既然我们决定闯关，那就是A. 最大程度搜集情报，B. 突击训练文具树，双管齐下才能真正提高安全系数。"

"找探索者那帮疯子？你确定？"几个伙伴齐刷刷露出一言难尽的表情。

连大四喜都苦了脸："我和他们接触过几次，根本无法沟通，他们对探索这件事狂热得像中邪，并且对组织无比虔诚，没有得到允许，他们绝对不会把探索者内部的情报对外透露，什么手段都没用，包括暴力。"

关岚歪头："所以我这里还有一条捷径。"

众伙伴安静下来，等着他挑明。

关岚："在天空城里找一个叫施方泽的人，他不仅有探索者的情报，很可能连探索者都没掌握的某些信息也知道。"

何律："施方泽？"

关岚："对，他是探索者的创始人，不过早就和探索者决裂了，从那之后就一直留在天空城。"

施方泽是探索者的创始人？！ VIP 伙伴们被这消息炸了个措手不及，郑落竹更是把震惊两个大字写到了脸上。但郑落竹的震惊，更多的不是因为施方泽的身份，而是在他那样明确地要求对方坦白之后，在施方泽也表现出一副“我把秘密都和你说了”之后，对方竟然还有事情瞒着他！

全场的注意力都放在关岚和他所带来的讯息上，没人注意到 VIP 们的异样。

关岚：“探索者易主之后，施方泽也没再闯关，一直留在天空城。”

“他自己一手创办的组织，为什么不要了？”周云徽问出了很多人的疑惑。

“失控了。”关岚给出轻飘飘的三个字，放在多年前，却牵扯着众多探索者的命运，“探索者成立的初衷是寻找关卡世界的真相，这种探索本来就有‘献身’的意味，很容易自我感动甚至自我洗脑。所以从成立之初，施方泽就一直在探索者内部淡化甚至压制这一氛围，反对将探索目标崇高化。他认为探索者不过是换了一种方式在闯关，本质上和其他组织没有任何不同。可是随着探索者规模迅速扩大，群体狂热倾向还是出现了，而探索者的一些高层骨干不仅不想遏制这种倾向，还会主动引导和煽动，让狂热蔓延。因为下面越狂热，越把探索这件事当成神圣的信仰，客观上也就对组织越忠诚，越卖命……”

周云徽听得浑身难受：“这不就是现在的探索者吗，一个个根本不拿自己的命当命，好像真相就非得尸横遍野才能堆出来。”

“这就是那些高层骨干想要的，下面舍命找线索，他们在天空城坐享其成。”关岚耸耸肩，“可惜施方泽不想要。”

崔战疑惑：“他是老大，不想这样就直接解散探索者啊，自己和组织决裂是什么戏码？”

周云徽白他一眼：“你听没听知识点？当时的探索者组员已经走火入魔了，他们狂热信仰的是‘探索’这个伟大事业，不是施方泽本人，他就算跳出来说要解散组织，底下也不会响应。那些狂热分子只会把他当成背叛信仰的叛徒，何况还有那些心术不正的骨干推波助澜。”

“还真不是。”关岚给出更多独家信息，“听说施方泽十分具有个人魅力，当初探索者能成立，甚至后面发展壮大，都依赖于组员对他的信任和崇拜。”

崔战遗憾地朝周云徽摇摇头：“打脸来得太快。”

周云徽：“……”

关岚：“所以最初呢，施方泽是想解散探索者的，不仅是形式上的解散，更要打碎探索者组员脑内已经形成的偏执狂热。”

崔战双手插兜：“很显然，没成功。”

“其实差一点儿就成功了，”关岚说，“他已经让很多组员清醒了过来，但在最后关头被人暗算，功亏一篑。”

骷髅新娘："那些让别人舍命自己等现成的骨干？"

关岚："嗯，他们最早加入探索者，是施方泽最信任的人，当然有了分歧之后，也是朝施方泽下手最狠的人。"

江户川大概明白了："施方泽没能真的解散探索者，只能退而求其次，和探索者决裂。"

关岚点头："探索者就此易主，但元气大伤，用了很久才恢复过来。可是至今，探索者里还是有一些人拿施方泽当精神领袖，这里面多数都是当年施方泽准备解散组织时被他点醒的人，但为了施方泽，这些人没有暴露身份，仍伪装狂热潜伏在探索者里，随时给施方泽传递情报，偶尔还搞搞破坏。"

清一色："那现在的探索者组长不得恨死他？"

关岚："就是一直想除掉他啊，不过到现在也没成功。施方泽自从和探索者决裂就一直躲在天空城，没有继续闯关，可他每次都能在被探索者找到之前先一步转移阵地。"

这个周云徽理解："有卧底迷弟通风报信嘛。"

何律清醒地回到正题："关组长，你说他手里不仅有探索者的信息，还有连探索者都没掌握的信息？"

"是的。"关岚毫不犹豫，"他在天空城里行踪不定，但在闯关口频率变化之前，他会经常性地出现在闯关队伍里，而且每次都是闯到一半又跑回来，然后不知所踪。"

蒋城："发现自己闯不过去，知难而退，人之常情。"

关岚："他从地下城闯到天空城，全是一次通关。"

蒋城："……"

"还有一点我好像忘了说，"关岚顽皮地眨眨眼，给了最后的重磅炸弹，"他的文具树方向，就是情报窃听。"

天边的三分之一都泛起了白，这座飘浮在空中的城市正慢慢苏醒。

短暂寂静后，崔战一声咒骂打破众人的沉默："那还等什么，他专业窃听，现在却不正经闯关了，一次次撩了就跑，肯定是知道了内幕才改的战术，咱们赶紧找人去吧！"

周云徽："问题是他在哪儿啊？"

众闯关者缓缓看向甜甜圈。

关组长可怜巴巴地摇头："这个真不知道。"

众伙伴心力交瘁："你说了这么半天，给了这么多信息量，然后告诉我找不到人？！"

关岚一脸无辜："这就是他的厉害之处。他在探索者眼皮子底下次次闯关不耽误，探索者就是抓不到人。我们甜甜圈把他的信息甚至八卦都快打探清楚了，还是连他的人影都没逮着。躲猫猫，他是专业的。"

大四喜若有所思道："要是能弄来施方泽的一样东西就好了，直接让唐队来个'狼影追踪'。"

听见他这样说，正一筹莫展的众人很自然就把目光投向了 VIP，只见六个 VIP 六种状态——唐凛保持微笑，范总面无表情，霍栩眼皮不抬，南歌仰头看天，丛越神情微妙，郑落竹怒气冲冲。

众伙伴看过来只是讨论中的下意识反应，但现在终于发现哪里不对了："你们 VIP 今天异常沉默啊。"

事出反常必有妖。从地下城戴着墨镜走红毯进闯关口开始，VIP 这支队伍就已经奠定了自身高调拉风哥带你飞的气质，突然间这么内敛低调，简直从头到脚散发着可疑。

唐凛今天过来就是准备情报共享的，谁知道甜甜圈会把施方泽先拎出来。不过也好，这样倒省事了。沉吟片刻，他看向关岚："你说的这条名为施方泽的捷径……"

关岚本能皱眉："你们不想走？"

唐凛："……"

南歌结束望天，霍栩抬起眼皮，丛越尴尬摊手："我们走完了。"

甜甜圈、铁血营、孔明灯、十社、莲花、步步高升、白组："……"

空气安静了，比提尔的休息日都安静。

漫长的无声后，终于有人艰难询问："什么叫……走完了？"

唐凛："就是我们知道施方泽在哪儿，也已找过他了，并获得了他所掌握的所有和关卡有关的情报，同时还和他达成了未来闯关的合作意向。"

七个组织，二十四张神情复杂的脸："……你们绝对有攻略！"

这不光是走完了，这是走完了又再继续往前踩出一条新的康庄大道好吗？！

施方泽神秘到除了甜甜圈，其他四大势力都没弄来和他有关的任何情报，VIP 就弄来了？然后连甜甜圈都找不到的人，他们还找到了？发现探索者倾向危险，毅然解散，解散未果，那就决裂，在探索者倾尽全力的围剿中依然坚守自己想做的事，这样坚韧而强大的人，三天时间就被 VIP 说动同意合作闯关了？要么有攻略，要么有妖术，VIP 必须占一个！

"别激动，"眼看各组伙伴要吃人似的，丛越赶紧用敦实身躯护住自家组长，"没你们想的那么复杂，我们能和施方泽对接上也是偶然，但是这个偶然中又存在着必然……"

二十四个伙伴："说人话。"

郑落竹："他是我发小。"

答案太反常规，郑落竹语速又快，二十四张脸上缓缓浮现出问号："……哈？"

郑落竹还带着对施方泽的气呢，有点儿烦躁地粗声道："邻居，发小，铁哥们儿，一起上小学、初中，谁敢在放学路上堵他，我能拿板砖拍过去那种，懂？”

……懂了。

但更大的困惑席卷了众伙伴——这都能在关卡里遇见，缘分是铁水浇铸的吗？！

晨曦出来了，透过云层给中央广场投下了第一缕光。二十四个伙伴在清晨的微风中深切体会到了命运的无力——VIP有方法，他们可以借鉴；VIP有实力，他们可以训练；VIP有青梅竹马……他们认了。

“说你的情报吧，”众伙伴或席地而坐，或倚靠小树，身心俱疲，“还有你们谈了什么合作，如果可以讲的话。”

唐凛看着各位伙伴不太良好的状态，有些犹豫：“要是情报中有特别震惊的，我先……”

二十四人：“无所谓了，还有什么能比施方泽和你家竹子是发小更令人震惊？”

半小时后，众伙伴后悔了。

天色已大亮，温暖的旭日之下，是二十四个扶着额头的沉默者。他们真的太年轻，竟然以为人生的巨浪只有一波。

唐凛带来的巨大信息量，几乎彻底颠覆了他们的“鸮世界观”！

闯关以来，他们也曾想过这个鬼地方到底是什么，但线索太少，根本无从分析，只能笼统地归为某种神秘力量。而且越闯到后面，他们对这个世界的思考就越少，他们会更专注于闯关，专注于前方几乎已经可以看见的“自由”。可是唐凛带来的情报，把这一切都摊开了。所谓神秘的关卡世界，不过是一个高等文明打造的训练地、游乐场。就像他们小时候喜欢把蛐蛐、蟋蟀抓回来玩一样，他们在K星人眼里，也不过就是抓回来的虫子。通关＝自由，一个天大的谎言，却包裹着最漂亮的糖衣。

唐凛没给众人适应的时间，一股脑儿将情报说了个透。因为天色已亮，广场外围已经开始有人路过了，他们必须尽快结束碰面；也因为眼前这些人都是他想要在未来一起行动的，如果连接收情报都需要缓缓再继续，那还闯什么关，毁什么主控室。

“这些都是施方泽的情报？”关岚第一个抬头。

超空间跳跃点的情报不是，但唐凛现在也不知该怎么解释霍栩的问题，所以就烦劳施方泽一起背了：“是。”

关岚：“可靠吗？能把死掉的人复活，还能彻底离开这里？”

“我没办法回答你是否可靠，”唐凛坦诚道，“连施方泽自己都说，不排除系统重置过他的记忆。”

关岚目光灼灼：“但你愿意赌一次？”

唐凛笑了：“你看起来比我更想。”

赶在整座天空城彻底苏醒之前，三十人就地解散，各队沿着不同方向离开广场，没入街道小巷，和来时一样悄无声息。唐凛没有再和他们约定下次见面的时间，而是把 VIP 目前的住址告诉了各队。

面对这样巨大的信息量，每个人的接受度都是不同的，信与不信，就是合作行动的第一条分岔路。而信了之后是否愿意加入 VIP 和施方泽的合作计划，则是第二条分岔路。两个路口走完，还能有多少人按着地址找过去，敲响 VIP 的门？唐凛不知道。这是一次极其冒险的赌博，他不能强求任何一个伙伴，也无法保证任何一个人的安全。每个人的决心只能自己下，也只有自己才能对自己负责。

3

VIP 们一路从中央广场向西，回到了自由者杂居区。街面上已经热闹起来，不时还有人跑过，也不知是被追杀还是躲债。

快到住处的时候，憋了一路的郑落竹终于说话："组长，你们先回吧，我去找一下施方泽。"

施方泽的房子就在两条街外。

唐凛一点儿不意外，事实上自家竹子能忍到这里才出声，在他看来已经很不容易了："去吧，"他半认真半调侃，"也别把人骂得太狠。"

郑落竹马上横眉立目："他不该骂吗？我那天都把话说成什么样了，就差苦口婆心教育他做人要诚实了，他竟然还有事瞒着，和我都不交实底！"

看在情报的分上，唐凛决定帮施方泽同学说句公道话："交没交实底，这个得分两面看。从 VIP 层面，我们只要和行动有关的情报，不打听他个人的事，他也把相关情报都给我们了，我们没立场去责问他别的。但——" VIP 组长拍拍自家伙伴的肩膀，从容转了话锋，"从私人关系层面，你对他掏心掏肺，他对你有所隐瞒，确实可以沟通一下。"

郑落竹摩拳擦掌，指关节按得咔咔响："嗯，我绝对会和他好、好、沟通。""好好"两个字，带着磨刀霍霍的回声。

目送郑落竹走远，丛越有点儿担心："让他一个人去真的行吗，不会反过来被施方泽揍了吧？"

南歌摇头，眼里是另一种忧心："揍是不会揍的，别的就难说了。"

完全不知道自己已经被伙伴担心的郑落竹气势汹汹走过两条街，终于可以远远看见施方泽那一幢房子，他的脚下却骤然停住——施方泽家的门前有人！

四个全是陌生人，两个在屋前四下张望，像望风，两个走近那扇被范总轰破至今未完全补好的门，透过没遮补上的大洞往里看，鬼鬼祟祟，怎么瞧着都来者不善。

郑落竹暗中酝酿文具树，同时琢磨着是直接大喊一声，让房子里的人有个警惕，还是先不出声，从另一条街绕到房后再去看看情况。尚未决定，后方突然伸过来一只手，捂住了他的嘴。

“唔……”郑落竹本能抓住那只手，用力挣扎，可对方的力量丝毫不弱，他竟然没能撼动。

情急之下，郑落竹直接就要召唤“铁板”拿来当武器，拍对方几下至少也不会这样被动。可耳边的声音更快：“是我。”

短促的两个字轻得像呢喃，几乎听不真切。但郑落竹还是一下子分辨出来。没办法，太熟了。他的回应是一个向后肘击，带着怨念加成的风驰电掣。身后人像是早料到了，闪得迅速，当然捂着他的手也就跟着松开了。

郑落竹怒不可遏地向后转。先是骗他，现在又偷袭，施方泽绝对是皮痒了！然而身后除了施方泽，还有礼拜天，且后者一个劲儿地比“嘘”的手势。

联想房门前形迹可疑的四个人，郑落竹立刻先把找施方泽算账的事放旁边，正色起来，压低声音问：“什么情况？”

施方泽没回答，只道：“先离开再说。”

很快，三人拐进一条暗巷，巷子很窄也很静，没半个人影。

郑落竹本来就没什么耐心，索性直接问：“是探索者的人？”

“嗯。”施方泽应得十分自然。

郑落竹脚下一顿，有点儿蒙：“不是，你根本没告诉过我你和探索者的事，现在被我拆穿了，你不是应该心虚吗？”

施方泽：“你们今天碰面的队伍里有甜甜圈，他们知道我的事，我不说，他们也会和你们分享。”

郑落竹：“他们分享和你亲口对我说能一样吗？我都告诉他们咱俩是发小了，结果你的事我还得从别人那里听！”

施方泽缓下脚步，偏过头来：“我知道你会生气。”

郑落竹一愣，对方态度很配合，他的气焰就有点儿打蔫，他没好气地咕哝：“知道还瞒我。”

施方泽看他，眼里笑意浅浅：“我就想让你生气。”

郑落竹无语：“你有病啊？”

施方泽：“你生气了就会来找我。”

郑落竹服了，所以就为了让自己主动来找他？这是什么百转千回撒娇法？

“我不生气也会来，我好不容易才找到你，怎么可能再把你丢下！”

施方泽仍旧笑眼弯弯：“你这两天都没来。”

郑落竹：“……”

直到走出暗巷，郑落竹也没闹明白，他明明是带着怒气来的，而且自觉十分占理，怎么到最后怒火一点儿不剩，反而是心脏被愧疚的小锤一下下砸，还砸得啪啪的？

礼拜天好像有点儿品出门道了，但是更占上风的求生欲还是让他变成了没有感情的赶路机器。

走出暗巷便是另外一条斜街，街面上人来人往，很热闹。

郑落竹紧绷的神经稍稍松弛，这才想起来问：“我们现在去哪儿？还有，大吉呢？”

施方泽忽然停住，若有所思地看某个方向，没顾上回答。

礼拜天总算找到机会说话：“我们现在去另外一栋房子，大吉已经提前过去了。”

郑落竹想到关岚说施方泽每次都能赶在探索者来之前全身而退，他当时觉得有点儿夸张，施方泽又不是神机妙算，但现在有点儿信了。

礼拜天在回答完郑落竹之后，注意到了施方泽的异样：“老大，怎么了？”

施方泽的声音微微沉下：“注意戒备。”

礼拜天立刻集中精神，警戒四周。

郑落竹同样条件反射地再次酝酿文具树。是那几个探索者发现他们逃跑，追过来了吗？疑问才刚从他心底升起，迎面忽然来了一阵卷着黄沙的狂风，直吹他们三人。

这铺着地砖的街面哪儿来的黄沙，绝对是文具树啊！

郑落竹立刻启动“铁板一块”挡在三人身前，以防被吹一脸。吹风无所谓，沙子进眼睛，那后面就只能任人打了。不曾想狂沙根本还没吹到铁板，就被更外围升起的环形高墙挡住了，那墙足有六七米高，宽度几乎横向拦断街面，把狂风黄沙挡得严严实实。郑落竹转头去看，果然，礼拜天早变成了一个陌生男人的模样，现在用的就是那位仁兄的防御文具树。

五级文具树的“画皮”也太好用了吧！

郑落竹刚觉得羡慕，那才撑了多说五秒的墙就咻地消失。不过另外一把大黑伞无缝衔接，在原墙址处展开，继续拦截，而礼拜天已经变成又一个陌生男人——“画皮”可以复制外貌很久，但复制的文具树只能持续很短的时间，想继续用文具树就得再换个人复制。

郑落竹果断收起羡慕。这么忙叨人的文具树，还是礼拜天来吧，他拿着专一到底的铁板挺好。

“竹子，走。”耳边传来施方泽的催促。

可他们才刚转身，脚下就兜起一张大网，直接将他们困住，提到半空。网兜的上方根本没有悬挂点，这种不科学的东西只能是又一个文具树。

郑落竹无语，这种远程操控文具树偷袭是最令人烦躁的。

“刺啦——”施方泽手里不知何时多了一把锋利匕首，在被网兜兜到半空的同一时间，他便将刀尖插入网眼，向下一划到底。

郑落竹惊讶于他身手的敏捷。

三人顺势从划口脱离网兜，重新落地。

郑落竹突然本能地感觉到杀意，疾呼出声：“小心！”同时重新召出“铁板一圈”，牢牢将三人护住。

“当——”就在铁板围拢的一刹那，利刃和金属的碰撞声响起，尖锐刺耳，就在三人左侧铁板外。

攻击落空，铁板外响起咬牙切齿的骂声：“背叛者！懦夫！你以为躲在里面就行了？”

施方泽不以为意，连礼拜天都没什么情绪波动，显然见怪不怪。

郑落竹却不行。他在关岚那里听到施方泽被现在的探索者组员当成背叛者时就挺来气了，现在亲身经历，更是控制不住：“你骂谁呢？探索者是传销组织啊，进了就不能退？我们爱进进，爱退退，我还想跑来跑去呢，关你屁事！”

施方泽本来不愿恋战，想让礼拜天弄个文具树直接撤的，可现在忽然有点儿舍不得了。看着全心维护自己的郑落竹，他的嘴角根本压不住。

礼拜天都酝酿好下一位复制目标了，瞥见老大一脸幸福，得，再等等吧。

突如其来的混战迅速清空了街面，往来路人早躲起来了。都是在这片混日子的自由者，谁也不愿意沾染麻烦。

黄沙狂风停了，网兜也没再来，空气静得出奇，静到铁板外的剧烈呼吸都一清二楚。

“叛徒都该去死！”

每个字都咬得极重，是真的愤怒，真的仇恨，虽然源头很荒诞。

郑落竹不明白，且不说施方泽脱离探索者已经是很久之前的事了，那个时候外面这位在不在关卡世界里都很难讲，就算在，就算施方泽的离开让他们这些追随的人失望了，真的至于到这样不杀不解恨的地步吗？还是说，只要违背一点儿探索者们所谓的“信仰”，就要立刻被打入万劫不复？

郑落竹忽然想起了郁飞。

3/10集结区里，郁飞邀请自家组长加入探索者时，郑落竹并不在场，只从后来唐凛的转述中得知郁飞有些偏执了——对于唐凛的拒绝，郁飞表现出了极度的愤慨，认为他自私，只顾着自己和VIP伙伴的安全，心中没有“大义”。当时郑落竹只觉得魔幻，认定是李展的死刺激到了郁飞，才让他走入歧途。但是现在，他终于理解了自家组长口中的“偏执”，也理解了关岚谈到施方泽和探索者决裂时提到的“狂热”。这样的狂热分子令人不寒而栗，但郑落竹一想到狂热分子不止一个，而是整个探索者都如此，又忽然觉得很沉重。

“竹子，收铁板，准备撤。”施方泽低声道。

郑落竹一怔，回过神来。他不知道施方泽要怎么撤，却本能信任，果断收了铁板。

铁板消失，郑落竹忽然感觉身体腾空，顷刻就被一阵风卷到了极高的空中，一同被卷起的还有施方泽和再次变身的礼拜天。这次礼拜天复制的目标还是个陌生人，但能力却让郑落竹有一种熟悉感，分明就是对对碰的“一路顺风”嘛！

下面的探索者不甘心地抬起头，不是一个，是三个——身处高空的郑落竹此刻可以俯瞰整条街。三个人身形各异，五官样貌也截然不同。可他们有同样一双眼睛，黑沉沉的，仿佛深渊，也想将映入那里的每一个人都拖进去。

把他们变成这样的是那些别有用心的探索者高层，但更是这个关卡世界。郑落竹第一次真正听见内心的鼓动——毁掉这里，带所有人回家！他还记得刚进后十关，在下沉电梯里的郁飞，那是个会对着李展笑的大男孩。他想让那样的郁飞和每一个在关卡里失去自己的人回来。

几秒时间，施方泽、郑落竹、礼拜天就被“一路顺风”送出了好几条街，待文具树失效，三人落地，早脱离了探索者的偷袭范围。但礼拜天没有松懈，继续“换皮”，又给他们提了提速，最终让三人在十分钟内穿越自由者杂居区，进入中小型组织聚集区，抵达新的藏身地——一幢存在感很低的房子，上下三层，夹在一片长得差不多的联排房屋里。

大吉开门看到郑落竹没觉得意外，倒是看见他的一脸沉重和礼拜天明显体力消耗的气喘吁吁有点儿意外：“探索者？”

“嗯，”礼拜天等老大和郑落竹进门，才最后一个进，“三个，不过实力都不怎么样，疯劲儿倒是一个比一个足。”

施方泽在客厅的沙发上坐下来，看郑落竹仍站着，便问：“还在生我的气？”

郑落竹一屁股在他旁边坐下来：“还生什么啊，我就是想，情绪也得接得上啊。”刚经过一场乱，前面兴师问罪那股子劲儿早不知道飘哪儿去了。

施方泽没再说什么，但一声轻轻叹息被郑落竹听见了。

郑落竹挑眉：“怎么的，我不生气了，你还挺遗憾？”

不料施方泽居然真点了头：“因为我还没解释完。”

郑落竹没好气地看他：“要还是故意隐瞒我好让我来找你算账这种，你就自己留着吧，免得我……”

他想说“免得我想给你一铁板”，但这话到了嘴边实在讲不出来。从小到大，他都是护着施方泽的那个，连别人动施方泽一下，他都能去跟人拼命，他自己怎么可能主动去伤害施方泽呢，哪怕是嘴上吓唬吓唬都有点儿舍不得。不过话说回来，郑落竹后知后觉想起来，施方泽在巷子里捂他嘴的时候好像也有点儿力气嘛，难道是在关卡里身体素质提升了？

郑落竹走神得大大方方，施方泽也看得明明白白，所以他耐心地等，直到郑落竹把焦距重新对到他身上了，才慢悠悠道："不全是。"

郑落竹眼神回来了，思绪还没全收拢，一时跟不上："不全是什么？"

"隐瞒探索者的事，不全是故意想让你过来找我。"施方泽敛下眼睛，淡淡道，"还有另外一个原因，就是这件事我处理得太失败，其实也真的不想让你知道。"

这个理由比先前那个可爱太多了，而且完全就像施方泽这种学霸会有的烦恼。郑落竹瞬间心软："你是不是学习学傻了，非得考满分才叫优秀？你已经很厉害了好吗！以一己之力成立探索者，发现苗头不对果断处理，差一点儿就力挽狂澜，最后失败也是因为有人从中作梗，换我连第一环都未必能完成。"

给完正面肯定，郑落竹忽然又很欣慰和感慨："阿泽，你以前一委屈就哭，一遇见事儿就怕，你上大学的时候我还特别担心没我在身边你怎么办。但是现在，你长大了，再也不是那个小屁孩了。"

施方泽摇头："没有变化，以前我被不良少年堵，现在被探索者堵。"

郑落竹乐了，将人揽过来一把揉乱了对方的头发："放心，以前我护着你，现在我也护着你！"

施方泽任由郑落竹揽着、揉着，乖得像个文静的好学生。

全程站在门口竭力降低自我存在感的大吉和礼拜天："……"真该叫兄弟们都回来看看老大是怎么做的。

郑落竹立誓要保护自家"柔弱"竹马的时候，白组的蒋城和许叮咚正在艰难地向前代理组长白路斜灌输得到的信息。艰难不是因为信息量太大，而是刚睡醒的前组长看起来好像完全听不进去。

"然后施方泽就在天空城里蛰伏……"

"跳过。"

"死亡闯关者在9/10主战场周围的神庙，但具体……"

"跳过。"

"计划是救完人再去找主控室，他们有办法设置超空间……"

"跳过。"

"组长，再跳就没了……"

蒋城心累，许叮咚想哭。

白路斜还郁闷呢，还没睡到中午就被两个家伙挖起来，听了一堆乱七八糟听着就头大的话，都是什么鬼。他不耐烦地打了个哈欠："一句话总结，他们想干吗？"

蒋城深吸一口气，绞尽脑汁提炼出要点："闯关，救人，毁主控室。"

白路斜挑眉："所有人都答应了？"

"没，"许叮咚连忙说，"唐凛让我们回来好好想想，慎重决定。"

"哦，"白路斜耸耸肩，"那就再说吧。"

许叮咚、蒋城面面相觑，有点儿蒙，什么叫……再说吧？

"这些乱七八糟的不都在 9/10 吗，那还急什么，"白路斜毫不掩饰地嫌弃道，"那帮家伙说不定 7/10、8/10 就全军覆没了。"

许叮咚弱弱地问："那咱们呢？"

白路斜乐了，像是听见什么傻话："一路通关啊，这还需要疑问？"

许叮咚、蒋城："……"

他们能跟白路斜到现在图什么？图他毫无领导自觉？图他随时疯狂任性？不，图的就是这份令人迷惑的自信。

"所以，"许叮咚有点儿摸不准白路斜的意思了，"我们是和他们合作还是不合作啊？"

"我最讨厌合作。"白路斜想都不想，眼角眉梢全是拒绝。

蒋城："那就不再和他们一起闯关了？"

白路斜歪头："关卡还是要一起闯的，不然我们通关的时候没有观众，多寂寞。"

许叮咚、蒋城："……"

和白路斜沟通是一件比使用文具树还熬心耗力的事儿，能聊到这里，已经是两位白组伙伴的极限了。反正他们最终会和施方泽、VIP 一起闯 7/10、8/10 就对了，至于 9/10 的时候要不要合作，组长现在是说不合作，以后谁知道呢，毕竟组长的心情就是六月的天，一秒晴，一秒雨。

等等！许叮咚突然想起来，被前组长强行跳过的巨大信息量里，有一条他特别在意的，几乎惦记了一路，差点儿就让白路斜给跳没了。

"组长，这条情报你必须听。"许叮咚飞快开口，虽然白路斜坚持已卸任代理组长，但他和蒋城还是这样喊，"通关全部关卡的闯关者，会被记忆重置再丢回地下城。"他一口气说完，生怕被白路斜喊停。

白路斜这回倒难得耐心听了，听完不解地看着许叮咚："必须的点在哪里？"

蒋城在一旁快急死了："组长，你很可能就是通过全部关卡的人啊，不然为什么记忆空白！”

白路斜现在倒是彻底睡醒了，思路前所未有的透彻：“你们说的是记忆重置，我是记忆空白。”

蒋城：“那说不定是记忆重置的时候给你弄出了什么Bug（漏洞）呢？”

白路斜：“……”

蒋城在邪魅的凝视里打了个激灵：“不是，组长，我不是说你这个人有Bug，你是我见过最强大、最完美、最……有性格的组长。我单纯就指记忆，记忆！”

晚了。接下来的十五分钟，许叮咚默默围观了队友在“催眠术”的召唤下上天、入地、下海……画面太美，不堪回首。

同一时间，铁血营这边则是截然不同的严肃气氛。

何律和三道杠作为新进入天空城的铁血营组员，被安排在了一幢五层楼中两个相邻的房间，从广场回来之后，三道杠就一直在何律的房里。

面对面静坐了半天，三道杠实在忍不住了，问何律：“组长，你到底怎么想？”

何律思索片刻，缓缓开口：“这些信息太超出我们的想象，立刻就要全盘接受的确有些难。但那些守关人对我们的态度，还有各关卡中的种种细节，又和这番信息对得上，至少我现在还没找出疑点。另外，我也相信唐凛的判断力。”

三道杠：“你要答应他们的联合行动？”

沉吟良久，何律点头：“是的。”但他又道，“三道杠，在这件事上，我不能替你做决定。”

三道杠哼一声，眉上三条疤桀骜不驯：“你都上了，我要当缩头乌龟，就没脸再喊你一声组长！”

何律不赞同：“别意气用事。”

三道杠更不赞同：“铁血营讲的就是义气，就是热血！”

和热血正翻腾的铁血营一街之隔的就是孔明灯，然而这里没有热血，只有被信息轰炸后的茫然。

周云徽：“谁能再给我说一下，之前在广场都发生了什么，为什么突然就科幻了？”

华子：“好像是唐凛讲了一个很长……很长……很长……的故事。”

老虎：“我只记得外星人了。”

强哥：“那我们到底要不要答应合作？”

周云徽：“……”

老虎、强哥、华子：“组长？”

周云徽：“你们……”

老虎、强哥、华子："组长你决定就行，我们都听你的！"

周云徽："我是说，你们……先去十社那边看看他们什么动向。"

老虎、强哥、华子："……"

隔壁的隔壁的隔壁街，十社。

崔战："行星？高等文明？超空间跳跃点？星际穿越吗？"

郝斯文："其实挺像的，星球重力不同导致时间流速也不同……"

崔战："……"

郝斯文："我闭嘴。"

十分钟后。

郝斯文："那咱们是干还是不干？"

崔战："必须干，我还没打过外星人呢！"

郝斯文："那个，之前的守关者应该都是。"

崔战："那时候我不知道，不算。"

郝斯文："……好的。"

孔明灯溜过来听墙根，却只见证了崔组长过人的狂放和草率。但他们不知道，甜甜圈决定得比崔组长还早。

十五分钟前，甜甜圈。

唱票者探花把最后一张无记名投票摊开，上面的笔迹龙飞凤舞——Yes。

是否参与 VIP 和施方泽的计划？甜甜圈们的投票结果出炉：5 个 Yes，1 个 No。

不用讨论，也不用分析，上来就投票，既简单高效，还可以避免互相干扰，最大程度保留自己的自由意志，完美。但这完美里也有那么一点点瑕疵。

和尚把那张特立独行的纸条摸过来，皱起粗眉："还有人投了 No？"

其他甜甜圈们也有些意外。是个人就能看出关岚对这件事有多积极，何况他们这些人本来就喜欢冒险，越有挑战性的对于他们而言越有吸引力，更别说如果施方泽给的情报都切实可信，那么此次行动一旦成功，简直是他们在这个关卡世界里所能努力到的最好的结局，实在想不出谁会投反对票。

就在五个甜甜圈面面相觑看谁都可疑的时候，被第一个排除嫌疑的关组长本人悠悠举手，笑容灿烂无邪："我估计你们都投 Yes，所以投个 No 活跃一下气氛。"

莱昂、和尚、全麦、探花、五五分："……"

甜甜圈们已经算当机立断了，但在做决定的速度上也只排名第三，排在第二位的，是位于中小型组织聚集区的步步高升。

二十分钟前。

江户川："虽然情报都科幻得十分放飞，但放飞中又透着合理。"

佛纹："我无法信任一个连见都没见过的施方泽，但我愿意相信 VIP。"

下山虎："合不合作，我们也得去闯关，那就顺带合作呗。"

骷髅新娘："真的不是因为跟着 VIP 一起行动有安全感吗？"

下山虎："……懂不懂什么叫含蓄的美？"

对于抱 VIP 大腿……呸，对于 VIP 的高度信赖，使得步步高升省略了投票环节，在决定之迅速上战胜了甜甜圈。可是他们都敌不过杀伐决断的王者——莲花。

四十分钟前，刚离开中央广场的某条小路上。

清一色、十三幺、对对碰："大四喜。"

大四喜："明白。"

"幸运抉择"启动。

大四喜："选'合作'。"

清一色、十三幺、对对碰："明白。"

三天后，VIP 住处的大门被所有伙伴敲过了。

五天后，VIP、彩蛋以及其他七个队伍的伙伴第一次真正意义上的会合，并达成了以下共识——

一、情报禁止外泄，哪怕是自己所属的组织，以防造成不可控的局面，对外只说他们一路并肩闯关，彼此默契，所以才决定这次一同进入关卡。

二、施方泽突然进入关卡一定会引起探索者的注意，为免探索者捣乱，彩蛋的兄弟只有大吉和礼拜天跟着施方泽进入关卡，其余都布置在闯关口外围，拦截探索者可能做出的疯狂举动。

三、施方泽的情报显示，守关人对于关卡内的情况是可以实时监控的，所以一旦进入关卡，不可以再谈论情报相关内容，尤其是 7/10、8/10 内。至于进入 9/10 之后，因为已经到了奋力一搏的关头，就算他们不交谈，行动上也会被看出端倪，那时就只能随机应变、尽力一搏了。

四、为了防止被洗脑，他们不会真的去完成 9/10 关卡内容，而是要在关卡中途去找主控室。他们不通关，不被记忆重置，留在天空城的彩蛋组员自然也不会忘掉和施方泽有关的事，而施方泽已经在这些天将所有重要情报以特殊形式留给了他们，所以如果过了很长时间，关卡世界还是没有发生巨变的迹象，他们就会知道一切失败了。到那时，他们会带着这些情报，继承施方泽的信念。

达成共识之后，众人再没会面。接下来的五天，各队都进行着自己的准备，或休整，或训练。

近段时间闯关口每周都开，天空城的闯关者们从习惯到麻木，原本已经不怎么愿意过来凑热闹了，可这次闯关口开启当天，距离零点还剩半小时，中央广场就已经被围得水泄不通了。

三十四人。

自闯关口开启频率变化就再没有过一次性这么多人来闯关了，而且还是刚从 6/10 上来的新人，谁都想看看这帮不走寻常路的家伙。

施方泽担心的探索者捣乱没有缺席，但外围的被彩蛋组员按住了，广场内圈的则不敢轻举妄动。因为三十四人的队伍里不止施方泽，还有甜甜圈、铁血营、孔明灯、十社等等，这时候敢在众目睽睽下冲过去，影响了其他人进关卡，那些大组织也不能让他们好过，探索者再疯也没这个胆子。

零点将近，夜幕像蓝色丝绒。三十四人站在广场正中央，等待着开启一刻的到来。整个广场静得厉害，只有夜风吹过树叶，喷泉溅起水花。

三十四人面前突然出现一节台阶，一节并未落在地面上的悬空台阶。然后在距离它二十厘米左右的上方又出现了第二节，接着是第三节、第四节……那台阶一步步向上延伸，一直延伸到云里。夜空中的云开始流动。和白天的云不同，夜晚的云更朦胧，也更优雅，就像一层层帘幕。

施方泽最先上了台阶。然后众伙伴都动了，他们一级一级往上走，就像一列云间行走的队伍。

终于到了台阶尽头。云也都散了。一扇纯白色的大门在他们面前缓缓敞开。

三十四人踏入白色大门，进入了一个更加纯白的方形空间。四周墙壁、脚下地板，还有头顶上的天花板，都是一样的纯白色。每一片纯白之后似乎都有光源，映得哪里都明亮刺眼。这不是一个令人舒服的空间，白得过于冰冷，单调得近乎压抑。

大门在众人身后缓缓关闭，然后门的轮廓一点点消失，最终和纯白的墙壁融为一体。

“咕咕——”

带着一点儿电子音的猫头鹰叫忽然响起，不是一个，而是许多个，此起彼伏，刺耳得像一群猫头鹰在吵架。与此同时，每个闯关者面前都弹出一个投屏，投屏上都有一只圆滚滚的正在聒噪的小猫头鹰。

三十四人中，除了彩蛋三人，其余伙伴还没见过这阵势。之前闯关，顶多就是一个大投屏、一只猫头鹰，然后统一给闯关者们讲规则，这突然三十四只一起来，实在有点儿顶不住。

小猫头鹰们显然并不考虑闯关者的心情，在尽情地翻滚、咕咕之后，终于回到各自投屏中间，一样的姿势，一样的语调："欢迎各位来到天空城的云中战场哟。"

三十四道电子音整齐划一，听得人再觉不出戏谑感，只剩头皮发麻的诡异。

"从这里开始，一切复杂的闯关规则、环节都将不复存在。"小猫头鹰们集体向左歪头，"战斗就是关卡的全部内容，打败你的对手就是通关的不二法则。"

众伙伴神情未变，心里却一动。果然和施方泽提供的情报吻合，7/10 开始就进入真正发挥他们这些"小白鼠"作用的时候了，也就是所谓的"陪练"，所以再不用设计什么复杂关卡，正面战斗，简单直接。

"扑啦啦——"三十四个投屏上，小猫头鹰们齐刷刷往上方飞，像揭幕一样，从投屏底部拉上来密密麻麻的照片墙。

一共三十四张陌生人照片，每一张里都是不同的人，照片的风格也都完全不同：有人是规规矩矩的正面半身照，工作证一样；有人则是随心所欲照，或近身，或远景，或奔跑，或跳跃，或每一颗扣子都严谨系好，或半身赤膊尽情露肉。每个人的照相背景也五花八门，有黄沙漫天，有植物王国，有神秘宫殿，还有……星系宇宙？更有甚者走极简风，没场地，没内容，就一个黑暗中的逆光侧影，连身形轮廓都模糊。

但要说三十四张照片完全没有共同点也不对，至少有一点统一：照片中的人都是男性。

"这些就是你们的对手啦。"小猫头鹰们唰地倒地，在一块块屏幕上方从左滚到右，又从右滚到左，动作整齐得像复制粘贴，"作为你们勇于踏入云中战场的奖励，这一次你们可以主动挑选对手哟……每个人挑选一个对手，战胜这个对手，你的 7/10 就可以通关，是不是前所未有的简单？咕咕——但是切记挑选的速度要快一点儿，否则好的对手都被别人挑完了，你就没有选择余地了哟。"

众伙伴终于听明白了规则，此刻再看自己面前的投屏，就有种微妙的一言难尽感——明明是生死之战挑对手，为什么有种突然坠入相亲角的感觉？但是相亲至少还能通过照片看颜值看气质看眼缘，他们现在是战斗，要甄别的是对手的实力，以便避开致命敌人，提高生还率，谁能来告诉他们，是正面免冠照的家伙好打还是沙漠放飞的家伙容易对付啊？鬼能看得出来！

小猫头鹰们："友情提示，一小时后战场正式开启，你们将会按编号分为 5-5-5-5-5-5-4 七个小组，第一个小组先进，待全部结束战斗，第二个小组再进，以此类推，没有轮到的闯关者将继续在这里等待……举个例子，一小时后，第一小组的五个人进入各自战场，五场战斗同时进行，其他人在这里等待，直到第一小组五个人全部结束战斗，第二小组的五个人再进入战场，听明白了吗？"

唐凛定定地望着自己的投屏，冷静询问："五场战斗同时进行，战场与战场之间会有交叉吗？”

他只面对自己的屏幕，却是所有投屏上的小猫头鹰一起回答：“绝对不会，云中战场是完完全全的一对一战场，虽然场地环境各有不同，但每一个场地都是完全独立空间这一点，不用担心哟。”

唐凛继续问：“我们按编号分组，是指什么编号？”

三十四只小猫头鹰一齐转圈圈：“每一张照片都有自己的隐藏编号，但照片并没有按编号排序，是打乱的，等你们所有人都选择完，照片就会按原本的顺序再次排列，那个时候照片的排序就是你们的分组顺序哟。”

唐凛再没疑问，重新把注意力放到对手照片上。

盒子一样的纯白空间安静下来，所有伙伴都在审视观察自己的照片墙。他们现在知道为什么要每一个人面前都搞一块投屏了，这种先选先得的机制，如果只有一块投屏，很容易战斗还没开始呢，挤在投屏前抢目标的闯关者们就先打起来。

时间渐渐流逝，小猫头鹰们无声无息滚出投屏，原本的位置变成了倒计时，00:57:13。

崔战看照片看得快眼晕了，烦躁地抓抓头发，左右看：“这都快三分钟了，你们有选好的没？”

身后传来周云徽凉凉的声音：“友情提示，这不是选对手，是选生死，一个心急万劫不复，一个草率死无葬处。”

崔战没好气地回头道：“你能说点儿吉利的吗？”

周云徽不紧不慢：“一张照片代表一个守关者，也就代表一种特殊能力，能力之间有相关，有相克，某些以速度见长的人万一选了以减速见长的对手，到时候哭都没地方哭。”

崔战立刻让开，腾出自己投屏前的空间：“来来，请开始你的表演，我也学习一下怎么从一张照片判断一个人的特殊能力。”

从照片当然是判断不出任何战斗信息的，这也是崔战烦躁的原因，尤其所有人都迟迟不选，仿佛真能从照片中参悟什么玄机，更是让心急的崔组长焦灼。

远处以减速见长的丛越完全没听见自己的能力被 Cue（提示，信号，给某人暗示），因为他正全神贯注和自家伙伴讨论——

丛越：“组长，要不咱找莲花求助一下？”

唐凛：“大四喜？”

丛越：“对啊，他不是有‘幸运抉择’？”

唐凛慢慢转头看过去：“如果我没记错，‘幸运抉择’只能在两个选项之间使用……”

莲花四人处。

大四喜紧盯投屏，口中念念有词：“第一个和第二个……第二个？好。第二个和第三个……还是第二个？好。第二个和第四个……第四个？嗯。第四个和第五个……”

旁边实在看不下去的清一色、对对碰、十三幺：“那个，你就不能问‘选 1-17 还是 18-34’吗，这样一次缩小一半范围，几次就出来了。”

大四喜当然也想啊：“不行，‘幸运抉择’现阶段只能在两个单一目标中选。”至于以后能不能升级，他也没底，先把眼前度过吧，“第五个还是第六个……第六个？好，第六个还是第七个……”

清一色、对对碰、十三幺越看越心疼：“喜啊，要不你凭直觉选一个得了，别还没打呢，就体力透支了……”

“叮——”

纯白空间毫无预警响起清脆提示音，同时，照片墙中顺位第一的照片翻转过去，变成了白路斜的照片。这表示此人已被白路斜选择。

还没等众伙伴去看这位最果断的选手，顺位第二、第三的照片也陆续被选，分别是霍栩和崔战。

众伙伴：“……”还真是简单粗暴三人组。

第四个做决断的是周云徽，不过他没再按顺序往后选第四位，而是挑了排在第十五位的照片，就是那张逆着光的侧影。

从这里，后面的伙伴们开始陆续做出选择，基本都是跳跃着选，挑自己看起来觉得可以对付的，或者没那么穷凶极恶的。当然，每个人的标准不同，选择也不尽相同，还有人直接放弃“看面相”，完全只按照片序号挑自己的幸运数字。

同一时间，试炼区顾问室。

半小时前，这里还只有一个人在值班，就是前 7/10 的守关人。但现在，所有人一个不落都到岗了，只因 7/10 给他们每个人都发了紧急联络——那帮家伙又开始闯关了。

“那帮家伙”是沙漏古堡一役后，前守关人们给以 VIP 为首的那群人的特定称呼。在此之前，也有闯关者像他们一样自觉或不自觉地成了联合战队，一路过关斩将，但没有哪一批次得到过特定称呼的殊荣。

一来那些队伍最多联手过一到两关，基本就死的死散的散，通关的也会再找其他强者组新队继续。可这帮家伙的队伍一路通关 4/10、5/10、6/10，竟然没被打成残兵，进入天空城的时候队伍主体基本幸存。后来又经提尔和得摩斯提供信息，这里面一些人是从 2/10 水世界甚至 1/10 地下城就开始一起闯关的，于是这不同寻常的持久凝聚力和通关幸存率，更令守关人们侧目。

二来自守关人们被全数架空，客人进入关卡玩耍之后，大部分关卡内的通关过程都是人间地狱般的惨状，换一个关卡就能听见闯关者惨叫，再换个关卡还是闯关者的哀号，即便通关也是艰难险阻、连滚带爬，十分无趣。唯独这拨人，把通关打出了不同画风。还在守关岗位的时候，他们当然不喜欢闯关者恣意嚣张，但对于现在被架空、憋了一肚子气的他们来说，看客人们吃瘪还是挺有乐趣的。

综上，诸位赋闲的前守关人们是有些期待这些虫子再度闯关的，这也是他们第一次想在“虫子”之外再给他们找个称呼，比如“那帮家伙”。

不过那帮家伙十几天前才进天空城，怎么想都得休息至少个把月，再开始闯新关卡吧？所以即便知道今天是7/10关卡开启日，没人监督的他们还是按时休息去了，就留个原7/10守关人在投屏前值班，以防关卡进行中出现什么问题，运营部那边的新手们又来请教这个请教那个。结果谁都没料到，那帮家伙还真就挑在今天闯关了，简直是一口气的速度。

前7/10守关人在零点准时调出投屏，没一会儿就看见了鱼贯而入的三十四人，立刻向酣眠中的同事们开启紧急联络。现在关卡内一小时的倒计时还剩四十分钟，顾问室投屏前已经坐满了人。

“新加这仨什么来头？”5/10把投屏视角对准施方泽三人。

“一个脑袋有问题的组织，”7/10对他们可太熟悉了，“每回闯关必定半途而废，战斗能力嘛，一般般，逃跑能力简直出神入化，我这些年收到的至少1/3的投诉都来自他们。”

8/10拍拍他的肩膀，表示理解。打到一半对手跑了，那些来试炼的人能不生气吗。

从7/10开始，后面每一关真正和闯关者正面交锋的都是军队派来试炼的士兵，他们这些后面关卡的守关人只负责对接服务和关卡的整体调控，也就是说，1-6关的守关人以筛选优秀闯关者为工作职责，而他们后面关卡的守关人以服务好军队派过来的试炼者为工作职责。一个筛选虫子，自由惬意；一个伺候祖宗，如履薄冰。心酸啊！

“不过自从关卡变难，再不能中途退出后，他们应该就没来过了。”7/10疑惑道，“怎么这回又来了，还和这帮家伙一起？”

潘恩：“难道是知道了对手不再是原本的试炼者，而是换成了客人？”

“不可能，”7/10想也不想就否定，“关卡内的情况是不可以透露给未通关者的，客人进驻后，他们一次没闯过，绝对不可能知道。”

维达撇撇嘴：“要是真知道说不定反而不闯了。那些士兵过来试炼只为提升战力、进阶觉醒，很大一部分下手都有分寸的，这帮客人可是纯玩儿，一个比一个疯。”

投屏内的闯关者们还在对着照片挑选对手，得摩斯看得无聊，忽然想起个问题：“我听说7/10排队的客人最多？”

"因为 7/10 的通关者三天后直接进 8/10，" 7/10 解释道，"所以划分到这两关的客人都聚在一起等，按顺序，轮到哪关算哪关。"

"也不全是这个原因，" 8/10 说，"7/10 一次才进十个，几百个客人等，能不排长队吗？"

7/10："不是才进十个，是最少进来十个。"

8/10："从闯关口开启频率加快到现在，除了这帮家伙，哪次进来的虫子超过十个？"

7/10："……"

希芙："那修改闯关口开启频率的时候，为什么要把人数最低限也改了？继续保留原本的三十人不行吗？"

"不行，"资历最老的卡戎一脸沧桑地叹口气，"7/10 之后的关卡都有平衡设定，保证关卡对闯关者造成的杀伤在一个基本稳定的状态，一旦某些设定改变，比如闯关口开启变频繁，那闯关人数的要求就相应降低。"

希芙不解："运营部那边可以把闯关口开启频率调了，却改不了平衡设定？"

"还真改不了，"卡戎道，"这是鸮系统最初设计时的原始设定，只有最高权限才能修改。"

希芙一脸意外，没想到这也要最高权限。不过既然如此，那就没什么可聊的了，最高权限早随着那个发疯设计者的死亡而埋于黄土。

这些日子大家聚在顾问室，她也从卡戎那里听了不少那位天才设计者的八卦。虽然其发疯的原因，谁都不清楚，但据卡戎听来的小道消息，这位设计者至死都没交出鸮系统的最高权限，只给了上面外围权限，以至于现在上面几乎无法对鸮系统的核心有什么大修改，对于后十关试炼区，只能从边边角角进行微调，就这还经常被鸮系统的自我保护给挡掉。这次为了转型娱乐区修改各关卡闯关口的开启频率，还是特意组了个技术团队，很艰难才修改成功的。

至于前十三关培育区，上面更是直接不闻不问，依靠其自动运行，结果就是现在这样——培育区和外界的连接通道被不安分的闯关者彻底关闭，闯关者们安全弹出，前十三关成了一个仍在自主运行但完全不会再有闯关者进入的封闭空间，并且永远也无法修复，以至于连锁反应，后十关试炼区不得不转型。

希芙想着想着就有点儿唏嘘。如果那个设计者没发疯，现在的培育区和试炼区会怎样呢？可惜没有如果，那样一个天才不仅疯了、死了，连资料都被上面封锁了，甚至一张照片都没流出来过。

"叮——"

投屏里传出最后一声提示音，所有闯关者都选定了自己的对手。

守关人们抬头望去。纯白空间里的倒计时还剩三十五分钟。

“还行，不算太磨蹭。”早席地而坐的崔战打个哈欠，“我以为要拖到最后一分钟呢。”

最后一个选择，其实就等于没选择。捡所有人剩下的下山虎总觉得自己被内涵了，可怜巴巴地说：“我有选择困难症……”

随着所有人选完，三十四块投屏消失，白色空间里再无一物，只剩众闯关者。

4

每张照片的编号和大家最后的分组都要在倒计时结束、关卡开启时才揭晓，所以现在就是纯粹的战前休息时间。众人席地而坐，纷纷闭目养神，VIP 和彩蛋坐在一起，郑落竹有点儿不放心地凑到施方泽身边，一脸愁容：“你那个‘窃听’，要怎么和人打啊？”

施方泽：“放心，我被探索者追杀这么久，不也好好的。”

“那不一样，”郑落竹说，“那时候你有大吉、礼拜天护着，等下你只能单打独斗。”

施方泽笑了，目光和声音一起温柔下来：“你见我哪次考试是没有把握就去参加的？”

郑落竹想了想：“这倒是。初中的时候你每次骗我说考不好，等我拼命安慰拼命哄好你之后，成绩下来都能闪瞎我。”

施方泽眼底闪了闪：“你知道我在骗你？”太久远的事了，他没想到郑落竹还记得，更没想到原来早被识破。

“废话，一次两次不知道，八次十次再反应不过来，我脑子别要了。”郑落竹翻了个白眼。

施方泽轻轻挑眉，难得流露困惑：“那你当年为什么不戳穿？”

“看你可怜呗，”郑落竹哼一声，“撒娇都不会，一个套路用一百遍，傻乎乎的。”

施方泽眉宇舒展，笑意满满的眼睛像春雨洗过的晴空：“嗯，我最傻了。”

假装并没有在偷听的大吉、礼拜天：“……”他们为什么要承受这些？倒计时怎么还不结束？！

VIP 另一边，范佩阳毫无预兆地把唐凛的手臂拉过去，点开猫头鹰图案，再点开文具格。这一系列动作太突然，也太熟练，前后不过几秒，等唐凛反应过来，范佩阳已经替他在文具格里选择了“接受赠予”。

唐凛一瞬间明白了范佩阳的意图。难怪前些天范佩阳从黑市回来没有一点儿反应，唐凛还奇怪，以为是范佩阳没遇见值得买的文具，所以就不提这件事了。原来不是没买，是怕买了给他不要，非得等到临闯关的最后时刻再单方面给他，料想当着这么多其他队伍的人的面，自己也不好再说些有的没的，甚至拒绝。

范佩阳怕他拒绝。

意识到这件事，唐凛心里疼了一下，不重，就是针扎那种，可是疼过之后，微微的酸就细细密密蔓延开来。他认识的范佩阳是强大的、自信的，甚至带着些许独断和偏执，小心翼翼从来不可能也不应该出现在范佩阳身上。

“叮——叮——叮——叮——”

几乎永不停歇的提示音生生将唐凛的思绪从情感漩涡里拉了回来。

周围的众伙伴也被烦得不行：“你们 VIP 干吗呢？”

偷偷围观的丛越闻言骄傲地扬起双下巴：“我们范总给我们组长送文具，不行？”

众伙伴：“送文具可以，但你这没完没了的，是送文具还是搬仓库啊？”一个文具赠予成功，是一声“叮”，这都“叮”了多少次了？

唐凛已经完全没在听周围说什么了，他怔怔低着头，全部注意力都被迅速填满的文具格虏去了——〈防〉金钟罩、〈防〉正气护体、〈防〉看不见的铁桶阵、〈防〉百毒不侵、〈防〉软着陆、〈防〉突出重围、〈防〉五里雾中、〈防〉固若金汤、〈防〉移花接木、〈防〉浩然正气、〈防〉天蚕丝……〈武〉束手就擒、〈武〉浪漫下午茶、〈武〉一网打尽、〈武〉灵车漂移、〈武〉魂归故里、〈武〉摘叶飞花、〈武〉百发百中霹雳枪……〈幻〉……

可怕的不是一个个原本空白的文具格被填充，可怕的是这种光速填充仿佛没有尽头……范佩阳是把整个黑市掏空了吗？！

密集的提示音，在数不清多少声后才彻底停下。一行十个的文具格整整被填满了十行零半行，文具数量总计一百零五个。

唐凛彻底惊呆了，怦怦的心跳根本无法控制，一下下用力砸着他的胸腔。他觉得有好多话在擂鼓般的心跳声里翻滚，他想吐槽范佩阳的疯狂，想批评范佩阳的乱花钱，想用最贴切的词来描述自己的备受冲击和凌乱……可是它们争先恐后，互不相让，最终乱七八糟搅成一团，交融，炸裂，迸出岩浆一样的灼热，烫了心。

范佩阳低头看着被自己填满的文具格，仍握着唐凛手臂的拇指轻轻在界面边缘摩挲，语带遗憾：“时间太紧，不然还可以收来更多。”

“你够了！”没等唐凛开口，旁边已炸起忍无可忍的暴喝。

唐凛和范佩阳同时转头，这才发现众伙伴不知何时已经聚到周围了，有一个算一个，全瞪着唐凛手臂上的文具格界面，战前理应稳定的情绪遭遇了前所未有的巨大挑战。

清一色：“不行了，我眼晕，谁能给我数数到底多少个？”

五五分：“一百零五。”

崔战：“这是把整个天空城的黑市打劫了吗？！”

范佩阳关掉唐凛手臂上的界面：“还有地下城。”

众伙伴："……"

"难怪昨天我去黑市找八万八的时候，他说库存被清空，我说那就去地下城再帮我收点儿，他说地下城也一样，现在连根毛都没有了……"三道杠心塞。

蒋城："丧心病狂，绝对的丧心病狂。"

许叮咚："关键是有钱。"

礼拜天："No，关键是敢花。"

下山虎："还不是花自己身上……"

无数道羡慕的眼神默默投向唐凛。

唐凛："……"

十三幺捂心口，明明钱不是自己的，可扎心的感觉竟那样清晰："问题是对于现阶段的战斗，一次性文具的效果就跟纸糊的一样，没必要浪费这么多钱啊。"

范佩阳松开唐凛的手臂："所以要糊很多层。"

众伙伴："……"有钱人的思路就是这样单纯不做作。

唐凛轻轻呼口气，心跳终于稍微平复，抬眼有些复杂地看范佩阳，带了一点儿笑意，还有些许说不清的东西："我就算两分钟用一个，不间断地用，全用完也要三个多小时。"

何况根本不可能不间断地使用。一次性文具其实比文具树更耗费体力，因为文具树的操控对于闯关者来说已经熟练了，而每一个一次性文具对于闯关者来说都是崭新的，需要更多的精力去投入，去从零开始建立联系、操控，有些即使操控上了，还要继续摸索效果的深度和边界。这也是越往后的关卡，闯关者越少用一次性文具的原因——金钱、体力、精神力都付出了，换来的文具效果却十分有限，这种吃力不讨好的事谁也不会做，顶多就是买一两个有专项效果的，比如防御或者脱身，用来应急而已。

"你的体力不适合打持久战，"范佩阳只针对三个小时做特殊提醒，"尽量三十分钟之内结束战斗。"

唐凛更哭笑不得了："那你还给我这么多？"

范佩阳淡淡道："给你就是你的，如果你觉得资源浪费，可以二次分配。"

唐凛一怔，所以是说他可以把多余的分给其他人吗？还是说，因为怕他不要，所以范佩阳特意买了远超出实用程度的数量，这样他很自然就会想到把多余的分给其他伙伴，相应的，自己那一份也就留下了？这样的费心迂回从来都不是范佩阳的风格，范佩阳应该是"我买了你就得要，不要我就硬给"才对。可唐凛一想到范佩阳在黑市里一边买买买，一边盘算着怎么才能把这些文具顺理成章塞到他文具格里的样子，又觉得莫名可爱。

范总功成身退，背靠白墙，闭目养神，周身散发着"这个纷杂的世界再与我无关"的明确气场。

唐凛压住总不听话想往上去的嘴角，将文具留下十个左右，再让 VIP 伙伴们各自挑了一些，剩下的分到了其他伙伴手里。文具树对抗性弱的就给多一点儿，平均下来大概每人一两个。这次闯关和从前不同，在场所有人都是铁了心要和他一起去救人、毁主控室的，这里其实已经没有了组织之分，三十四人就是一个整体，每一个都是伙伴。

当然也有例外——霍栩闪得远远的，满脸拒绝，愣是一个不要。

自家伙伴不想要，唐凛也不好强迫，于是霍栩那份就被郑落竹和丛越瓜分了。

“钞能力”的光辉在纯白空间旋转跳跃，多时不散。

周云徽看看入账的文具格，再看看连冷峻都冷峻得那样潇洒的范总，感慨万千：“我又相信友情了。”

旁边的崔战冷哼：“一两个文具就把你收买了？”

“文具不是重点，”周云徽说，“重点是他的这份心。”

崔战不以为然：“这是还没追回从前呢，当然得下功夫，你等追到了再看。”

分发这一圈文具也用了不少时间，如今倒计时只剩九分钟。众伙伴的交谈声渐渐低下去，空气归于安静。大家平心静气地在时间规律的流逝中静待最终一刻的到来。

倒计时还剩五分钟。闭着眼睛思绪放空中的唐凛突然又被人握住了手臂，同样的力道，同样的温度，同样的拉过去、点击一条龙，一切熟悉得就像时光倒流。

唐凛诧异地睁开眼睛，还没等看清，就听到一声更加熟悉的“叮”。

小抄纸：“接受赠予〈幻〉丘比特之箭。”

这一声也惊醒了其他闭目养神的伙伴，所有人现在就一个心情……还来？！

“叮——叮——叮——”

这次没有海量，就八个幻具，很快便都落进唐凛的文具格里——〈幻〉死亡唱诗班、〈幻〉我真怕、〈幻〉岁月倒流、〈幻〉啊，福气掉了、〈幻〉啊，心碎了、〈幻〉我劝你善良、〈幻〉Don't lie to me、〈幻〉丘比特之箭。

但这八个每一个拿出来，都几乎是同类文具中的最强力款了。防具、武具中都没有能直接致死的，幻具里这样的也是极少数，但“〈幻〉死亡唱诗班”可以，哪怕放在现在的守关人身上无法达到秒杀的效果，也绝对能以攻代守，拦住一次致命性攻击。后面的七个同理，都是一个能顶不知多少个普通文具的珍贵款。

“刚才给你的时候把这几个漏掉了。”范佩阳一脸坦然淡定，就像真的只是一时疏忽。

但是什么样的疏忽，能恰好把所有最贵的文具疏忽掉？！

“你故意的。”唐凛紧紧盯着他，眼底不受控制地发热。

范佩阳不置可否，但这回态度倒明确：“禁止外送。”

被一次又一次套路本该生气的，可唐凛只觉得自己的一颗心被人攥紧了，力道大得他挣不脱，热度烫得他逃不掉：“你到底还有多少套路？”

范佩阳笑了，冷峻眉宇间久违地染上一点儿心思得逞的愉悦：“无可奉告。”

他手上其实已经空了。他的底牌在唐凛失忆的那一刻就已经被收走。他没有任何办法让时光倒流，记忆重回，他现在的这点儿小伎俩不过是希望唐凛平安。平安就好，哪怕永远都不再想起从前。

“范佩阳。”唐凛忽然低低开口。

范佩阳不着痕迹地将所有情绪藏起，藏得滴水不漏，而后抬头，平静淡然地问：“嗯？”

唐凛看着他，目光轻轻闪烁：“我好像有点儿明白当初为什么会和你成为朋友了。”

范佩阳眼底一颤，几乎是脱口而出：“为什么？”

唐凛笑了，清淡的眼眉像月光下的山林，宁静，温柔：“因为看着你，我的心就会很定。”

范佩阳摇头，一刻不放地望着他：“我问的不是为什么成为朋友，是为什么你现在明白了。”

唐凛安静下来，笑意渐渐淡了，散了。然后他轻轻向前，抱住了范佩阳。

范佩阳的世界忽然安静了。天地万物皆空白，时间空间都消失，唯一真实清晰的只有拥抱的柔软和温热。他将人轻轻拥住，却又不敢用力，怕一用力，怀里的人就没了，梦就醒了。

被彻底无视掉的三十二个伙伴：“……”

什么情况？他们还在这儿呢，能不能给他们这些马上就要闯关搏命的围观群众一点儿爱护和尊重！守关人也没这么凶残啊！

周云徽朝崔战挑了挑眉，用口型问：“现在相信了吗？”

崔战信了，而且他对友情的标准已经被给完一百多个文具后竟然还特地留了最后一拨给心上人压阵的范总生生提到了前所未有的高度。

“咕咕，倒计时结束了哟。”

纯白空间正中央突然弹出一个巨大的投屏。唐凛和范佩阳稍稍分开，平稳了几秒呼吸才看向屏幕。

“相信大家都准备好了，那么就公布第一组的名单吧！”

小猫头鹰原地跳跳跳，下方空白屏幕浮现出第一小组对战者照片。右边一列五张照片，是编号被揭晓的守关者，左边一列五张照片，则是选择和他们对战的闯关者——

范佩阳（对战）Guest. 110

蒋　城（对战）Guest. 111

探　花（对战）Guest. 112

华　子（对战）Guest. 113

对对碰（对战）Guest. 114

“第一小组对战全部结束，才会公布第二小组名单哟。”小猫头鹰不再乱动，难得稳稳当当停在投屏上方，戏谑的声音微妙拖长，像不怀好意，又像幸灾乐祸，“那么，就要进入战场喽……”

五束光从天花板上打下来，笼住第一组的五个人。

唐凛没想到第一组就有范佩阳。他转头去看范佩阳。范佩阳忽地凑过来又拥抱了他一下。

光芒变得强烈而刺眼。

唐凛听见范佩阳说：“我在关卡终点等你。”

光芒倏然而散，五人也被传送进战场。

唐凛望着投屏上范佩阳的照片，心里一片柔软，可那柔软里又生出前所未有的坚定。

第一次，范佩阳没有说“我要保护你”，也没有因为被迫分开无法再全程护着自己而百般不甘千般不愿。他说“我在终点等你”。这是唐凛一直以来都想要的信任。范佩阳给了，唐凛就一定会赴约。

一分钟前，试炼区，顾问室。

投屏前的空气凝固了。不管是在讨论还是在闲聊的守关人都一下子没了声音，一张张漾着惬意笑容的脸庞就此僵硬。他们在这里是等着看战斗，看厮杀，看客人被打脸或者闯关者被屠戮的，能不能让闯关纯粹点儿？！

唯一值得庆幸的是，在围观 6/10 沙漏古堡时，他们就曾因为两人过于微妙的气氛而发起过讨论，结果被向来乐于分享八卦的得摩斯进行了一波深入浅出的科普，不然现在还真不一定扛得住。

但是与此同时，问题也来了——

众守关人一个个转头，怀疑的视线纷纷投向得摩斯：“你不是说他俩迟早散伙吗？”

得摩斯现在不想说话。他一个接一个往嘴里塞着索贝克不久前刚烤好的小面包，把腮帮子塞得满满，然后用力嚼，仿佛嚼的不是小面包，而是那个轻易就送出私人徽章的自己。

从今以后，再悲惨的友情史都别想骗走他的徽章，想都别想！

第二章

云中战场（上）

YUN ZHONG ZHAN CHANG

1

第一组，战场。

范佩阳在白光中晕眩了十几秒，待白光和晕眩感一同退去，视野渐渐清晰，他已置身一个巨大的金属鸟笼。鸟笼底直径约十米，高有七八米，由无数根泛着冰冷银光的金属柱围拢而成，每一根金属柱都有碗口粗，柱与柱之间的空隙仅能容一条手臂穿过。鸟笼顶端有微弱的光打下来，勉强让笼内可见。而鸟笼之外一片黑暗，无从分辨是什么地方。唯一能确定的是鸟笼被挂在空中，因为四面八方都有风吹过来，鸟笼以最高处的顶端为支点，一直在随着风晃动，风强就晃得厉害，风弱就晃得轻微。

但这些对于现在的范佩阳来说，都不值得分神关注。他的思绪，他的心情，他的全部，都还停留在刚刚。他在快乐，他在狂喜，他从没有任何时候像此刻这样由衷地感觉幸福，就像有个小人在他的心里放烟花，“砰”一声，满心房绚烂夺目。

一束白光打进鸟笼，落在范佩阳对面。白光里，一个肩膀宽阔的高大身影缓缓出现。

范佩阳抬头去望，与高大身影对视的一瞬间，鸟笼外遥远的黑暗之中传来小猫头鹰戏谑的电子音：“对战即将开始，下面宣布对战结束的两种方式：一、闯关者死亡或者脱离战斗区域，对战结束，脱离战斗区域的闯关者将被按照死亡处理；二、客人喊出‘认输’，或者重伤、死亡、脱离战斗区域，对战结束……请注意，以第二种方式结束对战，闯关者才可以通关。当然，闯关者也可以喊‘认输’，不过喊了没用，战斗还要继续哟。祝你好运！”

罩在客人身上的白光和小猫头鹰诡异的尾音一同散去。鸟笼的另一端，Guest. 110 露出真容——和范佩阳身高相仿，大骨架，隔着随性的宽松外套也能隐约看出有力的肌肉线条，五官深邃，气质却张扬轻佻。他一双浅棕色的眼睛隔空上下打量范佩阳："你选的我？"

范佩阳静静看他。

Guest. 110 遗憾摇头："很不幸，你做了一个非常错误的选择。"

范佩阳还是静静看他。

Guest. 110："如果你让我玩得尽兴，我会考虑让你死得不那么痛苦。"

范佩阳一直静静看他。

Guest. 110 脸上的张狂终于在对手的谜之凝视里变成一言难尽："你为什么要一直对着我笑？"故弄玄虚打心理战的，他不是没见过——故作高深，让对手不敢乱动；故作神秘，让对手胡思乱想；故作自信，让对手压力倍增——但这种一脸微笑故作幸福的，今天是第一次见，这是什么战术目的？让对手……嫉妒？

"我不是对着你笑。"范佩阳看着一脸纠结费解的 Guest. 110，缓声解释，"是刚刚，进战场之前发生了一件很……好的事情。"

如果范总的员工在这里，绝对会震惊于老板前所未有的温和与耐心。这要是平时的范总，还给你解释？心情最好的时候，也顶多给你一个自行领会的眼神好吗？！

但 Guest. 110 并不清楚自己已经借着唐凛的春风得到了 VVVIP 的待遇，他对范佩阳口中那件"很好的事情"更是完全不关心，他来这里只有一个目的："那你现在可以收起那让人恶心的笑容，开始专心对战了吗？"

范佩阳抬眼，终于第一次正经观察自己的对手："你就是 Guest. 110？"

Guest. 110："……"很好，他前面的话都说给空气了。

深呼吸，Guest. 110 努力让自己忘掉先前的乱七八糟，就当此刻才是他进入战场的第一秒："是的，"他朝范佩阳优雅点头，"你选了我，多少也算我们之间有缘分，作为奖励，我可以让你自己挑选死法。但有一点——"Guest. 110 眉峰邪邪上挑，"我可是排了许久的队才等来这场战斗，你要拿出全力，不，全力不够，还要把潜力都爆发出来，让我玩得……"

"你有朋友吗？"范佩阳突然打断他。

Guest. 110 自我陶醉的演说戛然而止，茫然地看向范佩阳："哈？"

范佩阳："我问你有朋友吗？"

Guest. 110 完全蒙了，感觉自己正在被黑洞一样的对手带进某种不可理喻又无法挣脱的诡异节奏："什么意思？要和你对战还必须朋友遍天下？"

范佩阳眼底的笑意终于变浅，但幸福底色仍在，只是底色之上开始生出一点点不确定:“与对战无关,我只是忽然想到一个有些困扰的问题,急于找到结果,如果可以和人讨论,我想结果会更科学。”停顿一下，他几不可闻地叹息，“这里只有你，我别无选择。”

这是在……嫌弃他？！ Guest. 110 简直忍无可忍，如果这里不是鸮，如果不是申请了多时才排到这么一个机会，如果不是心疼高昂的申请费和自己宝贵的等待时间，他绝对不会让对面这家伙再多活一秒钟!

平静。Guest. 110 在心底和自己说，你要平静，不要被一时冲动毁了得来不易的快乐。

是时候为这场娱乐付出隐形成本了，Guest. 110 重新抬起头，这辈子都没这样理性克制过：“是不是解决了困扰，你就会全力和我打？”杀掉对方只是必然结果，但他要的是这中间的过程，对方可以弱，但至少也得像个小兽一样扑上来咬他几口，才不枉费他的期待。眼下这种全然没心思战斗的，就算被杀一百次也毫无意义。

同一时间，顾问室。

空气里凝固的不是沉默，是守关人们难以形容的复杂心情。

6/10：“谁能告诉我，他是真想和 Guest. 110 讨论，还是故意拖延时间呢？”

8/10：“肯定是拖延时间啊。你们看看这战斗场地，从里到外就一个笼子。范佩阳的能力是隔空移物，连‘物’都没有，他拿什么战斗？”

希芙：“但是拖延时间也拖不出新战场，有什么用？”

卡戎：“人在绝命关头总会有一些下意识的自保行为。”

7/10：“同意，估计连他自己都不知道拖到最后要怎么办。”

投屏里,被守关人们公认为了拖时间的范佩阳已经正色开口:“如果一个人给了你拥抱，但什么也没说，这代表什么？”

从出生单身到现在的 Guest. 110 煞有介事地详细询问：“什么样的拥抱？偷袭？强制？还是心不甘情不愿的被迫？”

范佩阳：“算偷袭，但不算偷抱，是光明正大地抱，周围还有三十二个人在看着。”

Guest. 110：“……三十二个人？”

范佩阳：“这不重要。总之他没有不情愿。”

Guest. 110：“拥抱完什么也没说吗？”

范佩阳：“什么都没说。”

Guest. 110 急死了：“他没说你可以问啊。”

范佩阳皱眉，几乎是谴责性地瞥向 Guest. 110：“根本没有问的时间，我就已经被传送到这里了。”

投屏前，众守关人无话可说，竟然是真的一本正经在讨论……

“等等，”Guest. 110 在只言片语里捕捉到重点，“拥抱完你就被传送到这里了？”

范佩阳点头。

Guest. 110：“所以你问的是和你一起闯关的人？”

范佩阳继续点头。

Guest. 110：“女人？”

范佩阳：“男人。”

Guest. 110：“你在闯关之前不想着怎么战斗，而是去拥抱一个男人？”

范佩阳：“他拥抱的我。”

Guest. 110：“这有区别吗？！”

“当然，”这里面的区别在范佩阳看来就是天上和地下，“我拿他当最好的朋友，我拥抱他，这是正常的反应，但他失忆了，不记得和我的过往，现在却抱了我，所以这个问题才值得我们在这里讨论。”

Guest. 110：“……”他付出那么多，换来在这里和一个男人讨论另外一个男人的拥抱代表什么？他一定是疯了。

微妙的静默在鸟笼中蔓延开来。整整一分钟后，Guest. 110 抬头，麻木的脸上再没有任何情绪波动：“他拿你当很重要的朋友。”

范总满意微笑：“我喜欢你的结论。”

谢天谢地，这一环节终于结束了。Guest. 110 把心里那点儿已经快垮掉的娱乐期待艰难捡起来，重新拼凑，勉强拼回了大概。他的眼底开始变冷：“我陪你玩了这么久，现在轮到你陪我了。”

范佩阳淡淡点头：“应该。”

Guest. 110 脱下宽松外套丢到地上，只剩贴身单衣，薄薄布料下，肌肉纹理漂亮分明。

不知何处而来的风忽然变得强力，吹得鸟笼猛烈摇晃，就像颠簸在狂风巨浪上。范佩阳迅速侧身，伸手抓住背后鸟笼的一根金属柱维持平衡。Guest. 110 却不用。他随着晃动稳稳站着，超强的平衡能力让他与鸟笼融洽得就像一体。

这是一个绝佳的进攻时机，但 Guest. 110 不需要。一直等到最强风力过去，鸟笼的摇晃开始放缓，他才朝范佩阳勾起嘴角：“现在，就让你看看我的能力。”

话放出去，Guest. 110 周身的散漫顷刻间消失无踪，他肌肉绷紧，身体蓄力，几乎是霎时就切入战斗状态。但暗中酝酿的攻击只有他平日正常攻击的 30% 的杀伤力。毕竟战斗才刚开始，万一一个用力过猛把人直接打死了，那先前的“顾问时光”就都白煎熬了。

一切就绪，Guest. 110 毫不犹豫发动……

“咔。”突如其来的异样声响赶在最后一秒打断了 Guest. 110 的出手，有点儿像金属断裂，更重要的是近在耳边。然而鸟笼里没有任何东西，唯一能发出这种声音的只有鸟笼本身！

对危险的本能直觉让 Guest. 110 立刻循声转头，果然，身旁一根鸟笼的金属柱上下两端同时从笼体上断裂，被完整地取了下来。但它两端并不是被利器切割的平整，而是扭曲变形的尖锐，就像有一股无形的力量握住金属柱，利用金属的延展性不断旋转，最终超过极限，生生将金属柱扭了下来。脱离了鸟笼的金属柱没有落地，而是径直朝 Guest. 110 飞去，风驰电掣般的凌厉，尖锐顶端径直冲向 Guest. 110 的心口。

Guest. 110 的眼底掠过懊恼。金属柱以这样的方式断裂绝对不可能是一瞬间的事，也就是说在金属柱被暗中拧动的时候，他竟然没有注意到。可现在不是往前追溯的时候，金属柱断裂的位置离他太近了，断裂之后凌空飞起，几乎要擦到他的肩膀，又以极快的速度往他心口冲，根本避无可避。于是 Guest. 110 也就不徒劳闪躲，而是集中全部精神力，在金属柱袭来的一刹那将身体防御提升到峰值。

尖锐的金属柱重重顶到 Guest. 110 的心口，终是被提升了防御的肌肉挡住了，没有刺穿。但冲击力之大，超出了 Guest. 110 的预料。他疼得闷哼一声，身体不由自主向后撤了一步，难以克制地惊讶起来。这一类能力他很清楚，就是隔空移物，利用物品本身的重量或者锋利度在速度的辅助下达到攻击效果。此类能力觉醒的级别再高一点儿，还可以增加其他辅助杀伤，比如让物品改变形态或者爆炸等等。然而眼下的攻击，单纯利用速度便让金属柱达到了这样的冲击力，放在 K 星都属于平均水平之上，却是由一个虫子操控出来的，不简单。

“你还不错，但伤不到我。”Guest. 110 稳住身形，低头看着仍抵在心口的金属柱，不免惋惜。这可能是对方在这场战斗中唯一能得手的机会，然而体质和能力的绝对差异摆在这里，除了利用冲击力让他疼一下、踉跄一步，杀伤效果不可能再多了。

金属柱仍悬在那里不动，显然操控者并没有放弃。

Guest. 110 不屑一笑，抬手握住金属柱……

“砰——”Guest. 110 还没用力，金属柱就自己爆炸了。爆炸产生的冲击波是先前金属柱冲击力的好几倍，直接将 Guest. 110 炸得向后踉跄。他终于意识到自己轻敌了，对方已经觉醒了“爆裂”的附加效果。但看走眼并不完全是他的问题，因为既然是附加效果，怎么想都理应在攻击的同时爆发，就像刚刚，如果在金属柱撞到他心口的那一瞬爆炸，不就可以配合撞击将伤害叠加提高吗？那样说不定他已经见血了，而不是像现在这样，仅仅被冲击波往后弹。

失去平衡的踉跄里，Guest. 110 还能从容想着这些，一是因为爆炸的冲击波和先前的攻击一样，都是雷声大雨点小，给他挠痒痒罢了；二是他的背后就是鸟笼边缘，根本踉跄不上几步，就会因为后背撞上鸟笼密集的金属柱而提前结束惯性带来的冲击。思及此，Guest. 110 越发气定神闲，松弛下来任由身体随着惯性向后，同时酝酿精神力，只等后背撞上鸟笼的一瞬间借力反弹，给予对面一击……

咦？ Guest. 110 忽然觉得哪里不对。他离鸟笼边缘并不远，向后一直踉跄到现在，按理说早该撞上了，怎么还没来？

Guest. 110 想回头看情况，然而更快的，两侧金属柱已出现在了他的余光里。随着他继续向后，那些金属柱从余光的位置移到了视野正中心。Guest. 110 看着前方向两侧豁开的金属柱，终于明白自己已经跌出了鸟笼。他奋力伸手，想去抓住那前方的金属柱。可金属柱豁开的弧度太大了，他的正前方只有自己跌出去的那个空洞。

鸟笼越来越远。向后的惯性结束，Guest. 110 坠入无边黑暗。一切归于宁静。

范佩阳却站在那里不动，过了好半天，高度集中的精神力才慢慢缓和，身体跟着松弛下来。他气喘吁吁，头发里的汗水在鸟笼黯淡的光线里似有若无地闪。

——“现在，就让你看看我的能力。”

Guest. 110 曾说过的话突然闪过范佩阳的脑海。虽然有些晚了，范总还是抬头望向笼外黑暗，礼貌回复：“我对你的能力没兴趣。”

顾问室里，守关人们还没从闪电结束的战斗里回过神。

潘恩：“隔空移物还可以移固定物体？”

卡戎：“万物皆可移，只要他的精神力够强。”

7/10：“关键是他什么时候开始移的？”

5/10：“对啊，你们谁看见了，他到底什么时候对鸟笼下的手？”

索贝克：“就是 Guest. 110 被炸得往后去的时候，他身后的栏杆就开始往两边豁开了。”

5/10：“那炸飞他的那根金属柱呢，范佩阳什么时候开始拧的？”

不止索贝克，一屋子守关人都沉默了。因为整场战斗的前面 90% 的时间，他们都在听范佩阳晒幸福，且莫名其妙就跟着范佩阳一起投入，听得无比认真专注，再加上鸟笼里的光线本来就暗，鬼知道范佩阳什么时候对鸟笼动的手脚。最骚的操作是，范佩阳看起来是那样诚心地讨论着，那样幸福地回味着，感染得他们一颗颗小心脏都想在春天里发嫩芽了，结果那家伙背地里竟然还能分出第二颗心来铺垫战斗。慢着，不是铺垫！守关人们终于醒悟，对范佩阳来说，从秀感情的第一秒，战斗就已经开始了！

“叮——”

投屏里传来清脆的提示音，给这悬在黑暗里的笼中战场带来出口的光亮。

小抄纸：“客人脱离战斗区域，对战结束，恭喜 7/10 通关！”

纯白空间里，仍在等待的二十九个伙伴看不到关卡内的情况，而投屏又一直停留在第一组五人照片对应客人五人照片那个画面上，完全没有更新迹象，所以他们不自觉就开始放松。就在这时，投屏里突然传来“唰唰”两声。二十九人随即抬头，只见和范佩阳对应的 Guest. 110 照片上被重重打上了一个红色的叉，而范总的照片安然无恙，仍旧鲜亮潇洒。

小猫头鹰蹦跶出来：“第一个通关者已经出现了，恭喜！其他人还要继续努力哟。”

众人：“……”

虽然他们无从得知战斗过程，但范总这胜利也来得太快了吧？！从五人进去到现在，最多也就十分钟！二十八个伙伴默默看向给予范总战前一抱的唐凛。他们太天真了，竟然以为那只是单纯的狗粮，那明明是在给范总套无敌 Buff（增益效果）啊！

众伙伴沉浸在范总的光速胜利里，投屏中忽然又“唰唰”两笔，划掉了第二张照片。这次被划掉的，是孔明灯的华子。

小猫头鹰再度蹦跶出来，和几分钟前一样活泼欢乐：“第一组的第一个死亡者已经出现了，咕咕！其他人要多加小心哟。”

空气一瞬凝固。二十九个伙伴怔怔看着投屏，前一秒还因为范佩阳通关而雀跃的心脏骤然紧缩。他们经历过一同闯关的伙伴在身边死去，他们也想过这样残酷的一对一不可能所有人都全身而退，可死亡还是来得太快了，就像范佩阳的胜利一样，让他们无从防备。但是对于胜利，他们可以尽情欢庆、调侃，对于死亡，他们却只有愤怒和无力。

不，那是从前。从前的他们只会无能狂怒，因为人死不能复生，但现在他们可以继续狂怒，却不必无力。

崔战一把揽过从看见华子照片被划掉就全身紧绷双手握拳的周云徽，刻意用大咧咧的语气打掉空气里的凝重：“Ybszs，jlzmyqgtfh！”说得太快，听起来就跟烫了嘴似的。

众伙伴完全蒙了。

顾问室里，守关人刚把投屏画面调回纯白空间，想看看死亡会给这些还没战斗的闯关者造成什么反应，结果就听见崔战滴里咕噜一串字母。好几个守关人条件反射地用意念启动即时翻译，结果传输回的信息都是“非有效数据”。也就是说，这根本不是一门语言。投屏里大多数闯关者的茫然反应也印证了这一结论，显然崔战说的根本就是乱码。

可是下一秒，周云徽缓缓抬眼看向崔战，坚定点头：“嗯。”

顾问室的众守关人：“……”

纯白空间的众伙伴：“……”

这也能听懂？！

没人注意到的角落，唐凛微微垂眼。守关人是可以监控到关卡内情况的，故而他们在关卡内的一言一行都要谨慎，不能透露半点儿他们已知的情报，或者此次闯关行动的真正目的。很显然，向来粗心的崔组长难得牢牢记住了这一提醒，所以用了……最朴素的暗号。他在心里尝试着破译半天，再结合周云徽的反应，终于大概拼凑出了崔战的话——又不是真死，将来咱们一起给他复活！

谜底解开，唐凛终于踏实。不过话说回来，自己专心致志想了这么半天，才艰难获得答案，周云徽是怎么在情绪激动的状况下轻而易举就领悟的？他继续苦思冥想，但这一次却怎么也找不到合理答案，最后只能归为玄学。

继范佩阳通关和华子失败后，投屏上的照片再没有新的变化。纯白空间里等待的二十九个伙伴重新归于安静。但这只是表面。从有人死亡的那一秒开始，他们的内心就不可能真正平静了，他们会担心仍在关卡内的人会不会下一秒就出事，而闯关过程实时信息的完全空白，又加剧了这种焦灼。最终变成一片压抑的静默里，每个人都时不时地瞥向投屏，明明知道出了结果投屏里会立刻有小猫头鹰实时播报，可还是克制不住，好像非要看一眼，确认那些伙伴的照片都还没有被画叉，才能安心。

然而残酷的关卡从来都不会为闯关者们心软。大约二十分钟后，白组蒋城的照片被划掉。半小时后，莲花对对碰的照片被划掉。至此，第一组仍在关卡内的，只剩甜甜圈的探花。

纯白空间里的五个甜甜圈仍坐在远离投屏的角落，并没有因为自家伙伴迟迟没有对战结果就焦急地靠近投屏守候等待，可是仔细观察，就能看出他们并非无动于衷。从前的甜甜圈即使面对再凶险的困境，也是该笑笑，该闹闹，轻松自如的态度里是对自身实力的笃定。事实也证明，一路全员通关的他们有这个资本自信。可是现在，他们已经沉默很久了。五个人或立或坐，靠在远离投屏的一角，从孔明灯的华子死亡开始，彼此间再没有过交流。

一小时过去了，两小时过去了，投屏里依然没有任何动静。单从结果上看，这是好事，说明探花还活着，闯关还在继续。可纯白空间里的气氛却在时间的流逝里越发凝重。因为每个人心里都清楚，作为一场一对一战斗，两个小时太久了。

唐凛抿紧嘴唇，想让自己往好的方向去推测，可每次才开了个头，就很难再往下进行。

一对一的战斗变成持久战只有两种情况：要么是双方实在势均力敌，打三百回合也难分胜负，于是僵持再僵持；要么是一方不愿正面应战，故意同另外一方周旋，拖延时间。探花的文具树既不能攻，也不能守，面对拥有特殊能力又体质强悍的客人，势均力敌几乎是不可能的，所以他毫无疑问是第二种。但拖延战术想要赢，最关键的是要能找到绝地反击的机会，且拥有绝地反击的实力。探花或许可以找到机会，但他唯一能用来攻击的，只有手里的一次性文具，然而那些文具是不可能将客人一击致命的，哪怕探花一次性把文具都扔过去，也只是再多拖延上几分钟。

唐凛相信探花对此也是很清楚的，就算他能在关卡内凭借地形或者其他手段隐藏自己、躲避攻击，但最好的结果也只是“暂时存活”。除非客人耐心耗尽掀桌不玩——如果规则允许的话——否则这场持久战对于探花来说，从一开始就没有“获胜通关”的结局项。

可是探花还在坚持，在绝望的战局里对抗绝望，在渺茫的胜算里寻找希望。唐凛看不见对方的战场，却感受得到那种坚韧，他甚至开始幻想，也许探花用了聪明才智说服对战的 Guest. 112，把战斗形式改成其他方式了呢？比如下棋、猜谜、成语接龙等等，反正他们遇见的客人有一个算一个，都奇奇怪怪的，一时兴起答应了探花也说不定。

“唰唰——”潦草两笔，轻易划破长久凝固的空气。

众人缓缓抬头，无声而望。探花的照片终究还是被划掉了，投屏右上角从第一组进入关卡后开始计算的时间，停在 02:34:55。

小猫头鹰：“第一组全部结束，四人死亡，一人通关！还不错，再接再厉哟。接下来是第二组对战名单——”

投屏上的照片一瞬清空，进入关卡的时间也归零。随后第二组对战照片重新将空白屏幕填充，速度之快，只在眨眼。可众伙伴们的内心却无法像投屏那样说清空就清空，说归零就归零。角落里原本坐着的甜甜圈已经站起来了，原本站着的也不再倚墙，投向屏幕的幽冷眼神前所未有的认真。

第二组名单如下：

何　律（对战）Guest. 115

下山虎（对战）Guest. 116

和　尚（对战）Guest. 117

白路斜（对战）Guest. 118

大　吉（对战）Guest. 119

这次小猫头鹰再没废话，白光直接打下，顷刻便将五人送入关卡。

顾问室里，守关人们也一时无法将情绪切到第二组。但他们又和闯关者不同，因为除了最初的三十分钟在看其他战场，后来的两个小时，他们围观了探花战斗的全过程。说是战斗也不恰当，因为那家伙大部分时间都在一个很巧妙的地方藏着，如果他们不是顾问视角，估计也会和 Guest. 112 一样，先困惑，再茫然，最后于焦躁中耐心耗尽，彻底抓狂。

索贝克第一次真心实意替闯关者惋惜：“但凡他自己的文具树带一点儿攻击性，这局胜负都很难讲。”

向来不拿正眼看闯关者的维达也有点儿感慨：“他要是能通关，未来再觉醒一级，说不定……”他忽然顿住，发现自己竟然开始替虫子谋划未来，赶紧扼杀这个念头，“算了，现在不死，以后也得死，这帮客人可不是来提升自己的，就是来杀人的，没有手下留情这一说。”

“行了，再聊下去第二组都该结束了。”8/10 隔空操控，在原本单一的投屏上下左右四个方向又各调出一块投屏。这样一来，五个战场同时出现在了众守关人面前。

第一组的时候，他们嫌五个战场的声音叠加在一起太吵，只用一个投屏轮流看，差点儿错过一些战场的关键点，故而从这一轮开始，他们决定五个战场同步围观，吵就吵点儿吧。

第二组第一战场。

白光散去，视野清明，何律发现自己置身一条整洁的街道，两旁都是店铺，水果店前各色瓜果摆放整齐，鲜花店前色彩缤纷阵阵芳香，还有书店、杂货店、理发店……俨然一个温馨的小镇。但是没有人，就像前一秒还在忙碌的小镇居民突然被某种神秘力量吸走，只留下仍在升腾的炊烟，仍在飘远的香气。

一束白光在街道前方打下来，距离他十米左右。何律静静望着，目光沉稳。

白光散去，一个身材修长的年轻男人出现，一头自然卷的短发，淡淡的亚麻色。疾风掠过空荡的街道，吹动了男人额前的发丝。他在疾风里朝着何律优雅一笑：“战斗之前，我想先声明一点，我很不喜欢 Guest. 115 这样的编号，只有犯人和试验品才编号，所以我希望你能称呼我为‘客人’。当然，如果没有必要，你最好从头到尾都不要称呼我，尽职当一个娱乐品就好了。”

何律爽快点头：“好的。我的名字是何律，你可以直接叫我的名字。”

Guest. 115 在何律点头时还是比较满意的，可听到后面的一串废话，眉宇间聚起不悦：“一个娱乐品并不需要名字，你的回答很多余。”

何律平静地望着他，并不恼，就是认真陈述：“你告诉我你的称呼，我告诉你我的名字，礼尚往来，这是最基本的礼貌。你可以不想听，但我不能不讲。”

Guest. 115：“……”

“对战即将开始。”街巷上空传来小猫头鹰的声音，“下面宣布对战结束的两种方式：一、闯关者死亡或者脱离战斗区域，对战结束，脱离战斗区域的闯关者将被按照死亡处理；二、客人喊出‘认输’，或者重伤、死亡、脱离战斗区域，对战结束……以第二种方式结束对战，闯关者才可以通关……祝你好运！”

Guest. 115 听得随意，何律听得认真，可两人都在听到“脱离战斗区域”时疑惑一怔。

Guest. 115 直接出声询问：“这里左一条街道右一条小巷的，怎么才算脱离战斗区域？彻底跑出城外？”

对于客人，小猫头鹰倒没特殊待遇，一视同仁地戏谑道：“不是哟。7/10 的随机战场分为两种，一种有边界，一种无边界，只有在有边界的战场，这一规则才适用，你们这里属于无边界战场，咕咕……”

Guest. 115 一脸莫名其妙：“既然对我们不适用，为什么要说？”

小猫头鹰：“完整宣布规则是我的责任，怎么可以缺项漏项，自行克扣？”

Guest. 115：“……”这个鸮系统和他辛苦排队等来的那个叫作何律的家伙，哪一个更烦人，他竟一时判定不出。更神奇的是，二者的烦人虽然气质相异，给人情绪带来的负面效果却殊途同归。

顽皮的电子音消失，街道恢复宁静，风也停了。何律没有轻举妄动，一边暗中观察周围的环境，一边警惕着 Guest. 115 突然发动攻击。Guest. 115 也没动，好整以暇地看着何律。

一呼一吸间，何律忽然感觉到鼻子里进了些许冷空气。他不由自主地打了个喷嚏，感到气温好像变得有些凉了。可是头顶艳阳高照，而且他刚进到这个战场里来的时候，还觉得太阳有些晒，烤得脸暖融融的，忽然间就变冷了，并不符合天气的自然规律。然而下一秒，何律发现连自己呼出的气都开始变白了。而对面的 Guest. 115 还是惬意地站在原地，看戏一样。他和何律仅仅相隔十米，却仿佛两个季节，不仅呼出的气没有变白，他还煞有介事地抬手放到额前，遮挡恼人的日光。

何律周围的温度还在下降，寒气穿透他的迷彩外套，像一根根小针扎进毛孔。如果说刚才像是深秋，现在就有点儿初冬的意思了。何律的耳郭冻得泛红。

Guest. 115 敏锐地发现这点，眼里浮起愉悦。

“你的能力是操控目标周围的温度。”何律在冷空气中开口，一出声就呵出连串白气。

Guest. 115 的笑意再不掩饰：“总算看明白了？”

不断侵袭的冰冷空气反而让何律大脑更清晰：“你是故意把能力直接展示给我看的，因为你有自信，即使明牌也能赢我。”

“不是赢，是杀。”Guest. 115 纠正，“和你们打，还谈不到论输赢。”

他说这话时神情自然，眼里并没有刻意的侮辱和鄙夷，看起来就像在讲一个很平常的事实。何律相信，对方主观上也并没有将这一论述当成打击他战斗意志的手段。然而越是这种无意中流露出的高高在上感，越说明他们之间的战斗力相差悬殊，至少 Guest. 115 是这样笃定的。

“别浪费时间了，”见何律还有话想说的样子，Guest. 115 抢先开口，好心提醒，“还有五分钟，你周围的气温就会降到身体承受极限，你最好想想如何自救。”

何律在想。事实上，从见到 Guest. 115 的第一眼他就在观察思考，从对方说出第一句话他就在分析揣摩。想战胜一个强大的对手，从来都不是单纯靠身体去拼，靠意志力去扛，而是要先把对手摸准吃透，这样才能有效应对，为自己博出生机，拼下胜利。

隔空相望，何律突然启动，全速狂奔，径直向着 Guest. 115 而去。

Guest. 115 在何律蓄力的那一瞬就知道对方要动了，可他以为对方会往反方向跑，甚至直接拐进旁边的小巷。毕竟对方闯了这么久的关卡，该清楚任何能力都是有效果范围的，如果想活命，就要先脱离降温范围，换句话说，就是离他这个能力操控者足够远。结果何律毫不犹豫朝着自己冲过来了，这是什么路数？以攻代守，打算用进攻中断他的能力操控？

“有意思。”Guest. 115 忽然有点儿期待起来了，他原本是随意站着，现在微微挺直腰背，颇有点儿正式迎接的意思。对方的战斗力虽然不值一提，但他倒也有点儿好奇，这么个一板一眼的家伙，究竟被系统分配了怎样的能力。

就在 Guest. 115 的胃口被提到最高点时，何律忽然开始减速。不，是急刹车。

Guest. 115 眼睁睁看着对方在距离自己四米左右的地方停下，顿时被巨大的失望包围：“害怕了？又不想攻击我了？”要么一开始就逃跑，要么就逞强到底，冲到半路反悔是要怎样，浪费他的感情？

Guest. 115 没等来何律的回答，因为他的肩膀上忽地燃起一簇火苗。那火苗范围不大，但向上蹿得极猛，一下就从肩膀燎到了他微卷的发梢。他吓了一跳，但没慌，直接拿手“啪啪”两下，肩膀和发梢就灭了火。但这火来得太蹊跷，再联系诡异停在四米之外的何律……Guest. 115 霎时恍然：“火焰攻击是你的文具树？你跑过来就为让我进入你的攻击范围？”

何律依然不说话。他不会说谎，所以沉默最安全。

他的文具树当然不是火焰攻击，那是周云徽的专利，他只是把五级文具树“你犯规了III”设置成——规则：禁止攻击；犯规惩罚：火焰燃烧。Guest. 115 持续不断对他降温攻击，当两人间的距离拉近到“你犯规了III”的范围之内，自然触发惩罚。但惩罚只是手段，何律真正想要的是用惩罚性攻击来让 Guest. 115 分神，以达到令对方中断能力操控的目的。

他成功了。就在火苗燃起的一瞬间，周围的温度一下子回升了。

Guest. 115 无法洞悉何律脑内的百转千回。因为即便想了这么多事情，何组长还是面无表情，甚至连眼睛都很少眨，任谁看了都要怀疑他是定格在了那里。

Guest. 115 叹口气，要不是刚打照面时何律说过话，他都要怀疑对方是不是哑巴了：“这是对战，哪怕出于礼貌，你是不是应该和你的对手有所交流？”

话一出口，Guest. 115 自己都觉得有点儿强盗逻辑，因为他刚刚说的每一句话，也的确对何律没有任何礼貌和尊重。所以他想对面接下来估计要反唇相讥了，如果仍然装死不想说话，那至少也会丢过来一串白眼表达内心的愤怒。

何律没办法对不断抛来的询问视而不见，再三思索后缓缓开口：“我不说话，主要是怕说多错多，或者被你从我的话中察觉我的战术意图，那我就会很危险了。”

Guest. 115：“……”为什么要和他解释，还解释得这么认真？

“我没想烧你的头发。”何律看见对方蓬松柔软的漂亮秀发里被自己烧焦的那一绺倔强地翘起来，彻底打破了对方的优雅气质，一时有些介意，反正都开始说话了，那就一并解释了，“我只想打断你的能力操控。”

Guest. 115 当然知道何律没全力攻击，否则肯定就不是一小簇火苗了：“你脑子是不是不清楚了？这是一对一战斗，别说烧我一绺头发，就是把我整个头烧焦了，也是我自己技不如人，你为什么要感到抱歉？还有，你刚说完不想暴露战术意图，然后就告诉我攻击是为了打断我的能力操控？”

何律摇头：“我没有歉意，毁了你的头发是预期外的攻击效果，我只是认为需要说明。至于攻击你是为了打断你能力操控这件事，以你的敏锐应该早就察觉了，我说不说都已经暴露。”

Guest. 115：“……”他到底该因为对方自以为是的“我认为”而气闷，还是该因为对方坦诚的“以你的敏锐”而顺心？这种不知道该如何反应的沟通模式太令人心累了。

停！Guest. 115 忽然惊醒，这一定是某种狡猾的心理战术，目的可能是拖延时间，也可能是伺机偷袭，他竟一时大意差点儿陷进去了。整理心神，Guest. 115 单方面粗暴结束这危险的沟通，直接重启能力——这次他不降温了，改升温。

顷刻，何律感觉到周围的空气变得滚烫，热浪扑面来袭，而且这次升温的速度比先前降温的速度要快得多。为了保存体力，刚刚和 Guest. 115 说话时，他已经撤掉“你犯规了III”，如今被二度攻击，何律再次布置规则和惩罚。

Guest. 115 一看他屏息凝神，就知道又在酝酿文具树了，不过无所谓，火焰而已，第一次他是猝不及防，所以被吓了一跳，这次就算是猛烈火舌也别指望他停止……

“咻咻咻——”空气被划破的尖锐声飞驰而来。Guest. 115 中断思绪，迅速抬头，只见三枚冰锥朝着他俯冲而来，锥身凌厉剔透，泛着骇人寒光。对方的文具树不是火吗，怎么又来了冰？可 Guest. 115 顾不上再细想，因为冰锥速度极快，转瞬已到眼前。他一个侧身，冰锥贴着鼻尖擦过，“噗”地戳进他脚边的地砖里。冰锥碎了，地砖也碎了。Guest. 115 心有余悸地摸了摸鼻尖，那里残留着一点儿潮湿的凉。

“我好像有点儿小看你了。”Guest. 115 抬手将头发向后拢，露出光洁额头和一双锐利的眼，“那么接下来，我要认真了。”

何律定定地望着他，一刻不敢放松。

Guest. 115 将气息沉下来，第一次像面对一个对手而不是一只虫子那样认真，精神力前所未有的凝聚，这回他可以让何律在几秒钟内变成一座冰雕！精神力终于凝聚到极点，Guest. 115锁定何律，眼看就要发动攻击，脚下的地面突然变得像面包一样柔软，软得他直往下陷。Guest. 115惊讶出声，哪承想刚"哎"了一声，地砖已经没到了脖子，陷落速度之快，完全超出他的想象！

何律还站在原地，并没有因为前方只剩一个脑袋就过来为所欲为。

但那颗脑袋并不能接受此时此刻这样的残酷现实："你 × × 到底是什么文具树？"

顾问室。

8/10："唉，终究还是骂人了。"

7/10："Guest. 115这脾气够好了，换我早骂了。"

6/10："这个何律到底什么文具树？我怎么有点儿忘了？"

提尔："规则。"

6/10："对对，难怪他的攻击一会儿一个样，犯规惩罚是他自己定的，当然想设置什么都行。"

得摩斯："未必吧，有些太离谱的规矩，立了也无效，有些太奇葩的惩罚，定了文具树也不会执行。"

5/10："和操控文具树的能力有关，这种文具树就是能力越强，越可以放飞自我。"

索贝克："所以他定的规则是'禁止攻击'？"

维达："对，只要Guest. 115一攻击，就会遭到相应的攻击性惩罚。"

索贝克："可是最后这一下他还没攻击呢，怎么就被惩罚活埋了？"

潘恩："笨，既然惩罚可以改，规则当然也可以。比如把'禁止攻击'改成'禁止攻击意图'，那么Guest. 115只要想出手，就会先受到惩罚。"

索贝克："……"

潘恩："喂，听见我说话了吗，发什么呆啊？"

索贝克："我在想，Guest. 115什么时候会发现文具树的真相。"

整个顾问室的守关人默默看向第一战场投屏，对于索贝克提的这个问题不是太乐观——挨了三下都还没回过味，前景一片黯淡。

但这也不能全怪Guest. 115，因为制定规则这样的能力，在K星也很少见，属于十分偏门的能力方向，如果他们不是顾问视角，和Guest. 115一样身处关卡，估计也要蒙。更何况何律还有一张完全刺探不出任何线索的"正直脸"，简直是天然防御壁。

聊着聊着，守关人们突然发现好像有位同事缺席了讨论。大家纷纷朝一个方位转头，目光无声投向了一直守在第四战场投屏前的希芙。

希芙没注意自己成为焦点，因为她正全神贯注盯着第四战场，从最开始的皱眉发展到现在，浑身散发着生人勿近的危险气息。

第四战场里的那家伙叫白路斜，曾在希芙守关时割掉她一截头发，自那以后“白路斜”三个字就成了危险词，不能提，提了就是眼神杀。守关人们理解希芙的怨念，毕竟是自己那样爱惜的头发，被一个虫子割断了，简直是天大的屈辱。偏偏这个白路斜还一路好运，轻松从地下城闯进了天空城。但眼下看，他也就到这里了。

“那个，”5/10试探性地对希芙开口，尽量让自己的声音听起来足够安慰人心，“这家伙肯定过不了这关，都进战场这么久了，连Guest. 118的面还没见到。”

6/10连忙附和：“对啊，光Guest. 118制造的这些危险就让他疲于应付，等下体力耗尽，他也就没得挣扎了。”

希芙将目光从投屏上缓缓移开，转向6/10：“你要不要靠近一点儿再看看？”

6/10不明所以，但也不用靠近，直接将第四战场投屏调到最大，并挪到五块投屏的正中央。于是，每个人都看清楚了，投屏里那个正在和又一波危险搏斗的男人邪气的脸上，兴奋和快乐混杂，渴望和过瘾交织。

如果这叫疲于应付，那这世界上就没有陶醉和享受了……

2

十五分钟前，第四战场。

一个四四方方的密封空间，长宽最多五米，天花板也矮，两米左右，白路斜微微抬手就碰到了顶。整个房间都是黑白格相间的花纹，墙壁、地板、天花板，看着就像一个魔术盒。

聒噪的猫头鹰已经宣读完规则了，理论上讲，战斗应该开始。但白路斜的面前没有对手，只有一扇黑色的门。门大约两人宽，一米八左右高，看起来矮胖矮胖的，立在黑白格密室的正中央，让这里看起来越发像魔术现场。

白路斜还挺喜欢魔术，确切地说，他喜欢一切未知的东西。但这种一览无余的狭窄战场就很惹人厌了，打起来不痛快，而且对手至今还未现身，缩头缩脑的更没劲。不过，没人，门也好。白路斜盯着空间里唯一的“家具”，一脚踹了上去。门板应声而开，白路斜一下子被吸进黑色大门。

一进门，视野豁然开朗，里面竟是一片丛林！茂密却形状古怪的树木遮天蔽日，丛生的藤蔓蜿蜒到丛林幽暗的深处，潮湿的泥土带着一点儿腐烂气息，几缕艰难穿透树叶遮蔽的光在地面打上几个斑驳光点，照亮了偶尔经过的爬虫……

白路斜蹲下来，认认真真看完了爬虫经过的全过程。他太喜欢这里了，尤其有之前那个魔术盒子对比，这里简直是理想中的战场，战场中的天堂。爱屋及乌，怪树、粗藤在他眼里都变得十分顺眼，爬虫更是可爱，因为会自己动。

恋恋不舍地目送走小爬虫，白路斜准备再四下转转，看这里还有什么好玩的。可他还没来得及起身，就听见一阵奇怪的“咔嚓”声，就像在……啃木头？

声音就是从小爬虫消失的方向传来的。白路斜蹲在那里，连头都不用转，就继续维持着先前目送小爬虫的姿势，只见不远处一棵高大的怪树渐渐倾斜，树干直直向他砸来。白路斜愣愣看了两眼才就地一滚，幸好速度够快，骨碌碌滚出好几圈，赶在最后一刻脱离危险。怪树轰然倒下，粗壮树干正好压在他先前所在的位置。

树是被生生啃断的，断裂处的齿痕参差不齐交错着。而断裂的树桩后，一个巨大的昆虫怪物正用一双占据半个脑袋的大眼睛转来转去看他。那脑袋上除了眼睛就是嘴，嘴里还嘶拉拉掉着树干的碎屑，六条长着倒刺的细腿撑在地上，毫无美感，哪怕头上有两条触须卖萌也无济于事。

白路斜起身，隔空打量它半天，一脸毫不掩饰的嫌弃——小爬虫长大了，不可爱了。

巨型虫怪显然没有接收到对面的排斥，朝白路斜急速爬来。它的触须疯狂摇晃，六条腿高频地爬动溅起泥土，腿上倒刺如刀，所过之处灌木杂草被割得碎屑纷飞。白路斜在迎面而来的草味疾风里兴奋起来。他挑了最近的一棵树，三两下就爬了上去。刚到树上，巨型虫怪也抵达了，白路斜所在的树枝高度正好对着虫怪形状诡异的摄食口，简直是送到嘴边的大餐。虫怪也没客气，张嘴就咬。白路斜看准时机，用力向前一跃。虫怪咬了一嘴细枝树叶，白路斜却趁着虫怪探头过来时一跃扑到对方背上。

看到这里时，希芙的内心毫无波动。正常人遇见当下情形，都会先试着用文具树招呼巨型虫怪，无效的话，再考虑近身肉搏。但白路斜不用。先前蹲地上观察小爬虫时，这家伙就已经把“孟婆汤”和“催眠术”在小爬虫身上试过了，小爬虫对“失忆”或者“催眠”这样高端的技术毫无反应。至于希芙是怎么看出白路斜使用文具树的……如果你看一个人看了七关，也会对他每一个神态、表情，哪怕是身体细微状态改变所代表的含义了如指掌。至于白路斜为什么要对一个小爬虫使用文具树……她知道就见了鬼了！

虫怪后背是深绿色的硬壳，光滑锃亮。白路斜上是上去了，奈何扑得太浪，手上没数，“呲溜”一下滑到了硬壳另一边，眼看就要直接冲出去了。最后关头，他猛地伸手揪住虫怪的触须根，这才险险止住滑行。白路斜暗暗松了口气，随即又吹了一记嘚瑟的口哨。他的战斗偏好就是：越凶险，越快乐。

虫怪被人骑了壳，又抓了须，立刻躁动起来，但再多的腿也够不到后背，只能像一辆坦克似的疯狂爬行，企图用速度和对树木的横冲直撞来摆脱背上的重量。然而这些对白路斜都无效。他现在不是单手抓触须了，而是一手抓一根，坐得端端正正，上半身微微向前倾，以适应虫怪狂奔带来的迎面强风。

这是一幅十分割裂的画面：单看虫怪，丑陋凶残，狂性大发；单看白路斜，纵情陶醉，身姿潇洒。投屏前的希芙终是忍不住，缓慢地皱起了眉。如果不是身份受限，她真想直接进关卡给白路斜发个“警告”——你是在骑虫，不是在御龙，能不能对当前处境有点儿自觉？！然而她终究无权去发。白路斜也就像偷溜进游乐场的熊孩子玩儿了个尽兴，直到虫怪精疲力竭。

那时的他已经在丛林最深处了，茂密的枝叶彻底遮蔽了头顶，连一丝光都透不下来。在被草木环绕的一小块幽暗空地上，一扇似曾相识的黑色门出现。虫怪瘫软下来，耷拉的触须前端弱弱划过门板，仿佛在说：你走吧，赶紧走。

白路斜有点儿舍不得。在虫怪背上时，他可以轻而易举拿随身携带的短刀扎透虫怪的头，但他没有，就因为骑久了，多少对虫怪带上一点点坐骑滤镜。既然是自己的坐骑，大一点儿丑一点儿都是可以接受的，看久了还有那么一丝丝别样的可爱。可惜对方没有心，他都手下留情了，这破虫子竟然还要把他送走。

不过白路斜也不是什么感情充沛者，这一点点不舍很快就被好奇取代。眼前的黑色大门和之前那扇几乎一模一样，唯一的区别是门把手的位置相反。

因为上一扇大门将自己拉到了这里，并由此衍生出想象不到的快乐，作为回报，他这次没再上脚，而是拿手去开了门。门扇一开，白路斜再次被同样的吸力扯入。丛林消失，他回到了那个黑白格的狭小封闭空间。但还没等他懊恼，面前又出现一扇一模一样的门，这次门把手的方向和第一扇门一致了。

白路斜：“……”

拿脚踹，快乐来，一上手，幸福走。短暂权衡后，白路斜果断再次上脚。可是这次他没再回到那个丛林，而是被吸进了一片深水域。冰冷刺骨的水一下子将他包围，堵住他的眼耳口鼻，封住他的听觉呼吸。他努力睁眼，触目所及却只有黑暗。

这感觉和 2/10 水世界酒店进入闯关口的那一刻极其相似。但那次有猫头鹰的声音提示他们该怎么做才能脱离深海，向通关迈进，这次什么都没有。白路斜甚至无从分辨这是河，是湖，还是海，抑或只是一个有些大的浴缸，就像之前的小爬虫一样，浴缸也被放大了……

放飞的想象没影响白路斜的求生本能，他奋力往上游，如果水域并不是太深，他就有可能跃出水面。但在游到肺里氧气即将耗尽时，他终于放弃。胸腔开始感到憋闷，就像有一双大手在前胸和后背一齐向内挤压。

白路斜看不清手臂，只能用意念在脑内调出文具格界面。他的文具格里只有一个一次性文具，就是不久前在纯白空间里 VIP 给的。通常这种没用的东西，白给他也懒得要，但就在他准备拒绝的时候，一眼瞄到了唐凛文具格里某个极具吸引力的文具名——‹防›防火防水防电击。白路斜当即毫无原则地改变立场，欣然收（挑）下（了）这个。但他可没打算用在这里!

如今形势所迫，白路斜只得带着巨大怨念，在脑内点击使用这个一次性文具。文具生效，周围立刻形成一个防御空间，将水流整齐推到一米开外，看起来就像一个包裹着他的透明防水方块，白路斜终于可以呼吸。但困境并没有解除。“‹防›防火防水防电击”的效果只有五分钟，他必须尽快找到出口。是的，出口。白路斜再不爱动脑，这会儿也看明白了，狭小黑白格空间里的门是异域入口，比如先前的丛林、眼下的深水，都算异域的一种，而异域里同样的门就是出口——把手的位置，代表了“进”和“出”。所以他唯一的逃生机会，就是赶在防具失效前，找到深水里的那扇门。

时间不等人，五分钟只是很短一刻。白路斜却仍浮在那里，迟迟不动。投屏前的希芙，冰蓝色的眼眸里流露疑惑。这是放弃挣扎，要等死了？不可能，这家伙只会作死，绝对不会等死。正想着，深水里的白路斜突然动了，他这次是向下潜，几乎是按着他刚刚向上游动的路径原路返回。半分钟左右，白路斜停下了。希芙不确定他有没有真的回到初始点，因为在这样漆黑的水域里，没坐标，没参照物，根本看不出位置区别。

仍罩着防具的白路斜突然闭上眼，双手微微向前伸，虚虚而握，就像抓着什么东西。但问题是他根本抓不到任何东西，防具的屏蔽让他的双手连水都碰不到。下一刻，白路斜双腿用力打水，飞快向某个方向游去，动作之坚定，就像他知道出口在哪儿一样。几分钟后，防具失效。白路斜仍在游。水浪重新袭来，让他的头发全部向后，露出漂亮额头。

希芙一怔，终于反应过来为什么从刚刚起，她就觉得白路斜的游动姿态有那么一丝熟悉。这分明就是先前丛林里骑虫怪的架势——向前虚虚而握的双手是要抓虫怪的触须，那张闭着眼睛陶醉的侧脸分明就是在回味！希芙被这个疯子彻底打败了。生死关头，不是竭尽全力去拼生机，还……

咦？投屏里竟然出现了一扇门！白路斜发着疯，竟然真就把出口找到了？希芙一脸错愕，可数秒后蓦地恍然。白路斜在水里摆出骑虫怪的姿势不是发疯，是在凭记忆回忆虫怪的奔跑路线。他已经意识到这一次次的异样空间是被某种手段创造的，所以他赌，赌空间的范围基本一致，大小一致，出口的方位也一致。白路斜赌赢了。

但如果赌输了呢？赌输了就是死。可希芙严重怀疑，白路斜赌的时候压根儿就没想过会输。这人就是这么自我感觉良好，良好得让人牙痒痒。

门扇被拉开，白路斜脱离了水域，回到黑白格密室。他“咚”的一声落到地上，浑身湿透，头发顺着脸颊往下滴水。希芙围观了这人好几关，还从没见过他这样狼狈，郁闷的心终于吹进一缕清风。不料下一刻白路斜把水一抹，没事儿人一样腾地站起来，迫不及待地面向门应该出现的地方。送他回来的门已经消失，新的门还没出现，他左等右等，还挺着急。

希芙：“……”

同事们围过来的时候，白路斜已经第三次进门，并在新的天地里和吃人植物大战得不亦乐乎。他的衣服被血盆大口般花芯吐出的腐蚀液烧出了一个又一个洞，有些直接连皮肤都灼伤了，但他仿佛根本不知道疼。守关人们甚至觉得他可能就是喜欢疼痛的神经病，因为身上的伤越多，他脸上的兴奋越浓，投向植物的发光眼神仿佛在褒奖：干得好，你的危险程度没有让我失望。

Guest. 118 依然没露面，但他的这种能力，守关人们都认得。

在 K 星，不是每一个能力都有命名的，像力量、敏捷、防御这些常见的能力，没谁会给它们起特定名称。可是 Guest. 118 这个能力有，翻译成闯关者的语言，即危险之门。拥有这种能力的人可以打造出通往任意危险之地的门，危险之地是真实存在的，但很可能离他原本所在的地方十万八千里，而他的能力是能通过一扇门让当前之地和危险之地连通。

平时这个能力用来旅行也不错，只要能力拥有者愿意承担风险——危险之地对到访者一视同仁，并不会因为你造了个门，可以瞬间抵达，就网开一面，收起锋利獠牙。战斗时，危险之门则是攻防两用。只要对手耐不住好奇，主动打开门，便会被吸入危险之地，同时能力拥有者也可以藏身在危险之地里，或暗中围观，或伺机偷袭。而且他们多半会将门后目的地设置成自己熟悉的险境，这样身处其中，早就知道哪里危险，比误入的目标多的不只是安全系数，还有主场优势。综上，拥有这种能力的人，战斗起来最大的难题其实只有一个：如何让目标主动开门。不主动开门就不会陷入险境，那么除非一次险境就能拿下目标，否则几乎不会有人傻到面对同样一扇危险之门，第二次仍然主动去开。

为什么用几乎？因为此刻，投屏里就有个特立独行的——黑白格密室里，第三次从危险之地逃脱的白路斜又开始翘首期盼第四扇门了。

希芙已经不想再说话。而其他守关人刚聚焦到这块投屏上，多少还保留着一点儿围观热情和迷惑。

维达：“我就一个问题，他都知道门后有危险了，为什么还要一次次去开门？”

得摩斯：“好奇，喜欢，爱。”

索贝克：“我也觉得。他现在的表情，就和我期待新的小饼干出炉是一样的。”

维达：“……”

5/10："话说回来，危险之门是不是最多连续三扇，使用者就要休息？"

卡戎："平均是三扇，但不排除 Guest. 118 觉醒了更高阶的能力，不过我见过最高的也就是连开四扇，不可能再多了。"

6/10："如果三扇是他的极限，他现在就应该现身了。"

说话间，投屏里果然出现了第四扇门。众人并不意外。卡戎是他们这里年纪最大的，人生经验多，见的世面广，连小道消息都比他们丰富，如果他说危险之门至多四扇，那眼下这个就是 Guest. 118 的最后一扇门了，这扇门之后，他不想现身也得现身。

7/10："胜负就在这扇门后了吧？"

8/10："还真不见得，以这家伙现在疯狂飙升的战斗力，再多的险境也未必拿得下他。"

7/10："只要 Guest. 118 不傻，就该知道想弄死这家伙，单靠险境是没用的。这都最后一扇门了，我要是他，绝对亲自出手。"

要么在这扇门里解决战斗，要么等这扇门也拿白路斜没办法，现身黑匚格密室，和白路斜正面交锋。但偷窥白路斜疯了三场的 Guest. 118 没道理选择后者，毕竟在危险之地里，他还占地利。

投屏里，白路斜已经砰地四度踹门，动作娴熟，行云流水。潘恩却在这一声里想起了什么，问："Guest. 118 还不知道白路斜的文具树吧？"

索贝克："好像不知道，白路斜到现在也没用过啊。"

希芙："……"白路斜对小爬虫用过文具树这种事就当没发生过吧，说了头疼。

"那 Guest. 118 唯一的机会就是偷袭了，"潘恩难得替客人考虑起来，实在是白路斜看起来太邪性，是那种他们自己守关也未必搞得定的麻烦家伙，"他的文具树可有点儿危险。"

顾问室里安静下来。大家都明白潘恩的意思——白路斜的文具树是"孟婆汤"和"催眠术"，只要打上照面，Guest. 118 很可能根本没有出手的机会就会中招。

除非对战双方综合实力差距极大，大到像地下城时的闯关者面对守关人那样，否则这种精神控制的能力基本都会成功，差别只在于时效长短和操控的透彻程度。比如双方战斗力如果相同，那么"孟婆汤"就是彻底失忆，时效三分钟，"催眠术"则是让对方三分钟之内完全听命于自己，让做什么做什么。但如果目标的综合实力高出一截，对文具树的防御力也就提高了，那么"孟婆汤"带来的就会是部分失忆，时效也会比三分钟短，同样的，"催眠术"还是会让对方听自己的，但很可能对方的内心并没有被完全操控，而是清醒和抗拒的，只是这种清醒和抗拒并不足以抵消"催眠术"下的指令。也就是说，除非是碾压性差距，否则都无法挣脱精神操控的核心效果，这就是白路斜文具树的棘手之处。而一个客人的战斗力并不会比守关人高出很多，有的甚至还不如守关人，但已经闯到 7/10 的白路斜的战斗力却早就远远超过了在地下城时。

投屏前的守关人们为 Guest. 118 操碎了心，投屏里的战局却有了意想不到的发展。

白路斜这第四次踏入的是一片布满奇花异草的沼泽，潮湿阴暗的沼泽和植物的缤纷形成一种诡异的迷幻氛围。一进门，双脚就陷入泥沼，而后周围妖冶异常的巨大花丛飘来浓烈的奇香。他在扑面的香气里松弛下来，眼神渐渐慵懒，脸上浮现极度惬意享受的迷离笑意。到最后，他竟呈大字形扑向花丛，神情舒服得就像扑倒在柔软的大床上，不时还拿脸颊去蹭那一簇簇花瓣。

投屏前，潘恩一脸茫然："他这是怎么了？"

"产生幻觉了，"8/10 摊手，"估计他现在以为自己成了快乐小鸟，飞在云端呢。"

潘恩仔细观察投屏上的风景，突然顿悟："是花？"听说在一些秘境之处存在致幻花朵，只要离得稍微近一些，花香足够浓，就能致幻。陷入幻觉的人会沉浸在一个自己觉得非常幸福的场景里难以自拔，直到在高浓度花香里待的时间超过身体极限，毒素过量而死。

"越美的东西越有毒啊。"6/10 一声叹息，"他这回死定了。"

维达后悔道："啧，亏我刚才还替 Guest. 118 担心。"

得摩斯闲闲道："最后一扇门了，当然要挑最致命的。"

提尔沉默，眼底有些黯淡。

忽然，投屏里出现第二个身影。

"嚯，总算舍得出来了！"5/10 也看见了，一嗓子引得所有目光都投向屏幕。

迷幻之地内，困住白路斜的沼泽花丛之外十几米处，一个男人出现在岩石之上。此处，花香已淡到可以忽略不计。Guest. 118 居高临下遥遥俯视着白路斜，得意之情终于在脸上缓缓浮现。他向着明显已陷入幻觉的白路斜喊："喂——"一连喊了三声，透着迫不及待品尝胜利的急切。

终于，在第三声里，白路斜迟缓抬头，慢动作似的四下寻找半天，才终于看见远处的奇怪家伙。他怔怔看了 Guest. 118 很久，眉头轻蹙，眼睛微眯，早忘了今夕何夕此地何地，只有对外界刺激的单纯反应："你……是谁呀……"

投屏前，希芙神色复杂，脸上是连她自己都没察觉的不悦。

索贝克疑惑，望着 Guest. 118 的身影问："他为什么要现身？直接等白路斜闻够了毒素不就行了？"

5/10 摇头："那多没劲。之前费力气连弄三扇门，结果被这家伙当成了游乐园，现在好不容易把人抓手心里了，肯定要闪亮登场，尽情玩弄一番。"

潘恩看这画面有点儿别扭，也说不上来原因，就是不太舒服："那家伙都神志不清了，现在完全是等死，还有什么可玩儿的？”

8/10 哼一声：“你又不是第一次见这帮客人，能申请来这里玩儿的，有几个正常的？一个比一个恶趣味。”

“我是 Guest. 118。”投屏里传来客人的悠闲回应。

“Guest. 118？”陷入花丛的白路斜费力撑起身子，懵懂看他，“你的名字好奇怪……”

Guest. 118 乐了，发出一连串低沉笑声。这里只有他和眼前这只小虫子，小虫子还傻了，他想怎样就怎样，不必收敛：“我的名字不重要，”他温柔地道，“你现在做什么呢？”

白路斜听见他问，又露出了先前的幸福笑容：“骑龙……特别凶的龙，我把它驯得服服帖帖……厉害吧？”

Guest. 118：“……”中毒之人的最后幻想，他可以多些包容。

“还有……何……”花丛中的闯关者又语焉不详吐出几个字。

Guest. 118 没听清：“什么？”

白路斜的声音忽然升高：“还有何律！我也把他驯得服服帖帖，再也不敢唠叨我！”说完，他自己先嘿嘿嘿笑了。

离这么远，Guest. 118 都好像看见了幸福的泡泡漂洋过海，涌到自己面前。骑龙？何律？他想要的根本不是这些奇怪东西好吗？！ Guest. 118 莫名气闷。他现身是不想放任这家伙在幸福里死去，那太便宜对方了，所以他要出来，要用最痛苦的方式送……

“这里好舒服……”白路斜呢喃着，完全不知道自己打断了 Guest. 118 的内心起伏，“你也过来呀……”

Guest. 118 皮笑肉不笑地扯扯嘴角：“你自己享受吧。”一堆致幻毒花，他疯了才过去。

白路斜不高兴了，自进入花丛第一次皱起脸：“这里真的很舒服，你相信我……”

Guest. 118 连敷衍都懒得敷衍了，索性装听不见，同时琢磨着怎样才能在不靠近的情况下，给这个家伙最后的折磨。

白路斜气闷，连乖巧的龙和听话的何律都不能消解的气闷。他眼睛一眨不眨地盯住 Guest. 118，一直盯住。岩石上的男人先是一僵，接着竟跳下岩石，一步步走向白路斜所在的致幻沼泽，脸上满是不可置信的抗拒，他的动作虽然僵硬，路线却是那么坚定不移。

投屏前的守关人也惊呆了。

潘恩：“他在干吗？”

索贝克：“好像是……中了‘催眠术’。”

6/10：“白路斜现在在幻觉里，怎么可能发动攻击？”

8/10：“不，他主观上不是攻击，他好像是真心邀请 Guest. 118 过去，一起幸福……”

全体守关人："……"邀请不来就用催眠术强迫过来那种？这种致幻了还坚持的分享精神他们不懂！

Guest. 118 也不懂。他明明不想动，可身体不听使唤，他就这样带着无从消解的迷惑踏入沼泽，扑倒在白路斜身边，和对方一起投身花海。

毒素要半小时以上才能积累到致命程度，但 Guest. 118 一陷入花海，就被一视同仁地致幻。而幻觉让他的精神力溃散，"危险之门"自然随之中断。能力一中断，他和白路斜就瞬间弹回黑白格密室。与此同时，花香带来的幻觉也消失了，只留下一些轻微的身体不适，那是短暂吸入的毒素残留在体内的结果，过一段时间就会好。

白路斜和 Guest. 118 几乎同时清醒，两人近在咫尺，四目相对。Guest. 118 眼底一霎泛起杀意。白路斜没有，他就是看着 Guest. 118，一眨不眨看着。但和先前身处幻觉中的白路斜不同，此刻他眼角眉梢的邪气又回来了，一同回来的还有"催眠术III"。

几秒钟后，Guest. 118 几乎是内心滴血地喊："我——认——输——"

顾问室里，众守关人对这个结果并不意外。从 Guest. 118 被白路斜生生拖进迷幻花丛，他们就看见这场对战的结局了。真正让他们意外的是，白路斜竟然没杀掉 Guest. 118，只是用催眠术让其喊了认输。估计是幻觉虽然消失了，但幻觉带来的幸福感仍有余韵，人一幸福，就容易手下留情。所以啊，Guest. 118 要感谢那条幻想中的龙，还有何律。

第一战场。

何律和 Guest. 115 已进入僵持阶段。Guest. 115 无法对何律发动攻击，只要开始酝酿能力，就会出来各种奇怪的状况，可能是火，可能是冰，也可能是突然半截身子被埋，总之就是不致命但恰好可以打断他酝酿的一切。不过这种干扰在他打消进攻念头后就会自动消失，加上何律不知怎么想的，明明可以趁他被各种奇葩干扰困住时上来攻击，但一次都没动过手，连上前一步的意图都没有，于是他们就进入了"Guest. 115 企图攻击—被奇怪干扰打断—何律原地不动—Guest. 115 放弃攻击—干扰消失"的无限循环。

现在，这一胶着战局被半空中突然弹出的投屏打断。那投屏和纯白空间里的一模一样，一样的大小，一样上面列着第二组对战名单。不过在画面清晰后，"白路斜（对战）Guest. 118"那一行，Guest. 118 的照片被"砰"一声斜着盖了个大大的黑色方形章，方形里浮现两个清晰无误的字——认输。

这是何律第一次看到有客人认输，第一组战斗结果只出现过照片被红叉划掉这一种，无论闯关者或客人，失败一方都会被红叉划掉。他以为红叉就是唯一判断胜负的标志了，现在看来，应该是第一组并没有客人认输。

Guest. 115 不只没见过这样的"羞辱之戳"，连投屏都第一次见，因此尽管屏幕信息给得这样明确，他还是难以接受："Guest. 118 认输了？！"他想象不出一个 K 星人怎么可能输给一只虫子，还是"认输"这样没有尊严的败局。

还没等何律开口，投屏里的小猫头鹰就欢快喊起来："第二组的第一个通关者已经出现了，恭喜！其他人还要继续努力哟。"

这回不用何律再说什么，Guest. 115 已经被残酷现实糊了一脸。播报完战况，投屏倏地消失，他立在风中，神情恍惚。

何律有些不忍，略微沉吟，开了口："其实这一结果并不算太意外。对战 Guest. 118 的人叫白路斜，我清楚他的实力，只要他认真起来……不，"他想到什么似的笑了笑，改口，"想让他发挥最大战斗力，认真不行，要放飞，一个彻底放飞的白路斜，谁见了都要头疼，Guest. 118 知难而退，主动认输，不失为明智选择。"

事实上，何律试着用放飞的白路斜去想象战斗经过，然后发现无论是往艰难了想还是往轻松了想，变量都只在白路斜，Gucst. 118 的遭遇在这些想象的战局里基本没有太大变化，是统一的灰暗。鉴于这种脑补倾向不太厚道，他很快打住了。

Guest. 115 和 Guest. 118 在等待室里才第一次见面，对方死活他根本不关心，但大家一个群体，对方认输就等于打他们这些客人的脸。心情烦躁里，他根本没认真听何律在说什么，就知道对面一直在絮絮叨叨，让他糟糕的心情雪上加霜。终于，对面说完了，Guest. 115 用力甩头，就像刚从水里上岸的小兽，甩得都快有了虚影。这是他的独门减压方式，能把脑内一切乱七八糟的东西都甩掉，短时间内恢复最清醒、最冷静、最敏捷的大脑初始状态。

何律不明所以，但尊重对方的习惯，就静静看他甩。大约甩了十八秒，Guest. 115 忽地停住，而后站在那里，缓缓抬头。何律和他的距离只有四米左右，清楚看见了对方神情的变化。Guest. 115 一扫先前的焦躁混乱，整个人重新沉静下来，一双眼睛冷然清澈。

"我知道了。"他低低开口。

何律目露询问：愿闻其详。

Guest. 115 一字一句沉稳笃定："你的能力是创造一个属于自己的领域，在这个领域里，你想制造什么攻击都行。"

摇头还是沉默，这是个尴尬的问题——摇头，就暴露了自己；但沉默，又怕对方真以为自己猜对了。左右为难一番，何组长选择说话："你无法对我攻击，我的攻击也伤不到你，我们这样僵持下去，永远都没有结果。"

Guest. 115 嗤笑道："不，这只是一种脆弱的暂时平衡，一旦有一方突破，比如我把精神力的专注度提升到最高，提升到你那些小伎俩根本无法撼动打断的程度，你就再也不能像现在这样蹦跶了。"

何律平静地看着对方的眼睛。这是一个新的 Guest. 115，比之前更冷静，也更强大。但何律不去想对方是否真的借由甩掉杂念达到了某种提升，他能做的只有完善自己："我准备好了，你可以随时动手。"

Guest. 115 危险地眯起眼，下一刻，他以前所未有的集中力急速凝聚意念，并做好了和马上就要到来的各种攻击相抗衡的准备。久违的，能力成功出击。Guest. 115 看着何律脸上飞快渗出汗珠，知道对方正在遭受前所未有的煎熬。因为这次，他提升的精神力不单单作用在了专注度上，还将攻击效果大幅度提高，现在的何律正处于前所未有的高温里，这样的高温会让他连呼吸都变得灼热痛苦，最多五分钟，他的身体就会……

奇怪。Guest. 115 攀升的愉悦心情忽然被突然想到的事情打断。他这一次发动攻击的时候，好像没有受到任何攻击的干扰？四下查看，无论是半空还是地面，真的没有任何动静，Guest. 115 疑惑起来，难道是何律知道自己这次高度专注，再用那些小伎俩也是无效的，所以干脆就不用了？疑云刚从心底升起，一滴汗毫无预警地从额头滑落到鼻尖。Guest. 115 不可置信地睁大眼，感受着呼吸间的热浪——他竟然和何律一样被高温侵袭了！

不可能！他对自己的攻击是绝对免疫的，无论他将环境温度变成酷暑还是严寒，他自己都不应该也不可能感觉到哪怕一丝温度的变化。难道……Guest. 115 猛地抬头，错愕瞪向何律。难道说这家伙用文具树建造的领域不只可以发动各种攻击，还可以反弹伤害？！

巨大的冲击让 Guest. 115 心神不稳，周身的热浪却一霎消失了。Guest. 115 怔住，不明白为什么忽然又不热了，难道是反弹伤害的时效到了？他才刚觉得疑惑，脚下的地面忽地又软成了黄油……还来？ Guest. 115 咬牙切齿，倾尽全力向后一跃，无论是反应速度还是跃起的弧度都比之前几次增强数倍，竟真的赶在地面陷落的最后一刻跳出去了。然而就在他跳出去的同时，袭击着何律的高温也消失了。

Guest. 115 落地，就看到对面的何律气喘吁吁，劫后余生。Guest. 115 知道，自己刚才那倾尽全力的一跃，让精神力瞬间转移到了身体敏捷度上，高温攻击自然也就被迫中断了。说来说去，何律还是那个用烂了的手法——用攻击代替防守，打断他的温度操控。偏偏用了一百次，还好用，且打断花样的手段和套路以肉眼可见的速度层出不穷！

"你到底是什么能力？" Guest. 115 几乎要咬牙切齿了。就算在特定领域里可以做各种攻击，反弹伤害也绝对是全新的能力类别，一个人怎么可能把这么多不同体系的攻击能力集于一身。

何律心脏跳得厉害，而且极不规律，那是频繁使用文具树的体力急剧消耗和高温低温反复攻击给身体造成的伤害。但他脸上竭力保持着从容和镇定，开口也是自然平稳："我是什么能力不重要，重要的是我们都无法给对方造成真正的致命伤，如果我们继续僵持下去，注定是个死循环，不如大家各退一步。”

Guest. 115 对这种拉锯战的厌倦比何律更甚，闻言挑眉，还真想听听对方有什么新鲜的：“各退一步？怎么个退法？”

何律若有所思地看了他片刻，像在审视和观察，末了道：“你和我在之前关卡见过的守关人都不一样。那些人很明显将守关当成工作，他们按部就班守关，要遵守一些守关规则，当然也要完成相应的任务，比如考核，比如筛选……”

Guest. 115 听半天没听到重点：“你到底想说什么？”

何律依然不疾不徐平和认真：“我想说，你看起来并没有带着什么任务，也不像在履行什么工作，你来这里好像就是为了玩，随心所欲，只图尽兴。”

Guest. 115 眼底微闪：“所以？”

何律：“我们各退一步，我不再这样枯燥防守，而是全心全意陪你玩，你玩尽兴了，喊一声‘认输’。”

Guest. 115 冷笑：“你怎么知道我来这里没有任务？我的任务就是杀掉你。”

何律看着他，目光像清澈天空下的大海，平静广阔，能洞悉和包容一切谎言：“不，你没有。”

Guest. 115：“……”

顾问室。

6/10 皱眉，转头问旁边的 7/10：“他怎么知道 Guest. 115 是过来玩儿的？不会是咱们内部信息泄露了吧？”

7/10 扯扯嘴角：“还用内部泄露？这些客人有一个算一个，都恨不得在脸上写‘我花钱了，我是贵宾’，傻子都能看出不是来正经守关的。”

8/10：“名字也很明显啊，Guest+ 编号，前面你们守关的时候用的可不是这款代号。”

5/10 耸耸肩：“神可不是谁都能当的。”

潘恩哼了一声：“都被架空了，就别自我感觉良好了。”

5/10 不爽，可潘恩的话虽刺耳，又的确无可辩驳。他们还是守关人的时候，对于闯关者来说，他们就是神，但现在沦落到只能对着投屏围观了，那些神祇的代号再提就可笑了。

“内部信息泄露的概率太低了。”卡戎言归正传，望着投屏上的何律道，“你们注意他刚才的用词，他说 Guest. 115‘看起来’没带什么任务，‘也不像’在履行工作，来这里‘好像’就是为了玩，看起来、也不像、好像，都是推测用词，应该就是他自己猜的。”

角落里的提尔无声垂眼，看自己衣服的袖口。他这件衣服的左袖口里侧有一个不起眼的夹层，原本的作用是放置一些贴身隐蔽的物品，可以是武器，也可以是其他。但自从某次守关之后，他再没使用过这个夹层。准确地说，他甚至都没再打开夹层看过一眼。因为他知道，一看，里面的金属箔就会自动销毁。

为什么要替闯关者保留一个窃听器，提尔也说不清。起初就是觉得有趣，权当一点儿生活调剂，他不认为那些在关卡里苦苦挣扎的人能凭借一点儿情报信息翻出什么风浪。但是后来就习惯了，明明最初那点儿趣味早就淡得没了，他却还是把这个小东西留了下来。

东西还在，说明文具树的拥有者仍然生活在关卡之内，提尔对那个只在守关时有过一面之缘的闯关者的印象早就模糊了，也并不清楚对方闯到了哪里，但那种在关卡内的某个不知名处，有个人一直在和他的空间保持连通的感觉还是挺奇妙的。

这件事提尔对谁都没讲过，本来他在试炼区也没什么朋友。但偶尔他也会突发奇想，想着如果告诉了得摩斯，对方一定一脸无语，然后扔过来一句："你的趣味点也太诡异了。"

没人注意到提尔的沉默，因为话少、安静是他的常态。投屏前的众人还在讨论何律是否"伪装不知情"。

维达听不下去了，粗暴定论："我都不知道这有什么可讨论的，以这家伙一板一眼不知变通的性格，难道还会伪装演戏？"

6/10："行，就算他没说谎，但这个'我陪你玩，你帮我喊认输'的提议也太可笑了吧，谁会答应这种幼稚的……"

投屏里的 Guest. 115："你告诉我你的文具树到底是什么，我就答应你。"

脸太疼的 6/10 短时间内不想再开口。其他守关人却很欣慰，战局终于有了新的变化。不过 Guest. 115 的交易一听就是骗局，还是那种连撒谎都不走心的极度敷衍的骗局。何律要连这都看不出来，那可就……

何律："可以。"

众守关人："……"嗯，答应了，他们还真的是一点儿都不意外呢。

Guest. 115 没想到对手这么容易上钩，嘴角的得意几乎要压不住，连咳了两声才勉强保持一本正经："行，那你可以说了。"

何律既已答应，便大大方方和盘托出："我从刚刚就一直使用的文具树，是'你犯规了Ⅲ'，效果是可以在我周围构建一定范围的特殊区域，在这个区域里，我可以设置任何规则，区域内的所有人，包括我在内，都要共同遵守，一旦违反，就会受到惩罚。"

Guest. 115："惩罚也是你来设定？"

何律："对。"

Guest. 115："水、火、地陷、反弹都是？"

何律："都是。"

Guest.115：“一次可以设置几种惩罚？”

何律：“一种。”

Guest.115：“那刚才我已经被反弹高温了，为什么还会出现地陷？”

何律：“你仔细回忆，地陷出现时，高温应该不在了。”

Guest.115沉默下来，回想一下，还真是，那时候高温忽然解除，他正要松口气，地陷就来了，于是他集中所有力量向后跳，致使自己给何律的高温攻击中断。

不等Guest.115再问，何律直接解释了：“你每次感觉到我的攻击变了，那就意味着我又重新设定了惩罚方式，只是每一次设定之间衔接得比较紧密，所以让你产生了我可以随时用各种方式攻击的错觉。”

Guest.115没想到何律真这么主动，完全抱着玩笑意味，又得寸进尺地问：“那你这种文具树有没有破解的方法呢？”

何律点头：“有，‘你犯规了’能构建的领域范围很有限，这也是我要主动过来和你近距离面对面的原因，一旦你脱离区域范围，所有规则和惩罚都将不复存在。”

Guest.115：“……”真、真就回答了？

何律：“现阶段我能构建的范围是半径四米。”

Guest.115：“我都不问了你为什么还要主动说？”还说得这么细！

何律：“因为你看起来很想问。”

Guest.115：“我、没、有。”

何律看着他，目光像清澈天空下的大海，平静广阔，能洞悉和包容一切谎言：“不，你有。”

甩头已经不管用了，Guest.115觉得现在只有记忆消除，抹掉他曾见过一个叫作何律的家伙的记忆，才能拯救自己摇摇欲坠的心态——这是他这辈子遇见过的最匪夷所思的事，没有谩骂，没有叫嚣，没有任何伶牙俐齿或者诡辩话术，何律用一句又一句平平无奇的坦诚陈述便把他逼到濒临失控。更正，匪夷所思的不是这件事，根本是何律这个人！

不能再这样下去了，Guest.115深吸一口气，集中精神力，第一次把降温的攻击目标锁定到自己身上，希望骤然寒冷的空气能让自己醒醒脑子，摆脱何律的牵制，把对话的主动权抢回来……

“呼啦——”凌空飞来一团小火球，直接打到Guest.115的胸口，不致命，一撞就散成火星纷纷落下了。但这对Guest.115已经快要崩了的心态来说算得上雪上加霜：“我攻击自己也要罚？！”

何律语带歉意：“我设的规则是禁止攻击，攻击谁都禁。”

Guest.115：“可是我们现在不是战斗，是进行和平谈话，你在真诚坦荡地向我公布文具树的同时，还在暗中布置文具树？”

何律：“……”

Guest.115：“呵，怎么，没话说了？你的正气凛然呢，顶天立地呢？”

何律不知道自己什么时候多了这两个标签，但对于暗中布置文具树的事的确有些理不直气不壮：“我承认是我多疑了，我担心你并不是真的要答应我的提议，只是想骗出我文具树的底细，再趁机对我动手，所以我多少防备了一些，没想到你宁愿给自己降温，也不愿和我再发生冲突。”

Guest.115：“我给自己降温那是为了……”

“为了冷静。”何律温和接口，像是想到什么，露出一点儿笑意，“我知道自己唠叨起来是很让人焦躁的，有人说过，而且对方还被烦得直接和我动了手，所以你为了忍住不和我动手给自己降温，我都明白。”

Guest.115：“……”现在就是冬眠都无法让他冷静了，他想知道那个跟何律动手的是谁，为什么当时没有一劳永逸地把人弄死，为什么要继续留着何律为祸世界！

或许是内心强烈的起伏激活了新一轮的大脑思考，Guest.115忽然怔住，而后狐疑地看向何律：“既然你的文具树可以设置任意惩罚，那你为什么不把惩罚直接设置成‘发动攻击的人喊认输’？”

何律没有说话。

Guest.115眼里渐渐露出得意，声音也恢复了些许最初的高高在上感：“你在骗我，你的文具树并不是什么都可以设置。”

“我没有骗你，”何律说，“我的文具树可以任意设置，只是并非每一个设置都能生效。”

Guest.115：“那不就是隐瞒了？真话不说全就等于欺骗。”

何律理亏，只得点头承认：“抱歉。”

Guest.115要疯了：“我们是对手，你骗我坑我都是正常操作，懂吗？！”

何律若有所思地看他：“所以你要反悔了吗？”

Guest.115：“什么？”

何律：“我们的约定。”

Guest.115：“我们有什么约定？！”

何律：“我告诉你文具树，你就答应我的提议，等我陪你玩尽兴，你就喊认输。”

Guest.115：“……”完全忘干净了。

要毁约吗？废话！一对一战斗里，这种你如何如何我就如何如何的承诺还真有人信？再蠢也该知道他就是为了骗情报吧？况且何律刚才也说了“我担心你并不是真的要答应我的提议，只是想骗出我文具树的底细，再趁机对我动手，所以我多少防备了一些”，这表示这家伙对此是完全有心理准备的。但是……真的要言而无信吗？ Guest. 115 看着对面一脸平静就像在等待命运审判的男人。他真的要对一个向自己摊开了所有底牌的家伙言而无信吗？ Guest. 115 陷入了极度纠结的思想挣扎，纠结得他都顾不上去注意，明明自己上一秒还认为一对一战斗里坑蒙拐骗都是天经地义的。

何律静静等着，他做了自己能做的该做的，但他无法左右对手的选择，接下来的战局走向全在 Guest. 115。

终于，Guest. 115 缓缓抬眼，却不是给答案，而是问何律：“为什么你明知道我就是为了骗你文具树的底细，才假装答应你的提议，却还要告诉我你的文具树情况？”

何律摇头：“我不能确定你是骗我，我只能凭感觉和对你的判断，推测你有比较大的可能是打算骗我。”

Guest. 115：“那你还和我坦白文具树？”

何律：“凡事无绝对，万一你是真诚的，那我就错过一个获胜的机会，也错过了一个信任我的人。”

Guest. 115：“……打。”

何律：“什么？”

Guest. 115 恶狠狠看他，几乎要把牙根咬碎了：“我说我同意了，我们打一场，你让我尽兴，我就认输。”

何律的表情明朗起来，声音沉稳有力：“好。”

Guest. 115：“都别用文具树，就赤手空拳，近身一对一。”

何律：“好。”

Guest. 115：“我不会放水的，如果一时失手把你弄死了，你可别怨。”

何律：“好。”

Guest. 115：“最后一条，对战中禁止发言！”

语毕，Guest. 115 不等何律回应，直接欺身上前。他做好了再被“你犯规了”攻击的准备，没想到什么都没发生——何律已经把文具树切断了。Guest. 115 惊讶何律的迅速，怀疑很可能是他说“同意”的那一刻，何律就卸了防。但这都不重要了，他说了近身战，就不会再反悔，他也不屑于对一个放弃了文具树的家伙耍阴谋诡计。

速度全开的 Guest. 115 身形极快，眨眼已到何律面前。与此同时，他握紧的拳头也已由下至上，冲向何律的腹部。这样冲拳并不需要高抬手臂，所以动作极不明显，出拳也快，这样的速度何律几乎躲不掉。何律也确实没躲，他是用手臂下压，直接将这拳格挡掉了。

Guest. 115 一愣，没想到何律不仅反应快，手臂上的力道也不容小觑。他果断收拳，凝聚精神力进一步提升身体速度，改为脚下去绊。何律发现了他的意图，但面对一个专注提速的 Guest. 115，他的身体反应速度还是有劣势，慢了一瞬，“扑通”一声摔倒在地。

不过他也不是完全没收获，失去平衡的一霎，他立刻环臂抱住 Guest. 115。所以后来的“扑通”，是两人抱成一团，砸在了街道的地砖上。

Guest. 115 没想到何律竟然能做到拉他垫背，这么快的动作绝对不可能经过思考，而是对战中的本能反应。他压住心底的惊讶，同时全身蓄力，一把将对方掀翻，抽身而起。何律竟也在被掀翻的同时就地一滚，敏捷起身。

Guest. 115 不给对方任何歇口气的机会，转瞬又攻过来。何律见招拆招。一连几下，Guest. 115 不仅没有近得了何律的身，反而还差点儿被对方再度钳制。如果不是他在力量、速度的身体基础条件上对何律有绝对的碾压，保不齐就要挨揍了。

Guest. 115 没想到何律竟然是格斗高手。他的能力注定了他更喜欢隔空攻击，近身搏斗只是个半吊子。可是他练习的时候和高手对打过，他很清楚，当格斗技巧精湛到一定程度，反射神经和身体的敏捷性大幅度提高，每一次动作都能以最小的代价换来最大的效果，那么身体上的劣势就足以被弥补。又一次攻击未果，Guest. 115 收起玩耍心态，准备使全力了。但在这之前，他还是想明确问清楚：“你专门练过格斗？”

何律沉默。

Guest. 115 皱眉，莫名其妙：“你连文具树都能告诉我，这点儿小事不能说？”

何律还是沉默，但脸上流露出显而易见的为难。

Guest. 115 突然悟了——对战中禁止发言。

遵守纪律是好事，就像坦白、真诚，都是好事。但为什么每一件由何律做出来，都让他身心俱疲……

3

半小时后，纯白空间。

“砰！”投屏上盖出第二组的第二个认输章。继白路斜之后，何律也让客人认输了。

众人面面相觑，心里当然是很为白路斜、何律高兴的，可又不敢太放肆，因为知道还有三个伙伴正在战斗，只要战斗尚未结束，就每一个都有危险。

事实也的确如此。在何律通关后的第十三分钟，下山虎的照片被红叉划掉了。那之后又过七分钟，大吉通关。又过半小时，和尚通关。

五人战斗，四人通关，从数据上看，比第一组要好得多。可那不是数据，是一个个伙伴的命。但鸮系统永远都没有感情模块，无论死的人多人少，它都会按时欢脱响起：“第二组全部结束，一人死亡，四人通关！通关率很令人惊喜哟。接下来是第三组对战名单——”

关　岚（对战）Guest. 120

从　越（对战）Guest. 121

老　虎（对战）Guest. 122

五五分（对战）Guest. 123

十三幺（对战）Guest. 124

这一组，有从越。

唐凛、南歌、郑落竹在名单列出的那一刻，就不约而同看向自家伙伴，显而易见的紧张和担心，连靠墙边的霍栩都瞥过来一眼。

从越有些汗颜，他很想让自家伙伴放心，但实在没什么底气拍胸脯保证。他的“减速”是辅助系文具树，战斗的时候通常都是和别人的攻击性文具集合在一起，他来给对手减速，自家伙伴来给对手攻击，相辅相成。现在让他独自作战，那给对手减速之后谁来攻击？他自己吗？他那几下三脚猫功夫，在这些变态客人面前根本不够看的。

白色光束已经打下来了。从越纵有千般顾虑，万般忐忑，也不希望最后留给自家伙伴的是自己㞞唧唧的脸。前面那么多关卡，他㞞过、怕过、紧张过，也借着自家 VIP 的实力嘚瑟过、得意过、躺赢过，这一次，他要靠自己。

传送即将开始，南歌和郑落竹不自觉异口同声：“越胖胖……”

从越透过白光，冲自家伙伴顽皮咧嘴，圆圆的脸上眼睛一笑就成了两条缝：“放心，我是 VIP。”

视野混沌，失重感来袭。上一秒还朝自家队友打包票的从越立刻在天旋地转里拼命集中注意力，开始在脑内复习自己的一次性文具：<防>如胶似漆、<防>一步之遥、<防>百毒不侵、<防>我们都是木头人、<防>铁布衫、<武>悲伤的杀人咆哮、<武>晴天霹雳、<幻>李代桃僵、<幻>痛痛飞走了。一共九个，五个防具，两个武具，两个幻具，全是自家组长给的，包括霍栩不要又被他们仨瓜分的几个，每一个都可能是他在接下来战斗里活命的逃生门，实现“我是 VIP”豪言的斩棘剑。

从越这辈子脑袋都没这么好使过，瞬间用意念复习完了文具，并将每一个都牢牢记在心里，保证做到随用随取，触点即发。做完这些，他的双脚也落了地，眼前渐渐清晰，和想象中完全不一样的战场让他愣住了。

从越以为一对一就该像拳击赛那样打擂台，弄个有限的小场地，双方像野兽似的互相撕咬，最后活下来的就是胜者。然而他被传送到的地方，是一座教堂的内部，彩色花窗布满墙面，然而大多是深绿、深红、深蓝这样沉色的彩玻，外面的光线照进来，都被滤成了幽深斑驳的光影，就像太阳被厚重乌云遮住时，云层边缘的暗色微亮。

最前方的高坛上，祷告台的后面，三条竖向平行的柳叶窗从离地一米左右的墙面开始一直向上，占据了墙面的三分之二。三条柳叶窗之上，圆形的玫瑰窗占据了墙面最高也是最醒目的部分，成为整个教堂里最华丽的所在。这些遍布墙壁的花窗或大或小，或圆或长，但它们都有一个共同点——每扇窗上那些细碎的小块彩玻都不是无意义拼凑，也不是简单地拼凑出几何花纹，而是拼出了一幅完整图画。也就是说，一扇彩窗就是一幅画。

顾问室。

大部分守关人还没从围观第二组对战的情绪里走出来。

那绝对是一个魔鬼之组！他们先被白路斜致幻状态仍不忘邀请别人一同幸福的“热情好客”晃了眼，又被何律不知该称作“谜一样”还是“有毒”的个人气质洗礼一番，接着围观了一个叫大吉的男人——不，那就是一头野兽——血战 Guest. 119，最后隔空陪着 Guest. 117 被一个拿着防御系文具树的光头耗到精疲力竭。

五战四败，从精神折磨到惨烈对抗，客人们只经历了自己那场，投屏前的守关人们一场没落，还全是投入围观，沉浸式体验。这会儿第三组的五个闯关者都进入战场了，很快，相应的客人也会抵达。众守关人强打精神，努力摆脱阴影，让自己再次专注。

五块投屏里，第二战场吸引了大部分守关人的注意。虽然不是第一次见了，之前几拨闯 7/10 的就有人随机到了这个战场，可再次见，众守关人还是难掩喜爱之情。

希芙：“真美。”

6/10：“最有氛围的战场，没有之一。”

7/10：“我以前守关的时候，也最喜欢监控这个战场，可惜每次到最后都让对战的两个家伙搞得一塌糊涂，总得重新修复。”

维达：“行了，有几个关卡在开放后不需要修复？”

得摩斯：“话说这些彩窗画也是鸮系统设计师弄的？”

卡戎：“关卡里所有的设计都是。”

得摩斯：“把这些内容做成画放到关卡里，想法还挺妙。”

守关人们在谈论的彩窗画，从越压根儿没细看。他以前在视频、图片里就见过一些著名教堂彩窗上画着《圣经》故事，画的内容无非就是一个人或者几个人，然后配上简单的场景或者情节，需要你拥有丰富知识储备才能识别这是哪一段故事。他没有这种储备，也没那么好兴致去一一辨认画中的内容，因为还有更棘手的问题：偌大的教堂里，本应摆着一排排信徒的座椅，但现在座椅没有，只有一排排的棺材。

斑驳陆离的光影给这些棺材蒙上一层别样色彩。从越站在其中，假装自己云淡风轻。为什么传送到此地，他先抬头看了一圈玻璃窗？因为先低头看一圈棺材他扛不住啊，看点儿神话玻璃还能定定心。

环顾一遍玻璃窗其实没用多长时间，从从越视野清晰开始算，也就十几二十秒。但对于一对一的战斗，一方已就位，另一方就该入场了。一道白光无声打到距离从越二十几米远的高坛之下。

从越刚鼓足勇气想查看棺材，一见白光，立刻意识到这是又有人进关卡了。还能是谁，必须是 Guest. 121 啊。求生欲瞬间上线的从越果断放弃棺材，趁着白光还没彻底成形，转身疯狂往教堂的大门跑。

他被传送落地的位置，本来就在教堂进门处，和门中间就隔了一副棺材。于是他这会儿敏捷全开，单手一撑就越过了棺材——当然也是低空险过——直落门前。一落地，没等站稳，他就去推教堂大门。Guest. 121 什么实力他不清楚，但自己什么实力他可有数，先找地儿藏身，再暗戳戳观察对手，绝对是保命良策。不料一把推过去，大门竟然没开。从越不信邪，又用力撞了过去，“砰”一声，肩膀巨疼，门纹丝不动。从越焦急回头，只见白光里的人影已渐渐清晰。再无他法，他只得硬着头皮，一咬牙……

“咣当！”

Guest. 121 眼前的白光刚消散，就听见这么一声怪异响动。他轻松分辨出那声音来自最前方，靠近教堂大门的位置。

“对战即将开始，下面宣布对战结束的两种方式……”半空中毫无预警地响起调皮的电子音。

Guest. 121 站在那里静静听完了规则，英俊的脸上神情平和，眉宇间带着一点儿天生的冷冽气质，就像冬日的森林。

“……祝你好运！”随着毫无诚意的祝福，小猫头鹰声音消失，教堂又恢复了它的沉静肃穆，或者说，幽暗阴森。

Guest. 121 向前走去，绕过一副副棺材，末了停在了教堂大门前最后一副棺材那里。不用开棺，单是站在棺材旁，他就能听见里面属于一个活人扑通扑通的心跳，频率之快，让他怀疑如果再不把人弄出来，藏在里面的人会先把自己吓死。

单手摸到棺材盖，Guest. 121 用力一掀，盖子重重落到地上，棺材内的情形一目了然。

从越听见了盖子被掀开的声音，也感受到了比先前亮一些的光线，但他仍一动不动，继续闭着眼睛，屏住呼吸，安详地装死装到底。但呼吸能停，心跳停不住，蹦得他心口疼。

他用脚指头想也知道，开棺这家伙绝对已经发现了。事实上，在发现棺材是空的并决定躲进来的那一刻，从越就没指望真能藏住，他只是需要一个缓冲，让他再酝酿酝酿战斗情绪。

Guest.121 低头看着棺材里执着装死的胖子，眼里掠过一丝复杂："我等了许多天，"他淡淡开口，声音低沉温润，就像春末夏初微暖的夜风，"想过许多次，我将遇到一个怎样的对手……"他幽幽一叹，"理想和现实的落差，让人防不胜防。"

"睡美人"从越："……"既然发现了，要打要踹要掀翻棺材随你，给致命拳给夺命刀或者干脆用特殊能力给一个必杀招也正常，反正自己早就做好用"静止键"应对一切攻击的准备了。但这个嫌弃的叹息是什么玩意儿？这是打架又不是相亲，轮得到你这个妖怪挑肥拣瘦！

"别装了，起来吧。"Guest.121 看着明显因为憋气脸色涨红的对手，低落的心越发惆怅，"还等着我把你抱出来吗？"

从越听这话音很疑惑，对方好像真的没打算在棺材里动手？他飞快吸口气，一边调整呼吸，一边小心翼翼睁开眼，只见棺材外，一个气质肃穆的男人优雅站着，仿佛下一秒就要弯腰给他的"尸体"献花。

"你不是应该掀开盖就直接攻击吗？"对方越彬彬有礼，从越心中的疑虑越甚。

Guest.121 摇头："攻击很简单，杀你也很简单，但我花了昂贵的费用，至少也要体验一下你的能力和这里的氛围。"

从越半信半疑地坐起来，文具树一直保持待发状态，同时环顾四周："就这阴森氛围，你确定有体验价值？"

"你看见的是棺材，"Guest.121 环顾周围的图画彩窗，"我看见的是这些。"

从越差点儿脱口而出"地球宗教和你们有屁关系"，幸亏及时想起唐凛的提醒，生生把到了嘴边的话硬拗成了"这都什么乱七八糟的，反正我看不懂"。

Guest.121 笑了，无意识中流露一丝淡淡的高位者对低位者的天然轻蔑，可更多的是某种从越看不明白的感慨："你当然不懂，这是我们的故事。"

"你们的？"从越重复这三个字，然后在"我们"这一词中品出了一些深意。

他重新看向周围的彩绘玻璃，这次认真看，一下子就发现了违和感——这些画里的人穿的并不是布袍，也不是现代装，而是一种他没见过的奇怪装束，画里的内容虽然有火山，有大水，但也有一些诡异的怪物，甚至他现在才发现其中一扇窗上他以为的球形花纹更像是……几颗星球？所以，这不是《圣经》故事。从越恍然大悟，这是 K 星的故事，画中的人不是耶稣和信徒，而是 K 星人。

从越之前还想吐槽来着，明明是外星战场，非搞成地球教堂的模样，现在懂了，这还夹带私货呢。不过……他重新看向那些大部分描绘着灾难场景的彩窗，忽然好奇起来，这究竟是K星的神话故事还是K星真实发生过的历史？可他没法问，一问就暴露了。

Guest.121也没打算和他进行互动，独自感慨片刻，神情又恢复了沉静。

顾问室。

客人都是同一时间到的，现在四个战场都开打了，就他们最关注的第二战场还一片宁静祥和。潘恩等得不耐烦了："他俩到底打不打？哪儿来那么多废话！"

索贝克观察Guest.121很久了："我觉得这个客人好像就喜欢这个调调，像喝酒似的，一点点慢慢品。"

得摩斯："一个胖子有什么可品的？"

索贝克："我说的是战场氛围……"

得摩斯："……"

"你在这个战场上可以存活的时间和你身上能挖掘的乐趣成正比。"教堂里，Guest.121终于开口，语气平缓，就像在礼貌邀请，"释放你的能力吧。"

从越艰难咽了下口水，明明还没开打，却已经感觉到了对方的压迫力。但对于先使用能力的邀请，他选择拒绝："不行。"

Guest.121："为什么？"

从越想了一下，反正一打起来就会曝光，也没必要瞒了："我的能力是你释放了能力才能释放的能力。"

他刚刚听见的，确定是一句解释？Guest.121用了几秒钟时间凭意念调动语言分析系统，终于把对手匪夷所思的表述成功断句，对方说的是：我的能力，是你释放了能力（之后），才能释放的能力。

弄懂了这句话，那背后隐藏的信息也就呼之欲出了，但Guest.121还是礼貌使用象征性的询问语气问道："辅助系或者防御系？"

从越没答，原本轻松聊天的脸上，眉头忽然紧皱，神情一瞬专注郑重。

Guest.121眼底微动，像平静无波的湖面被扔进一颗小石子。他知道，这个怯懦得一开场就钻进棺材里装死的闯关者在使用文具树了。很显然，这是一次谈话中的偷袭，也可以算作对方的先发制人。

Guest.121对此并不生气，甚至还有点儿惊喜。拒绝先使用能力的话还言犹在耳，对方就直接先发偷袭，理直气壮自己打自己的脸。能屈能伸能认怂，能坑能蒙能诈骗，这种明晃晃的狡猾倒是比那些非要标榜光明正大实则背后小动作不断的对手可爱一些。

刚想到这里，对面的闯关者已经冲过来了，速度之快，劲头之猛，让Guest.121想起了他曾在某颗小行星上狩猎过的异兽。不同的是，异兽用的是利爪和獠牙，对面没有，只好借助冷兵器，比如不知从哪里摸出来的匕首。

虽然对方用了全力，看在 Guest. 121 眼里仍然不够快，他可以用眼睛把对方的每一个动作清晰拆解，进而从容躲开。然而 Guest. 121 想要向一侧闪避的行动还没开始，就失败了——他的身体不听使唤了，每一个关节都僵硬得像锈在那里。

Guest. 121 没想到对方是这样的能力，微微诧异间，欺身而上的对手已经将他扑倒，凭借自身重量将他压住的同时，锋利匕首也贴上了他的脖颈。

“认输。”从越低头看着那张近在咫尺的脸，吐出简短却坚定的命令，手腕微微用力，让冰凉刀锋和脆弱的脖颈贴得更紧。

Guest. 121 淡淡看他，眉宇间的松弛完全不像被威胁的一方：“定身该算特殊攻击，不应归类到辅助或防御。”

从越哪儿有闲心听这个：“别废话，赶紧认输，要不我杀了你，一样赢。”心一急，话就多，话一多，难免暴露本性，刚伪装不到十秒的霸气荡然无存。

Guest. 121 笑了，不知是不是气质使然，他连笑都带了一点儿微凉的淡漠：“从我可以开口说话那一刻，定身就已经失效了，你自己也很清楚，你的文具树只能持续短暂一刻，为什么还觉得可以逼我认输？”

从越：“就凭我现在拿刀架在你脖子上！”

Guest. 121：“如果你敢杀我，刚刚就直接割喉了，而不是像现在这样和我没完没了地聊天。”

从越：“……”他是不想让自己双手沾太多血，才给这家伙留条认输的路，真当他越胖胖是吃干饭的？！

手腕用力压下，刀锋顷刻陷入 Guest. 121 脖颈柔软的皮肤，可是没见血。从越一怔，这刀可是进关卡之前他特意磨的，磨完拿指肚轻轻一刮，就先给自己蹭了一道口子。

一分神，手臂忽然被 Guest. 121 抓住了。下个瞬间，他根本不知道发生了什么，只觉得身体突然被一股巨大力道甩起来，然后在空中来了个翻转，就像平地过肩摔那样，最后整个人平躺着砸在地板上，“咣当”一声仰面朝天，木了。半晌，空白大脑才开始重新运转，全身上下的疼痛感也回来了。恍惚间，他好像听见 Guest. 121 在说话，但因为三魂七魄还没有完全归位，那声音听起来有点儿遥远。

“我不喜欢动手，太粗鲁……但我更不喜欢被人威胁……还有，下次说话不要再离我这么近……”

从越对着天花板用力眨了好几次眼，整个世界终于开始恢复色彩，包括声音。他忍着疼，艰难地从地上爬起来，发现 Guest. 121 早和他拉开距离，站到了十米开外。

这一摔把从越摔清醒了，他终于意识到刚刚的自己有多蠢。客人和守关者是一类人，身体的基础素质无论是速度还是防御力，都远远超过他们这些闯关者。他该在“静止键”仍然起效的时候一刀封喉的，那是他唯一的机会，后面 Guest. 121 都能跟他扯淡了，自然早就暗中聚集精神力，提高了身体防御，一把普通匕首怎么可能伤得到他。

“你看起来很懊恼，”Guest. 121 微微歪头，“是后悔没有在扑上来的一瞬间就用刀吗？”

从越一脸错愕：“你的能力是‘读心术’？”

Guest. 121 淡淡讥诮：“对于一个把什么都写在脸上的人，恐怕不需要。”

从越：“……”明明对方并不像先前关卡内遇见过的客人那样嚣张、嘚瑟，差点儿被他捅一刀还保持着良好风度，心平气和，可他为什么觉得这家伙比之前见过的每一个客人都欠揍？

“就算你一扑过来就动刀，结果还是会和现在一样。”Guest. 121 忽然又道，“因为从你集中精神力准备启动文具树的那一刻起，我就已经提高了身体防御。”他微微颔首，“希望我的解释，能让你感到一点儿安慰。”

从越咬牙：“……我谢你。”

“不客气。”Guest. 121 说，“还有，如果你在定住我的同时，不选择冷兵器的低效攻击，而是用文具能力进行高杀伤力的攻击，说不定真能一个回合就结束战斗。”

从越：“别以为就你聪明！”

Guest. 121：“看来你也想过，那为什么不用？”

从越：“……”

Guest. 121：“是没有可以同步攻击的文具树或者一次性文具，还是你没办法同时操控两种文具？”

话都让 Guest. 121 说了，从越脆弱的自尊心已经被扎成了筛子。他可以同时操控两个文具树，比如“慢慢来”加“静止键”，也可以同时操控两个一次性文具，但是文具树和一次性文具树混搭着同时操控，任凭他怎么练就是来不了！但在这时候和 Guest. 121 解释，不是不能同时操控两个，只是不能跨类别操控，完全是自取其辱。归根结底就是不能给对方造成有效攻击，至于原因是一还是二，有区别吗？

从越沉默地看着 Guest. 121，后背已让汗水打透，有被狠狠摔到地面疼出的冷汗，也有战斗进行到现在越发清晰感受到对手的强大带来的沉重压力。

相比之下，对面的 Guest. 121 和刚进入战场时几无区别，除了衣服上因为被扑倒沾了一点儿灰尘，还有淡漠的眼眸里浮起些许失望。他问从越：“这就是你的全部能力？”

从越明白，对方还在挖掘所谓的“乐趣”，但他不想配合了：“我不是来给你表演的，你别太拿自己当回事儿！”

Guest. 121 静静看了他片刻：“真的没有了？这是你最后的存活机会，想好再回答。”

“没有了，我就是这么无趣！”从越梗着脖子，“要打要杀赶紧来。”

Guest. 121 终于彻底失望。

当一盘游戏无法再带来任何乐趣，就是该终盘的时候了。从越以为 Guest. 121 会发动能力，直接攻过来，却不料对方轻轻敛眸，仍安静待在原地。对方这样，他心里更没底，悄悄用意念和文具格里的“‹防›铁布衫”建立了联系，只等状况不对，立马防具护身。

毫无预警地，教堂里响起了清亮的高音。那音阶极高，有点儿像女高音唱花腔时的那种，可是并没有花腔繁复的技巧和旋律，只是单纯一个音阶在延续，然而细听，那声音轻盈悦耳，仿佛是哪个高音歌者漫步在月光森林，有一种空灵的温柔。但是这个教堂里没有女歌者，只有从越和 Guest. 121。

从越看着那个男人轻轻抬头，看他望着教堂斑斓穹顶，唱出这悠远清亮的音符。Guest. 121 这时的声音已经超脱了性别，超脱了俗世，更像一个引路者，带着所有听到这声音的人进入一个圣洁的、永恒的国度。不知过了多久，反正从越已经恍惚得灵魂差点儿飘远，根本顾不上感受时间了，Guest. 121 的声音终于停止。从越眨眨眼，有些茫然。这就是对方的攻击吗？用声音？可是声音文具树他见过啊，自家南歌叫起来惊天地泣鬼神，能让人头晕、恶心、脑袋瓜嗡嗡的，恨不得咣咣撞大墙。但这些硬核气质在 Guest. 121 的声音里都没有，他甚至还觉得刚刚那一段好听得快要让他灵魂净化了。

胡思乱想间，从越忽然觉得耳朵里有什么流出来，痒痒的。他下意识抬手一摸，湿的。从越呼吸一滞，瞬间惊醒，把手拿到眼前来看，刚擦过耳朵的手指上都沾着血。悚然的战栗窜过他的脊背。这是从越经历过的最恐怖的攻击。如果说南歌的尖叫是曼德拉，Guest. 121 的声音就是海妖。曼德拉再可怕，至少一见面你就知道，有防备，可海妖会扮成美丽的女人，甚至披上温柔梦幻的面纱，让你无知无觉被拖入深海——那样动人的声音，他在聆听时只觉得精神愉悦，身心洗涤，根本没有任何其他杂念，遑论痛苦。

“还听得见我说话吗？”Guest. 121 看着双耳流血的从越，语气保留着天然的礼貌，眼里却没有任何感情。

从越拿手擦掉双耳血渍，朝他“呵呵”一声，道：“放心，考英语听力都没问题。”

Guest. 121：“刚才我用了两成的攻击力，以你目前的防御状态看，五成应该是你能承受的极限了。”

从越冷笑：“行啊，那你试试。”

Guest. 121 对折磨闯关者没兴趣，一击探到了底，二击自然结束战斗。所以对面是反对，是硬撑，是害怕，是勇猛，在他看来都一样。收敛心神，Guest. 121 将攻击的强度提升到五成，平稳呼吸，开口。这次不再是单一音节，而是几个音阶交错，形成一小段起伏的高音旋律。但每一个音依旧拖得很长，所以整个旋律仍是缓和的、悠远的。

从越在第一个音符出来时就如遭雷击。这次他终于感觉到难受了，耳朵发胀，头内晕眩，鼻血无声流下，心脏也开始抽痛。他毫不怀疑，再这样继续下去，估计就是心脏麻痹，当场气绝。这种身体上的痛苦终于有点儿接近他和南歌一对一训练时，体验过的“曼德拉的尖叫”了。然而在一次又一次被南歌摧残之后，他也发明出了特有的反击方式。

就是现在！从越一把抹掉鼻血，闭上眼睛用力集中精神，什么都不想，就当自己还在训练室，就当对面不是那个彬彬有礼的魔鬼，是自家伙伴。没什么可怕的，越胖胖，你可以！

“慢慢来”和“静止键”同时启动。萦绕在教堂内的高音突然被切断。Guest. 121 抬眼，微微不解。就算用定身打断他的攻击又有什么用呢，定身的时间短到可以忽略不计，这样不过是把死亡结局延缓几秒，没有任何实际意义。果然，脑内刚闪过这一念头，自己的高音就已经继续了，中间停顿之短暂，就像一段旋律装饰性的休止符。Guest. 121 怜悯地看着对面那个垂死挣扎的闯关者，几乎可以预见等下这个人将以何种悲惨的姿态死去。

就在这时，Guest. 121 清亮悠扬的高音旋律忽地迟缓下来，就像一个演唱者的嗓子突然出了某种不适，演唱效果开始崩得一塌糊涂，每一个音阶都开始无限延长，优雅起伏的旋律因为突然的慢速变得呆板、黏稠。还没等他反应过来，那迟缓又消失了，可旋律并没有恢复，因为定身再度袭来……

一连五个定身，就这样把好好一段旋律切割得支离破碎。

当然，这是 Guest. 121 的感觉。在从越这里，那是相当满意自己造成的效果。他再接再厉，就像 DJ（Disc Jockey，唱片骑师）附体，运用“慢慢来”和“静止键”，生生把圣洁的福音曲搞成了鬼畜剪辑。越鬼畜，他越嗨——擦最炫的鼻血，打最酷的碟，死前也得嘻哈一把。

Guest. 121 不懂什么鬼畜，但他有耳朵，听得见自己唱出的旋律变得像小丑一样滑稽。这是他绝对无法忍受的。于是又一个黏腻的拖长音之后，Guest. 121 直接收声。

从越“嘿嘿”一笑，顶着蹭满血的脸，嘚瑟得像个开成一朵大红花的流氓：“别停啊，怎么不唱了，动次打次多带感，我还没听够呢。”

嘴上嚣张的越胖胖其实心里虚得要命。他这招“音乐重剪辑”并不能真正意义上去减弱对方的攻击力，只不过是把对方的声音搞出“喜闻乐见”的节奏感。如果对方无法忍耐这种羞辱，那阻止攻击的目的就达成了。说白了，这就是一记空手套白狼的险招。

和南歌一对一训练的时候，从越用这招得手过两次，但第三次就不行了。南姐用超强的心理素质飞快适应了这种小手段，第三次“曼德拉的尖叫”折磨得他亲妈都差点儿不认识。但从越不相信 Guest.121 有这种心理素质。这家伙一看就是养尊处优，没吃过苦头，这样的人对“难堪”的承受力基本为零。

果然，Guest.121 没有再急着来新一轮的高音，而是稍稍认真地打量了从越一遍，眼神里多了一些兴趣：“我要为先前的武断道歉，看来你的文具树的确是辅助系。”

听到前半截道歉时，从越还一头雾水，听完后半句，懂了。

Guest.121：“你的能力是‘减速’，减到一定程度，就有了定身效果。”

对方已经看破了他的文具树，从越索性大大方方承认：“对，就是减速。”他舔着蹭到嘴唇上的血，满不在乎地咧嘴，“不管你多会唱，我都能让你的歌声一秒垮掉，不信你就再来一段。”

Guest.121 微笑，恬淡，温柔，却不带任何感情：“好的。”

从越：“……”他是在威胁，不是在真的邀请对方继续唱啊！而且这个 Guest.121 怎么看都自尊心超强，为什么这么短时间就能鼓起勇气再被“鬼畜”一次啊？！

Guest.121 看着悔得恨不得抓头发的闯关者，真的很想再提醒一次，“你又把心思写脸上了”，可转念一想，写就写吧，这样有点儿可爱的直白很快就看不到了，因为对方即将变成一具尸体。他的气息平静下来，而后嘴唇微张。教堂里响起新的旋律，却不再是高音，而是低吟浅唱，轻柔得像纱，似有若无，遥远得仿佛来自世界的另一端。

安魂。

不知怎么的，从越想起了 2/10 水世界训练室测潜力时，南歌得到的这两个字。那时的他们都没理解，现在他好像有点儿懂了。他想，声音攻击的终极形态应该就是像现在这样，不再高音，不再尖叫，旋律已经轻盈缥缈得恍如静谧。但这是安魂曲，那一声声低婉吟唱都会化作忘川的渡船，送你去开满彼岸花的地狱。

耳膜开始尖锐刺痛，头也开始疼，比先前所有的疼痛加起来还要疼一万倍，就像有人拿着电钻在往太阳穴里钻。从越支撑不住，痛苦地用力抱头，在濒临崩溃中拼尽全力集中精神，挣扎着启动“静止键”和“慢慢来”。可是没用，Guest.121 的吟唱轻盈空远得几乎听不真切，所谓的“剪辑”在这样的旋律上没有任何效果，因为那声音本就忽远忽近，忽而有了，忽而又消失，休止符也好，拖长音也好，都被这旋律一起拖入遥远彼岸。

极度痛苦中，从越听见一声又一声“咔”，就像什么裂开。他弯腰蜷曲着身体，濒临崩溃的意志哪里还顾得上其他。

从越不知道什么碎了，顾问室里的守关人却看得清楚。那是教堂彩窗的玻璃，在 Guest.121 的吟唱中一块又一块开裂。很快，蛛网一样的裂痕爬满了每一扇窗。

“没什么可看了，”顾问室里，7/10 背靠椅子，双手枕到脑后，将为了便于重点围观而放大的第二战场投屏，通过脑内意念操控缩回了原本大小，“这家伙最多再坚持十秒。”

“Guest. 121 太无趣了，多和他玩几轮嘛，刚才他把旋律弄得一会儿慢一会儿快一会儿又暂停的，还挺有感觉的。”6/10 极富韵律地左右晃动身子，对那带感的节奏颇为回味。

“现在好像超过十秒了吧……”索贝克看着小投屏里的丛越，惊讶于他能坚持到现在。以刚刚对战的观察来看，Guest. 121 这次就是冲着结束战斗来的，下手不可能犹豫，丛越却打到现在还没丧命，真是不可思议。

除非……

卡戎：“他好像用了一次性文具。”

教堂里，原本蜷缩着抱头的丛越终于松开手，慢慢直起身体——‹防›铁布衫，起效了。

丛越其实不想用。他酝酿了那么久，更多的是为心安，就像手里抓着个护身符，打起架来也踏实。文具珍贵，不能因为范总有“钞能力”，可以无限买买买，组长又会大方地给他们分，他就随意挥霍。每一个文具都必须用在刀刃上，这是他一直坚定的信念。但就在刚刚，灵魂几乎要被那鬼魅吟唱领到奈何桥了，他终于意识到，以自己的实力，战斗的每一个瞬间可能都是刀刃——那就用吧。

随着文具起效，音波带来的持续杀伤得以缓解。之前的伤害仍在，耳膜还是疼的，听什么都像隔一层了，脑袋也是晕眩发涨，一阵阵地剧痛。但新的伤害不再累积了，疼痛感从不断加剧进入了一个平稳期。与此同时，文具的淡淡微光也随着起效，萦绕在了丛越周身。

Guest. 121 看着对面闯关者周身的一次性文具光芒，心中刚起的困惑迎刃而解。作为吟唱者，没有人比他更清楚自己声音的杀伤力，单纯靠身体的基础防御去扛，丛越现在就该内脏重创，气绝身亡。不过如果他没记错，一个一次性文具的防御时间不会太长，如果防御效果强，比如现在，可以抵挡自己 50% 强度的声音杀伤，那么这个防具的时间还会更短，最多不超过五分钟。Guest. 121 可以停下等这五分钟，但他不愿意——安魂曲是不能被打断的，除非听的人已经到了地狱。

轻轻抬眼，Guest. 121 将更多的攻击意念释放。旋律仍然轻柔，仿佛没有任何变化。可丛越明显感觉到音波的杀伤又来了，比之前更冰冷，更锋利，更恐怖。防具的屏障几乎要顶不住，那一声声吟唱就像暗夜里的风，总能在墙上找到缝隙幽幽渗入。

又一个空灵音符飘逸而出，所有彩窗悉数爆裂，碎片纷飞。

丛越的眼前开始发花，继听力模糊后，视野也在迷离混沌。他知道自己一定内伤了，还是下一秒就可能会死的那种。不能再任由 Guest. 121 唱下去了，一个音符都不行！

‹武›晴天霹雳，启动。

“轰隆——”一道惊雷自教堂上方劈下，直奔 Guest. 121 头顶。纵是他反应再快，对这样突如其来且形式新颖的攻击还是猝不及防。他唯有一瞬间将自身速度提升到极致，才来得及向后闪避。刚一后撤，惊雷就劈在了他眼前的地面上，刚刚站过的地方一片焦黑。

Guest. 121 躲过一劫，代价是精神力全部集中到防御上，吟唱被迫中断。

这就是从越想要的效果。在抵达地狱前的最后一刻，他生生扒住了冥河之船，死不上岸。

然而“晴天霹雳”只有一次，也只救得了他一刹，如果不能翻盘，再多的一次性文具往里填，也只是杯水车薪。当 Guest. 121 的旋律第三度响起，就是他的死期。从越不想死，他和自家队友打了包票的，他要过关，他要在关卡尽头活蹦乱跳地迎接他的每一个伙伴！

从越急促呼吸着，心里一遍遍告诉自己要冷静。如果唐凛在这里，面对这样的局面，会怎么做？如果范总在这里，拿着这副烂牌，他会怎么做？从越拼命地去想这些，想着想着就好像听见了熟悉的声音。

“越胖胖，别总想着怎么活命，活命不会让战局结束，你要想着怎么赢。赢，才是你唯一的翻盘机会。”

是唐凛。

“没有烂牌，只有打牌很烂的人。”

没错了，这是范总。

从越眼眶发热，明明是自己臆想，可脑内的声音听起来是那样真实。

“越胖胖，别傻乎乎死磕，利用一切可利用的资源，文具树、一次性文具、对方的能力、周围的环境……尽可能让这些都成为你战术的一部分，你别把 Guest. 121 当对手，要把他当猎物，你才是那个设套捕猎的人。”

这还是唐凛。

“做最坏的打算，就能拼出最强的套路。另外，分你那几个一次性文具不值什么钱，该用就用。”

这还是范总。

“越胖胖，你绝对不能死，你死了我在 VIP 就成颜值垫底了，这是对我风流倜傥的最大污蔑！”

这必须是竹子。

“越胖胖，都是声音攻击，你和我一对一的时候各种刚毅顽强，Guest. 121 一开口你就颓了，你觉得这种差别待遇合适吗？”

尖叫女王兴师问罪来了。

“快死了？哦，那就等着最后复活吧。”

天下第一欠揍霍栩，连 Guest. 121 都只能排在他后面。

身体的力量似乎又回来了，不，应该说比从前更盛，就像五个伙伴站在他身后，一个接一个把自己的能量球往他这里砸。从越深吸一口气，猛地睁开眼，目光犀利地寻找 Guest. 121，同时果断用掉治疗幻具“‹幻›痛痛飞走了”。

这个幻具可以止疼，却不能真的治疗伤势，更像是一支镇痛剂。可对于现在的从越来说，足够了。身体内外的疼痛刹那间消失，从越立刻感觉到久违的轻松，他毫不犹豫继续用文具，“‹防›一步之遥”。文具顷刻起效，从越二话不说，铆足劲就往 Guest. 121 那边冲，比第一次使用“静止键”后的持刀攻击还要更拼，更不要命。

Guest. 121 在躲过“晴天霹雳”之后，并没有急着重新吟唱。杀从越不难，一次杀不掉那就两次、三次，50% 的杀伤力太慢，那就 60%、70%。但是相比这按部就班可以预见的战局，他更愿意看到从越有新的应对，新的惊喜。不过……突然连番使用一次性文具，又突然气势汹汹朝自己冲过来，算是什么新奇战术？

Guest. 121 看着全速朝自己逼近的从越，有种时光倒流的微妙感。这次闯关者连匕首都不拿了，完全是赤手空拳奔袭而来。Guest. 121 无法理解闯关者的作战思路。“文具树定身 + 匕首挟持”的组合没能成功，于是这个人现在文具树也不用了，武器也不拿了，直接“裸攻”？难道是刚刚的音波让对方神志不清了？还是眼见生存无望，决定长痛不如短痛，主动过来寻死？

Guest. 121 不再去猜，因为无论哪种，他都会按照后一种处理。静静看着闯关者越来越近，他轻轻呼吸，第一次将精神力全神贯注，凝聚百分百的攻击，以最松弛的状态吟出最动人也是最噩梦的……

“砰！”猝不及防的“空气碰撞”打断了 Guest. 121 已到嘴边的旋律。

什么叫空气碰撞？就是他清清楚楚看见冲过来的闯关者距离自己还有一步之遥，可自己的身体就像被人结结实实冲撞到了一样，不受控制向后退了。可就算他真的被闯关者撞到，他也不认为对方的力量可以将他撞得不得不后退，更何况对方连碰都还没碰到他。

从越才不管 Guest. 121 是惊诧还是迷惑，全力操控着只有五分钟时效的“‹防›一步之遥”，继续冲向已经后退的 Guest. 121。

他一逼近，刚站稳的 Guest. 121 就后退。他连连逼近，Guest. 121 就连连后退。从顾问室的投屏上全视角围观，看起来就像从越周身自带一堵空气墙，只要他有向 Guest. 121 贴近的趋势，那墙就先把 Guest. 121 推向远方。呃，也不算太远，每次推的距离其实也就……一步之遥。

顾问室里的守关人们本已将注意力转投其他战场，可偶尔瞥一眼这边，从越活着，再瞥一眼，还活着，再再瞥一眼，不只活着，还越打越有新套路了呢。

“又是一次性文具？”维达实在好奇，把被7/10缩小的第二战场投屏又放大了。

8/10仔细看了看：“应该是‘‹防›一步之遥’，起效时间内，操控者可以一直和目标保持一步远的距离，从而防止目标近身，达到防御目的。”

潘恩：“问题是现在Guest. 121根本没打算近身，是这家伙一直往人家身上扑好吧。”

6/10：“所以他到底要干吗？”

就这几句话的时间，投屏里，从越已经利用防具将Guest. 121一步步“推”到彩窗附近。那些被Guest. 121吟唱震碎的彩绘柳叶窗只剩空洞窗框，一扇挨着一扇，耀眼的光从外面倾泻而入，就像晨曦穿透乌云。

7/10盯着投屏的眼底一闪：“他想把Guest. 121逼出战斗区域。”

众守关人一愣：“他怎么知道这里是有限战场？”

所谓有限战场，就是和第一组范佩阳遇见的鸟笼一样，战场范围有限，一方脱离战斗区域便是战斗结束。而第二组何律战斗的街道属于无限战场，即范围没有边界，也就不存在脱离战斗范围的情况。不过教堂这一环境其实很微妙，并不像鸟笼那样可以轻易判定为有限战场。因为窗外还有光透进来，你要说外面还有街道，教堂只是战场的一部分，也说得通。众守关人是第一次围观这个战场时就被7/10科普过，对战场属性当然清楚，但从越可没有，一切的东西都要靠他自己判断。

索贝克忽然想起一个细节：“我记得Guest. 121刚要被传送进教堂的时候，这家伙最初是打算往教堂外面跑，撞不开门，最后才躲进了棺材。估计是那个时候，就猜到这里是有限战场了。”

“就凭这个？赌的成分有点儿大吧？”5/10无法被说服，“看他现在狂甩一次性文具的架势，可是拼死一搏了。”这要赌错了，可真就是万劫不复。

潘恩：“赌了还有机会，不赌才是死定了。”

“我倒觉得未必是孤注一掷。”卡戎摸着下巴，看着战场上从越那比之前任何时刻都坚决的行动气势，还有眼神里第一次显出的顽强和沉着，蓦地有一种直觉，“他现在很清楚自己在干什么，我想他应该已经在心里制定了一套完整的战术，包括‘如果窗外还是战场’的备用应急方案。”

7/10乐了：“还完整战术、应急方案，你真当这家伙挂了个VIP的名，就是唐凛和范佩阳啊？”

能让守关人记住名字的闯关者不多，唐凛算一个，范佩阳算一个。不是守关人愿意记，实在是这阵子围观下来，想不记住都难。连带着，他们也就记住了他们的组织名，VIP。

卡戎知道在场的都看不上丛越，包括他自己，事实上半分钟之前，他还觉得丛越能撑到现在完全是老天眷顾加侥幸手里有那么两三个一次性文具。可是现在，那家伙身上真的有什么东西不一样了。不过卡戎已经顾不上再给 7/10 解释，因为教堂里，丛越已经彻底将 Guest. 121 逼到窗边，身材修长的男人完全被窗口洒进来的光笼罩住了。

“想让我脱离战斗区域？”光里传出 Guest. 121 的低声呢喃，带着淡淡嘲弄。

丛越内心一震，忽然明白过来，他能这样顺利将人逼到窗边不全是防具的功劳，还有 Guest. 121 的配合。对方根本就是抱着好奇心态，想看看他到底还能制造什么“惊喜”。

那就大家一起惊喜吧！

切断“‹防›一步之遥”，丛越纵身一扑。他们之间只隔一步。Guest. 121 根本来不及躲。但他本来也没想躲。因为如果丛越不想连同自己一起被惯性带出窗口，冲击力量就必然要有保留，可是一旦保留，那冲击力就达不到把他压得后仰翻出窗外的程度，所以这样的攻击从一开始就注定失败。

Guest. 121 想得很合理。但丛越从战局伊始躺进棺材的那一刻，就注定了要教这位客人懂得理想和现实的差距。他这一扑，是拼尽了全身力量，完全奔着同归于尽去的。Guest. 121 在被扑上的一瞬间，就知道自己又犯了想当然的错误，可身体已经后仰着失去平衡，随丛越一起翻出窗外。

顾问室里的守关人们比 Guest. 121 还震惊。7/10 里可没有什么同归于尽，如果两人都脱离战场，鸮系统还是会判定闯关者输，这波攻击没意义啊。可还没等他们彼此交流，就发现了不对劲——本该整个人飞出窗口的丛越，身体是出去了，但双脚还紧紧粘在窗框上。

众守关人：“……又是一次性文具？”

还真是，‹防›如胶似漆。

丛越发誓他回去之后一定要给唐总端茶递水，给范总鞍前马后，唐总指东他绝不往西，范总让撵狗他绝不偷鸡。他爱一次性文具！

哎？内心刚开始狂喜跳动，丛越就发觉手臂被扯得有点儿疼。他往下看，果然对上了 Guest. 121 那张熟悉的脸。

他现在是倒钩窗框大头朝下的状态，彩窗外什么都没有，只有一片刺眼光亮，就像一个用光打造的混沌世界。教堂也一定不在地面上，因为如果在，他的头早就该顶到地了，所以这更像一个光芒深渊。而现在，被他扑出去的人正紧紧抓着他的胳膊，悬在这深渊之上。

“你也太顽强了吧！”丛越身心俱疲。

本来以为作战成功，他那口气已经卸了，现在本能地用最原始的方法，拿另外一只手去掰 Guest. 121 的手指。一根还没掰开，Guest. 121 就哼起了新的旋律，既不是高音的清亮，也不是安魂曲的空灵缥缈，甚至都不是用唱的，就是轻轻哼着，带了一点儿慵懒，带了一点儿顽皮。但杀伤力绝不逊色，从越才被“‹幻›痛痛飞走了”止疼的脑袋，又开始炸裂一样的疼。

Guest. 121看着逐渐失神的闯关者，拿对方的手臂当借力点用力向上一跃。从越疼得眼前又开始发白，但手臂上的力道变化清楚告诉他Guest. 121打算干什么。都拼到这一步了，他绝对不能给对方翻盘的机会，不就是男高音吗，谁不会唱啊！

‹武›悲伤的杀人咆哮，启动。

“啊啊啊啊啊啊啊——”集凶悍、粗犷、残酷、惨烈、伤心、悲愤、痛苦、煎熬等等负面情绪于一体的咆哮，响彻第二战场。

刚跃起还没来得及伸手扣住窗边的Guest. 121在突如其来的杀人咆哮里失了声，恍了神，扎了心，身体敏捷度直线降为零（因为武具效果），精神力直接溃散（因为闯关者的破锣嗓子）。

跌入光芒深渊的最后一刻，Guest. 121忽然有一种解脱的轻松感。文具的时效，至少可以让这样令人发指的咆哮持续五分钟，他只听了一句就能抽身退场，是今天……不，是这么多年来，他遇见过的最大幸运。

顾问室。

所有人都一脸蒙。刚刚发生了什么？为什么好像经历了比安魂曲更恐怖的洗礼？从越赢了？这样都能绝地反击？无数疑问在他们心头涌动，但最终，一个最大的迷惑战胜其他，成功登顶——

“……这家伙到底有多少一次性文具？！”

不管怎么说，从越的确成了第三组第一个通关的。随着他被传送到通关者集结区，顾问室的投屏也从五块变成四块。在这四块里，第三、四、五战场的情势，都在按着很明显的方向走，胜负基本没悬念，只是时间问题。但第一战场着实让他们难以轻易下判断。

“还藏着呢？”得摩斯凑近提尔问。

提尔坐的位置正好直对着第一战场投屏，就算不想看，也难免要时不时瞥到画面，他算是顾问室里对第一战场情况最清楚的。

“藏得很逍遥。”提尔淡淡看着投屏，画面中是躲在某个隐秘暗阁里的关岚。

得摩斯拉近视角，奇怪地盯着关岚嘴角的一点儿可疑白色：“他嘴边沾的什么？”

提尔沉静英俊的脸上没有一点儿波动：“五分钟前，刚吃了一个奶油泡芙。”

得摩斯：“……”

第一战场，半小时前。

关岚没想到迎接自己的战场是一条商店街。不算宽敞的小巷，大大小小的店铺依次有序地排在两侧，悬挂在店门上的店旗或横或竖，形状不同，图案各异，却在交错中有一种热闹熙攘的美。落日余晖洒进商店街，让这喧嚣闹市平添了一抹静谧。

不多时，前方六七米处，一道白光送来了 Guest. 120。

关岚忽地有一点儿小紧张。人是他选的，没别的原因，就是看照片的时候觉得很有眼缘。那是一张全身照片，关岚几乎是一下就相中了，毫不犹豫地选了此人。现在，到了见证实物与照片是否相符的时刻了。

白光散去，一个身材高大、穿着连身战斗服的男人立在夕阳底下。他的身高至少有一米九五，宽肩长腿，战斗服穿在他身上威武飒爽。关岚怔怔地看着他，没想到实物比照片还野。

Guest. 120 没关岚那么好待遇，还能先看对手照片，作为被选择的对象，他在见到关岚的这一刻完全是蒙的。

他以为虽然自己向鸮系统提供的那张照片不能百分百展现自己的强大与危险、暴力与迷人，但毕竟自己的气质摆在那里，展现个十分之一，稍微有点儿战斗感觉的就该清楚这是个狠角色。在这样的情况下还敢选他，对方必然也是那种对自己的体魄和战斗力有足够自信的人，不是壮汉就是猛男，反正肯定是能打之徒。那么现在谁来告诉他，为什么出现在自己面前的会是一个小孩儿？这身高到自己胸口都勉强，这小胳膊小腿拢一起有没有自己大腿粗都两说，一张圆圆小脸分明就还是孩子，现在眼睛一眨不眨看这边的样子，天真里带着无辜，知道的知道是来战斗的，不知道的还以为谁家迷路的孩子！

商店街上方，小猫头鹰开始说规则。

Guest. 120 懒得听，直接打断：“先别说那些，你赶紧给我换个人！”

小猫头鹰还是把规则坚持说完才扬着语调道：“抱歉哟，您在这一关没有选择权。”

“那你们不会评估吗？”Guest. 120 无语地瞥一眼对面，“就这样的，我怎么打？”

小猫头鹰：“不愿意打就认输呀，这个权利您还是有的。”

Guest. 120：“……”

再没有新的问题，半空中的声音留下一句“祝您好运”，小猫头鹰彻底消失。

Guest. 120 眉头皱成小山，烦躁地看向关岚：“你怎么不说话？哑巴了？”

关岚抿了抿嘴唇，可怜巴巴地说：“你看起来……不太高兴。”

“废话，”Guest. 120 说，“我来这儿是要大战一场，不是哄孩子。你选对手的时候是脑子坏了还是眼睛花了，怎么想的就选了我，嫌自己死得不够快？”

关岚眨下眼睛，圆圆的小脸上满是真诚：“我在那么多张照片里第一眼就看见了你。”

“我的气质是比较突出。”Guest. 120 点点头，对自己照片的醒目不意外，但对关岚的选择就不能理解了，“你既然第一眼就发现了，更应该知道我不好惹。”

“但我就是想选你，”关岚朝他甜甜一笑，“你的身高特别符合我的审美。”

Guest. 120：“审……美？”

关岚：“就是不知道你体力怎么样，有 S 吗？”

Guest. 120 不屑地冷哼：“那是给你们这些闯关者的等级，我们不需要。”

关岚：“要是让你自评一个呢？”

Guest. 120：“我？无限 S！”

关岚：“你看，各方面都特别符合。”

Guest. 120 被夸得挺来劲，刚想表扬对方有眼光，神情忽然一顿，眼里的得意慢慢变成了怀疑：“我说，你嘴这么甜，该不是想让我手下留情吧？”

关岚笑容一僵，有些不知所措，眼睛里是显而易见的心虚和不安。

Guest. 120 彻底绝望。身娇体弱就算了，连说谎都不会，被吓一下就什么都写脸上，简直是身体素质和心理素质的和谐统一。他现在基本可以确定，自己之前白热身了：“我就搞不懂了，你这样的究竟怎么闯到 7/10 的？”

关岚委屈地撇撇嘴：“全靠队友带，他们特别照顾我，每次闯关……”

“行了行了，我不是来听你怎么坐享其成的。”Guest. 120 叹口气，言归正传，“虽然我很同情你，但我不能手下留情，对战规则是你死亡了才算结束，我要放你一马，这一关就永无休止了。”

关岚越听越着急，连话都有点儿说不利索了：“你、你也可以认输啊。”

“你想什么呢。”Guest. 120 连考虑都不考虑，直接否决，“我从出生到现在，打架就没认输过，我不可能因为同情你就破这个例。”

关岚一连咽了好几下口水，竭力忍住眼里的恐惧，强撑着声音倔强道：“你别以为我一定会死，说不定我也有机会赢呢。”

Guest. 120 沉默下来，忽然一拳打到地上，“轰”的一声，尘土飞扬。

关岚被呛得直咳嗽。过了好一会儿，尘土没那么浓了，他才看清，被 Guest. 120 拳头打过的地面坍塌出一个大坑，直径足有两米，连同 Guest. 120 本来站着的位置全坍进去了。坑的边缘离关岚还有几米距离，但地面发散的裂纹却一直延伸到他的脚下。

衣服摩擦声从坑里传出来，还没等关岚上前查看，坑里已经伸出一只手，扣住大坑边缘。下一秒，Guest. 120 终于从坑里冒头，三两下爬了出来。显然这局面也非 Guest. 120 所愿，男人一边拍打身上的尘土，一边咕哝：“我还收着力道呢，这谁建的战场，质量太差……”

关岚静静看着，这就是对手明明白白展现给他的能力，强大到不可思议的力量。

Guest. 120 好不容易把身上的土拍得差不多，终于得空，抬头看向关岚："你现在还觉得自己有机会赢……"

"吗"字被 Guest. 120 生生咽了回去。因为对面那个笑起来灿烂可爱的家伙，不知什么时候眼圈已经通红，大大的眼睛里蓄了满满水汽，他用力张着眼睛不愿意眨，因为一眨，那一颗颗泪珠就会滚落。

Guest. 120 看得那叫一个不自在，烦躁地抓抓头发："你别来这套，博同情没有用，我说了，我不可能认输！"

关岚努力吸了吸鼻子，又过几秒，突然向后转身，拔腿就跑。他速度极快，几乎是转眼就只留给 Guest. 120 一个模糊背影。

Guest. 120 了然，这是用了能力。看来对方的文具树是速度方面的，也难怪能在残酷关卡中活到现在——队友负责闯关，这家伙负责危险时候逃跑保命，倒也分工明确。

"不用这么慌张，"他朝那个背影喊，"我不追你，我等你藏好了再动。"

说实话，欺负这么个小孩儿，他的确有点儿别扭。虽然试炼区的人并不把这些闯关者视为"人"，和他一个休息室的那些家伙也开口闭口"游戏""虫子"。但在 Guest. 120 这里，他既不是来游戏的，也不是来享受杀戮快感的，他就是想和传说中最精良的系统培育出的对手打一架。

鸮系统现在已经没什么人提了，因为 K 星的军队早就找到了更省时省力的训练方法，偶尔送几个人过来试炼，完全是为了避免这里彻底沦为废区。废区就要销毁，但军方还是希望能保留这样一个基地，万一将来某一天再发生意想不到的情况，这里还可以作为后备训练区使用。

Guest. 120 就是一个军人，确切地说，他整个家族都是军人。关于试炼区的事，他是从父亲那里听来的。当时他还小，记不得那么多，只记得他父亲最后说，"将来有机会，希望你也去那里试炼，那里有最优秀的对手"。那之后没多久，父亲就在一次任务中牺牲了，Guest. 120 再没有机会去问，父亲口中的"优秀"究竟指什么。

他不相信是单纯的战斗力，因为 K 星人通过科技手段远程考察过许多有生命的星球，迄今还没有发现任何其他生命能在智力水平、身体素质、特殊能力上超过 K 星人。地球人算是为数不多能在智力水平上和他们比肩的，但身体素质弱到爆，特殊能力更是没有，即便鸮系统赋予了他们文具树，身体素质的短板也依然致命。

Guest. 120 一直记着父亲的话，要来这里试炼一遭，不曾想等长大加入军队，这里早被边缘化，上面只会派一些下等兵过来应付，根本轮不到他。好在现在这里出了问题，准备收割完最后的价值就彻底关闭，军方提前退出，他才有机会悄悄以个人身份提出申请。

提出申请的那一刻，他还有点儿小激动，就像一个期盼多年的礼物终于落到手。他不知道自己会遇见什么样的闯关者，但他发誓会把这些被父亲定义为“优秀”的人认真当成对手，平等的、值得重视的对手。

这件得偿所愿的事，一直到前 99% 都很美好，直到最后 1%，对手揭开真容：天真烂漫，娇小可爱，弱不禁风，一吼……不，他还没吼呢，对面就已经哭了！更郁闷的是他都不知道找谁算账，难道还能在扫墓的时候批评自己亲爹，说“你骗人”？！

就这样吧。Guest. 120 在心里和自己说，至少来过，见过，体验过，也算不留遗憾了。

十分钟过去，商店街静悄悄的。Guest. 120 希望闯关者已经找好了藏身之处。他大步流星向前走，挨家挨户开启地毯式搜寻。

又十分钟过去了，Guest. 120 一无所获。

再十分钟过去了，Guest. 120 还是连个鬼影都没找到。

再再十分钟，Guest. 120 后悔了，耐心耗尽的高大男人一脚狠狠踹掉刚刚离开的店门：“你个臭小子赶紧给我出来！”

没人理他。连夕阳都落尽了，夜幕垂下，月亮一点点爬上树梢。

Guest. 120 深吸一口气，是真的不想浪费时间了。他尽量压住火，开始大声地和整条商店街的空气讲道理：“我知道你没跑远，就藏在这里，我看见你在这儿消失的……地方就这么大，店铺就这么十几二十间，我把你翻出来只是时间问题。但是我现在的确有点儿烦了，你要主动出来，我二话不说给你个痛快，你要非等我把你揪出来，我肯定是先揍一顿再送你上路，你自己选吧。”

静谧的夜风就是关岚的答案。

Guest. 120 脸色沉下来：“行，这可是你自己选的。”

他不再费力挨家挨户找，一个个店铺里明屋暗道杂物间贮藏室……他实在受够了。屏气凝神，Guest. 120 缓缓将所有精神力积蓄到右手臂，然后走向左数第一间商店。片刻后，“轰隆”，二层商店在他力拔千钧的铁拳中墙倒屋塌，彻底成为一片废墟。如果这店铺里有人，不管他藏在哪儿，都只有被瓦砾活埋的份儿。若是藏的位置好，兴许一时半刻死不了，那废墟里就一定会传出微弱呼救；若是藏得不好，可能直接就被掉下来的楼板砸死了，那就会像现在这样一片死寂。当然，也可能那小家伙没藏在这间商店里。

Guest. 120 不去对各种可能做猜测，径直走向第二间店铺。他只要把整条商店街的房子都砸了，对方死也好，活也好，要么有结果，要么有下落。

“轰隆——”

“轰隆隆——”

终于，当第五间店铺坍塌殆尽，一大块楼体覆盖的下面挣扎着伸出一只小手，传出弱弱的呼救声。那手小得要命，灰扑扑的沾满了尘土，还有擦伤，鲜红的皮肉翻出来，混着沙粒。

“救……命……”

底下的人还在挣扎，像是知道外面有人，明明声音弱得几不可闻，小手却一下下凭空抓着，不愿放弃。

Guest. 120 皱眉，心里别扭：“都说了赶紧出来，你非得藏。再说，我就算现在把你救出来了，等下还是要杀你，你确定还想死第二遍？”

话是这样说，可 Guest. 120 还是不由自主地上前握住了那只小手。握住了才发现，这手比看着还小，柔柔的，软软的。Guest. 120 不敢太用力，怕一使劲就把这手捏坏了，只好虚虚握着，同时弯腰用另外一只手把压在上面的巨石板往旁边掀。

石板一块块掀开，底下的人也终于完整露出来。可是和自己握着的那只小手不同，废墟之下的闯关者从头到脚都看不到明显伤口，甚至连衣服都不太脏。

这怎么可能呢？ Guest. 120 正错愕，头忽然开始晕，而且是天旋地转那种强烈晕眩。他一个站不稳，直接扑倒在了关岚身上，与此同时浑身出汗，体温急剧升高，感觉就像某年夏天他训练强度太大导致中暑。Guest. 120 彻底迷糊了。

关岚没有。他一边操控着身体触碰能让人生病的五级文具树“恶魔之手Ⅲ”，使 Guest. 120 的“中暑”状态得以保持，一边切断在房屋坍塌中保他一命的来自 VIP 的“〈防〉金钟罩”，从容把手从 Guest. 120 手里抽出来，掌心一翻，露出一块平平无奇的蓝色奶油蛋糕。这块蛋糕没有花哨的名字，却是“蛋糕有毒”系列里最好用的一款。

“啪叽！”蓝色奶油连同松软蛋糕一起糊上 Guest. 120 的脸。前一刻还在中暑中难受的男人一秒昏睡，眉心渐渐放松，短时间内再无苏醒可能。

“叮　　”

小抄纸：“客人深度昏迷，失去战斗力，对战结束，恭喜 7/10 通关！”

关岚仰望星空，如释重负地长舒一口气，然后眼睛弯下来，笑得天然无公害。

顾问室。

围观了开局和收尾的守关人们对这一结果毫不意外。因为从对战的第一秒，从关岚可怜巴巴开始，他们就想冲进去喊：“Guest. 120，你醒一醒，不要相信他啊！”但他们冲不进战场，Guest. 120 也最终被戏精甜甜圈撂倒。

——你各方面都特别符合我的审美。

守关人们看着关岚被送出战场，又想起了战斗伊始这家伙说过的话。他们严重怀疑这句话的完整版是：“你各方面都特别符合我（对下毒目标）的审美。”

4

纯白空间。

一小时不到，第三组已经全部有了结果。从越、关岚、五五分通关，而且从越还是第一个通关的，连 VIP 伙伴都没想到。老虎、十三幺闯关失败。

这些结果不是一起出现的，是每一场战斗结束，就会实时通过投屏显现。而每一次的投屏变化，对于还在这里等待的人都是煎熬。失去伙伴的悲伤不会因为死亡人数的增加而麻木，相反一次比一次鲜明。但在这悲伤里，又生出更深的坚定和更牢不可摧的信念——他们一定要闯到最后，一定要把所有人带回来！绝对！

小猫头鹰拖着第四组名单如期而至："第三组全部结束，两人死亡，三人通关！比上一组有退步哟。接下来是第四组对战名单——"

郑落竹（对战）Guest. 125

江户川（对战）Guest. 126

强　哥（对战）Guest. 127

莱　昂（对战）Guest. 128

南　歌（对战）Guest. 129

一共五人，VIP 有两人入选。

看见自己的名字，郑落竹和南歌几乎同时起身。

唐凛也跟着站起来。都到第四组了，没有什么可再反复叮嘱的，他静静望着自家伙伴，只一句话："小心。"

郑落竹知道对战凶险，别的不讲，单说自己这铁板防御系，就怎么想怎么前路黯淡，曾遇见过的那些客人，他还没发现哪一个是能被铁板直接拍死的。但对着自家组长，他必须小头一昂，信心满满："没问题！"

南歌则轻轻挑眉，笑眼妩媚："看来我们要先去和范总、越胖胖会合了。"

唐凛莞尔，南歌平日的气质是又美又飒，如果你发现她忽然风情万种，比如现在，那就是战斗力全开了。

这边 VIP 送队友，那边甜甜圈也一样。莱昂的名字刚一出来，全麦先皱了眉："怎么还没有我？"抱怨归抱怨，靠墙坐着的他还是仰头看向自家队友，"狙击的时候瞄准点儿。"

莱昂给了他一个淡淡的眼神，姑且理解为"放心"吧，而后大步离开。

"哎？你干吗去？"全麦莫名其妙，进关卡是自动传送的，现在等着不就行了吗？

刚喊完，他就看见那背影停在了 VIP 聚集处。

全麦："……"冰山动心就等于老房子着火，没救了。

南歌看着莱昂向 VIP 走来，不明所以，更没料到对方最终停在了自己面前。她茫然地看自家伙伴。

郑落竹比她还茫然。

霍栩则是瞥过来上下打量莱昂，明明白白的警惕。

唐凛目光微妙，若有所思。

莱昂没开场白，来了就直接抬臂点击，调出文具格，选中一个文具，确定赠予，然后才抬眼看南歌。

南歌蒙了两秒才会意："给我？"

莱昂的文具格里只有两个一次性文具，一个是唐凛之前给每个人分的，分到他手里的是"‹防›坚不可摧"，一个是他本来就有的"‹幻›HELP"。他选中要赠予南歌的，是后者。

天花板上已经出现点点白光，迟迟没等来回应的莱昂终于开口："我想给你。"

南歌怔住，第一次认真看这个男人，忽然意识到，连对方现在用的绰号都是自己给起的。那时候她只觉得好玩，随口一说，没想到莱昂就同意了，还一直用到现在。心里有点儿乱，惊讶、意外、感动，还有一些说不清的东西混杂着，南歌一时理不清。但关卡的危险她是再清楚不过，少一个文具就多无数风险，更何况单纯从文具数量看，她的文具格也比莱昂满。

"谢谢你，"南歌真心道，"但我不能要。"拒绝完，她又连忙给了莱昂一个略带调皮的笑，故意用轻松语气调侃，"我们范总和组长分了我九个文具，你才两个。"

莱昂目光微微闪动，似乎想再说话，但最终还是什么都没说。

他想给，可他没立场像范佩阳给唐凛文具那样强势得理直气壮。他和南歌不是范佩阳和唐凛。那两个人的亲密、信赖，互相将对方放在心底，是莱昂对自己和南歌关系的终极目标，他现在离目标还很远。当然这里要申明一点，他的目标里绝对不包括范佩阳和唐凛之间那些乱七八糟的坎坷，范佩阳曾犯过的错误他也绝对不会再犯——关于后者，他感谢前辈范总做出了"交友错误姿势一百例"。

白光已经在天花板上聚集成五个不同位置的光斑，眼看就要打下来。

见莱昂不再坚持，南歌稍稍松口气，同时也庆幸，莱昂是这种果断、利落、从不会拖泥带水的性格。可是下一秒，她又犹豫了——被拒绝的莱昂除了不再开口，脸上没太多表情，还是和平时一样的淡漠沉静，可南歌就是从那沉默里感觉出一点儿落寞。其实没什么依据，就是女人的第六感，甚至南歌都觉得自己是不是有点儿自作多情，可能对方根本没当回事，反而是自己替别人脑补太多。可白光打下来的一瞬间，她还是脱口而出：“我不要你赠予，但我们可以交换。”

莱昂闻言一愣，等回过神，手臂已经被南歌捞过去了。

两个人离得很近，两束白光也打在一起，汇成一束。

南歌飞快操作，几下就把莱昂想给她的“〈幻〉HELP”收了过去，与此同时，一个新文具也落入莱昂的文具格：〈幻〉逃生门，效果是进入其中的人会被瞬间传送到远离当前危机的最隐蔽地带，仅可传送一次。

“远程狙击，更安全。”

越来越强的白光里，莱昂听见南歌轻快的声音。他的心也跟着一起轻盈起来，像是飞上了云朵。

郑落竹从头围观到尾，也从头震惊到尾，此刻都被白光完全笼罩了，还没从冲击中缓过神。这俩又是什么时候联系上的？他已经被老板的狗粮塞到怀疑人生，不想再被美丽小姐姐和冷漠狙击手血虐第二波啊！

“竹子。”

白光外，有人叫他。那声音就在背后，自己刚刚起身的地方，因为 VIP 和彩蛋坐在一起，施方泽的位置就在他旁边。

对方只简单喊了这一声，再无其他。可是郑落竹懂。他眼望前方，声音里带着独属于他的野劲儿与嘚瑟：“你别忘了，我以前可是一个人单挑一整条街。”

天旋地转，世界翻覆，落地已是战场。

YUN ZHONG ZHAN CHANG

第三章

云中战场（下）

1

第一战场。

郑落竹感觉自己落进一个奇怪的山谷。但这个山谷是彻底的“光秃”，足有两个篮球场大的圆形地面是黝黑光滑的，目测四周高耸入云的“山壁”也是黝黑光滑的，山壁和地面相接处完全没有痕迹，就像一体成形。而且这地面……郑落竹蹲下来认真摸一摸，手感真的很像瓷砖。

抬头仰望，天空被四周“山壁”围拢遮挡，只剩一片和“谷底”一样的圆形，郑落竹终于亲自体验了一把坐井观天中那只青蛙的视角。他又重新环顾四周，忽然有个大胆的想法——这该不会其实根本不是什么山谷，就是一个巨型大缸吧？

越看越像，再回忆地面的“瓷砖”手感，分明就是那种大水缸啊！郑落竹索性大踏步朝“山壁”走过去，准备鉴定一下那里的手感是不是也和地面一样，才走到一半，背后就传来一声闷响，像是重物落地。郑落竹一震，立刻回头，只见与他刚刚落地的位置相隔不远的另一边，白光正渐渐散去。

郑落竹的视线随着白光的淡薄一点点往上……他这个对手，还真是重量级啊：一个身高超两米的壮汉，而且超过得还不止一点点，“虎背熊腰”这种词在他面前都显得秀气，一块块形状分明的肌肉偾张鼓出，单臂维度超过正常人的腰围，往那儿一站就是一座山，扑过来绝对坦克碾压级，刚刚那声闷响听着像谁重重摔倒，其实只是他稳稳落地。

视野清晰后，Guest. 125 先看了看周围环境，发现是奇怪的光溜溜半封闭空间，乐了，看向郑落竹大咧咧开口："随机到这样的战场，你也太不幸了，想逃命都没地方藏。"他的声音雄浑有力，加上缸壁还自带回音，一说话仿佛整个战场都在震。

郑落竹瞄瞄对方的身材，再看看自己的小身板，越对比心里越虚，但昂扬的气质不能输，必须拿捏得死死的："我敢闯关，就没打算藏，你还是先想想等会儿怎么求我高抬贵手吧！"

"求你？"Guest. 125 被逗得哈哈大笑。

郑落竹快让回音闹腾死了："我说，这里就我俩，你能不能小点儿声？"

Guest. 125 瞟他一眼，威胁性地掰掰手腕："我就这样，高兴就笑，生气就砸，你能忍就忍，不能忍也得忍，除非你拳头比我硬。"

说话间，缸口那一片圆形天空已传下来小猫头鹰的声音："对战即将开始……"

郑落竹认真听着规则。相比之下，Guest. 125 就十分心不在焉，显然对规则早就有数。

脱离战斗范围？郑落竹立刻动了心，逼对手脱离战斗范围可比战胜对手的难度低多了，但是……他用余光再次悄悄看周围，这地方要怎么脱离战斗范围？从缸口飞出去？这得多大力量才能把 Guest. 125 这种吨位捶飞到几十米的高空？或者司马光砸缸？

郑落竹一点点向后退，起初是偷偷摸摸的，后来发现 Guest. 125 完全不在意，也就明目张胆迅速退到缸壁边缘，然后背手到身后去摸。这是他刚刚就想做的事。果然，和地面一样的触感，光滑中带着明显的厚重敦实。他又试着握拳敲了敲，几乎没声音。郑落竹一颗心急速往下沉——越脆的越容易震动，也就越有声音，而没声则意味着坚固瓷实。他不信邪，握在背后的拳头蓄力，又狠狠捶了一下，缸壁一点儿事没有，手疼得他倒吸一大口气。这比岩石还坚固，十个司马光来也砸不开啊！

小猫头鹰的规则宣读早在他退到缸壁的时候就结束了，Guest. 125 对规则没任何疑问，电子音自然果断退场。然后 Guest. 125 就乐乐呵呵地看着郑落竹和缸壁较劲。

郑落竹被看得狼狈，没好气地收手："别乐了。"

"行。"Guest. 125 倒是痛快，"那咱们就开打，你最好能坚持到第二下。"

郑落竹不再放狠话——手还疼着的，放了也没人信——收敛心神，暗暗集中注意力，以最快速度启动"彩虹眼"。知己知彼，百战不殆，搏命之前至少要知道对手的能力属性。

Guest. 125 压根儿没把郑落竹放眼里，对他而言，战斗越简单粗暴越爽，能一拳解决的，他绝不会拖到第二拳。像某些矫情的家伙那样，先收着劲儿把对手玩弄一番，再有的没的叽歪一堆，美其名曰"尽情享受"，最后才送人上路，他完全理解不了。于他而言，最爆裂的爽感，一瞬就够了。所以和郑落竹说完开打，他立刻集中精神力，最大限度提升身体力量，同时也防备对方可能有的攻击型文具树，留了一小部分启动了自己的特殊能力。

“彩虹眼”看不到对方基础身体素质的精神力分配，比如此刻对方是提高了防御，还是提高了攻击，还是提高了速度，都无从辨别。但只要对方启动特殊能力，哪怕只是用很少的精神力启动了初阶，“彩虹眼”都会让它无所遁形。此刻，隐约有气流从 Guest. 125 身体里出来了，淡淡几缕，土黄色。郑落竹有些错愕。VIP 里也有人的文具树气流是土黄色——他自己。敢情 Guest. 125 的特殊能力和他一样是防御系？！

几分钟前，第四战场。

迎接刚被传送至战场中心的莱昂的是夜色下空荡晃悠着的海盗船、空列呼啸着的过山车、欢乐旋转的糖果杯……一座月光游乐园。不远处还有旋转木马和摩天轮，缤纷的灯光亮着，欢快的乐曲响着，梦幻而美好。到处都是合适的狙击点，他喜欢这里。

传送客人的白光打在海盗船斜后方，从莱昂的角度看过去，视线并不受遮挡，所以他没有移动。白光散去，里面没有人。莱昂微怔，警惕地环顾周围，无论哪里都没有可疑的影子。游乐设施还在自顾自运行，月光依然皎洁，仿佛先前的那束白光只是一时恍惚的错觉。

难道客人的传送方式不一样？不是通过白光而是其他别的什么？莱昂眼底渐沉。不对，假设这种猜测成立，那就是鸮系统平白无故打了一道什么作用都没有的光下来，这不合理。

“对战即将开始，下面宣布对战结束的两种方式……”游乐园上空响起小猫头鹰的声音。

对战双方有一方还没到场，就要宣布规则了吗？莱昂心中的疑团越来越大，相应的，对周遭的警戒也急速攀升，无数次的战斗经验告诉他，越反常，越危险。

小猫头鹰还在用它特有的诡异欢脱声宣读规则，莱昂忽然察觉前方袭来冷风。他来不及细想，身体本能先于大脑，猛地向旁边一闪。就在他闪开的刹那，一道疾风擦身而过。莱昂只觉得手臂倏地凉了一下，等到他低头看，那凉已经变成火辣辣的疼——上臂外侧被划开一道口子，连衣服带皮肉，伤口很深，却很齐整平滑。这是非常锋利的刀或者类似武器才能造成的伤口。也正因为刀锋太利，在被割伤的那一刻，他先感觉到的不是疼，而是木然的凉。以这一刀的高度，如果他没躲，被扎中的就该是心脏。

一击未果的“疾风”又从后方杀了个回马枪。彼此距离太近，这次莱昂不用再去辨别空气流动，因为他可以直接听到身体移动的脚步声和变换动作带来的衣物轻微摩擦声。

有人在隐身攻击他，而且拿着武器！这就解释了为什么白光里没有人——不是没有，而是对方一入战场就使用了能力。这是一个和狩猎者游戏中 Guest. 005 一样的隐身者。

莱昂听声辨位，连续闪躲对方的攻击，可还是接连被利器划伤，短短数秒，手臂上已几道划伤，有深有浅，渗出的血将深色衣袖晕湿了好几处。对方似乎尝到了“敌在明我在暗”的甜头，想一鼓作气搞定，弄个闪电战，甚至连脚步都不屑于刻意放轻了，就那样带着凌厉的冷风和狠烈的杀机再次袭来。

莱昂知道他们会再一次近身，这时只要他使用文具树，就不存在打偏的可能，区别只在于他不知道自己会打中对方的哪个部位。

这不是他们第一次近身。这也不是莱昂第一次考虑使用“高级狙击者”。但同样的，念头刚起，又被他再次否了。他看不见 Guest. 128，所以一枪出去可能打中对方的要害，也可能打不中，在不能保证一击致命的情况下，他不可以使用文具树。因为机会只有一次，一旦他暴露了自己的文具树是狙击，而又没有一枪解决对方，面对一个能力是隐身的对手，再想找获胜机会就难了。

手臂再添一道防御伤，莱昂果断转身，以最快速度向远处跑——视野劣势，速度劣势，近身缠斗毫无胜算，他必须脱离 Guest. 128 的视野范围，把“敌在暗我在明”变成“敌我都在暗”，才有可能翻盘。

“打不过就跑太丢人了吧？而且你还真以为这样迟缓的速度，能在我面前跑得掉？”

头顶上空传来取笑声，和先前的猫头鹰电子音一样，无法确定具体方位，就像有个看不见的巨大扬声器覆盖在游乐园上空，声音一出，无论在园内哪个地方都听得清清楚楚。

而就在嗤笑声从天而降的同时，莱昂清楚听见背后有脚步声正在追来，速度极快，越来越近。他一刹那明白过来，Guest. 128 可以做到把说话声和自己的方位分隔开！

隐身最怕的就是被对手听声辨位，所以正常作战思路，隐身者一定会像 Guest. 005 那样尽量避免开口。但显然 Guest. 128 比 Guest. 005 更高阶，已经能做到将说话声音中的方位感抹掉。如果不是他现在正被对方追赶，单凭说话声，他根本无法判定对方的位置。

追击者的脚步已逼近到危险距离。莱昂清醒认识到，靠自身速度是没可能真正脱离对方视线范围的。

他的身后，隐身中的 Guest. 128 露出了不屑的笑。最多再几步，他就可以把那个自以为能够逃脱的背影扑倒，然后尽情虐杀。不过话说回来，这个虫子的能力到底是什么？宁可这样抱头鼠窜，也不用文具树吗？还是说被吓破了胆，已经忘了自己还可以用文具树战斗？Guest. 128 越想越觉得有趣，决定等下弄死对方之前，先把这个问题搞搞清楚。

悠闲地想着这些时，他已将自己和前方背影的距离拉近到只剩一步之遥。Guest. 128 勾起嘴角，刚打算纵身一扑，突然看见从天而降一扇绿色大门。那门“咣当”一声落在被他追赶的虫子面前，落地一刹，大门顿开。而前方的背影没有任何减速，几乎就是直接冲进大门的，时机不早不晚，双方配合之默契，仿佛那扇门就是为他而开的。

就在莱昂冲进绿色大门的下一秒，Guest. 128 也到了。可那门板也在这时“砰”地关闭，且偏偏就比 Guest. 128 早了那么一点点。Guest. 128 以冲刺速度撞上门板，脸差点儿被拍扁。

绿色大门悠然消失，进入门内的莱昂也不见踪影。徒留 Guest. 128 滑落在原地，于灵魂般的酸楚中捂着鼻子，在一个没人看得见他的夜幕下仰望星空。

遥远的游乐园边缘，莱昂靠在一个花朵精灵主题的低空转圈圈飞翔设施后面，一边撕掉袖子给最深的一道伤口包扎，一边四下观察，寻找最适合藏身的狙击点。南歌给的“‹幻›逃生门”他其实不想用，从一开始就打定主意留在文具格里当纪念的。可战局比预想的更凶险，在“留纪念品”还是“留着命”的问题上，他果断选后者。毕竟留着命，纪念品也好，别的什么也好，总还有机会的。

“你躲起来也没用。”游乐园上空再度传来 Guest. 128 的声音，比先前多了一点儿不明显的鼻音和非常明显的不快，“我的隐身状态可以一直持续，你永远看不见我，但我总能找到你。不信的话，我们就慢慢来。”

莱昂包扎完毕，抬头环视整个游乐园的所有适合狙击的制高点。摩天轮，跳楼机，云霄飞车，激流勇进，高空摆锤……慢慢来？可以！

第五战场。

结冰的河流像一条浅蓝色的缎带横在这片冰天雪地里，远方是山和隐约可见的城堡，近处是积满了白雪的树和偶尔落在枝头又很快飞走的小鸟。阳光很好，照在雪地上，点点闪耀。南歌站在河岸这边，Guest. 129 站在河岸那边。那是一个可以用漂亮形容的男人，但南歌不喜欢，可能是对方的五官太过阴柔，也可能是对方一直挂在脸上的笑让她不大舒服，总觉得太过刻意。

不算宽的河面结了冰，轻而易举就可以走到对岸，但现在都听完规则了，Guest. 129 似乎还是没有要走过来的意思。带着雪霜的冷风送过来了他的第一句话，声如其人，质感温柔：“真没想到，我的对手竟然是一位这样美丽的女士。”

南歌：“……”这拿腔拿调的还能再做作一点儿吗？！恕她欣赏不来，真的，她宁愿回去听各位伙伴骂脏话，至少真实痛快。

“你可以闯到这里，一定有非比寻常的能力，”Guest. 129 微微侧头，他睫长目深，自带一种优雅的神秘，“告诉我，你的文具树是什么？”

南歌不语。任何一个人都不可能在这样的情况下率先袒露自己的能力。

Guest. 129 对她的沉默早有预料，笑意更深。南歌却总觉得那笑并没有到达对方的眼底。

男人越过冰面的凝望视线像条蛇一样在她身上游走，黏腻，冰凉：“一定很辛苦吧，”Guest. 129 忽然叹息，眼神一霎悲伤，明明是自说自话，却真情实感得仿佛南歌真给了回应，“一个女人在关卡里生存、厮杀，要对抗守关者，还要戒备同行者……你被欺负过吗？”他静静凝望南歌，声音低下来，像带着蛊惑的呢喃，“在弱小无助的时候，在困境受伤的时候，你也曾害怕发抖，偷偷哭泣吧……”

“至少我还活着。”南歌终于开口，眉宇间冷静坚定，像寒冬中绽放的傲梅，“我有可以信赖的伙伴，我清楚知道现在的自己正为什么搏命，和被卷进这里的大部分人相比，我幸运太多了。”她娇艳的眼眸里，浮起毫不掩饰的嘲讽，“哭？有抹眼泪的时间，还不如多揍几个像你这样的家伙。”

Guest. 129越听越蹙眉，却不是恼怒，温柔的脸上流露出一种真切的伤感，仿佛被南歌的直白和不理解伤了心，但在那故作深情的悲伤后面，还有浓浓的怜悯，就像天神俯瞰众生，怜悯世人的愚昧与无知：“我很愿意听你倾诉，你却不愿意打开自己，这真让人失望。”Guest. 129脸上的温柔、悲伤像风一样散去，笑意悠然而归，比先前多了几丝迫不及待的兴奋，“那就让我来帮你打开心扉吧。”

南歌被恶心得头皮发麻，但精神力没有松懈。她从刚刚就一直在酝酿文具树，即使和对方交谈，注意力也没有分散，为的就是对方突然袭击时可以应对抵御。可对方什么都没做，还是静静立于对岸，偶尔被风吹起的雪花在他乌黑的头发上落下一点白，转瞬又消融。

隔着结冰的河面，四目相对。南歌的内心没来由地震动一下，就像被什么狠狠敲击了心脏，不受控制的情绪波动震荡开来。还没等这震荡缓和，又一波冲击袭来，仿佛一瞬间听了无数个爆炸性消息，有好有坏，有幸福有残忍，有快乐有悲伤，这些根本无法融合甚至截然相反的东西疯狂纠缠，在内心掀起巨大海啸。

南歌的呼吸开始颤抖，身形不受控制地晃了下，她撤开半步重新站稳，用力按住心口，想把那些毫无理由的内心冲击按下去。可是不行，她的心乱极了，就像在打世界大战，她的嗓子在发紧，眼睛在发酸，她想哭，想笑，想尖叫，她要疯了！

“是不是忽然觉得心里很乱，无数情绪在撕扯、叫嚣，却找不到出口？”Guest. 129带着调笑的声音在河对岸响起，语调微扬，松弛而慵懒，“人的情绪都是很脆弱的，女人尤甚，我最喜欢的就是一点点摧毁你们自以为是的坚强，看着你们在我面前崩溃。”

南歌捂着胸口，拼命压抑内心的情绪，却无济于事，视野因为内心激烈的混乱开始模糊。这些情绪来得毫无道理，却蛮横凶猛，先前凝聚的精神力早被冲撞得支离破碎。她终于明白为何第一眼看见Guest. 129就觉得不舒服了。因为对方那双笑意永远抵达不到的漂亮眼睛里只有一片幽暗的黑，像阴森诡异的深渊，能把人的灵魂吸进去，肆意操控，尽情玩弄。而Guest. 129深深享受着这种快乐。

进入战场之前，南歌不止一次想象过自己选择的对战者可能拥有的能力。她想象过攻击系、防御系、辅助系，甚至白路斜的精神控制系，唯独没想过还会有另一种——情绪操控。

“孟婆汤”“催眠术”是麻痹目标的大脑，或抹掉记忆，或让其任听摆布，但情绪操控不是。南歌现在的大脑很清醒，她知道自己在战斗，甚至可以分析出此刻遭遇的一切都来自Guest. 129的攻击,可她就是管不住自己的心。就像那些突然听见巨大喜讯或者噩耗的人,无论是喜极而泣还是悲痛欲绝都是不受控的,这时的情绪就像打开的泄洪口,冲击着心房。

更让南歌崩溃的是,此刻那些想要摧毁她内心的情绪不是单一的,喜怒哀乐忧思苦各种滋味占了全,且每一个都强烈到极致,她根本找不到抵御的切入口。她想用喜悦来冲抵悲伤,那喜悦就会瞬间爆裂到癫狂,反之亦然。她无法在混乱的情绪中找到平衡点,而任何一种极端情绪占据内心制高点,都会让她更加失控,根本集中不了精神力去启动文具树,有好几次尖叫都冲出了发紧的嗓子,却只是几声低哑的“啊”,不带任何攻击性,甚至还不如平日的大声说话。

打断不了Guest. 129的情绪操控就凝聚不了精神力,凝聚不了精神力就启动不了文具树和一次性文具,启动不了这些就打断不了Guest. 129……这几乎是一个无解的恶性循环。

对岸的Guest. 129没有趁机再进行更致命的攻击,就像他自己说的那样,他沐浴在阳光中,静静欣赏着被情绪裹挟的南歌,欣赏着她的痛苦、她的挣扎、她的崩溃。欣赏自己的作品是Guest. 129最幸福的时刻,他看得入了迷。

忽然,对面的女人倒进了雪地里。河岸两边的雪堆积得很厚,一直没到膝盖,女人跌进深雪,从Guest. 129这里看过去,就等于完全消失了。Guest. 129轻轻挑眉,并不急于过河查看,相反仍平稳操控着对方混乱的情绪波动——如果这是一个引诱他过去的圈套,太拙劣了;如果对方真的情绪崩溃到晕厥跌倒,那就让她在纯白的冰雪里长眠,多美。

他想得很周全,可惜一个没中。南歌既没打算诱敌过河,也不是崩溃晕厥,她只是想用冰雪让自己获得片刻冷静,哪怕只有一瞬。

她成功了。整个人埋进大雪的一刹那,刺骨的寒冷就让她的大脑和内心同时空白,那是一种人在极端状态下的应激反应,再浓烈的情绪也被一瞬归零。过了大约两三秒,她的理智开始回笼,不料内心的震荡冲击也卷土重来——Guest. 129的情绪攻击竟然没中断!

然而南歌已经吃过一次亏了,她清楚如果放任这些情绪发展,过不了几秒她就又要陷入噩梦循环。扑进大雪这样的应急招数只能用一次,等身体被低温冻得发木,后面再扑多少次也没用了。趁着混乱情绪还没堆叠到极点,南歌以最快速度集中注意力,连从雪地里起身都顾不上,直接深吸一口气,启动“曼德拉的尖叫Ⅱ”。

“啊——”

阳光下,凄厉的尖叫震得林木悚然,落雪纷纷。Guest. 129猝不及防,耳内一阵刺痛,他不适地蹙眉,一直持续的情绪操控随之中断。

十几秒后尖叫停歇,对岸雪地里那抹纤细高挑的身影重新站起。Guest. 129哑然失笑:“你的文具树还真是浪费你的美貌,”他轻轻按两下耳朵,幽幽叹息,“也太难听了。”

南歌眼底微动，手不自觉握紧。刚刚她是用了全力的，可落在 Guest. 129 身上，竟然看不出明显伤害。是因为文具树的等级太低吗？这是她的二级文具树，接下来的三级、四级都是“余音绕梁”，根本不能用来攻击，而在 4/10 狩猎者游戏之后获得的也是她目前最高等级的五级文具树“月光摇篮曲”，她还没有在实战中用过，仅仅是训练的时候拿越胖胖、竹子还有自己练过手。更重要的是，这也不是攻击方向文具树——

月光摇篮曲

文具树等级：五级。

文具树效果：安定心神，抚平情绪，让人安静、放松，但无法阻止攻击欲。

“虽然你的攻击力比我预想得还要弱，但既然你选择了回击，想必已经做好了承担一切后果的心理准备，”Guest. 129 朝她轻轻点了一下头，就像礼貌颔首，“那么我也不客气了。”

话音落下，Guest. 129 瞳孔骤然一缩，释放的情绪操控比之前更深刻，更强烈，更混乱。南歌呼吸一滞，只觉得心理防线被再度冲垮，无数癫狂情绪山呼海啸而来，刹那间让心房成为地狱，岩浆四流，群魔乱舞。

这一次情绪来到崩溃临界点的速度几乎比前一次快了数倍。南歌根本来不及思考，她本能地抬起手臂狠狠一咬，带着血腥味的剧烈痛感让大脑获得一瞬清明。这是唯一的机会，要么用“曼德拉的尖叫”，要么用“月光摇篮曲”。其实两个都治标不治本，但如果注定要在这场战斗中死去，她至少要每个都试过才不留遗憾。

温柔的哼唱在冬日下响起，像一条看不见的小溪，轻轻流过大地，消融冰雪。阳光也似乎在这婉转低吟里不再耀眼，变得柔和静谧，让人恍惚间生出漫步月光下的错觉。

哼唱比尖叫容易多了，哪怕她嗓子仍然在情绪攻击里发紧，做不到厉声尖叫，只要还能呢喃出一个沙哑音符，就可以哼起《月光摇篮曲》。

Guest. 129 眼眸深处的冰冷，在舒缓柔和的哼唱中稍稍融化了棱角。但也只是棱角，他都不知道自己的心在哪儿，别人更找不到。找不到，就伤不到，这是最好的防御。

安静听了片刻，Guest. 129 缓缓笑了：“这个比之前的好听多了，你该一早唱给我听的。”

情绪攻击没有中断，“月光摇篮曲”的哼唱也没停。两种力量在白雪皑皑的战场里僵持，温柔，也激烈。

南歌选择的目标，是这里的所有人。她清晰感觉到自己的内心已在摇篮曲中渐渐平静，这让她松了口气，至少面对 Guest. 129 的情绪操控，只要她能赶在精神力彻底被冲溃之前启动“月光摇篮曲”，就可以抵御攻击。正想着，不断冲击内心的混乱情绪忽然散了。南歌一怔，停下哼唱，下意识抬头看对岸的男人，面带疑惑。

Guest. 129 挑眉看她：“让我猜猜你在想什么……觉得自己终于找到对抗情绪攻击的方

法了，就算一时无法获胜，至少也不会输掉战局？”

南歌心里一紧，疑惑变成了警惕，沾在头发上的雪融成水珠，顺着发梢滴落。

Guest.129 半眯起眼，不再伪装绅士，神情变得轻蔑：“你知道情绪攻击里最低阶的是什么吗？”他自问自答，“就是混乱的情绪，喜怒哀乐都混在一起，毫无美感，也毫无杀伤力。”

刚刚差点儿把她弄死的能力，只是“毫无杀伤力的低阶攻击”？南歌不知道这话有几分可信，但直觉告诉她，Guest.129 此刻一切尽在掌握的优哉游哉并不是装装样子。

Guest.129 仿佛在向即将被执行的死囚犯介绍等下用刑的方式：“高阶的情绪攻击，一种就够了，或喜，或悲，然后将这单一的情绪推到极致。不过悲伤更好操控，因为人的心里未必有几件值得喜悦的事，但悲伤的事可就多了。”停顿一下，他颇为遗憾地叹息，“不能再听见你美妙的歌喉了，我会想念的。”温柔的尾音飘散在冰河之上。

南歌不给对方先发制人的机会，直接开始哼唱，第一个音符几乎压着那消散的尾音。对面的 Guest.129 显然已在凝神静气，操控能力。南歌内心却在摇篮曲中越发平静。正当南歌庆幸自己启动得够快，视野忽然被水渍模糊。她怔住，抬手摸自己的眼睛，满手湿润。不知何时，她的眼里竟然已经蓄满了泪。南歌一脸错愕。她想弄清这悲伤从何而来，可还没等她去探寻，心底平静的假面已经碎裂，无数过往画面争先恐后冒出，就像疯狂生长的荒草。刚进关卡世界时的无助，反复闯关、现实生活完全被摧毁的痛苦，初入地下城的满目绝望，第一次见到有人真死的恐惧和悲凉，还有地下城那不堪回首的十年……每一个经历过的痛苦，都被放大了百倍、千倍！“月光摇篮曲”戛然而止。南歌跌坐在雪地里，拼命地捂住嘴，将所有哽咽压在喉咙，泪如雨下，打湿了她的手。

Guest.129 的眼里染上兴奋，熠熠放光，克制不住地将所有精神力释放。他不喜欢那个女人的倔强，更不喜欢她眼里一直存在的那可笑的希望，他要把它们都摧毁，他要看着这个女人彻底崩溃。

南歌内心的悲伤一瞬到达极点，她把自己埋进雪地，却感觉不到冰冷，她想呼叫，却连呼吸都做不到。她一遍又一遍告诉自己，这些事是真的，可这些悲伤是假的，哭泣解决不了问题，现在这个在悲伤漩涡里挣扎的人根本不是真正的她！

“啊……啊啊……”南歌拼命地叫，终于发出了嘶哑的声音，可没有任何精神力凝聚的叫声只能是痛苦的哀号。

精神力，必须集中精神力！雪地里翻滚的南歌再一次咬上自己的手臂，比上一次更狠更用力，牙齿深深陷入，痛入骨髓！“啊——”尖叫声再次响彻冰天雪地，却不是曼德拉的凄厉，而是截然相反的空灵、高亮、悠远。远山的雾气散尽，冰冻的湖面开裂，河水从深深裂缝里涌起，波浪震动。

当声波攻击到达高级阶段，的确可以震碎玻璃或者激荡水面，但要做到像眼前这样让厚厚冰面瞬间开裂的攻击力，那基本就是高阶的高阶了，再往上努力的空间可能只剩“安魂”这一层。但“安魂”是声音能力者的极致，放眼K星也没有几个人能做到。Guest. 129想不通，前一秒还只能用低阶攻击的女人为什么会突然跳跃几个等级，直接进化到超高阶攻击。但有两点他清楚：一、这样高阶的音波杀伤力，足以洞穿他的防御；二、是他让对面情绪悲伤到极致，触发了觉醒。而第二条比第一条更让人郁卒！

六级文具树的音波不再刺激耳膜，而是直接作用到人的神经。对于Guest. 129来说，就像被一根钉子直直插入脑袋，且还没有全部没入，所以仍有锤子一下下狠狠往里凿。尖锐的疼痛让他根本招架不住，身形剧烈摇晃，原本挺直的背慢慢弯下。

对岸的南歌却在被歌声震得纷飞的雪花里重新站起。她仍在唱着，却不看Guest. 129，单纯沉浸在自己的世界，在晶莹的雪花里，在耀眼的日光下。那是一段舒缓的旋律，虽然高音清亮，却充满无尽的悲伤，就像失去伴侣的天鹅在夜色下的湖面哀鸣。

Guest. 129被这旋律彻底裹挟。那一个个音符化作一把把锋利的刀，潜入他的大脑、他的躯干、他的四肢百骸，割断一切身体联动，让他再聚不起哪怕一点儿精神力，只能呆坐在雪地里，任由婉转吟唱攻陷他最后的防御地。心脏被攥紧的那一刻，Guest. 129知道自己败了，败在放在K星也少见的高阶音波攻击里。他并没有太多不甘，但有一点他直到被鸮系统送出战场也想不通：他是在瘫坐到雪地上的那一刻才彻底散了精神力，断开情绪操控的，也就是说，在南歌觉醒前后的很长一段时间里，他仍然深深掌控着对方的情绪，让对方陷入极度悲伤而无法自拔，这样的极致情绪里，对方就算觉醒，也不可能瞬间就将情绪切换到攻击状态，可南歌就是做到了，觉醒即攻击，根本没给他任何准备防御的机会。

“叮——”

小抄纸：“客人精神遭到重创，失去战斗力，对战结束，恭喜7/10通关！”

投屏里的南歌目送Guest. 129消失，停下吟唱，露出胜利的喜悦。可她的睫毛还挂着泪，一笑，泪珠滚落脸颊。

投屏前的众守关人和Guest. 129一样茫然。

7/10：“她怎么攻击力突然提升这么多？”

8/10：“之前用的都是低阶攻击，我记得她好像三级文具树之后就不是攻击能力了。”

7/10：“难怪。”

直接从二级文具树攻击跳跃到六级文具树攻击，杀伤力自然天差地别了。

希芙拉近投屏视角：“她还在哭？”

5/10：“被Guest. 129情绪操控那么久，一时难以切换很正常……”

潘恩："哭着就能把 Guest. 129 送走？"

5/10："我还没说完，你急什么？我的意思是，既然没切换，就说明她还处于极度悲伤，既然极度悲伤，又怎么可能凝聚精神力攻击呢？所以这场胜利非常蹊跷！"

索贝克："呃，有没有可能，她觉醒的就是……悲伤攻击？"

维达无语："你长这么大，见过哭着哭着就把对手哭死的？"

卡戎："哭不是重点，重点是哭着唱。"

6/10："她到底觉醒了什么能力？"

众守关人没权限直接读取闯关者的文具树，只能通过投屏偷窥。但南歌全程用意念操控文具树，查看"小抄纸"，他们到最后也没等到她点击手臂查看。无奈，大家只得纷纷看向提尔。作为 1/10 的守关人，提尔、希芙、维达都拥有查看文具树的权限，毕竟这一关考核的前提就是了解闯关者的文具树。但守关人的权限除了和关卡挂钩，也和工作年限挂钩。希芙和维达都是在提尔之后加入试炼区的，所以目前只拥有查看一级文具树的权限，最低限度满足工作需要。提尔的权限则已经被开放到可以查看闯关者的所有文具树，方便他追踪这些"有潜力者"的后续表现。

因为性格淡漠疏离，提尔很少被同事们找上。哪怕一个顾问室聚这么多天了，大家也很少主动去找他搭话，毕竟热脸贴冷屁股的滋味不好受。但他们现在实在对南歌的新文具树太好奇了，求知欲已经盖过了社交恐惧。提尔倒也没有趁机装模作样，面对那么多双真挚的眼睛，直接抬头，看向南歌那块投屏。已将对战者全部传送离开的空荡战场，随着提尔的注视，画面上慢慢浮现出南歌的六级文具树——月光悲鸣曲。

众守关人："……"为什么最后觉醒的时候不用切换情绪就能吟唱着把 Guest. 129 送走，他们现在懂了。只是不清楚如果 Guest. 129 知道自己亲手制造的极致悲伤不仅让南歌觉醒，还直接一觉醒就进入启动新文具树的最佳状态，会不会也发出心如刀割的悲鸣。

"别磨蹭了，"得摩斯舒舒服服地往椅子里面一靠，眼角眉梢都是得意，"刚才谁赌的女人会战败？来，愿赌服输吧。"

众守关人面面相觑，良久，一个接一个站起，或心情复杂，或面带不甘。

十几分钟前，刚把注意力集中到第五战场的众守关人因从第一组围观到现在，觉得有点儿枯燥了，便提议打赌，赌南歌这场谁能获胜，赌注也很幼稚——就地罚站。因为放眼整个顾问室，实在没什么好拿来赌的，反正坐着围观这么久了，偶尔站一站还能防困倦。至于这场赌局究竟谁赢谁输……半分钟后，整个顾问室仍然坐在椅子上的，就剩得摩斯、希芙、提尔。提尔还是因为压根儿没参与赌局。

得摩斯望着站满一屋子的同事，摇头在心里叹息：还是不了解女人啊，从 Guest. 129

把南歌惹哭的那一刻他就知道，这个男人已经死了。

“别得意了，”潘恩实在看不惯得摩斯那样，直接关掉第五战场投屏，对着剩下四个战场道，“我们继续赌！”

“好啊，”得摩斯来者不拒，“你想赌哪个？”

潘恩不假思索：“第一战场。”

得摩斯：“……”

7/10 都有点儿看不过眼了：“我说潘恩，第一战场这局面也太明显了吧？”

第一战场里的郑落竹和 Guest. 125，早在几分钟前就进入了僵持阶段。两个都是防御系的家伙，对战起来单调得能让人打瞌睡。

Guest. 125 的能力是将身体的局部硬化，面积越小，硬化越坚固，甚至可以达到比最硬的金属还要硬。该能力的原始作用，自然是身体被攻击的时候集中防御，被攻击哪里就硬化哪里，等于有一块随时可以更换位置、延展大小的护心甲。但经过 Guest. 125 的训练与开发，这个能力同样也可以用来攻击，比如将拳头甚至整条手臂硬化，那一拳挥出去，杀伤力堪比钢铁重锤，真要近身打架，也绝不吃亏。

相比之下，郑落竹的能力就十分单一——铁板，铁板，还是铁板。对付 Guest. 125，他几乎找不到有效反击手段，只能用铁板当盾牌，拦住对方一下下挥过来的重拳。铁板不知被打烂了多少，每补上新的铁板，郑落竹的体力就以肉眼可见的速度消耗，如今已快山穷水尽了。

起初这家伙还有一些鬼点子，比如引诱 Guest. 125 攻击自己，实则是为了让对方把“大缸”打破，制造战场“出口”，再伺机把 Guest. 125 给弄出去。Guest. 125 也还真配合，抡圆了手臂一拳就捶到了缸壁上。然而缸壁纹丝不动，连一条细纹都没裂。破壁计划在起点就夭折了。后面就是你打我防，你再打我再防，直到最后，郑落竹用“铁板一块”和“铁板一圈”，将 Guest. 125 封进了“钢铁竖棺”。里面的人气急败坏想要出来，一拳拳把铁板打碎，奈何外面的人半秒都不放松，铁板碎了就补一层，再碎再补，碎碎更平安，补补更坚固。Guest. 125 简直要气疯了。

然而郑落竹也没好到哪里去。也就是隔着铁板，Guest. 125 看不见他，他才能勉强装出一副游刃有余的样子，实则汗水已经把他全身浸透，呼吸急促得感觉心脏都要跳出来了，顶着一侧铁板的手臂也在不易察觉地微抖。郑落竹知道，这些都是体力濒临极限的信号，但他还没想到战胜 Guest. 125 的方法。文具格里倒是有几个攻击性武具，但全是“摘叶飞花”“束手就擒”这种物理性攻击，对于能让身体任意部位硬化甚至短时间内全身硬化的 Guest. 125 来说，无论是如刀一样的飞叶还是突然捆住手的绳索都很难真正伤到他。

“这家伙最多再顶一分钟。”投屏前，得摩斯没好气地瞥潘恩，那意思再明显不过：赌这个战场，你逗我呢？

潘恩“嗤”一声，刚想嘲讽得摩斯装模作样让他选战场，选了又不认，就听见仅剩的四块投屏里同时响起“砰”的盖戳声。他循声而望，原来是南歌的胜利让其他四个战场上空同时弹出投屏，第四组对战列表中的 Guest. 129 被盖上了耻辱的黑戳。

这一声也惊得大缸中的郑落竹抬头。下一秒，看清了是南歌通关，他简直高兴得想跳起来：“帅啊——”

他这一兴奋，肾上腺素激增，本来濒临耗尽的体力瞬间触底反弹，竟然迸发出了新的力量。前一次补的铁板还没碎，但郑落竹等不及了，直接凝聚精神力，先来个超级加厚。

铁板内被围困多时的 Guest. 125 体力消耗也不小，毕竟每一拳都是带着能量打出去的。但同样，操控这破铁板的家伙也要消耗体力来维持。双方都在拼体力，Guest. 125 不信自己拼不过一只虫子。可就在一个奇怪的“砰”声之后，在虫子莫名其妙喊了句“帅啊”之后，他再一次重重砸向铁板，理应碎掉的铁板竟然又加固了！ Guest. 125 心态有点儿崩，两米多高壮如山的男人呆怔在被铁板围成的阴暗空间里，第一次停了拳头。

“哎？怎么停了？”郑落竹向来是给点儿精气神就嘚瑟，这会儿连说话语调都带着快乐的起伏，“哦，我懂了，你在里面是不是还有小投屏，能看见我南姐绝杀通关？”

南姐？绝杀？迷惑词太多，Guest. 125 删减半天才抓住核心：有虫子通关了。

Guest. 125 差点儿崩了的心态稍稍得到修补。他对战的虫子虽然体力不错、意志力坚强，虽然精疲力竭还能触底反弹，但至少没有诡异到可以干掉他，获得胜利。不过有一点，他现在不得不承认：“我确实小看你们这些虫子了。”声音从铁板里传出，听起来理应有点儿闷，但 Guest. 125 声音里十足的中气和浑厚完全盖过了这一点儿空间限制。

郑落竹不爱听了：“你别一口一个虫子，有能耐你别让虫子困住啊。”

Guest. 125：“我是被你的能力困住，不是你。”

郑落竹翻白眼：“有区别？”

Guest. 125：“说白了，不管是谁，拿着你现在的文具树，一样可以困住我。”

郑落竹：“你可别甩锅了，你是被文具树困住的吗？你是被我健硕的体魄困住的！换个人你让他撑这么久？早垮了！”

Guest. 125 实在听不下去这种不要脸的自吹自擂，但又得认可事实：“你的体力确实还不错。”

郑落竹没想到对方还挺实事求是，想了想，又多说一句：“其实不全是体力，我能坚持到现在，是因为我有目标，有必须要完成目标的决心。”他说得认真，可说完，又觉得把这话和铁板里的人说有点儿多余，果断收起话头，“算了，反正你们不懂。”

“那就说点儿懂的。”Guest. 125 在铁板围成的狭窄空间里放松身体，活动活动手腕，“单纯拼能力，我打不穿你的铁板，你的铁板也困不死我；单纯拼体力，我的身体素质远高于你，就算你现在缓过来一口气，也只能暂时支撑，而我对战到现在，几乎没什么体力消耗，你说等到你不能再支撑铁板，局面会怎样？”

几乎没体力消耗？郑落竹差点儿乐出声。他现在可以做到在操控“铁板一块”和“铁板一圈”的同时，短暂启动“彩虹眼”一两秒。因为“彩虹眼”属于观察技能，对精神力的要求并不高。而铁板虽然围拢，拼接处还是有极细微缝隙的，这一两秒的时间，足够让郑落竹捕捉到 Guest. 125 顺着缝隙飘逸出的能力气流了，那原本扎实的纯土黄色防御系气流已经变成半透明的淡淡黄色——气流颜色越淡，说明凝聚的精神力越弱，这种情况通常代表观察目标的体力已经急剧消耗。

郑落竹轻敲两下铁板：“鉴于你这个问题设立在虚假的条件上，我拒绝回答。”

Guest. 125：“……”

郑落竹：“你怎么不问哪里虚假？”

Guest. 125：“……”

这就心虚了？郑落竹扶额：“就你这种心理素质，咱以后别撒谎了行吗？”

铁板内的人显然急于跳过这个失败的“虚张声势体力威胁”，于是用鼻子哼出一声粗气，选择性遗忘似的直接换到下一话题：“你也就是运气好，如果你的能力不是这个破铁板，早被我打趴下了！”

“嘁，”郑落竹礼尚往来，哼气谁不会，“你也就是运气好，如果我的能力是爆炸，你早碎成渣渣了。”

Guest. 125 嗤之以鼻：“爆炸我还真不怕。”

郑落竹：“那你怕什么？”

Guest. 125：“……”

郑落竹：“你怎么又没声了？”

Guest. 125：“你是想故意激怒我吗？”

郑落竹：“啊？我就是顺着话茬很自然问的……”

Guest. 125：“但我闻到了挑衅的味道。”

郑落竹：“……你是有一颗七彩玻璃心吗？！”

大缸里的郑落竹无语，顾问室里的索贝克也摸不清 Guest. 125 的脑回路：“他俩是不准备打了，改谈心了？”

7/10耸耸肩："体力都见底了，还怎么打。"

索贝克："可就这么聊天，也聊不出胜负啊。"

维达朝索贝克摇摇头："谈心只是表象，没看那家伙的铁板从头到尾也没撤吗，这就是防着Guest. 125呢。"

"可是这么僵持下去，局面会对那家伙越来越不利。"索贝克莫名有点儿替郑落竹担心，连他自己都不知道为什么会替一只虫子担心，"维持铁板需要一直消耗体力，现在就等于Guest. 125彻底放松开始休息，他却还在持续消耗。"

"这就是Guest. 125的目的。"得摩斯挑眉望着第一战场，似笑非笑地道，"你真当他付了这么昂贵的费用，是过来和这些家伙谈心的？"

索贝克一愣："你的意思是，他故意拖延时间让外面消耗体力？"

6/10："这不明摆着吗，等这家伙再支撑不住铁板，你看看Guest. 125怎么玩他。"

顾问室里看得透彻，投屏里的闯关者却还在和铁板内的人聊天，而且越聊越投入，越聊越真诚，除了铁板还没撤，剩下的基本就要交心了。

得摩斯把视角拉近，望着郑落竹的侧脸叹息："这么傻的家伙，到底是怎么一关关闯到现在的？"

众守关人无法回答，想来想去可能就是体力好，命硬。

此时，铁板内的Guest. 125终于彻底放松，席地而坐，用最舒服的方式休息，迎接体力恢复。交谈之初，他还没敢这样放肆，怕被外面发现他"明里对话、暗中休息"的小动作。可后来聊着聊着，他就品出来了，外面就是个傻子。当然，Guest. 125承认自己也不算聪明人，在K星的时候经常被人说脑子里塞的也是肌肉。但和外面这家伙一比，他突然间找到了智商上的自信。现在就等着外面撤铁板——不管是体力耗尽被迫撤的，还是彻底卸下防备主动撤的——然后，他痛痛快快送对方上路。

"文具树这玩意儿根本没得选，我一进地下城就给我定了'铁板'，找谁说理去。"外面人还在怨念。

这话题是Guest. 125提起来的，虽说是为了拖延时间，可也带了一点儿真情实感。因为同为防御系能力的他太懂这其中的苦涩："我更没得选，你至少还能用一次性文具辅助，我从小……"意识到自己差点儿吐露不该说的，他连忙停住，生生把"从小到大"咽了回去，"我从头到尾就只能防御，永远处于被动。"

"你就知足吧，"如果可以，郑落竹宁愿和Guest. 125换，"你好歹还能把力量集中在手上来个铁拳攻击，我呢？拿铁板上去拍？"

"铁拳？"Guest. 125在郑落竹看不见的黑暗里自嘲地扯扯嘴角，"脱离近战，一点儿用没有。”

郑落竹叹口气：“懂，遇上远程攻击的能力，咱们只有被动防守的分儿。”

“单纯的攻击至少还可以防御……”Guest. 125 抬头望着冰冷铁板，逼仄幽暗的空间总是更容易勾起负面情绪，“最难缠的是控制系，精神控制、情绪控制、记忆控制、身体控制……都能把你耍得团团转。”

郑落竹听出了 Guest. 125 的愤怒与不甘，却无法理解。因为根据他们的分析，这些客人应该是试炼区转型之后，也就是近期才被允许过来的，然而听 Guest. 125 的口吻，像已经被控制系伤害了多年。“你……”他斟酌着用词，想着怎么才能在不透露自己知道 K 星、知道客人与生俱来特殊能力的情况下表达疑惑，“你这是被控制系伤害得多深啊？”好吧，还是直接吐槽又自然又稳妥。

沉浸在负面情绪里的 Guest. 125 这时才回过神，“啪”地一拍自己脑门，暗骂自己吃饱了撑的，和虫子说这些，明明在 K 星都深埋心底，没和任何一个人说过，来这边娱乐倒滔滔不绝，疯了？可心里想得明白，嘴巴就是不服管，听见外面吐槽式的询问，他忍不住继续发泄：“我们不被允许伤人，对战只能是交流切磋，这时候有攻击能力的人不敢用全力，有防御能力的人只能被动防守，就剩控制系，想怎么玩儿怎么玩儿，又不会让你受伤，还能尽情耍你、羞辱你，除了极个别精神防御系的，剩下所有人遇见控制系都是噩梦。”

郑落竹没懂“前提”：“什么叫你们不被允许伤人？”

Guest. 125 不知道怎么解释，因为进关卡前就被告知不允许透露任何 K 星、鸮系统以及其他可能造成核心机密泄露的信息，在外围绕着圈子说点儿擦边话就是极限了：“我不能和你说太多，”他索性不解释了，自嘲地“呵”了一声，“反正就是这么个鄙视链，控制系在顶端，谁垫底一目了然。”

郑落竹大概有点儿明白了，K 星应该有类似“不可以同族相伤”的法律或者规定，对战切磋都要以此为前提，所以来这里守关的客人，十个里有九个尽情任性、放飞自我，在变态的路上狂奔着一去不返。他也明白了 Guest. 125 的苦闷。如果 K 星真的是情报得来的那样，每个人出生就带有能力，后天通过觉醒让能力进阶，那这个“能力”几乎就成了每个人自带的身份胎记，能力的特殊性、强大性自然成了评定一个人的重要标准。

“都是防御，我理解你。”郑落竹说着，话锋突然一转，“但我还是要批评你。”

Guest. 125 猝不及防。按照眼下的气氛，不应该是他和这家伙隔着铁板一起沉重吗？

郑落竹：“拿一手好牌打好没意义，拿一手烂牌打好才是本事。你应该觉得幸福，那些上来就拿一手好牌的人根本没机会体会到你的快乐。”

Guest. 125：“……”他的快乐在哪儿？

郑落竹："不说别人，就说我，我当时在前十三关，遇见的大部分人都愁得要死，感觉自己被这破关卡绑架了，工作被毁，生活变糟。我就很乐观，进来就抱上一条粗大腿……咳，那个，我进来就果断改变思路，既然不能在外面继续工作，那就在里面打工啊。于是我找啊找，还真让我寻到一个完美老板。我这个老板有多完美呢，我给你说……"

Guest. 125："跳过这个部分。"

郑落竹："好吧，然后我就一路所向披靡到了后十关，被分了这么个破铁板。别人都是什么？爆炸，火焰，下毒，催眠，尖叫，萌宠，哪吒闹海……我简直想哭。但我一蹶不振了吗？没有！爆炸又怎样，没铁板挡着万一被崩着呢？火焰又如何？没铁板阻燃说不定连自己都烧了……你不要总觉得防御系不起眼，防御是一切战斗的根本，这叫低调内敛、朴实无华。如果我这铁板真的一点儿用没有，我怎么能继续跟我老板披荆斩棘闯到这里？"

Guest. 125："听起来起作用的好像不是铁板，是老板。"

郑落竹："……"

难得在口头占一次上风，Guest. 125 乐了，浑厚笑声穿透铁板，一点儿不掩饰，连带着苦闷也好像随着这笑释放了，心里轻松许多。他怀疑这个铁板围成的小黑屋不只有引诱人倾诉心理阴影的效果，可能还有治疗效果。

体力已经恢复了大约三成，按原计划完全可以出手了，Guest. 125 估计外面触底反弹那点儿体力也该到底了，因为偶尔碰到铁板，能明显感觉到声音比从前清脆，这代表铁板变薄了。可他还坐在地上，没有半点儿起身的意思。就是懒得动，总想着……要不再等等？他还挺爱听外面那家伙说话的，傻是傻点儿，可有种鲜活的生命力。而且一想到这家伙扛着铁板在关卡里横冲直撞，那画面就莫名和过往的自己重叠，都是一根筋到底，连第二个花招都翻不出。

郑落竹不知道铁板里为什么突然变得安静，但他知道自己的体力到极限了，也知道这场战斗不可能聊上几句就结束。他还要打，这是一定的，这是一场拼死才有可能拿下的战斗。

他用意念点开"文具盒"，选中"‹幻›元气满满"——这是组长指定要他拿着的，就像预见了他可能遭遇的持久战。选中，却没使用，郑落竹准备继续等，因为恢复体力的机会只有一次，他必须等里面的人真的开始反击了，再满状态复活，不然就浪费了。

铁板内，Guest. 125 终于起身。他承认，他有点儿不想对外面那家伙下手了，但又觉得这样的情绪很没道理。不过是一只虫子，聒噪一点儿、有趣一点儿又怎样，虫子来到这里的那一刻就已经注定了死亡，他不杀，也总会有别人来把这家伙踩死，那还不如他来，至少可以给对方一个痛快。站直身体，Guest. 125 敲击了一下铁板，罕见地做了战前提醒："我的体力已经恢复了三四成，所以……"

“我听见你站起来了，”外面的人倒什么都清楚，“不就是继续打吗，当然奉陪！”

Guest.125 皱眉，这口气这态度，显然是准备死磕到底。他不想让对方走得太痛苦，但如果对方死磕，那惨烈战况几乎是不可避免的。

Guest.125 深吸一口气，又缓缓吐出，决定最后再劝一句，如果对方还不听，他也算仁至义尽了：“我劝你放弃，别说你再顽强抵抗也不可能战胜我，就算退一步，你拼赢了，再退一万步，你真的拼到了最后一关，那也没用，到头来你还是会被……”

郑落竹正听得专注，铁板内的声音忽然戛然而止，甚至整个大缸战场都随之寂静了。他愣愣地眨了眨眼，侧耳贴到铁板上：“到头来什么？ Hello？大哥？”

铁板内毫无声息。

郑落竹咽了下口水，凑近铁板拼接缝隙往里看，一片漆黑什么都看不清。他犹豫了一下，操控铁板将缝隙稍稍开大点儿，里面终于透进几缕光——空空如也，哪里还有 Guest.125！郑落竹彻底蒙了。

手臂却在这时响起提示音，“叮——”

小抄纸：“客人违反规则，被强制离开战场，对战结束，恭喜 7/10 通关！”

郑落竹：“……”他这是生生把人聊没了？

顾问室里，众守关人仰望投屏，第一次发现自己太狭隘了。

你以为鸮系统说客人认输、重伤、死亡、脱离战斗区域才算闯关者赢，这四条就是全部的获胜条件了吗？不！郑落竹以一己之力探索出了隐藏着的第五条——客人死于话多。

虽然众守关人也清楚，郑落竹能等来最后的胜利，意外只占一成，更多是前面长时间拿体力硬拼，才博得了后面对话的机会，但之后的很长一段时间，他们还是没法从这神奇的胜利方式里缓过神。

直到第二、第三战场的结果相继出炉——江户川通关，强哥死亡。

江户川的胜利也是艰难拼下来的，他的“此路是我开”已经快把整个战场的地面给毁了，战后原本平整的街道像挖掘机扫荡过似的。强哥的死亡则在众守关人预料之内，他碰上的 Guest.127 是心灵控制系，碰上这样的对手，一旦心理防御被攻破，战斗就算有了结果，至于拖了这么久才分出胜负，完全是因为 Guest.127 还没玩够。

五个战场只剩第四个：莱昂对战 Guest.128。这是最没存在感的一个战场，大部分时间都被其他战场挤到边缘，投屏面积也缩得很小。倒不是守关人不想围观它，实在是这个战场根本没有动静，除了最开始的几分钟闯关者和隐身的客人打了几个回合，后面两个人就一起消失了。客人不用说，本来能力就是隐身，看不见正常。但那个叫莱昂的闯关者也没了，而且没得悄无声息。最后一个瞥见他的是 6/10，说看见他在花朵精灵游乐设施那里给自己包扎伤口，等 6/10 看一会儿其他战场再瞄过来，画面上就连个影子都没了。

现在，顾问室里只剩下这块投屏，Guest. 128 仍不现身，莱昂依旧消失。要不是月光下树影还在摇曳，空荡的游乐设施还在运行，他们会以为画面静止了。

莱昂藏在了哪里？守关人在想，Guest. 128 更在想。隐身的他已经仔仔细细把整个游乐园转悠了一遍，可一无所获，那家伙就像凭空蒸发了。

这座游乐园是没有出口的，这一点 Guest. 128 在刚刚巡园的时候就确认了，也就是说，这里虽然占地面积广，但本质上还是一个封闭战场，如果那家伙找到了某种方法离开这里，会被鸮系统自动判定对战失败。但鸮系统宣布完规则后再没出现，说明那家伙绝对还在这个游乐园里。Guest. 128 不相信对方的文具树这么巧也是隐身，那么剩下唯一合理的解释，就是对方找了隐蔽地方躲起来了——借着月光掩护，趁他还在游乐园别处转悠。

眉宇间闪过一丝不耐，Guest. 128 停下脚步。他来这里是为了对战的快感，可不是为了玩这种幼稚的捉迷藏，还是在一个更幼稚的游乐园！缓缓舒口气，Guest. 128 开口："我能理解你此刻的心情……"声音还是从游乐园的上空传下来的，经过精心的伪装，一派温和有礼，根本听不出一丁点儿烦躁。

"面对一时无法战胜的对手，先避其锋芒，保证自身安全，再慢慢寻找破局方法，或者等待对方露出破绽，完成反击。这是很清醒也很聪明的选择……"稍做停顿，那声音转了话锋，却越发语重心长，"但你也要清楚，我的能力注定了我是不可能露出破绽的，因为我可以一直保持隐身状态，一直。"最后两个字不仅被重复，还微微加重了语气，透出一种与生俱来的强势和自信，"你都看不见我，还怎么寻找机会？躲得再久，也不过是无意义的消耗时间。而消耗时间并不能让我们的对战结束，只会让你储备的体能不断消耗……不吃不喝不动，你能躲多久？一天？两天？三天？到时候我都不用找到你，你自己就先把自己耗死了……"

顾问室里，听见 Guest. 128 宣言的众守关人一片哗然。

索贝克："他能一直隐身？一直一直？"

6/10："我对此表示极度怀疑。"

维达："释放能量是要消耗体力和精神力的，没有能量补给，却可以一直消耗，这说不通，反正我没见过。"

"你们还真当回事儿地讨论啊，"潘恩无语，"要真有这种人，早被抓起来研究了，还能让他来试炼区逍遥？"

"如果 Guest. 128 真能一直隐身，就不会和一个闯关者费这么多口舌了。"卡戎望着战场，沧桑的眼睛已经看透了一切，"他这就是想把人诈出来，只要对方现身，他就赢了。"

像是为了印证卡戎的话，Guest. 128 果然继续道：“与其选一条注定不会赢的路，不如放手一搏。我可以隐身，但我可不会飞，我走过地面也会留下足迹，我碰了哪里也会发出声音，你不想试试追踪我吗？”

希芙问卡戎：“你觉得那家伙会上当吗？”

卡戎沉吟一下：“暂时应该不会，毕竟那家伙才刚躲起来不久，但后面就难说了。”

顾问室渐渐安静下来，因为战局的走势已经简单明了。Guest. 128 的“一直隐身”虽然是谎话，但“长时间隐身”应该是做得到的，莱昂短时间内也不可能主动暴露，那么接下来就是耐力的比拼了。他们现在还没发现莱昂躲藏的地方，不确定那里是一个什么样的环境，可以让人坚持多久；同样，他们也不知道 Guest. 128 的隐身能持续释放多久。总之，只要有一方到了极限，再无法坚持，这一场战斗的转折点也就来了。

最终和守关人们推测的一样，莱昂并没有现身，Guest. 128 也不再徒劳“诱敌”，月光下的战场再度恢复沉寂。

但游乐园没沉寂。接下来的两个小时，顾问室众人守着投屏，围观了云霄飞车呼啸而过三十一次、摩天轮悠悠转动十三圈、激流勇进俯冲下来十七回、高空摆锤抡了二十五把……每一个娱乐项目都像大型催眠设备，众守关人简直想拿手撑着越来越沉重的眼皮。他们第一次发现夜晚原来如此漫长。

Guest. 128 有点儿到极限了，耐心和体力都到了。他现在是撑着最后一丝理智，才没失态，否则整个游乐园上空都会听见他抓狂的咆哮。

从他诱敌失败到现在大概过了两个小时，但要从战局第一秒开始算，现在已经过去两个半小时还多了，而他的隐身最多只能坚持三个小时。他没想到那家伙能坚持到现在，更没想到自己用了这么长时间竟然还没把人找出来！

Guest. 128 不敢说自己掘地三尺，但也绕着园区走了不下十几圈，能找的地方都找了，每一个设施，每一处小屋，甚至连沿途的每一棵树、每一片绿化区，他都没有遗漏，就这样还没找到人，他的情绪已经在逐渐消失的耐心里从郁闷至极进化到了恼羞成怒。

“我欣赏你的毅力，”时隔两小时，他的声音再度在游乐园上空响起，听得出努力想保持温和，但过快的语速和极力压制却仍微微不稳的呼吸泄露了他的急切，“但这样下去永远分不出胜负，你的目标是获胜，不是吗？我们做个交易吧，我解除隐身，你也放弃躲藏，我们直面彼此，来一场堂堂正正的一对一，如何？”

他这一番话石沉大海，并没有得到莱昂的任何回应，倒是让投屏前的守关人们从瞌睡里打起了一点儿精神。

8/10：“这是等不住了吧？”

7/10：“绝对是急了。”

5/10：“估计再过一会儿，不管那家伙出不出来，这个 Guest.128 都得出来。”

潘恩：“我就说，根本没可能一直隐身。”

此时的 Guest.128 站在这场战斗的起点海盗船旁边，望着来回摇晃的巨船，极力让自己冷静。他发现自己犯了个错误，就是对自己的能力太自信，根本没讲究什么战术方法，就是一路简单粗暴，结果被人用同样的简单粗暴拖延消耗到了现在。他最应该做的不是一次次尝试把对方骗出来，而是要换位思考，去想想对方此刻的心理，或者说，对方藏到现在究竟是什么打算。就是一直毫无意义地拖着吗？如果是两个小时前，Guest.128 说不定相信，但现在他不会了。一个能坚持到现在还不冒头的人，这样的隐忍力，Guest.128 不信对方目的只是保命。要知道那家伙藏住的不仅是位置，还有自己的文具树。

海盗船在 Guest.128 的瞳孔里映出摇晃的影子，蓦地，一抹精光也在其中闪过。如果那个虫子的目的不是拖延时间，而是用时间的消耗换取他体力的消耗，最终逼他现身呢？可是就算自己解除了隐身，那家伙就那么有自信能赢下这场战斗？还是说对方拥有的文具树给了他这样的自信？一层层抽丝剥茧，答案已经呼之欲出。Guest.128 极快地眯了下眼睛。

远程攻击，这是对方文具树最有可能的方向，所以那家伙才如此希望拖延时间，拖到他的“隐身”消失，只要他一出现，就会被锁定，一击致命。纠缠在 Guest.128 心头的郁结彻底消散，他勾起嘴角，线头已经被找出，游戏结束了。躲在什么地方才能在隐身结束的第一时间发现并锁定他的位置？ Guest.128 抬起头，环顾一圈。摩天轮、跳楼机、大摆锤、云霄飞车和激流勇进的轨道，能俯瞰整个游乐园的制高点有且仅有这五处。

月色下，莱昂仍旧纹丝不动。他不知道自己在这里待了多久，漫长的蛰伏已经让大脑对时间的感觉迟钝了，他只知道身体很冷，从里到外冷透了，整个人都是木的。但他不能动，因为他不清楚 Guest.128 在哪里，也许很远，也许就在附近，他一动，很可能所有努力前功尽弃。蛰伏等待是狙击手的日常，至少自己还轻松点儿，不用扛着狙击枪。这是莱昂唯一能想到的自我安慰。

隐身中的 Guest.128 已经悄无声息地来到距离海盗船最近的大摆锤前。大摆锤正在新一轮的高空翻转中，呼啦啦地带起风声。Guest.128 站在底下认真观察了几分钟，从一排排空荡的座位到摆锤两端的固定器，再到整个摆锤的支架，所有能藏身或者落脚的地方都仔仔细细看过一遍。没人，连疑似人形的黑影都没有。

Guest.128 不耽误时间，果断转到下一站，跳楼机。跳楼机的结构比大摆锤还简单，就一圈座位和高耸立柱上面的平台，即使夜色不明，月光微暗，也看得出两处都空空如也。

第三站是激流勇进。这个设施的轨道，算得上高处的只有两个波峰，镂空的钢架轨道在夜幕下并不真切，但大致结构和轮廓还是可以辨别的，如果有人躲在钢架上，还是可以发现端倪。但 Guest. 128 从头到尾找了几遍，没有可疑之处。

剩下的云霄飞车的轨道横跨半个园区，所以 Guest. 128 决定先去看摩天轮。

摩天轮在许愿湖旁边，湖边停靠了七八艘梦幻奇趣的游船，岸上还有一座玩具屋，橱窗内摆满了玩具和公仔，门前还立着一个真人大小的士兵公仔站岗，透着顽皮可爱。然而 Guest. 128 对这些都没兴趣。玩具屋他进去查了不知多少遍，每一艘游船也都上去看过至少三回，他现在对这游乐园的熟悉度，就是闭着眼都能指出每一处的设施和风景，包括有多少棵树。唯一疏忽的，就是他没有抬头看高空。不过现在，这一项也要被彻底弥补了。

站在许愿湖边，抬头就是摩天轮，但摩天轮的轿厢远望是没用的，Guest. 128 直接来到摩天轮底下，这样每一个轿厢经过最低处都等于经过他的身前，足够他里外看个透彻。

一圈摩天轮查下来，所有轿厢都是空的。Guest. 128 的眉间忍不住皱紧。

摩天轮旁边就是云霄飞车的一个人回环高峰，Guest. 128 抬头有点儿懊恼地望着那轨道，原本笃定的念头开始微微动摇。五个里查了四个都没有收获，那家伙真的藏在云霄飞车轨道上吗？还是说，制高点什么的根本就是自己猜错……

刚升起的疑虑，在捕捉到某团黑影时骤然停住。Guest. 128 瞪大眼睛，死死盯着大回环的最高峰，轨道上并没有什么，但紧贴着轨道的前方，是一个从地面竖直修建上去的狭窄钢架，类似攀爬的钢梯，钢架顶端是一个两米见方的维修平台，正挨着轨道的最高峰。因为钢架都是一个颜色，轨道又翻滚交错，乍看就像融为一体，但仔细辨别，就很容易把维修平台剥离出来了。更重要的是，平台上隐约有一团黑影。那影子很低，略有些平，看起来就像……不，就是一个人趴在那里！

Guest. 128 深吸一口气，如释重负的感慨在心头翻滚激荡。这场快要把人逼疯的消耗战终于见到尽头了，他绝对会给那家伙一个最痛苦的死法，绝对！

攀爬近百米钢架，放在平时，对 Guest. 128 来说就跟玩儿一样，但他现在体力告急，那就是另一番状态了，尤其还要尽量隐藏攀爬的声音，只能保持一个缓慢的速度，爬到一半已经力不从心，硬是咬牙坚持爬到顶端，已经连呼带喘。幸好目的地已经到了。他集中最后的精神力撑住隐身，也控制住呼吸，身体一点点往上，头渐渐高过平台边缘。平台上的景象映入眼帘，只见一个人趴在那里，下半身被带着繁茂叶片的树枝盖得严严实实，头和上半身则用衣服蒙着，只留一点儿缝隙，应该是方便瞄准。

为了防止和对方面对面，率先暴露，Guest. 128 是从铁架侧面爬上来的。所以这会儿他干脆屏息，蹑手蹑脚地继续往上爬，直到整个身体都高过平台，然后突然翻身而入，扑上对方后背，照着那被蒙住的脑袋就是一拳。

他可以先现身，再慢慢把对方折磨致死，可他真的没有耐心了，爬这破铁架耗尽了他最后一分兴致。这一拳，他集中了最大力量，就是奔着结束战斗去的，再硬的脑袋也得开花，脑浆迸裂。

“咚——”与预期中完全不同的闷响，而且声音小得仿佛被什么吸收。

Guest. 128 感觉这一拳就像打进了棉花里，脑浆迸裂没发生，反倒是被揍的目标整个身体一弹，把盖在下半身的树枝都抖落了，露出圆滚滚的双腿。Guest. 128 错愕，一把掀开盖在上半身的衣服，力道太大，把下面的“人”也掀翻了——仰面朝天的公仔士兵憨态可掬，和守在玩具屋门前那位一模一样，就是头上的布料崩开了，露出里面的棉花。

这是一个陷阱！ Guest. 128 内心震动，几乎是本能地四下看。既然把陷阱布置在这里，那家伙就一定藏在附近，是哪里，到底是哪里？！本就接近极限的精神力在猝不及防的冲击中动摇分散，隐身失效。月光下，高高的钢架平台上，Guest. 128 的身影倏地显露。

只一瞬，Guest. 128 就回过神，立刻想重新凝聚精神力。可远处的冷枪更快。“砰”，一颗子弹划破空气，准确射入 Guest. 128 的身体。Guest. 128 后仰着跌下平台，从高空急速坠落，快落到地面时，一道白光直射而来，送他出了战场。

顾问室里，短暂的空气安静后，讨论爆发。

6/10：“我就说那个玩具屋看起来哪里怪怪的。守门的应该是两个士兵，被征用了一个当然不协调啊！”

潘恩：“问题是那家伙抱着那么大的公仔爬到平台，Guest. 128 没发现就算了，我们这里也没人发现？”

8/10：“用了类似空间传送的一次性文具吧，之前那个教堂里的胖子不就甩了一堆？我怀疑他们这次带了大规模文具进来。”

潘恩：“行，就算他有文具，那布置完维修台之后呢，他藏在哪儿了？所有制高点我们可是比 Guest. 128 更早查看的，除了这里，别的地方根本什么都没有。”

7/10：“难道他坐在高速运行的云霄飞车里移动狙击？”

所有守关人：“……”

7/10：“呃，难度是有点儿高……”

“叮——”战场的提示音响彻顾问室。

众人一愣，望向投屏，那声音好像是在……战场画面下方？守关人们视线下移，最终落在整齐停在岸边的那几艘梦幻游船上。视角调整，推进，再调整，再推进，只见某两艘游船中间，被阴影彻底覆盖的狭窄水面，一个只把眼睛和鼻子露出水面的头颅静静凝望着 Guest. 128 跌落下来的地方。

莱昂藏身的地方是岸上人绝对的视线盲区，Guest.128 除非下水或者把两艘游船推离，否则根本不可能发现。就算是围着投屏的守关人，也要找准视角，推进再推进，才捕捉得到。

投屏画面定格在露出水面的那双眼睛，比夜还黑，哪怕在冰凉的湖水里待了近三小时，目光仍然坚定有力。

第二道白光送走了胜利者。众守关人望着已经空荡的战场，久久不语。设置陷阱不难，动动脑子就行了，泡在水里也不难，再冷总能咬牙忍住。难的是等待猎物进入陷阱，不管多久，都能沉住气地等待。

让莱昂获胜的不是远程狙击文具树，而是这种可怕的耐心和冷静。

2

纯白空间里只剩最后三组，十四个人。

自第四组进入战场，他们一直在这里等待了近三个小时，大部分时间都在等莱昂的结果。他们不知道战场情况，但作为拥有狙击文具树的莱昂，如果不能在战斗一开始就狙杀，打对方一个措手不及的闪电战，后面必然要拉开彼此距离，寻找狙击点隐蔽，静待时机。所以大家对于后面的漫长多少有一些心理准备。所幸等到的是莱昂通关。

Guest.128 的照片被红叉划掉，第四组名单随之消失，小猫头鹰扑啦啦拍翅膀，向上拉出新的名单。已经适应了投屏布局的十四人一愣，只觉得那画面突然变得拥挤，再定睛一看，这次竟然是同时列出了第五组、第六组两份名单。

还没等众人发问，小猫头鹰就开了口："截至目前，已闯关二十人，已通关十二人，恭喜你们的通关率达到 60%。作为奖励，从现在开始，每次闯关将会有两组同时进行，缩短后面的等待时间哟。"

十四人面面相觑，一时不知该回应个什么表情。

崔战字典里向来没有"委婉"二字，直截了当开嘲讽："你要么早点儿给，要么就别给了，我们现在就剩三组，你来个两组两组闯关，你自己说鸡肋不鸡肋？"

小猫头鹰无辜歪头，大眼睛圆溜溜的："要怪就怪你们第一组成绩太差，拉低了整体通关率哟。"

崔战沉默下来，并非无言以对，是此刻才意识到，在关卡里失去性命的一个个伙伴，到了鸮口中不过是计算比例的数字。他一想到这个，就不想再和这玩意儿多说半个字了。

其他人更是早就把注意力放在了投屏列表上。接下来要同时进入战场的两组十人，对战名单如下——

【第五组】

三道杠（对战）Guest. 130

许叮咚（对战）Guest. 131

全　麦（对战）Guest. 132

周云徽（对战）Guest. 133

崔　战（对战）Guest. 134

【第六组】

佛　纹（对战）Guest. 135

礼拜天（对战）Guest. 136

霍　栩（对战）Guest. 137

清一色（对战）Guest. 138

郝斯文（对战）Guest. 139

十束白光同时打下，笼罩住所有即将进入战场的人，纯白空间被映得通亮刺眼。

周云徽正在白光里等待传送，忽然看见一个金色小点在空中划出道弧线，直奔自己而来。他下意识抬手，赶在身体被击中之前将那可疑金点一把接住——一枚金色的纪念硬币。

周云徽循着硬币抛来的弧线抬头，可传送光比之前更盛了，他只看到一束耀眼的白。白光里的人也应该看不见他，然而却仿佛知道他在望过来，调侃似的吹记口哨："幸运硬币，不是给你，是借你啊。"

周云徽太认得那声音了，别说盲听说话，就是对方哼一声，他都能条件反射翻白眼那种认得。可他现在没时间翻白眼，他只觉得烫手："我要你幸运硬币干吗？"

"你战斗力太弱了，拿着它加加 Buff。"字字都是替他操心的真诚愁绪。

周云徽："……"他虽然看不清白光里的崔组长，但完全可以脑补对方此刻那张欠揍的脸，而且保证每一个表情细节都分毫不差！

"记得到终点还我。"崔组长还不忘强调所有权。

周云徽想现在就给他扔回去，然而最终只扔回去五个字："那你可别死。"

传送完成，纯白空间忽然变得空荡，仍留在原地的只剩最后一组四个人：唐凛、施方泽、大四喜、骷髅新娘。

另一边，十个战场同时开启，顾问室也有点儿手忙脚乱，虽然知道总胜率到达 60% 就会进入双组模式，但前面莱昂那战可不只折磨了 Guest. 128，也快把他们拖垮了，谁也没去注意胜率，突然就宣布下一场两组同步进行，他们只好先调出更多的投屏。五块变十块，这下更眼花缭乱了。

虽然守关人们从前工作时，经常多投屏一起监控关卡内不同位置或者不同剧情线的闯关者，但也正因为这些不同，每块投屏里闯关者发生状况的时间点基本是错开的，他们完全可以根据具体情况来有侧重地选择当前需要关注的投屏。但天空城这里不一样，简单粗暴的一对一，每一个战场都是上来就狭路相逢，他们看谁不看谁？没辙，只能先一视同仁，将屏幕规整排开，等待哪个战场给出惊喜或者率先进入拼死搏杀，再调整位置，重点围观。

第四战场。

迎接周云徽的是一座歌剧院，金色举架，红色丝绒，璀璨的吊灯悬挂在绘着油画的华丽穹顶，排列整齐的大片红椅占据一层全部空间，最前方是舞台，二层到四层都是包厢，它们环绕在歌剧大厅周围，每两个罗马柱间的小包厢就像一个复古窗口，让里面的人可以从更私密的视角欣赏演出。周云徽站在大片红色椅子的中央，抬头环视，没发现一个人影。最终，他直视前方唯一看起来可以藏人的地方——舞台。大幕合得严严实实，一直从上方垂到地面。剧院里没有风，可深红色的幕布时不时轻轻起伏，像被吹起的微波。

突然，整个剧院的灯光熄灭。随着黑暗一同降临的，还有窒息的安静。周云徽的手不自觉搭上前方椅背，无声握紧，警惕着黑暗中一切可能出现的东西。

一道白光划亮黑暗，径直投射到幕布之后。那白光和传送他进战场时的一样，但不可能再有第二个伙伴进来了，只能是 Guest. 133，周云徽几乎是下意识地就酝酿起了文具树。

白光很快消失，但幕布后并没有新的动静。周云徽等了一会儿，还是不见幕布里有人出来，心中渐起疑惑。难道猜错了，这光不是送客人进战场的？

就在这时，剧院上方突然射下三道追光，交汇在舞台正中央。大幕在轨道滑动声中缓缓拉开，一个男人站在舞台中央，追光将他映得耀眼夺目。

周云徽：“……”这骚包的登场，你是额外买了环境特效吗？！

慢着！周云徽忽然怔住，再次抬头看向三道追光的光源处。如果他没记错，刚刚灯火通明的时候，上方只有一盏巨大的水晶吊灯，周围并没有发现其他灯具，那现在这三道追光是哪里来的？真的是鸮给客人的贵宾传送待遇吗？他们闯关者只有一道白光，客人除了一道白光，还在后面附带三道追光？这好像也说得通，但不知为什么，周云徽总无法把心里的疑虑全部抹去。而不安的原因可能要追溯到挑选对手照片的时候。那么多张照片，他选择的 Guest. 133 却是唯一没露脸的——照片里只有一个黑暗中的逆光侧影。

第五战场。

视野清晰的那一刻，崔战还以为自己回到了地下城，脏乱的街道，破败的房屋，一片死气沉沉。但下一秒，当他抬头看见阴霾的天空就清醒了——地下城没有天空，这里是 7/10 的战场。

前方狭窄昏暗的巷子口，第二道白光送来Guest. 134。那是一个和崔战身材相仿的男人，穿着也简单。在宣布规则的小猫头鹰声音消失后，他抬眼对上崔战的视线，勾起一抹似有若无的笑，微微颔首："你好。"

明明知道是来干吗的，还假模假式，崔战最烦这个："省略废话，直接打，OK？"

Guest. 134 乐了，这次是真乐，刚还无所谓的脸一下子明朗起来："有活力，我喜欢你。"

崔战想也不想就摇头，满脸拒绝："不行，你来晚了。"

Guest. 134 一时摸不着头脑："什么？"

崔战耸耸肩："要是再早三五个月，我还真能和你好好聊聊，现在晚了，我硬币都给出去了。"

Guest. 134 怀疑自己脑内连接的即时翻译系统出现了问题，不然为什么对方说的每个字他都明白，拼到一起就完全蒙了。

第八战场。

霍栩落在一个足球场大小的漂浮孤岛上。说是孤岛都不准确，更像一块面积较大的浮冰，只是长成了陆地的样子，在汪洋大海中随波漂流。从进入战场到现在才十几秒，这岛已经在海浪里又漂出了几米远，大大小小的颠簸更是一刻没停过——睁开眼，是一望就能望到尽头的平坦岛屿；闭上眼，却像在船里乘风破浪。

霍栩喜欢水，喜欢看水浪在自己的操控下肆意翻滚冲击。可惜，现阶段的他依然只能操控自己的水，否则这孤岛周围的汪洋将会是他最好的武器。略微的沮丧里，霍栩等来了自己的对手，Guest. 137。那是一个头发剃得极短的男人，看起来大约二十五六岁，吊着眼梢，一脸桀骜，见到霍栩的第一眼，他就极度不满地开口："怎么给我分个小孩儿？"

霍栩年纪的确不大，谁都看得出顶多也就十九、二十岁。但是不是小孩儿，这就要看和谁比了，众伙伴里有关岚摆那儿，还真没人这么说过霍栩。不过霍栩也不逞口舌之快，打架这种事，拿实力说话就好了。

第四战场，歌剧院。

打在 Guest. 133 身上的三道追光同时熄灭，就和它们来时一样，没有任何预兆。剧院重又陷入黑暗，可下一秒，新亮起的一束追光从穹顶而下，直直打在周云徽身上。周云徽被那光刺得睁不开眼，抬手去遮挡，但无济于事。

他不知道 Guest. 133 打算做什么，然而很清楚自己已经代替对方成了战场的焦点。在这样漆黑的环境里，当焦点只有一个下场——被暴露，被锁定，被攻击。周云徽果断开始奔跑，在两排座椅间的空隙中飞速移动，既然无法消解强光，至少要先脱离强光范围。

他的起跑很突然，不想那光竟也追得极快，才一瞬就又重新打到他身上，接着就随着他同步平移，根本不给他任何甩掉的机会。强光刺得他什么都看不清，奔跑中不知道被座椅撞了几回肚子，磕了几次膝盖，全身都疼，却还不能停下。

除了疼，还有热。他就像被大功率强光灯长时间照射烘烤，类似暴晒的灼热席卷全身。

黑暗的奔跑中他也在听舞台的动静，可是从那个方向几乎没有传过来任何声音。如果 Guest. 133 不会飞，那就表示对方仍在舞台上，并没有进一步的动作。周云徽在甩不掉的强追光里彻底暴躁：“你是雇了个辅助打光师吗？！”

怒吼在自带回音壁效果的歌剧院里，音质和情绪都被放大，听起来颇为震撼。奈何黑暗中悄无声息，显然对方根本不想回应。

裸露在外的皮肤开始泛痒发疼，晒伤感逐渐显现，超强光对视野的持续侵袭也让头越来越晕眩，周云徽忍无可忍，下最后通牒：“有能耐开灯，我们真刀真枪正面对决，别玩这种偷鸡摸狗的把戏！”

黑暗里还是一片惬意的安静。占据绝对主动和上风的人，怎么可能理会狼狈逃窜者的故意挑衅？周云徽明白了，人家压根儿不屑和他对话。也是，一道光就能把他逼成这样，换谁都懒得和这样的对手浪费时间。所以说啊，做人不能太低调。周云徽停下来，不再跑了，嘴角勾起一抹冷笑：“好说好商量不行，那就别怪我了，你自找的。”

他在强光里闭上眼，全力凝聚精神力。没有灯，那就回归最原始的照明吧——繁星流火，启动！歌剧院的穹顶上瞬间出现无数火球，它们密密麻麻聚集着，燃烧着，蓄势待发。周云徽猛地一抬眼。火球如流星般呼啸而落，在空中划出一道道美丽火光，就像烈焰流星雨。大部分火球落在了舞台上，刹那间引燃了两旁拉开堆叠的帘幕。猛烈上蹿的火舌飞快吞噬布料，红色幔帐成了最好的助燃剂，熊熊烈焰一下子将舞台映得亮如白昼。

Guest. 133 果然还站在舞台中央，如雨的火球成了最好的背景，将他衬托得像地狱归来的王子。但现在王子的神情很难看，因为一个小火球刚刚在他袖子上烧了个洞，而两旁帘幕的大火已经蔓延逼近到他的脚下。Guest. 133 再“优雅”不下去，以一个并不算好看的姿态，接连躲过头顶袭来的火球和脚下蹿起的火苗。

就在他认真闪避的这段时间，打在周云徽身上的强光消失了，水晶吊灯也恢复了璀璨光芒，将歌剧院重新照得富丽堂皇，连此刻已被大火吞噬的舞台都有了某种仪式般的美感。

终于脱离暴晒的周云徽松了口气，一边揉着被晒得发烫的头顶，一边抬头观察剧院上方——没有任何可以追光的探照灯。如果说先前在黑暗中，他只是猜测，那么现在可以确定了，Guest. 133 的能力就是光。这家伙不仅可以控制水晶灯的光，还可以制造攻击性的强光。

正思索着，周云徽看见 Guest. 133 从火海中狼狈跳下舞台。而就在他跳下来的那一刹，舞台上最后一点儿空地也被大火覆盖。

“你在搞什么，这是封闭战场！”Guest.133 终于说了，不，咆哮了进入战场后的第一句话。

周云徽跳坐到椅背，一脚搭上前排，无辜且理直气壮：“我也不想这样。我是不是呼唤你了，是不是让你开灯，你不回应啊？非装高冷，我也是被逼无奈，毕竟一对一战斗，没道理我光天化日，你月黑风高。”

Guest.133 深吸一口气，又往前挪了挪，离舞台更远些，因为大火已经开始往台下蔓延，前几排的椅子正在被火势迅速吞没：“那你现在看见我了，赶紧把火灭掉。我再说一遍，这是封闭战场，真烧起来我们谁都跑不了。”

“可以。”周云徽很好说话。仍不断往舞台倾泻的“火球雨”骤然消失，聚在穹顶的火球也没了，可已经燃烧起的大火并没有熄灭，且愈燃愈烈。

Guest.133 等了一会儿，没见火势消退，莫名其妙问：“你怎么还愣着？”

周云徽耸肩：“我已经把文具树切断了。”

Guest.133：“那这些火呢？！”

周云徽：“我的能力只有点火，没有救火。”

Guest.133 愕然：“那现在怎么办？”

热浪和浓烟正滚滚袭来，火光已经把整个剧院包围了，火苗甚至开始循着立柱往楼上包厢蹿，每一个包厢都有和大幕材质一样的幔帐，可以想见再过几分钟，他们将无处可逃。

他是来娱乐的，不是来火海试炼的！

“简单，你认输嘛。”周云徽热心提供建议，“你认输了，战斗就结束了，我俩分分钟脱离火海。”

Guest.133 眯了下眼，终于明白周云徽这是想用同归于尽倒逼他，声音冷下来：“我觉得弄死你更快。”

“不，”周云徽潇洒地摇摇头，“我还没用五级呢。”

五级？Guest.133 刚起疑惑，还没来得及深想，突然感觉头顶出现新的热浪。他连忙抬头，就见穹顶不知何时又聚集了新的火球，更多，更大，更密。就在他抬起头的一瞬间，火球飞驰而下，范围不再局限于舞台，也不再是流星雨，而是千军万马般涌向整个战场，铺天盖地，气势如虹——繁星流火，文具树等级四；繁星流火Ⅱ，文具树等级五。

火光吞没了歌剧院，再没有一块可以落脚的地方。

Guest.133 以为周云徽只是想烧死他，可抬头一看，坐在大火中的那家伙并没有阻燃特权，火球落在身上，也烧得凶狠。他一脸不可置信：“你疯了？”

“不是疯，是开窍了。我刚刚还在想，怎么才能破解你的能力，幸好脑袋及时转弯。干吗非要破解呢……”周云徽想到什么似的，会心一笑，“这时候就该学某个完全没耐心的家伙，废什么话，简单粗暴直接干就完了。”

新一轮火球下来，飞向每一个包厢，从二层到三层，从三层到四层，无一幸免。

周云徽静静欣赏着漫天火光：“燃烧吧，我的战场。”

顾问室里，一声清脆的“叮”从第四战场投屏里传出。战斗开启还不到十五分钟，Guest. 133 认输，周云徽通关，顺带烧毁了一个战场。

投屏前基本围观了全程的众守关人一时不知该如何评价。好半晌，6/10 才哼了一声：“乱来。这也就是遇上 Guest. 133 是个惜命的，要是碰上不要命的呢？”

8/10 幽幽飘来一句：“你觉得哪个客人不要命？”

6/10 竟无言以对。

7/10 一锤定音：“换哪个客人来，都是这个结果。”

索贝克有点儿感慨：“一方在娱乐，一方在拼命，原本赌上的决心就不在一个重量级……”

“哎哎，”6/10 皱眉，“你们近段时间的话锋越来越偏向那些家伙，这可不是什么好事。”

5/10：“那你自己呢？”

6/10：“我怎么了？”

5/10：“你多长时间没管他们叫虫子了？”

有些微妙的话题让顾问室陷入少见的尴尬安静。唯独得摩斯还在琢磨另外一件事：“最后放火之前，他说‘该学某个完全没耐心的家伙’，指谁啊？”

众人正愁怎么换话题呢，立刻配合——

“他好像说的是‘简单粗暴直接干’？”

“对。”

“如果要在这帮家伙里选的话……”大家逐一回忆前几组的战斗，再观望眼下正开战的九块投屏，甚至连纯白空间里剩下的四个人都看了一遍，最后默契地将焦点锁定在了同一点，“看来看去，这家伙最符合！”

第五战场里，激战正酣的崔组长完全不知道自己荣登了“守关人票选最简单粗暴闯关者 NO. 1”。

崔战这里是十个战场中最早动手的。别人顶多是一言不合就开干，他连一言不合都等不了，以至于 Guest. 134 才寒暄到一半，就不得不配合开战。但战局的走势却没像崔战的气势那样一往无前，他被 Guest. 134 的能力死死压制住了。

阴霾的天空下，街道交错，暗巷纵横。崔战正在其中一条窄巷里狂奔。他脚下的地面是倾斜的，大约向左倾斜了 30°，他只能随着倾斜角度贴在左边的墙根下跑，更诡异的是倾斜还在继续，连带着窄巷右侧一幢幢破败屋宇都跟着越发向左边倾斜，摇摇欲坠。崔战必须以最快速度跑出暗巷，否则就只有被倒塌房屋埋进废墟这一个下场。因此他不得不同时启动“健步如飞”和“我的滑板鞋”，连跑带滑双向配合，争分夺秒。而这样的战况已经持续了十几分钟。从第一条街道被 Guest. 134 改变角度开始，崔战就陷入了彻底的被动。

他原本想先脱离 Guest. 134 的能力范围，稳一下再反击，以免被动。可这节奏一跑起来，根本停不下。因为在 Guest. 134 操控下的路面不仅能左右倾斜，还能上下倾斜，明明是平地，跑着跑着就成了登山，明明是下坡，眨眼工夫就变成上坡。

起初崔战以为对方的能力和江户川的“此路是我开”一样，可以让路改变形态，起伏颠簸。但当他文具树双开，企图利用速度优势压过倾斜带来的影响，旁边的一栋房屋竟然精准向他倒来。那时候路面才开始倾斜，根本不可能带倒任何一栋房屋，然而那栋砸向他的建筑就像有什么力量在后面推着一样，专挑他跑过来那一刻倒塌。

崔战在千钧一发之际放弃速度，启动“东躲西藏”，这才惊险闪避。也是在那个瞬间，他终于想通了 Guest. 134 的能力——不是控制道路，也不是控制房屋，而是某种让它们可以倾斜的能力，并且倾斜的角度和速度都是 Guest. 134 说了算，看起来就像他可以控制它们的……平衡？不过崔战跑了这么多条街，平衡感倒还一直在线。以对方这种全力追杀的气势，如果能让他和地面、房屋一样失去平衡，不太可能不下手，所以对方的能力应该仅限于无生命体。

暗巷的尽头就在前方，跑出去就是相对没那么危险的开阔地带，崔战不再琢磨这些，深吸一口气，全力冲刺。奔跑变成了滑行，眼看就要到巷尾。伫立在巷尾右侧的一栋二层空屋忽然向暗巷内侧急速倾斜，墙壁断裂，瓦片落碎，以崔战现在的速度根本冲不过去。他本能地急刹车，可也来不及了，惯性简直在带着他往房屋倒下的阴影里冲。最后关头，崔战切断所有，紧急启动五级文具树，“东躲西藏Ⅱ”。

“咻——”他的身体以一个并不符合常理的姿态逆着惯性抽身而退，一霎就向后撤到了几米之外。房屋轰然倒塌，正砸在崔战刚刚差一点儿经过的地方，小山一样的废墟严严实实堵住了巷口。崔战气喘吁吁，脸颊颧骨的位置有一点儿擦伤，是刚刚闪避时蹭到了砸下来的墙体。再晚一瞬，他现在就在废墟之下了。

崔战没进废墟之下，却有人跳到了废墟之上。Guest. 134 气定神闲，看起来比崔战从容惬意得多：“我以为你只是速度快，没想到闪避也挺灵活。”

但这只是表象。如果说一直不间断地释放能力，是对体力的巨大消耗，那一直追着一个速度巨快的家伙不间断地释放能力，就是对体力的地狱式消耗。他现在就是仗着双方距离远，还有高低差，勉强维持体面。

脑子稍微转转或是观察力稍微细致点儿，就能发现 Guest. 134 身体被掏空的明显迹象。可惜崔组长两样都不具备，直线条的他，注意力完全在 Guest. 134 刚说完的那句话上。以为只是速度快，没想到闪避也灵活？废话！他四、五级文具树都是“东躲西藏”，技能点都加在敏捷上了，能不灵活吗？问题是敏捷有屁用，他要的又不是逃命，是制敌！

“怎么不说话了，”Guest. 134 对崔战的沉默有点儿意外，“之前话不是挺多的吗？”

崔战想半天也没想出什么高端战术，一气之下决定不想了。他就不适合搞这些，甩开膀子干就是了！思想一解放，崔组长的嚣张气焰也跟着回来了：“我在想到底送给你哪一种死法。”

Guest. 134 笑了，欣慰似的点头：“嘴硬，命也挺硬，不错，是个合格的消遣品。”

崔战摇头：“我最硬的既不是嘴也不是命，但具体是什么，就没必要和你展示了。”

积累在 Guest. 134 心底的迷惑终于来到不得不问的极限：“为什么你说的一些话，我总是无法理解其中的意思？”

崔战一脸嫌弃：“这还要问为什么？我话说得很明白，但你理解不了，那只可能是一个原因，你太蠢。”

Guest. 134：“……”这家伙是怎么活到现在的？就这种每句话都让人想动刀的语言习惯，不应该早在前面关卡里被弄死一百遍了吗？！

不行，不能冲动，Guest. 134 暗暗深呼吸。他刚才以为能很快杀掉这家伙，所以释放能力的时候根本没有保留，每操控一条街道、一幢房屋，他都以最大效果在操控，最大范围在覆盖。这样使用能力，体力和精神力都会在短时间内急剧消耗，故而当务之急是用谈话来尽可能拖延时间，以便让自己接近警戒值的体力和精神力得到恢复。

“你平时就这么说话吗？”调整好心情，Guest. 134 若无其事继续交谈。

崔战不明所以：“我怎么说话了？”

“每句话都在惹怒别人的路上狂奔。”Guest. 134 说完觉得自己描述得还不够精准，又加重语气强调，“尽情狂奔。”

崔战乐了，坦荡承认：“我这人就这个性格，是有挺多人看不惯，但也有人喜欢啊。”

“你确定？”Guest. 134 严重怀疑对方只是碍于某种情面不得不敷衍。

“定得不能再定了。”崔战一摊手，姿态潇洒，“我怼他，他也怼我，我俩能互相喷一天，越喷越快乐，快乐似神仙。”

Guest. 134：“……”

崔战同情地望着一脸茫然的 Guest. 134：“看来这种深层次的精神交流你不懂。”

Guest. 134：“……”他不懂的不是精神交流，而是下面这家伙整个人！他现在看崔战就像在看一个宇宙之谜，从头到脚每个细胞都写满了“令人迷惑”！

Guest. 134 觉得自己能坚持到现在还不跳下去搞死他，简直是有生以来忍耐力的巅峰。当然，他能忍到现在，也是因为崔战够蠢，这种愚蠢也给了他一些安慰，多少缓和了濒临暴走的情绪。其实只要这家伙稍微动动脑子就会发现问题。为什么追杀忽然停下了？为什么他这个明明占尽优势的追杀者，要在废墟之上听一个满场逃窜的人讲这些毫无意义的废话？都不用分析，答案几乎是摆在台面上的。一个一直想以最快速度弄死你的人突然停手了，而你除了逃窜根本没做过任何足以让他收手的事情，那原因就只剩一个——追杀者自己无法继续了，或者说，继续下去也无法保证绝对胜利了。但下面这位单细胞的闯关者压根儿连疑心都没有，更别说进一步思考，全程被他的节奏牵着走。

崔战看着 Guest. 134 先是皱眉黑脸，浑身低气压，后又陷入沉思，低气压缓和，眉头微展，到最后脸色放晴，甚至眼里还浮起意味不明的讥笑，像是想到了什么愚蠢的人或事，自己在那儿偷偷嘲讽呢。

“喂，”崔战看不下去了，“你现在的对手是我，别在那儿开小差。”

Guest. 134 对这位的迟钝彻底服气了，心思一转，索性放开了玩儿：“我就是在想你呢。”

崔战莫名其妙：“我俩面对面，你还用想？”

Guest. 134 完全松弛下来，觉得先前的小心谨慎真是太没必要了，对付这家伙，就是说胡话都能把他带到自己的节奏里。现在自己要做的，就是彻底放松，尽情休息，大概再拖上个十来分钟，体力就能恢复三分之一，到时候他会孤注一掷，让对方以最惨烈最绝望的方式迎来生命的终结。

“我发现你这人很特别，特别有意思。”Guest. 134 说着自己都不屑一顾的废话。

果然，崔战和他预料的一样，还双手插袋，一脸蠢相地认真回复：“你再赞美我也没用，我都和你说过了，你来晚……”

“砰——”半空中突然弹出的投屏和几乎同时响起的盖章声打断了崔战的话，战斗才开始不到十五分钟，已经有人结束了战斗。

废墟上下的两人一齐抬头，看了半天，才看出来投屏列表第四行“周云徽（对战）Guest. 133”上，Guest. 133 那张全黑逆光的人影照片被盖上了黑色方章。

Guest. 134 怀疑 Guest. 133 是故意提供的这种照片，就为了和认输章颜色接近，这样被盖章的时候就不会显得太屈辱。崔战则压根儿不考虑 Guest. 133，在确认了周云徽的胜利后，万般情绪汇成一句：“这么快？”他以前拿着幸运硬币的时候也没这么灵过啊，还是说护身符送出去就开光了？崔战在心里把跟了自己好几年的硬币一顿抽打，你个见色忘主的家伙！抽打完了，他又捡起来吹吹灰重新擦亮，补一句“干得好”。

Guest.134 看不到崔组长的内心戏，他就知道废墟下面的家伙在一阵自言自语之后抬起头，整个人的气场全变了，先前的疲惫一扫而空，眼神锃亮，像被精心擦拭过的刀锋。

“不能和你瞎聊了，”崔战眼底还盛着笑意，却是前所未有的认真，“我要再不通关，那家伙才不领护身符的情，绝对嘲讽全开。”

先前的十五分钟，Guest.134 只见到了崔战的急躁和愚蠢，此刻他才第一次察觉这家伙的肆意与危险……虽然他还是听不懂这家伙的话。

废墟之下的人突然启动，竟踩着倾塌堆叠的窗框门框断壁碎石上来了，俨然是要对他发动正面攻击。Guest.134 惊讶于崔战的速度竟然和之前没两样，不，甚至更快一点儿，根本看不出几分钟前才狂奔逃蹿了十几条街的气喘吁吁。

是站在这里不动接下闯关者的挑战，近身对决，还是继续拉开距离，释放能力来让平衡崩塌的战场埋葬这家伙？Guest.134 没有时间去细细决断，仓促中凭直觉选了后者。首先，他根本不喜欢近战。其次，以他的身体素质和近战格斗水平，弄死一个普通闯关者绝对没问题，但崔战的文具树方向是速度和灵活闪避，近战纠缠的时候，这两种能力简直就是犯规，Guest.134 现在就能展望满眼都是高速移动者虚影的噩梦战况。

崔战一鼓作气冲上废墟，万万没想到 Guest.134 先一步撤了——Guest.134 跳下废墟，落到了暗巷外的开阔空地。他毫不犹豫也跳下去，继续追。

战局忽然逆转，之前是 Guest.134 追崔战，现在是崔战追 Guest.134。

顾问室的守关人们就是这时候开始围观第五战场的。发现 Guest.134 在被崔战追着跑，他们先是有一秒的诧异，待看清 Guest.134 的逃跑路径后了然。

维达：“这是不想近战，诱敌深入呢。”

5/10：“和这种移动速度快的家伙近战很麻烦。”

7/10：“前面战败的客人，十个里有九个都是因为太自负，Guest.134 算聪明的。”

8/10：“而且闯关者够傻，这么明显的套路都配合，也是没救了。”

顾问室安静下来，因为崔战已经追着 Guest.134 进了一条七扭八拐的小巷，谁都看得出，Guest.134 应该是准备动手了。

果然，崔战刚追至小巷的三分之一，就被一堆凌乱的杂物绊了个趔趄，他虽然稳住了身体，没摔倒，但速度因此有一刻的停滞。就这一刻，整条街的地面和房屋都开始震动、倾斜，两边的房屋集体向中间倾倒，仿佛战场是一张立体地图，正在被人飞速对折。崔战就是移动再快，也不可能在街道被彻底对折之前跑出巷子。何况他现在的速度是零，还得从头加速。

Guest. 134这一次集中释放了全部精神力，为的就是让崔战无处可逃。虽然他也在这条巷子里，甚至都没有成功和崔战拉开安全距离，彼此间只相隔三四米，但平衡的主动权在他，所以当整条窄巷开始失去平衡的那一刻，他以最快速度跳起，扒住身旁倾倒下来的屋檐，直接上了房，与此同时单独减缓了这一栋房屋的倾斜速度。这样一来，就算整条街都成废墟，他也在屋顶之上，哪怕最后这栋房子同样塌了，也一定是最后塌的，那么他仍会立于废墟之上。

一声轰然巨响，前方几栋稳固性不强的房屋先一步垮塌。上了房顶的Guest. 134找了个好落脚的地方站稳，随后转过身来，视线投向下方，在房屋倾倒的阴影中寻找崔战，不想一眼扫过去，竟没瞄到人影。Guest. 134微怔，刚准备仔细搜寻第二轮，脚踝忽然一紧。他猛地一震，低头去看，就见一只房檐底下伸上来的手正紧紧抓着他的脚踝。

Guest. 134刚想抬脚去踹，那手却比他更快地用力往下一扯。Guest. 134猝不及防失去平衡，生生被扯下屋顶，摔回窄巷。拉他的人也没能幸免，因为Guest. 134的重量必然会把他一起带下去，何况那家伙的力道、架势，根本就是冲着“大家一起下地狱吧”去的。

山摇地动般的连串巨响后，房倒屋塌，街道尽毁。投屏前的众守关人眼睁睁看着崔战和Guest. 134一起摔下屋顶，落回巷子里，然后被另一侧倒下来的房屋彻底掩埋——崔战是奔着和客人同归于尽去的，Guest. 134是奔着不给崔战留活路去的，于是谁都再没有逃出生天的机会。

街道崩塌后的战场陷入荒凉的寂静，只有尘土还在飞。

“这是……都死了？”索贝克轻轻出声，有点儿不确定。

卡戎摇头：“战斗结果没出来，那就是都还活着。”

其他守关人没有说话。不是他们悲观，而是都到这种程度了，就算现在没死，等一下也得死。因为不会有人进去救他们，所以被活埋的两个人注定要一起慢慢走向生命的……

“叮！”隐约的声音从废墟之下传出，因为被掩埋，听起来不复平时的清脆，但这并不妨碍7/10一瞬间读取、公布——作为7/10的守关人，和通关情况有关的“小抄纸”，他是有权限进行操作的。

小抄纸：“客人重伤，失去战斗力，对战结束，恭喜7/10通关！”

众守关人：“……”他们忘了一点，闯关者只能用死亡结束战局，客人却不是。Guest. 134都重伤了，崔战能好到哪里去？但这不重要。哪怕是奄奄一息，崔战依然凭着最后一口气等来了通关。

潘恩怀疑地皱眉：“那家伙该不会早就打算好了吧？”

8/10：“你是说他扯Guest. 134下去的时候，就算好了两人一起被埋，然后Guest. 134

重伤，他通关？”

7/10：“你们会不会想太多，他怎么能保证自己不被直接砸死，还能算准留一口气？”

6/10：“他不能保证，也算不准，但我觉得只要有万分之一的机会，他就能坚定不移一通乱干。”

众守关人竟无法反驳。

希芙心情复杂：“他能闯到天空城真是奇迹。”照这个打法，有一百条命都不嫌多。

卡戎：“之前是闯到，现在可是闯过了。”

顾问室再次安静下来，每个人心里都有点儿感慨。因为大家都察觉了，喜欢乱来的不单是这家伙，而是这一帮家伙有一个算一个都不按既定套路走，各种自由发挥，把关卡和客人搅和得乱七八糟。可他们又不得不承认，就是这样的乱来让这帮家伙走到了这里，成了少见的闯关效率和存活率双高的一群人。他们看似任性的乱来里，是蓬勃的生命力。

“叮——”

“叮——”

毫无预警地，第六、第七战场同时传出通关提示音。

众守关人愕然。半小时不到，四人通关，这是忽然按了加速键吗？！

因为太专注讨论崔战，谁都没注意佛纹和礼拜天是怎么通关的。众守关人看来看去，也就从不参与讨论的提尔有可能对那两个战场瞥到几眼，故而探询的目光全集中到了这位同事身上。

提尔还真看到了：“第六战场，”他先点名佛纹那里，“闯关者给 Guest. 135 用了‘禅心’，给自己用了‘战意’。”

一句话提炼战斗主线，简单明了，可架不住同事们都是好奇宝宝。

6/10：“‘禅心’？就是那个消解目标攻击欲的能力？”

维达：“没错，‘战意’是提升斗志的，双管齐下，Guest. 135 输得不冤。”

8/10：“不对啊，如果这家伙上来就用‘禅心’让 Guest. 135 没斗志了，为什么耗到现在才赢？”

提尔：“他怕‘禅心’的文具树等级太低，效果有限，所以第一次用‘禅心’攻击就竭尽全力，效果、范围都是最强化的。”

潘恩：“那不更应该赢得快吗？”

提尔：“太想赢的心让文具树的精准度失去控制，他和 Guest. 135 一起被‘禅心’了，后来两个人在黄昏的草地上晒了二十分钟的太阳，聊了一些涉及个人隐私我不便透露的青春和理想，闯关者才回过神，把自己身上的‘禅心’替换成了‘战意’。”

顾问室众人：“……”这都是什么一言难尽的魔鬼战斗？！

“那这个呢？”8/10赶紧点名礼拜天所在的第七战场，尽量让自己飞速从两个男人在天空下并肩看夕阳的可怕画面中抽离，“这个怎么赢的？”

7/10虽然没看见战斗过程，但对于这个熟面孔再清楚不过了：“他的文具树是‘画皮’。”

扔这么一句，8/10就懂了。这能力放在K星也是超棘手的，尤其觉醒得越高阶，可以复制的东西越多，从外貌到行为举止，从记忆到特殊能力，让人防不胜防。

“他一上来就把自己变成了白路斜。”作为围观者，提尔还是帮着补充了战斗细节。

“白路斜是哪个来着？”潘恩压根儿没记住几个闯关者名字，一时无法对号入座。

希芙：“第二组第四战场，对战Guest. 118，在危险之门里玩得不亦乐乎。”

得摩斯：“最后用‘催眠术’让Guest. 118认输。”

一个被白路斜割了头发，一个窥探恐惧探到一片空白，两位守关人很难不对白路斜留下深刻印象。

经他俩这样一提醒，潘恩总算把人和战斗对上号了，但更大的疑惑随之而来：“既然一开战就变身了，那就直接用‘催眠术’让Guest. 136认输啊，为什么也耗到现在？”

这个问题问得好，几乎是所有人的迷惑。除了围观全程的提尔：“他是用了‘催眠术’，但催眠的内容是让Guest. 136放弃抵抗。三分钟后，‘催眠术’失效，他又变身佛纹，使用‘禅心’让Guest. 136放弃抵抗。再后来，‘禅心’失效，他继续变身关岚，用‘蛋糕有毒’让Guest. 136短时麻痹，无法抵抗。接着……”

“等一下，”潘恩听得头大，已经不想知道那家伙变身几次了，就一个问题，“他每次都成功让Guest. 136放弃了吗？”

提尔点头：“每次。”

潘恩：“那为什么快半小时了才赢？”

提尔：“他一直精准控制着揍Guest. 136的力道，直到最后一次才被鸮系统判定Guest. 136重伤，他通关。”

潘恩：“你的意思是，他故意拖延通关时间？”

提尔：“我更愿意总结为，故意增加殴打客人的时长。”

众守关人：“……”这是过瘾来了啊。

良久，5/10叹口气：“按这个速度下去，估计用不上半小时，其余六个也得通关。”

卡戎抬眼望向剩下的六块投屏，缓缓摇头：“可能性不高。你仔细看看，现在还没通关的，局势可都不太妙。”

何止不妙，而是往客人方向倾斜的胜利天平已经再明显不过了，尤其第八战场，霍栩对战 Guest. 137。潘恩之前没留意这块投屏，因为战场环境实在单调，就一座随波逐流的漂浮岛，面积还十分有限，一眼就能看到尽头，然后两个人也没打出什么花样，海浪声音还盖过了战斗声，从投屏视角看，就像两个人影在一个漂在海上的大圆盘里无声斗殴。可这次他定睛看了几秒，忽然一震，果断将投屏镜头拉近，一直推到恨不能怼在 Guest. 137 脸上："他怎么来了？！"

潘恩一嗓子把所有人的注意力都吸引了过来。众守关人中只有提尔和卡戎早就发现了，没太大反应，其他人都和潘恩一样一脸震惊。

和霍栩打成一团的 Guest. 137 原本穿着条纹帽衫，整张脸藏在兜帽里，还有头发遮着眼睛，基本看不清五官。一开始大家草草扫过各战场时，只当这位客人就喜欢这样的调调，没太在意，反正对于他们来说，客人就是客人，管他英武非凡还是歪瓜裂枣呢。可是现在，他的兜帽在打斗中滑落了。众守关人不知道什么时候落的，也不知道是自然滑落还是被霍栩扯的，只知道没了帽子的遮掩，他们现在可以轻而易举认出这位熟人了——Guest. 137，试炼区工作代号"荷鲁斯"，负责整个试炼区和上面的联络事务。

虽然试炼区的人经常在背地里说他谄上媚下，但大家也都明白，他不是单纯靠溜须拍马坐上那个位子的。他拥有的特殊能力是让很多人忌惮的"消除"：管你什么能力，是攻是防是控制，再厉害再有杀伤，在他面前都是零。无论多难搞的人，经过他的"消除"，上面再出手就可以轻松收拾。没人知道他在暗地里帮上面解决了多少黑名单上的人物，这些都是无法摆到台面上说的。试炼区众人唯一看见的，就是他被上面越来越重用，地位越来越稳固。不过……

潘恩："他进关卡凑什么热闹？"

索贝克："难道是用假身份递的申请？"

得摩斯："又没说试炼区的人不可以申请娱乐，付钱就行了。"

5/10："付钱过来一对一？他是不是忘了自己什么战斗力？"

荷鲁斯的能力的确很让人头疼，但在 K 星这种能力依然被归为辅助方向。因为当对手的特殊能力消除之后，荷鲁斯的特殊能力也就没了意义，于是双方来到了"都没有特殊能力"的同一起跑线，那拼的就是纯粹的身体战斗力了。而荷鲁斯那稍显单薄的身板，在纯粹的身体战里可没有一点儿优势。

"我看是你忘了，"7/10 无语地瞟 5/10 一眼，"他现在对战的又不是我们，是闯关者。"

维达："而且是一个被消除了文具树的闯关者。"

拥有文具树的闯关者尚且九死一生，何况被抹掉文具树变回普通人的。潘恩有点儿同情地看着第八战场："啧，虐杀啊……"

第八战场。

一眼就能望到尽头的圆形岛屿在海浪里颠簸，整个战场的地面已经被水弄得泥泞不堪，但不全是海浪下的手，还有霍栩……

又一波滔天水浪迎头砸来，Guest. 137 敏捷和霍栩分开，向后跳出一大截，却还是被水浪溅了一身一脸。不过他早已浑身湿透，也就无所谓了。

“我以为你主动开战，能有多厉害呢，”抹掉脸上的水珠，Guest. 137 毫不掩饰地嘲讽，“打来打去就只会泼水？”

霍栩没答，只淡淡提醒他：“别再后退了，小心掉海里。”

Guest. 137 一怔，迅速回头，还真是一不留神已经到了孤岛边缘。他收回目光，面上不动声色，但脚下还是微微往前挪了那么一点儿。系统虽然没有明确说此孤岛是封闭战场，可就算不是，这一望无际的海洋，Guest. 137 也不觉得自己掉下去还能生还。

又一波海浪涌起，整个战场都随之剧烈颠簸。刚偷偷挪动完的 Guest. 137 好不容易站稳，立刻又被颠得差点儿踉跄，好半天才重新稳住，再看对面的霍栩，从头到尾连眉毛都没动一下，脚下生了根似的，随着孤岛上下左右起伏，身形却一点儿不晃。

刚刚 Guest. 137 就发现这件事了，虽然他很不想承认：“你的平衡感不错。”

霍栩礼尚往来：“你的防御力可不行。”

Guest. 137 轻蔑嗤笑：“你是不是还想说，你刚才制造的一系列水浪攻击还没尽全力？”

霍栩压根儿没打算隐瞒：“我想逼出你的特殊能力，再尽情地打一场，但你一直磨磨蹭蹭，所以我现在也不能确定，你是就这个奇怪的性格，还是你根本没有特殊能力。”

对面问得太认真，以至于 Guest. 137 不能确定对方是真的疑惑还是在拐着弯骂他。

霍栩甩甩头发上的水珠，不玩儿了：“从现在开始，我会全力以赴，你最好有心理准备。”

Guest. 137 也不想玩儿了。他来这里，就是想体验一对一单挑的胜利快感，而且必须是那种碾压性的胜利。这在 K 星几乎是没办法实现的。面对和自己一样体质的 K 星人，他每次“消除”完就必须马上撤，否则下场很可能是被对方徒手揍飞。一次次沮丧之后，“纯粹的身体对抗”几乎成了 Guest. 137 的心魔和执念。他觉得只有一场酣畅淋漓、绝对压倒性的一对一胜利，甚至是虐杀，才有可能驱散这些积郁在他心底的阴霾，哪怕偷偷降低一点儿难度，比如把对手从 K 星人换成闯关者。

Guest. 137 有这个想法不是一天两天了，但他不是守关人，进关卡名不正言不顺，更别说对闯关者下手。但命运总是眷顾他们这些虔诚执着的人——试炼区转型了！Guest. 137 是整个试炼区最早得到消息的，甚至比试炼区总负责人还先一步知道，简直要乐疯，当天就递交了申请，并且动用了一些关系给自己分到了 7/10 关卡，也是所有关卡中唯一可以保证一对一的。现在，预热了半小时，情绪基本酝酿到位，对闯关者的文具树也已审美疲劳，可以开启欢乐时光了。

轻轻舒口气，Guest. 137 又往前踏了一步。他的动作很自然，就像决战开启前的迎接姿态，但其实他只是想离孤岛边缘再远一点儿，别最后还没尽兴先被战场掀翻，流落深海。大概脱离孤岛边缘的危险区域了，Guest. 137 终于站定，彬彬有礼地朝霍栩颔首，眼底却不自觉流露残忍的兴奋："我做好准备了，让我看看你的全力以赴能掀起多大风浪吧。"

霍栩大方地满足他，凝神静气，精神力高度集中，最大限度唤起身体里……他忽然一怔，神情变得有些疑惑，像是哪里不对，却又找不到原因。

"怎么了？" Guest. 137 明知故问，"不是要全力以赴攻击我吗？"

霍栩召唤不出水浪了——体力、精神力都在，都可以全力凝聚，但就是一滴水没出现。他微微眯了下眼，懂了："你可以抹掉特殊能力。"

Guest. 137 傲慢纠正："我们的才叫能力，天生的。我抹掉的只是你的文具树，后天复制的劣等品，可别混为一谈。"

"说完了？" 霍栩问，冷淡的眼里毫无波澜。

"我倒是想继续，可惜不行，再说多一点儿我就要被请出战场了。" 精准掌握保密规则尺度的 Guest. 137 对此颇为遗憾，如果不是忌惮被强制驱逐出关卡，他真的很乐意帮对方认清，所谓的闯关者在他们这些 K 星人眼里到底是什么货色……

停，不对！ Guest. 137 像是想到什么，迅速收回思绪，重新看向霍栩。果然，对方脸上根本没有一点儿想要追问的样子。这太不合理了，就算自己透露的只是语焉不详的片段信息，但"天生""后天复制"这种关键词，在对 K 星、鸮系统一无所知只能被逼迫着茫然闯关的虫子这里，不应该引起巨大的好奇心和探索欲吗？

不知是不是感受到了 Guest. 137 的期待，霍栩还真开口问了，不过问的是："你还有其他能力吗？"

Guest. 137 被逗笑了："文具树都被消除了，还希望我有其他能力？你是想让自己死得更惨吗？"

霍栩："我是怕你死得太惨。"

声音未落，他人已出动，颠簸的孤岛上却如履平地，速度迅猛地直直冲向 Guest. 137。

Guest. 137 没料到失去了文具树的霍栩竟然敢先动，而且还是正面攻击，仿佛胜券在握。这样的姿态和战斗方式轻而易举勾起了 Guest. 137 内心最深的痛——那些嘲笑过他没了特殊能力就一无是处的家伙在被他"消除"之后，无一例外都会选择这样赤手空拳逼近，就好像他在他们眼里不过是一个毫无基础武力值的废物。如今一个闯关的虫子竟然也敢这样小看他，Guest. 137 绝对不能原谅。

集中意念，他将所有精神力都灌注到身体防御上，他要让对方第一下打过来就明白他们之间不可逾越的体质差距，让这只虫子用自己的拳头击溃自己。

急速而来的霍栩已到面前，Guest. 137 不动如山，轻蔑勾起嘴角。

霍栩带着风的拳头用力挥出，自下而上狠狠打在 Guest. 137 的下巴上。Guest. 137 被揍得猛然仰头，整个人向后飞出……是真的飞出去了。霍栩这一拳带来的爆发力和冲击力远远超过了 Guest. 137 的预期。完全被打蒙的他在低空划出一道毫无美感的弧线，惊险落在孤岛边缘，但凡落点再往后一点儿，就是深海徜徉的命。

霍栩在 Guest. 137 落地的同一时间微微皱眉，眼里终于有了明显情绪，那是一种可以轻易读懂的懊恼——竟然没有直接掉进海里，这一拳，失败。

然而 Guest. 137 已经顾不上解读了，他甚至都顾不上从地上爬起来，就维持着趴在孤岛边缘的狼狈姿势，不可置信地张大眼睛瞪霍栩："你的文具树已经被消除了，你怎么可能还有这种力量？！"刚说完他又猛地摇头，自我否定，"不，你的文具树是水系，就算还在，也不应该是这样……"忽然，他想到了另一种可能，"你在许愿屋做了力量强化！"说是可能，但 Guest. 137 心里其实已经笃定了，不然再找不到第二种解释。

霍栩被他的聒噪吵得厌烦，才懒得废话，眼底微沉，身体前倾，再度全力以赴向 Guest. 137 冲刺，并且速度比上一次更快。这第二次攻击毫无预警，Guest. 137 的呼吸瞬间停滞，上一拳仍残留的疼痛记忆竟然让他对一只虫子生出了条件反射般的恐惧。

不应该是这样的！ Guest. 137 被巨大的屈辱感包围，对霍栩的轻蔑、恐惧，对自己的自信、屈辱，各种同时存在却又截然相反的情绪在他内心疯狂交战。

霍栩瞬间逼近孤岛边缘。Guest. 137 所有情绪一霎空白。先前被揍飞时他再错愕，至少还能思考，能怀疑，可现在只剩震惊——这只虫子强化的不仅是力量，竟然还有速度？！

霍栩的第二拳比第一拳还不留情，挥过来时划破空气，带起凌厉疾风。但上一次 Guest. 137 是故意等着拳头来的，同样的亏他不可能吃第二次。霍栩速度快，他也不慢，就在拳头马上要招呼到身上时，他就地一滚，灵活闪到旁边。"咚"的一声，霍栩的拳头重重砸在地上，地面立刻被打出一个深坑。

霍栩毫不留恋地抽出拳头，继续扑向 Guest. 137。Guest. 137 刚刚起身，本能想继续闪躲，可下个瞬间他又改主意了。他面对的不是 K 星人，就是一个闯关者，再强化也不过是一个闯关者。他就不信了，难道自己全力迎战还对付不了一只虫子吗？！

霍栩的第三拳已经过来了。Guest. 137 浑身蓄力，也向着霍栩挥出拳头，以拳对拳，看谁更硬。两个拳头在半路狠狠相撞，发出一声闷响。Guest. 137 感觉自己整个手的骨头都碎了。他不受控制地倒吸一口冷气，所有感官都麻木迟钝了，大脑里只剩下疼，钻心的、致命的、能把人的意志彻底击溃的疼。

霍栩也应该疼的，就算他骨头再硬，同样的撞击力，不可能一点儿感觉没有。但顾问室的投屏里，众守关人把视角快推成霍栩特写了，也没从他脸上找到任何波动。他仿佛不知道痛，只冷漠地看着 Guest. 137 龇牙咧嘴，冷漠地收回拳头，再冷漠地朝客人肚子补上一脚。这是他第一次飞踹，也是最后一次，出腿凶狠，毫不留情。

Guest. 137 终于飞出孤岛，带着惊愕，带着耻辱，带着被毁灭的自信和一颗破碎的心，坠入深海。

“叮——”

小抄纸：“客人脱离战斗区域，对战结束，恭喜 7/10 通关！”

白色光束投射而来，一道上岛，一道入海，胜利者和失败者同时被传送离开。投屏里只剩随着海浪轻晃的漂浮岛。

顾问室陷入长时间的安静。这场战斗不复杂，重点交锋的就那么几个回合，简单明了，过程清晰。但就是这么直来直去的战斗，莫名延伸出无数迷惑。荷鲁斯估计到落海都没明白自己怎么败的。这位同事在海里挣扎的时候，惊慌中带着愤怒，愤怒中又有一丝茫然，看得他们这些围观者都觉得心酸悲惨。然而他们又何尝不是一头雾水。

潘恩烦躁地抓抓头，刚想提出疑问，就发现卡戎正在调整漂浮岛战场的投屏视角——原本画面是平视着霍栩和荷鲁斯最后激战的孤岛边缘，经过卡戎的各种调整推近，现在对准了地上的一个坑。他一脸莫名其妙地问：“你干吗呢？”

卡戎：“这是霍栩的第二拳，荷鲁斯躲开了，拳头就砸地上了。”

其他人闻言，也跟着看向投屏。被水浸湿过不知多少遍的泥泞地面上，是一个比拳头大不了多少的坑，乍看没什么特别，但仔细往里看，就会发现坑很深，拳头穿透了被水浸湿的表层地面，直抵干燥的深处。这样威力的拳头，很难想象来自一个失去文具树的闯关者。

众守关人在整场战斗中累积的疑惑终于被推到顶峰。

6/10：“他到底在许愿屋里强化了什么？要么力量，要么速度，许愿屋不可能给他两个方向同时强化。”

7/10：“会不会是强化一方面，然后靠一次性文具提升了另一方面？”

卡戎：“不可能，荷鲁斯可以消除一切特殊能力，不管是文具树还是一次性文具。”

7/10：“说不定他这次就失手了呢，让那个绷带小子钻了空子。”

“哎？”8/10 突然想起另外一件事，笑容微妙地看向得摩斯，“听说你守 2/10 的时候曾经被一个缠着绷带的家伙打伤过，是不是就是他？”

得摩斯英俊的脸庞有一瞬的僵硬："我不想聊这个。"他下巴一抬，仰望天花板，拒绝得任性又干脆。

8/10耸耸肩，过了一会儿，忽然又看向提尔。

提尔爱莫能助："当事人不想说，我恐怕不方便代为透露。"

8/10扶额："我不是问你这个，"他得多想不开才会找提尔打探八卦，"我是想问那小子到底什么文具树。打来打去就是水，我记得前面几关也是，从攻击形式上根本看不出区别，他该不会从一级到五级都是同一个文具树吧？"

提尔沉吟片刻，缓缓摇头："不知道。"

8/10愣住，有点儿没明白："不知道……是什么意思？"

提尔这回答太奇怪了，整个顾问室的人都看过来，目光里全是不解。

"我无法查看他的文具树。"提尔平静道，声音仍是淡淡的。

各位同事你看我我看你，没一个能像提尔那样淡定："无法查看？！"

"没权限吗？"得摩斯也是第一次听提尔说这个。

提尔还是摇头："正常情况下，如果是因为权限问题，系统会提醒我权限不够，但选择查看他的时候，系统没有任何反应，既无权限提醒，也不反馈任何信息。"

众守关人面面相觑，这算什么情况？他们在试炼区工作这么长时间，还没遇见过发出的要求系统不给回应的，哪怕是拒绝，也会有明确反馈。

得摩斯就喜欢这种不寻常的事，想象力瞬间开始驰骋："系统出Bug（漏洞）了？他进来的时候没走正规渠道？是上面派下来的卧底？或者干脆就是鸮系统制造出的虚拟测试者？"顿了顿，他直接拍板，"就是虚拟者，他那股不要命的劲儿根本就不属于人类。"

维达随手调出闯关者资料投屏，翻开崔战的照片，提醒道："这个也不要命。"

得摩斯立刻说："他是莽，但受伤也会疼，得意也会乐。而且你见哪个虚拟者打架的时候还聊那些乱七八糟有的没的。"

维达："……"也是，如果这家伙是虚拟者，那构建他的设计者得有多无聊，才会给他输入那么多没用数据——没用也就忍了，数据气质还不正经。

对比崔战，再看霍栩，不怕疼，话还少，从头到尾几乎不会说什么多余的，就像一个没感情的战斗机器，然后身体素质还超乎寻常的强，文具树更是不可被查看……众人越想越觉得像，可又觉得从鸮系统的逻辑上说不通。

所谓虚拟者，即由鸮系统创造并投放在关卡世界里的人、怪物，甚至是关卡环境本身。比如前十三关，整个就是由数据库构成的虚拟空间，无须K星人进入管理，直接由鸮系统自动运行。但对身处其中的闯关者来说，他们是无法察觉这种"虚拟"的，因为当他们被卷入前十三关那一刻，他们的意识就和虚拟空间连通了，关卡内的一切东西在他们的感受里都是真实的。然而后十关和前十三关的模式可完全不一样。后十关连同整个试炼区都建立在这个真实存在的星球上，真实的城市、真实的岛屿、真实的大陆、真实的守关人，甚至连关卡内的各种设置——地下城的地铁、孤岛求生的诡异天气和动植物、沙漏古堡的翻转再翻转等等——也都是真实构建的。

如果非要从后十关里找出一点儿虚拟成分，2/10 水世界“终极恐惧”那条闯关剧情线里的妖魔鬼怪算是有且仅有的。可这也不是鸮系统原本的设计，是后来上面突发奇想，想给各关卡再添些趣味性，结果因为缺乏修改系统的核心权限，刚拿 2/10 练手简单弄了点儿东西，就被系统警告了。上面不信邪，继续让人破解权限，最后搞得整个系统启动保护程序，所有人的权限暂时降级，系统自动关闭三天。

这是很多年前的事了，那之后，上面再不敢乱动系统。

换句话说，后十关在理论上就不存在虚拟者，更别说是霍栩这样一个混在闯关者队伍里的虚拟者。从鸮系统的逻辑去思考，这样的设计不合理，也毫无意义。

“先别管那家伙是什么身份，”希芙打破沉默，转头问提尔，“无法查看文具树的事，你和上面汇报过了吗？”

提尔：“没有。”

“为什么？”希芙奇怪，“他闯 1/10 的时候，你就该发现了吧？”她和维达守关的时候没遇见霍栩，那考核过他的必然是提尔。而 1/10 守关的第一项，就是查看闯关者的文具树，再进行考核。

提尔确实发现了，但是：“我的工作职责是考核闯关者对文具树的应用，文具树本身的疑点不在考核范围。”

众守关人：“……”你的好奇心还能再贫瘠点儿吗？！

3

纯白空间，唐凛、施方泽、大四喜、骷髅新娘四人仍在等待。他们从午夜等到白天，从第一组等到第六组，一次次送走伙伴，一次次等待结果，循环往复。对于他们来说，这是有史以来最漫长的关卡，尽管他们还不曾战斗。

终于，投屏列表上的最后一个战场也分出了胜负。至此，同时进入一对一的五、六两组全部有了结果——霍栩、周云徽、崔战、佛纹、礼拜天、全麦通关，三道杠、许叮咚、清一色、郝斯文死亡。

小猫头鹰跳出来，重复着已经讲了无数遍的套路台词，计算通关人数，计算死亡人数，再拉出新一组对战列表。

唐凛四人早当它是背景音了，在上一组最后一个战场落下帷幕的那一刻就已起身。

四道白光将最后四个伙伴送入战场——

大 四 喜（对战）Guest. 140

唐　　凛（对战）Guest. 141

骷髅新娘（对战）Guest. 142

施 方 泽（对战）Guest. 143

顾问室里打赌输掉的守关人们终于完成惩罚，得以重新落座。这其中的大部分就此安生，认清了“珍爱尊严，远离赌博”的人生哲理，但也有一小撮人执迷不悟。

“我就不信了，”维达不甘心地踹了得摩斯的椅子一脚，问，“敢不敢再赌一次？”

得摩斯欣然响应：“你想赌哪一场？”

维达看向四块投屏，一时陷入选择困难之中。上一次他们五选一，赌的南歌对战 Guest. 129，因为就南歌一个女人，所以她的战场很自然被关注。但这最后一组都是常规的男闯关者，就算五选一减少到四选一，还是很难一眼就找到吸引人的亮点。

“这还有什么可犹豫的，必须第一战场。”

“同意，闯关那家伙连个像样的文具都没有，没攻击，没防御，就一个幸运辅助，零乘以再多的幸运也是零。”

“信我们的，赌他输，你必胜！”

各位同事戒赌了，可没戒看热闹，纷纷不负责任地出谋划策。

维达也知道第一战场那个比较弱，前面几个关卡都是蹭着集体的力量通关，顶多在个别需要抉择的时候贡献一点儿微薄的力量。但就因为这家伙弱得太明显，维达反而不好赌他，赌赢了没什么好得意的，赌输了能被得摩斯嘲讽到明年。

此时，四个闯关者已在各自战场就位，战场的全景画面也在各投屏里慢慢清晰——第一战场，大四喜来到异域风情的小镇；第二战场，唐凛立于午夜幽暗的蜡像馆；第三战场，骷髅新娘落在地带开阔的荒郊野岭；第四战场，施方泽被送入飘浮在云端的拳击擂台。

维达看着四个战场，忽然来了灵光，从容摆出高姿态：“单纯赌胜负难度太低，这一眼扫过去就知道谁的命硬，谁的命脆。”

“所以？”得摩斯等着他的高见。

维达微微侧头，帽子上的羽毛随着他的嘚瑟轻摇：“所以我们不仅要赌谁会输，还要赌谁会第一个输。”

得摩斯还以为他真有什么新鲜的：“别强行增加虚假难度了，绕了一圈，你不还是想赌第一战场？”最弱的自然也是最先输。

“不不不，”维达一连三否，然后狡猾地勾起嘴角，“我赌第四战场最先输。”

得摩斯怔了怔，和看热闹的守关人们一起下意识望向第四战场。

第四战场的施方泽，对于除 7/10 外的顾问室里大部分人来说都是陌生的，陌生到前面几个关卡的守关人甚至记不清自己有没有考核过这样一个家伙。但实力的强弱并不一定非要靠熟悉度来判断，身形、状态，包括眼神和气质，都可以作为依据。相比大四喜，施方泽更加颀长挺拔，身形较于那些矫健有力的闯关者并不逊色，而且眉宇间有一种平和的从容，这是在很多战斗力强的闯关者身上都少见的气质，再和极力隐藏也没藏住眼底慌张的大四喜一比，两个人孰强孰弱再明显不过。

维达赌施方泽第一个输？所有人都和得摩斯一样，直觉这里有阴谋。待他们望向投屏，看清第四战场的云中擂台，终于明白了维达的心思。施方泽固然看起来比大四喜战斗力强，但他的战场太小了，就算和同样是封闭环境的第二战场比，他随机到的擂台也比唐凛随机到的蜡像馆要严苛许多。大四喜打不过Guest. 140可以跑，整个小镇都可以成为他的藏身点，单是耗时间都能把战斗拖上个把小时。而施方泽的拳击擂台从这边到那边也就几步距离，根本没得躲，哪怕他是远程攻击文具树都得不到任何发挥，近战几乎是必然的发展，还要在打斗中注意别一不留神翻出擂台。一个无限战场，一个在有限战场中都算最高难度的云中擂台，施方泽所有高出大四喜的实力都会被战场条件的巨大差距逆转。

“……祝你好运！”戏谑的电子音已经将规则宣布完了，四场战斗一触即发。

维达有点儿着急了，催促得摩斯：“喂，你到底赌不赌？”

得摩斯很不爽，因为加上战场环境后，他也想赌施方泽最先输啊！

“行了，”6/10 看出得摩斯微妙的心情，直接帮他砌了台阶，“这还有什么可赌的，结果明摆着了。”

得摩斯给了这位贴心同事一个“你懂我”的赞许眼神，立刻沿着台阶往下狂奔：“就是，太没挑战性。”

维达没好气地瞥一眼 6/10。6/10 一脸正直无辜。

就在顾问室众人的注意力都集中在得摩斯和维达身上时，第四战场的投屏里忽然传出一句“我认输”。Guest. 143 的声音低沉有力，字字铿锵，不仔细听的话，还以为他在进行战斗前的最后警告。

声音气质和说话内容全然不搭已令人发指，更丧心病狂的是这才开战不到半分钟！半分钟你就认输？还是在云中擂台这样绝对优势的战场？所有守关人的目光唰地集中到了第四块投屏，每一道视线里都是同样的震惊和错愕。

云中擂台上的两个人面对面站着，距离很近，咫尺之间。顾问室的纷扰和混乱根本传递不到那里，他们就像置身于一方空中桃花源，安宁，静谧。在Guest. 143朗声宣布认输之后，施方泽微微上前，在他耳边低声说了几句话。说的是什么，顾问室里的人一无所知，因为他刻意将声音压得极低，而通关的提示音又在这时响起。等到那一声“叮”的清脆尾音散尽，施方泽也已经说完了，带着笑意退开。

众守关人总觉得这家伙是算准了用通关提示音来打掩护的。可能是他太镇定，太有条不紊了，也可能是他从始至终盈在眼里的浅笑。

白光送走了看起来都很满意的两个人，只留下云端空荡荡的擂台和顾问室的一屋子茫然守关人。

“谁能告诉我到底发生了什么？”潘恩的战斗观遭遇了前所未有的冲击，濒临崩塌。

7/10 环顾全屋：“从宣布完规则到 Guest. 143 认输有没有半分钟？有没有？！”

索贝克：“打都没打，为什么就要认输啊？”

卡戎：“除了一见钟情，我找不到第二个理由。”

8/10：“你还能再扯点儿吗？”

6/10：“不，我现在觉得什么理由都能接受。”先有郑落竹生生把人聊没，后有霍栩身体素质逆天，现在又来个让对手二十秒认输的施方泽，在这帮家伙身上还有什么不可能？

“认输之前发生了什么，你看见了吗？”希芙算是相对冷静得快的，稍稍平复心态，就想起来去问提尔，在他们关注得摩斯和维达赌局的时候，提尔可一直望着各战场没分神，“我不相信 Guest. 143 一上来就认输，肯定有什么起因。”

提尔的确看到了：“两次。”

希芙：“什么两次？”

提尔：“那个闯关者和 Guest. 143 交谈了两次，一次是鸮系统宣布规则的时候，一次就是你们看到的 Guest. 143 认输之后。”

“他说了什么？”其他人闻言追问。

提尔摇头：“第一次被宣布规则的声音盖住了，第二次被提示音盖住了。”

顾问室安静下来。再不用怀疑猜测了，施方泽就是故意的。他知道或者说判断战场会被监控，所以刻意挑了可以掩盖声音的时机和 Guest. 143 交谈。

8/10 缓缓眯起眼：“Guest. 143 和他做了某种交易。”

这几乎是可以肯定的了，但潘恩想不明白：“那家伙能提供什么有价值的交换？”值得 Guest. 143 放弃又搭金钱又搭时间才等来的娱乐项目，而且还放弃得那么果断？

匪夷所思的还不止这一点。

索贝克："鸮宣布规则的时间确实可以让他利用交谈，但他又没通关过 7/10，怎么就能确定 Guest. 143 一认输，就一定会有提示音，能让他趁机交谈？"

"他不能确定，所以第一次交谈他只是压低声音，第二次交谈却在压低之后还用了耳语。"提尔说，"就算没有通关提示，我想，监控屏还是捕捉不到他说了什么。"

索贝克艰难咽了一下口水："这心思也太深，算得太周全了……"

提尔笑了一下，抬眼轻瞥得摩斯，难得带了点儿调侃："所以他第一个通关了。"

险些下注去赌施方泽最快输掉的得摩斯："……"

已经下注去赌施方泽第一个阵亡的维达："……"

看热闹不嫌事大的 7/10，两条眉毛向着同事调皮舞蹈："你俩还赌吗？"

得摩斯、维达："滚。"

"叮——"猝不及防的，第二声通关提示音响起。

众守关人彻底疯了："又是谁？！"

曾列在得摩斯、维达赌局名单第一顺位的战场，不知何时，画面已转到小镇之外。镇外没有路，只有一片寸草不生的悬崖。大四喜不可能在这样短的时间内就从镇中逃到镇外，所以他一定用了某种加速逃跑或者直接空间转移的一次性防具。但这都不重要。重要的是此刻的悬崖几乎整个坍塌了，只一角幸存，而大四喜就狼狈地趴在这一角，半个身子已经挂到了悬崖之外。而和他对战的 Guest. 140 看不出狼狈，因为悬崖上根本找不见这位客人的踪影，只剩远处几幢被轰飞了屋顶的房子，无声诉说着客人曾经的朝气勃发、攻击潇洒。

5/10："所以这是想轰掉闯关者，结果搭上了自己？"

8/10："这帮家伙现在以什么匪夷所思的姿势赢，我都不会觉得奇怪了，真的。"

范佩阳通关的时候，他们认可实力决定一切。何律通关的时候，他们觉得真诚也有辅助效果。白路斜通关的时候，他们发现任性出奇迹。关岚通关的时候，他们见识到戏精能无敌。然后，就没有然后了。聊天把人聊没，潜入水里把人狙掉，哭着觉醒一曲悲鸣……当每一个通关角度都堪称清奇的时候，盘点已经失去意义。

另一边，荒郊野岭，天垂地阔，宣读规则的小猫头鹰声音还在旷野的风中回荡，两个身影相隔数米，无声对峙。这是骷髅新娘和 Guest. 142 的战场。战斗才刚刚开始，他们静静望着对方，或打量，或观察，或评估，谁都没有急着贸然先动。

就在这时，一块投屏毫无预警地在战场上方弹出，伴随而来的还有认输盖章的一声"砰"——施方泽对战 Guest. 143，后者认输。

荒野上的两人错愕，距离电子音宣布对战规则才过去了不到半分钟！如果是双方实力悬殊，于是战斗刚开始一方就将另一方秒杀，这还能勉强说得过去，但投屏上的黑色方章清清楚楚盖在Guest.143的照片上，分明就是客人主动认输。

鸮系统才不管接收者的心情，扔完消息就跑。投屏倏地消失，只留下两个对战者呆立在大野地荒凉的冷风中。

又过了几分钟，不，可能连几分钟都没有，投屏再次弹出。不过这回没有认输章了，是“唰唰”两笔划掉了又一张客人的照片——大四喜对战Guest.140，后者败。

投屏再次消失，骷髅新娘和Guest.142望着无尽虚空，彻底陷入了人生的哲思。

同是一对一战斗，他还没开打，两个伙伴都已经胜利了——骷髅新娘扎心地捂住胸口，自己太失败了！

同是一对一战斗，他还没开打，两个客人都已经退场了——Guest.142迷惑地皱起眉头，你俩直接给试炼区捐款好不好，何必多此一举申请来战场走一遭？！

接连两局的获胜消息也被系统送到了唐凛所在的第二战场。饶是冷静如唐凛，也抑制不住内心的惊讶——与大四喜无关，全部的冲击都来自施方泽。因为大四喜的运气，唐凛是丝毫不怀疑的，对于这种归属“玄学”范畴的硬实力，哪怕鸮系统宣读规则的时候大四喜就赢了，唐凛试着想一下，也觉得自己不会太意外。现在的问题是大四喜还真没有那么快就赢，至少是开战了几分钟战局才出了结果。真正秒赢的是施方泽。

唐凛心情复杂地望着投屏上施方泽的照片，一方面替他高兴，任何一个伙伴的通关都是最值得庆祝的事，可另一方面又想起了郑落竹对南歌和他都讲过的童年回忆……

——“拿了零花钱不花，攒着留给我，让我买文具买吃的，我不要他就哭，一把鼻涕一把泪的。”

——“标准的书呆子，只知道学习，谁过来都能捏两下，我一天没看住，他就能让人欺负了，不是上学路上被揍就是放学路上被堵，也不知道他对不良少年们咋那么有吸引力。”

自家傻竹子到底度过了一个怎样虚假的竹马岁月？！

尽管接连弹出的投屏让唐凛短暂分神，但前后两次他都在接收消化信息之后迅速调整，让注意力重回战场。因为从电子音宣布完规则到现在，Guest.141一直没出现。他的战斗尚未开始，也可能随时开始。

这是一座午夜蜡像馆，唐凛身处长长的幽暗走廊，走廊两侧隔一米就摆着一座人形蜡像，仿佛整齐列队的士兵，一直沿着走廊没入前方漆黑的尽头。这些蜡像造型各异，有男有女，有老有少，有魁梧有纤细，有华服有褴褛，神情也不尽相同，有的欢欣愉悦，有的面目狰狞。但栩栩如生是它们的共同点，在狭小天窗投射下的微微月光里，偶尔会让人生出它们在呼吸的错觉。

唐凛已经在这条走廊上缓步前行了几分钟，每一分每一秒都感觉自己在被两旁的蜡像行注目礼。他怀疑 Guest. 141 就藏在这些蜡像之中，怀疑这些蜡像是某种机关，怀疑每前进一步都可能踏入不可知的陷阱……但所有的怀疑都没发生。

他的脚步越来越轻，幽暗的走廊也越来越静。终于，在最后一点月光消失之前，唐凛来到了走廊尽头。这是走廊的尽头，也是蜡像馆大厅的入口，没有门，走廊和大厅直接相连，站在唐凛这里，抬头就能一览整个大厅。开阔的空间摆满了各种蜡像，但这摆放并没有什么规律和顺序，加上这里和走廊一样幽暗，仅能借到落地窗透进来的几许月光，乍看就像一群人在乱糟糟地聚会。

唐凛微微蹙眉，他是真的不太喜欢自己随机到的这个战场。不是人又太像人的东西，一旦看得久了，多多少少都会生出心理不适，他发现自己已经开始避免去看每一个蜡像人的眼睛，而且这种抗拒不是主观上的，而是下意识的。对于一个要在这里开战的人来说，这不是好现象，尤其他还不知道自己的对手此刻正藏在哪个幽暗角落。

忽略心中的不适，唐凛尽量让气息放轻，抬眼直面前方的蜡像，无声踏入大厅。不料就在踏入的那一刻，他忽地感到背后有异，就像有谁站在身后直直盯着他后背一样。唐凛下意识回头，然而后方只是那条幽长走廊和无声伫立两侧的蜡像。

唐凛收回目光，重新把头转回来，猝不及防对上一双近在咫尺的眼。一个男性蜡像人不知何时来到他的身前，距离近到唐凛甚至能感觉出他的……呼吸？

唐凛毛骨悚然，蜡像人却已经上手狠狠掐住了他的脖子。那双手冷得像刚从冰窖里出来，力量却极大，唐凛无法判断他是混在蜡像里的 Guest. 141 本尊，还是被不知躲在哪里的Guest. 141隔空操控的，他只知道当务之急是尽快让自己脱困。所以唐凛没浪费一秒时间，瞬时集中精神力，以最快速度启动“狼影成双”。

“咻——”凌空飞来两道狼影，几乎同时扑上蜡像人，一头狼影咬住了它的咽喉，另一头则咬上了它向唐凛行凶的手臂。蜡像人身形微顿。唐凛清楚感觉到自己脖颈上那双冰凉的手在卸力。两头小狼咻地散成黑雾，但转瞬又凝聚，这次一齐狠狠咬上蜡像人的咽喉。蜡像人浑身猛然一震，眼睛里那一点儿活气迅速退去，身体也重新僵硬，再也不动，又变回了蜡像。唐凛扯掉脖子上的手，后退一步，只见蜡像人仍维持着手臂抬起的姿势，仿佛它最初就是被这样塑造的。

Guest. 141 就在这里！

唐凛暂时还不能断定 Guest. 141 这种可以让蜡像动起来甚至有呼吸的特殊能力究竟是什么，但 Guest. 141 躲在附近看着他这点几乎是肯定的，否则不可能将时机卡得这样准，他一回头看走廊，蜡像人就神不知鬼不觉地逼近。

不过任何事情，都是全部未知的时候最具威慑力。唐凛眼底渐冷，嘴角却轻轻勾起。他不怕 Guest. 141 出手，就怕 Guest. 141 不出手。比如现在，被袭击过的他再看着这些真实中又带着诡异僵硬的蜡像，已经没了不适，只剩审视。

唐凛的视线扫过一个又一个蜡像，飞速和记忆中自己选择的那张客人照片做比对，试着去找可能藏在其中的 Guest. 141。但太暗了，他站在入口，只能看清近处的几个蜡像，往里面全是一团团黑色轮廓，有些被靠外面的蜡像挡着，连轮廓都看不清。

就在唐凛想要再往大厅里面走，离近一些查看时，突然听见了呼吸声，很轻，但在寂静的空气里，再轻也无所遁形。

“呼……呼……”

那些声音来自蜡像大厅的深处，而且越来越多，一个接着一个，此起彼伏，呼吸交错。下一刻，整个大厅的蜡像都开始缓缓转头，速度、方向整齐划一，那一张张僵硬的脸全部望向大厅出入口，望向唐凛。目光交接，所有蜡像眼中都迅速染上诡异的光彩，就像完成了地狱复活的最后一步，紧接着所有蜡像如潮水般向唐凛扑来。

唐凛呼吸一滞，没任何犹豫，先启动“狼影幢幢”。铺天盖地的狼影呼啸而至，刹那间充斥整个大厅，高速流动又无孔不入的狼影将所有人的视线都搅成一片黑麻麻。但唐凛不受干扰。在他的视野里，大厅、蜡像，甚至连幽暗的光线都和之前如出一辙。所以他看见了蜡像大军在重重狼影里横冲直撞，也看见了原本就距离自己不远，这会儿已经随着惯性逼近的几个蜡像人。

唐凛庆幸“狼影幢幢”对它们的干扰有用，但也知道这只能顶一时，他必须尽快脱离危险区域。很自然的，唐凛立刻转身，准备往回跑，因为蜡像大厅再往前就没有路了，如果一头撞进去，等于把自己弄进死胡同。可就在身体转到一半时，他忽然停住。他现在就在大厅的入口，Guest. 141 如果真想用蜡像大军攻击他，为什么不等他再往大厅里走一走？任谁一看他此刻的位置，都知道他可以轻而易举转身就逃。除非……Guest. 141 的目的就是把他逼回走廊，然后让大厅里冲出来的蜡像人和走廊里的蜡像人对他前后夹击！

几个蜡像人已经冲到门口，眼看就要撞上唐凛。唐凛猛地回身，一个弯腰从两个蜡像人之间的空隙擦了过去，就这样反其道而行之，直接冲进了大厅。但他没再莽撞地继续向前，而是以最快速度摸到墙边，一边看着无数蜡像人在重重狼影里混乱碰撞，一边迅速向屋角前进，准备先寻个最远离混乱的角落，再好好找一找那个至今仍藏得深的 Guest. 141。

前方的黑暗中突然伸出一只手，飞快朝唐凛而来。

有人躲在黑暗中等着他送上门！唐凛一瞬清醒，但是正贴着墙壁快速向前移动的身体根本来不及反应，在惯性的作用下直直撞了过去。黑暗中的手一霎扼住了他的脖子，手臂用力一横，将唐凛推到了墙上。先前的蜡像想扼住唐凛需要双手，藏在黑暗中的人却只用单手就完成了同样无法撼动的攻击，那手比蜡像的更大更有力，而且带着人体的热度。

唐凛后背死死抵住墙壁，脖颈剧痛，无法呼吸，也无法说话，唯一还自由的只剩大脑。但从这个角度，他终于看清了自己的对手。那是一个高大魁梧的男人，健硕的身材能装下一个半自己，偾张的肌肉即使在黯淡的月光下仍形状分明。

四目相对，Guest. 141 微微贴近唐凛，带着胡楂的粗犷脸上露出一点儿赞许，虽然更多的还是高高在上的轻蔑："你还算聪明。"他的声音和人一样带着粗粝感，"如果你转身逃回走廊，前后围堵的蜡像会把你撕成碎片，所以进入大厅是相对聪明的选择……"

唐凛发不出声音，脖颈上仍在增加的力道也表示 Guest. 141 根本不需要他发出声音。

"但你现在也知道了，我就等在这里，等做了一个聪明选择的你投怀送抱。"Guest. 141 自顾自道，"所以这场战斗，从一开始你就没有生路……可是我还是要给你奖励，毕竟你选择了让我亲自动手，"他眼底渐沉，一直沉到黑暗深处，"我会让你死得迅速，没那么痛苦。"

扣住唐凛脖颈的手掌骤然发力，他这次不再留任何余地，是那种连石块都能捏碎的力道。可也就在他发力的同一时间，不知从哪里蹿出两个黑影，并排直接扑上他的脸。Guest. 141 根本没看清袭击者是什么玩意儿，等他反应过来应该是之前唐凛用来对付蜡像人的狼影，脸部已经传来剧痛。身体的防御本能先于大脑做出反应，Guest. 141 猛地松开唐凛，双手去抓脸上的狼影。如果这俩畜生咬的是手臂或者肩背，他绝对可以忍，但上来就啃脸，这谁能扛得住！

脖颈上的压迫力骤然消失，唐凛一边大口呼吸，一边用力按住颈侧，迅速和 Guest. 141 拉开距离。"狼影幢幢"早就切断了。一屋子骚动的蜡像人也在 Guest. 141 被狼影扑上的一瞬间，眼中失去光彩，回归蜡像。

狼影在 Guest. 141 的捶打中发出凶狠却也疼痛的嚎叫。可即便如此，它们也没有散成黑雾躲避，因为一旦不再是实体，就无法对 Guest. 141 造成真正的阻碍。唐凛高度集中精神，竭尽全力才将不愿放弃的小狼们召回。

午夜的蜡像馆，静谧再度降临。

Guest. 141 缓缓转过身来，带着一脸血，怒不可遏。

仍用力按着自己的脖侧的唐凛给了客人一个安抚的笑，声音温柔："放心，它们只咬没扯，顶多在你脸上留几个洞。"

Guest. 141 眼中熊熊的怒火在看见唐凛按压颈侧的动作之后迅速熄灭，甚至还泛起一丝怜悯："我就是被咬得全身都是洞，回去也可以治愈，但你脖子上的伤，恐怕我从现在开始什么都不做，你也没法活着走出这个战场了。"

那被唐凛极力按压的颈侧，血已经从指缝渗出，染红了他的手背。狼影虽然逼得 Guest. 141 不得不放弃，可来得还是晚了那么一点点。Guest. 141 松开手时，他的两根手指已经穿透了唐凛的脖颈，伤口有点儿像被吸血鬼咬了两个牙印，可是创面更大，伤口更深。

Guest. 141 抹了一把脸上的血，不小心碰到伤口，疼得龇牙咧嘴，动作却仍是大咧咧。抹完在视觉上也没有太显著的效果，顶多是让血色均匀点儿，但在感觉上没那么潮湿了，Guest. 141 不喜欢黏腻腻的。

草草处理完自己，他才朝唐凛扬了扬下巴，自认大度地问："反正你死定了，要不要我给你个痛快？总比现在这样慢慢等死舒坦。"他脸上被狼牙啃的几个小洞，血已经凝住了。但他知道自己下手的力道和杀伤，唐凛脖子上的伤，别说按压，就算包扎也止不住血，迟早会因为失血过多……嗯？ Guest. 141 浓眉皱起，在幽暗夜色里死死盯住唐凛的脖子。

唐凛不忍心看他这么辛苦，索性把按压颈侧的手放下，脖颈那里的血也凝住了。

"怎么可能？" Guest. 141 脱口而出。

"你是说不可能止血，还是不可能愈合？" 唐凛问得特别无辜。

Guest. 141 更傻了："愈合？"

唐凛再次抬手摸上颈侧，一点点剥落因凝结而覆盖住伤口的血痂。

虽然这个动作不能将脖颈上的血全清理干净，但 Guest. 141 还是看清了，血痂下本来应该有的伤口不见了，一切平复如初，就像进行了特殊能力的治疗。

这帮闯关者是不可能有特殊能力的，顶多是文具树。但眼前这家伙的文具树不是"狼影"吗？那些看起来阵仗挺大其实没屁用的干扰性狼影，还有那两只很烦的战斗性狼影，不就是"狼影"系文具树的不同等级吗？既然这些都说得通，合得上，那在"狼影"之外，对方怎么可能再拥有治愈系文具树？ Guest. 141 差一点儿就要把自己搞乱了，直到最后关头才想起来："对，你们还有一次性文具。"

唐凛仍安静着，不承认也不否认。

Guest. 141 无所谓："不想回答就不答，我倒要看看你能有多少治愈文具。"

声音落下，他一个箭步上前，欺身逼近唐凛。满大厅的蜡像一个都没动。这次，他要亲手把这家伙的希望一个个打碎，他要让这家伙明白，在绝对的战力差距面前，小聪明、小把戏永远都只是上不了台面的东西。

面对逼近的 Guest. 141，唐凛根本没有和对方那孔武有力的身板较劲的意思，果断向后撤了一大截。

唐凛的退缩，Guest. 141 是猜到了的，但他没猜到另外一点："怎么不用那个花里胡哨的狼影迷阵了？"

“‘狼影幢幢’对你没用。”唐凛戳破他的明知故问，“如果有用，刚才你不可能那样准确地袭击到我。”躲在黑暗中的男人守株待兔，一击便扼住了他的咽喉，愈合的脖子现在还隐隐作痛，唐凛已经为自己的盲目自信付出了代价。

“好吧，”一看唐凛不上钩，Guest. 141 索性承认，“我不知道你那个文具树是几级，但肯定不高，对于这种低等的幻觉干扰，我基本可以全防御。”

顾问室里一直围观的众守关人对此并不意外。Guest. 141 这身材一看就是那种平日严格自我训练的战斗热爱者，这里的训练不单是特殊能力，还包括对特殊能力的防御。“狼影幢幢”是一级文具树，虽然他们不认为 Guest. 141 真像他自己说的那样可以“全防御”，但抵抗掉大半干扰从而准确捕捉到唐凛的位置应该是做得到的。

“我觉得唐凛有点儿奇怪，”维达突然出声，自己都没意识到对这位闯关者已经印象深刻到一张嘴就是完整名字，“他为什么不告诉 Guest. 141，他的伤口治愈是第二棵文具树？这不比一次性文具更能打击对手吗？”

得摩斯：“怕泄露实力？”

希芙：“总要藏一张底牌。”

“有点儿难吧，”维达不认为藏得住，“他再受伤愈合几次，Guest. 141 肯定看明白了。”

卡戎若有所思地望着投屏上的唐凛：“我不知道他为什么不讲，但我觉得他应该已经找到自己的战斗节奏了。”

众守关人的视线重新凝聚到第二战场，午夜蜡像馆里，唐凛正拼命和 Guest. 141 周旋。

Guest. 141 就是奔着杀人去的，每一下都毫不留情，切实践行了自己说过的“倒要看看你能有多少治愈文具”。唐凛的头脑看起来也很清醒，没有硬碰硬，对方进，他就退，对方打，他就躲，借着大厅里的各种蜡像和 Guest. 141 玩游击战。但从身体素质来说，Guest. 141 的力量比他大，速度比他快，纵然唐凛再灵活，也难免频繁受伤。这种一面倒的形势，怎么看战斗节奏都牢牢掌握在 Guest. 141 手里，众守关人怀疑卡戎口误，说反了。

可是又观望了一会儿，他们渐渐品出了微妙的节奏风向。唐凛看似趋于下风，频繁受伤，但他只要伤了，就立刻治愈，伤一次，治一次，不管伤得严重不严重，哪怕只是一道小口，也绝不会累积到下次一起治。而 Guest. 141 的心态从他的动作就看得出来，每看见唐凛伤口愈合一次就急躁一分，现在已经有点儿要抓狂的架势了。

终于，又一次见证“伤口愈合”之后，Guest. 141 不干了：“你到底有多少一次性文具？！”喘着粗气的咆哮声响彻蜡像馆大厅。

唐凛撩开额头上被汗水沾湿的头发，气息也是急促的，可眼里一片冷然清澈：“要多少有多少，一直到……”他顽皮地拖了下尾音，“体力不支？”

Guest. 141愣了愣，他不是傻子，联系唐凛刚才的治疗频率，再琢磨一下“体力不支”四个字，所有的感觉都指向一个答案：“这是你的文具树？治愈？”

唐凛欣慰地舒口气：“你总算开窍了。”

“不对，”Guest. 141蒙了，“如果‘治愈’是你的文具树，那‘狼影’是什么？”

唐凛慢条斯理：“也是文具树，我有两棵文具树。”

“不可能，”Guest. 141斩钉截铁，“你们的文具树都是根据鸮系统设定来的，你以为你是谁，能跳脱关卡规则之……”

“唰”，一块投屏在Guest. 141面前弹出，打断了他的高谈阔论。那是唐凛的文具树界面投屏，被拥有者开放共享查看，只见两棵文具树枝繁叶茂，从下往上挂满觉醒的果实——

文具树1：

一级：镇痛止疼

二级：治标不治本

三级：快速愈合

四级：大病初愈

文具树2：

一级：狼影幢幢

二级：狼影独行

三级：狼影追踪

四级：狼影追踪II

五级：狼影成双

Guest. 141看看投屏，看看唐凛，再看看投屏，再看看唐凛，眼底的恼羞成怒以肉眼可见的速度焚成一片烈焰，但因为已经被狠狠打了脸，再气急败坏那真是一点儿姿态都没了，所以他只能极力忍耐着，从牙缝里往外蹦字：“为什么刚才我猜一次性文具的时候你不说？”

唐凛微笑，亲切得像给同桌讲题的学霸：“我觉得这样你印象比较深刻。”

顾问室里，众守关人和Guest. 141一样，终于知道为什么了。但他们很平静，目光舒缓地凝望投屏，心如止水。

5/10：“对于这种客人被打脸的结果我真是一点儿不意外。”

6/10：“看过太多了，习惯使人麻木。”

7/10：“我现在内心毫无波动。”

8/10：“甚至有一种‘果然如此’的踏实。”

“第一回合结束，”投屏里传来唐凛的声音，带一点儿微凉的笑意，“现在该我了。”

一次性文具的微光没有任何预兆，踏着唐凛的尾音，在幽暗大厅里绽放。刹那间狂风大起，黄沙漫天，突如其来的沙尘暴将整个大厅顷刻吞没。Guest. 141 猝不及防，也被困在这飞沙走石里，触目所及只剩一片茫茫。他想集中精神力再像抵御“狼影幢幢”那样突破沙尘暴的干扰，可是无果，反而被沙子迷了眼，又疼又难受。

投屏前的守关人一瞬了然——唐凛用了干扰的一次性防具。

同样是干扰视野，“狼影幢幢”只能影响视觉，没有实体，飞沙却不一样，它除了用流动性干扰，还可以用沙子本身的物理性干扰，此刻在飞沙走石里暴躁揉眼的 Guest. 141 就是证明。

然而唐凛可不会等他处理完眼中的沙。三团混在风沙里的黑雾流动到 Guest. 141 周遭，倏然聚成三道狼影，利剑般扑向魁梧健硕的男人。Guest. 141 敏锐察觉到了危险，不再和眼睛里的沙子较劲，本能后退，移动极快。可狼影更快。“狼影独行 + 狼影成双”，两头咬上 Guest. 141 的腿，一头咬住了他的脖子，敏捷，凶狠，咬住就不会再松口。

顾问室里一片焦灼，因为他们看不见战场内的任何情况——整个蜡像馆大厅已被沙尘暴席卷，再辅以午夜的幽暗加持，无论他们如何调整视角，投屏里都只有一片茫茫，连对战的响动都被风声掩盖。可他们又很清楚，唐凛不是那种脑袋一热就随意使用文具的人，他肯用，就一定想好了后手。所以沙尘暴中心到底发生了什么？！

众守关人快坐不住了，根本没意识到他们正在为一场同自己完全无关的战斗心急火燎。

终于，沙尘暴结束。

在守关人感受中无比漫长的一次性文具其实只持续了不到三十秒。这也是关卡越往后，一次性文具越不受闯关者青睐的原因——价格太贵，时效太短。可是唐凛显然将文具的作用发挥到了极限。

蜡像馆的大厅一角，Guest. 141 的眼睛因愤怒而猩红，胸膛剧烈起伏，疲惫地喘着粗气。他身上好几处撕咬伤，尤其腿上最严重，鲜血直流。但这些都还不是致命的。他的致命伤在脖颈。虽然他拼命用手捂着脖子，像之前同样脖颈受伤的唐凛一样，想以手掌的压力阻止失血，但大量的鲜血还是汩汩而出，根本压不住。

唐凛站在离对方几米远的地方，淡淡看着，冷清的眼眉被月光笼上一层霜。他脖子上的伤口已经愈合，但血迹还在。

8/10 望着闯关者白皙脖子上刺眼的红，再看看现在的 Guest. 141，心情复杂：“还真是以牙还牙，一点儿亏不吃啊。”

“何止不吃亏，还额外收了罚金。”6/10 有点儿同情 Guest. 141 了。

虽然这位客人用手捂住了伤口，但整个顾问室的人都看得出来，他的伤势绝对比先前的唐凛严重——都是脖颈一侧受伤，都是用手按住仍血流不止，但唐凛的血是从指间往外渗的，Guest. 141 的血却有明显的喷射迹象，尽管他已经按压住了绝大部分，这意味着他已经被伤到了主动脉。如此严重的伤势，K 星人仅有的那点儿自愈能力根本没用，眼下的 Guest. 141 别说继续战斗，能不能活下来都要看治疗是否及时。

“胜负已分，”潘恩很不情愿地耸耸肩，“又通关一个。”

7/10：“这最后一组不会四个全通关吧？”

5/10 看向骷髅新娘正在战斗的画面，原本的荒郊野岭已经变成大型见鬼现场：“其实我本来不太看好这家伙，但现在我对他很有信心。”

眼看同事们有把注意力转向第三战场的趋势，仍盯着蜡像馆的卡戎缓缓摇头，沉稳出声：“现在说唐凛赢，恐怕还太早。”

得摩斯挑眉：“Guest. 141 都伤成这样了，还能翻盘？”

给他解惑的是同样还在关注第二战场的提尔：“如果 Guest. 141 的伤真的严重到无法继续战斗，鸮系统早把他送出去了。”

得摩斯微怔，是这个道理没错，但……他重新看向第二战场，不看其他，就看 Guest. 141 的脖子，血根本止不住，半个肩膀都已经被染红了：“这绝对伤到主动脉了，你和我说他还能继续战斗？现在他只要敢松开一点儿手，不用唐凛，他自己就能把自己的血流干。”

像能听见这边的声音似的，得摩斯刚说完，那边的 Guest. 141 竟然真的把手松开了。

整个顾问室一瞬安静。

众守关人第一次看见了 Guest. 141 脖颈的惨烈，但也同样看见了那狰狞伤口正以肉眼可见的速度飞快愈合——唐凛被伤了脖子，所以也操控狼影咬了 Guest. 141 的脖子；Guest. 141 被唐凛的治愈系文具树打了脸，所以轮到自己，也开启了自愈模式。两个人你来我往，在“以牙还牙”上打了个绝对的平手。

然而顾问室的人是蒙的。唐凛有治愈系文具树，自己给自己治疗没毛病，可 Guest. 141 靠什么治疗？K 星人那点儿自愈能力面对危急性命的重伤时，根本不可能有这种效果！

蜡像馆大厅里的唐凛，眼中也是一片愕然。

Guest. 141 脖颈上的最后一点儿撕裂也完美愈合，他左右摆头活动一下颈椎，然后才缓缓抬眼，对上唐凛的视线。男人的愤怒早没了影，眼底的猩红也被傲慢的得意取代，就像先前所有的狼狈只是耍弄对手的一出戏：“我好像还没正式介绍过自己的能力。”

继脖颈之后，他身上、腿上的伤也开始愈合。

唐凛微微蹙眉，眼底的光辨不出情绪。

Guest. 141 的笑意扩大：“我以为你被蜡像攻击了那么久，就算我不说，你也该动动脑子的，看来我高估你了……我的能力是‘生命’。”男人一字一句，生怕唐凛听不清楚，“我可以给世间万物赋予生命，我能让蜡像复活，也能让自己重生。”

唐凛：“你是想告诉我，你永远不会死？”

“那倒不是，”Guest. 141 越发优哉，“我也会衰老，我的能力也会随着衰老而弱化，总有一天我将再也无法给自己注入生命力。不过，”他嗤笑一声，“在这个战场上，我对于你来说，确实是永生的。”

投屏前的 7/10 实在忍不了了：“听他吹！还世间万物赋予生命，真当自己是神了？”

索贝克几乎就要信了，听见 7/10 的话又开始动摇：“可他确实让蜡像复活了……”

“你见得太少，”维达给这位常年在后勤餐饮部门工作的同事科普，“他这种能力只对非生命体有用，比如蜡像、雕塑、娃娃，他可以让其短暂复活，记住，还是短暂的，时间一到，全都得回归原样。”

希芙：“他要真能让生命体复活，早被上面重点保护起来了，能让他这么随便出来晃？”

索贝克还是有点儿犹豫：“如果他只能复活非生命体，那他的伤口是怎么回事？”

“算是这种特殊能力给拥有者自身带来的一点儿能量延续。”顾问室最年长、阅历也最丰富的卡戎解释道，“他给非生命体注入生命力的时候，自己的体内也会产生一定的生命能量，这些能量无法外放，却会极大提高他本身的自愈能力。”

维达：“也就是说，他其实和唐凛一样，也有隐藏的治疗能力，只不过他的治疗对象仅限于自己？”

卡戎：“可以这么理解。”

索贝克：“那他为什么要骗唐凛说能给世间万物赋予生命？”

5/10：“欺负闯关者信息不对称呗，随便吹嘘自己，爽翻了还不花钱。”

索贝克蓦地有点儿担心：“唐凛能听出来他在说谎吗？”

“这不重要，”维达抬头看向战场，“他的能力对于唐凛来说就是无敌，说谎没说谎都改变不了这一结果。”

“都有治疗，打到最后拼的就是体力，谁先耗尽谁死。”6/10 说，“身体基础差距摆在那儿，唐凛没可能赢。”

不知道为什么，8/10 对于唐凛竟然有些惋惜：“如果他没遇上 Guest. 141……”

算了，8/10 止住话头。这种时候说“如果”没任何意义，从唐凛在一众照片里选择了

Guest. 141，他的结局就已经注定了。

蜡像馆大厅里，夜色突然晴朗了，仿佛遮着月亮的云雾散去，皎洁的光洒向战场的每一个角落，静谧柔和。

“怎么样？”Guest. 141 见唐凛还在沉默，目光越发怜悯，就像在看蝼蚁，“是不是忽然特别绝望？”

唐凛终于开口，声音还算平静：“也就是说，除非我能一击致命，否则永远都别想真正伤到你，更不可能战胜。”

Guest. 141 点头：“很高兴你认清了现实。”说完，他又想到什么似的，叹息一声，“其实我可以早点儿告诉你，也省得你徒劳攻击，还白高兴一场。可你那么费心让我对你的治愈文具树印象深刻，我也不好草草了事，总得礼尚往来。”

唐凛笑一下：“应该的。托你的福，我现在对你的‘治愈’也印象深刻。”

“既然我们都认清对方了，”Guest. 141 收敛笑意，声音沉下来，粗犷的脸上是毫不掩饰的杀意，“那么，中场休息时间结束……”

“再等一下。”唐凛忽然出声，神情甚至有些紧张和匆忙。

Guest. 141 看得有趣：“怎么，终于知道害怕了？”

唐凛没答，而是一脸认真地问：“能让我通关的情况，除了你死亡和你重伤之外，还有什么来着？”

“就三个条件你脑子还记不住？”Guest. 141 嫌弃得简直想翻白眼，不假思索地回答，“我……”刚吐出一个字，Guest. 141 忽然闭嘴。下一秒，他猛地扬起下巴，拿鼻孔对唐凛，一百个不屑，“想骗我说出那三个字直接通关？你这把戏也太幼稚可笑了吧！”

众守关人：“……”你明明差一点儿就上当了好吗？！

“能让我通关的情况……”战场上再度响起唐凛的声音，还是那个老问题，连一个字、一个语气都没变，“除了你死亡和你重伤之外，还有什么来着？”

众守关人听得迷惑，不懂已经被识破的圈套再来一次还有什么意义。

Guest. 141 显然也是这样的心情，粗犷的脸上全是莫名其妙。可是下一秒，那莫名其妙里就多出了无数复杂情绪，震动、惊愕、抗争，以及抗争失败的愤怒和不可置信。

“我——认——输——”三个字几乎是 Guest. 141 在咬牙切齿中撕扯出来的，每一个字被极度的不甘拖得长长的，声声悲愤，字字泣血。

这是他对唐凛提问的回答。可众守关人们完全搞不懂，已经看见是大坑了，甚至都躲过一次了，第二次为什么还要往里跳啊？！

7/10 的对战规则里，关于客人重伤的界定是弹性的，比如 Guest. 141 脖子受伤时，系统评估 Guest. 141 有自愈能力，就不会轻易判断唐凛获胜，但关于客人认输就没那么复杂了，很直接的关键字触发。所以 Guest. 141 本意是不是真的认输无所谓，只要闯关者有办法让客人喊出“认输”，那就是闯关者的能力。

战场里，终于听见想听的答案，唐凛轻轻舒口气，给了 Guest. 141 一个奖励的笑：“乖。”

“叮——”

小抄纸：“客人认输，对战结束，恭喜 7/10 通关！”

两道白光投下，Guest. 141 却视若无睹，哪怕是传送光芒都阻不断他对闯关者的怒视和咆哮：“你到底对我做了什么？”

“‹幻›Don't lie to me。”

不让任何一个对手带着遗憾走，是唐凛能给予的最大温柔。

‹幻›Don't lie to me：一种神秘的不可抗力，使目标在短时间内处于有问必答、答必诚实的美好人性光环中。

顾问室。

唐凛才刚刚被白光送出战场，另一块投屏里便传出清亮的提示音，骷髅新娘也通关了。

这是最后一组的最后一个战场，至此，7/10 关卡内的战斗全部结束。

“闯关 34 个，通关 22 个，天空城近期最高的通关率了。”卡戎长长舒口气，用意念关闭仅剩的两个战场投屏。

“不用近期，64.7% 的胜率，放在以前也是能打的。”最了解自己关卡情况的 7/10 说了句公道话。

以前闯关口开启不频繁的时候，闯关者有更长的时间准备，能达到 60% 以上胜率的队伍也是寥寥无几。而且那时候被指派过来试炼的士兵因为清楚这里已经是个基本被军方淘汰的试炼区了，大多抱着敷衍态度，战斗起来还真不见得有现在这些自己付费过来娱乐的客人认真。

“这帮家伙再闯 8/10 得三天后了吧？”潘恩困倦地打了个哈欠。

“对，”8/10 说，“在通关集结区休息三天。”

“那行，我也睡三天。”潘恩说着起身，已经控制不住哈欠连天了，“其他关卡爱闯不闯，反正我不看了，等他们闯关再来叫我啊。”

5/10 调侃他：“潘恩，你现在这状态走出去，外面还以为我们又开始亲自守关了。”

“我觉得和守关也没差了。”7/10 被潘恩传染，眼皮也开始灌铅，甩甩头才勉强打起精神，“他们在关卡里闯，我们围观投屏跟着进度，他们一个人才闯一场，平均下来还不够一小时，我们可是足足围观了二十个小时，这强度谁撑得住。”

5/10想了半天，实在无法反驳。他们的工作说起来只是“围观”，甚至按照现在试炼区根本懒得理会他们的状态，就算他们不来这里监控，躲在休息区旷工都可以，可他们不仅全程围观了，还相当认真专注，心绪跟着战场的风云变幻起起伏伏，完全不似往日轻松。别看他调侃潘恩，其实他自己也一样累得想赶紧回去蒙头大睡。

“呃，我有一个问题，但我不知道应不应该说……”索贝克弱弱插话，十分犹豫。

拿人手短，吃人嘴软，指着索贝克的烘焙技能在工作时间续命的同事们纷纷向他投以友善目光：“怎么了？”

索贝克困惑道：“我是守关人，按理说应该和客人同一视角，可我围观的时候一直在想，如果我是那帮家伙，我该怎么赢，然后看见那帮家伙在战斗中有出色表现，我还有点儿替他们开心……”他越说底气越不足，“我这个立场是不是不太对？”

整个顾问室的人都被问住了。没人回答索贝克，因为他的诚实让所有人都意识到，自己的立场也不是那么稳当。至少看到客人被修理，他们是暗爽的。

“哪儿有那么多为什么，”6/10皱眉，打破微妙的安静，“试炼区改了，新团队来了，我们被架空了，看这帮客人碍眼，当然就看那帮家伙顺眼，一顺眼就容易移情，一移情立场就容易偏，但这都是暂时的……”

8/10听得五官都快皱一起了，解释一两句还好，解释没完就显得很心虚啊，于是赶紧打断他：“行了行了，”说着起身，“那帮家伙都到集结区了，咱们还在这儿分析这些有的没的干吗。”

眼看潘恩、8/10都往外走，其他人也陆续站起，准备下班。不过每个人心里都清楚，他们或多或少已经在意上那帮家伙了，很难真的抛到脑后。比如现在，7/10关卡刚结束，他们已经开始想这帮家伙的结局。

是的，结局。8/10和9/10是连续的，一旦三天之后闯关口开启，这帮家伙将再没有喘息机会，只能一口气冲到终点。

BENG DAI XIA DE MI MI

第四章

绷带下的秘密

1

7/10 通关集结区。

这是一个全透明的大空间，或者说是超大豪华版的阳光房，到处都是绿意盎然的植物，只可惜这会儿外面没有阳光。

按时间算，他们午夜零点开始闯关，到现在为止过去近二十小时，所以这会儿应该是晚上八点左右。透明天花板外的晴朗星空也是这一时间的佐证。

生机勃勃的植物用自己疏密不同的分布，将集结区分隔出三个区域：靠左侧是一个个独立的小房间，也是这里唯一不透明的区域，供通关者休息；中部是最开阔的公共地带；靠右侧是治疗区和就餐区。

通关的众人基本都聚在中央开阔地，因为在这里可以第一时间看到白光——一道白光，就意味着又一个伙伴抵达。

现在，最后一组只剩唐凛和骷髅新娘了。

在集结区里，不仅看不见关卡内的战况，连通报结果的投屏都消失了，大家甚至都不能确定，关卡里到底还有没有人可以等。但这样丧气的话，没人会开口说。一是他们相信唐凛和骷髅新娘，或者说，他们必须去相信自己的伙伴，因为这样的相信也会带给对方力量。二是……

众伙伴自觉或不自觉地，都在用余光偷看范佩阳。自施方泽和大四喜通关后，时间每多流逝一秒，这人的眼底就沉一分。其实除此之外，范佩阳也没有更多的情绪表露，可大家就是能感觉到他周身的气压已经低到可怕。

“咻——”白光划过集结区。

众人一愣，连忙抬头。

白光散去，那稳稳落定的修长身影不是唐凛还能是谁。

众伙伴这边才把人看清，范佩阳那边早大步流星上前迎过去了。

其实在场的每一个人都高兴，都想替唐凛庆祝，VIP 伙伴们更甚，丛越都想冲过去抱着自家组长转圈圈。但求生欲阻止了所有人的脚步，无论内心的喜悦再怎么翻腾，生存都是第一位的——这时候抢范总 C 位会被捶飞的。

唐凛视野清晰后的第一眼，看见的就是范佩阳正向自己走来。他们分开了多久？十五个小时？二十个小时？唐凛没去计算准确时间，只知道一定不超过二十四小时，可感觉上却像已经过了很久，久到这会儿面对面了他才发现，心里竟然已经有了想念。

——“我在关卡终点等你。”

这是范佩阳进闯关口之前和他说的话。

唐凛望向越来越近的范佩阳，眼眉染上清浅笑意：“我来了。”

这谁顶得住啊……围观众伙伴简直想捂心口，不单是他们受不了这温柔暴击，恐怕连范总自己都受不了吧？唐队你是真不怕他一个冲动当庭飙车？！

范佩阳已经来到唐凛面前，脚下刚停，手就伸过去了。

众伙伴精神一振，本来困的这会儿也不困了，全都眼睛瞪得溜圆等下文。拥抱？转圈？热泪盈眶？

范总没让大家失望，伸手就把唐凛揽过来了，然后……检查：先看染血迹最多的脖颈，再看脸，看头，看身上，看腿，从上到下，从前到后，仔仔细细都查看完了，还不放心，下一步俨然想搜身，以防有潜在伤势被衣服遮挡。

众伙伴：“……”你就不能先来点儿浪漫的吗？！

唐凛配合了前半场，在范佩阳即将得寸进尺前实在忍不住了，哭笑不得道：“我没受伤。”

范佩阳眯起眼，不说话，就盯他仍血迹斑斑的脖子。

唐凛只好严谨地更正：“就算有也治好了，你忘了我是什么文具树？”

不是忘了，是关心则乱。

围观伙伴正感慨，忽然看见第二道白光。“咻——”又有人通关了。

最后一组，全员通关！

佛纹和江户川瞬间激动，不等白光消散，就激动得立刻冲了过去：“骷髅——”

最后两个伙伴接连通关，大家一下子兴奋起来。有伙伴通关失败的时候，他们多难过多痛苦，有伙伴通关的时候，他们就加倍的高兴和珍惜。

集结区热闹起来，VIP 们也终于能围上自家组长。

“崔战和周云徽呢？”唐凛在一片嘈杂中环顾，发现好像少了两个通关伙伴。

“他俩受伤了，”郑落竹说，“在治疗室呢。”

治疗室。

崔战在淡淡的花香中苏醒，发现自己躺在柔软的床上，仰面朝天，上方透明的屋顶外是幽蓝色的夜空，浩渺深邃，繁星点点。

“醒了？”旁边传来熟悉的声音，音质熟悉，不客气的语调更熟悉。

崔战艰难转头，隔壁“床”上，周云徽同样仰躺着，眺望星河。他身下的“床”其实不太像床，更准确地说，是一块白色的悬浮板，一人大小的椭圆形，笼着淡淡一层紫光，没有任何支撑，就那样凭空悬浮在地面上方半米处。崔战伸手摸了摸自己身下，应该是一样的板子，奇怪的是摸着硬，躺着却和床一样舒服。

不过他要转头才看得见周云徽，周云徽仰望星空，却看见他醒了？

“你怎么知道我醒了？”崔战的声音微妙上调，“偷偷看我了？”

“你能不能在自作多情之前好好看看天花板？”周云徽一动不动，继续数星星。

崔战把视线从隔壁的侧脸上重新挪到上方，定睛看了半天，才发现在透明的天花板上隐约有一列数字——

治疗位：1

康复进度：完成 100%

治疗位：2

康复进度：完成 72%

治疗位：3

康复进度：无目标

……

只有 1 号和 2 号治疗位有数据，后面都是“无目标”，而两者之中，只有 2 号治疗位的康复进度百分比数据还在继续变化，刚才是 72%，现在已经 73% 了。

崔战试着动了动身体，不疼不痒，就像完全没受伤过，连刚苏醒时的轻微僵硬都不见了。他索性直接坐起来，发现身下的白色托板并没有和周云徽那儿一样的紫光。

“我是 1 号？”崔战转头问周云徽。

周云徽显然不太想答，好半天才不情愿地“嗯”一声。

这就说得通了。崔战点点头，周云徽看见自己康复进度100%，自然就知道自己应该醒……咦？不对。

崔战："我100%才醒，你怎么72%就醒了？"

周云徽咬牙："因为有人在我旁边一直哼唧，疼也哼，不疼也哼，做梦了喊完梦话还要哼，整个治疗期间就没消停过！"

崔战连忙关心地问："还有谁受伤了？这么个喊法，致命伤啊？"

周云徽："……"他为什么要在伤势还没痊愈的时候和这家伙对话！

"逗你呢，"崔战乐了，声音低缓下来，带一点儿哑，"我差点儿被活埋了，还不能哼唧几声？"

"活埋？"周云徽微微转头，这才发现崔战不知何时已经坐到了悬浮板一侧，正对着他这边定定地看呢。

崔战一进通关集结区就是深度昏迷的，被鸮系统直接送入了治疗室，谁也不知道他经历了怎样的战斗。

"可不，差点儿就和那个装相犯同归于尽了。"崔战倒不以为意，三言两语给周云徽讲了大概经过，基本没讲自己怎么惨烈，全程都在吐槽Guest.134。

周云徽听得脑袋嗡嗡的，他不关心Guest.134怎么自负、怎么装相，他就想知道一点："你选择战术的时候不考虑危险性吗？这是你侥幸活下来了，要是直接被倒塌的房子拍死了呢？"

崔战："那就拍死了呗。"

周云徽无语："你被压成饼的概率是99.99%，你和我说你就赌那0.01%？！"

崔战嘿嘿一笑："我赌赢了。"

周云徽服了，闭嘴消音，再交谈下去他的康复进度条能后退。

崔战却完全不想结束，他光被盘问了，还没提问呢："你怎么伤的？"

周云徽沉默眺望夜空。

崔战皱眉，看他脸上手上仍残留的醒目焦黑："火没放好烧着自己了？"

周云徽继续胸怀宇宙。

崔战叹口气，苦口婆心地说："早和你说过，你那个文具树不安全，火是能随便玩儿的吗，一不留神，火情猛于虎。下次再进关卡，你带一条湿浴巾……"

崔组长话说一半，声音一点点变小，直至完全噤声。因为周组长锐利的视线已经扫射过来，带着"你再多说一个字我就让你在烈火中起舞"的坚决意志。

四目相对，崔组长绽开一个灿烂的笑，用口型问："我乖不？"

周云徽："……"和这家伙同处一室接受治疗，是对他焚毁战场的惩罚吗？！

深呼吸，再深呼吸，周云徽这辈子的修养都给崔战了。

“硬币在我口袋里，拿完赶、紧、走。”最后三个字，周云徽牙都快咬碎了，要不是烧伤的手疼得厉害，他都不用劳烦崔战。

崔战没等来表扬，却等来这么一句，当下皱眉：“我送出去的东西绝对不会再往回收。”

周云徽有点儿蒙：“你不是特意强调不是给我是借我的，还让我到了终点还你？”

崔战：“我说过吗？”

周云徽：“废话！”

崔战：“哦，那就到终点再给我吧。”

周云徽：“现在已经通关了啊。”

崔战：“我说的终点不是这里。”

周云徽：“那是哪里？”

8/10？ 9/10？周云徽还没来得及细问，就看见崔战跳下悬浮板，明显准备走人了。周云徽急了，可又起不来：“喂——”

“到了你就知道了。”崔战头也不回，潇洒离开。

周云徽后悔没有拿火球送他一程。

不料刚过几秒，崔组长又一个转身从门口探头进来：“我才想起来一件事，论时间，你比我通关早，论伤势，我肯定是全身骨折奄奄一息，只会比你重不会比你轻，为什么我的治疗进度比你快？”

周云徽一怔，治疗的时候崔战一直疼得哼唧，哼得他心烦意乱，压根儿没想过两人康复进度的差异问题。

“你知道原因？”周云徽没好气地问。这家伙既然敢杀回马枪，肯定是发现什么了。

探着脑袋的崔组长扬起嘴角：“肯定是我身体素质比你好，体力比你强啊……”

“呼啦——”一个火球轰在治疗室的透明门框上。

崔组长踏着自己的“滑板鞋”，跑得飞快。

2

唐凛和骷髅新娘的归队，让通关伙伴的人数最终定格在二十二个——VIP：6 人；甜甜圈：5 人；彩蛋：施方泽、大吉、礼拜天；步步高升：佛纹、江户川、骷髅新娘；十社：崔战；孔明灯：周云徽；铁血营：何律；白组：白路斜；莲花：大四喜。

崔战“滑”回集结区中央的时候，聚在这里的众人正准备原地解散，饥肠辘辘的就去吃饭，疲困交加的就去睡觉。虽然休息时间有三天，但后面他们还要交流战斗经验、讨论未来战术，所以让身体和精神恢复到最佳状态是当务之急。

不过在解散之前，有个谜团必须得先解——

“那个，施方泽是吧，”江户川代表所有伙伴客气地喊住准备和 VIP 一起去往餐厅的彩蛋组长，“能不能先分享一下，你是怎么做到二十秒通关的？”

带着同样疑问的伙伴们，视线早聚集过来了，一双双眼睛里全是大大的问号。他们都快被这迷惑折磨疯了，要不是和这位施组长不熟，绝对忍不到现在才问。

施方泽闻言回头，连带着礼拜天、大吉还有 VIP 们一起停住了。

唐凛其实有点儿猜到方向了，但也想听听施方泽的具体操作。

不料施方泽对着江户川和周围一群等着答案的人礼貌地轻轻摇头，笑容和煦：“秘密。”

江户川微微呆愣，其他人也始料不及。

可能是大家在一起混得太久了，联手闯关了这么长时间，不知不觉就把“组织”的概念淡化了，与之相对的，“战友”的概念则茁壮成长。什么是战友？并肩浴血，信任坦诚，可以把后背交给对方。而现在彩蛋也进了大部队，他们很自然就觉得对方也该如此。但静下心来想一想，大家又都释然了。彩蛋只和他们闯了这一关，并且这一关都是一对一的战斗，也就是说，他们其实从来没有真正意义上背靠背战斗过。说得再客观点儿，截至目前，彩蛋至少带给了他们关于 K 星和鸮系统的诸多重磅情报，他们可还没给过对方任何实质性的回馈——VIP 和彩蛋之间的互动不算，那是人家的私事——所谓的“齐心协力复活已死亡的闯关者”也是到了 9/10 才能见真章的事。

想通了，也就没什么可啰唆的，虽然心底难免还有点儿不爽就是了。江户川耸耸肩，不再追问，其他人也放弃，纷纷转身，准备散开。

唯独 VIP 没动。

VIP 没动是因为郑落竹没动。

因为郑落竹没动，施方泽也就迟迟难以挪步：“竹子？”

郑落竹的眉头皱得紧紧的，一脸不赞同地盯着他。

施方泽眼底微动，然后笑了：“怎么了？”

怎么了？当然是路见不平拔刀相助准备对你进行三观改造的再教育啊！刚准备解散的众伙伴一瞬间就收回了腿，肚子也不饿了，精神头也来了，只等着郑落竹热血发挥。他们再不爽也没立场说施方泽什么，郑落竹不一样，赶紧拿真善美的棍棒把你这个藏了太多秘密的大兄弟敲醒！

“阿泽，”郑落竹不会拐弯抹角，想什么说什么，“你这样不对……”

众伙伴心潮起伏。就这样，不要停，继续说他！

郑落竹："大家都是一起出生入死的战友，你别把他们当坏人。"

……嗯？

郑落竹："我知道你和他们不熟悉，但我和他们熟啊，我可以保证，他们绝对信得过，靠得住，你不用防备他们。何况我还在你身边，就算他们当中有坏人，我也一定会保护你，你还怕什么？"

……坏人？害怕？你确定你家阿泽和你的脑电波在一个频道上吗？！

施方泽："我和 Guest. 143 说，只要他认输，我可以告诉他突破进阶觉醒的三个隐藏催化剂。"

众伙伴："……"好的，在不在一个频道不重要，重要的是管用。

"突破觉醒不就是靠一刹那爆裂到极致的情绪吗？"郑落竹不解地追问，"这还要怎么催化？"

施方泽无奈地看着他，继续答："同样的极致情绪，在不同的环境和状态下，觉醒的成功率也是有差别的。所谓的催化剂，就是最有利于促成觉醒的外部条件。"

郑落竹："哪三个？"

施方泽："极端环境，和同属性、方向的特殊能力进行对抗，以及濒死一刻。"

郑落竹："最后这个我知道，沙漏古堡的时候我们也会让自己置身于极度危险，在死亡的威胁面前是最容易觉醒的。"

施方泽："这个濒死一刻不是指精神和心理状态，是说身体，身体重伤到濒临死亡的那一刻。"

郑落竹："身体？那不是很容易刚觉醒就咽气了？而且极端环境本身就很危险。"

施方泽："所以才说是隐藏催化剂。即便是在 K 星，这也应该是只有少数人掌握，并没有大范围传播开的东西。"

郑落竹："类似地下流传的旁门左道？"

施方泽："可以这么理解。"

郑落竹点点头，疑惑基本解开了，这才想起来担心另外一件事："我们说的这些不会被……"他朝侧上方的虚空瞥一眼，指代守关者或者试炼区运营的那些家伙，"不会被他们听到吧？"

"不会，"施方泽说，"集结区不属于关卡内。"

郑落竹松了口气："那我就放心了，"摸摸下巴，他再度陷入沉思，"让我想想还有没有什么没问明白的。"

施方泽："……"

礼拜天、大吉："……"放组长一马吧，这个男人已经被你掏空了啊！

他们跟了施方泽这么久，都没发现对方有什么弱点，尤其礼拜天，他最初加入彩蛋本来是卧底，打算套情报的，结果跟着跟着就对施方泽彻底服气了。这人头脑清晰，思维敏捷，身体素质一流，做事的时候稳准狠，半点儿不拖泥带水，蛰伏的时候又沉得住气。礼拜天甚至觉得自家组长的耐心和毅力是无尽的，有时候他们都扛不住了，想要崩溃，施方泽还可以温柔笑着，气定神闲。但是现在，看着自家组长眉宇间的无奈，礼拜天和大吉懂了，哪儿有什么绝对强大的人，如果有，那就是他的软肋还没出现。至于什么叫软肋，就是都一脸无奈了，眼底最深处还藏着宠溺。

谜团已解开，理论上可以撤了，可两个当事人都没动，你苦思冥想，我温柔等待，画面温馨，气氛融洽。众伙伴走也不是，留也不是，最后只能和彩蛋组员一齐仰头，遥望夜空。

大部队终于原地解散的时候，周云徽的康复进度都到 100% 了。

南歌和自家伙伴一起去餐厅吃了饭，之后回到休息区，准备找房间补眠，意外撞见了同样在找房间的莱昂。

四目相对，莱昂先说了话："谢谢。"

南歌愣了愣，没反应过来。

"'逃生门'，"莱昂说，"靠它才赢的。"

那是南歌作为交换，给莱昂的一次性幻具。

不过她可不觉得功劳在文具："'逃生门'只能用一次，最多几秒，你的战斗持续了近三小时。"

莱昂："一开始就用了，不然没命等到翻盘。"

南歌莞尔："行，'谢谢'我收下。不过你的'HELP'我还没用，等用完了，我再把这句话还给你。"

莱昂沉默一下，说："希望你一直别用。"

南歌："你给我不就是让我用的？"

莱昂："用了就表示遭遇到文具树无法解决的危险和困境。"

南歌怔住，静静看了他一会儿，点头："好，我争取永远都用不到它。但是万一非用不可——"她话锋一转，半认真半调侃，"你至少要告诉我这个文具到底是什么效果啊。"

从进入关卡世界到现在，南歌还真是第一次见到"‹幻›HELP"这个幻具，上次交换文具时间仓促，来不及问，直到现在她对文具的作用仍一片茫然。

莱昂没想到南歌问这个，微微皱眉，对自己的粗心有点儿懊恼："使用这个幻具，你可以选择让当时在场的任何一个人过来帮你战斗，敌人也可以，三十秒时效内，他都会站在你这一边。不过如果是一对一的战斗，文具只能让对手做到不攻击你，也就是打不还手，但还做不到让他攻击自己。另外，如果你选择的目标在精神力上的防御抵抗特别强，文具可能无效，或者效果大幅度削弱。”

南歌眨眨眼，像是在确认站在自己面前的到底是不是莱昂：“我第一次听你一口气说这么多话。”

莱昂认真道：“如果你觉得我语速太快、语调太平，不方便记忆，我可以再讲一遍。”

南歌：“……”

VIP 们是一起吃过饭从餐厅回来的，南歌和莱昂在门前说话的时候，其他伙伴已经各自找了房间休息。

唐凛也一样，除了他身后还跟着一个范佩阳。

休息区都是单人房间，面积很小，除了床，剩下的空间有限，两个人一起进门，房间就一下子局促起来。唐凛回过身，正看见范佩阳合上门。屋里没开灯，只有透明天花板外一点儿朦胧星光。

这是 7/10 之后，他们第一次真正意义上的独处。

拥抱范佩阳的时候，唐凛什么顾虑都没有，只觉得前路凶险，一切未知，他只想在还能看见这个人的时候，把想做的做了。现在潇洒完了，关卡也闯过了，唐凛的心脏才开始后知后觉地乱跳。冲动是有代价的，这不，范总要来秋后算账了。

“后面的关卡你打算怎么办？”已经被单方面妖魔化的范总关好门后，发来很正常的询问。

唐凛愣了一下，随后在心里深深反省，人家惦记的是正事，他这边倒是净想些有的没的：“明天我想把大家召集起来，交换一下通关经验，看能不能总结出一些客人的习惯和弱点。”屋里只有一张床，他在床边坐下，示意范佩阳也坐。

床榻很软，随着范佩阳在唐凛身边坐下，有了明显凹陷，带着两个人往一处倾斜，彼此间的距离近了些，唐凛的肩膀蹭到了范佩阳，他索性就那样靠着：“后面的每一步都会很难。”

范佩阳静默片刻，忽然问：“一对一你是怎么通关的？”

说起这个，唐凛就有苦可诉了。他稍稍坐直，语气仍淡淡的，紧蹙的眉头却泄露了真实情绪：“我的对手 Guest. 141 的能力居然是‘生命’，不仅可以复活蜡像，还可以给自己治疗伤口，基本等同于加强版的治愈系文具树……”这些郁闷也只能关起门来诉给范佩阳听。

范佩阳却有点儿意外，因为唐凛从来没和他抱怨过什么，失忆之前没有，失忆之后好像也没有，唐凛总是冷静地和他就事论事，有问题就解决问题。当然那些不想说的，唐凛也会藏在心底，让他半点儿看不出端倪。

“……最后没办法，我只好把‘<幻>Don't lie to me’用掉了。”唐凛简单说完战斗过程，显然对于消耗一个幻具有些可惜。

范佩阳倒觉得物尽其用：“给你就是为了闯关的。”

唐凛偏过头看他，轻轻挑眉：“你没用文具就通关了，对吧？”

范佩阳捕捉到了熟悉的胜负欲，但通常这种气质不是应该出现在自己身上吗？

“近墨者黑。”唐凛像是知道范佩阳在想什么，勾起嘴角。

范佩阳本来想纠正，就算是像，也应该是“近朱者赤”，胜负欲明显是优秀品质。可对上唐凛弯下的眼睛，他的心蓦地一软，忽然觉得不好，近朱、近墨都不好，唐凛就是唐凛，不该像范佩阳。

“别学我。”范佩阳的声音低得像呢喃，“你脾气比我好，心思比我细，你会体谅和照顾别人的感受，公司里所有人提到唐总监都是夸赞，提到范总都是苦着脸……”

唐凛怔怔看着他，向来只会怼人的范总突然加入夸夸群，让他有点儿接不住，总感觉整个世界都在飘，充满了不真实的虚幻感。

范佩阳说着说着抵上唐凛的额头，抬手从他的后脑滑到脖颈，握住，带着强势的温柔说：“你优点比我多多了，所以千万别学我。”

唐凛不想笑，可嘴角压不住，因为开心，也因为范佩阳太可爱，别问他为什么这样感觉，问就是“我觉得”“我认为”“我愿意”。

“虽然我很高兴你开始反思自己，但也不用从一个极端走向另外一个极端。”唐凛有点儿怀念那个气焰嚣张的范总了。

不料范总微微抬眼：“我反省了缺点，不代表一并推翻自己的优点。”

唐凛语塞，好半晌才收拾起自己被骗的心情，半眯着眼睛道：“那你说一个最大的优点我听听。”

范佩阳在自己的优秀品质里翻找一圈，挑了个现阶段有最大价值的：“打架的天赋。”

唐凛：“……”竟然找不到反驳理由！

停留在唐凛脖后的手微微用力，将他更近地揽过去，近到范佩阳的呼吸可以打在唐凛的睫毛上：“进战场之前，为什么抱我一下？”他的声音压得很低，微微沙哑。

空气忽然安静了，静到可以听见两个人的心跳。

被范佩阳握着的脖颈像起了火一样烫，唐凛的心却定了，从做出选择的那一刻开始，他就没打算再逃避：“如果我以前真的和你……”

“没有如果。”

范佩阳的手忽然很用力，带来微微的疼。唐凛却没躲，因为他也掌控着对方。他们仿佛注定要彼此牵制，就算再多波折、变故、意外，却还要一次次靠近，回到一起。

“行，不要如果。我以前拿你当最好的朋友，后来忘了，那我现在告诉你……”唐凛艰难地拉开一点儿距离，不用太远，能看清这个人的眼睛就好，看清对方的眼里也有自己，“在一个叫范佩阳的男人身上，我栽了两次。”

云遮了夜空，房间忽然暗了，没有一点儿光。范佩阳却准确地找到了唐凛，将人牢牢抱住。

转天下午，终于缓过来精气神的二十二个伙伴再次在集结区中央齐聚。

日光正盛，透明的集结区就像一个空中花园，植物的每一片叶子、每一枚花瓣都闪耀着光，抬头是无垠的天空，低头是清浅的云层，置身其中，如梦似幻。

可惜众伙伴无暇欣赏，新的关卡正一点点逼近，他们现在只想专心备战。就连可以回天空城一次的机会，他们也仅是让一个伙伴回去通报各家组织他们已经成功通关进入集结区，通报完就迅速返回了。

有积极备战的，当然也有白路斜这种从来都不会百分百配合的，人是来了，聚也聚一起了，但非常懒散地待在最外围，望望天，看看云，再欺负欺负附近的花花草草。

好在大部分人也没注意到他，因为在唐凛提议了“先分享 7/10 的经验，尽可能总结出客人的能力特点及战斗习惯，再研究接下来的关卡策略”后，大家就开始全力回忆自己的战斗过程。

白路斜勾住旁边一条横过来的花枝，拨弄上面的一朵朵小花，正玩得开心，就听见何律的声音在人群里响起。

“我先来吧。”何律第一个开口，“我的对手能力是‘温度’，他可以改变我周围一定半径内的温度，升温和降温都可以，但不能直接改变我的体温。”

温度？无聊。白路斜不用想都可以预见到这种单调的能力对上更单调的何律，整场战斗该有多乏味。他敛下眸子，继续欺负小花，耳朵却不自觉竖起。

何律的话一下子引起了大家的议论，甜甜圈的和尚摸着下巴：“你的意思是他可以控制环境温度，从而用极端的温度造成杀伤力？”

“对。”何律说，“因为温度对身体的伤害是一个量变积累到质变的过程，所以留给了我一定的反应时间。”

“你怎么破解的？”江户川插话，“就算他的能力范围半径不大，可以用迅速移动脱离环境，但这只能保证安全，想通关还得给对方造成致命杀伤。”说完又想到了什么，他追加一句，“难道是靠五级文具树？”

何律的五级文具树，众伙伴还真没什么印象，在沙漏古堡的时候，何律用的好像还是“你犯规了”。

“一半一半吧。我的五级文具树还是‘你犯规了’，虽然升到第三阶，犯规的惩罚还是很难给这些客人造成致命伤害……”不等伙伴追问，何律直接和盘托出，“所以我就考虑也许可以换一种对战方式，不必非要你死我活。我先用文具树和他陷入僵持，在彼此都无法突破、获得绝对优势的时候，向他提议换位思考，互相理解。我想通关，他想尽兴，其实我们双方的目的并不冲突，完全可以我先陪他尽兴，他再认输让我通关。”

“你就这么和他说的？他还同意了？！”从越圆圆的脸上全是问号。

“其实他的态度在中途也有过反复，”何律缓了声音，带着特有的包容，“不过我一直对他报以最大信任，我想他也是感受得到的，所以最后他放弃了能力，我也放弃了文具树，我们酣畅淋漓打了一场，他也遵守约定，主动认输。”

所有伙伴：“……”听起来更像是“绝望认命”，隔着时间和空间，他们都仿佛能感受到客人内心的崩溃。

完全没察觉空气微妙的何组长总结陈词：“我能通关，主要是充分利用规则，主动选择低难度的通关方式，同时诚恳和对手沟通，获得理解和配合。”

所有伙伴：“……”这种充满个人特质的奇怪经验根本没有参考价值好吗？！

唯一的收获，也就只有“裸战斗力”这一点了，至少何律的经验表明，客人的基础身体素质并非每一个都强大到逆天，当抛开特殊能力和文具树，单纯用身体进行对抗战斗，他们还是有机会抗衡的。

“嘁。”一声不屑的冷哼从外围传过来。

大家循声而望，就见白路斜松开已经快秃了的花枝，挑衅地睥睨着何律：“你这样闯关，有一百次都不够死的，这回能过纯属侥幸，遇上个比你还蠢的。”

众伙伴一时安静，全按兵不动。白路斜的任性不是一天两天了，但何组长丰富的应对经验可以追溯到 3/10 孤岛求生，所以交给何组长就行了，他们围观，乖巧围观。

“我的经验的确有很大的局限性。”何律承认，“如果通关只能凭胜负，不认可‘认输’，那整个战术都要推翻。如果我的对手是一个固执到底的人，我再诚恳去和他沟通也没有任何意义。还有最终我们单纯以身体进行对抗的时候，如果他的格斗技巧再优秀一些，我可能就坚持不到最后。”

白路斜：“……”

何律：“如果是你的话，我相信会赢得干脆利落，因为你的性格和你的文具树都决定了你不会选择我这种费时费力的战术，所以我懂你为什么质疑，我也接受你的建议。”

白路斜真是受够了何律的自说自话：“我不是在建议，是在嘲讽。”

“都一样，客观上提醒了我以后要更加谨慎小心，”何律平和地看着他，眼里一片清澈的谦逊，“谢谢。”

白路斜：“……”

这不是他认识的何律！他认识的何律，应该是3/10孤岛求生时那个公事公办的家伙，是那个会表示“我邀你入伙，但我也不会完全信任你”的家伙。一个披着伪善外衣的冰冷者，这才应该是何律的人设，现在这个绝对是假冒的！

安静围观的众伙伴默默交换眼神——

郑落竹：“白路斜看起来好像很受打击。”

五五分：“何组长的专属技能又升级了。”

骷髅新娘：“初级是‘真诚暴击’。”

佛纹：“后来是‘圣光感召’。”

丛越：“现在是‘灵魂洗礼’。”

周云徽：“为什么明明知道何律有毒，这家伙还非要一次次往上撞？”

崔战：“不甘心呗。”

大四喜：“嗯，白路斜看起来很记仇的样子。”

佛纹：“不是记仇，是有仇必报。”

全麦：“在何律身上吃了这么多亏，当然要找回来。”

江户川：“你们别陷入思维惯性，除了报仇，难道就不能是别的原因？”

众伙伴：“比如？”

江户川：“很可能白路斜会在这样的互动中获得某种我们无法领略的特殊快感。”

众伙伴：“……这是什么危险的知识点！”

“白组长，你既然觉得何组长的经验不具普遍性，那就说说你的。”唐凛适时出声缓和气氛，以免白路斜真被何律欺负到暴走。

“我的经验说给你们听也没用，”白路斜耸耸肩，“你们是能让人失忆，还是能催眠别人？”

唐凛莞尔。闯了这么多关，经历了这么多事，每个人都或多或少受到影响，有了改变。唯独白路斜和在得摩斯神庙里说“我能在三分钟之内，杀光这里所有人”的他相比，几乎一点儿没变。改变很难，其实不变更难，尤其在今天不知道明天会发生什么的关卡世界里。

“我们可能没办法照搬你的通关经验，”唐凛说，“但你至少可以告诉我们，你的对手是什么特殊能力。”

如果非要问的话，白路斜想了想，给出个最直观的答案：“门。”

唐凛微怔，众伙伴也云里雾里：“什么‘门’？”

“通往乐园的门。”既然开了头，白路斜索性全讲了，“每次都会出现一扇门，进去之后会抵达不同的乐园，第一次是植物园，第二次……”

众伙伴一路听到最后，攻击人的巨大怪虫、无法呼吸的深海水域、会致幻的奇花沼泽……白路斜对“乐园”的定义是不是有什么误解？！

“最后呢？”崔战迫不及待地问，“你被那个什么花致幻了，然后怎么样？”

白路斜：“然后我就进入了一个特别美好的世界，我先是驯龙骑龙，后来又驯服了……”

“何律”两个字已经到了嘴边，白路斜突然顿住。他也不知道为什么会卡壳，但就是不太想往下说，总觉得后面的部分只能留给自己独享。

崔战却好奇死了：“又驯服了什么？”

白路斜：“……龙。”

崔战：“你前面已经说过了，我问的是后面。”

白路斜：“还是龙。”

崔战：“先驯龙骑龙，后来又驯服了龙？”

白路斜：“嗯。”

崔战：“……”这个句式还能再可疑点儿吗？！

何律不知道有关自己的后半段已经被白路斜私人收藏了，还关心地问：“那最后你是怎么破解幻觉的？”

“记不太清了。”白路斜说，“我就记得我很开心，想要那家伙过来一起快乐，他拒绝了我的邀请，惹得我不太高兴，就用‘催眠术’强制他过来了，后面沼泽突然就消失了，我回到了那个封闭的黑白格空间，才想起来他是拦着我闯关的家伙，于是又丢了个‘催眠术’，解决。”

众伙伴：“……”

遇见何律的客人更绝望，还是遇见白路斜的客人更悲惨，他们一时竟无法判断。

不过随着大家陆续分享经验，这个选择也就不重要了，因为每一个客人都遭遇了不同的刻骨铭心——

关岚：“他想把我拉出废墟，我却对他用了‘恶魔之手’，我承认骗人可耻，但有效……”

莱昂：“他用了两个半小时才想到我可能会藏在制高点，如果他的反应再快一点儿，我想可以更早通关……”

佛纹：“我和他一起追忆了青春，夕阳很美，其实他人还不错……”

骷髅新娘："我带着他全程在坟头蹦迪……"

大四喜："他自己把自己脚下的悬崖轰塌了，我真的什么都没干……"

郑落竹："我更无辜，聊着天呢人就没了……"

周云徽："我没和他废话，直接把剧院烧了，他来娱乐，我来搏命，谁怕谁……"

江户川："你这个战术气质，怎么听起来像崔组长的剧本？"

热络的战斗心得分享终结在南歌小姐姐这里："我觉醒了六级文具树。"

众伙伴一瞬消音，世界安静了。文具树全部都停留在五级的他们抬头仰望苍穹，在微蓝的天际看见一棵巨大的柠檬树。

通关经验的分享基本可以把客人的身体素质、战斗心态、特殊能力属性和方向等等做一个大概总结，让众伙伴更清楚自己的对手是一个怎样的群体。

全都总结完了才有人后知后觉地发现，一直站在唐凛身边的范佩阳好像没发言，全程安静温和，连周身气场都好像换了个人，从前是数九寒冬恐怖低压，现在是大地回暖桃花盛开。还有，他的视线就没从唐凛身上离开过，唐凛说话，他看唐凛，别人说话，他还看唐凛，嘴角微扬，眉心舒展，明目张胆，肆无忌惮……一夜之间，到底又发生了什么？

这话是没人敢问的，大家都惜命，但稍稍打断一下"狗粮时间"还是可以的。

"范总，"佛纹自告奋勇承担了这一艰巨任务，佯装自然地出声询问，"你好像还没说你遇见的对手是什么能力？"

其实问什么不重要，重要的是让范总暂时转移一下注意力。然而范佩阳并没有把目光从唐凛身上移开，只简短道："不清楚。"

佛纹听愣了："什么？"

"我不清楚那家伙什么能力，"范佩阳说，"战斗一开始我们聊得还可以，不过聊完我就让他脱离战斗区域了，没耐心等到他使用能力。"

众伙伴："……"他们是有多想不开要问这种比狗粮还扎心的问题！

唐凛碰了下范佩阳的胳膊，给了他一个"差不多就行了"的眼神。范总的嘚瑟是"润物细无声"那种，就是你不注意到，那就没有，可是你但凡注意到，就可以轻易看出来这人的心已经成了快乐的小鸟，轻盈得不得了。

"接下来就是后面的关卡……"唐凛言归正传。

根据施方泽的情报，8/10 和 9/10 应该是连在一起的，中间不会再有休息时间，所以对于他们来说，两天后闯关口一开，他们就再没有回头路。闯关，救人，进入主控室，创造超空间跳跃点，带所有人回家，这是他们一口气冲到底要完成的全部任务，机会只有一次，中途不可以有任何犹豫和迟疑，他们必须把每一环谋划得细之又细，包括意外之后如何应急。

唐凛看向施方泽，问："你知道这两个关卡的确切内容吗？"

施方泽沉吟片刻："我只能从窃听到的线索中拼凑一个大概。8/10 应该是短时高速的闯关，所有闯关者一起进入，不会再分批次，但具体的规则和守关人数都不清楚。9/10 简单一点儿，只会有一个守关者在那里等待。"

郑落竹诧异："就一个？"

"不要以为只有一个就好对付。"施方泽笑着朝他摇摇头，"9/10 是最后一关，地位相当于金字塔的塔尖，我想被分到这里的人一定是当前士兵或者客人中的最强战力。"

郑落竹："可是我们有二十几个人。"

施方泽："第一，8/10 通关后我们还能剩下多少人，这是未知数；第二，就算我们 8/10 都通关了，对方也不怕，甚至还会高兴我们有足够的人数和战斗力可以促成他的觉醒。"

郑落竹恍然，他差点儿忘了，这里原本就是用来试炼促觉醒的地方。

"你可以把 9/10 想象成一个超级 VVVIP 包厢，一个人的狩猎场，"施方泽继续耐心解释，"所有从 8/10 涌入的通关者都是给他提供娱乐的，反过来说，我们将会遇见一个实力超群的守关者。"

超群？这明显是给郑落竹特供的委婉说法，在场所有人都听明白了，等在 9/10 的家伙实力会强大到恐怖。

"所以接下来的战术，最要紧的就两点。"唐凛出声，"第一，我们要不惜一切代价通关 8/10，因为 9/10 里有七座神庙，我们要分头行动，在这些神庙里找死亡闯关者所在的空间，所以从 8/10 通关的人数越多，后面分组搜寻的效率越高。第二，"他稍做停顿，轻轻呼出一口气，沉声道，"这个比前一点还重要，也可以说是决定成败的最关键环节，我们现在就要定好由谁进入主战场。"

9/10，圣战场，根据施方泽的情报，是由一座主战场和环绕在它周围的七座神庙组成。守关者会在主战场里等待，按照正常的闯关流程，闯关者和守关者将在主战场遭遇，七座神庙更像是烘托关卡氛围用的环境摆设。但如果他们没人进入主战场，那里的人等不到守关者或者说客人，自然就会起疑，出来寻找。所以他们必须要安排人进入主战场，牵制住客人，尽量拖住对方，给神庙里的伙伴争取时间。倘若 9/10 里的客人真像施方泽说的那样，是当下所有客人中的最强者，那这个进入主战场牵制对方……就是"死亡任务"。

"我来。"从头到尾沉默，连分享战斗经验都懒得开口的霍栩，毫无预警地出声。

突如其来的自告奋勇瞬间聚集了全场目光，几乎每一个伙伴眼里都是惊讶，谁也没想到霍栩会在这个时候冒头。

然而当事人却全然无觉，又说了一遍："我来对付主战场。"

"不行，你还得去主控室呢。"脑子转得飞快的江户川第一个出声阻止，而且有理有据，"主战场这里就交给我们吧。"

霍栩往施方泽的方向瞥了一眼："他刚说完，能分到 9/10 的一定是客人里的最强者。你们这里谁敢说自己能百分百牵制住这样的对手，能保证他不把你杀掉，跑出主战场去神庙里捣乱？"不驯的视线淡淡环顾全场，"我能。"

"对，你最棒棒，你最厉害。"甜甜圈的全麦堆起嘲弄的假笑，甚至还非常捧场地给他鼓了两下掌，"你能一个人挑翻主战场，我们真不行。那我受累打听一句，谁说只能一个人去主战场完成牵制？"

"就是，"骷髅新娘也帮腔，"我们可以在主战场放两个人，要是觉得还不保险，那就三个人，人多还能互相照应。"

"那你们还去不去神庙？放到主战场的人越多，分到神庙的人就越少，搜寻起来也就越慢。"霍栩不耐烦地皱眉，"我说了我一个人就能完成，为什么你们非要选吃力不讨好的方案？"

"我们也说了，你要留到主控室。不然你出了事，就算我们把死去的人都复活了，谁来给我们制造超空间跳跃点回家？"周云徽接得流畅，怼得顺滑，唯一的后遗症就是脑子跟不上，"这词儿说完了我都不知道我在讲什么。"

霍栩不为所动："如果我没记错，你们拟定的流程是主战场拖住客人和在神庙寻找死亡空间两条线同时行动，等救出所有死亡闯关者，最后再去主控室……"

崔战听得别扭："什么叫'你们拟定'……"话里话外，这家伙就没拿他们当自己人啊。

霍栩没搭理，仍在继续："所以拖住主战场的守关人和去主控室设置跳跃点在时间上并不冲突，而且很显然，能否拖住守关人是后续一切行动的基础和保证，如果拖不住，还谈什么去主控室？"

"你到底什么意思？"修身养性如佛纹都有点儿想踹他了，"信不过我们，非得你自己亲自上阵才放心？"

"是。"霍栩毫不犹豫，"你们有文具树，我也有，但我的速度、力量、防御，还有精神力水平，你们达不到。我可以在没有任何辅助能力的极端情况下，用最基本的身体素质和客人硬性对抗，无论从哪个方面看，我都是去主战场的最佳人选。"

五五分："而且主控室就在主战场的最深处，我们在神庙救完了人，进主战场帮你接手，你就可以直接向前去主控室了。"

霍栩点头，就是这个流程，怎么看都衔接得很流畅。

五五分笑一下，带着点儿嘲讽：“那万一你直接去了主控室呢？”

霍栩一愣：“什么意思？”

一直静静听着的施方泽此时开口，眼里带着温和的笑：“意思是你信不过他们，他们也信不过你。”他声音平缓，不疾不徐，“你从来没说过你想救人，你的目的一直很明确，就是毁掉主控室。那你怎么能保证，你不会在进入主战场之后立刻甩掉客人进入主控室，直接完成你想做的一切？”

霍栩被问住了，眉头紧锁好半晌才说：“我既然答应了你们，就一定会做到。”

可这话他自己听着都有点儿苍白。不等群嘲，他先自己咕哝一句：“好像是没什么说服力。”

众伙伴集体无语：“你也知道啊！”

施方泽那话里话外也是中立第三方，没拿他们当自己人，他们为什么不气？因为他们和彩蛋确实生分，人家彩蛋没义务上来就和他们过命交情，大家就是合作，这样拎得清，彼此都舒服。但他们和霍栩不是——

“从你加入 VIP，我们怎么对 VIP，就怎么对你。但是到现在，我们连范总和唐队交情怎么崩的、郑落竹混社会最威风的时候收过多少小弟、越胖胖进关卡前的每个月薪水多少都清楚了，对你却还是一无所知……”

唐凛、范佩阳、郑落竹、丛越：“……”

南歌敛下眸子，幸好自己平时不爱瞎聊天。

“这些不是谁特意告诉我们的，是大家一起闯关一起相处，很自然就会互相了解。但是你没有，你把自己裹得太严实了，我们看不透你，就像你缠着的绷带，我们永远不知道那下面藏着什么东西……”积郁多时的牢骚，就这样被大家你一言我一语地吐了个干净。

“我们现在是把命交给你，”周云徽认真地看向霍栩，“这次行动的所有希望都建立在我们相信你可以带我们回家。但是你呢？你给过我们信任，向我们敞开过哪怕一点儿真心吗？”

霍栩倔强地挺直了背：“既然已经相信我能制造超空间跳跃点，为什么不能再信我一次，信我会等你们救完人？”

周云徽静默望了他半晌，轻轻摇头：“霍栩，信任是相互的，你不能一直零付出，然后无穷无尽向我们索取。”

霍栩哑口无言。直到这一刻，他才惊觉，自己竟然在寻求别人的相信和理解。太可笑了，就像他竟然会同意和这帮人联手一样滑稽。

不久之前，他还是一个人独来独往，自由自在，哪怕曾短暂加入过探索者，也从来没把自己真的放到那个傻兮兮的组织里。闯关需要组队？行，那就临时搭伙，互相利用，闯完即散。他到底是抽了什么风，会和VIP……不，是VIP以及眼前这所有家伙，一路闯到现在，闯到他竟然脑袋发昏，真的想配合这帮人来一场终极大决战？

这好像是他第一次尝试着加入集体活动，然后惨败来得猝不及防。霍栩在心里自嘲，果然，他就不适合玩儿什么伙伴游戏。信任这种天赋他没有，地下城也没教给过他，他在那里学会的就是丛林法则、弱肉强食。

霍栩想得透彻，甚至觉得眼下这种冲突来得都有些迟了，这些满口漂亮话，说着什么信赖什么伙伴的真善美代言人们，能忍到现在才和他翻脸，很不容易了……明明应该是这样的，可为什么心里就是憋闷得厉害？霍栩的拳头一点点握紧，嗓子里发涩，就像不知道哪儿来的一股奇怪情绪在身体里翻涌冲撞，却找不到出口。他想打架，想发泄，可另外一个声音又在心底冷冷地问："你在恼羞成怒什么？"

"我信他。"唐凛打破凝重的沉默，明朗的声音就像此刻外面的日光。

霍栩愣愣转头。

郑落竹将手肘搭上丛越的肩膀，优哉游哉："我也信。虽然他性格孤僻，脾气古怪，大多数时候都非常欠揍……"

"但他年纪小啊，"丛越拍拍搭在自己肩上的胳膊，一唱一和，"孩子是熊点儿，本质不坏。"

"4/10加入我们的时候，他说临时搭伙，通关就退出，结果不还是一起闯到现在，"南歌笑脸盈盈，"所以对待这种别扭的小朋友，不要管他嘴上多硬多倔，他实际做的那些就是真心。"

范佩阳从不煽情，只陈述事实："他是我考察最久的员……组织成员。"

众伙伴："……"差点儿顺嘴说出来的绝对是"员工"，绝、对、是！

霍栩的视线怔怔地看过每一个VIP组员，唐凛、郑落竹、丛越、南歌、范……停！霍栩收回目光，他完全不想回忆起3/10集结区里被紧迫盯人的地狱三十六小时。

"不用你们替我担保。"闷闷地哼一句，霍栩重新看向全场，桀骜的眼睛里是把一切豁出去的气势。

众人莫名感到一阵压力，总觉得下一秒这位又要闹海了。但霍栩没招来漫天大水，他只是开始扯手臂上的绷带。

众伙伴心中剧烈一震，整齐划一地瞪大眼睛。要么死活不拆，要么一声不吭就开始强拆？你敢不敢在中间来点儿铺垫过渡？！一点儿思想准备没有这谁扛得住啊，绷带底下该不会是核辐射直接把他们都秒了吧……

绷带在大家的胡思乱想中悄然落地。霍栩第一次把两条手臂都露了出来，完完整整，再没任何遮掩。

众人呆愣地望着，空气突然安静。

绷带之下什么都没有，就是普通人的普通胳膊，没伤疤，没文身，没有一切稀奇古怪，也没有猫头鹰图案。

“二十年前，不，这是地下城的时间，按你们的时间算，应该是十年前，K 星发现在这里的一个男守关人和一个女闯关者搞上了。两个人很快被抓住秘密处理掉，但 K 星不知道他们已经好了很长时间，甚至还有了一个孩子……”霍栩冷漠的声音里没有任何感情，连用词都带着恶意的轻蔑和不屑。

全场伙伴已经彻底傻掉了，单是看见霍栩手臂上根本没有猫头鹰图案，就足以冲击到他们在这里形成的固有认知，以为霍栩开口是要解释，结果等来的却是又一个惊天大瓜。一个 K 星人和一个地球人擦出火花，还有了孩子？基因能混合吗？也是怀胎十月吗？那孩子像爸还是像妈啊？这时候再去看霍栩什么都没有的手臂，再想到他异于常人的身体素质……众伙伴已经被一波波信息巨浪轰得头晕目眩、人仰马翻，再也承受不了任何一点儿冲击了。

“你不要告诉我们……那个孩子就是你……”

霍栩：“是的。”

所有人：“……”爱咋咋地吧。

“所以就和你们看见的一样，”霍栩抬起手臂，“我没有闯关者的标志，我也不需要文具树。”

唐凛终于把所有的疑惑都解开了：“‘水’是你天生的特殊能力。”

“对。”霍栩承认得干脆。

唐凛：“一次性文具你也无法使用？”

“我根本就没‘文具格’。”话既说开，霍栩便一敞到底，“你们那个图案既是闯关系统，也是身份认证，我这种应该叫……黑户？”也不知道怎么就从记忆里翻找出了这么个词，他甚至都忘了是在哪里听到的，不过用来形容自己再合适不过，他自嘲地勾起嘴角，“我没有文具树，没有文具格，没有小抄纸，所有关卡的提示和规则都直接传达到我的大脑。”

“可这并不影响你闯关，说明关卡还是认可你闯关者身份的。”渐渐冷静下来的南歌不认同“黑户说”，“你和我们的区别，顶多就是完整版和极简版。”

丛越悄悄补充：“是极简低配版。”连一次性文具都不让用还是人吗？！

绑着绷带是怕被人发现手臂上没图案，身体素质是因为继承了二分之一的 K 星血统……郑落竹瞳孔猛地一缩，不可思议地看向自家伙伴：“霍栩，那你不就是混血？！”

霍栩："……"

众伙伴："……"

这信息处理速度是才通 2G 网吗？！

"不对，那你的能力呢？"郑落竹俨然不受外界干扰，还在自己的节奏里狂奔，"我们要靠经验值来解锁文具树，你靠什么？"

"他什么都不靠，"丛越实在觉得丢人，凑近他鼻对鼻眼对眼地解释，"人家能力是天生的，一直就这么厉害，懂了吗？"

郑落竹没机会点头或摇头，因为下一秒，施方泽就不着痕迹把他揽了过去，耐心而细致地解释："他应该和我们一样会获得经验值，否则无法在水世界酒店或者 3/10 通关集结区这样的地方购买食物和住宿休息，但在能力解锁上，经验值对他应该没有任何意义。"

丛越愣愣地看着眼前的空荡，突然心酸。在 VIP 里也就郑落竹能和他勾肩搭背，现在唯一的兄弟也要被人抢走了……谁懂他的苦！

"经验值在能力进阶上确实没用，但通关有。"接着施方泽的话，霍栩纠正丛越的说法，"我的能力不是一直这样，而是随着每一次通关在不断进阶，要是一开始我就有现在的战斗力，我不会到今天才闯来这里。"

唐凛若有所思："那你这种觉醒属于能力的自然进阶，还是被人为用关卡刻意限制？"

和尚忍不住插话："他父母把他放进关卡是保命的，肯定恨不得铺好一切后路，怎么可能还限制他的能力。"

霍栩像听见了好笑的事，斜睨着和尚："一次两次是偶然，如果我每次觉醒都要等到通关之后，你觉得还是偶然吗？"

和尚没声音了，这要再说巧合，他自己都张不开嘴。可就是不合理啊。一对父母，在遭遇不测前费尽心思把自己的孩子藏到这里，却要按关卡限制他的战斗力？

存疑的还不止这些。施方泽轻轻抬眼，视线再次锁定霍栩，带着审视："你知道你自己的身世，知道 K 星，知道这里靠能量运行，甚至知道如何创造超空间跳跃点并设置目的地路径，却不知道主控室在哪里。"

"你怀疑我？"霍栩看他，熟悉的防备眼看就要卷土重来。

施方泽却摇头："不，我相信你是真的不知道，否则你没必要和我做情报交换，直接闯关去毁主控室就行了。"

但是这中间有缺失。或者说，霍栩给的信息不足以支撑这一切的完整逻辑链。他只抛出了一个十年前的背景故事，其余都是空白。

四目相对，霍栩终于冷冷开口："我对那两个人一点儿印象都没有。"他的眼里像结了冰，“从有记忆我就在地下城，一个据说是受那女人托付的家伙养了我几年，具体喂养方式就是把我关在一个破屋子的地窖里，天天扔下来一点儿少得可怜的食物，以及一遍遍耳提面命我与众不同的身世和找到主控室之后千万要带他一起回地球……”

地下城的生存条件就是这样恶劣，众伙伴想，那个人恐怕也不是真的要虐待霍栩，把他困在地窖里，是怕他一个还没长大的孩子往外跑太奇怪也太扎眼了，想来霍栩的父母也希望他平安长大，在战斗力真的可以应对外界危险时才开始闯关。可理解归理解，霍栩说他有记忆就在地下城，那他才多大啊，让一个刚记事的孩子来面对这一切太残酷了。

“可惜现在有机会回去了，那家伙却早就等不到了。”霍栩歪头，像是陷入了某种回忆，眼里却一片漠然，“他崩溃得太快了，有一天突然下来把地窖门锁了，然后要带着我一起死，说在这里熬得太痛苦了，生不如死，死了就解脱了……我那时候还没他一半高，”他抬手比了比，可笑道，“他以为可以轻松带我上路，我也这么以为，可最终他死了，我活了。”

集结区里一片静默。后面的事情不用再讲，一个踩着尸体爬出地窖的孩子就此混入地下城，既要竭力隐藏以免引人注意，又要挣扎着生存长大。

“我也想知道，为什么让那家伙洗脑似的给我说了这么多没用的，偏偏不讲每一关的内容还有主控室的位置，是怕我闯得太容易，非要人为设置一些障碍？”霍栩把自己说笑了，笑意却永远到不了冷硬的眼底。

“你别这样想，”郑落竹听得难受，“他们在遇到危险的时候，第一个想的是把你藏起来，别被K星发现，你没有猫头鹰图案，却能顺利融入这里，畅通无阻地闯关，肯定也是你父亲用守关人的权力私自在鸮系统里为你做的手脚，就连制造出口离开这里的方法都告诉你了，不可能是故意瞒着其他信息不说，肯定是事出紧急，他们来不及交代这么多这么细。”

郑落竹不想对别人的私事进行评论和判断，但涉及父母就不一样了。什么样的父母根本不拿孩子当人，没谁比他更清楚，正因为清楚，所以他可以肯定，霍栩的父母绝对不属于这一类。他们是因为没有其他办法，只能把霍栩藏到地下城，可有的父母是凭实力亲自给孩子建造了个更残酷的“地下城”……

手忽然被用力握住，郑落竹回过神，低头看，是施方泽的手。

很多年前，也是这只手紧紧扯着他，可怜巴巴地说：“你别难过，我把好吃的都给你。”

郑落竹眼底发热，深吸一口气，用更大的力道反握住他。

十年前，又是十年前。唐凛很难忽视时间上的重叠。

十年前相爱的守关者和闯关者被处理掉；十年前关卡世界不再吸纳女性闯关；十年前鸮系统出了Bug，将根本不是闯关者的徐望直接卷进了前十三关培育区，这才有了后来挖鸮玉毁掉前十三关通路的事。怎么所有奇怪的事情都在十年前这个时间节点上？难道是担心再发生霍栩父母这样的事，试炼区才开始不再吸纳女性闯关者？

心中种种猜测，唐凛却一个都没开口问。第一，这些问题和他们接下来的闯关、回家并没有太大关系；第二，这些事情发生的时候霍栩还根本不记事，他也未必知道答案；第三，也是最重要的，对于自己的父母，霍栩根本不愿意多谈，连带着和他们有关的推演、猜测都在他的抵触之列，先前仅有的叙述里，他极近简洁和省略，必须提到父母的时候就用冷冰冰的“那两个人”带过，这都不是疏离了，更像是……恨。

之后的很长时间，集结区都是一片沉寂，只有日光无声洒落，带来仅有的暖意。

霍栩的身世太劲爆，也太复杂，大家光是消化吸收这些信息就很艰难了，无力再走入更深处去探究霍栩对他父母的心情，何况他们也没这个立场。可有一件事他们很清楚：那绷带缠着的不只是霍栩的手臂，而是他的全身，从头到脚，是他的内心，从里到外。那是他的遮掩，是他的防备，更是他的铠甲。现在，霍栩当着他们的面把这些都拆掉了，一点儿不剩。

去主战场的第一人选定了霍栩，唐凛拍的板，没人再反对。不过同时也定了备用的第二人选、第三人选等，以防出现意外情况，过来支援或者顶替霍栩。

主战场之后，就是七座神庙，不算霍栩，他们还剩二十一人，到时候施方泽和南歌寻找一个安全的隐蔽位置担任信息枢纽，剩下的人分成七组，这样一来就可以实时互通各组情况。不过这些要建立在所有人都通关 8/10 的基础上。谁也不敢把战况想得这么乐观，所以和主战场一样，他们也对分组和人员调配做了应急方案。

经过一整天的讨论，战术全部敲定，所有步骤和细节都清晰明朗——

首先，通关 8/10。

其次，进入 9/10，兵分两路，霍栩去主战场，其余人去神庙。

接着，霍栩通过对战拖住主战场的客人，而去神庙的人在霍栩争取到的时间内，找到并复活死亡闯关者。

最后，众伙伴进入主战场，接手客人，让霍栩可以脱身去战场最深处的主控室。

“这里面最重要的一点，就是千万千万不能通关，一通关，我们就会被强制送入主控室洗脑，一切就前功尽弃了。”会议的后半段，崔战、周云徽、和尚、江户川等等许多伙伴，分别对这一要点进行了重复叮嘱。

一直到会议即将解散，白路斜又淡淡瞥向霍栩，换汤不换药：“别通关，害我们没得玩。”

霍栩听得耳朵都起茧子了，实在忍无可忍：“为什么你们一个个都要对着我说？ 9/10 通关条件还不清楚，你们就确定是在主战场？神庙就没可能达到通关条件？！”

“有可能，”白路斜挑着凤眼，上下打量他，“但你看起来最容易冲动，激情通关的危险更高。”

霍栩：“……”

众伙伴：“……”

你白路斜就不要说别人了好吗？！

真正解散的时候，天色已暗。大家纷纷去餐厅吃东西，为这耗心劳神的一天补充体力。

只有霍栩直接回了房。关上门，他便一头扑到床上，用被子把自己包得严严实实，连头都埋进去了。

呼吸有点儿闷，可这样的环境让霍栩安心。彻底的黑暗和封闭能让他放空，就像地窖里度过的无数个日夜。其实也分不出日夜，地下城没有白天和晚上，地下城的地窖里更没有。

迷迷糊糊中，霍栩睡着了，可没多久，又被敲门声吵醒。那声音隔着被子，隔着房门，几乎听不见多少，但霍栩还是觉得很吵。

起初他不想理，可门外的人很执着。终于，霍栩烦躁地坐起来，却一点儿去开门的意思也没有，只抱着满怀柔软被子，对着门口皱眉：“谁？”

“唐凛。”门外简洁明了报名。

霍栩本能地不想在这个刚吐露完自己全部秘密的夜晚见人，尤其是唐凛。对着别人他还能打发打发，对着第一个说“我信他”的唐凛，霍栩没有藏住心情的自信。

“我睡觉了。”霍栩理直气壮，完全没考虑自己的声音听起来多精神抖擞。

门外的人似乎笑了下：“那我就在这里问，就问一件事。”

霍栩直直地看着门板：“什么？”

外面的声音低下来，像是刻意放轻，轻到只有他们两个听得见：“霍栩，你还是想要毁掉主控室吗？”

“当然。”霍栩毫不迟疑，完全不懂唐凛为什么要特意过来问这种废话。

“毁了主控室，就等于毁了鸮系统，极有可能超空间跳跃点会一起消失，那你还怎么脱身？”

“脱身？去哪儿？你说的是K星还是地球？”

霍栩的讥诮，让门外的人短暂静默。

“都行，”唐凛的声音像心疼，又像叹息，“K星也好，地球也好，你想去哪里就去哪里。”

“我哪里都不去。”霍栩一字一顿地说，他冷冷盯着门板，复杂的眼里有仇恨，有怨怼，身体却无意识地将被子抱得更紧，就像溺水的人攀着浮木不肯松手，“地球对你们来说是家，对我来说什么都不是，K星也一样。不过你放心，我既然答应了你们，就一定说到做到。我牵制，你们救人，到了主控室，我制造跳跃点，你们离开，我再毁掉这里。”

“你毁不掉这里，这里是真实存在的星球，你顶多是毁掉建立在这里的试炼区系统。”

“那就毁掉什么算什么，至少这个鬼地方再没办法使用。”

“然后呢？等着K星人来抓你？”

“不，不用他们辛苦，我会自我解决。”

“……”

“那两个人根本就不该把我生下来，既然他们没能好好处理，那我就帮他们处理。”

门外再没有任何声音。

霍栩想唐凛应该是离开了。对方不是苦口婆心的性格，他只会把事情都给你摆出来，说清楚，可你若坚持，他不会再劝。

夜很静，静得有些寂寥。霍栩抬头，就那样抱着被子仰望星空发呆。

不知过了多久，门外再次响起唐凛的声音，他竟然还没走。

霍栩想把目光从夜空转回门口，却在下一秒怔住。

“你的能力要随着闯关才可以提升和觉醒，我想是因为他们怕你过早暴露了不符合关卡等级的实力，会引来守关人的注意和疑心。”

这是唐凛留下的最后一句话。

等霍栩从怔然中回神，再想去看门口，却听见了唐凛离开的脚步声。

3

三天转瞬即逝。

闯关时，二十个小时都觉煎熬，进了休息区，却觉得七十二小时还不够。

然而午夜总是如期而至。

二十二个伙伴聚在集结区中央等待闯关口开启，不想等来的却是整个透明集结区向上飘浮，恍若在乘坐一部打造成玻璃花房的观光升降梯。高度不断上升，外面的天色竟然也越来越亮，集结区穿过无数云层，最终停在一片明亮耀眼中。透明大门缓缓打开，众人走出去，这才发现脚下是一条宽敞的跑道，从前方的光芒里延伸出来，一直铺到集结区门口。

随着最后一个人踏出集结区，大门重新关闭，透明玻璃房急速下降，消失在众人视野中。与此同时，周遭刺眼的光芒也一瞬黯淡消散。

大家这才看清，他们已经进入了一个管道似的封闭空间，就像出了机舱直接进入廊桥一样，不同的是这个“管道”很宽敞，脚下是平地，打造成了九排跑道，无论颜色、宽度还是踩在上面的感觉，都和标准田径场的跑道一模一样，两侧和头顶的封闭一体成型，泛着银灰色的金属光泽，因为顶棚很高，不仅不会觉得压抑，还有一种空间无限延伸的感觉。

显然这就是8/10的战场了。众伙伴不知道跑道有多长，因为前方不远处，跑道开始转弯，从他们这里看不到转弯后的情况。

“叮——”

小抄纸：“欢迎来到 8/10，‘极速杀戮’。在这里你只需要做一件事：奔跑。你有 30 分钟的时间跑到关卡终点，抵达即通关。不过闯关期间，我们会送六批次客人进入这里，分别在第 1、6、11、16、21、26 分钟，奔跑途中千万要躲开他们哦。”

从这一日的黄昏开始，旷工了三天的前守关人们便陆续返回顾问室。没人约定，没人发信号，但就是一个接一个回来上岗了。一直到午夜零点，集结区带着闯关者们奔赴8/10，向来最没时间观念的潘恩也踩着最后一秒准时抵达。

“每批次七个客人，他们有二十二个，也就是三打一，这关难度不大啊。”聚在投屏前的同事们已经聊起来了。

潘恩拖了把椅子凑过去：“你们也说了是每批次，六批累计下来就是四十二个客人，除非他们有本事在每一批次遭遇战里干掉全部客人，否则就是这拨还没打完，下拨又来了，或者这拨还没甩掉，下拨又在前面挡着，最后只能是自己被围剿。”

卡戎闻声回头，无奈看他：“都这么长时间了，你对他们的战斗力……”话才说一半，他忽然停住，惊讶地看向潘恩后方。

潘恩不解，也跟着回头，然后露出了和卡戎一样的错愕表情。

顾问室又进来一个男人。他身材颀长挺拔，穿着高领深色风衣，头上还戴着针织帽，针织帽压得很低，遮住了眉峰，却遮不住他眼中的冰冷和萧瑟。他这身打扮就像要去深秋公园里执行任务的暗杀者，和整个顾问室的慵懒与松弛格格不入。偏偏他还真是顾问室一员——前 9/10 守关者，波瑞阿斯。

不过大家当了这么久的同事，彼此打照面的次数两只手就数得过来。9/10 是最后一个关卡，有资格进入这一关卡试炼的人一定是试炼者中的“金字塔顶端”，同样，有资格负责这一关的守关者，地位自然也是守关者中的最高。这种地位差并不在明面上，大家都是守关者，岗位等级完全相同，但落到实际上，这位同事可从来没和他们打成过一片。

他和提尔还不一样，提尔虽然对谁都淡淡的，有种性格使然的疏离，但至少和大家保持了过得去的同事关系，波瑞阿斯之于他们则更像一个“幽灵同事”。过于陌生的结果，就是他们偶尔在背后谈起这人，连代号都喊不准，索性就用“那个 9/10”代替。

“呃……你怎么过来了？”潘恩想半天也没想起那拗口的代号，索性跳过。

他的声音让顾问室所有人都回了头，然后有一个算一个全诧异地愣在那里，就和之前的卡戎、潘恩一样。

如果说以前的波瑞阿斯是神龙见首不见尾，那试炼区转型，他们被整体架空成顾问后，波瑞阿斯就彻底销声匿迹，别说来顾问室，就连公共休息区也没谁见过他的踪影。他们一度认为他已经被调离试炼区，进入更高层的职位机构了，毕竟他有这个实力。

“过来看看我的关卡。”波瑞阿斯言简意赅。

在当下这种被彻底架空的局面，也就波瑞阿斯还能坦然说出“我的关卡”。

众人看着他走到顾问室工作区和休息区接壤处的小吧台，背对他们，调出个专供自己的小投屏，画面对准 8/10。

只有顾问室里才能调出关卡投屏，而 8/10 和 9/10 无缝衔接，现在在 8/10 里的闯关者，三十分钟后只要不全军覆没，就一定会有人进入最终关卡继续战斗，所以波瑞阿斯从现在开始监控没毛病，总要对即将进入自己关卡的家伙有初步的观察和认知。至于和他们保持距离，启用私人投屏，很符合波瑞阿斯的气质，众守关人内心几乎没什么波动。

只有潘恩还在追问：“之前怎么没见你过来？”

闯到 8/10 就有可能通关进入 9/10，按理说过来关注一下没问题。问题在于这并非试炼区转型后第一次有闯关者进入 8/10，之前进来好几拨了，也没见波瑞阿斯过来观望。

“听说这次的人数不少，而且创造了试炼区转型后 7/10 的最高通关率，所以我过来看看。”波瑞阿斯没回头，但该解释的都解释了。

性子冷归冷，为人孤傲归孤傲，可是从不阴阳怪气，算是波瑞阿斯最大的优点。所以众守关人虽不喜欢他，却也谈不上讨厌。

“听说他们之中很大一部分是从地下城就组队了？”波瑞阿斯忽然又问。

潘恩想了想：“地下城、水世界、3/10 集结区都有吧，不过确实是 4/10 开始就基本是这些人了，天空城里又新加入了三个，然后 7/10 死了一批，现在剩这些。”

“一路闯上来还能剩二十二个人，”波瑞阿斯冷眼望着投屏，“有点儿意思。”

众守关人望着他的背影：“……”那帮家伙可不是“有点儿意思”，是非得你自己亲见才能领略到的美妙滋味。祝好运。

“叮——”

“小抄纸”的提示音从投屏里传来，这意味着规则已下发，关卡开始计时，00:00:01。

和 7/10 一样，8/10 采用的也是正计时，几乎是掐着闯关者们读完规则的时间，“小抄纸”上方的时钟就开始计数。众伙伴霎时紧张起来，不是害怕或者忐忑，就是时间不断流逝带来的紧迫感。

“除非万不得已，否则我们不要分散，”唐凛语速飞快地道，“我们越聚堆，遇见客人的时候战斗力越凝聚。”

反之，如果队伍拉开距离，就等于给了客人逐个击破的机会。

但时间宝贵，后半句不用说大家也都懂。

就在唐凛话音落下的一刻，众伙伴全力加速，疯狂开跑！

“江户川——”骷髅新娘刚跑起来就嗷一嗓子呼唤队友。

“明白！”江户川早酝酿了文具树，他的“条条大路通罗马”简直就是为这跑道战场准备的。你不是七拐八拐吗，分分钟给你变直路！

文具树起效，跑道却纹丝不动。众伙伴已经冲到了第一个拐弯处，一边转向一边趁机看江户川：“怎么了？”

江户川：“没反应，文具树对这里好像无效！”

“没有啊，我的效果很明显——”崔战的声音从遥远的前方传来。

众人抬头，这才刚拐一个弯道，崔组长踏着“健步如飞”已经甩开队伍一截。

周云徽要疯：“说了别脱队别脱队，你一个人跑那么快有什么用，赶着投胎啊？！”

崔组长切换“我的滑板鞋”，行云流水地滑了回来，还挺委屈：“我这不是为了测试一下文具树到底有没有用。”

“江户川你再试一下。”唐凛尽量让呼吸在奔跑中保持规律，同时脑子仍在转。

江户川：“还是不行。”

“跑道是这一关的核心构成，估计是不允许更改。”唐凛迅速下了判断。

“崔战，你的五级文具树是什么，不能给全员加速吗？”周云徽想起来他好像还没见过崔战的五级文具树，顿时心底燃起一点儿希望。

崔战蒙了：“我的五级文具树你见过啊，‘东躲西藏’。”

周云徽：“那不是四级吗？！”

崔战：“啊，‘东躲西藏Ⅱ’。”

周云徽：“……你是捉迷藏精转世吗？！”

吼声还在管道里回响，众伙伴突然听见队伍后方传来奇怪的声音，就像什么在疯狂窜动。还没等他们回头，几条粗壮的藤蔓就从他们头顶上方蹿了过去，一共五条，每一条都有两个手臂那样粗，上面布满墨绿色的叶子，仍在不停地向前疯长。施方泽、礼拜天、大吉、大四喜各坐在一条藤蔓上，藤蔓顶端牢牢缠绕住他们的腰，防止他们跌落，就这样带着他们轻而易举地“超车”。

这是大吉的四级文具树，“致命藤蔓”。

“你这比崔战还犯规！”和尚跑得连呼带喘，还不忘严厉控诉，“剩那一条空的，我要第一个申请！”

“别想了，早有主儿了。”

大吉深吸一口气，意念操控，只见那唯一空着的藤蔓长势迅速超过其他的，径直奔向队伍稍前方的VIP，准确卷起了郑落竹。郑落竹跑得正嗨呢，突然就双脚离地了，下一秒天旋地转，稳稳当当坐到了藤蔓上。

和尚看得眼红心酸。他怎么就没个这样的青梅竹马？！

施方泽给竹子留位置没毛病，但是——

从越：“大四喜为什么也有顺风车？”

礼拜天被藤蔓送到从越上方，两人基本是上下平行，同速移动：“他有的不是顺风车，是‘我是你的幸运星’。”

从越连跑带颠，竟然也没影响反应速度：“他给‘致命藤蔓’加成了？”

礼拜天：“两座变五座。”

从越努力往上抬头，再抬头，一次次抬头。

礼拜天困惑低头：“还有问题？”

从越：“你帮问问能给我加个座吗？”

礼拜天：“……”

大四喜有点儿过意不去，“我是你的幸运星”最高到三级文具树，眼下效果是极限了。不过他没机会和从越解释了，因为第一拨拦路客人即将进入关卡。

00:01:00，一道耀眼光幕出现在众伙伴前方七八米远处，自上而下将跑道拦腰阻断，也彻底遮挡了视线。

众伙伴骤然急刹车，一直没用过文具树的和尚第一个启动：“防御交给我！”

一座晶莹剔透的琉璃屋无声而起，将所有人罩在其中，保护得密不透风。

这是他们进关卡前就敲定的战术之一。琉璃屋是战术的防御部分，与之搭配的攻击则是——

“放心大胆往前跑，我的火应该烧不破琉璃屋。”周云徽全神贯注，目光炯炯。

无数火光出现在琉璃屋外的管道上方，一直从众伙伴的头顶铺散到光幕那里，犹如繁星。

光幕之后，七个客人被送入跑道。他们摩拳擦掌，兴致勃勃，只等……

唰，一个火球从他们面前划过，落到地上，烧出一个焦黑圆点。

光幕倏然消失，七人被扑面的热浪席卷，脸、颈、手等一切露在外面的皮肤立刻被或轻或重地灼伤。

——“这一关的乐趣就是猎物会自动投怀送抱，你们轻松拦截，快乐狩猎就好。”

耳内提示的电子音是这样讲的。但迎接他们的是如雨烈焰，一片火海。

真棒，一个字都对不上。

“繁星流火”同样阻碍了琉璃屋内的视线，众伙伴只能影影绰绰看见火光的前方有几个疑似客人的身形轮廓。但这就够了。又一片更密集的火球倾泻而下，熊熊火焰燃到了最盛，灼烧的热浪甚至穿透琉璃屋，让众伙伴感觉到了炙烤下的呼吸困难。

和尚一声暴喝：“跑！”

为什么是和尚发令？因为他得控制着琉璃屋和大家一起往前飞驰，所以在“琉璃屋+繁星流火”这一战术搭配里，一切节奏他说了算。

众伙伴也给了他全部的信赖。暴喝刚一炸响，大家便开始不顾一切往前冲。

琉璃屋像一块晶莹剔透的巨石，迅猛闯入前方更深的火海，只听“砰”的一声，火海中还没分清东南西北的七个客人像保龄球一样，被琉璃屋的防御壁撞开。

其实满目火光里，众人什么都看不清，但凭声音分辨应该是把第一拨客人撞开了。因为除了撞击声外，还有几声咒骂混在大火的嘈杂里。

“干得漂亮！”全麦给了和尚一个飞眼，难得赞美自家队友。

然而还没等和尚嘚瑟，火海里就传出一道气急败坏的声音：“303！”

应该是某个客人在呼唤编号为“303”的客人。理论上讲，他们七个客人现在算是队友，不过这一声怒气满满的呼唤怎么听都像在骂“你快给我滚出来”……

很快，众伙伴就明白为什么 Guest. 303 挨骂了。

被大火肆虐的管道上方突然聚起大片大片的积雨云，转瞬，暴雨倾盆。

拥有对付当前困境最有效能力的客人终于反应过来了。

琉璃屋被雨水冲刷，屋顶更是被打得咚咚作响。管道内的火势急速减弱，新下来的火球还没落地就被雨水浇灭在半空。

“别浪费精神力了！”崔战强迫周云徽切断文具树。

“继续跑，别减速。”唐凛冷然出声，然后果断点名，“佛纹。”

“早准备好了！”佛纹一个回头，望向刚从火海逃生又被大雨浇透的七个客人，启动“禅心Ⅱ”，范围覆盖到最大。

客人们刚把精神力从防御转移到身体速度，准备全力追击，就被突如其来的平静侵入心神。那是一片温柔的风，一湖宁静的水，一轮皎洁的月，一盏安神的茶……Guest. 301、Guest. 302、Guest. 304、Guest. 305、Guest. 306、Guest. 307 陆续松弛下来，缓缓坐到雨水堆积的地上，神情祥和，目光悠远。

唯有 Guest. 303 于自己制造的暴雨中一脸错愕：“你们在干吗？！”

前方，已经拉开一大段距离的琉璃屋里，白路斜跑得无聊，回头瞥一眼："怎么还有一个漏网之鱼？"

佛纹也没辙："应该是他心志比较坚定。"

"是吗？"白路斜眼尾轻挑，目光淡淡扫过 Guest. 303，送上"孟婆汤"。

上一秒还怒视地上六个家伙的人也一屁股坐水里了。不同的是，别人是爱与和平，他是茫然失神。

顾问室。

守关人们看着暴雨停歇，看着琉璃屋越移越远，最终消失在下一个转角。

维达操控投屏视角跟上，连带着瞄到了时间，00:01:59。

"一分钟还不到就突围，"6/10 道，"啧，效率可以啊。"

第一批次客人拦不住这帮家伙，他们预料到了，毕竟关卡刚开始，这拨进来的七位根本不知道自己即将面对的是怎样恶劣的战场环境和比战场环境更恶劣的魔鬼对手。不过他们以为这些客人至少可以绊住这些家伙几分钟。

"效率是建立在战术得当基础上的，"卡戎分析道，"不分散，不恋战，避免纠缠，保证集体前行速度……这帮家伙的头脑很清晰。"

5/10："而且没有泛滥攻击，仅仅启动了几个必要的文具树，大多数人还在保存精神力。"

"但是下一次可就没这么轻松了，"8/10 对自己的关卡再清楚不过，"从第一批试炼者入场开始，休息区等待的后面五拨就会看见实时转播的关卡画面，想再用同样的套路对付他们，难。"

而且是越往后越难，因为越晚批次进入关卡的客人，观战时间越长，对战场环境以及这帮家伙的了解和准备也就越透彻、充足。

像是为了印证他们的话，00:06:00，第二批次客人进入关卡，一上来就先破了琉璃屋。

周云徽的"繁星流火"在还没到第六分钟的时候就开始启动，但呼啸而下的火球几乎没有让第二拨客人呆愣哪怕半秒，他们仿佛早有准备，在现身的第一时间就由 Guest. 309 展开了气流防御壁，砸下来的火球也好，四周熊熊的烈焰也罢，根本近不了他们身。

琉璃屋是在撞上 Guest. 311 时被对方直接用能力切割的，要不是众伙伴闪得快，那特殊的刀锋能一直切到他们身上。

而就在琉璃屋被破的一瞬间，似笑非笑说了句"我来灭火"的 Guest. 313，铁拳已到周云徽面前。周云徽呼吸一滞，想用一次性防具，但 Guest. 313 的拳速太快了，根本来不及启动。

崔战就在旁边，看得清楚，但同样来不及调用一次性文具，索性踏着一直没切断的"滑板鞋”，拿身体当炮弹狠狠冲撞过去，还不忘喊口号给自己增加气势：“我去你的——”

周云徽眼睁睁看着Guest.313被顶飞，一时有点儿动摇——该不会爆粗口真有攻击力加成吧？

这才几秒，战局就有了混乱的苗头，七个客人已经冲进了闯关者队伍，就算再开启“琉璃屋”也没可能整体突围了。

投屏前的索贝克直皱眉：“第二批次就开始纠缠，后面可要难办了。”

没人接话，因为这几乎是所有守关人的想法。

吧台后的波瑞阿斯无声回头，虽然只能看见一个个后脑勺，他还是敏锐捕捉到了那片区域的气氛变化——沉滞的凝重——针织帽下的眼睛里闪过一丝迷惑。关卡内的第二批次客人明显开始占据优势，这时候不是应该替客人高兴吗？

“啊——啊——”投屏里突然传出凄厉的尖叫。

波瑞阿斯皱眉，拿手指按压一侧耳朵，不大舒服地转回头，看向屏幕寻找声源。

先前二十几个人一窝蜂地跑，还有防御壁罩着，火球干扰着，他根本没注意这些闯关者的样貌，这会儿循着声音锁定一个……女人？怎么还有女人在闯关？波瑞阿斯将投屏拉近，想再看得清楚一点儿，尖叫中的女人突然噤声，然后换了舒缓哀婉的低低轻吟。这歌声让她看起来很悲伤，然而……波瑞阿斯看着周遭原本正在攻击的客人一个接一个动作僵硬，神情痛苦。

“我忘了她已经觉醒六级文具树！”

背后传来索贝克的懊恼声，可在波瑞阿斯听来，那语气里分明无意识流露几分庆幸。他十指交叉轻抵唇下，若有所思。今天算是他第一次和所谓的同事同处一室，但顾问室的风向总让他觉得很微妙。是错觉吗？

趁客人被歌声制约，二十二个伙伴全速冲击，成功突围。

但和尚的“琉璃屋”难以在短时间内重新开启，他试了几次都不行。

“和尚你歇着，我来！”郑落竹果断接手防御工作。铁板凭空而起，将众人重新包围，不过前方的铁板要矮一截，以防遮挡视线。

全速奔跑是很考验体力的，即使是一直没使用过文具树的伙伴，现在都有点儿喘，更别说文具树消耗过的。和尚、周云徽都气喘吁吁，刚切断“月光悲鸣曲”的南歌更是呼吸混乱急促。

“先别冲了，”唐凛第一个放慢脚步，改中速跑，“缓一缓，不然坚持不到最后。”

“可如果我们现在慢了，很可能甩不掉后面的，等一下被第三批次客人拦截的时候，容易被前后夹击！”崔战频频回头，虽然暂时还没有第二批次客人卷土重来的身影，但南歌的“月光悲鸣曲”已经切断了，客人完全可以奋起直追。

唐凛：“我们不可能每次都顺利突围，迟早都要有真正的遭遇战，一旦被缠住，前后夹击是躲不开的。”言外之意，就算现在甩开，也不是万无一失，还会急速消耗体力。

崔战听懂了，可觉得唐凛有点儿过于悲观：“我们能突围一批两批，就能突围五批六批！”

周云徽想一火球扔过去看能不能把他砸开窍：“你还没发现吗，后面的客人可以看见我们现在的战斗过程，不然刚才那家伙不可能破了‘琉璃屋’就来攻击我。”

崔战：“你是说他知道‘繁星流火’是你干的？”

周云徽：“你说呢？！”

“很可能不只可以看见战况，”何律保持着有力而规律的奔跑节奏，“第一批次的时候有客人喊了‘303’，说明他知道 Guest. 303 的能力可以灭火，这表示他们在进入这里之前已经有了交流。”

大四喜：“但这两拨客人都没有整体战术，全是单打独斗。”

江户川：“后面说不定就有了。”

“可我还是喜欢一口气突围。”关岚语气轻快地喊，“五五分——”

五五分卷发飞扬：“收到！”

众伙伴精神一振，这就要用“五五分战术”了？这可是敲定的战术合集里，他们最喜闻乐见的一个，要用这个，他们可来劲了！

00:11:00，第三批次客人准时被光幕送入战场。

同一时间，郑落竹撤掉铁板，二十二人队伍防御全无，但人手一把冲锋枪，黝黑的枪口直指前方，子弹管够！

投屏前的维达惊呆了：“那个卷毛的‘兵器库’可以做到这样？！”

7/10：“可以是可以，但一次性拿出这么多，坚持不了多久精神力一定透支，他后面就别想再用文具树了。”

“砰砰砰砰砰砰——”

跑道战场里，双方已经遭遇，闯关者火力全开，扫射冲锋。

然而客人也不是吃素的，最初的错愕之后，他们立刻提高身体防御，Guest. 316 更是直接释放自己防御性的特殊能力，在七人面前构建了一道半透明的屏障。除了最初几颗子弹给客人造成了杀伤力，还都不致命，后续子弹悉数打在屏障上，只留下浅浅弹孔，无一穿透。

Guest. 316 轻蔑地笑。其余六位客人冷眼看向仍拿着冲锋枪、不知死活向他们逼近的闯关者："该我们反击了……"

"砰——轰隆！"

突如其来的炮火截断了客人们的声音，摧毁了客人们的屏障，也吞没了客人们的身影。

投屏前众守关人："……"竟然还有便携式反坦克火箭筒，小卷毛你以后是不打算过日子了吗？！

还真不打算了。

"从现在开始我一无所有一丝不挂手无缚鸡之力你们要更加爱我懂不懂——"硝烟里，五五分的求关爱响彻跑道。

"必须的！"七十二线小演员成功涨粉二十一个，全是铁粉。

00:16:00，第四道光幕在跑道前方直切而下。

众伙伴已经从中速跑改成了慢速跑，就为了在真正需要突围的那一瞬可以加速。然而这次对手比他们更快，光幕还没消失，后面的客人根本尚未露脸，脚下的跑道突然变成冰面。众人猝不及防，你脚下一滑我身体一歪，一个先倒下，后面跑上来的全倒了。就踏着"滑板鞋"的崔战如履平地，奈何旁边周云徽摔倒时本能去抓稳定物，崔组长被成功带倒。

"可算轮到我了。"江户川狼狈趴在冰面上，但不影响他力挽狂澜。

曾经在孤岛求生的海面上冻结出一条通路的文具树"此路是我开"这次反其道行之，冰面以肉眼可见的速度消融，一点点重新露出原本的跑道。他的文具树对跑道战场没效果，但冰面等于在跑道上又铺了一层私人的路，他要还治不了，那就别混了！

众伙伴飞快在消融的雪水里爬起，忽然听见背后有脚步声。他们呼吸一滞，不用回头也知道，是第三批次的那帮家伙追上来了。

而前方，第四批次客人没急着再出手，但一个一个都虎视眈眈。

唐凛抹掉脸上沾的雪水："竹子，骷髅。"

郑落竹："明白。"

骷髅新娘："我早就迫不及待了。"

"唰——"四周和上方同时封上铁板，将二十二个伙伴围得密不透风。

众伙伴再看不见外界纷扰，但他们也不需要看。

骷髅新娘屏息凝神，铁板外刹那间怨气满溢，鬼哭神嚎。

郑落竹眼底一沉："冲！"

投屏中央，"铁板堡垒"疯狂向前移动。

投屏四周，无数冤魂恶鬼将第三、四批次客人层层包围，纠缠不休。

众守关人："……"大型见鬼坟头蹦迪现场又来了。

这是骷髅新娘一言难尽的五级文具树“百鬼夜行”。真打起来，这些玩意儿没太多杀伤力，但关键就在于突如其来的恐怖，它们冲击的不是对手的身体，而是没有足够设防的心灵。

得摩斯望着变了脸色的客人，不断操控投屏视角，对准一个又一个，专业判断：“如果是在我的‘终极恐惧’里，这个、这个、这个，恐惧值一百，死亡；这个、这个……”

等他打完了分，战场上的二十二个家伙再度成功突围。

六批次客人可就剩两拨了。

5/10：“他们不会真的一口气冲到底吧？”

索贝克：“他们人多，文具树也多，这是最大优势。”

8/10：“关键是还各种搭配，琉璃屋 + 繁星流火，禅心 + 孟婆汤，铁板 + 兵器库，此路是我开 + 百鬼夜行……都快让他们玩出花儿来了！”

6/10：“范佩阳好像一直没动手，我还挺期待他的‘破坏狂’。”

7/10：“我更喜欢这个小不点儿的‘蛋糕’。”

00:21:00，第五批次客人到位。

关岚奋力向前方扔出一个十二寸奶油蛋糕。

七个客人哑然失笑，轻巧闪开。

蛋糕飞向他们闪出的空隙，擦身的一瞬轰然爆炸，奶油飞溅到每一个客人脸上，麻醉味的。

6/10、7/10：“……”

“蛋糕有毒 + 高级破坏狂”，他俩想要的都满足了。

所以这帮家伙是在顾问室里放了窃听器吗？！

00:25:55，距离最后一批次客人抵达还有五秒。

然而又一个转弯过后，二十二个伙伴先看见的却是终点出口！

外面的光从方方正正的出口倾泻进来，将四周晕染得明亮耀眼，距离他们现在的位置最多不超过三百米。

众伙伴刹那间满血复活，脚步也不沉了，身体也灵活了，就连喘的每一口粗气都好像在给引擎增加动力。

“还等什么？”崔战拖着周云徽刺溜就滑了出去，一马当先，“冲啊——”

周云徽鞋底都要磨平了，一阵踉跄，简直要疯：“你别拖着我！”

众伙伴的整体速度刚被崔战带起，前方就一道凌厉光幕，将出口挡得严严实实。

00:26:00，最后一批次客人来了。

还有四分钟，不是不能战斗突围，但唐凛还是想要更保险的："战术冲刺！"

这一声音也传到了光幕后。刚抵达的七个客人不知道"战术冲刺"是什么意思，休息室观战时也没听见这帮家伙喊过，但没关系，无非就是又搞什么突围战术，他们目睹了五场失败，要是还不吸取经验，那真就白来了。

光幕开始变淡。

Guest. 336 释放能力，拉起看不见的防御气场。这可不是墙壁、铁板那种物理防御，而是专门克制精神攻击的气场防御，包括但不限于精神控制、情感侵袭、妖魔鬼怪等。

Guest. 337、Guest. 338、Guest. 339、Guest. 340 凝聚精神，攻击能力准备就绪。

Guest. 341 拉开格斗架势，他喜欢玩近身战。

Guest. 342 操控身体缓缓上升，最终悬浮在距离地面三十厘米左右的空中。他的气流可以托起身体，也可以化作利刃，削铁如泥。

光幕彻底消失。

冲刺过来的却不是闯关者，而是汹涌水浪。

七个摆好造型的客人甚至连姿势都来不及收就被水浪席卷，和浪里浮浮沉沉的二十二个伙伴一起，奔流不息直到出口。

战术冲刺，全称"放弃一切文具树战术由霍栩来带领我们浮沉逐浪全力冲刺"。

"哗啦"，水浪顺着终点出口奔涌而出，闯关者和客人散落一地。

"叮——"

清脆的通关提示音里，七个极度不甘心的客人被白光接走，众伙伴陆续起身，发现自己好像进入了一个新的国度。洁白的云朵环绕着，微凉的清风吹拂着，在云朵和清风的掩映之中，是一座气势恢宏的角斗场。

世界安静了几秒，仿佛连终极关卡都对这群横冲直撞进来的家伙猝不及防，需要缓一缓。

顾问室更是陷入窒息的沉默。除波瑞阿斯外，每双眼睛都一言难尽地望向 8/10，仿佛在问："你确定你的关卡叫'极速杀戮'，而不是'极速通关'？！"

波瑞阿斯仍稳坐着，从背影看，之前的战况似乎并未对他造成任何触动。但也仅止于背影。如果这时候有谁来到吧台，就会发现向来不动声色的波瑞阿斯，眉头已经皱得针织帽压再低也遮不住了，这让他看起来有一种深沉的忧郁。

波瑞阿斯今天过来是为了看圣战场，提前半小时抵达顾问室纯粹是习惯使然——他喜欢凡事给自己多留些时间，以便更从容地掌控节奏。只是既然来了，也就顺带扫了 8/10 的全过程，然而现在他的心情就和他的眉头一样，满是打结的迷惑。

有实力进入圣战场的闯关者，身上大多有某种特立独行的气质，否则也不可能经过层层筛选脱颖而出，这个波瑞阿斯理解，也见惯了。但这样的人之所以特别，就是因为少见，一次性打包二十二个太扑朔迷离了。这得费多大力气才能从茫茫闯关者里把这么多气质匪夷所思且匪夷的方向完全不重样的家伙挖出来凑一块？成功概率比全员通过8/10还低吧？

“欢迎进入9/10圣战场。”

鸮系统特有的电子音在角斗场上空响起，拉回了投屏前众人的注意力，也让战场中的伙伴下意识抬头。

其实上面什么都没有，只一片如水洗过的浅蓝色天空。

“最强的闯关者才有资格踏入这里，所以我要给你们一个奖励……”小猫头鹰的声音听起来比任何一个时候都更戏谑，更欢脱，也更欠揍，“这个奖励就是，没有10/10了哟，恭喜你们已经抵达最后一关，终极关卡！”

二十二个伙伴全体呆愣。虽然他们从施方泽那里得来了情报，但从来没想过鸮系统会给出“官方认证”。还没闯关就先把底牌掀了，这是什么操作？

“是不是很惊喜？是不是很振奋？通过这一关，你们就可以回家了哟。所以——”电子音拖长，骤然发力，“不顾一切地全力开战吧！”

慷慨激昂的鼓励响彻圣战场上空，小猫头鹰功成身退。

众伙伴内心已如明镜。惊喜？振奋？这是到最后关头还要拿“回家”的诱饵再煽动一波，以便激发出他们最强的战斗力，给角斗场里的客人提升娱乐性呢。

“叮——”

关卡规则几乎是叠着小猫头鹰的尾音发放。

小抄纸：“角斗场里，你的对手正在等待。冲进去，杀掉他，你将获得最后的胜利！”

众伙伴只瞄一眼手臂，都懒得细看，便一个个冷眼抬头，去望角斗场周围。果不其然，角斗场斜后方的稍远处，隐约可以看见四座神庙，两座在左斜后方，两座在右斜后方。如果的确如施方泽所言有七座神庙，那目测应该是在角斗场身后围成一个半弧形，所以中间三座神庙是被角斗场挡住了。

霍栩不负责神庙，也无须观察地形，脑内读取完规则信息便第一个出列，走向角斗场，没半点儿犹豫，也没说半个字，就像一个默默离群却毫无畏惧的小兽，背影桀骜而孤独。

忽然有人在后面喊他的名字。

眼中只剩角斗场的霍栩被这声音干扰得心烦，他现在需要的是往前，而不是回头。可他还是停住脚步，有些不爽地转身：“我知道，不能冲动杀人，禁止激情通……”

“关”字淹没在温暖的拥抱里，是唐凛先动手的，然后郑落竹跟上，从越又重量加码。

“注意安全。”

“你可别死！”

“战术是死的，人是活的，真打不过就往神庙跑，知道吧？”

霍栩快被这仨人折腾得无法呼吸了，也分不清哪句话是谁说的，好不容易从过于亲密的集体怀抱里挣脱出来，又被南歌手快地揉了一把头发。

然后就是范总微微点头，一副尘埃落定的表情：“去吧。”

霍栩：“……”还没开战呢，他先被这帮家伙搞掉一半战斗力！不，一多半！

气呼呼转回身体，霍栩再没一点儿留恋，急速前进。

大四喜悄悄咕哝：“我好像看见他笑了。”

旁边的骷髅新娘立刻“嘘”一声：“给孩子留点儿面子。”

投屏前的守关人们本来还在想，二十二打一，角斗场里那位尊贵的 Guest. 999 个人能力再强，怕也要在众多文具树的围攻里伤一番脑筋，甚至很可能凶多吉少，毕竟谁也不知道这帮家伙还有什么混搭的歪招。剑走偏锋不可怕，可怕的是二十二把剑都在走偏锋，没一个正经。然而接下来的战场走向让顾问室里的每一个人都傻眼了，包括波瑞阿斯。

这一群闯关者里只有霍栩进了角斗场，其余二十一个全绕到了角斗场后面，并且迅速分成七支小队，毫不犹豫地扎进了七座神庙，仅留施方泽和南歌在原地，背靠主战场，眺望七神庙。

“这是什么战术？”潘恩费解得直抓头，“怕团灭所以先派一个人去探探实力？”

维达觉得不对：“真要是想探角斗场的底，其他人在外面等着就行了，为什么要绕去后面？”

潘恩显然听出了维达的话外音，顿时错愕：“难道……”

后面的话他没说出来，索贝克被他俩弄得更迷糊了：“难道什么？这些神庙里有什么特别吗？”

众人面面相觑，一时沉默。

这其实不算什么秘密，试炼区里很多人都知道，不单单是他们。但上面对此一直低调，明面上几乎没人提这事儿。何况波瑞阿斯还在这里，真要讲也该他这个 9/10 的正主来透露，旁人多嘴不合适。

索贝克见大家都不说话，有点儿回过味了，犹豫地瞄一眼波瑞阿斯的背影，终是没敢打扰这位一看就不好相处的同事。

不料波瑞阿斯却主动开口：“回收室在神庙里。”

索贝克懵懂地眨眨眼：“回收室……又是什么？”

波瑞阿斯终于回过头来，不悦的目光直射向他：“你一个守关者，连回收室都不知道？”

虽是问句，却分明带着严厉的批评。

索贝克委屈巴巴。自己本来也没主动问他啊，他非要答，答得不全面还反过来怪自己理解不了。

波瑞阿斯看了他一会儿，忽然问：“你是守哪一关的？”

索贝克连忙答：“4/10。”

波瑞阿斯回顾一下自己和 4/10 守关人仅有的几面之缘，确认和眼前这个对不上：“新调来的？”

索贝克：“半年多了。”

波瑞阿斯：“之前在哪里？”

索贝克：“后勤运营部。”

波瑞阿斯：“负责管理？”

索贝克：“负责烘焙。”

波瑞阿斯：“……”很好，他的新同事是个面包师。

稳一稳心情，波瑞阿斯简单解释：“回收室是回收闯关者尸体的地方，所有死亡闯关者的尸体会被回收到这里集中修复，然后成为能量培养皿，听明白了吗？”

索贝克呆呆地看着他，听是听懂了，可需要时间消化。他以为闯关者死了就是死了，因为就算利用 K 星能量修复，让这些人复活也没办法再唤醒这些人的文具树。但索贝克没想到，这些人还会被用来这样提取最后的价值。这是于 K 星有利的事，以 K 星人的立场应该是举双手赞同的，可是……索贝克有些恍惚地去看投屏，看战场里那一张张通过围观早就熟悉的脸。一想到这些人也可能成为一具具被源源不断提取能量的“活尸体”，他心里没来由就有些闷闷的。

“他们不可能知道回收室的事。”给索贝克解答完，波瑞阿斯又把视线投向自己的屏幕，留给众守关人一个“你们想太多”的冷漠背影。

潘恩和维达交换个眼神，而后一起看向其他同事，目光闪动：你们也觉得我俩想太多？

希芙、得摩斯、卡戎、5/10、6/10、7/10、8/10 缓缓摇头，摇得整齐，摇得坚定。

正常来讲，闯关者绝对不可能知道这种秘密。但现在 9/10 里的二十二个，没一个看起来正常。

第五章 回家

HUI JIA

1

角斗场。

霍栩踏入的一瞬间，耳边仿佛听见了山呼海啸的呐喊，就像环绕一圈的高高看台上坐满了观众，他们正激动地等着下面的角斗士开始厮杀。然而一阵风过，那声音又散了。看台上的那些座位还是空空荡荡，整个角斗场里只有他和此刻已经站在战场中央的年轻男人。那人打扮很简单，也很清爽，仿佛不是来打架，而是来秋游。他的身材同唐凛相仿，修长却并不强壮，骨架很好看，薄薄一层肌肉，恰到好处的漂亮。

这不是一个具有威胁性的体魄，霍栩却并不会因此掉以轻心。因为他很清楚，只有对自己实力有足够信心的人才会轻装上阵，一如他自己——霍栩从头到脚没有任何累赘，只穿了一件黑色长袖，里面连绷带都不缠了，第一次被解放的双臂轻盈得不像他自己的。

“就你一个？”年轻男人疑惑开口。他看起来比霍栩大一点儿，但大得并不多，二十二三岁的样子，眉宇间带着年轻人特有的率性和朝气，还有自然而然的优越感。

霍栩在他面前三米处停下，用唐凛教的话术和对方打太极：“要一连闯过 7/10、8/10，你觉得还能剩几个人？”

“确实不会太多，一个不来也有可能。”年轻男人说，“我觉得奇怪，是因为刚才我独自站在这里傻等的时候，听见外面好像不止一个人的脚步声。”

霍栩：“你听错了。”

年轻男人乐了："哦？是吗？"

"或者，"霍栩后撤半步，拉开对战架势，"你也可以打败我，再出去看看。"

"不废话，我喜欢。"年轻男人扬起嘴角，"Guest. 999，虽然我觉得这个编号很滑稽，但也只能让你这样称呼我。"

投屏前众守关人："……"递交到试炼区并审核通过的客人申请总计九百份，其中很多人还不知道什么时候能排上，单独给这位编号 999 完全是特殊待遇好吗，就像一个贵宾中的贵宾章，直接塞到最后一关更是超 VIP 体验，居然还在这里嫌弃？！

"哦。"霍栩面无表情应了一声，表示自己听见了。

Guest. 999 等半天，没等来"哦"的下文，不太高兴地问："你呢？叫什么？"

霍栩看了他两秒："我是来杀你的，不是来和你交朋友的。"

Guest. 999 又被逗乐了，他的喜怒都写在脸上，热烈而直接："我只是想知道等下被我弄死的是谁。"

两个人的视线在半空相撞，都是横冲直撞，都是勃勃杀机。

霍栩和 Guest. 999 就像各方面都很合拍的对手，只是前者比后者多了分倔强，后者比前者多了分优越。不过和其他客人出于鄙视闯关者产生的优越感不同，那些人的优越感通常为了刻意显示自己对闯关者的碾压，总带着几丝用力过猛，Guest. 999 的优越感更像是长期在优渥环境里形成，不经意间就会流露——无论对面是霍栩，还是 K 星人。

"咻！"Guest. 999 突然身形一闪，竟凭空消失了。

这毫无预兆的变故让霍栩一怔，他立刻下意识用精神力提升身体防御，刚提升完，腰侧就挨了重重一脚。霍栩甚至都没看到 Guest. 999 是什么时候近身的，整个人就已经飞起，狠狠跌落在几米外的地面。及时提升的防御缓解了地面带来的大半冲击，却缓解不了他内心的震荡——被袭击时，他已经完成了身体防御，可竟然接不住 Guest. 999 的一脚！

"咻！"Guest. 999 就像移形换影，转瞬又到霍栩跟前。

霍栩还躺在地上，看世界都是颠倒的，可这不妨碍他撤掉防御，把精神力一股脑儿注入到攻击。于是 Guest. 999 第二脚踢到霍栩身上时，铺天的水浪也从他头顶打下。巨浪将两人一下子冲散。霍栩操控能力瞬间将自己顶出水面，待巨浪散去，才稳稳当当落到地上。相比之下，另一边的 Guest. 999 就狼狈得多，浑身湿透，还呛了几口水。

可 Guest. 999 很高兴，他晚了霍栩几秒站起，擦一把脸上的水，抬起头，眼睛都在放光："这就是你的文具树？几级的？还有没有更厉害的？再来！"

霍栩："……"

Guest. 999 理直气壮地催："快点儿啊。"

霍栩磨牙："我不是来陪练的。"

Guest. 999："但我喜欢玩水。"

霍栩莫名其妙："那又怎样？"

Guest. 999 笑意渐淡，眼里第一次有了冷冷的强势："我喜欢，你就得陪我玩。"

顾问室里，众守关人神情复杂。

得摩斯勾起一抹自嘲："少爷就是少爷啊，全世界都得听他的……"

7/10："命好，羡慕不来。"

潘恩："嘁，不就是仗着家里吗？！"

8/10："我说句话你别不爱听，他还真不是全靠家世。刚才那两脚你看见了吧？"

潘恩："看什么，看他动作有多快？你的能力要是速度方向，你也行。"

6/10："可他不是速度方向。"

潘恩："……"

8/10："或者说，不单是速度方向。"

卡戎："他是罕见的没有任何特殊能力但身体基础素质全部觉醒的人。"

索贝克："什么叫……全部觉醒？"

卡戎："体力、耐力、速度、力量、敏捷、防御等一切你能想到的身体素质，每一个单项他都是顶级的，如果把这些单项综合起来看全面的身体素质，那他就是最强，没有之一。"

希芙凉凉插话："我觉得你们最好还是先放下对贵公子的吹捧，看看神庙那边的情况。"

角斗场背面。

施方泽和南歌躲在阴影里，前方的七座神庙尽收眼底。他俩是神庙救人小分队的联络中枢——施方泽通过放在每一队身上的"我在你左右"来听取搜寻的情况和进展，南歌用"余音绕梁"将这些情报进行二次传递。为了效率，施方泽直接将各神庙的"窃听"进行了公放，这样南歌可以实时收听并将信息交错传递。现在，七个小分队都陆续对各自负责的神庙进行了初步搜寻，杂乱的声音正在空气里交错。

【神庙 1】

大吉："从里到外都搜遍了，除了石柱还是石柱，然后就是一堆看不懂的壁画……"

礼拜天："哎，郑落竹你别乱动！"

郑落竹："我就是想看看这个石头能不能挖出来。"

礼拜天："你看中哪块就告诉我们，我们给你挖行不行？！"

郑落竹："你们又不是我的小弟，我不能使唤你们。"

大吉：“你能！”

礼拜天：“特别能！你千万别自己冒险，我们赔不起！”

【神庙 2】

唐凛：“没有任何东西，除了石砌的神庙结构本身，就只有墙上的绘画。”

范佩阳：“如果再搜不到有用的东西，我会考虑另辟蹊径。”

唐凛：“比如？”

范佩阳：“小范围定点爆破，我会尽量不引起角斗场那边的注意。”

唐凛：“……”

【神庙 3】

崔战：“这里啥玩意儿没有！”

周云徽：“壁画也不好看。”

【神庙 4】

何律：“没有发现。然后白路斜刚才想趁我搜寻的时候偷袭，我对他动了手，其实他只是恶作剧，我的反应有些过度，他现在非要和我散伙，我正在努力劝阻。放心，我们这里没有问题。”

施方泽神情微顿，看向南歌。

南歌领会，直接用“余音绕梁”问何律：“你那边真的没问题吗？”

话音刚落，神庙 4 里传回一声“你犯规了”的电流惩罚音，“嗞啦——”

施方泽和南歌同时放下心来。何组长完美控场，没问题了。

【神庙 5】

关岚：“空的。”

和尚：“除了石头和壁画，什么都没有。”

丛越：“但是很奇怪，这个壁画很像我在 7/10 一对一的时候看见的，就是我和你们说过的那个教堂，里面的画和这些画很像，也是各种灾难场面、怪物，然后还有一群奇装异服的人，还有星球……”

南歌敏锐捕捉到丛越的信息，直接用“余音绕梁”问其他神庙里的壁画内容。片刻后，伙伴的声音通过“我在你左右”反馈回来，壁画里的内容基本是一样的，不过因为语言不能精准描述画里的每一个细节，所以无法判断这些画是大致类似还是完全相同。

【神庙 6】

五五分、莱昂、全麦传回的信息和前面一样：空的神庙，奇怪的壁画，没发现密室或者机关。

“南歌，”远在神庙 2 的唐凛忽然隔空叫自家伙伴，他知道南歌听得见，“大四喜那边情况怎么样？”

队伍解散之前，大四喜特意用“幸运抉择”两两筛选地考察过，文具树最终指向神庙 7。但连大四喜都不敢说这个选择一定正确。而且前面刚刚出现过江户川的文具树对战场无效的情况，所以为了确保万无一失，大家还是分成了七组，但大四喜这一组人最多，骷髅新娘、佛纹、江户川都在，既是为了保护我方大四喜，也是为了更彻底的搜寻。然而……

“和你们那边一样，”南歌回答唐凛，声音凝重，“没有任何发现。”

不知是不是感觉自己被点名，大四喜的声音正好在这时从“我在你左右”里传出来：“那个，我刚想到一件事，”他把声音压得很低，像做贼，“我们在神庙里的行动，是不是会被守关人监控到啊……”

顾问室众守关人：“……”你才想起来担心吗？！

虽然这帮家伙没有明确说出“回收室”这个关键词，但在与闯关完全无关的空荡神庙里这样系统地、有目的地搜寻，还能是找什么？试炼区内部信息的泄露令人震惊，众守关人完全想不通那帮家伙的情报来源，更无法预料他们接下来还会做什么。

“这个情况有点儿不妙啊，”维达担心道，“得赶紧报给上面。”

5/10 斜他一眼：“现在还用得着我们瞎操心？”

维达愣住，随后反应过来，他们已经不是守关人了。新的运营团队里，会有新的现任守关人，和他们一样在实时监督关卡进程，贴心地为每一位客人服务。他们这些早被架空的，突然出声没准还要被说多管闲事。

空气渐渐安静，定下心来的众守关人终于想起还有一位同事。他们集体默默回头，去望吧台那抹不合群的背影。这人不久前才说过“他们不可能知道回收室的事”，言犹在耳。

波瑞阿斯无视背后唰唰唰射来的目光，倔强地继续看投屏，假装暂时性遗忘。

神庙这边，大四喜的担心通过南歌传递到了唐凛和范佩阳这里。

唐凛让南歌告诉大四喜以及其他伙伴：“被发现是一定的，绝对不要抱任何可以蒙混过关的侥幸心理。我们现在要做的就两件事：一、争分夺秒找到我们想要的；二、做好可能被干扰甚至是强硬阻止的心理准备。”

这番话通过“我在你左右”传回来，南歌愕然地转头看施方泽。因为几秒前，施方泽才让她向大四喜回复了差不多的话。

施方泽笑，说：“如果我跟你们组长早一点儿认识，应该会很合拍。”

南歌不知道他和唐凛会不会合拍，只是突然有点儿替郑落竹担心。施方泽和唐凛一样，太聪明，心思太缜密，看人准，看事情透，这样的人要是下定决心，傻竹子根本无处可逃啊，说不定被啃了还要担心自己占了对方便宜。不过担心归担心，没影响正事，南歌随即就把唐凛的话送到了其余神庙小队。

唐凛在自己的神庙里最后环视一圈，当机立断：“我要去其他神庙看看。”另外六座神庙里的信息都是通过南歌转运过来的，现在一筹莫展，唯有把每一座神庙都亲自看一遍，才有可能找到突破。

范佩阳点头：“好，我陪你。”

“不行，”唐凛说，“你要留在这里，每一个神庙里都要有人。”

范佩阳明白他的意思。七座神庙必须保持同步联动，这样一旦想到什么，就可以所有神庙一起尝试。短暂停顿后，范佩阳松了口，深深看着唐凛：“行，随时汇报情况。”

唐凛没好气地轻笑：“就非要‘汇报’，不能是随时‘保持联系’？”

“不要挑字眼，”范佩阳微微皱眉，“我没拿你当员工，过去没有，现在没有，永远也不会有。”说完他极快地抱了唐凛一下，从善如流地改口，“随时保持联系，听话。”

唐凛：“……”这算是变相撒娇吗？

2

角斗场。

风声，水声，打斗声……中央的角斗场地已经不知被水浪冲刷了多少遍，到处都是湿漉漉的，还有几波水浪打到了一处看台，现在水还没散尽，仍沿着座位淅沥沥往下流。

对战双方也早就浑身湿透。Guest. 999 将湿了的头发向脑后拢，露出光洁的额头，这让他的五官更立体，英气逼人。霍栩狼狈得多，身上挨了好几下，微微弓着后背喘息。他竭力闪躲，却只是避开了要害。Guest. 999 不仅有速度，还有力量，霍栩身上每一处都在疼，哪怕是像现在这样一动不动，疼痛都会随着呼吸一下一下刺激着神经。

“我以为你只有文具树，”Guest. 999 微微眯起眼，像是在重新审视自己的对手，“但我好像错了。”

霍栩忍着疼，嘴角勾起嘲讽：“我以为你有特殊能力，我好像也错了。”

Guest. 999 歪头：“你是在期待我飞天遁地还是精神控制？”

霍栩挑衅看他：“我说了你就有？”

Guest. 999 很诚实：“没有。你要什么我都没有。”

霍栩暗暗怔了怔。他故意和 Guest. 999 那样说，只是为了挑衅，为了逼对方尽快用出特殊能力，否则这个未知能力就像一支躲在暗处不知何时会放的箭，令人烦躁。但他从来没想过，对方是真没有能力。霍栩将信将疑地看着 Guest. 999，企图从对方脸上找到说谎的蛛丝马迹。失败。好吧，他承认，他压根儿不会看人。

Guest. 999 读懂了霍栩的怀疑，嗤笑道："是什么让你觉得，我会特意去欺骗一个比我弱的家伙？"

霍栩："我遇见的所有客人都有特殊能力。"

Guest. 999："所有客人都有，我就应该有吗？那为什么他们都只能在前面关卡玩，我却可以在这里？"

霍栩紧紧盯着他，不言语。

Guest. 999 甩甩水珠，又重新拢了拢头发："那我来告诉你吧，我会在这里，是因为我的实力让我有站在这里的资格。你觉得没有特殊能力就不可怕？恰恰相反。一个没有特殊能力的人，却可以生存在一个需要特殊能力才能活下去的世界，你觉得我和他们谁更强大？"

所以，不是每一个 K 星人都有特殊能力……霍栩拼命消化着新的认知。

"理解不了我的话？" Guest. 999 以为他的沉默是内心混乱，看向霍栩的目光渐渐变成同情，"算了，这里给你们灌输的认知太有限，还不让我们说太多，只能……"

"这就是你身体素质比其他客人强的原因？"霍栩突然出声，打断 Guest. 999 的自说自话。

Guest. 999 一愣，原本郁闷的神色立刻拨云见日："你还是听得懂的嘛。"

霍栩索性直接问："你单凭身体素质就能对抗一切特殊能力？"

"说'一切'口气太大了，" Guest. 999 一本正经地纠正，"应该是'绝大多数'。"

霍栩点点头。按照唐凛给的战术，他最好可以和对手长长久久地聊下去，这样就可以无限拖长时间，避免过多交战给身体带来伤害，但他真的不擅长聊天。

Guest. 999 也不是过来开茶话会的："缓得差不多了吧？"

霍栩一愣，神情疑惑。

Guest. 999 无语："你以为我真愿意和你聊天？我说三句你回不出来一句，好不容易回了还一多半是'嗯''哦''啊'，和你说话能闷死。我是在给你时间缓口气，不然三两下你就死了，我还怎么玩。"

霍栩："……"

Guest. 999："不要现在才露出一脸恍然大悟！"

休息时间结束，Guest. 999 微微站定，眉宇间重新冷下来，径直看着对面的霍栩。霍栩和他的距离只有两米，是一个 Guest. 999 如果加速，绝对没可能闪避的距离，甚至连要害都可能避不开。但霍栩没向后撤，就那样静静迎着对手的视线。Guest. 999 等了片刻，才确定霍栩是真的不打算拉开距离。他极快地勾了下嘴角，像在嘲笑对方的自不量力，下一秒，危险的光闪过他眼底。

“咻！”这一次 Guest. 999 的速度又比之前提升了一大截，霍栩不单看不清他的移动，甚至连移动带起的空气划破声都听不完全，对手就已经带着疾风逼近。霍栩干脆放弃视觉，直接凭本能判断攻击方向，一边用并拢的双臂护住头颈，一边抬腿狠狠踢向 Guest. 999 可能袭来的方向。“咚！”对方的拳头重重打到霍栩竖起抵挡的手臂上，拳头到肉，重重闷响。但霍栩用直觉判断的方向也对了，他飞踹的那一脚结结实实踢到了 Guest. 999 的身上。

Guest. 999 看见霍栩抬腿了，但他的拳头是先到的，他不相信被他打中的霍栩还能完成这一脚。可霍栩不仅完成了，动作一点儿没变形，力量也绝对是给足了的。Guest. 999 不受控制地向后踉跄好几步，拼命稳住身体，才没难看地摔在地上。而霍栩被打中的胳膊已经木了，他咬着牙，放下手臂，脸上没流露一丝痛楚。

Guest. 999 没急着再攻，因为刚才那一下已经冲击到了他的认知体系：“你怎么会有这种防御强度？”先前的攻击他只用了三成力，虽然每一次都击中了，但看起来并没有超过对手的承受范围。所以这一拳他是直接把力量提到了七成，对面就算是 K 星人，挡这一下都可能骨折，何况一个没有任何文具树防御的闯关者，皮开肉绽、断裂的骨头戳出来是最基本的。不是他喜欢血腥，而是身体素质的强度差必然带来的结果。可霍栩连骨折都没有，拳头打上对方手臂的那一瞬，Guest. 999 感受到的是放在 K 星都毫不逊色的身体强度。

“我用了一次性防具。”霍栩不擅长撒谎，但并非完全不会。

“不可能。”Guest. 999 想都没想就否定。

霍栩：“怎么不可能？”

“一次性文具释放的能量是特殊的，如果你用了，我一定感觉得到。我对能量流动的感应力远比你以为的更敏锐，”Guest. 999 眼底渐暗，“你骗不了我。”

霍栩：“……”

Guest. 999 静静看着他：“我再问一遍，你身体的防御强度是怎么回事？”

霍栩：“许愿屋。”

Guest. 999 突然启动，又急速逼近。霍栩吃对方速度的亏可不止一次了，当下将精神力全部用来提升自己的速度，猛地往旁边侧身一闪。成功了！Guest. 999 扑了个空，身体擦着他的肩膀而过。

“这个身体反应速度也是许愿屋给你的？”

霍栩还没来得及高兴，就被这句话定住了。

Guest. 999 转过身来，两人近在咫尺。

霍栩抿紧嘴唇。他不怕被识破身份，如果怕，他就不会拆掉绷带进关卡，哪怕那会牺牲一点儿身体灵敏度。他敢拆，就敢面对，但不是现在。神庙那边还没动静，他不想引起任何骚动。

顾问室。

5/10："那小子真没用一次性文具吗？"

8/10："人家少爷敢这么笃定，恐怕就是了。"

6/10："但是说不通啊，一个闯关者的身体素质怎么可能平白无故达到这种程度？"

"你们好像忘了一件事，"7/10 瞄一眼提尔，才又看回投屏里的霍栩，"他的文具树可是'无法查看'。"

空气突然安静。之前的疑点就像不定时散落的碎片，今天一个，明天一个，这里一个，那里一个，他们在看见碎片的当下或许会讨论几句，可过后就忘了。如今突然把所有碎片汇总到一起，他们才发现这个霍栩身上可疑的地方也太多了吧！

波瑞阿斯虽眼睛望着投屏，但没漏掉身后的任何一句话。竟然有闯关者的文具树无法查看？这么蹊跷的情况，新的运营部没发现吗？难道还要他一个已经退居二线的前 9/10 守关者越权上报？

"全体顾问请注意，全体顾问请注意——"

众人耳内突然同时响起声音，这是试炼区紧急联络、调度时才会用的方式。

"9/10 发现有闯关者偏离闯关路线，暂时还没有对关卡的正常运行造成影响，但仍然存在隐患，请密切关注 9/10 的情况！再重复一遍，9/10……"

前守关人们面面相觑，有点儿蒙。运营部发现 9/10 有异样这很正常，那么多人呼啦啦去神庙，傻子都能发现不对，但是——

维达："为什么让我们注意关卡情况？不是应该当值守关者负责吗？"

索贝克："可能偏离路线的人数太多，9/10 就一个守关者监控不过来？"

这个解释并没有太多说服力，当初架空他们可是架空得很彻底，就差扫地出门了。

众守关人正议论纷纷，波瑞阿斯低沉出声："与其担心那些偏离路线的，还不如多关注一下主战场。"

"主战场？"8/10 立刻去看角斗场画面，"一切正常啊。"

7/10 附和："不管是他杀掉 Guest. 999，还是他被 Guest. 999 杀掉，都在合理闯关范围内。"

5/10 以为自己听错了，斜眼看他："你真觉得那小子能杀掉 Guest. 999？"

7/10 耸肩："硬拼战斗力当然没可能，但万一小少爷心软了呢？"

6/10 莫名其妙："人家少爷过来就是找乐子的，为什么要心软？"

"我不知道，"7/10 真诚摊手，"我就是觉得在这帮家伙身上发生什么怪事都有可能。"

6/10："……"竟然好有道理。

"你们每次讨论工作都是这样散漫吗？"波瑞阿斯以手撑头，揉了一下额角，心累地将马上就要跑偏的话题重点扯回来，"神庙里的闯关者再折腾，也不可能找到回收室，这是一场注定徒劳的偏离。相反，角斗场里的闯关者身体素质异常高，并且你们早就发现无法查看他的文具树，这难道不更值得我们警惕？"

"我们警惕啊，"维达环顾一圈同事，"对吧，要不为什么我们今天准时上岗，阵容整齐？！"

众守关人："……"不是为了看热闹吗？

但是波瑞阿斯的话也不是全无道理。神庙那边虽然人多，看着气势汹汹，可直到现在仍然没有任何实质性突破。众守关人的目光重新聚焦到角斗场后方……

从神庙 2 出发的唐凛最先去了离得最近的神庙 1，然后神庙 3、神庙 4、神庙 5、神庙 6 这样一个个跑过去。经过实地查看，他可以确定这六座神庙是一模一样的，一样的结构，一样的建筑材质，一样的壁画，以及除此之外一样的空荡。唐凛甚至特意比对了壁画的内容和局部细节，都没发现不同。

不知不觉已经到了最后一座神庙，唐凛脚下未停，直接冲了进去。

"唐队！"大四喜、骷髅新娘、江户川、佛纹看见唐凛就感觉看见了黑暗里的曙光，还是金光闪闪那种。

"我们就差把庙拆了！"骷髅新娘靠在自己的"白骨战士"身上，累得都快小鸟依人了。

"别急。"唐凛说。他其实一筹莫展，紧绷的神经早就在争分夺秒，可他不想把这些负面情绪传给本来就沮丧的四人。

唐凛冷清的声音是最好的镇静剂，四个伙伴内心的焦躁稍稍舒缓。

唐凛不再多言，迅速走到壁画前。还是和前面六座神庙一样，画满了这个方位的一整面墙，但画的内容不是完整一幅，而是分散成许多独立的情境、故事，基本都是各种灾难，火山、洪水、地震、海啸，大地像怪兽的嘴一样开裂，又被上升的海平面汹涌吞没。每个灾难里都有人，有的是一个，有的是一群，有的惊慌失措，四下逃窜，但更多的是战士，他们就像被赋予了超级力量的天神，英勇无畏地同这个倾覆的世界搏斗。

"果然还是画的问题吗？"佛纹凑过来。

"从越在天空城一对一的时候，战场是一座教堂，彩绘玻璃上也是这些画。"唐凛说，"我不觉得这样的画反复出现是一种无意义的巧合。”

江户川：“也许就是设计师的个人偏好？”

“就算是偏好也该有灵感出处，”唐凛说，“比如很多关卡里的战场都是模仿我们的城市和环境。”但这些画里面，除了灾难是和地球共通的，其余不管是人的穿着、各种怪异的动植物，还是偶尔掺杂着现代科技感的建筑和器具，都无法和地球历史知识体系里的任何一段神话传说对上号，更别说好几处还有星球乱入，就像宏观宇宙景象的碎片一角。

江户川在唐凛的若有所思里突然开窍：“这该不会是……”不会是K星自己的神话传说或者历史故事吧？！

“我就是这么想的。”唐凛先前只是存疑，可在一座座神庙看过来之后，这样的念头越发清晰。

“但这还是没用啊。”江户川再度沮丧，他们是来找死亡空间，又不是来观摩K星历史的。

不料唐凛忽然问：“小江，你们闯1/10的时候，遇到的地铁密室是北欧神话相关吗？”

江户川愣了愣：“是……但为什么问这个？”

既然是一样的密室，那就是一样的谜题了，唐凛抬头望着一整面的绘画墙：“那你还记得，是怎么发现纳吉尔法船板藏在黄金柜子下的大理石地面里的吗？”

江户川醍醐灌顶，是刮掉了《诸神的黄昏》那幅油画表层的颜料，露出了被覆盖在下面的另一幅油画《黄金柜子》：“颜料覆盖颜料，刮掉表层就能显露真正的秘密！”

大四喜、佛纹、骷髅新娘：“……”他们当年可能闯了一个假的1/10，为什么完全没记住？！

“其实我没有任何根据，完全是病急乱投医，”唐凛赶紧给江户川打预防针，不然这位伙伴都要提前为胜利欢呼了，“但是现在也只能想到什么就尝试什么了。”

“唐队，你别保守，把你所有能想到的都和我说。”大四喜一步跨上前，“来！”

唐凛莞尔，却一秒不耽搁：“继续文明搜索和直接定向爆破？”

“幸运抉择”，启动。

大四喜：“定向爆破！”

唐凛：“比对每座神庙差异和定向爆破？”

大四喜：“定向爆破！”

唐凛：“敲打砌成神庙的每一块石头寻找机关和定向爆破？”

大四喜：“定向爆破！”

佛纹：“不是，为什么每一次抉择里都有定向爆破？”

唐凛：“因为范总特别想。”

佛纹、大四喜、骷髅新娘、江户川：“……”那个男人已经是人间凶兽了，真的不需要你再这样宠啊，给人间留一条活路吧！

“刮掉壁画和定向爆破？”唐凛问了最后一个。

大四喜沉吟两秒，终于给了不同抉择：“刮掉壁画。”

十秒后，经由南歌的“余音绕梁”，每一座神庙的伙伴都接到了刮掉壁画颜料的任务。

一分钟后，隔壁神庙 6 的五五分携带“兵器库”抵达，火线支援神庙 7 这一最被寄予厚望的重点区域——他在 8/10 消耗的大量精神力，在进入 9/10 后稍稍恢复了些许，虽仍在警戒线徘徊，但弄出六把冷兵器还是不成问题的。

四分钟后，人手一把巨型刮刀的六位伙伴合力，在高效协作下率先将神庙 7 的壁画刮了个干干净净。表层壁画下面并没有第二幅画，剥掉颜料，露出的是整齐石块。但在整面墙的右下角，几乎要贴到地面的石块上，有一个不起眼的小猫头鹰图案，灰蒙蒙的，像颜料褪了色。

骷髅新娘几乎掩不住脸上的欣喜：“真被我们找到了？”

唐凛觉得是，但还不敢下定论，他微微抬头：“南歌，你让其他神庙重点刮壁画右下角的部分，看颜料后面有没有一个灰色的猫头鹰图案。”

很快，南歌的反馈陆续传回唐凛耳内。

“组长，神庙 4 已经清除完了壁画整个右半部分，什么都没发现……”

“神庙 1 在右下角区域没发现……”

“神庙 2 没有……”

“神庙 3……”

“神庙 5……”

“神庙 6 没发现。”

神庙 7 的几个伙伴屏息等待，直到看见唐凛一次次摇头，最终给出三个字：“都没有。”

大四喜、骷髅新娘、佛纹、江户川眼睛发亮，就连五五分都不淡定了：“绝对就是这里！”

唐凛轻点下头，谨慎上前。之前刮壁画的时候都是用工具，而现在，是他第一次伸手去摸那个图案。碰到微凉石壁的一刹那，小猫头鹰猛然发亮，灼灼放出紫光。可接下来并不是死亡空间打开，而是响彻整个神庙的刺耳电子音：“警告，警告，检测到非法能量试图开启回收室，请守关者立即前往查看！警告，警告……”

尖锐的警报声让人头皮发麻，骷髅新娘都蒙了：“什么回收室？不是死亡空间吗？”

“应该是试炼区的叫法。”江户川着急道，“但现在的问题是怎么打开，我们没有正规权限！”

佛纹:“那该怎么办？”难不成还像电视里那样偷个指纹、虹膜啥的过来扫描？就算能，时间也来不及了啊，守关人早在提刀过来的路上了。

“非法能量入侵……”唐凛玩味着警告里的这几个字,眼底慢慢冷静,下一秒勾起嘴角,“那就一侵到底。”

“南歌,”VIP组长突然抬头,隔空呼唤自家伙伴,“让所有人都来神庙7,以最快速度！”

从现在开始，他们都是破坏狂。

顾问室内，众守关人这次不再默默回头，而是全体彻底把椅子转过来，面对着波瑞阿斯的背影坐……你的特殊能力是“百分百放话被打脸”吗？！

“找到了又怎么样，”波瑞阿斯终是扛不住后背的灼烧,绷住最后一丝深邃忧郁的气质,缓缓转过身来，直面惨淡的打脸人生，“警报已经触发，他们没机会了。”

众守关人：“你确定还要放话？”

波瑞阿斯：“……”

“轰隆——”震耳欲聋的爆破声在投屏里炸开。众守关人心中一震，再不管波瑞阿斯，纷纷回头去看大投屏，只见迅速集合到神庙7的二十一个闯关者已经开始对墙上的小猫头鹰标志展开惨无人道的攻击。

“高级破坏狂”“高级狙击者”“火焰喷射枪”……攻击方向的文具树火力全开！

佛纹的“战意”和大四喜的“我是你的幸运星”全线加持！

五五分得到一个VIP组长赠予的“‹幻›我真怕”——全称“我认真起来自己都怕”，效果是三分钟内状态爆棚——瞬间完美复活，精神力犹如火山喷发，又如江河入海，轻轻松松从“兵器库”里拿出无数重火力，给非暴力方向文具树的伙伴人手一把……不对，一架、一台、一座！

“砰砰砰——突突突——呼啦啦——砰——轰隆！”

枪声，火声，爆破声……明明应该是自取灭亡的疯癫，可硝烟里的每一张脸上都没有末日的狂欢。他们是那样清醒，那样坚定，那样明确地知道自己在干什么，在为什么拼上性命。

这帮家伙就是想轰开回收室救人！这一点，顾问室里没有一个人还会再怀疑。

作为试炼区的一员，他们此刻应该思考的是，这帮家伙哪里得来的情报，谁泄露了回收室的信息；他们应该做的是，立刻告诉上面情况紧急，再不出手阻止就晚了。可真正的情况是，他们只能对着投屏静静发呆，听着子弹和炮火声，还有自己的心跳声。

当了那么长时间守关人，他们见过太多为了活下去拼命通关的闯关者，也见过为了狂热的所谓真相在关卡里横冲直撞自寻死路的闯关者，这些人或许出发点不同，但殊途同归，终极追求都是解脱——逃离或者推翻这里，让自己获得自由。但还从来没有哪一个或者哪一群人像他们这样莫名其妙，自己还没着落呢，就先不管不顾地去“救”别人。

“全体顾问请注意，全体顾问请注意——”比先前更紧急的联络音打断了众守关人的思绪，“9/10 关卡突发紧急情况，回收室入口遭到破坏性能量攻击。闯关者人数众多，请全体顾问立即前往关卡内指定坐标点进行阻止，必要时可以将闯关者全部处理。”

众人错愕。说是阻止闯关者，其实就是让他们去剿杀，没来由的抵触情绪几乎让顾问室瞬间哗然。

潘恩：“太滑稽了吧！”

希芙：“为什么要我们去？”

5/10：“运营部呢？”

索贝克：“而且我们也没有进入 9/10 的权限啊。”

波瑞阿斯从吧台起身，对于征召令毫不意外：“据我所知，新运营部从接手那一天开始，就没有守关人进入过关卡。”他重新整理压低针织帽，眉峰冷峻，“也就是说，他们更像这些贵宾的客服，而我们才是真正拥有实地进入关卡、直面闯关者经验的人。”

7/10：“那权限呢？我们只有进入自己关卡的权限。”

“9/10 权限已向全体顾问开放。”联络音就跟算好了时间似的响起。

波瑞阿斯微微侧头：“现在还有问题吗？”

众守关人看着明显跃跃欲试的同事越发不爽，故意道：“有，你无论什么季节都捂这么严实不觉得很怪异吗？”

波瑞阿斯从容地整理一下针织帽，目光沉静：“我怕冷。”

众守关人：“……”

“唰——”一束光从顾问室的天花板上射下，这是试炼区并不开放的紧急传送通路，光源半径很宽，落下的光影可以容纳十数人。

众守关人进入光芒之中，陆续站定，才发现还缺一人。

希芙看向仍站在投屏前的同事，不解出声：“提尔？”

提尔像是才回过神，转身走过来，和大部队会合。

“怎么了？”得摩斯其实有点儿猜到提尔的心情了，毕竟自己也多少有那么一点儿不舒服，所以没再出声，只悄悄用口型问：“不想处理他们？”

提尔没接话，反而提了被顾问室忽视半天的另外一条线：“角斗场。”

得摩斯愣住：“角斗场怎么了？”

传送完成前的最后一刻，提尔把切换到角斗场的投屏拖到了光芒前，但传送光太刺眼，几乎看不清战场画面，只来得及听见 Guest. 999 一声错愕的质问："你的鸮系统标识呢？"

众守关人："……"又发生了什么？能不能让他们省点儿心！

角斗场。

霍栩被 Guest. 999 强制性地压在地上，身上伤痕累累，眉骨已经破开，流下来的血被他蹭了又蹭才没糊住眼睛。饶是如此，他却仍在奋力挣扎，像不知道疼一般，拼了命地掀翻 Guest. 999。Guest. 999 差点儿被他挣脱，立刻更凶狠地擒住他的胳膊，膝盖用力抵住他的腰，以整个身体的重量压上去，才勉强按住霍栩。

"我问你话呢！"纠缠这么久，Guest. 999 已经很不耐烦了，这个家伙简直就是为了逼疯他而存在的，从头到脚都透着诡异，偏偏沉默得要死，刚刚他是真的不想玩了，最后几下就是奔着要这家伙命去的，可在马上得手时看见这家伙手臂上没有属于闯关者的标识。

"刺啦"一声，Guest. 999 彻底撕掉霍栩手臂上已经残破的袖子，露出伤痕遍布却唯独没有猫头鹰图案的手臂，俯身贴近霍栩后背，一字一顿："你到底是谁？"

霍栩对着地面喘粗气，强迫自己冷静下来。他打不过 Guest. 999，虽然不想承认，但对方强悍到不可思议的身体素质的确有骄傲的资本。所以自己的任务是什么来着？对，不是打败客人，是拖延时间，拖到那些家伙来，那些非得勾肩搭背管他叫"伙伴"的家伙。

"轰隆……"

角斗场后方的噪音仍在源源不断飘过来，偶尔仔细听，霍栩甚至能分出哪个声音来自哪个文具树。这是找到了正强攻呢，还是没找到准备把神庙都轰了？他希望是前者。

"霍栩。"就在 Guest. 999 也被噪音牵引了注意力的时候，霍栩突然出声。打到现在，他第一次报名。

Guest. 999 愣了一下："或许？什么意思？"

霍栩："我的名字。"

Guest. 999 以为就是"或许"两个字，将信将疑："你别是随便编了一个吧……"不对，他突然回过神，又威胁性地别了一下霍栩被钳制在背后的双臂，"你现在愿意叫什么就叫什么，本少爷不想知道了，我就想知道你为什么没有闯关者标识。"

"很简单，"霍栩说，"因为我压根儿就不是闯关者。"

一直沉默的家伙突然有问必答了，Guest. 999 差点儿没适应过来："你不是闯关者？"

"应该说不是正规渠道的闯关者。我是被人在许愿屋里许愿拉进来的，没有闯过前十三关，直接进了后十关，所以我身上没有任何闯关者的标志，但这不影响我闯关。"霍栩并不想和一个要杀自己的人分享惨淡身世，索性借来自家组长的"履历"用用。

"还是不对，"Guest. 999 犀利地眯起眼，"你的身体素质根本就不是他们那一类。"他几乎整个人压到霍栩后背上，贴近霍栩耳边说，“我怎么觉得你和我们更像一类人呢？”

吹在耳后的热气让霍栩浑身绷紧。

“但也不对，”Guest. 999 微微摇头，“你身上好像有两种能量气息，一种像我们，一种却又真的很像那些虫子……”

霍栩最后一根忍耐的弦崩断，精神力不受控制地在体内炸裂。Guest. 999 察觉到了危险，却还是没来得及躲，因为对手的攻击就像死前最后的反扑一样，能量全部释放根本没留任何退路。滔天水浪，灭顶而下，两个人被瞬间冲开，淹没在前所未有的巨大水浪里。

良久，水浪退散。被冲到很远的 Guest. 999 狼狈地从地上起身，一连咳了好几下，才把呛的水都咳出来。霍栩比他好一些，毕竟是自己的水，熟门熟路，甚至水流还帮他冲刷掉了脸上、身上的血渍，不过脸上也只干净了几秒，眉骨又开始微微渗血。

Guest. 999 定定地看着霍栩，也不甩水珠或者整理发型了，像是忽然冲破了困扰多时的桎梏，参透了奥秘，嘴角勾起意味不明的弧度：“我很小的时候听过一个故事……”

霍栩对他的故事没兴趣，但如果这个故事会消磨很长时间，他愿意捧场。

Guest. 999 不疾不徐：“有这样一个地方，就是抓一些虫子进来，通过某种方法让他们强壮，强壮到可以和人打架，然后再找一些需要提升战斗力的人到这个地方来试炼，其实是通过和虫子打架来训练。当然，虫子总是很弱的，所以损耗率很高，就要源源不断地补充……然后呢，为了保证这个地方的运行，还会有一些工作人员在这里服务，结果有一天，一个工作人员竟然喜欢上了虫子中的一个……”他微妙停顿，似笑非笑地问，“到此，是这个故事的公开版本，你想听那个只有权力上层的少数人才知道的后续吗？”

霍栩握紧拳头，指关节已泛白，他拼尽全力，却还是克制不住微微颤抖。

“那个品位独特的家伙竟然和虫子有了孩子。”Guest. 999 语调上扬，像在讲什么奇闻，“我当时完全不信，人喜欢上虫子已经非常奇怪了，和那种低等生物怎么可能还有孩子呢，就是生出来了也是怪物……后来那个孩子一直没找到，也就没人再说这件事了。”他目不转睛看着霍栩，“现在我知道那个小怪物被藏在哪儿了。”

霍栩的世界仿佛混沌起来，角斗场模糊了，神庙的爆破声也模糊了。

“我在这里先道歉，因为我今天才发现，小怪物还挺可爱的。”Guest. 999 难得认真地说。

3

神庙。

密集的火力攻击让警报声越来越急促，越来越尖锐。又一个“高级破坏狂”的定点爆破之后，只听“轰隆”一声巨响，猫头鹰图案所在的石壁右下角完全坍塌，露出一个大洞。还没等众伙伴上前查看，就听见新的电子音，没了警报的尖锐，更像是没有任何感情的系统通知：“入口被损坏，回收室已开启。”

声音刚落，整面墙倏地消失，连同右下角被他们轰碎的石块都一并不见踪影。大洞变成了宽敞开阔的入口，不过仍然有一层薄薄的紫光遮挡着里面的景象。众伙伴刚要踏入，背后突然亮起强光。他们下意识回头，就见一众守关人在光束中落地。之前的警报一直在让守关人尽快过来查看，这是终于到了。

众伙伴呼吸一滞，怎么办？当然是争分夺秒啊，这都胜利在望了，绝对不能功亏一篑！于是守关人们视野刚清晰，就看见众闯关者一个转身，埋头就往回收室里冲。

“你们给我站住！”潘恩一声厉喝。

喝完了，闯关者们也都冲进回收室了。

波瑞阿斯皱眉看他：“为什么光喊不用能力阻止？”

潘恩像是才反应过来，眼中划过一丝茫然：“对啊，为什么？”

波瑞阿斯：“……”你问谁呢？！

这边众伙伴一头扎进回收室，然后就没了声音，只见无数闯关者密密麻麻悬浮在半空，什么姿势都有，平躺着的，垂直着的，佝偻着的……无序而杂乱地填满了整个巨大的空间，到处都是阴郁的深紫色的光。在前方最中央的地面上，一个硕大光球像心脏一样正在跳动，每跳一下，就会有蛛丝一样的紫光从死亡闯关者身上飘出，最终汇聚到硕大光球里。心脏是给身体供血的，可这里正相反，是每一个闯关者在用身体和生命向它提供能量。

众伙伴无数次想过死亡空间里的景象，此刻真的看见了，却还是窒息一样难受。

背后传来声响，是守关人追进来了。

唐凛头也不回：“丛越！”

丛越攒了这么久的精神力，就为了这一刻。“静止键Ⅱ”，启动！

刚追击上来的众守关人忽然全体僵硬。他们意识到被文具树攻击了，立刻凝聚精神力，准备用防御的提升来抵抗。

可唐凛加码得更快：“大四喜！”

大四喜早准备好了，“我是你的幸运星Ⅲ”全都送给越胖胖。

众守关人原本只是行动僵硬迟缓，让大四喜这一助攻，彻底静止了。

“开火。”唐凛锁定回收室中央，目光冷然。

不能动的只是身体，不是精神力，很快还是可以将文具树突破，但这帮家伙简直风驰电掣，根本一秒都不等啊。众守关人就这样在短暂的静止里，眼睁睁看着一群扛着重火力武器的闯关者轰碎了回收室的能量球，渣都不剩。

波瑞阿斯第一个从“静止键Ⅱ”中挣脱，刚想出手，忽觉不对，抬头就见一个闯关者重重砸到他脸上——没了能量球的束缚，悬浮着的闯关者噼里啪啦落地。

砸中波瑞阿斯的闯关者第一个落下，也是第一个苏醒，他茫然地趴在波瑞阿斯身上，迷迷糊糊地问：“大哥，你谁啊？”

闯关者们接连苏醒，人挤人，人挨人，放眼望去黑压压一片。众伙伴中许多还想在成功营救的第一时间去寻找昔日的队友，可根本看不过来。更何况还有守关人虎视眈眈。

从越清晰感觉到自己的“静止键Ⅱ”已经要被突破了，他毕竟只有一个人，很难长时间控制住这么多守关人，哪怕有大四喜的加持：“我要坚持不住了！”

“没事，我帮你！”佛纹大声道，立刻集中精神力，启动“禅心”。

马上就要突破“静止键Ⅱ”束缚的众守关人奋力抵抗的心气忽然泄了，眼前的景象仿佛瞬间变得温暖而宁静，连捣乱的这些家伙都变得顺眼起来。

他们“禅心”了，众伙伴可没有。郑落竹看着回收室密密麻麻的闯关者，他们中的绝大多数还在茫然四顾，根本没搞清楚此刻什么状况。他有点儿不确定地问唐凛：“现在怎么办？”按原计划，营救成功之后，他们会向这些复活者做简单解释，然后就是大家一起撤出神庙，抓紧时间去角斗场接应霍栩。但现在守关人组队进来对付他们了，除非他们把守关人全部消灭，否则这些没有文具树的复活者都会成为守关人的活靶子。

唐凛明白自家队友的担忧，略微思索，直接看向五五分：“你……”

“不可以。”唐凛才说一个字，五五分就秒懂打断，一脸心酸，“我那点儿精神力真没办法给这么多人配枪。”

唐凛：“不用人手一把，分几个大方阵，一个方阵一架重火力。”

五五分微怔，而后露出潇洒微笑，一甩小卷发：“这个可以有。”

可他还没开始集中注意力，回收室上空突然射下来无数白光。众伙伴被晃得几乎睁不开眼，待视野重新清晰，已经是好几秒后的事情了。回收室变得空荡，再没有复活者的身影，只剩十九个闯关者和对面刚刚摆脱了“禅心”的守关人。

崔战左看右看，神情错愕：“人呢？”

众伙伴同样茫然。不久前轰轰烈烈的营救行动，还有那些密密麻麻挤在这里的复活者，仿佛成了幻觉，眨眼工夫只剩满目空旷。

“你们在搞破坏之前没做功课吗？”波瑞阿斯从地上起身，冷冷看着众人，嘴角勾起淡淡嘲弄，“那些人是因为回收室的能量才可以停留在这里，现在能量消失，他们只能回到初始地点。”

初始地点？唐凛刚黯下的眼神，忽地又有了一点儿光亮：“你是说，他们被强制送回了地下城？”

“对。”8/10出声，他不是一个喜欢插话的人，但守着投屏围观了这帮家伙这么久，终于面对面一次，总觉得不交流几句对不起自己投入的真情实感，“他们现在已经回了地下城，但他们不会再拥有文具树，也无法使用一次性文具，他们会成为地下城里最脆弱的存在。”

“抢不到食物，打不过其他闯关者，更打不过夜游怪，”维达耸耸肩膀，摇头，“估计撑不了多久。”

卡戎平静地望向十九个闯关者，像是感慨，又像叹息：“所以你们的营救行动从一开始就没有任何意义。”

众伙伴一句一句听着，起先脸色还很凝重，然后越来越轻松，到现在已经阳光灿烂了。

“没意义吗？”唐凛再压不住上扬的嘴角，“我怎么觉得特有意义呢？”

和尚抡起膀子活动筋骨：“本来还愁琉璃屋罩不下那帮家伙，现在你们帮着找了地方，省心多了。”

关岚摇头：“和尚你感谢错了，强制送人的是鸮系统，不是他们。”

“都一样。”全麦“别碰我”酝酿完毕，气场全开，“现在可以大干一场了吧？”

大吉靠着自家妖娆的“捕人藤”：“我们可是急不可耐了。”

波瑞阿斯耐心地听完，点点头：“很好，希望你们的战斗力配得上你们的挑衅。”他的声音寒意凛冽。

其他守关人交换个眼神，知道今天这一仗再也无法避免。为什么不能好好闯关，非要来挑战这些不可能的事？为什么见到他们出现还不知难而退，非要固执地继续往前？他们很想这样问，这种企图唤醒这帮家伙的冲动完全不知哪里涌起来的。他们甚至希望这样的质问可以让对方清醒，就此悬崖勒马，这样说不定还能让上面的人对他们网开一面。可最终他们只是和波瑞阿斯一样，集中精神力，准备解决捣乱者。因为，他们为试炼区工作。

角斗场背面。

南歌和施方泽全程“监听”着回收室的动静，对发生的一切清晰了然。十九个伙伴已经和守关人们打起来了，听声音一时半会很难脱身。

神庙的情况，南歌之前并没有透露给霍栩，因为怕干扰到他的战斗，直到听见回收室里的闯关者们都被复活了，她才第一次用“余音绕梁”告诉霍栩营救成功。

她能确定声音肯定是传到了，但霍栩那边什么情况她无从得知。因为施方泽在霍栩身上留的窃听金属箔很早就失效了。根据失效时角斗场的动静判断，应该是打斗中掉落，然后金属箔在被 Guest. 999 发现之前自动销毁。没办法，她只能继续单方面传递：“霍栩，他们现在被十几个守关人拦住了，可能还要一段时间才能突围去角斗场，你再坚持一下。”

“如果真的坚持不住，也不必非等他们。”施方泽看向南歌，说，“你告诉他，可以找机会甩掉客人，自己去主控室。”

南歌微愣：“自己去？”

“对。”施方泽点头，“本来主控室就只有他知道怎么操作。”

南歌：“可是你不怕他进去之后根本不设置什么跳跃点，直接毁了完事？”

施方泽笑起来：“你们不是很信任他吗？”

南歌：“但是你们不信任他啊。”

施方泽：“我信竹子挑队友的眼光。”

南歌：“……霍栩是我们组长挑的。”

施方泽：“你们组长是竹子挑的。”

南歌：“我们组长是范总拉进来的。”

施方泽：“范总是竹子自己选的。”

南歌：“他那是为了钱！”

施方泽：“还是选对了。”

南歌：“……”一遇上竹子，这人根本就没有底线！

角斗场。

霍栩根本就没听见南歌的声音。不是“余音绕梁”失效了，而是从 Guest. 999 讲“我很小的时候听过一个故事”开始，他内心的情绪就被对方牵引，随着那个糟糕的故事一步一步失控。他仿佛被扯进了一个木然的浑浊的世界，这个世界里没有关卡，没有角斗场，哪怕是耳内响起的声音都被屏蔽，无法传递到他的大脑。他只看得见 Guest. 999，也只听得到对方说话。

“我不想和你打了。”Guest. 999 歪头看他，笑得天然无害。

霍栩也想笑。在把他根本不想提的事当成故事愉快地讲完之后——还分成了公开版和后续版——这人和他说不想打了。然而霍栩笑不出来，他很努力地去牵动嘴角，落在 Guest. 999 眼里，却还是受到强烈冲击后的木然。

这样的霍栩看起来有一点儿可怜，但是 Guest. 999 只觉得有趣：“喂，”他朝霍栩轻轻扬了扬下巴，像在逗什么小猫小狗，“我带你回去怎么样？”

霍栩握紧的拳头微微放松，再重新握紧，干涩的嗓子里终于发出声音：“你带我回去？”语气里是明显的不屑和嘲讽。

Guest. 999 有点儿不爽，但他偏偏看中的也是这家伙身上那股不要命的劲儿：“他们两个把你藏在这里，无非就是担心你也被处理掉。事实上如果你当时就被发现了，也的确只有被处理一个下场……但现在不一样了，”他的目光落在霍栩身上，从上到下，再从下到上，“你虽然有一半虫子的基因，但你的身体素质出乎意料的好，你的特殊能力也很优秀，放在这里当虫子实在浪费了。和我回去，我可以让你拥有合法身份，你再也不用东躲西藏。”

霍栩定定地看着 Guest. 999，有一瞬的失神。回 K 星？那是他很小很小的时候，躲在地下城阴暗的地窖里的时候，天天都在想的事。不单单是 K 星，还有地球，他会在黑暗里幻想这两个星球的样子，然后幻想着有一天父亲或者母亲突然出现，接他回家。哪个星球都行，只要带他回家。

“当然，我也是有条件的。”Guest. 999 的声音拉回霍栩的思绪，“你要陪我训练，不是切磋，就是像现在这样，真的拼命。”

霍栩好像有点儿懂了：“你想用我来促成你的觉醒？”

“对，”Guest. 999 毫不遮掩自己的意图，“超过切磋强度的对决，在我们那里都是违法的，想迅速觉醒只能自己养一个信得过的。”

霍栩：“为什么是我？”

“你干净啊，没父母没亲戚没朋友，连认识的人都没有，”Guest. 999 调侃似的一笑，眼神却认真，“不怕你闹事，也不怕你跑。”

对方的坦白让霍栩迷惑：“你让我跟你回去，就为了给你当沙包，你还觉得我会答应？”

Guest. 999：“为什么不？情况再坏能坏得过这里吗？你留在这里就是一只虫子，随时可能被鸮系统碾死，没有我，你一辈子也出不去。现在，我给了你自由的机会，代价仅仅是陪我觉醒，很划算啊。”他的脸上没有调侃，没有嘲讽，甚至都不再有羞辱意图，就是很自然的语气，“唯一一点，你脾气不太好。不过没关系，毕竟有一半的劣等血，我也不能要求太多。”

霍栩一直听他说完才问：“你是想要一个人，还是想要一条狗？”

Guest. 999 看他，反问：“你是想当一只虫子，还是想当一条狗？”

原来从始至终，选项里就没有“人”。

霍栩眼中最后一点儿感情褪尽：“我哪里都不去。”小时候的霍栩愿意回 K 星，也愿意回地球，却没等到谁来接他。现在他才明白，因为他根本就没有家。

“霍栩……”

毫无防备地，奇异的声音飘进他的耳朵，是他的名字，却带着宁静舒缓的旋律。

“霍栩……”

是南歌，是她的“月光摇篮曲”！

霍栩心弦颤动，眼前的世界忽然恢复了，混沌消失殆尽，一切重新清晰：明朗的天，微凉的风，宏伟的角斗场和 Guest. 999。

“神庙那边被守关人拦住了，但营救行动已经成功，你如果能找到机会脱身，就不用等他们，一个人去主控室吧。不过需要注意……”突然加重的语气让霍栩本能警觉，然后他听见南歌一字一句道，“设置完超空间跳跃点后，你再最后考虑一次，一次就行……别留在这儿，和我们一起回家。”

4

神庙，一片混战。

十九个伙伴的目的是赶紧去角斗场，其实不想和守关人们过多纠缠，可众守关人不能就这样放他们跑掉。“禅心”“静止键”“催眠术”“孟婆汤”，还有唐凛的各种幻具……众伙伴把所有控场的文具树都用过了，却只是把战场从回收室推回了神庙，迟迟没有成功跑到神庙出口。而随着对战时间拖长，守关人对这些文具树的防御和抵抗也越来越娴熟。

打到现在，对垒的阵型早没了，神庙里的战况就是你中有我我中有你，捞着谁打谁，文具树和特殊能力共舞，呼喊和叫骂齐飞。相对而言，守关人们更加烦躁，因为还有耳内的联络音疯狂添乱——

“你们不是已经进入关卡，怎么还能让回收室被破坏？！”

显然那边是真着急了，机械性传递指令的联络员被挤掉，换成了上面的人直接联系。但管你谁来联系，众守关人正一肚子火呢，干着不属于自己的活还挨着数落，谁能比他们惨。

“你们要真想阻止就早点儿动手，等回收室破门了再让我们进来，当然只能给能量球收尸！”5/10 躲过一个呼啸而来的火球，没好气地破口大骂。

“不对啊，”6/10 一脚把扑过来的“白骨战士”踢散架，飞快回头找自家同事，“回收室都毁了，我们还在阻止什么？”

“把所有捣乱的闯关者处理掉……”耳内联络音第一个传来回答，缓慢而冰冷，“全部处理掉，一个不留。”

伙伴们听不见守关人耳内的声音，但从他们时不时冒出的怪话和一次次的反应看，也知道他们和试炼区是有联络的。

唐凛正在和潘恩交手，趁对方被联络分神之际，操控“狼影”突然偷袭。潘恩却飞快反应，在小狼扑来的瞬间反手就是一记疾风利刃，小狼咻地散成黑雾。然而潘恩没连攻，只是紧紧盯住唐凛，就像即将给犯人行刑前最后犹豫一秒的刽子手：“为什么非要搞这么多麻烦，好好闯关不行吗？”他很怀念在顾问室看这帮家伙打脸装相客人的日子，那种置身事外的第三者视角当时不觉得什么，现在才知道有多轻松快乐。

唐凛摇头：“不行，我们没法好好闯关，”他直直看着对方，“我们压根儿就不想闯关。”

“唐队，你还和他废话什么，”不远处，骷髅新娘一个“背后灵”趴到维达背上，手臂狠狠勒住对方的脖子，还能抽空偷听这边，“直接弄死就完了！”

维达一直对着骷髅新娘没下死手，否则就凭两人的身体素质差距，就算被勒脖子了他也能一把将对方的手臂扭断，结果就换来一个“弄死完了”？在K星被姑娘甩的时候，维达都没这一刻受伤：“你会不会好好说话！”

骷髅新娘被气乐了：“我还真不会！我就知道我在地球上过得好好的，一觉工夫就来这儿了，就给你们当娱乐品了，我现在还能这么和你说话而不是一口咬死你就是我这辈子修养的巅峰了！”

维达被耳边一句句咆哮吼得脑袋疼，感觉全世界都嗡嗡的。

崔战一个“东躲西藏”闪过提尔的攻击，也不管骷髅新娘的骂声从哪儿传来的，直接大声接话：“要什么修养，该咬就咬啊！”

骷髅新娘咬没咬不知道，但“狼影成双”咬了，两头小狼被潘恩闪过一头，另一头狠狠咬上他的肩膀。潘恩吃痛，可大脑却在这一瞬间前所未有的清晰。然后他听见唐凛说：“我们是人，不是虫子。你们什么时候把这个道理弄懂了，就明白今天的一切了。”

“啊——”周云徽的惨叫突然从另外一个方向传来。

唐凛心中一紧，转头就见周云徽不知被谁打得飞起，后背狠狠撞到神庙石柱上，狼狈落地。

崔战一秒变脸色，猛地启动“我的滑板鞋”，径直往周云徽的方向冲。可他忘了前面还有提尔，刚滑一步就被守关人正面拦住。崔战屏住呼吸，根本不减速，甚至还集中全部精神力，把已经提到极点的速度硬是又加快一分，不管不顾往前冲，完全是拿身体拼命的架势。

“砰——”身体狠狠撞上提尔，发出巨大闷响。崔战咬牙，做好了被攻击的准备，因为提尔的能力就是“力量”，这种亲密的身体接触最适合对方出手。然而下一秒，提尔竟然向后飞起。崔战错愕地看着他划了道低空弧线跌落在地，嘴差点儿没闭上。他把守关人撞飞了？他的体魄已经健硕到这种地步了吗？

“提尔，你在搞什么？”刚揍飞周云徽的波瑞阿斯余光捕捉到提尔这边的战况，立刻通过脑内联络发出询问。

提尔躺在地上，平静反省：“大意了。”

波瑞阿斯皱眉，以K星人的身体素质，能被闯关者撞飞，这工作得散漫到什么程度？再看全场，同事们虽然打得热火朝天，但到现在一个闯关者也没真正处理掉，效率奇低。

“波瑞阿斯，你能不能告诉我，你们到底在干什么？”耳内不满已经积累到极点的冰冷声音开始点名了。

众守关人知道为什么上面第一个就点波瑞阿斯，因为他是前守关人里战力最强者，也是上面最看好的一个守关人，这次虽然和他们一起被架空，但其实早有传闻，不久之后上面就会把他调到更好的新位置。

波瑞阿斯的职业生涯里还没有遭遇过这样不留情面的批评。是的，仅仅是严厉点到他的名字，于他而言就已经是绝对无法容忍的失败了。深呼吸，他沉静下来，释放前所未有的精神力。

“咔——”地面微震，发出奇怪声响。混战中的所有人，闯关者也好，守关者也好，闻声条件反射低头，只见地面上裂出一道细纹，从回收室到神庙出口径直贯穿。

众守关人不可置信地抬头看向波瑞阿斯：“你、确、定？！”

波瑞阿斯当然确定。

“轰——”整个神庙的地面从缝隙处开裂，一刹那庙宇摇晃，大地震动，就像藏在地底的远古怪兽终于张开了血盆大口。裂缝附近的大四喜、周云徽，还有刚跑过去的崔战根本来不及躲开，瞬间掉了进去。

“大四喜——崔战——周云徽——”好几个伙伴一起大喊出声，声音几乎变调。

下一秒，三根粗壮藤蔓从巨大的裂缝里蜿蜒上来，每一根上都捆着个伙伴，又把三人送回地面。

刚真情实感呐喊完的伙伴：“……”

收回“致命藤蔓”，大吉松了口气，幸亏他反应快，再慢一秒……

“轰隆——”神庙的地面完全崩塌。大吉也好，刚被救下来的崔战、周云徽、大四喜也好，还有其他伙伴以及守关人，甚至包括波瑞阿斯自己，所有人随着坍塌的地面急速跌落。

这就是刚才发现地面裂纹时，守关人们反应强烈的原因——波瑞阿斯的能力就是“地裂”，而且已经觉醒到了很高阶，别说坍塌一座神庙的地面，就是放到角斗场里，也能让整个角斗场被坍塌的大地吞没，但有必要丧心病狂到连同事一起搞吗？！

当然有。波瑞阿斯坦然享受着下坠的速度。这样一劳永逸地解决战斗简直不能更省心，他甚至觉得自己这一决定做得太晚。先前他就是因为担心地面塌陷会殃及同事才处处顾虑，结果就是迟迟不能解决掉那些闯关者，现在这样多好，反正以同事们的身体素质又摔不死，等下落到坑底，再把命大没死的个别闯关者处理掉，任务结束，完美收工。

正畅想着，余光里忽然一个身影逆着坠落和他擦肩而过。波瑞阿斯愣住，所有人都应该在下坠，怎么可能还有反方向？他定睛往上看，和他擦肩的身影已经越来越远，是那个叫作唐凛的闯关者正被一块大石头托着……真的在往上飞！

不对，不单单是唐凛。波瑞阿斯的视野里出现越来越多的石块，全是能擎得住人的大小，正把一个又一个闯关者往上顶。

同样在坠落的其他守关人也看见了，意念在坠落中交错通信——

索贝克："是范佩阳啊……"

维达："他的'懒人的福音'能同时操控这么多石块？"

希芙："而且每一个还都要托住一个人的重量。"

提尔："觉醒六级文具树。"

6/10："我就知道，'懒人的福音Ⅲ'？"

提尔："'终极破坏狂'。"

6/10："……"

7/10："那不是爆炸吗？"

提尔："隔空移物加爆炸，他只用前半部分。"

波瑞阿斯受够了："你们现在不是应该想办法阻止他们上去吗？"

沉默，窒息的沉默。

波瑞阿斯："人呢？！"

全体守关人："急速坠落中，通信信号差。"

波瑞阿斯："……"

神庙外，众伙伴艰难逃出生天，全是一身冷汗。

从越从石头上下来，还频频往后望："他们不会也跟着上来吧？"

"不知道，"唐凛说，"所以我们必须抓紧时间。"

范佩阳调整呼吸，刚才仅仅是十几秒的文具树操控，却透支了他大半体力："南歌，施方泽，"他隔空喊着另外两个人，"一起去角斗场。"

"余音绕梁"带来南歌的回应："收到。"

很快，二十一个伙伴在角斗场入口会合。

因为霍栩那边早就断了联络，一直都是南歌单方面传递信息，所以谁也不知道角斗场情况到底怎么样，但从"超空间跳跃点"尚未出现来看，霍栩应该并没有去主控室。但角斗场里好像也没有任何声音——按理说如果还在激战，不可能没有声音传出来。

众伙伴面面相觑，带着心里升起的一丝不安进入角斗场，刚一踏入，便感觉到空气骤然降温，扑面而来的冷。待看清场内，众伙伴呆愣在原地，只剩一片呼出的白气。

一座冻结的角斗场，周圈围绕的观众台和中央决斗的场地全都覆盖了厚厚一层冰，哪儿哪儿都是晶莹剔透的冰蓝色，有些地方的冰甚至还能看得出水浪的形状。

唐凛记得霍栩可以改变水的形态，但能改变的水量很有限，最多是弄出一点儿细小的冰柱作为暗器偷袭，所以霍栩一旦战斗还是大量用水的时候多，很少用到冰，更不可能是这样超大范围的冻结冰封！这是……觉醒了？

众伙伴来不及多想，先找霍栩，很快就看见他和另外一个年轻男人躺在冰面上，但年轻男人是仰面躺着，霍栩是在离他远一些的地方蜷缩着。两人都伤得不轻，但年轻男人意识还很清醒，因为听见他们的脚步声，他还可以艰难地转过头来看。可惜没人搭理他。

“霍栩——”众伙伴第一时间跑到自家队友身边。

Guest. 999 随着他们再度艰难转头，扯出一点儿笑，自言自语着：“小怪物命硬得很，死不了。”

对方的突然觉醒是他没料到的，但就算觉醒了，他也不是没机会杀掉那家伙。现在他清醒着，小怪物昏迷了，就是实力差的最好证明。他只是在最后一刻心软了，忽然觉得如果就这样杀掉那个家伙，这个世界绝无仅有的一只小怪物就没了，挺可惜的，因为真的有点儿可爱，还耐打。可是为什么不愿意跟他回去呢？直到现在，架都打完了，Guest. 999 也没想通，就像他想不通小怪物的名字——或许。果然和小怪物一样，奇奇怪怪。

从越和郑落竹把昏迷的霍栩从寒冷的冰面上扶起来。唐凛锁定自家伙伴，集中精神力，启动“大病初愈”。文具树起效，霍栩身上大大小小的伤口以肉眼可见的速度愈合，苍白的脸上也渐渐恢复了血色，可人还没醒。唐凛不敢切断，继续向文具树注入精神力。终于，霍栩不太舒服地动了动，缓缓苏醒。

“阿栩！”

“小霍！”

“霍栩！”

“小霍栩——”

伙伴们一激动，叫什么的都有。

霍栩眼睛刚张开，眉头就皱起：“吵死了……”

众伙伴终于放下心来。还能怼人，果然恢复得很彻底。

治愈系文具树？Guest. 999 勾起嘴角，这可有点儿意思了，也就是说，他还能和小怪物玩儿一场？虽然可能要捎带上二十一个新加入的家伙，不过没关系……悄悄摸一下口袋里的药剂，Guest. 999 忽然又燃起娱乐热情。

这边客人正琢磨满状态复活的时机，那边霍栩起来的第一件事却是叮嘱众伙伴看住Guest. 999：“别让他死，他死就通关了。”

伙伴们早准备好了：“放心。”

“刀枪不入如琉璃屋”给Guest. 999扣上；“墨守成规”给Guest. 999范围划上；“禅心”给Guest. 999普照上；“白骨战士”给Guest. 999当门卫……

Guest. 999：“……”对于一个仰面朝天还没使用治愈药剂的重伤者，你们是不是太小心翼翼了？！

不过杀了自己就能通关，为什么这帮家伙招呼过来的却都是防御系文具树呢？Guest. 999第二次陷入疑惑。

第一次是他察觉到角斗场外还有其他闯关者活动的时候。那时候他和小怪物打得难分难舍，没想太多，只是奇怪既然闯关者不止小怪物一个，为什么他们不一起进来和他对战，这样不是能更容易杀掉他通关吗？

现在两个疑惑合并成一个，而且都指向相同的点。Guest. 999看向霍栩，品着他那句“别让他死，他死就通关了”。这帮家伙不想通关……那是想要做什么？

随着霍栩痊愈，唐凛当机立断：“留一半人在这里看住他，剩下的跟霍栩走。”

众伙伴没意见。虽然看一个重伤的客人并不需要那么多人，但客人是保证未通关的关键，所以一点儿差错不能出，而且谁也不知道神庙里那帮守关人会不会出坑追杀到这里，留一半人在这里，真出状况还能拦一拦。

最终，甜甜圈五个、步步高升三个，加上大吉、周云徽、崔战，共十一人留在这里。VIP六个，并何律、白路斜、大四喜、施方泽、礼拜天，共十一人去神庙。原本何律和白路斜都是被分到留守组的，但白组长坚决不同意，说关卡那么大，他要各处都看看。然而他的不确定性太高，安全起见，唐凛还是让大四喜“幸运抉择”了一下，结果竟然是“带上他”。那唐凛就听幸运星的，然后把何律一起带上了，打造“幸运星＋克星”的双星保险。

分工完备，十一个伙伴立刻行动，奔向角斗场深处。

Guest. 999差点儿就要喝药剂了，突然看见一半人头也不回地越走越远，满头雾水，隔着琉璃屋问：“什么情况？他们去哪里？”

没人回答他，就一个个子小小、模样也可爱的圆圆脸蹲下来，笑眯眯问他：“要不要吃蛋糕？”

角斗场深处。

施方泽带路，虽然他也是第一次真正来到这里，但在漫长的等待里，他已将这路线在脑海中模拟演练了无数次。

角斗场是圆形建筑，可在入口正对着的方向尽头，在本应该是角斗场壁的地方，赫然敞开着一个通道。按方位，这个通道穿透角斗场壁，就该抵达角斗场背面，也就是南歌和施方泽之前待过的地方。然而不是，众人进入通道，没走多久就到了出口，视野豁然开朗，竟是一个新的天地，日朗风清，云卷云舒，一座飞船样子的建筑立在其中，周围绿树成荫，树下还有一簇簇不知名的小花随着微风摇曳。

“这就是……主控室？”郑落竹不太确定地盯着船型建筑看，总觉得这玩意儿更像一座杵在野外的艺术雕像。

“是不是，开门就知道了。”霍栩直接上前，去开那船型建筑的大门。

手刚碰到，绿草清风里就回荡起尖锐刺耳的电子音：“警告，警告，检测到非法能量试图开启主控室，请守关者立即前往查看！警告，警告……”

众伙伴：“……”又来？

霍栩没经历过回收室，被这声音吵得头大。

从越见他眉头越皱越紧，拍肩安慰：“没事，正常现象，正常现象。”

霍栩一愣：“你们听过？”

郑落竹：“这是第二遍，而且句式都没换。”

霍栩才不管什么警告不警告，继续用力破门，拉不开就推，推不动就踹。

从越连忙阻止：“别，不能用武力。”

霍栩烦躁转头：“那你们说该怎么办？”

唐凛、南歌、郑落竹、从越、何律、大四喜、礼拜天：“要用暴力。”

范佩阳点头。施方泽微笑。白路斜兴奋难耐。

霍栩：“……”这帮家伙到底在神庙里搞了些什么？

神庙，深渊之底。

十几个守关人凌乱地躺在沙砾土块乱石中，个别人身上还压着庙柱残骸。此刻的他们仰望遥远的天空，仿佛只有在那里，才能追忆到昔日的悠闲与快乐。

索贝克：“我想回顾问室……”

潘恩：“那就回啊。”

索贝克：“浑身都疼……”

5/10：“你以为我们不疼吗？”

得摩斯：“波瑞阿斯，你不想对此刻这种情况发表一下看法吗？”

波瑞阿斯：“如果你们在地面的时候都拼尽全力，我也不会出此下策。”

7/10：“掉下来的时候你明明一脸快乐。”

波瑞阿斯：“……”

卡戎：“别说这些了，你们难道没觉得奇怪吗？”

8/10：“回收室都毁了，当然奇怪。”

卡戎：“不，我的意思是，他们已经毁了回收室，完成了所谓的救人，为什么还那样着急离开神庙？”

希芙：“救完人了，当然就要去主战场通关。”

卡戎：“他们不知道通关的结果吗？”

希芙：“他们怎么会知道？”

卡戎：“他们可是连回收室都知道了。”

空气一瞬安静。

“不会吧……”索贝克忍着疼转头看向卡戎，“你是说，他很可能不是去主战场，而是……”

“主控室”这三个字几乎同时在所有守关人心中浮现，但没人说出来，因为如果真是这样，问题可就大了。主控室要出了差错，整个鸮系统都有可能毁掉，到时候试炼区作废，他们失业，这还是小事，毕竟工作可以再找，但关卡里的这些闯关者可就只有死路一条了。这二十二个家伙难道没想过，搞完破坏自己也会丧命吗？

“我承认他们确实很特别，”波瑞阿斯缓缓起身，搬开压在腿上的神庙残柱，看向杞人忧天的同事们，“但去主控室？你们会不会太异想天开了？”

“警告，警告，检测到非法能量试图开启主控室，请守关者立即前往查看——”传遍整个关卡的终极警报声响彻坑底。

众守关人不管什么姿势躺着，都整齐划一转头，看波瑞阿斯。

波瑞阿斯面不改色：“看来是真的得到最核心情报了，不过这也没用，上面应该已经派新的守关人过去了，他们很可能连门都进不去，就被集体处理掉。”

众守关人：“……”行了，那帮家伙能成。

角斗场深处。

众伙伴对主控室的大门展开了狂轰滥炸。因为有了回收室的经验，这一次他们更默契，更娴熟，更行云流水。“月光悲鸣曲”让门窗强烈共振。“终极破坏狂”让整栋建筑都在爆裂的冲击波中瑟瑟发抖。礼拜天更是顶着“画皮”，一会儿用周云徽的“火焰喷射枪”，一会儿用五五分的“兵器库”，一会儿化身佛纹用“战意”协助大四喜再给各位伙伴套上一层钢铁意志的 Buff。霍栩起初还拿大水冲一冲，后来发现在这些丧心病狂的重火力面前，他的水浪简直温柔得格格不入。

然而因为火力太集中，现在整个主控室都被硝烟弥漫着，根本看不清大门的状况，只能凭借不断回荡的刺耳警告音还在重复“非法能量试图开启主控室”而不是“入口被损坏”来判断轰炸尚未成功，炮火仍需努力。

“这样真的有用吗？”趁南歌一曲完毕，霍栩有点儿不确定地问。

南歌：“回收室就是这样进去的。”

霍栩：“但攻破回收室的时候有十九个人的攻击力，现在只有十一个。”不对，十个，他的水浪可以忽略不计。

南歌：“虽然人变少了，可是范总觉醒了。”

霍栩：“……哦。”

南歌：“嗯。”

两个 VIP 伙伴望着“终极破坏狂”的背影，仿佛看见了前路的无比光明。

就在这时，警告音突然变成疯狂的警报，用前所未有的尖锐和迫切叫嚣着：“严重警告，严重警告，主控室入口能量不稳，请立即启动应急程序！”

众伙伴心中一震，这是暴力攻击终于要见成效了？

霍栩立即操控水浪向整栋建筑冲刷过去。巨大水浪里，硝烟、尘土被瞬间带走，主控室清晰的轮廓重新显露，只见入口大门上被轰出无数裂纹，像蛛网一样遍布整个门板，并且每一道裂纹都在急促地闪烁着紫光。

胜利在望！喜色染上每一个伙伴的眼底，大家不约而同深吸一口气，铆足了劲向大门发起最后的冲击。然而只有霍栩的水浪再度汹涌地扑到了门上，其他人毫无动静。

霍栩错愕地看向另外十个人：“你们在干吗，就差一点儿了，攻击啊！”

变回了自己模样的礼拜天比霍栩还错愕：“我感应不到文具树了。”

“什么？”霍栩以为自己听错了，这种关键时刻文具树失效？

“我也……”南歌茫然出声。

霍栩这才发现，她的尖叫也消失了，空气不知何时已经变得异常寂静。还有何律、大四喜、越胖胖、郑落竹……霍栩看了一圈，每一个伙伴都和南歌一样停下了攻击。他抱着最后一丝希望去看范佩阳，却只看到对方沉下的眼底和皱起的眉峰。

文具树消失了，所有人。

“组长？”南歌忽然紧张地上前一步，却又犹豫着停下，隔着一些距离担心地看着唐凛，“你怎么哭了……”

众人怔住，顺着她的视线看过去，只见唐凛失神般呆愣在原地，脸上并没有太多表情，可眼泪不是假的。

范佩阳离他最近，几乎是下意识地把人拉到面前，他握着唐凛的胳膊，很用力，带着他自己都没察觉的紧张。

唐凛眨了眨眼，回过神。

四目相对，范佩阳在那双尚未退去水汽的眸子里看见了化不开的悲伤。

神庙。

众守关人躺平在深渊之底，不仅不着急起身，还调出投屏好整以暇地围观起来。

波瑞阿斯对这种近乎渎职的行径十分唾弃，但耳内的催促和训斥越来越难听——

“你们这么多人还拦不住一群虫子吗？是不是当几天顾问把怎么战斗都忘了？”

“试炼区不是给你们养老的地方，别以为不是守关人了，关卡出现任何意外就和你们没关系——”

锅都背上了，那就爱谁谁吧。波瑞阿斯虽然看不惯坑底这帮家伙的自由散漫，但他的工作守则向来是付出和回报对等，一味向不领情者付出劳动力这种事，他敬而远之。

“什么情况，真启动应急程序了？！”躺在不远处的7/10突然咋呼起来。

悬在坑底上方的投屏面积已被拉大到可以覆盖到每一个“躺位”，为了配合围观角度，波瑞阿斯也只能重新躺下，现在一抬眼就清楚看见主控室门前十一个束手无策的闯关者。

“再不启动门就真被破开了，”潘恩说，“我估计上面能被吓出一身冷汗。”

索贝克完全不知道发生了什么，几乎和画面里的闯关者一样茫然：“什么应急程序？”

“你守关的时间短，还不知道，”希芙解释说，“主控室和回收室不一样，因为太过重要，是有自保程序的，一旦察觉非法入侵的能量达到警戒值，它会直接切断周围所有鸮系统的能量供应。”

索贝克：“所有？”

希芙：“对，角斗场深处的这一空间和整个9/10关卡其实是相互独立的，所以切断了这一空间里的能量供应，不影响外面的关卡运行。”

索贝克这会儿才真正明白应急程序的意义。闯关者的文具树是要靠鸮系统能量维持的，切断能量就等于剥夺了他们的文具树，让他们彻底变回普通人，自然也就不可能再对主控室入口造成任何威胁。投屏里的情况也印证了这一点，十一人对着大门，只剩霍栩还在徒劳地使用特殊能力。众守关人的视线很自然地落到他身上。

“话说回来，你们谁想到了，这小子竟然是当年那个守关人和地球女人的……”维达现在仍然消化不掉这一重磅信息，难以吐出“孩子”这样的字眼。

早在躺平坑底刚调出投屏时，他们就第一时间回顾了角斗场的战况，因为都记着霍栩手臂没猫头鹰图案这事儿呢，结果回顾完，就不单是图案的事儿了，简直震碎了他们的人生观、星球观、感情观，粉粉碎。

5/10：“他俩不仅有了，还能避开所有人把这家伙藏到地下城，然后这家伙还真就安安全全长大了！”

得摩斯：“不仅安全，而且茁壮。”

众守关人：“……”这一连串概率比主控室被毁还低！

“全体顾问请注意——”耳内联络者不知何时又换回了懂礼貌的小姐姐，“应急程序已切断主控室周围所有闯关者身上的鸮能量供应，他们的一切文具树和在许愿屋内得到的身体强化都已消失，请各位顾问尽快前往神庙深处的主控室空间，对他们进行最后的处理。”

众守关人交换个一言难尽的眼神，敢情拖到现在还没派新的运营团队进来？那帮人是有多金贵，连进来走走过场收个尾都不愿意？！

“应急程序启动得太晚啦，”8/10 第一个出声，边说话边剧烈疼痛似的疯狂倒吸冷气，“我们现在身受重伤。”

7/10 立刻响应：“对，浑身都疼……”

得摩斯叹口气：“我腰、背、腿都骨折了，手臂还好，只是一点儿轻微错位……”

潘恩：“你们叫别人吧……”

提尔：“不过最好再多派一组人马，把我们抬出深坑……”

波瑞阿斯：“坑确实有些深，我可以作证。”

联络音那边一阵沉默后突兀切断，可能是怕忍不住爆的粗口传过来，影响同事间的安定团结。世界终于清静了。众守关人第一次全身心放松，惬意仰望投屏。当个远程围观的看热闹群众，真好。不过——

“他们会死吧……”6/10 盯着投屏上的十一张脸，忽然有些心情复杂。

“没了文具树，上面派谁过去都可以轻松处理。”希芙声音淡淡的，带着一丝自己都没察觉的伤感。他们不去，可试炼区里有的是人。从应急程序启动那一刻，结局就注定了。

坑底陷入一片寂静，波瑞阿斯却在这时出声：“也不是完全没有翻盘的机会，只要他们能在上面派的人抵达之前进入主控室，毁掉鸮系统，那这一次的行动就算成功。”

众守关人闻言看他，全是一脸莫名其妙。

8/10：“我们先不讨论毁掉主控室之后他们仍会困在这个星球上，我就想问你，他们连文具树都没了，怎么进主控室？就凭霍栩的水？”

波瑞阿斯：“凭鸮系统的能量被切断。”

众人迷惑：“你到底想说什么？”

波瑞阿斯双手枕在脑后，不疾不徐道：“能量供应切断，不只意味着他们的文具树消失，也意味着鹗系统对他们脑内领域的控制同样消失。”

“这倒没错，”提尔难得插话，“当脑内控制中断，他们将可以和任何人交流任何关卡信息，而不会再头疼欲裂，如果他们中有谁曾经被鹗系统、文具树、一次性文具伤害或者治愈过，虽然身体上的效果是不可逆的，因为当时就完成了能量转换，但意识、思想、记忆这些对脑内领域产生的效果要一直靠鹗系统的能量来维持，当能量中断，效果就会消失。”

得摩斯在提尔的话里猛然反应过来什么，立刻再去看投屏。难怪唐凛会在能量被切断的一瞬间情绪失控……

“等等，精神控制消失和他们进主控室有什么关系？”6/10 不解，“就算鹗系统不再控制他们的大脑了，难道他们就能凭空生出新的力量？”

波瑞阿斯沉吟几秒，缓缓道：“其实主控室还有一个秘密入口。”

好几个守关人闻言一个鲤鱼打挺，直接坐起来了：“秘密入口？！”

剩下没起来的守关人：“……”合着只有自己是真受伤！

波瑞阿斯也跟着再度坐起来：“是的，秘密入口，是当时设计者留的后门，整个试炼区的人都没有权限关闭它，就一直留在那里。”

众守关人：“哪里？”

波瑞阿斯：“主控室右边第二棵树下，一个草丛覆盖的兔子洞。”

众守关人：“……”真是充满童趣呢。

“不过想从那里进也太难了吧，”潘恩撇撇嘴，“我们都不知道的事情，那帮家伙得撞多大运气能找到？”

“他们找到了。”一直盯着投屏的希芙实时播报。

众人不可置信地望向投屏，只见白路斜不知何时已经到了树下，连挖带刨几下就把草丛剥开，露出了仅容一人通过的狭窄洞口，嘴角勾起一抹邪邪的得意，招呼众人：“正门在这里。”

众守关人：“……”怎么就是正门了？！

不过这个不是重点。所有视线在下一秒重新射向波瑞阿斯，每一道都是犀利的怀疑：“你怎么知道他一定找得到秘密入口？”虽然波瑞阿斯的原话是“也不是完全没有翻盘的机会”，但明显话里话外就觉得这帮家伙有机会，而且是有很大机会，然后现在白路斜真的找到了，波瑞阿斯的脸上也没有任何意外，太可疑了！

波瑞阿斯整理一下针织帽，既提了“兔子洞”，他就没想隐瞒：“我刚刚说了，鹗系统能量对他们脑内的控制已经切断，所以那些闯过 9/10 并被修改记忆后重新扔回地下城的人也会恢复真正的记忆。”

众守关人回头再次去看投屏里的白路斜，连提尔脸上都露出诧异：“你是说他曾经闯过9/10？”

“不可能，”卡戎都难保持淡定了，“如果他已经全部通关一遍，为什么我们完全没有印象？”

维达：“对啊，就算我从前没考核过他，提尔或者希芙总也考核过，但我们所有人对他的记忆就只有这一次闯关。”

“因为他当时并没有通关。”波瑞阿斯说，“他在角斗场里和当时的士兵打了几个回合后，发现角斗场深处的通路，非常果断就甩掉了自己的对手，闯到里面闲逛，后来那个士兵追进去，他围着树跑圈遛人家玩儿，一脚踩空，掉了下去。”

众守关人：“……”白路斜你还能再无聊一点儿吗？！

波瑞阿斯：“可是他并未通关，无法自动触发记忆重置，我只能紧急进入主控室，手动操控鸮系统，给他强制洗脑。”

索贝克：“上面没让你直接把他处理掉？”

“没有。可能是当时局面还可控，他的战斗力又确实很优秀，扔回地下城可以继续发挥价值。”波瑞阿斯说，“不过这样洗脑可能还是太勉强了，鸮系统执行我指令的时候发生了一点儿偏差，并且还产生了一点儿额外效果。”

7/10：“具体？”

波瑞阿斯：“鸮系统只是清空了他的记忆，没有重置，就直接丢回了地下城。同时所有见过他的人，除了还留在地下城的，其余人记忆里关于他的事情也都被一并清空，即使留在地下城的，关于他的记忆时间点也拨回到了他第一次闯关之前。”

卡戎：“可你还是没解释为什么我们不记得他。”

波瑞阿斯：“‘所有见过他的人，除了还留在地下城的，其余人记忆里关于他的事情也都被一并清空’这一条里，也包括你们。”

众守关人：“……”这是一点儿额外效果吗？！

神庙深处，兔子洞前。

好几个伙伴看白路斜的眼神就像在看无敌开挂手：“你怎么知道这里还有门？！”

白路斜眼尾上挑：“我知道的多了。”

众伙伴现在终于明白，为什么大四喜的“幸运抉择”那样坚定地要他们带上白路斜。这带的不是白路斜，是胜利之钥啊！

唐凛轻舒口气，已经暗暗稳定了情绪，冷静道：“以后再说这些，先抓紧时间进主控室。”

白路斜离洞口最近，闻言准备第一个跳。可他才刚一抬脚，突然被旁边的何律一把扑倒，倒下的一瞬间，一道火光从他们头顶掠过，打在了后方的另外一棵树上。“轰隆”，高大粗壮的树木竟然直接被拦腰炸断。火光射来的地方，五个凭空出现的陌生面孔一字排开，正冷冷地看向这里。

郑落竹第一反应就是启动“铁板一圈”防御，可集中了注意力才反应过来，他已经没有文具树了。

“别再折腾了，”为首的陌生人低沉开口，“我们是新任守关人，负责过来处理掉你们。就算你们进了主控室，我们一样可以追进去，没了文具树的你们连虫子都不如，乖乖待在这里别动，还能死得痛快一点儿。”

霍栩眼底一闪，无数冰柱从五个新守关人背后急速来袭。五人仿佛毫无察觉，一动未动。冰柱却在马上就要碰到他们后脑时“咔”一声撞碎，就像那里立着一堵透明的防御墙。

“我们知道你还有能力，”那人朝霍栩笑一下，“一半的血能孕育出这样的能力和觉醒等级很不可思议，所以我们不会杀你，我们会把你带回去好好研究。”

霍栩无声看着他，前所未有的冷静。明明和 Guest. 999 战斗的时候，对方一句话就能让他气血翻涌，恨不得将对手杀个片甲不留，可是现在，哪怕被人这样当面鄙夷，说着要把他当研究品，他内心也毫无波澜。因为他终于知道了，他不是为这些人活的。值得他牵动喜怒哀乐的，只有身后那些同伴。

精神力刹那间喷涌，霍栩绷紧全身，释放全部能量，不留余地！

“哗啦——”

不是水浪，是水幕，滔天的水幕从四周拔地而起，将众伙伴牢牢护在中间。

“都进主控室！”霍栩大喊。

离得最近的丛越屏息收腹，第一个进洞。被何律扑到一边的白路斜迅速起身，第二个跟上。然后是礼拜天、南歌、郑落竹、施方泽、大四喜、何律、范佩阳。

新守关人的强力狙击打在水幕上，一连几下，竟然都没穿透。五人交换个眼神，迅速上前。

唐凛倒数第二个进洞，跳下之际，直接把霍栩也拖了进来。

众伙伴在黑暗的洞道中急速下滑，没几秒就“扑咚扑咚”陆续落地。说是落地也不恰当，因为触感上的确是着陆了，可低头去看的话，就会发现他们好像仍然悬浮在空中。

从知道主控室的存在那天起，众伙伴就不止一次想象过这里的样子，可能是管线交错，可能是屏幕密集，可能是眼花缭乱的复杂操作台，当然还应该有如影随形的紫色光芒。但他们都想错了。这里就像一个更美、更曼妙的许愿屋，他们仿佛置身无边无际的宇宙，星云璀璨，星河浩渺。

霍栩没去过许愿屋，他只知道他的计划是用水幕阻挡那五个家伙，然后进主控室后再赶紧想办法看能不能操作鸮系统把洞口封上。虽然他不懂鸮系统，但记忆深处一直残留的讯息就是：进了主控室，你就一切都会了。结果主控室里连个操作台都没有，他拿什么会！

洞口前。

水幕随着霍栩的跳下而消失，五个新守关人踩着泥泞追到洞口前，为首那位低头看两眼，轻蔑嗤笑，接着毫不犹豫跳入。不料前一秒还敞开的洞口竟在这时突然消失。另外四个新守关人眼睁睁看着同事的双脚“咚”一声杵在坚硬地面上，四脸茫然。

为首那个一个不稳差点儿摔倒，恼羞成怒：“怎么回事？”

“别急，这里进不了可以从正门进嘛，反正我们都被开放了权限。”另外一个人说着，转身直接走向主控室正门。未料手刚碰到门板，门板突然发出强烈紫光，上面原本被轰出的蛛网裂纹竟然一瞬消失，仿佛重新修补坚固了一般。

然后，五个新守关人就听见了不带一丝感情的系统提示：“主控室所有入口已关闭，任何人不得进入。”

同一时间，主控室里，或者说十一个伙伴悬浮着的“宇宙”里，也响起了鸮系统的电子音：“检测到最高权限，开启保护模式。”

整个主控室仿佛在刹那间被激活，宇宙苏醒，星云流动，美得璀璨，动人心魄。

众伙伴却云里雾里。什么最高权限？谁的最高权限？他们几乎本能地将目光投向唯一可能知情的霍栩，但霍栩也一脸茫然。

“欢迎您回到主控室哟，我的主人。”

前方的星辰环绕里，毫无预警地弹出一块透明屏幕，上面的小猫头鹰像一颗小星球一样缓缓转着圈圈。随着它的转动，一抹冰蓝色的光从投屏里射出，准确无误地击中霍栩的手臂。原本什么都没有的那里浮现出一个精致图案，却不是猫头鹰，而是一个淡淡的、若隐若现的小小冰蓝色星球。

霍栩低头怔怔地看着那图案，大脑完全一片空白。

众伙伴也混乱了。触发主控室异常的果然是霍栩，但小猫头鹰那句“我的主人”是什么意思？霍栩根本没来过这里，怎么可能是这里的主人，还是说鸮系统把霍栩误认成谁了？

小猫头鹰还在继续：“按照您的要求，当检测到您再一次回到主控室时，将开启保护模式，并公布存储信息。现在保护模式已启动，接下来公布存储信息。”

还有信息？霍栩此时才微微回神，抬头重新看向屏幕，只见小猫头鹰霎时消失，短暂白屏后，一个男人的影像缓缓清晰。像是一段录像，背景就在这主控室里，同样的星辰璀璨，同样的美丽至极。可这些没有分走众伙伴的任何目光，他们的视线几乎是一下子就聚焦到了那男人身上。因为他有一双极亮的眼睛，像盛着这世上最美的星光，这让他身后的整个宇宙都黯然失色。他在盯着屏幕看，或者说，他在透过屏幕，透过时间和空间，去看他想看的人。

“小霍栩……”男人调皮开口，喊完可能是自己都觉得这样对话怪怪的，忍不住想笑，很努力才绷住，“你能看到这段信息，说明你已经成功进入主控室了。让我猜猜你现在多大？二十岁？二十五岁？你要是三十岁才闯到这里，我会很失望的，因为……”

明明知道只是录像，霍栩却还是被越来越大的迷惑搞得暴躁，禁不住脱口而出：“你谁啊？”

“……因为你身上有我这样一个最优秀男人和你母亲那样一个最美丽最温柔最强大的女人的基因，我们都觉得你会比我们更厉害，更潜力无限……”

这是霍栩的父亲？！众伙伴惊呆，视线在投屏里的男人和霍栩身上来回切换，发现这两人的五官轮廓还真有一些相似。

“不过基因突变也是存在的，所以现在站在我面前的可能是一个潜力有限、战斗力不足、身体素质堪忧的小霍栩。我想了想，应该还是很可爱……”

众伙伴：“……”这不遗余力地打击儿子完后还抱过来举高高，亲爹。

霍栩却没法像旁观者那样冷静思考，他死死盯着屏幕上的男人，胸口剧烈起伏，心中翻滚的强烈情绪几乎冲击得他站不住。曾经，不懂事的他无数次地想象过这两个人的样子，想象他们像天神一样突然出现，把自己从阴暗冰冷的地窖里接走。后来，他长大了，开始闯关，依然会想象这两个人的样子，想象他们发现有了他的时候多懊恼后悔，想象他们把他丢在地下城的时候多仓皇失措。但不管他怎么想，那两个人始终是一团模糊的影子，让他连恨都找不到着力点。然后，在他终于决定忘掉过去所有，第一次真正想离开这里去拥抱未来的时候，这个人竟然就这样出现了，带着一脸轻松的笑，喊他的名字。热气从霍栩的眼底往上涌，他用尽全身力气才克制住没向那屏幕挥出拳头。

“我知道你现在心中有很多疑惑，”男人的声音缓和下来，笑意收敛，眉宇间染上淡淡温柔，“别急，主控室入口都被保护程序关闭了，你现在绝对安全，我也可以从头开始慢慢给你讲……”

主控室里变得安静。

“鸮系统是我设计的。”男人第一句就揭开了谜底。

众伙伴隐约猜到了霍栩的父亲不一般，可真亲耳听见，还是心中一震。霍栩的父亲不是守关人吗，怎么又会是设计者？

“一开始只是为了好玩，就利用能量空间设计了前十三关，设计的时候我尝试过很多关卡模式，后来选择了以地球的环境、建筑、知识体系为基础蓝本……地球，也就是你母亲来自的星球……不过我当时还不认识你母亲，选择地球数据只是个人偏好。在K星上有很多星球的数据，因为K星人数百年来都在寻找更适宜居住的星球……”

“关卡设计完，总要有人进来玩，所以我利用能量设置路径通道，不定期从地球上传送一些人进入关卡，当他们通关或者在关卡内停留的时间超过五小时，系统就会自动送他们回去，即便在关卡内受伤也问题不大，因为保护系统会在他们受到更严重的伤之前把他们强制弹出……我当时没觉得这样不对，甚至认为我已经想得很周到了，就像设计了一个装置，抓几只小白鼠进来测试而已，并且我还全程保证小白鼠不会受到致命伤害……”

男人说到这里忽然停下，特认真地看屏幕：“再生气也不可以动手哦，把主控室打坏了我可就不能送你离开了。”那半真半假的调侃式警告，竟在某个刹那和小猫头鹰的语气有了一丝融合。

“后来政府发现了我的关卡，他们很感兴趣，想用来作为军队的试炼区，但前十三关只是一个能量空间，一切的系统设定和能量频率都只适合地球人待在里面，所以他们希望我能按照这个模式，在某个废弃星球上打造一座真实的关卡世界……我一口答应下来，没有任何犹豫。那可是一个真实的星球，你想，在一个真实的星球上随心所欲地建造关卡，这是一件多么令人兴奋的事，而且这个关卡世界还是在为全K星人的延续做贡献……”

“我不知道你在这一路上获得了多少K星的情报，如果你已经了解了K星的历史，那下面我还会再重复一遍，你可以走神，但别嫌我啰唆……我刚才说了，K星几百年来都在寻找宜居的星球，那是因为K星在千年前经历过一次末世。火山，地震，海啸，寒潮……无数灾难一齐席卷，一半以上的物种消亡，K星人口更是急剧缩减到只剩原本人口数量的20%。就在所有人都以为毁灭不可避免的时候，剩下的K星人里，忽然有人开始觉醒……”

“是的。K星人原本只是身体素质好一些，并没有任何特殊能力，是在那一次末世里才开始有人觉醒。起初是这些觉醒的人带领剩下的K星人和恶劣的自然条件对抗，后来觉醒的人越来越多，当真正挨过那场末世危机，幸存的K星人几乎都是觉醒者了。他们重建家园，复兴科技，用了几百年时间，恢复了K星文明……但随着几百年平静而来的，是新一代K星人的平均觉醒程度越来越低，尽管出生时已经拥有特殊能力，可想要觉醒到更高阶总是比前一代人更慢，更艰难。同时K星的生育率也在降低，人口数量至今才恢复到末世之前的四成。上面担心这样继续下去，如果哪天K星再来一场末世灾难又要重蹈覆辙，所以他们一方面在军中普及觉醒试炼，一方面也在寻找适合移民的星球。地球其实很合适，它是第一个被K星看中的星球……”

不知是不是错觉，众伙伴发现男人在提到“地球”的时候，眼神好像忽然变得温柔。

“地球的科技比K星落后很多，如果K星真想占领它，是轻而易举的事。可是很幸运，所有偷偷潜入地球探路的人回来后都生了重病，有一些甚至还没回到K星就已经在地球上生了病。上面用了很长时间的研究才发现，地球空气里有一种K星没有的稀有气体，这种气体的含量极少，对地球人毫无影响，可是进入K星人的身体并积累到一定量之后，就会引发严重的器官衰竭……就这样，地球早早逃过一劫。”男人苦笑一下，“结果在我这里，又被盯上了。”

“我依照前十三关的模式，在这里建立了后十关，并且根据上面的要求把关卡设计得更危险，规则也更残酷。完成之后，前十三关也被征用，上面希望抓来的地球人经过前十三关的培育，有了一定战斗力，再进入后十关，真正的试炼区……上面还给我做了假身份，让我以守关人的名义留在这里，一旦发现关卡有什么问题，可以随时修复维护……到这里我都没觉得我做的有什么不对，直到我遇见了你的母亲……”男人扬起嘴角，眼里浮起温暖的甜蜜，“我从来没见过那样的女人，第一次考核她就让我吃了大亏，我当然不能让她通关，没想到她竟然狡猾地跑掉了。后来她第二次闯关，我那天不当值，发现她进了关卡，临时和同事换了班，结果她故技重施，我都识破了，她竟然还能用一个套路坑我两次……”

似乎察觉到了自己光辉父亲的形象濒临崩塌，男人突然停住，摇头道：“不说了，反正她……很好，好到所有美好的词汇堆在一起，都抵不上她的万分之一。”

众伙伴：“……”这结论和你刚刚的“甜蜜回忆”哪一点能对得上？！

“也是从爱上你母亲开始，我才发现我犯了一个最致命的错误。”男人眼里的光彩有一瞬的黯淡，“地球人不是小白鼠，是和我们一样有思想、有情感、有喜怒哀乐的……人。甚至很多时候，他们比我们还要更坚韧，更勇敢。所以后来我开始悄悄在鸮系统中动手脚，做一些不容易被看出来的小改动，比如在某些关卡规则上稍微平衡一下，给闯关者一点点权利，而不是让关卡规则完全向试炼者倾斜。可这些改动只是杯水车薪……”

“后来你出生了，从那一刻起我终于决定毁掉鸮系统。我对前十三关的鸮系统做了一点儿修改，让它拥有了自我学习和觉醒的能力，同时还在许愿屋里植入了一个‘关闭前十三关’的隐藏选项，这样不管是鸮系统自我觉醒导致关卡混乱还是闯关者触发隐藏选项、选择关闭前十三关和地球之间的通路，都可以永久地切断鸮系统和地球之间的联系，这样就不会再有新的受害者……之所以选择从前十三关下手，一是这里是源头；二是前十三关完全自主运行，试炼区这边根本没有派人监管，更容易暗中修改；三是一旦发生问题，我完全可以推说是系统不稳定造成的，而且无法修复……”

“做完这些，我就一直在等待前十三关出问题，我还模拟了好多次上面来讯问，如何装傻充愣。那时候我已经把你的母亲从关卡里偷偷带了出来，我还在展望我们一家三口的幸福日子……结果前十三关还没出问题，我和你母亲的事就被发现了。一切都发生得很突然，但我还是察觉了征兆，因为上面突然让我修改整个鹗系统的设定，要求今后卷入鹗系统的所有新闯关者只能是男性……我骗他们说只能在主控室里修改，”男人眼中闪过一抹狡黠，“所以我现在才能在这里给你存下这段影像。”

“不过他们也不笨，我的时间应该不会太多。”男人平静地看着屏幕，“你母亲已经带着你去了地下城，但她不能在那里停留太久，否则 K 星就会发现你，所以你不要怪她没有把你安顿好，她是这个世界上最爱你的人……最爱，最爱。”男人一连重复了两遍，不自觉加重的语气里都是沉甸甸的感情，可惜这位天才设计者的正经总是很难保持超过一分钟，“我也爱你，虽然只能排在这个世界上的第二，但我可是把主控室的最高权限都给你了哦。他们以为封锁了我的最高权限，我就只能在这里进行普通修改了。对，我现在是毁不掉鹗系统了，但我儿子可以哟。”

“小霍栩，”男人望着投屏，一双极亮的眼睛平静而有力，“去地球吧。那是我一直想去却去不得的地方，但你可以，你身上流着那颗蔚蓝色星球的血，那是你母亲的故乡，也是你的家。”

说完这些，男人轻轻呼出一口气，然后就开始点击屏幕，像在设定什么，一边操作还一边念叨：“说不定可以趁这次修改弄出一点儿能量偏差，直接激活前十三关的隐藏选项……可是这样会不会让前十三关不稳，万一和地球的通路发生混乱，卷了不相关的人进来……哎？”男人一愣，抬头像是忽然发现了什么，“信息还在存储？”

众伙伴：“……”所以是忘记关闭摄像头了吗？！

装模作样清清嗓子，缓解一下尴尬，男人看向屏幕：“哦，忘了说，霍栩这个名字是你母亲起的，她说我们的儿子或许会很帅气，或许会很善良，或许会很活泼，或许打起架来会很厉害。我说为什么要或许，一点儿都不确定。她说做人要谦虚，不能把话说得太满，也因为没有说定，才有无限的希望和可能。我说不过她，只好听她的。”男人无奈摊手，而后忽然凑近投屏，问，“想看你母亲的照片吗？”

霍栩呆呆站在那儿，嘴唇微动，却半天答不上要看还是不要看。众伙伴清晰感觉到了他的期待与胆怯，抵抗与动摇。

投屏里的男人像是预见到了这样的情况，十分干脆地帮霍栩做了决定。又一道冰蓝色的光进入霍栩手臂的图案里。

霍栩浑身一震，整个人定在了那里，目光直视前方，像被某种不知名的东西吸引得移不开视线，眼里闪动着前所未有的光。

众伙伴静静看着，心中了然，鹗系统已经将照片送达，只有霍栩看得见。

良久，应该是照片消失了，霍栩才恋恋不舍地将视线重新挪回屏幕。

投屏里的男人眉头轻蹙，似乎在烦恼该用什么做结束语，最终，他露出了一个幸福的笑：“小霍栩，你是我们最宝贝的宝贝。”

画面切断，投屏也跟着消失。众伙伴还没从之前的情绪里缓过神，主控室就陷入了剧烈的震动。

“怎么回事？”众伙伴看向霍栩。

霍栩摇头，还没来得及说自己不知道，就听见震动声里响起鸮系统的提示音：“能量释放完毕，制造超空间跳跃点。”

话音落下，主控室里突然亮起刺眼紫光，下一秒，那紫光形成一个光晕漩涡，就和最初把他们拖进关卡世界的紫光漩涡一模一样！

“超空间跳跃点制造完毕，通往地球路径设定完毕。”

众伙伴瞪大眼睛，现在总算知道为什么他们问霍栩如何创造跳跃点、如何设置路径时，霍栩说进入主控室就知道了……根本是全自动模式好吗？！

“小抄纸发放完毕。”

小抄纸？众伙伴正疑惑，就听见整齐划一的“叮”。

小抄纸：“进入紫色漩涡，你就可以返回地球，永远脱离关卡世界。注意，鸮系统会在15分钟后自动销毁，请在此之前尽快离开。”

同一时间，无数的紫色漩涡也出现在了关卡世界的每一个角落。地下城、水世界、孤岛、3/10集结区、狩猎大陆、山巅之路、沙漏古堡、天空城、7/10集结区、杀戮跑道、七座神庙、角斗场……只要是闯关者，就收到了“小抄纸”，只要有闯关者在的地方，就能看到回家的路！

角斗场。

守着Guest. 999的十一个伙伴在看见紫光漩涡出现在面前时还不敢太高兴，但下一刻收到“小抄纸”，兴奋得几乎跳起来。

“还傻站着干吗，”崔战一把揽过周云徽就往漩涡里带，“回家啦！”

地下城。

无数才从回收室复活的闯关者还没想清楚获救的来龙去脉，就又被突然出现的密密麻麻的紫色漩涡搞蒙，直到看见“小抄纸”。

夜影的柴也、陶文雨、王争鸣被9/10强制送回，就一直待在广场中央，他们也是为数不多想明白的人。因为复活后的第一眼，他们看见的就是一队闯关者在和守关人战斗，而那些闯关者里有许多熟悉的面孔。唐凛，范佩阳，郑落竹，南歌，何律，周云徽，崔战，关岚……那些曾和他们一同进入 1/10 的家伙，最终真是搞了一番大动静呢。

越来越多的人涌入广场，争先恐后跳入紫色漩涡。

三人互相看一眼："走，回家。"

9/10，神庙，深渊之底。

众守关人全站起来了，别管腰疼腿疼还是什么骨折瘫痪，一个个站得笔直，对着坑底出现的紫色漩涡目瞪口呆。他们看不见主控室里的情况，只知道那帮家伙进去了，五个新守关人却被关在了外面。之后那五人联络上面，上面又派了更多的人围住主控室，兵分两路，对着正门和兔子洞展开疯狂轰炸，可两个入口就是牢不可破。

到这里，坑底的他们也只觉得那帮家伙是在拖时间，毕竟都被层层包围了，他们又没有鸮系统的权限，进了主控室也无法激活鸮系统，更别说破坏。至于入口关闭，可能是他们之前的攻击触发了主控室的保护模式。当然，由于先前波瑞阿斯曾预言过这帮家伙一定失败，所以众守关人对这帮家伙的前路还是留有一丝希望。可这前路里绝对不包括此时此刻的景象——整个关卡世界的地球人大逃亡？！疯了！

维达："他们到底对主控室做了什么？"

希芙："我更想知道他们是怎么办到的。"

卡戎："释放能量，制造跳跃点，他们懂这些？"

5/10："就算懂，拿什么操作？他们有权限？"

"有，"波瑞阿斯结束紧急通信，将从有关人士那里得来的最新情报共享，"他拥有鸮系统的最高权限。"

众守关人一起猛地回头："谁？"

波瑞阿斯："霍栩，他的父亲表面上是守关人，实际上就是鸮系统的真正设计者。"

众守关人："……"

拿夜游怪当文具树的双文具树拥有者、烈性程度极罕见的终极暴力狂、闯关时间二十年还幸存的女人、知道兔子洞的失忆选手、K 星人和地球人的混血并且这个 K 星人还是鸮系统的设计者……他们到底考核了一群怎样的天选之子？！

十五分钟后，遍布关卡世界的紫色漩涡消失，关卡世界恢复了前所未有的宁静。

不，不再是关卡世界了，没有了鸮系统，没有了闯关者，这里只是一颗荒凉的星球。

5

北京时间凌晨 02:37，某私立医院。

唐凛站在空荡的病房中，极度茫然。如果不是还记得刚刚经历的紫色漩涡、天旋地转，还记得那一张张伙伴的脸，他会以为时光倒流了，自己又回到了还在医院的日子。所以，他是被紫色漩涡传送回了医院病房？那范佩阳呢？其他伙伴呢？

唐凛快步走向病房门口，只几步路，心却跳得厉害。手刚碰到门，就听见外面传来急促的脚步声，唐凛一顿，那声音越来越近，竟来到门前直接将门推开了。

是值班的护士，推门看见唐凛，她惊讶地瞪大了眼睛："你真的在这里？"

唐凛在这里养病多时，和她很熟悉，是一个性格活泼的前台护士，可唐凛不明白她话里的意思。

见唐凛不说话，护士也没追问，直接解释道："范总都把电话打到前台了，说找不到你……"

片刻后，唐凛随护士回到前台，拿起仍在通话中的座机听筒："范佩阳？"

那边像是松了口气，说："果然。"

唐凛还是有点儿蒙："你在哪儿？"

范佩阳："公司，我第一次被卷进去的时候，就是在公司熬夜加班。"

唐凛略微思索，有些想通了："我们都回到了最初的地点？"被范佩阳拉进许愿屋时，他还在住院。

"应该是。"范佩阳说，"你在那里别动，我去接你。"

唐凛本来想说不用，可反应过来自己身上既没钱包也没手机，只好乖乖原地等待。

很快，范佩阳的车就出现在了医院门口，快得唐凛怀疑他超速飙车。

"你不用这么着急，我又跑不掉。"唐凛坐进车里，莞尔道。

范佩阳摇头："那可说不准。"

唐凛："我身无分文。"

范佩阳看向前方，发动汽车，直到驶入主干道才平静地说："但你想起来了。"

安静的空气里，只有车行驶的声音。

"去你公司。"唐凛忽然说。

范佩阳略微惊讶地看他一眼："现在？"

"对，"唐凛说，眼里染上一点儿调侃，"如果不是身上真没钱，我就直接过去找你，不让你往返跑了。"

范佩阳在下一个路口转弯，开往公司方向。

"还没和小狼好好道别，"唐凛低低开口，"它和小二特别像。"

范佩阳："小二？"

唐凛："嗯，我小时候养过的一只哈士奇，生病死掉了，我伤心了很久，后来长大了，不管多喜欢，我都没敢再养。"

前方红灯，范佩阳将车停住："你没和我说过。"

唐凛淡淡看他："嗯，没说过。"

以前不说，是因为太久远的事了，特意拿出来讲给范佩阳听总感觉像在撒娇求关注；后来没说，是因为进了关卡世界后，这段同样在他心里留下伤痕的记忆随着情感记忆一起被"完好如初"抹掉了。

一路上两个人都没再说话，直到快抵达时，唐凛才看着窗外淡淡地问："你说霍栩回来了吗？"

范佩阳："不知道。"

是啊，没人知道。霍栩留在了最后，说想自己决定。

"别扭的家伙。"唐凛看着窗外不断后退的街景咕哝。

抵达公司，值班保安见到范佩阳又折回，还带着唐总，一脸惊讶。事实上许久不在公司露面的范总大半夜突然从办公室里出来，已经够让人瘆得慌了。

唐凛也不知道该怎么解释，只好对保安笑笑，然后和范佩阳一起返回了办公室。

一进办公室，唐凛就直奔范总的办公桌后面。

范佩阳跟着他过来，原本是想看他究竟要做什么，见他目光直直锁定一个指纹锁的抽屉，眼底闪过一抹惊讶。下一秒，他的手就被唐凛拉过去，按在了指纹锁上。解锁的抽屉被轻轻拉开，满满的电影票，每一张都是午夜场，每一张都是检票过的，如果仔细看还会发现都是座位相连的两张。

唐凛低头看着，心里疼得厉害，替范佩阳疼，替那个一遍遍陪他看午夜场电影又一遍遍被他遗忘的男人疼。

"你……怎么发现的？"范佩阳的声音哑得厉害。他想不通，就算唐凛恢复记忆了，也不该知道他保留电影票的事。

"我每次和你一起看午夜场，记忆最后都会被篡改成和单云松一起看，可我每次问他要电影票，他都说被你收走了。"

"那你怎么就知道我一定把电影票放在办公室？"

"因为上次从关卡里出来返回公司，我就在你办公室里发现了这个奇怪的抽屉。"

"那你当时为什么不让我打开？你不要告诉我因为你那时还在失忆，所以推理不出里面的东西。"

看午夜场电影的事，早在2/10的神庙里就被得摩斯揭穿了，而单云松说过电影票被收走的事并不属于“伤痕”范畴，所以并不会被“完好如初”抹去，两者结合，再到看见这个抽屉，唐凛早就知道答案。

唐凛直起身，坦诚道：“因为我那个时候还不知道怎么面对这些。”支离破碎的记忆和情感，还有自己混乱的内心，根本无从厘清。

范佩阳静静看着唐凛，良久，抬手抹掉了他眼角的水汽：“你恢复记忆之后好像特别容易哭，我还什么都没做，仅凭从前做过的那些就又让你伤心了，是吗？”

唐凛压下眼底的热气，说：“范佩阳，我想起了过去，不代表我忘记了后来。我记得我们是怎么走散的，可我也记得你一遍遍带我看午夜场，记得我们一起在关卡里搏命，记得我和你说在一个叫范佩阳的男人身上栽了两次。”

范佩阳摸在他眼尾的手轻轻地颤：“哪怕你想起以前？”

唐凛看着他，明明想笑，一弯眼睛，却酸涩得厉害：“你不是一直希望我想起以前？”

范佩阳不说话了。

“如果我没有再一次栽在你身上，你打算怎么办？”唐凛问，“如果我到最后也想不起来，这些电影票你是不是就要锁一辈子？”

范佩阳答不上。好半天，他才问唐凛：“你在生气吗？”

唐凛没说话，只是用力抱住他。

记得或者忘记，如果让唐凛选，他选记得，因为哪怕后面有那么多的伤心，他还是不想忘记最初的那一刻。

（全文完）

番外一

SHI ZONG REN KOU HUI GUI

失踪人口回归

1

凌晨四点，唐凛静静苏醒。

月光从窗帘的缝隙溜进卧室，在地板上映出浅浅的银色。

这是回来的第七天，他的生物钟依然没调整过来，因为每次闯关口的开启都在午夜，身体已经习惯了在夜色最浓的时候最警醒。

范总却完全没有这些困扰，一回来就迅速适应健康作息，通常是早起闲得发慌的唐凛在厨房里钻研出各种花式早餐了，范总才迎着朝阳和清粥的香气苏醒。

羡慕地叹口气，唐凛准备再努力睡一会儿，不料才翻过身，就听见屋外有动静。范佩阳起床了？唐凛蹙眉，仅剩的一点儿睡意也没了。该不会是回来一周，范总的生物钟才后知后觉地紊乱吧？他轻手轻脚下床，准备悄悄出去一探究竟，结果才刚把卧室门打开，浓郁的“焦香”就扑面而来——烧焦的焦。

别墅的一、二层是挑空结构，站在二楼卧室门口，低头就能远远看见一楼尽头的敞开式厨房……以及范总“忙碌”的背影。唐凛有一种不太好的预感。

“你是把粥煮糊了还是把荷包蛋煎焦了？”走下楼梯的时候，唐凛调侃出声。其实不为调侃，主要是给范总一个缓冲，留一点儿“打扫战场”或者干脆“毁尸灭迹”的时间，毕竟自己也是才从厨房小白升级到厨房新人，十分理解在坎坷的厨艺摸索道路上想要少一点儿狼狈、多一点儿体面的心酸历程。

可是范总用硬核的厨艺打败了唐凛的体贴："还没到那些步骤。"

没到？唐凛不太听得懂地走进厨房，然后看见了一个被厚重大衣覆盖的灶台，以及灶台后面被熏黑的墙壁砖。他默默伸手，掀开大衣，只见下面一个把手已经烧得变了形的平底锅，锅里的油量别说煎荷包蛋，炸油条都够了，锅外和灶台上也溅得到处是油。

"应该是锅里还残留着水的时候就倒入了油，导致烧热之后水油不溶，四处迸溅，同时火开得过大，引燃了锅内的油。"范总解释得有条不紊，面不改色。知道的明白他是罪魁祸首，不知道的还以为他是化学老师。

唐凛深吸一口气，微笑着侧身，让"犯罪现场"更加清晰："既然原理都懂，那这一切是怎么发生的呢？"

范佩阳拿起大衣："理论和实践的结合需要时间。"

可怜的深灰色大衣已经被烧出一个圆形焦痕，正好就是平底锅口的大小，也多亏衣服料子够重够厚，但凡薄点儿都捂不灭，反而助燃。家用小百科里通常建议这种情况下使用棉被或者锅盖来隔绝氧气，估计是平底锅不带锅盖，被子又都在楼上卧室，面对熊熊火光，范总只能就近取材，捡了昨天留在客厅的大衣。

唐凛实在不忍心脑补范总厨房翻车那一刻的场景，安慰地拍拍他的肩膀："幸好你还记得不能用水浇。"至于大衣，反正范佩阳有一柜子，不心疼。

"怎么突然想做饭了？"唐凛挽起袖子，帮忙收拾这一片狼藉。

范佩阳把大衣塞进不要的袋子里："没为什么，心血来潮。"

"哦，"唐凛故意道，"我还以为是我做了好几天，你深受感动，想礼尚往来。"

范佩阳："……"

俗话说，看破不说破，朋友还能做。但在唐凛这里，什么都说破，才是他经历了这么多好不容易学会的和范佩阳的相处之道。眼看着被戳破心思的范总眉头隐隐皱起，唐凛毫无预警地倾身过去飞快抱了他一下，带着点儿调皮。

范佩阳彻底没脾气了。他也不知道唐凛从哪儿学会的这招，说不过就抱一下，简直耍赖，反正以前的唐凛肯定不这样，但……好吧，他还挺受用。

齐心合力把厨房收拾干净，天早亮了，两人非常默契地选择了外卖早餐，然后一个懒洋洋躺沙发上看书，一个陪着他懒洋洋地看书。

眼看一个上午又要这么虚度，唐凛有点儿忍不住了，问范佩阳："你打算什么时候回公司？"

范佩阳的回答还是老样子："不急。"

唐凛仰头看他："你是打算陪我提前退休吗？"

范佩阳竟然还认真地考虑了一下："也可以。"

唐凛又好气又好笑："范总，我不回去是因为我还没想好怎么在公司里解释我的病突然就好了，总不能说我突然找到仙丹了吧？"他又不是真的想退休。

范佩阳低头，拇指轻轻描摹他的眉骨："那就等你想好了理由，我们再一起回去。"

唐凛无奈了："我从生病到现在，离开公司都几年了，没我公司一样运转良好，但是你早一天回去，公司就能早一步更上一层楼。"

现在公司运营虽然也很平稳，但基本就是沿着从前打下的路线惯性前行，范佩阳前期部署的很多规划其实都在搁置状态。

唐凛的态度让范佩阳微微惊讶："公司这些，我以为你早不在意了。"

"如果公司是我一个人的，我真就无所谓了。"唐凛坦白道，"经历过这场大病和闯关，我觉得能健健康康活着就很好，日子越平静越踏实……"停顿片刻，他道，"但这是我的心境，不是你的。"

范佩阳："那我的心境应该是什么？"

唐凛几乎没怎么想就给范总铺了一条气势恢宏的路："开疆拓土、大杀四方、财源滚滚、商业巨头。"

范佩阳从来不知道，合伙人对自己竟然还有这么光辉灿烂的期望。

唐凛以为自己说完，范总会淡淡耸肩，给一个"这些对我来说是问题吗"的眼神，让他自行领会。可范佩阳却用手盖住了他的眼睛。唐凛原本自下而上和范佩阳对望，视野突然被遮挡，让他有一瞬的呆愣。然后他在一片安静的黑暗里听见范佩阳的声音："最初合伙的时候，你问那么多人找我，为什么我最后会同意和你一起创业……"

唐凛微微怔住。是的，他问过，可当时的范佩阳没有给他任何答案，仿佛根本不屑于回答这种冒着傻气的问题。后来他又试着用玩笑的口吻提过两次，范佩阳还是直接无视，他就再没问过了。

范佩阳低头看着被剥夺了视力的唐凛，虽然这样有点儿不够体面，但看着唐凛的眼睛，他实在说不出来。没经验嘛，范总自我安慰，生疏一点儿是可以原谅的。

日光正好，照进大的落地玻璃，晒得整个客厅暖洋洋。范佩阳第一次把那个藏在心底最深处的青涩的自己翻出来，再无保留。

"我要的从来都不是创业，是和你。"

"……"

"嗡……"

"叮！"

放在茶几上的两部手机，一部振动，一部响起清脆提示音。

范佩阳克制住抬手臂查看的条件反射，拿起那一声“叮”的手机递给唐凛，已经放弃了劝说其更改提示音。因为提了也没用，VIP 组长表示闯关的峥嵘岁月一去不返，只能以这样的方式聊表纪念。

唐凛一看范佩阳的表情，就知道范总又在腹诽了，不过他是真舍不得换掉这个提示音，虽然它和真正的鸮系统提示音只有五分像。

回来之后，他每天睡得并不多，但只要一入眠，关卡世界里的种种就会卷土重来，有时是其他关卡，更多的时候还是会回到 9/10 大战。然而梦境从来不会严格循着记忆走，它更喜欢在既定的场景和人员上开发原创剧情。

比如白路斜恢复了记忆，但没找到兔子洞，而是忽然发现自己竟是 K 星一员，于是开始反水，准备帮着守关人对付他们，结果才刚跳反，就被何律拿“你犯规了”困住，强行“我们来真诚地聊一聊人生信仰”，然后就没有然后了，他旁听着何律循循善诱的声音，直接进入了深度睡眠。

再比如毁掉回收室后，所有复活的闯关者都没有被强制回到地下城，所以众伙伴纷纷在人海里寻到了自己曾经的战友，关岚寻到了探花，周云徽寻到了老虎、强哥、华子，何律找到了三道杠，十三幺、对对碰、清一色也终于重新拥抱大四喜……

每一次梦中，唐凛都疲惫得不堪其扰，可每一次苏醒，他又觉得怅然若失。

有遗憾才会总惦念，唐凛知道这是超空间跳跃点留下的后遗症。进入跳跃点的时候，谁也没想到会各自返回最初被卷入关卡的地方，那样猝不及防的分散让众伙伴尚未来得及庆祝胜利就彻底失联。很多伙伴留下的信息仅仅是一个代号，名字、籍贯、背景全然空白，甚至连一张照片都没有。就像鸮系统曾烙在他们身上的猫头鹰印记，随着离开关卡世界消失得无影无踪。唯一留存下来的只有记忆和这一声“叮”。

幸好，VIP 的六个伙伴除了霍栩仍然下落不明，其余人都没有走散。

范佩阳早在前十三关时就有郑落竹的手机号码，南歌的电话则是水世界酒店时郑落竹硬要来的，丛越没留联络方式，但入队时详细的自我介绍就差连自己家门牌号一起报了，所以找他根本不费吹灰之力。不过南歌的号码和她的翻盖手机一样，已经过了十年，唐凛本来以为打过去会是停机，不想南歌的家人在她失踪的这些年里一直给这个号码续费，为的就是有朝一日打过去不再是冷冰冰的“您拨打的电话现在无法接通”。

唐凛接过范佩阳递来的手机，解锁屏幕，发现是 VIP 的微信群里有人说话了。

群里一共六个成员，唐凛、范佩阳、南歌、郑落竹、丛越，还有一个丛越给霍栩建的小号，虽然不知道这个账号会不会有真正被使用的那一天，但一家人要整整齐齐。此刻说话的是郑落竹，上来先发一个极度震惊的表情，然后就甩了一条新闻链接——惊！各地接连爆出多年失踪人口离奇回归！有人拒绝接受采访，有人坚称被外星人绑架 [详情链接]……

虽然“震惊党”的标题让整个新闻的可信度在第一眼就打了巨大折扣，但对于经历过那一切的人来说，这一标题还真是字字都戳在关键点上。而且滥用感叹号还有一个好处，就是让范佩阳这种本来没打算关注的，只是递手机时无意中瞥了一眼，就被这浮夸的标题吸引了注意力，想忽视都难。

唐凛直接点击链接，查看新闻详情。

范佩阳懒得去拿自己的手机，索性伸头过去一起看。

近日，各地接连爆出失踪人口突然回归的离奇事件，截至目前，相关报道累计已达数十起。与此同时，网络平台上也不断有人发声，或称失踪多年的亲人、熟人、朋友突然回归，或自暴自己也是离奇回归者中的一员，“失踪人口回归”的话题甚至一度占据热门搜索榜。

这些失踪者之间并未发现明显的群体特征，无论是失踪时间、失踪地点，还是失踪前的年龄、职业，均呈现无规律、随机性的特点，这让他们的失踪看起来就像偶发性的个案。然而随着回归者陆续发声，这些失踪案背后的秘密也开始浮出水面。

记者辗转联系上五位失踪者，其中一位在记者表明身份后直接挂断电话，其余四位则通过电话接受了记者的采访。四位受访者均称自己被神秘力量卷入了一个闯关空间，空间由一个名为“鸮”的系统控制，在这个空间里，只有闯过全部关卡才能回到现实。四人中，三人被困在名为“地下城”的关卡，一人被困在名为“水世界”的关卡，其中被困时间最长的小刚（化名）已在关卡内生活了近十年。至于回来的契机，四人也给了完全一致的答案，即某一天关卡内突然出现无数紫色漩涡，他们经由这些漩涡返回现实，且回来的落点正是当初失踪的地点。

受访者提供的信息和网上流传的诸多自暴者的说法几乎如出一辙，“关卡”“鸮系统”成为他们提及最多的词。然而由于他们无法提供切实的证据，便被一些专家、学者扣上了“哗众取宠”的帽子。

记者认为，失踪者集中回归这一离奇的群体性现象是客观存在的，不管失踪者是真的被卷入了异空间，还是出于某种目的编造了荒诞的说辞，这些失踪背后的真相都值得我们去追寻，去关注。毕竟每一个失踪者都是一个家庭的伤痛，如果这些伤痛背后有着同一个元凶，我们就应该一查到底，而不是以一句“哗众取宠”草草了事。

最后，就在发稿前，一个自称知情者的神秘人士给记者打来电话，表示所谓的“关卡世界”并不是什么异空间，而是外星人在另外一个星球上建立的试炼基地！网上被提及最多的紫色漩涡其实是超空间跳跃点！外星人用远高于地球的文明，将他们当小白鼠一样玩弄在股掌之中！但是邪不压正，最后凭借众多失踪者的齐心协力，将整个试炼基地捣毁！

一连四个感叹号，达成了和震惊标题的完美呼应。

新闻报道就此结束，唐凛本来想返回微信群，不料指尖多往上带了一下，底下的热门评论就紧跟着映入眼帘——

@敌人非但不投降还胆敢向我还击：“我说一下我看这篇报道的心路历程。（标题）什么鬼—（进入正文）这年头媒体真是为了流量脸都不要了—（继续）我看你怎么编—（继续）记者牛啊，换我写，中途就得笑场—（看到一半）呃，好像最近是看见不少失踪者突然回家的新闻—（继续）感到一丝凉意—（看到后面）该不会背后真藏着什么真相吧—（看到末尾）我是傻子，不解释。”

@大吉大利666回复@敌人非但不投降还胆敢向我还击：“老实人。一般这种我看完标题就直接拉到结尾。”

@加班不可能这辈子都不可能回复@大吉大利666：“那你错过太多了，精华都在中间呢，那个严肃、社会、悬疑的气质卡得死死的，让人不禁去想这是人性的扭曲还是道德的沦丧，就是最后收尾没绷住，还是让中二之魂烧起来了！狗头.jpg”

……

一溜看下来，基本都是吐槽玩梗的，这就使得唯一的呐喊者显得更加心酸——

@叮叮叮：“我们是真的被外星人绑架了！真的被绑架了啊！！！泪目.jpg”

唐凛看着这个账户名中充满灵性的“叮”，基本可以确认这也是个闯关者，但是不是熟人不好讲，毕竟现在鸮系统的事情可以随便说了，就算是没闯到后面的人也可以通过网络或者其他渠道捕捉到一些秘密信息，知道一个外星人并不能说明什么。除非他不仅知道外星人，还知道试炼基地、超空间跳跃点、捣毁试炼区……比如报道中最后给记者打电话爆料那位。

“叮！”

“叮！”

“叮……”

唐凛还在浏览网页，那边看得快的VIP伙伴们已经自顾自在群里聊起来了。

郑落竹："都看完没？我今天在好几个地方都刷到这篇报道了，热度特别高！"

从越："我怎么没刷到？"

郑落竹："你少看一点儿奇奇怪怪的网站，多看一点儿正规网站。"

从越："……你这个标题哪里正规了？！"

南歌："这种写出来也没人信吧？"

南歌："小兔兔笑哭.jpg"

南歌："而且写得越真越没人信。"

南歌："小兔兔歪头.jpg"

从越："……"

郑落竹："姐，你是刚买了一整套表情包吗？"

南歌："小侄女帮我买的，还有动图。"

南歌："小兔兔是不是很可爱.gif"

南歌还在努力适应智能手机和各种软件的操作，现阶段正好进行到"发表情"的学习环节，所以手头有什么就发什么，内容不重要，重要的是各种发，花式发，发到熟能生巧。

群里安静两秒，从越和郑落竹化身捧场王——

从越："棒棒的.jpg"

郑落竹："萌化啦.jpg"

唐凛回到微信群界面，看见的就是这样一幅其乐融融的队友爱图景，他忍俊不禁地弯起嘴角，舒服地靠在范佩阳胳膊上，慵懒，惬意。就让外界将鸮系统、K星、关卡都当成群体性妄想吧，日子像此刻这样平静流淌最好。

郑落竹没自家组长那么好的心态，在和从越一唱一和捧完南歌的场后，趴在床上的他还是不放心地抬起头，问同样坐在床上的施方泽："这么多失踪的人突然集体回来，有关部门不会下来调查？"

"调查什么？异空间还是星际穿越……"施方泽的声音懒洋洋的，像是刚睡醒，又像被阳光晒得困乏。

"也是，"郑落竹打个哈欠，"本来挺严重的事，让这一个个爆料爆得都快成段子了。"

这是郑落竹的家，即使在这栋老旧的国企家属楼里，也属于居住面积最小的户型，狭窄的暗厅之后就是逼仄的卧室，放完一张床，几乎再没有下脚的地方。

郑落竹已经很多年没有回过这里了。

施方泽去外地读大学之后他就搬离了这里，在别处租了房子。不过每到寒暑假，他还是会装模作样回来住一两个月。虽然那时的他因为瞎混，已经自动自觉和施方泽疏远了，但邻居之间抬头不见低头见算正常现象对吧。后来施方泽失踪，郑落竹就真的再没回过这里，哪怕是最初几年回来探望施方泽的父母，也是直奔隔壁，再没有进过这间房子这个家门。因为这里唯一的价值就是“施方泽住在隔壁”，当这一价值消失，这个房子留给他的就只剩下无穷无尽的黑暗。每一个角落，每一件家具，甚至地砖上的某个碎裂边角，都可能勾起他的一段噩梦。明明不是记忆力多好的人，明明去年发生的事情今年就可能遗忘大半，偏偏对于最想忘记的童年记得无比清楚，他甚至可以脱口而出墙壁上的哪一个凹痕来自哪一次毒打的闪躲。当然，闪躲之后只能是被打得更惨。

郑落竹曾经以为自己这辈子都不可能再回到这里了，没承想通过超空间跳跃点返回后，他和施方泽就分散了，因为施方泽是在大学读书期间被卷入的鸮，故而返回地球的落点也在大学那边。所以郑落竹当时什么都没想，第一反应就是回到这里守株待兔。钥匙早不知道被他丢哪里去了，找的开锁，人家一秒捅开，完后直言不讳：“就你家这个，都不用技术工种，踹得用力点儿，连门带锁能一锅端。”

等了没几天，施方泽果然回来了。

郑落竹原本担心施方泽没有回来的路费，结果人家身上好几张银行卡，分分钟取现。郑落竹还担心施方泽没有身份证，就算有路费也坐不了飞机、火车甚至长途汽车，结果人家直奔学校院系，一圈认亲下来，当年教过他的老师只要还在学院的都记得他，当年最欣赏他的系主任更是已经升任了学院院长，而他当年考入大学之后，户口就转到了大学所在地的集体户口，后来由于失踪户口再没有转出，于是拿着挂在学校的集体户口去派出所办了临时身份证，顺顺当当飞了回来。

对于自家竹马这一系列操作，郑落竹除了目瞪口呆，就只剩一个大写的“服”。要不人家是学霸他是街霸呢，差距不是一星半点儿。

不知是一心挂着返程的施方泽，还是时间真能改变一些东西，再次回到这个房子里，郑落竹并没有预期中的不适。那些他曾经躲藏过的角落小得就像耗子洞，那些曾被随手拿来往他身上打的东西现在甚至禁不住他稍微用力的一握……就连那张他曾经觉得很大的床，现在躺上去，长度也只是勉强容纳他的身高，宽度倒还行，他趴着，旁边还有施方泽坐着的空间。

就像年少时无数个周末一样，耍钱的喝酒的都出去疯了，家里就剩一个小郑落竹，然后小施方泽就会从隔壁偷偷摸过来，爬到他的床上，可怜兮兮地问：“竹子，你哪道题不会，我给你讲。”十次里有九次，他都会凶巴巴地说：“滚，老子最烦学习。”

郑落竹怀疑自己最爱说“老子”的那段时间，可能都还没过变声期，现在想想，全是小孩装大人的可笑。

同样稚嫩的施方泽当然不会笑话他。施方泽最拿手的是哭。他一凶，施方泽就哭，施方泽一哭，他就被负罪感淹没，总觉得自己欺凌弱小，最后乖乖把作业拿出来，人家一道道讲，他就一道道往下写，简直是固定循环。

床垫忽然的凹陷将郑落竹从过往的思绪中拉了回来。他转头去看，发现施方泽也躺下了。床是紧贴着墙边的，自己趴在里侧，施方泽这一躺，郑落竹总感觉自己像被困在了对方和墙壁之间似的。可是床上空间实在有限，郑落竹瞄了瞄，真要让施方泽往外挪挪，估计这人就得掉地上。挤就挤点儿吧，他叹口气，过了会儿还是觉得别扭，干脆由趴改成侧身躺，调整了半天姿势和位置，总算让空间稍微松快些。

不料一番努力换来施方泽一句："你折腾什么呢？"

郑落竹没好气地看着他："我在努力让我们两个尽可能舒适地怀念童年。"

施方泽若有所思地安静了几秒，忽然问："那我可以哭吗？"

郑落竹莫名其妙："为什么？"

施方泽："我一哭，你就特别听话。"

郑落竹："……我那是让着你！"

施方泽没回应郑落竹的吐槽，就那样枕着手臂侧躺着，沉默看他。

房间里安静下来，尤其在郑落竹气汹汹的尾音消失后更显静谧，仿佛连时间都静止了，只剩下一丝一缕的微微热气连绵而温柔地扑散在郑落竹的脸上，弄得他微微发痒。

起初郑落竹以为是施方泽的呼吸，因为两个人离得挺近，可是很快他就发现，是窗口偷偷溜进来的风。卧室的窗户就在床头旁边，还是九十年代的铝合金窗，滑道早就坏了，再怎么努力去关也总会留下一条两指宽的斜缝。

郑落竹忘了窗户是哪一年坏的，应该是很早很早了，可是这个家里没有一个人管它。夏天的时候，它是蚊子的绿色通道，到了冬天，又成了寒冷的输送门，年复一年，直到后来这个房子里只剩下郑落竹一个人，他也没试图去修缮。一个破败的家，一间破败的屋子，一扇破败的窗，气质完美统一，干吗要去破坏？

小郑落竹不懂事，似乎还曾在遥远的童年岁月里偷偷试着去努力关过几次。具体几次记不清了，只记得最后一次被窗框翘起的锋利铝边割伤了手，因为太用力，伤口割得极深，小郑落竹害怕极了。不是因为疼，是因为伤口的血根本止不住，他怕被那两个人发现，就傻兮兮地用力甩手，以为这样可以把血甩干净，结果血点都甩到了床单上。于是接下来的事情顺理成章——企图关窗的愚蠢行径完全曝光，弄脏了床单罪加一等，先是女人回来给了一顿收拾，接着男人回来又补打了下半场，最后小郑落竹被关到阳台上罚站，寒风瑟瑟的严冬里，他只穿了一件小背心。打那之后，小郑落竹再没和窗户较过劲，甚至后面的很长一段时间连窗户都不敢靠近。

长大的郑落竹倒是可以轻轻松松解决窗户的问题，但他不想了。家才值得修葺打理，地狱不值得。

可是，为什么这个一直被他视为阴暗、肮脏的地方，这个他赚到房租就迫不及待远离的噩梦一样的地方，此刻的他却能这样安然放松地躺着？郑落竹微微抬眼，看向窗台。为什么记忆中只会带来恐怖寒意的窗口，那歪歪斜斜的缝隙吹进来的却是温热干燥的风？

郑落竹在慵懒的困倦里有片刻的恍惚，思绪就此踩上云朵，在轻飘飘里发散出奇妙的想象。他好像看见一双无形的大手，在他离开的这几年，把这个房间从整栋楼里单拎出去，拍成平面，挂在草坪上的晾衣绳上晒太阳，等晒好了，晒得哪儿哪儿都没了灰尘，没了细菌，再抖落回原本的立体模样，塞回家属楼。

发呆，出神，瞄一眼窗口然后眼底浮起疑问，最后神情一点点恍惚……郑落竹这些细微的情绪变化，施方泽围观了全程，很好奇对方在想什么。可现在，他忽然不想出声问了。郑落竹虎头虎脑拍胸脯充大哥的时候多，发呆失神的时候却少，可能就是因为太少，所以他应对的经验匮乏，心里像被一千根羽毛拂过，泛起的蠢蠢欲动根本止不住。

施方泽的眼神悄然起了变化，浅浅笑意底下是毫不掩饰的侵略性。下个瞬间，他忽然撑起身体，然后翻身，准备将郑落竹困到身下。不曾想后者也在这时回过神，一个鲤鱼打挺猛然起身。施方泽猝不及防，根本来不及闪避。就听“咚”一声，两个脑门结结实实撞到了一起。

“我要修窗户！”郑落竹一脸认真地宣布，压根儿没注意施方泽已经半压到身上了。

险些被撞飞的施方泽捂着额头，满眼茫然：“什么？”

“这个，”郑落竹看向窗口，掷地有声，“我要把这个窗户修好！”

施方泽茫然地望向那扇破窗。如果他没记错，上小学的时候这个窗户就坏了吧？

说干就干，郑落竹直接跳下床，凑到铝合金窗前开始实地考察。

施方泽观望了半天，终于确定郑落竹不是金蝉脱壳，不是发现了什么端倪故意转移话题，这家伙是真想修窗户，认真和决心堪比刚辍学出去混那会儿想称霸整条街。

其实施方泽没有猜出自家竹马全部的野心。修窗户只是一个开始，郑落竹想做的是把这个地方整个都修一遍，门窗也好，家具也好，电器也好，能修的就修，不能的就换新，然后就又是家了。

一念地狱，一念人间。不在房子，在心里。

从上午忙活到下午，除了中间去施方泽家蹭了一顿饭，其余时间郑落竹都在卖力修窗。临近傍晚，彻底变形的窗扇终于成功脱落，玻璃也漂漂亮亮碎一地。郑落竹透过空荡窗口，静静欣赏夕阳。

施方泽和他并肩而站，傍晚的微风吹动了他的发丝："明天去建材市场找一个专业制作门窗的厂家整体换新吧。"

郑落竹眺望天边的火烧云："我觉得可以。"

接连响起的微信提示音打破了这拆家……咳，劳动后的温馨时刻。郑落竹摸出手机，发现南歌也在群里发了个链接，不过不是网页新闻，而是一个直播间的地址，点进去，提示直播要在晚上八点才开始。他退出直播间，群里反应最快的从越已经和南歌聊了好几句了。

从越："？"

南歌："[截图].jpg"

从越："真的假的？不会是我们认识的人吧？！"

南歌："不好说，等晚上露面就知道是真是假了。"

从越："我现在心情好微妙，有点儿紧张，还有点儿兴奋呢……"

郑落竹浏览下来一头雾水，点开截图放大，才看清是主播发的关于晚上直播内容的宣传截图——神秘失踪者缘何集中回归？午夜零点？闯关游戏？鸮系统？外星人？这一切是真的存在，还是失踪者们的群体臆想？今晚八点，将会有一位神秘失踪者做客直播间，亲自讲述他所经历的一切，为大家揭秘失踪背后的真相，以及那段心酸而又离奇的回家之路！

郑落竹、施方泽："……"这宣传文案真是谁看谁沉默。明明难得从头到尾没一点儿发散联想的胡编乱造，不管是巧合还是真有知情者，反正提出的要点都对上了，但这字里行间透出的莫名狗血感是什么鬼！

再看一眼发直播间地址的，的确是南歌没错。郑落竹叹口气，按住手机，语重心长地说："姐，你这才回归网上冲浪，就先在沙滩上走走，晒晒自拍，玩玩小游戏啥的，直播间水太深，进去容易迷失。对了，你没绑定银行卡什么的吧，别脑袋一热就给那种鲜肉主播刷火箭游艇……"

东部某市，南歌坐在小型宴会厅的一角，将手机放在耳边听郑落竹的语音，弯起的嘴角就没下来过。

今天是家宴，由头是九十岁的奶奶过大寿，可其实距离奶奶的生日还有两个月呢，再提前过也没有这样提前的，所以南歌知道，让这一大家子真正聚到一起的原因，是她回家了。

被卷进鸮系统的时候，南歌还在叛逆期，看家里的七大姑八大姨没一个顺眼。可是刚刚的席面上，没有一个亲戚去打探失踪的那些日子她在哪里、做过什么，每个人都只有一句"回来就好"。迟到多年，南歌才懂得，无论是从前还是现在，他们都给了自己最大的包容和最浓的亲情。

"小姑……"活泼的小侄女偷偷溜过来，大眼睛一眨一眨地装可怜，"小姑，你给我讲讲嘛，我保证不说出去！”

南歌莞尔。上初三的小侄女是唯一忍不住好奇问她失踪真相的，直播链接和截图也是小孩儿发给她的，不然她哪里知道什么直播间。不过小孩儿能坚持到家宴快结束了才问她，已经很不容易了，至于保密……

“说出去也没关系，”南歌实在不忍心看小朋友那么辛苦，宠溺地摸摸她的头，“反正也没人信。”

2

晚上八点，唐凛、范佩阳、南歌、丛越、郑落竹，以及把人从彻底没了一半窗户的房间拖回自己家的施方泽准时上线，进入直播间。

虽然他们对于那位神秘嘉宾并没有抱太大希望，总感觉很大可能是看了各种报道和小道消息后组织组织语言就上来胡侃一番骗人气的那种，毕竟宣传词里提到的闯关、午夜、鸮、外星人这些点都在网络上出现过了，不算多核心的机密。但既然他敢露面，那看看也无妨，万一真就是熟人呢，那就等于联系上一位伙伴了，还挺让人期待的。

画面弹出，一个美颜十级的年轻男主播正在和不断涌入直播间的观众们互动预热。也不知道是主播人气本身就高，还是这一波噱头的宣传到位，直播间里竟然已经挤了数千人，刷屏速度快到看得人眼睛疼。

六个伙伴相隔几地，却是一样的反应：举着手机，窥屏，一言不发地窥屏。

大约预热了十几分钟，刷屏催促的观众们渐渐不耐烦，主播才终于宣布：“下面有请我们今天的神秘嘉宾，失踪者小沙！”

唐凛微微蹙眉，立刻在脑海里将三十几个伙伴过了一遍，没找到一个名字或者代号能和“小沙”联系上的，要是“小三”还可以强行和三道杠挂钩一下。

一个伟岸身影进入直播画面，但个头太高，脸还在画外。随着他在主播身旁落座，神秘嘉宾的真面容才出现在直播画面中央。

唐凛、范佩阳、丛越、南歌、郑落竹、施方泽：“……”

【直播间—刷屏】

猫薄荷：“？”

五号技师：“？？？”

滚去学微积分好吗：“……”

Abab977：“脸呢？！”

神秘嘉宾身材伟岸、肌肉发达，虽然还没说话，但仅仅是落座时清嗓子的一声咳，就透着雄壮有力。唯一美中不足的是，他脸上挡着一个向日葵的卡通特效，焦黄焦黄，色彩之浓烈极具视觉冲击力。

“来，小沙，先跟直播间的朋友们打个……”主播帮着嘉宾热场，不料话还没说完，向日葵先生就十分自如地进入直播节奏了。

“大家好，我是小沙，神秘失踪是我，离奇回归也是我，今天我来到直播间，就是为了给大家还原事件背后的真相！原谅我不能露脸，说话也做了变声处理，因为我只是本着对社会负责的心态来说明情况，但如果暴露了真实身份，无疑会对我日后的生活产生影响，我不是一个想红的人，我只是一个想回归平静生活，却又放不下社会责任感的普通人……”

【直播间一刷屏】

黄赤交角：“哥，可以了。”

扬眉吐气张大壮：“你闪瞎眼的遮脸特效已经出卖了你那颗无法低调的心！”

战斗吧滑板鞋：“别哔哔了，说重点。”

唐凛终于在神秘嘉宾的魁梧身形里捕捉到一丝似曾相识。初入地下城时，曾有两个组织对着刚离开电梯的他们伸来招募的橄榄枝，一个是白组，一个是步步高升，而后者的身形轮廓和直播间里这位神秘嘉宾有种迷之相似。虽然向日葵先生今天没有像当时那样露出肱二头肌，无法隔着衣服去辨别里面是否文着花臂，但唐凛清楚记得，地下城初见时那位上来就自报了名号——关卡里，鲨鱼；回到家，小沙……不对，是小鲨。代号凶猛度完全贴合环境强度，很细致了。

“鲨鱼？”听完唐凛发到群里的语音，丛越茫然回复，“哪个鲨鱼？”

郑落竹反应过来，替自家组长解释：“一个在地下城想拉我们入伙被我们果断拒了的家伙。”发完又补第二条，“我这还比对了半天，就说把谁套进去都不像呢，咱们那堆人里，块头大的没他这么聒噪，话多的又没他这么壮实。”

丛越发了个叹气表情。南歌发了个小兔兔很失落的表情。

唐凛看着群里众人的反应想，虽然大家嘴上没说，但其实都希望今天做客直播间的是那帮失散家伙中的一个，估计从鲨鱼顶着向日葵马赛克出场，自家伙伴就开始在记忆库里筛选比对了。

神秘嘉宾只是一个常年据守在地下城的普通闯关者，这让六人对今晚直播的期待彻底破灭。鲨鱼会在直播中讲什么，他们猜都猜得出来，无非就是自身经历加各渠道搜集来的信息，汇总一番二次加工，和白天被郑落竹发到群里的那个新闻采访本质上就是同一产品。不对，那个新闻稿最后还有一通来自神秘人士的电话呢，把“试炼基地”“超空间跳跃点”

这种硬核内幕都透露出来了，鲨鱼这场直播能给出的信息量估计还不如那篇新闻稿。

然而事实证明你永远猜不到直播间里下一秒会发生什么。

主播："刚刚你提到了鸮系统，之前网上流传一些说法，说这个闯关系统是外星人搞出来的，你对此……"

鲨鱼："外星人太笼统了，准确地说，是K星。"

主播："K？字母K？"

鲨鱼："对，反正我们都那么叫，现在还在网上嚷嚷什么外星人的，要么是道听途说，要么就是困在低等级关卡根本没往后去，我们这些经历过终极大战的都知道，就是K星。"

主播："终极大战？"

鲨鱼："就是我们三十几个战友一路过关斩将最终捣毁整个试炼区的终极战役！"

唐凛和范佩阳面面相觑。

南歌把手机外放音量调大，怀疑自己听岔了。

从越正往嘴里塞的炸鸡腿再也不香。

郑落竹一言难尽地叹口气："真是进了直播间，什么都敢编呢。"

施方泽看着满屏狂刷的礼物："但是很有效果。"

随着鲨鱼将重磅信息一个个放出，直播间里的气氛也沸腾了。围观群众才不管这是鲨鱼的亲身经历还是剽窃了别人的战斗剧本，反正传言发酵多日以来，这是第一个肯清清楚楚讲述来龙去脉的人，没有语焉不详，没有模糊笼统，每一个细节都明确清晰，就算是纯杜撰的，吃个瓜，听个乐，打发时间也值了。

不过吃瓜也分两种。

一种是软萌乖小天使型，就是释放最大善意，你说什么我信什么，特真情实感，或者我虽然不信，但看你这样辛苦，我也捧个钱场，比如

【直播间一刷屏】

立夏送出了一个"棒棒糖"。

立夏："然后呢，然后呢，快讲！"

破马张飞送出了一个"自行车"。

平地跪公子送出了一个"脸基尼"。

小 jiojio 好好揉送出了一个"鲜花饼"。

小 jiojio 好好揉："K星给了你们文具树超能力？那现在呢？超能力还有吗，有吗有吗？"

一种是辩证分析多疑型，这种一般就不刷礼物了，比如——

【直播间一刷屏】

地理绝对不可能是文科："壮士，你醒一醒，现实向悬疑不好吗，社会向神秘学不香吗，为什么一定要搞个外星人出来啊？！"

哥斯拉血战葫芦娃："这年头不弄个大世界观都不好意思编故事。"

史蒂芬·刘能："我就一个问题，K 星真这么厉害，直接过来殖民地球不就得了，这里风和日丽鸟语花香物种繁盛蔚蓝海洋，他们怎么总想着抓进来，不想着走出去呢？"

两方人马并非泾渭分明，实际上在刷屏区乱糟糟混成一团，可是渐渐地，"怀疑论"被带起了节奏。

鲨鱼正在滔滔不绝科普试炼区的建立初衷，讲得太兴奋，情不自禁开始撸胳膊挽袖子，露出半条图案陌生的花臂。再晚一秒，唐凛他们就要怀疑向日葵后面遮的是佛纹、下山虎、骷髅新娘或者江户川中的一个了。

不过刚撸完袖子，鲨鱼的神情就有了微妙变化，显然是才看见刷屏区的质疑。就在六人以为他会对此进行回应时，鲨鱼却像什么都没发生一样，继续聊他的试炼区。

直播画面前围观的唐凛六人："……"

回避得也太明显了吧？！这个问题很难回答吗？抽空说一句"因为 K 星人适应不了地球的空气，这里面有一种对我们无害但对他们有毒的成分"不就行了？

等等，地球空气对 K 星人有害这件事，是霍栩的父亲留在主控室里的影像资料透露的，而当时步步高升并没有去主控室，佛纹、骷髅新娘、江户川三个人全都留在了角斗场看管 Guest.999……嗯，破案了。

见鲨鱼无视掉了自己答不上的问题，自认为找到漏洞的怀疑党们更加亢奋，刷屏越发肆无忌惮，终于把只想吃个瓜的小天使们惹毛了。安安静静听个真真假假的故事，打发一下夜晚的寂寞时光不好吗？非抬杠，就显你聪明？！于是为了抵制杠精，小天使们开始自动自觉发散思维，运用各种脑洞帮鲨鱼把一条条质疑圆上。甭管合理不合理，就硬圆。双方你来我往，高速度的刷屏看得人眼睛累，再加上各种乱扔的礼物特效，简直是对视力的极大摧残。

可就在这一片喧嚣里，六个伙伴慢慢发现，好像还有第三种吃瓜群众——暴躁型。

【直播间—刷屏】

再去求签我就是狗："啊？"

贫僧已还俗："哈？真是见鬼了，你捣毁的主控室？"

男九号："我可去你的吧，你谁啊！"

这些一看就带着火气的留言散落在刷屏区，往往一眨眼就被刷走，其实很容易忽视，但架不住有一位领军人物以一己之力生生将这种流派刷出了存在感。

战斗吧滑板鞋送出了一个“钢铁键盘”。

战斗吧滑板鞋送出了一个“盘古巨斧”。

战斗吧滑板鞋送出了一个“后羿大弓”。

战斗吧滑板鞋送出了一个“方天画戟”。

战斗吧滑板鞋送出了一个“青龙偃月刀”。

战斗吧滑板鞋……

别人是暴躁刷屏，他是暴躁刷礼物。刹那间直播界面满屏刀光剑影，凶气逼人。

主播前面还一次次感谢，到后面实在有点儿扛不住了，暂时打断鲨鱼，对着镜头苦口婆心地劝：“这位滑板鞋大哥，你要真有意见或者看法咱就说出来，这一件件拿兵器砸多费钱啊……”

直播间里热闹，看直播的六个伙伴也有点儿心绪波动，来回切换界面打字太麻烦，丛越索性发了语音群聊。一接通，他就按捺不住地兴奋道：“是滑板鞋，滑板鞋哎，该不会……”

“还什么‘该不会’，”郑落竹看着还在刷屏的直播间，翻个白眼，“战斗，滑板鞋，不废话就拿兵器砸，这么多要素合一人身上，全世界也找不出第二个。”

南歌：“别在这里猜了，我看直播间里好像就能加好友私聊，加他直接问吧。”

不想有人比他们动作更快，南歌这边话音才落，直播间里就被刷了一个金光闪闪的“祥云”，金光之无敌刺眼，几乎所有正在手机前看直播的围观群众视线都被不由自主吸引过去。

【直播间—刷屏】

火火火火送出了一个“千足金祥云”。

火火火火：“滑板鞋，崔跑跑？”

过两秒，几条紧跟着的无关痛痒的刷屏发言滚上去。

战斗吧滑板鞋：“周火火？”

手机前，周云徽刚因为认出熟人起的一点儿笑模样僵在脸上，他咬牙打字，快把屏幕按碎了。

火火火火：“你就不能直接叫名字，非得前面加个语气助词吗？”

某相隔不远的城市，崔战乐呵得坐都坐不住了，跳下沙发，满客厅溜达，礼物唰唰刷。

【直播间—刷屏】

战斗吧滑板鞋送出了一个“鲜花”。

战斗吧滑板鞋送出了一个“荧光棒”。

战斗吧滑板鞋送出了一个“彩虹木马”。

战斗吧滑板鞋送出了一个“爱的火箭”。

战斗吧滑板鞋送出了一个“闪耀流星雨”。

战斗吧滑板鞋……

崔组长刷得开心，围观群众控制不住了。

【直播间—刷屏】

滚去学微积分好吗：“滑板鞋你这礼物刷得前后风格也太割裂了吧？！”

地理绝对不可能是文科：“不是割裂，是差别待遇明显，后面这波刷给四个火的吧？”

黄赤交角：“真是爱憎分明啊！”

破马张飞：“问题是这些礼物折成钱也是主播和平台分，四个火又拿不到……”

周云徽无语了：“崔跑跑你是不是有病？！”

崔战总算从逮住人的喜悦中回过神，特认真地问：“那怎么才能给你刷礼物？”

眼看直播间的关注点被疯狂带偏，主播努力控场，不断 Cue 神秘嘉宾：“那个，我们刚才说到哪儿了，对，找到回收室了，然后呢，你们把里面的人救出来了吗？”

鲨鱼咽了咽口水，几次想说，却还是没出声，看起来像是有点儿找不回刚进直播间那会儿意气风发的节奏了。但只有鲨鱼自己心里清楚，节奏是小事，关键心虚啊。他能得到那么详细的终极战役过程，当然也知道周火火、崔跑跑都是谁，对着吃瓜群众吹牛还行，正主儿都来了，还一下就来俩，他的心理素质就有点儿顶不住。尤其是还有一帮不知哪儿冒出来的看热闹不嫌事大的家伙——

【直播间—刷屏】

甜食戒断中：“想给他刷礼物简单啊，他开直播的时候就行了。”

战斗吧滑板鞋：“周火火你现在就开！”

战斗吧滑板鞋：“不对，你先把我好友申请通过了！”

男九号：“啧啧啧，这急的，都是真感情啊。”

贫僧已还俗：“我怎么遇不到这样的？”

好好学习：“我觉得可能和发型有关。”

再去求签我就是狗：“怎么这么多看热闹不嫌事大的，你们都哪位啊？”

男九号：“和你有关系吗？”

再去求签我就是狗：“那人家俩的事儿和你们有关系吗？”

贫僧已还俗：“废话，他俩要真有事儿就又多一碗狗粮！”

老子要去美黑：“不是，什么，他俩？？？”

甜食戒断中：“你的反射弧可以绕 K 星三圈了。”

语音群聊接通中的六个伙伴默默窥屏良久——

南歌："你们有没有觉得这个过于活跃的讨论气氛有一丝莫名的熟悉……"

从越："姐，别美化了，什么讨论，就是对掐。"而且是一群掐一个。很明显，除了"再去求签我就是狗"以外，剩下几个人都是一伙的。

郑落竹："贫僧已还俗这话一听绝对就是自己人了吧！"

范佩阳："草莓甜甜圈。"

连范佩阳这么不上心的都看出来了，可见甜甜圈们的直播间昵称取得简直毫无迷惑力。

唐凛带着笑意，从最明显的开始逐个对号入座："贫僧已还俗，和尚；好好学习，探花；男九号，五五分吧；老子要去美黑，按肤色必然是全麦；那甜食戒断中不是关岚就是莱昂。"

从越、郑落竹："……你确定莱昂有嫌疑？"甜食上瘾到需要戒断这种画风闭眼睛都是关岚好吗？！

所以，莱昂在哪儿呢？南歌望着仍在活跃刷屏的众多 ID，忍不住就寻找起像莱昂的来。

郑落竹以最快速度给甜甜圈那几个都发了好友申请，这才看回刷屏，琢磨着咕哝："崔战、周云徽、甜甜圈都来了，肯定还有其他人潜伏在直播间。"

"那个是大吉。"一直安静着的施方泽突然说。

"啊？"郑落竹连忙问，"哪个？"

语音群聊另一端的四个人听见他俩说话，也是愣愣看向刷屏区，大吉在哪儿？

施方泽没答，直接在直播间里打字。

作业本："大吉。"

简短的发言瞬间就被刷屏吞没了。

郑落竹皱眉："阿泽，你得取个醒目一点儿的 ID，还要寓意明显，不然谁能认出你。"

再去求签我就是狗："组长？"

不光认出了，秒回了，而且还竟然就是一直和甜甜圈对掐的那位。

郑落竹瞪大眼睛，缓缓转头看施方泽："这样都能认出来？你俩心有灵犀？"

这个施方泽必须解释："他被卷进鸮那天正在年假旅行，白天刚跟团爬完山，凑热闹在山上的庙里求了个签，上上签，大吉，晚上就进关卡了。"

语音群聊另一端同步聆听的唐凛、范佩阳、南歌、从越："……"真是一个悲伤的故事。

【直播间—刷屏】

战斗吧滑板鞋："周火火你怎么还没加我好友？"

玉树临风小竹子："加我的私一下微信号，拉你们进群。"

火火火火："我已经在群里了为什么还要加你？翻白眼 . jpg"

战斗吧滑板鞋："进群是进群，加好友是加好友，两码事，快点儿！"

男九号：“我说谁建的群？”

胖胖不哭：“我们 VIP 建的，你有意见？”

老子要去美黑：“建群可以，一定要叫‘午夜真实闯关体验馆’吗？！”

“他们好像不太喜欢你起的群名。”窝在沙发里的唐凛偏过头看范佩阳，带了点儿顽皮笑意。

范总微微挑眉，拿手机简单修改。几秒后，群名焕然一新。

群里立刻活跃起来，上一秒还嫌弃着的甜甜圈们纷纷表示这一新群名很不错，简单中透着霸气，粗暴里不乏率直，并强烈希望群主尽快执行，将此落到实处。

唐凛：“……”

新群名：进群发红包。

虽然有了微信群，可众伙伴仍不时在直播间刷屏，主要是怕围观群众里还有漏网的，或者才进直播间错过了认亲的昔日战友。不过刷屏主力还是负责外联的郑落竹。

【直播间—刷屏】

玉树临风小竹子：“还有谁没进群？”

玉树临风小竹子：“还有谁没进群？”

玉树临风小竹子：“还有谁没进群？”

主播看着彻底被鸠占鹊巢的互动区，脸已经黑到美颜开最高也无济于事了。从这帮人刷屏认亲开始，直播间的气氛就被带上了一条不归路。先是围观群众的注意力跑偏，刷礼物的频率骤然下降，再然后鲨鱼也被搞得没了状态，好几次讲到一半卡壳就怎么也接不上了。十五分钟，主播特意看了时间，他竟然整整忍了这帮人十五分钟，就是头上顶着圣父光环也就只能做到这样了！

在鲨鱼又一次卡壳后，主播沉下脸，适时插话：“这几位一直在互动区很活跃的朋友，”客气礼貌的用词底下，是压抑着怒气的严厉，“请不要再用无关信息刷屏，给予我们嘉宾最基本的尊重，好吗？”

搬出嘉宾，显然比“尊重我”更占据道德高地。不曾想神秘嘉宾小鲨立刻和稀泥：“没事没事，直播嘛，活跃一点儿气氛也好呀，哈，哈哈……”

主播狐疑看他，眼神里写满了问号：大哥，你是哪一边的？

仗着向日葵特效护脸，鲨鱼朝着主播缓缓摇头，眉毛皱成八点二十，仿佛是想哭又哭不出来：别惹他们，不然他们真的会砸场拆台啊！

主播最后还是没解读出神秘嘉宾真挚眼神的含义，不过对胡乱刷屏的怒气值倒是仅仅维持了几分钟就消解了。因为郑落竹刷屏了一会儿发现没效果，便暂时偃旗息鼓了，准备回微信群聊上一聊，再回来继续。也因为——

【直播间—刷屏】

FAN 送出了一个“直升机”。

FAN 送出了一个“超级游艇”。

FAN 送出了一个“限量跑车”。

FAN 送出了一个“豪华别墅”。

FAN 送出了一个“无敌梦幻城堡”。

FAN：“借地方用一下，我们找人。”

什么叫拿钱砸？就是礼物不选对的就选贵的。

主播很有气场，也很有定力，依旧平稳地对着直播镜头，任由昂贵礼物自带的奢华特效从手机屏上一个接一个闪过：“钱不是万能的，这个世界上有很多金钱买不到的东西……但是找人可以。”主播大爱无疆。

进群的伙伴，大部分都开始在微信群里聊了，基本不再切回直播间，只有个别的还不时过去瞄两眼，顺便把范总闪瞎眼的打赏礼物清单截图发回来。

和尚：“[截图].jpg”

探花：“……”

全麦：“掀桌.jpg”

都回地球了为什么还要遭受范佩阳的金钱暴击，这一丧心病狂的技能不是应该随着鸮系统一同埋葬吗？！

群成员虽然才十几个，但刷屏的速度一点儿不亚于直播间。这边甜甜圈们刚唾弃完范总的骄奢淫逸，那边崔战就找周云徽要手机号，同一时间大吉则在私人通信录里联络礼拜天。根本不需要任何客套的寒暄来热场，就好像他们从未分开，仍吵吵闹闹、不情不愿地混在一起，等着下个关卡继续作战。

周云徽：“加完直播加微信，要完 QQ 要手机，你有完没完！@ 崔战”

崔战：“你要是一次性全打包给我，哪儿用得着我这么费事！忧郁抽烟.jpg”

周云徽：“我凭什么打包给你？”

崔战：“以防你再走丢。”

周云徽：“……”

和尚：“全麦，快点儿问我要手机号！”

全麦：“你傻了？我早就有你手机号。”

和尚：“你就不能删掉再问我一遍？！”

全麦：“Why?”

和尚：“显得我们彼此都不那么孤单。”

全麦：“……”

探花：“和尚，你这个要求一提出来就已经很心酸了。”

和尚：“别人闯个关都能捞着对象，我这几天把相亲网站注册遍了，连一个配对成功的都没有。人和人的境遇差别实在是太大了……”

甜食戒断中：“你要不要修改一下择偶标准？”

和尚：“标准？我连底线都没有，看着是个善良好人就行。”

男九号：“组长的意思是，你可以把爱情梦想一栏中填写的‘蹦极结婚’删掉。”

唐凛抱着手机，嘴角控制不住往上勾，手机里的热闹和他的安静形成鲜明对比。其实他也不想这样安静窥屏，实在是好几次插话插不进去——这帮家伙太能说了。

打开群成员列表，已经有十五人：VIP 五人，彩蛋三人，甜甜圈五人，周云徽，崔战。大部分伙伴都把群昵称改成了熟悉的称呼，只剩五五分和关岚还没改，而且他俩还是少数几个微信账号和直播间账号都使用同一昵称的。

甜食戒断中，通过这名字，唐凛就能感受到关组长的决心。

男九号……唐凛的视线落到五五分的昵称上，忽然想起在关卡中的时候，对方好像已经下决心要退出演艺圈了。

也不知道是心有灵犀还是八卦乃地球人的天性，唐凛这才闪念，群里就有好事伙伴问了同样的问题。

五五分倒很坦诚：“不知道转行还能干什么，而且最近一个以前合作过的前辈帮忙牵线，介绍了一部投资和制作班底都不错的戏，我就又重燃斗志了！”

没想到这事儿连甜甜圈伙伴都很意外。

全麦：“又接戏了？”

探花：“怎么没听你说？”

男九号：“之前不是没定吗，怕空欢喜，现在合同签了！”

甜食戒断中：“大 IP？”

男九号：“绝对大。”

和尚：“男几号？”

男九号：“男九号啊。”

……合着这不是昵称，是喜讯。

探花：“真是男九号？”

男九号：“绝对的！”

全麦：“不是，都排到男九号了你有什么可骄傲的？！”

男九号：“哥哥，一百多个主演我排第九，这番位还不行？”

和尚：“一百多号主演？你那什么 IP 大戏？”

男九号：“《水浒传》。”

众人：“……”

唐凛被逗得乐出了声，侧坐在沙发上的身体不经意往后靠，后背陷入一片安心的温暖。有了靠着的，他又觉得怀里空虚，刚想抬头寻找，范佩阳就先一步捞过沙发抱枕塞进他怀里。抱枕晒足了太阳，唐凛满怀抱着，下巴抵在上面，舒服地叹了口气。

范佩阳这栋房子里各处走的都是极简风，哪儿哪儿的色调都偏冷，抱枕这类温馨松软的物件在装修伊始就已经被范总排除在了清单之外，尤其这只抱枕还是明亮的暖黄色，且形单影只，孤零零摆在沙发上，并没有兄弟姐妹与之配套——这是唐凛自己买的，很久很久以前，大概是他们刚刚住到一起的时候。

才一晃神，群里又刷过去几十条消息。唐凛慵懒地眯起眼，把聊天信息往回刷，想从头看，余光不经意又被抱枕的暖黄色块浸染，忽地怔住。就在刚刚那个刹那，他突然记起，自己买的那只抱枕已经在“蚂蚁搬家”的时候丢掉了。

作为客厅里唯一的亮色，那是唐凛最后“搬”走的东西。因为怕太醒目了，一旦消失，就会被范佩阳立刻发现。当然，最后证明那只是他想多了，消失的东西是大是小，是明亮是暗色，对范佩阳而言都没差别，他的无视一视同仁。所以怀里的抱枕又是怎么回事？

唐凛微微坐直，再次低头，仔细去看这个他以为熟悉得不能再熟悉的抱枕，然后发现不对。虽然形状、颜色基本一致，但这个抱枕是新的，松软饱满，布料崭新，甚至还没来得及留下被人长时间搂抱的痕迹。显然，这是范佩阳新买的。可他是什么时候买的呢？唐凛认真回溯记忆，发现重新住回这里的第一个夜晚，他和范佩阳在沙发上的时候，好像还没有这个抱枕，那时的客厅里根本没有任何暖调，哪怕两个人最热的时候，越过范佩阳的肩膀，唐凛看见的仍是一片冷色。

可是现在，唐凛缓缓抬起头，不着痕迹地环顾整个客厅。除了沙发上的抱枕，还有餐桌上插着香水百合的浅绿色花瓶、开放式厨房里整齐挂着的彩绘马克杯、茶几下的小方毯、落地玻璃窗前地上一排低调可爱的多肉植物……唐凛不知道这些东西是什么时候添置的，因为它们大部分都和唐凛的记忆重叠，今天多一样，或者明天多两样，熟悉感会帮着修正甚至抵消它们重新出现的突兀感，直到此刻真正发现时，这间客厅已经和自己曾经用心布置过的那个家相似得七七八八。

不一样的地方当然也有很多。他当时添置的小方毯是灰蓝色，范佩阳放的这张有点儿明亮了。他偷偷挂到厨房的两个马克杯也没有这样鲜艳，审美上还是高出范总一些的。

回来之后，范佩阳每天都很早起床，唐凛以为那是范总的生物钟。睡梦里好像依稀听见过几次门铃声，唐凛以为是范总买的食材送货上门了。“蚂蚁搬家”之后，这栋房子又恢复了唐凛入住之前的样子，唐凛以为范佩阳这辈子都不会发现自己曾在这里留下什么，又带走了什么……原来一切他以为的，仅仅是他以为。

群里聊得热火朝天，陆续又有新伙伴加入——周云徽拉来了老虎，老虎又一拖二带来强哥和华子，崔战找来了郝斯文——基本上大家都和各自组织的伙伴保持了联系。

莱昂也被关岚一个电话喊进了群，甜甜圈终于阵容完整。不过他进群之后打了个招呼就再没说话。群里众伙伴连唐凛、范佩阳的“暂时离线”都没在意，更何况是一贯沉默寡言的莱昂。

南歌先前有些在意莱昂的缺席，现在莱昂到了，就像拼图拼上了最后一块。虽然是甜甜圈的阵容拼图，可南歌还是有一种轻快的欣然，就像晴日里的最后一丝阴霾消散，碧空如洗。

手机忽然振了一下，南歌回过神，然后就看见了新消息：莱昂请求添加你为朋友。

南歌点击“接受”，那边很快发来问好。

莱昂：“你好。”

南歌看着这教科书般标准的打招呼姿势，完全可以脑补莱昂那张冷漠脸。可她一点儿不觉得尴尬，甚至第一次觉得这两个字透着萌萌的可爱。于是她正襟危坐，礼尚往来。

南歌：“你好。”

那边沉默了片刻，才又发来：“离开这么长时间，回来还适应吗？”

没任何花架子，有一说一，直奔主题，是莱昂的风格。

南歌也不自觉认真起来，不过打字的时候还是有浅浅笑意盈在眼眉间：“还不错，有个热心的小侄女帮我补课呢。”

莱昂：“补课？”

南歌：“小兔兔蹦蹦跳跳 . jpg”

南歌：“小兔兔吃饱拍肚皮 . jpg”

南歌：“小兔兔摸摸头 . jpg”

南歌：“小兔兔眨眼 . jpg”

南歌：“小兔兔委屈巴巴 . jpg”

南歌：“小兔兔……”

南歌："小兔兔……"

南歌："小兔兔爱你.jpg"

南歌："表情包，与时代接轨的重要标志。"

南歌一口气把收藏的表情都发了，然后对面就陷入了长久的安静，等了好一会儿还不见回复，就算是莱昂，这个聊天频率也过于舒缓了。南歌没忍住，又发了个问号。发完她才后知后觉注意到，自己的最后一个表情正好停在"小兔兔爱你"，还是一个大大的粉红粉红的爱心。心跳忽然乱了一下，明明知道这不代表什么特殊含义，她也给VIP伙伴们发过这些，而且给莱昂这拨更是一串表情一起发的，只是碰巧停在这里，谁看见了也不可能多想的，但她脸上还是有点儿发热。

终于，莱昂那边有了动静："丁砺。"

南歌愣住。

莱昂："我的名字。"

3

随着甜甜圈、彩蛋、孔明灯、十社陆续阵容齐整，"进群发红包"微信群里已达二十人，但对于众伙伴们来说依然不够。

老虎："还差谁？"

郝斯文："何律小白佛纹清一色……一堆都没影呢。"

周云徽："以及霍栩。"

崔战："唐队，那家伙还没信儿吗？"

唐凛："没有。"

礼拜天："他到底是去K星了还是来地球了？"

华子："会不会哪儿都没去，就留在那个试炼区星球了？"

全麦："留那儿等着被抓？不太可能吧？"

探花："那更不可能去K星，你们不是说超空间跳跃点的路径是自动设置成地球的吗，也没有通往K星的路啊。"

男九号："那小子有最高权限，放电视剧里就是天选之子，主角光环懂吧，说一句想去K星，鸮系统肯定立刻给他设置新路径。"

唐凛在简单给完回应后就没再参与讨论。因为在霍栩身上一切都有可能，就像他的名字，永远不能确定，永远无限希望。不过有一点，无论霍栩做了什么决定，唐凛都相信自家伙伴能在新的环境中迅速适应、成长，然后终有一天，带着熟悉的倔强出现在他们面前。

和尚："[截图]. jpg"

热闹的群聊里突然被和尚插入两张直播间刷屏的截图。

众伙伴这会儿已经不怎么关心直播间的情况了，一时不明所以。

全麦："发这玩意儿干啥？"

大吉："你还在直播间呢？"

和尚："看大图。"

小图只能辨认是直播间截图，大家点开了，才看清里面的刷屏内容。

【直播间—刷屏】

徒手劈榴莲："666！"

学校食堂即地狱："这些要是真的，得报警吧？"

爱与和平："还有人吗？"

Jack 马："你还真信啊，当故事听听就行了。"

爱与和平："还有人吗？"

破马张飞："反复拿一句话刷屏那个，你有病吧？"

学校食堂即地狱："没人，我们都是鬼！翻白眼 . jpg"

爱与和平："抱歉，你们聊你们的，我问的是那帮家伙。"

Abab977："哪帮家伙？"

爱与和平："@ 再去求签我就是狗 @ 老子要去美黑 @ 战斗吧滑板鞋 @ 火火火火……随便哪一个，能不能通过一下我的好友申请？"

被圈的四位算是最后撤出直播间的那拨，显然这位朋友进入直播间的时间较晚，基本上是卡着众伙伴集体转移到微信群那会儿，结果就只来得及在刷屏里捕捉到这四个 ID。可惜等他圈完，这四个伙伴也退出直播间了，没人再注意那迟到的申请。唯一两头兼顾的只剩和尚，还没被圈到。

和尚："没眼光啊，圈我早就通过了！"

战斗吧滑板鞋："他不加你，你就不会主动加他？"

和尚："还没搞清楚这家伙是谁，不能贸然接近，万一他是微商，想打入我们内部发广告，或者虚假代购、网络诈骗、境外赌博、地下黑市！"

全麦："你的危机意识会不会过于泛滥……"

和尚："社会复杂，不得不防。"

男九号："你在闯关的时候也没这样啊？"

和尚：“我最近才顿悟，地球比鸮系统更危险。”

众人：“……”

回到地球还没有多长时间，但总觉得这位重新接轨信息社会的伙伴已经用极高效率把大部分的坑踩遍了。

丛越：“所以这家伙到底是谁？”

强哥：“如果真是我们的人，那就没任何难度了，爱与和平，太明显了吧？”

崔战：“最好是他。”

周云徽：“我已经等不及了。”

全麦：“呵！”

男九号：“呵！”

探花：“呵！”

甜食戒断中：“和尚，加他。”

网友爱与和平就在这样“热烈”的欢迎气氛中被和尚拉入群聊，迎接他的，是一片“兄弟爱”——

唐凛：“佛纹？”

大吉：“解释一下鲨鱼的问题吧。”

和尚：“都是步步高升的，可别说你不知道。”

周云徽：“哈喽？”

崔战：“别以为装死就能混过去！”

远在某海滨城市的佛纹对着手机，倍感压力地咽了下口水，最后决定祭出终极减压法——有锅大家一起扛。

佛纹：“刚刚在改群昵称，你们稍等，我加一下骷髅、小江他们。”

几分钟后，骷髅新娘、江户川、下山虎入群。

佛纹：“欢迎！ @猛虎下山 @破除一切封建迷信 @黑衣组织”

破除一切封建迷信：“这么多人？！”

黑衣组织：“你们怎么联系上的？”

猛虎下山：“兴奋到模糊 . jpg”

佛纹：“幸亏我进直播间看了一眼。”

黑衣组织：“直播？”

佛纹：“鲨鱼拿我们告诉他的事儿上直播了。”

猛虎下山：“啊？”

佛纹："全程当自己的经历讲，事无巨细，嘚瑟炫耀，该说的不该说的都说了。"

破除一切封建迷信："！！！"

佛纹："大家正在等待我们解释。"

唐凛："来吧！微笑.jpg"

施方泽："微笑.jpg"

甜食戒断中："微笑.jpg"

周云徽："微笑.jpg"

崔战："微笑.jpg"

黑衣组织："……"

破除一切封建迷信："……"

猛虎下山："……"

重逢的喜悦太短暂了。

四个伙伴在地下城的时候就和鲨鱼认识，准确地讲，他们就是鲨鱼招募进步步高升的，并且大家一起在地下城相处过不短的时间，即便后来开始继续闯关，他们也没和鲨鱼断了联系。回到地球后，迷迷糊糊就被解救的鲨鱼当然第一时间找他们这几个闯到后面的问内幕，他们也没藏着掖着，就都讲了，反正都离开那个鬼地方了，他们又没有保密义务。何况这样一场酣畅淋漓的胜利，他们也难免想要炫耀，但是讲给完全不知情的人只可能会被当成妄想狂，唯有讲给鲨鱼这种内部人士才会收获满足的喜悦。哪承想鲨鱼转头就拿着这些上直播了，并收获了更多的精神愉悦和物质奖励。

从越："其实他上去吹吹牛也无所谓，但是拿咱们的战绩去赚自己的小钱钱就不好了吧？"

江户川："岂止不好，简直是非常恶劣！"

佛纹："不可饶恕！"

下山虎："鄙视他！"

解释完来龙去脉的步步高升伙伴们迅速修改昵称，加入了批判"骗人鲨"的行列。唯有骷髅新娘还是对昔日老友保存了最后一丝情面。

骷髅新娘："打赏都是给主播的，鲨鱼就是个嘉宾。"

大吉："主播肯定会分他一部分。"

华子："绝对的，不然他凭什么答应当嘉宾，还这么卖力？"

骷髅新娘："那也就是赚个零花钱，生活不易，互相理解。"

全麦："不管钱多钱少，这赚钱的'素材'可是我们的。"

骷髅新娘：“呃，这个空手套白狼确实有点儿说不过去，但毕竟也是这场直播让我们重新聚上的嘛，那点儿小钱就当给他的感谢红包了。”

周云徽：“要从这个角度考虑，倒是可以功过相抵。”

探花：“小钱钱？红包？你们是不是对直播的打赏金额有什么误解？”

探花：“截至目前，直播间共收到打赏：无敌梦幻城堡 ×1，豪华别墅 ×4，超级游艇 ×11，闪耀流星雨 ×25，直升机 ×39，限量跑车 ×56，自行车 ×189，爱的火箭 ×252，钢铁键盘……方天画戟……彩虹木马……荧光棒……鲜花……以上，最贵的 9999 元，最便宜的 9.99 元！”

骷髅新娘：“这钱也太好赚了吧？！”

探花：“不过还得和平台分成。”

骷髅新娘：“那也是暴利啊！而且是无本暴利！太无耻了！”

骷髅新娘：“我们要是放过鲨鱼，就是对真正流血流汗的战友的背叛！@佛纹 @下山虎 @江户川”

佛纹：“……”

下山虎：“……”

江户川：“……”

郝斯文：“是什么让他忽然变得这样正直？”

从越：“贫穷。”

终于同一战壕的众伙伴在微信群里对鲨鱼进行了彻底的批判，但鉴于他的确是让大家重聚的功臣，也就不返回直播间追杀了。

不知不觉，群里已经聚拢了二十几个伙伴。成功要到周火火电话号码的崔跑跑大略浏览了一下群成员——

崔战：“现在就差铁血营、白组和莲花了吧？”

和尚：“嗯。”

佛纹：“要不要让鲨鱼在直播间里号召一下，发动围观群众帮我们在网上找找人？”

江户川：“可行，现在网络传播速度巨快。”

努力攒运气：“莲花在啊！”

努力攒运气：“我是大四喜。小熊卖萌 . jpg”

众伙伴：“……”什么时候混进来的？！

像是通过微妙的安静察觉到了众人的内心波动，大四喜连忙解释——

努力攒运气：“我一开始就进群了啊，竹子加的我。”

郑落竹蒙了，连忙切回直播间，翻找好友列表，还真在一群好友中发现了“努力攒运气”，和微信一样的昵称。他努力回想，依稀有点儿印象，好像就是刚在直播间里认亲，聊得最热络的那阵子，大家都在互相加好友，他也稀里糊涂一顿加，最后给所有人发了群组二维码。不过既然早就进了微信群——

郑落竹：“你怎么一直不出声？”

努力攒运气：“我想等清一色、十三幺、对对碰都加进来，战队完整之后再出场，比较有气势。委委屈屈 . jpg”

郑落竹：“……”

崔战：“他们什么时候过来？”

努力攒运气：“我给他们发消息了，但是暂时还没有收到回复。”

骷髅新娘：“那你能不能……”

江户川：“先把群昵称改了？”

周云徽：“昵称改了？”

郝斯文：“改了？”

和尚：“了？”

如果大四喜这样的都要攒运气，他们这些非酋还怎么活？！

“AAA 户外运动”加入群聊。“A 星辰棋牌室”加入群聊。

毫无预警地，两个陌生号前后脚进入。

郑落竹：“谁把广告号加进来了，我清一下。”

大四喜：“别！”

AAA 户外运动：“我是清一色！”

A 星辰棋牌室：“十三幺！”

众伙伴：“……”这都是什么特色微信名？！

“❤宝贝天地摄影❤”加入群聊。

❤宝贝天地摄影❤：“对对碰报到！”

❤宝贝天地摄影❤：“哎哟，人挺全啊。”

郑落竹：“……你们仨是营销天团吗？”

AAA 户外运动：“创业不易。”

A 星辰棋牌室：“小本经营。”

❤宝贝天地摄影❤：“刚继承的家产。”

众伙伴：“……”他们要向大四喜道歉，和这仨一比，大四喜的微信名简直是真诚而质朴的清流。

佛纹：“那现在就差铁血营和白组了。”

周云徽：“我给何律打过电话了，但他没接，不知道是忙着呢还是没听到，反正我又补了一条短信。”

崔战：“等一下，你为什么有他的电话？”

周云徽：“地下城的时候，除了甜甜圈，四大势力一直联系紧密，我有他的联系方式很奇怪吗？”

崔战：“地下城里又打不了电话。”

周云徽：“万一以后一起联合闯关，闯到可以回现实的关卡，有备无患。”

周云徽：“而且事实证明，的确是留对了。”

崔战：“我也在地下城，我也是四大势力组长之一，你怎么不留我的？”

周云徽：“烦你。”

崔战：“……”

“新房装修中”加入群聊。

正聊着，新人就进来了。连同唐凛在内，好几个人几乎同时发出询问信息：“何律？”

没打字的也是对着手机等待新成员回应。

唯独正在自家冰箱门前纠结要不要吃掉昨天偷偷买的小蛋糕的关岚，他把手机放在了茶几上，没看见群聊里的新ID，但比群里所有伙伴更早几秒地听见了扫二维码的声音。

关组长小蛋糕也不吃了，瞬间回头：“别碰我手机。”

茶几旁，身高比一米九还高出一点儿的男人惬意地晃晃手机：“晚了。”

关岚一张小脸深深皱起，磨牙道：“我没破戒，站在自己家冰箱前犯法吗？”

男人深表遗憾：“从你昨天半夜偷偷下单把小蛋糕买来并藏进冰箱那一刻起，你就破戒了。”

关岚：“……”

三天前。

“牙疼。”

“你甜食吃太多。”

“A. 勤刷牙；B. 戒断小蛋糕。你觉得哪个会有效？”

“果断B，但选了也做不到，你意志力太薄弱。”

“我、薄、弱？”

“不服气就打个赌。”

“如果赌注是我赢了你立刻打包走人，我可能会比较有热情。”

“没问题，那要是你破戒了呢？”

“你想要什么？”

“我还没想好，想好了告诉你。”

“别太放飞，我会一票否决。”

“放心，我的要求绝对不会过分。”

十分钟前。

“这些就是最后和你一起战斗的人？”

“嗯。”

“我能加入群聊吗？”

“不可以。”

“他们也算是我的救命恩人。”

“然后你报恩的方式就是赖在别人家不走？”

“等我家装修好了，你也可以过来住，常住都行。”

“不用，谢谢。”

“那个赌注我想好了。”

“你别和我说是‘加入群聊’。”

“不是。”

“还算你有自知之明。”

“是‘加入群聊并且得到关组长的热情引荐和欢迎’。”

“……”

现在，微信群。

郑落竹：“不是何律？那你哪位？”

江户川：“慢着！新房装修中，甜食戒断中……关组长，这是你的小号？”

甜食戒断中：“不是！”

新房装修中：“不是。”

丛越：“哦，那就是家属了。”

华子：“都用情侣号了。”

关岚：“给你一个微笑自己领会 . jpg”

男九号：“组长你改名好快……”

崔战：“哎，情侣号这个创意我喜欢。@ 周云徽”

周云徽："不要圈我！"

虽然两个 ID 的匹配度引人遐想，但无论是关组长改昵称的速度、甩出来的表情，还是从头到尾和"新房装修中"几乎零互动的冷淡态度，看起来都不太像熟人，更别说家属。众伙伴原本默认这位是被关组长拉进群的，现在有点儿不确定了。

骷髅新娘："哥们儿，你到底谁啊？ @ 新房装修中"

茶几旁的男人等关组长拿出小蛋糕，关上冰箱门，回到沙发里，嗷呜一口消灭小蛋糕，还是没等来其履行"加入群聊并且得到关组长的热情引荐和欢迎"赌约的后半部分。显然，这是打定主意赖账了。

鉴于小蛋糕都没能让关组长的小脸多云转晴，男人想了想，决定见好就收，毕竟寄人篱下，真欺负太过，容易被扫地出门。没有引荐，他可以自我介绍嘛。目光重新落回手机屏幕上，男人刚准备打字，发现在骷髅新娘的提问下面已经有无数"热心朋友"帮他发言了。

和尚："你们不认识他。"

探花："这是我们组长黑名单里长期置顶的冠军位。"

全麦："身高超过一米九，体力 S。"

男九号："集我们组长所有讨厌缺点于一身的男人。"

新房装修中："……"

这边新房装修中第一次见识到自己在甜甜圈里的口碑，那边一些伙伴也隐约被勾起了回忆，依稀记得关组长好像的确是对身高超过一米九、体力 S 的目标——比如范总——存在天然的非好感。

而 VIP 们更是想起了从越曾分享过的一则八卦。那是他们刚到天空城后没几天，大家重新聚到一起汇总情报时，从越发现关岚有点儿不在状态，反正他在外围也插不进核心讨论，便随口问其他的甜甜圈们关组长怎么了，没承想这一问还真问出了东西。甜甜圈们说自家组长一直在找一个仇人，本以为那人就在天空城，没想到进了天空城才打探到那人两周前已经进了闯关口，并且种种迹象表明存活希望渺茫。从越当时就觉得哪里怪怪的，因为如果是这样，关岚应该高兴啊，不用他动手，仇人就死在关卡里了。结果甜甜圈们比他还迷惑，说"我们都是这么想的，除了组长本人"。VIP 几个伙伴当时一听一过，如今再重新细品这话里话外，分明是有故事啊！

探花："不过既然把人拉进来了……"

男九号："又都是闯过鸮的……"

全麦："那就算我们甜甜圈的编外人员吧！"

甜甜圈们一人一句，就把新房装修中的身份定了性。但众伙伴们现在关注的可不是身份问题，是逻辑问题。

周云徽：“黑名单？”

崔战：“那拉他进群干啥玩意儿？！”

佛纹：“问号脸 . jpg”

清一色：“小小的脑袋大大的疑惑 . jpg”

四个甜甜圈：“……”他们也想知道啊！

和尚：“别问。”

男九号：“问就是要蛋糕还是要糖果，要黄泉还是要奈何。”

全麦：“@ 莱昂你也出个声，别个编外人员都比你活跃！”

莱昂：“哦，他俩现在住一起，看见群号就顺便加了吧。”

群里忽然安静。几秒钟后，刷屏忽然十倍速开启！

十三幺：“！！！”

下山虎：“什么叫灵魂狙击手！”

华子：“就是你们哇啦哇啦半天不敌人家一句！”

郑落竹：“真住一起了？震惊 . jpg”

从越：“那新房装修中的新房……”

大四喜：“幸福冒泡泡 . gif”

崔战：“恭喜恭喜，哥们儿不好意思啊，刚才冲动了。@ 新房装修中”

崔战：“相爱相杀，前面越看不顺眼后面越真香，我懂。@ 周云徽”

崔战：“@ 周云徽”

崔战：“人呢？ @ 周云徽”

周云徽：“死了！”

众人隔着手机都能感觉到周组长躺平任圈的绝望。但都这样了还没把崔战拉黑……身处各地的单身伙伴整齐划一地默默叹息，他们还是太年轻，不懂真感情啊。

新房装修中愣是围观了都没插上话，等刷屏终于缓下来，内容早歪到爪哇国了。他看着自己还在编辑的“新房是新买的房子，还在装修，所以暂时来关组长家借住”，心情复杂地全部删除，开始安静地做一名吃瓜群众。

不过进群才短短几分钟，他大概就明白关岚为什么对这帮家伙念念不忘了。不单单是并肩战斗过的情谊，而是这些人聚在一起有种奇特的、鲜猛的活劲儿。如果单个人的时候只是一，聚到一起的化学反应就是十倍百倍。朝气、勇气、野气、战斗气……仿佛一切昂扬向上的精气神都随着他们的聚集而迸发。

重新窝进沙发的关岚捧着手机，嘴角的弧度就没下去过。

男人微微偏头悄悄打量半天了，关岚这样浅浅笑着的时候，带一点儿开心，带一点儿狡黠，很漂亮。他有点儿嫉妒群组里的那帮家伙了。

一转眼就到了晚上十点半，鲨鱼那边都已经结束直播了，周云徽终于带来何律的消息。

周云徽："何律给我回短信了，马上就来。"

众伙伴精神一振，立刻停止刷屏，准备迎接。因为何律向来说到做到，说"马上"就不可能拖延。

果然，一分钟还没到，何组长就利落抵达。

"网络不是法外之地"加入群聊。

口无遮拦刷屏了两个多小时的众伙伴，在这气质斐然的 ID 面前，莫名感到一阵心虚。

幸好，何组长迅速修改昵称，融入集体。

何律："抱歉，来晚了，之前手机没在身边。"

熟悉的何律回来了，众伙伴顿时找回潇洒自由的午夜时光。

唐凛："欢迎何组长！"

郑落竹："欢迎。"

南歌："小兔兔撒花 . jpg"

江户川："你可不是来晚一点点，晚了两个多小时知道吗？"

和尚："错过了直播。"

全麦："错过了八卦。"

男九号："还有我事业即将回春的喜讯。"

华子："我说，你们确定重点是'来晚了'而不是'手机没在身边'？"

清一色："华子，你发现了盲点。"

崔战："说说吧，大晚上忙什么呢，忙到手机都顾不上？ @ 何律"

下山虎："嘿嘿嘿嘿 . jpg"

佛纹："好像发现了不得了的事 . jpg"

何律："在出任务，不允许携带私人手机，更多的我就不能说了，因为有保密纪律。"

华子："……"

清一色："……"

崔战："……"

刚被调侃起的一点儿暧昧气氛，在何组长神圣威严的气质里灰飞烟灭。众伙伴陷入深刻反思，他们是有多想不开，竟然觉得能在何律这里挖到桃色新闻。

何律："白路斜不在？"

扫了一圈群成员列表的铁血营组长发现似乎就差这一位了。

周云徽："他没来看直播，也没人知道他的联系方式，你有吗？"

何律："没有。"

崔战："你能联络上三道杠吗？"

何律："三道杠可以。"

崔战："那就加啊！"

何律愣了下，再打开群成员列表定睛去看，可不，自家伙伴还没来呢。收敛心思，他果断给三道杠拨了电话过去。对于第一个发现白路斜而不是三道杠缺席，何律稍微有点儿愧疚。

几分钟后，三道杠顺利入群，现在就差四个人了——重新确认过群成员列表后，何律终于意识到缺席的除了白路斜，还有蒋城、许叮咚、霍栩。

霍栩去向成谜，但白组三人肯定是回来了，只不过组长气质决定队伍气质，众人还真没有谁留过他们的联系方式。说实在的，后十关不像前面十三关，每天都会从关卡内返回地球，所以后十关队伍的交流基本都在关卡世界里完成，很少会留现实的联系方式，今天能把这么多人聚起来，还多亏鲨鱼搞的乌龙直播。

礼拜天："现在怎么办？"

大吉："还能怎么办，难不成把名字公布到网上，搞人肉搜索？"

郝斯文："那不行，犯法，你想想何组长的微信名。"

大吉："……"

和尚："蒋城听着还有点儿谱，白路斜、许叮咚是不是真名我都怀疑。"

大四喜："其实我们要是没有聚这么全，也就无所谓了。"

十三幺："对头，就是因为聚得太全了，缺一组，不完美啊！"

新房装修中："我在闯前十三关的时候还真和一个叫白路斜的组过队。"

佛纹："顺其自然吧，有缘总会相逢，无缘不必……"

佛纹："你说什么？！ @新房装修中"

十三幺："……你的顺其自然呢？"

也不怪佛纹跳起来，新房装修中这突如其来的一句属实有重磅炸弹效果。

关岚："你和他组过队？"

新房装修中："名字的确是白路斜，但和你们说的是不是同一个人，我不能确定。"

关岚："长什么样？"

新房装修中："时间太久了，记得不是很清楚，印象中模样还不错。"

郑落竹："等等，你俩不是住一起吗，为什么还要在这里打字交流？"

新房装修中："刚刚犯了一个小错误，被房主驱逐出客厅了。摊手 . jpg"

从越："所以你现在是在？"

新房装修中："浴室里，面壁反省。"

众伙伴："……"犯了什么"小"错误会被直接赶出客厅？在浴室面壁又是什么惩罚思路？

唐凛："和你组队的那个白路斜是什么样的性格，你还有印象吗？ @ 新房装修中"

新房装修中："这个倒是印象深刻。他觉得全世界他最厉害。"

唐凛："好的。"

众伙伴："……"百分之一万是那家伙了。

何律："你当时留了他的联系方式吗？"

新房装修中："应该有，毕竟每天都要在关卡和现实往返，前十三关组过队的我基本都留了电话，稍等，我找一下。"

没一会儿，新房装修中就从通信录里翻到了白路斜的电话号码。

新房装修中："[截图]. jpg"

新房装修中："这个就是他的电话，不知道还能不能打通。"

关岚："有啰唆的时间你电话都打过去了！"

新房装修中："我打？"

和尚："虽然我们和他肯定比你和他交情深，但你俩交换了联络方式，你打过去好歹还能显示个联络人姓名。"

江户川："换我们打过去只能显示陌生号码。"

南歌："绝对会被拒接。"

从越："绝对的。"

新房装修中："行。"

男人倒是不推辞，点下号码就把电话拨了过去。电话很快接通，单调而拖长的"嘟"在听筒里一声声响起。

响到第五下，那边终于有人接听："有事？还是打错了？"没寒暄没铺垫没缓冲，上来就开门见山，显然通过来电显示认出或者想起了对方是哪位。不过白路斜的声音听起来像是半睡半醒，带着显而易见的不爽和厌烦。得，扰人清梦了。

"抱歉，这么晚打扰，"新房装修中依稀记得白路斜不吃礼貌、客气那一套，所以简单致歉后，便也直奔主题，“我这边有一个微信群，群里是你在……”

白路斜：“没兴趣。”

“嘟嘟嘟——”

新房装修中对着发出忙音的手机：“……”

打过去是陌生号码会被拒接？打过去是熟人号码一样照挂不误好吗？！

4

某市中心黄金地段，江畔高层。

白路斜把电话随手一丢，迷迷糊糊中才懒得管丢到哪里，侧翻身一条长腿伸出来骑上被子，就这样抱着满怀柔软的羽毛被继续补眠。他太困了，一连两个通宵打游戏，还是格斗体感游戏，身体消耗几乎和实战无异，套上“‹防›钢筋铁骨”都扛不住。

但其实这样的游戏体验完全是个意外。

刚拿到游戏那天，白路斜仅仅是想随便玩两把，尝个新鲜，看看这个在海外格斗圈火得一塌糊涂的游戏到底有什么玩头。毕竟他向来只有三分钟热度，且没有改变的打算，所以刚连上游戏的时候，他还在想着晚上是和那帮以前一起玩摩托的午夜飞驰，还是和那帮自他失踪归来后就三番五次要联络感情的所谓朋友们去月下游船。

他其实两个兴趣都不大。与现实生活脱节了这么长时间，他总觉得和哪边都提不起劲儿，但最近实在无聊到爆，所以非要二选一的话，他还是倾向于前者。至少在被鸮卷走之前，他和前者还算能玩到一起去，而后一帮家伙完全是上一代商业利益捆绑下的“朋友圈”，他随便脑补一下自己被围住的那个聒噪场面，就已经忍不住想一脚一个踹下船。但这又不是鸮里，随便他为所欲为，就那帮一个比一个金贵的玩意儿，踹是好踹，后续还要收拾残局，就很麻烦。

想着这些，游戏开打。白路斜不喜欢人机对战，选的都是和全球玩家自动匹配，于是他一路从亚洲揍到欧洲，再从欧洲扭打到美洲，正当战绩一路飙升，新鲜感逐渐退去，感觉差不多玩够了的时候，他遭遇了一个来自北美的强劲对手。对方在总成绩排行榜排第二位，对战局数和胜率在整个游戏里都是顶尖的，白路斜这种新玩家如果单看成绩，根本连对方的零头都够不上，但是他胜率一直保持得很高，于是就这么匹配上了。

两人先战三局，互有胜负，不分上下。谁都不甘心，最后干脆锁定一对一，又战三局，白路斜一胜两负，落了下风。对方得意满足，准备撤退，白路斜哪儿能让，原本只是在客厅随便玩玩的游戏被他整体迁移到健身格斗室，连上格斗室的大型投屏。这回场地舒展，气场全开，他又在游戏联系列表中把人抓……呃，匹配回来，继续 PK（PlayerKilling，挑战）。

他这儿不依不饶，对方也来劲了，两人对战到天昏地暗，最后对面先举了白旗——这位北美玩家终于在体力濒临透支之际顿悟，比格斗，他可以，比疯劲儿，他不行。

排行榜第二虽然投降，可白路斜已经被勾起战意了，赢了单人算什么，他要一鼓作气直接屠榜。再然后，就是时光飞逝，日夜如梭，这款才上市没多久的格斗游戏的全球成绩榜单首位，盘踞上了一条来自东方的小白龙。

此刻，把游戏搅得天翻地覆的罪魁祸首早没了兴趣，又换了一个更加任性的姿势把被子连卷带骑，睡得香甜，超人尺寸的双人床都险些没够他翻滚。

夜风从露台落地窗的缝隙吹进来，微凉清爽。这是这座城市视野最好的居住地，低头俯瞰江面，城市的川流不息尽收眼底，夜晚抬头，又是一片辽阔星空。

手机铃声又响了，白路斜刚舒展开的眉头再次皱起。他的身体很累很倦，这样的感觉甚至顺着潜意识融进了梦境，以至于他在梦里也是昏昏沉沉的，净是些混乱无序的凌乱片段，乍被铃声惊醒，一时有些分不清是梦境还是现实。但不管是什么，白路斜都没打算理。

奈何一轮铃声过后，安静片刻再度响起。白路斜被吵得头疼，简直暴躁，可眼皮太沉，一秒都不想睁开，挣扎半天，也只伸出一只手胡乱地往声源处摸，好半天才在卷成团的羽毛被里把手机掏出来，强撑着把眼睛睁开一点儿缝隙，压根儿不看来电显示，直接滑动接听，张嘴就要骂人，对方却先一步出声——

"你好，我是何律。"

白路斜怔在那儿，混沌的大脑有片刻静止空白。

等了几秒，见无回应，熟悉而沉稳的声音再次顺着听筒传过来，不过这一次带上了一点儿不确定："是白路斜吗？"

"何律……"白路斜终于反应过来，却不是清醒，反而再次闭上眼睛，含混不清地咕哝里，身体和精神一起放松下来，"啧，还真是阴魂不散……"

他没有何律的联系方式，反过来，何律当然也不可能找到他。他们对彼此的信息掌握只限于一个名字，还不知道和身份证对不对得上。所以这果然是个梦吧？

何律一听就知道对面根本没有彻底清醒。按道理，他应该认真正式地把对方叫醒，然后再进行后续谈话，可再开口，他的声音却不自觉放轻，而且内容和他这一通电话的目的完全无关："才晚上十点半。"

白路斜脑子根本不转，完全是迷迷糊糊顺着话往下："我管你几点……别烦我……再啰唆……孟婆汤……催眠术……"他断断续续把文具树都拿出来恐吓一遍，却始终不扔掉电话。

何律想了想，决定还是提醒一下对方：“我们都没有文具树了。”

白路斜想也不想：“没有才好……”

放眼整个鸮系统，“墨守成规”“你犯规了”牢牢霸占白路斜最讨厌文具树 TOP2！

“我现在是排行榜第一……”白路斜迫不及待炫耀自己的战绩，想当然默认何律听得懂，并向其发出单挑邀请，“你把 ID 给我，我们开一局……”

排行榜？ID？开一局？何律飞快思索。鸮里回来的伙伴大多还在日夜颠倒，就算把生物钟调回来，也不至于十点半就困到电话响了都还迷迷糊糊，何况以他对白路斜的了解，这位伙伴压根儿不可能特意去调整生物钟，回归作息规律。所以，能让一个夜猫子十点半就睡意昏沉，且在梦里还不忘念叨开一局……

何律：“你通宵打游戏了？”

“两个。”白路斜拖长声音，还挺骄傲。

两个游戏，还是两个通宵？何律直觉是后者。

白路斜举着电话手累了，索性翻身朝另外一边侧躺，将电话压在耳朵和枕头之间，这样两手都解放了。他舒舒服服搂着被子，先前的疲惫酸疼好像都淡了，身体像是轻盈地陷在云朵里。他想继续跟何律分享自己的屠榜过程，好让那家伙知道没了文具树，自己一次打十个他那样的都绰绰有余。可是他不知道这通电话会进行到什么时候，万一说到一半断线了呢？在白路斜混沌的意识里，并没有按照来电显示回拨这一项，断线就等于再也无法联系。于是那边的何律再说了什么他根本没听，先问了自己最想知道的：“喂，你住哪里……”

何律被这哪儿都不挨着的问题弄愣了。

白路斜：“找你单挑……”

明知道是非清醒状态下的胡话，可何律还是认真回答：“我的位置不方便讲，你告诉我你住哪里吧。”

白路斜：“我为什么要告诉你……”

何律：“这样我就可以主动上门去和你单挑。”

“也行……”在斗殴场地的问题上，白路斜倒是好说话，一股脑儿就把自己住的地方说了，从城市到街道，从地标建筑到小区楼盘，从单元到楼层，连门牌号都一清二楚，比手机地图定位还精确。

何律没想到白路斜真的讲了，他以为对方还会继续耍赖。那个繁华的东部城市离他有些远，在这通电话之前，何律真的完全没考虑过要对白路斜这位伙伴登门拜访。可确实是他把白路斜的住址“哄骗”出来了，在对方半睡半醒毫无防备的时候。

乘人之危。何律给自己的行为定了性。

“你什么时候过来……”报完家门，白路斜几乎迫不及待就要定决斗之日，可同昂扬的斗志相反，他带着浓重睡意的声音低得近乎呢喃。

何律保持着通话，切出界面，查询机票。他刚刚得到两周假期，既是上一个任务完成后的放松，也是下一个任务出发前的休整。

——“这样我就可以主动上门去和你单挑。”

即便是这样随意说出的话，在何律的本能里，也是先有其可行性才会开口。

机票列表刷出，非节假日，航班充足，随时可以。

“明天。”何律没有骗过人，也不打算在白路斜这里破戒。

许诺完时间，对面却没了声音。何律又耐心等了一会儿，最终等来了满足而悠长的规律呼吸声。

白路斜就这么睡着了。

同一时间，微信群。

清一色：“战友们，何律这通电话打多长时间了？”

和尚：“一个小时？”

新房装修中：“如果从我提供手机号码开始计算，现在是第五十二分钟。”

下山虎：“也不用这么精确……”

关岚：“他只是想和自己的通话时间对比一下，看何律能比他多坚持多久。”

丛越：“这还用对比吗，他不是才说半句就被人挂断了吗？”

新房装修中：“……”

关岚：“就是这样，所以他现在自尊心严重受创！撒花 . jpg”

探花：“组长，你的表情和你的打字内容……”

周云徽：“有　种诡异的和谐感。”

崔战：“这玩意儿有啥可比的，何律和白路斜 3/10 孤岛求生就分到一个组了，后来和咱们一起全同路，就没分开过，交情肯定比你深啊！ @新房装修中”

关岚：“他们在前十三关一起组了半年的队，并且互相交换了手机号码。”

郝斯文：“半年？”

骷髅新娘：“能和那家伙合作半年，那也不是一般关系了。”

周云徽：“以白路斜那破性格，愿意给电话号码，那都不是一般，是相当不错了。”

关岚：“没错，就是这样深厚的搭档情谊——通话时间，3 秒。”

全体伙伴：“……”他们现在非常理解新房装修中对通话时长的在意了，关组长你真是伤口撒盐小能手。

至于新房装修中，现在也理解了为什么在他说完被白路斜挂断电话后，所有人都让他把号码给那个叫作何律的。只是就算差别待遇，这差的是不是也有点儿太大了？除了白路斜欠何律钱，还是巨额，否则以他对白路斜的了解，根本没有任何一个人能让那家伙有耐心说话超过十分钟好吗？！

何律："我回来了。"

何组长毫无预警回归，等得都快困了的众伙伴瞬间精神，热烈刷屏。

郑落竹："聊完了？"

周云徽："果然还得你出马！"

崔战："你俩也太磨叽了吧？"

对对碰："就拉人进个群，你们这是从诗词歌赋聊到人生哲学？"

佛纹："好像没看见他进群啊。"

南歌："群成员的确没增加。"

男九号："他人呢？@何律"

何律罕见地迟疑了片刻，才带着愧疚实话实说："抱歉，我还没来得及说群的事，他就睡着了。"

众伙伴："……"

新房装修中："你们聊了五十二分钟，然后没来得及说群的事？"

何律："其实只聊了不到二十分钟，他还没醒彻底，就又睡着了。"

二十分钟也很长了啊！

新房装修中："那你们都聊了些什么？"

三道杠："不对，从他睡着到你回来，这半个小时，组长你在干吗？"

崔战："发现了盲点.jpg"

何律："我和他约了架，明天单挑。@新房装修中"

何律："我在等他睡醒，继续说群的事，但是失败了。他通宵了两个晚上，以我的判断，如果没有外力干扰，他可能会睡到明天中午。@三道杠 @崔战"

何律："不过大家放心，我既然答应了，就不会食言，明天结束之前我一定让他入群。@所有人"

所有人："……"

为什么一个恢复联络的电话会发展成约架？既然人睡着了，为什么不能挂断再打，用手机铃声当闹铃再把白路斜叫起来？好吧，就算体谅对方熬了两个通宵，不便再打扰，有必要拿着仍在通话中的手机又静静等了半小时？

总觉得哪里都是疑问，处处都是槽点，可何组长那语气正直、态度诚恳的三条回复……让人想质疑都开不了口啊！

虽然白路斜还没入群，但这就算是联系上了，如果他那边还能有许叮咚和蒋城的联络方式，那这联合站队除了下落不明的霍栩，就算全了。众伙伴在今晚之前，压根儿没想过一场直播竟然成为重聚的契机，可现实就是这样奇妙。感谢鲨鱼，让他们一晚上就聚了个七七八八。

既然联系上了，就没道理只在微信群里打打嘴炮。

佛纹："我说，咱们是不是找个时间聚一下？"

这句话让刷屏暂停，仿佛空气突然安静。

从关卡世界返回的那一刻，他们就失散了，快得都来不及眨眼。明明并肩战斗了那么久，连命都过过了，他们却从未在真实的生活里互相交换哪怕一个对视、一个拥抱。

微信群的安静只持续了几秒，便像初春融化的河流，挣断冰面，裹挟着破碎的浮冰哗啦啦流淌，迅疾而雀跃。

从越："必须的啊！"

南歌："聚一下？"

郑落竹："要频繁聚，各种聚！"

莱昂："时间，地点。"

全麦："莱昂你到底哪头的，我们说这么半天你安静得跟退了群似的，怎么 VIP 一出声你就冒泡？！"

莱昂："小兔兔卖萌 . jpg"

全麦："……"

和尚："……"

探花："……"

关岚："@ 南歌？"

南歌："……"她的表情包是什么时候被偷的？！

江户川："时间肯定越快越好，每个人都把自己可以外出的时间报一下，取个最大交集的时间段，再不行就直接黄金周。"

唐凛："地点就北京吧。"

老虎："@ 唐凛 @ 范佩阳，你俩在北京？"

范佩阳："嗯。"

华子："那我们过去，吃住行是不是全报销啊？嘿嘿嘿嘿抱大腿 . jpg"

范佩阳：“不然为什么让你们过来？”

唐凛：“我们主场，当然。”

华子：“……”哪里当然了啊？！

同样身在北京的礼拜天、三道杠、下山虎、对对碰：“……”面对两位 VIP 领导树立的“尽地主之谊”的昂贵标准，他们正认真考虑要不要先去外地再假装风尘仆仆而来。

月落日升，微信群竟然热闹了一整夜。

天边泛起第一抹光亮时——

唐凛正抱着抱枕，和范佩阳认真商量一起回公司重新开工，以便让他们的“钞能力”可以长长久久。当然，这一次他们会努力平衡工作与生活。

郑落竹任由施方泽枕在自己身上睡着了，他想轻轻把人挪到枕头上，才刚一碰，就被对方无意识地拽得更紧。

关岚终于撒了气，打开浴室想把男人放出来，结果开门一看，空空如也，狡猾的家伙早不知道什么时候溜掉了，听见浴室这边有动静，知道是关岚，竟然隔空发微信邀请他一同去露台看日出……看你个鬼！

周云徽终于不堪折磨，把自己的确切地址给了锲而不舍的崔战，后者终于消停了，说一定会给他一个惊喜，让他安心等着。因为崔组长过于信誓旦旦，所以周云徽在初升的晨曦里十分不安。

还有互道了早安的南歌和莱昂，收到航班机票确认短信的何律，精神抖擞继续读男九号剧本的五五分，乖乖去补眠的大四喜，直接外出吃早茶的佛纹……

在这个最普通不过的清晨，一群死里逃生的家伙终于让自己那颗仍在飘着的心也落了地，落进踏踏实实的生活里。后望，再无遗憾；前路，冲劲满满。

日出很美。

失踪人口，回归。

番外二

第3试炼区事故调查报告

DI SAN SHI LIAN QU SHI GU DIAO CHA BAO GAO

1

工作着装，规范。

通信系统，畅通。

一切检查完毕，正好到约定时间，早已在私人工作区就位的缪金准时向第一组受访对象发出联络申请。对面的时间观念似乎并没有与他同步，通信迟迟未接通。这样的情况在缪金的工作日常里简直是家常便饭，他不急不躁，继续耐心静等，同时又在脑内过了一遍前期已经掌握的资料。

第 3 试炼区毁了。系统自爆，资料几乎损失殆尽，虽然伤亡并不惨重，基地建设也没有遭到实质性的大规模破坏，但这仍是 K 星自建立试炼制度以来最令人难以接受的事故。

因为第 3 试炼区的意义是不同的。

在当年上面为寻找安全高效的觉醒方式而焦头烂额，在接连两个投入高昂代价的试炼区都没有达到预期效果而士气低落的时候，第 3 试炼区横空出世。在那之后的很长一段时间，它都是军方最倚重的试炼区，即使后来随着试炼方法和手段的发展，它的作用已经微乎其微，上面仍然没有将之关闭。可以说，现在的第 3 试炼区象征意义已经远大于实用意义，它更像一座纪念碑，纪念 K 星人为生存、觉醒，为与这个恶劣星球抗争而付出的努力。

当一个试炼区被赋予了这样的色彩，它的一点儿闪失都会造成强烈的舆论效应。更何况它还有着至今仍未被全部破解的强大系统。

结果闪失没发生，一来就是全毁，还是被系统设计者的儿子以及一帮闯关者联手毁的。

当然，最后一条是试炼区单方面呈交的报告中的解释，也是缪金此刻坐在这里的原因。作为上面委派的独立调查组组长，他需要对此次事故进行补充调查，以最终界定试炼区运营方需要在此次事故中承担的过错和责任。

如果真有系统设计者后代的参与，那么试炼区方面顶多也就是疏于管理加突发事件处置不力，而系统被毁这一最严重的过错相应可以躲过去大半，毕竟谁也说不清设计者到底给自己儿子留了怎样的权限和系统破坏力。但反之，如果设计者后代这一存在本身就是试炼区为减轻自身责任而虚构的，那问题可就严重多了。

无奈所有闯关资料都和系统一起自毁，连备份都没放过，技术人员拼尽全力也只恢复了极少的影像画面，还是残缺、不连贯的，这里一点儿那里一点儿，别说拼凑出事件全貌，很多连画面当中正在发生什么都搞不清楚。

缪金用了很长时间才将这些资料烂熟于心，不管看得懂看不懂的统统记下，基本做到可以随时脑内提取，终于在今天开启真正的调查。

这样的调查在试炼区内部是查不出什么名堂的——如果调查出试炼区存在重要过错，那么试炼区工作的每一个人都将承担相应责任，谁也不会自己出卖自己——所以缪金将调查重点集中在最后同那些捣乱分子直接接触过的客人身上。这些在试炼区转型后第一时间取得娱乐许可的贵宾们大多有一定的社会地位，与试炼区不存在从属或者利益关系，以缪金的经验，这些人没必要也不屑于为一个小小的基地说谎。

然而也正因为这些人各自有地位和背景，愿意抽出宝贵时间和缪金聊聊当时情况的只有几个，缪金按照他们当时所去的关卡将这几位分成四组，按组采访，说是为了节省时间，其实是因为在同一组的客人们彼此间或许更容易有互动，缪金希望能以此引出更多信息。

“抱歉，刚刚有点儿事情。”

半透明的联络投屏弹出，左半边屏幕出现一个男人的身影，他微微朝这边的缪金点头，带点儿歉意，但很有限。

第一组的受访对象有两个，分别是在第 3 试炼区 4/10 关卡的 Guest. 001 和 Guest. 002。

修复后的残缺影像里，关于 4/10 狩猎者游戏的内容几乎没有，好在试炼区还保留了当初客人们的申请资料，缪金迅速和记忆库中的照片比对，眼前在联络屏上只露出上半身但已可瞥见矫健身形轮廓的应该是 Guest. 002，能力是“重力消除”。

“你好，我是缪金。”调查员回以十分礼貌的微笑。

Guest. 002 那里同样可以看到联络投屏，见另一半区域暗着，立刻皱眉：“那家伙还没来？”

缪金在确定受访者名单后，便和这些客人沟通过情况，所以他们知道会和谁一起受访。不过 Guest. 002 对 Guest. 001 那显而易见的嫌弃，缪金是没想到的。难道说在关卡中两人曾有过不愉快？

“具体情况我也不清楚，”缪金没义务帮 Guest. 001 编造迟到理由，顶多是顺口给一句礼貌的社交辞令，“他可能还在忙。”

Guest. 002 却毫不掩饰地嗤笑：“我看是临阵反悔了，毕竟他的遭遇实在是有点儿……”耐人寻味地拖长尾音，他摇摇头，没继续往下说，但这种欲言又止才更引人遐想。

缪金尴尬而不失礼貌地笑着。当一个受访对象上来就嘲讽另外一个受访对象，他唯一能做的只有安静如鸡，以及庆幸 Guest. 001 还没接通联络。

“你说谁临阵反悔了？！”

缪金：“……”这是算准时间来的吗？！

另一半投屏里，瘦小的男人渐渐清晰，Guest. 001 有着锋利如刀的犬齿以及轻盈、灵活的身体。

“你怎么脾气还是这么差，我只是对你的迟到进行合理猜测。”Guest. 002 优哉游哉地看着联络投屏里的 Guest. 001。试炼区大家同玩一关，他还给对方留点儿面子，现在就没必要再跟 Guest. 001 客气了。

Guest. 001 怒极反笑，眼神阴鸷：“说得像你占了多大便宜似的，如果没有我一开始在树上的狙击，恐怕到最后他们通关的人数会更多。”

Guest. 002 脸色渐沉：“如果你一开始遵守既定战术，没有先放冷枪打乱我们的节奏，我给他们造成的集体失重会有更好的效果。”

Guest. 001：“别把责任推给我，你的‘重力消除’可是被他们用文具树当场破了，那一阵大风叫什么来着，哦对，‘一路顺风’，什么战术都吹散了吧。”

Guest. 002：“散了也可以丛林伏击，逐个击破，但据我所知，你好像在一个会用毒蛋糕的小不点儿那里遭遇了惨败。”

Guest. 001：“据我了解，你对阵一个绷带小子也没有很成功。”

Guest. 002：“但我至少没有被人拔掉两颗牙齿。”

Guest. 001：“……”

互相伤害第一回合，Guest. 002 胜。

缪金一句话还没问，就已经大概知道那帮闯关者是怎么突破的 4/10 了。以及，他终于明白为什么 Guest. 001 总让他觉得和资料照片有微妙的差异——资料照片里那一对稍微笑一点儿就能露出来的锋利犬齿，也是 Guest. 001 最大的武力值所在，不见了。

毫无预警地，调查员和无意识看过来的 Guest. 001 对上了视线。Guest. 001 煞白的脸一瞬涨红，似乎才意识到这儿还有一位围观群众。

缪金暗道不好，连忙组织语言想给心灵已遭重创的受访者修个疗伤的台阶，扶下来，却压根儿来不及开口。

“大概情况你也应该听得差不多了，” Guest. 001 根本不给调查员深入追问的机会，“我还有事，就这样。”

眼看刚连上的通信就要被切断，缪金连忙开口：“能不能再给我几分钟，我还有一些问题……”

“不能，” Guest. 001 去意已决，“我说了还有事。”

缪金一咬牙，再顾不得礼仪：“那请问您到底有什么事要忙，我也好在汇报的时候有个交代。”

这当然只是托词，明是追问，实则就是想戳穿 Guest. 001 拙劣的遁逃之术。

Guest. 001 气急败坏：“看——牙——医！可以了吗？！”

半面投屏暗下，联络切断。

缪金：“……” 理由充分，甚至还让他这个冷酷的调查员心里久违地泛起一丝心疼。

Guest. 002 大获全胜，好像连失败的关卡体验都可以忽略不计了，一脸阳光明媚地看向调查员：“你还有什么想知道的，尽管问。”

缪金整理一下思绪，其实从始至终，他的调查重点只有一个：“您是否在关卡里遇见过一个叫霍栩的闯关者？”

调查员一边询问，一边在联络屏里投放出霍栩的照片，那是 7/10 天空城一对一战斗时霍栩对阵 Guest. 137 的某个瞬间，是修复出的关卡影像里为数不多的霍栩正面照。

Guest. 002 对这张脸实在是熟悉得不能再熟悉，他叹口气，半认真半玩笑道：“你真的不是明知故问？”

缪金一愣，没懂。

Guest. 002 摊手：“我不只见过，还和他正面交过手，一对一的那种。”

缪金喜出望外，却不动声色，静等 Guest. 002 继续。

“他的身体素质非常不错，我是说，远远超过普通闯关者。” Guest. 002 回忆起来仍印象深刻，“他的文具树是‘水’，但身体的防御力和强度同样像是有文具树的加持，估计是在许愿屋里强化过。”

缪金不置可否，只试探性地追问：“那你们的战斗到最后是……”

“没结果，” Guest. 002 说，“被另外一个家伙赶过来打断了，那家伙也有点儿麻烦，文具树是一种流动的黑雾似的狼，不过他没纠缠，救完人就撤了。”

救？缪金留意到了 Guest. 002 的用词：“您是说如果没有后面赶来的闯关者，霍栩就已经败了？”

不是的。他当时虽然将霍栩按进沼泽，但霍栩反手也将他拖了进去，等于是两个人都陷入沼泽无法呼吸，完全同归于尽的架势，所以后面赶来的那家伙把霍栩拖出沼泽，也连带着买一赠一救了他。

往事历历在目，Guest. 002 正襟危坐，直面调查员：“是的，如果没有后面的人搅局，我已经将那小子利落解决！”

缪金认真倾听，笑容温和亲切，同时在联络投屏看不到的另一块记录屏上用意念实时输入要点：受访者突然慷慨激昂，过分可疑，大概率判断在与霍栩的一对一中并没有占到绝对上风。

聊到这里，缪金知道从 Guest. 002 处已得不到更多信息。对方对霍栩的身份并没有起疑，只当他是强化了身体素质的闯关者，而作为调查员，自己并不能拿“您是否觉得霍栩有哪些方面更像 K 星人”这样的话来询问，因为这样无形中就有了诱供嫌疑，会让受访者无意识地顺着调查者的方向去思考，这样得来的信息并不可靠。

不知是不是被勾起了某些不愉快的回忆，几分钟后，Guest. 002 也找了个理由，草草结束本次受访。

缪金对调查进度倒是挺满意，虽然第一组受访时间短暂，可非常自觉高效地帮他重组了那帮家伙的通关过程，还肯定了霍栩的战斗力，即便这不能作为霍栩身份的直接证据。

除了霍栩，第一组的两位客人还给缪金的调查带来了意外收获，那就是其他闯关者的战斗力。

据试炼区上交的报告里说，本次事故的主因虽然是霍栩利用其父赋予的系统最高权限启动了主控室的自毁程序，但和他一起闯到 9/10 的那群家伙也给进入关卡应急处置的团队制造了很大的麻烦。这帮家伙从 4/10 关卡开始就基本保持了固定阵容，且通关率极高，以至于到了 9/10 仍人多势众，如果没有他们，应急处置团队也不至于手忙脚乱。

闯关者能有多强？如果真这样棘手，第 3 试炼区就不可能安全运行了这么多年。所以缪金对于试炼区把闯关者也加入本次事故原因嗤之以鼻，只当他们为了减轻自身责任，便尽可能罗列客观原因。

然而 Guest. 001 居然在 4/10 里被闯关者拔掉了牙。这操作可不是一般难度，不仅要在战斗力上压制，还得在战斗思维上足够大胆放飞，心黑手狠。缪金有点儿好奇那个闯关者了，Guest. 002 说是个“会用毒蛋糕的小不点儿”？

尚未来得及收起的通信投屏上突然出现一张陌生男人的脸，细长眼，略带女相，有一种阴柔的漂亮，但再漂亮，当整个屏幕都是这张大脸时，就只剩惊悚了。

这是K星通信中的紧急联络，因为不管对方是否接受都会强制弹出，毫无礼貌可言，哪怕是熟人之间也很少用，遑论陌生人。

缪金被吓了一跳，缓了几秒才辨认出这位心急的联络者似乎很像资料里的Guest. 014，能力是“全身锋利”，进入试炼区的关卡是6/10沙漏古堡，也是他约好要在今天联络的第二组。只不过现在距离约定时间，至少还差半小时。

难得受访者如此主动，缪金收起有关前一组的思绪，接通联络，露出标志性的亲和笑容，以便使对方更容易卸下防备，袒露心声：“您好，我是独立调查员缪金。”

“哦，好。”对面的Guest. 014相当敷衍地打了招呼，眼神只在缪金身上停留半秒，问，“他呢？”

缪金一时反应不及：“他？”

“小十三啊，”Guest. 014叫得亲昵，眼里的嫌弃可比Guest. 002嫌弃Guest. 001时更汹涌澎湃，“你不是说要和我们两个一起聊？”

“单独聊也是可以的。”缪金迅速改变调查策略，以免再出现第一组互相伤害的惨剧——他的愿望是K星和平。

意外地，Guest. 014却没有马上同意，而是在微妙地沉默了良久后，扔出一句：“还是一起吧，你把他通信码给我。”

缪金下意识就想拒绝。通信码是很私人的东西，据他了解，客人们申请进入关卡，资料都是严格保密的，彼此间并不知晓真实身份，只用代号。当然，如果有相处得好的客人，私下交换通信码，那与他们无关，但眼前投屏里这位Guest. 014显然并没有和那位同组的Guest. 013建立这样亲密的联系。

还没等他开口，通信投屏右上角就闪烁出“新通信请求接入”的小图标。

这样低调提醒的才是正常的社交通信，只不过……调查员看一眼时间，这一位同样提前了至少二十五分钟。

“稍等一下。”缪金简单和Guest. 014打了招呼，没有解释具体情况便暂时屏蔽Guest. 014那边的通信，单独接通了第二组另一位受访对象，Guest. 013。在不了解受访者之间的恩怨前，他不会再贸然进行群聊了。

“您好，我是独立调查员缪金。”标准开场白，自然大方。

“你好，我联络得有点儿早，希望没有打扰你的工作。”投屏里的男人声音沉稳，态度有礼，头发梳得一丝不苟，就连鼻梁上那副眼镜都洁净透亮，一尘不染。

缪金不自觉就跟着正式起来："没有，正好上一组联络完毕。"

"那就好，" Guest. 013 点点头，下一句便问，"Guest. 014 还没有到吗？"

缪金："……"

一个提前半小时发紧急联络，一个提前二十五分钟联络接通，一个上来就问"他呢"，一个第二句就"Guest. 014 还没有到吗"，这样你牵挂着我我惦记着你的娱乐战友情，却没有私下交换通信码？难道是离开试炼区才后知后觉回味无穷吗？！

等一下！在 6/10 接触过那帮家伙的有且仅有 Guest. 013、Guest. 014 两位，而在他发出调查求助后，这两位都痛快答应向他提供情况……所以提供情况是表象，借由他寻找失联的另一方才是本质？

突然意识到自己好像成了工具人的调查员陷入了沉思。

2

"哟，好久不见，小十三。"

三人共享联络一接通，Guest. 014 就非常自然地和 Guest. 013 打了招呼，那轻快熟稔的语气不像好久不见，倒像是昨天才刚一起在关卡里玩耍过。

Guest. 013 的态度却不同，镜片后眼皮微抬，轻点一下头就算打过招呼了，淡漠而生疏。

缪金："……"单独联络的时候你可是一开口就先问的 Guest. 014，现在迷之冷淡是什么操作？

面对 Guest. 013 极其敷衍的回应，Guest. 014 眉毛一挑，细长眼一眯，笑意变成了嘲弄："你果然还是一如既往地不可爱。"点评完，阴柔的男人眼尾一瞥，就扫向了缪金："你不是想了解当时关卡内的情况吗，开始吧。"

缪金："……"单独联络的时候你可是上来就问 Guest. 013 的通信码，现在本人来了你只字不提直接进流程又是什么套路？

等了一会儿，见调查员没动静且神情还有越来越茫然越来越迷离的趋势，Guest. 013 轻叩了一下桌面，声音不大，却极具提醒意味。

缪金瞬间回神，收起迷惑的好奇心，清了清嗓子进入正题："是这样，我们了解到二位在当天进入 6/10 沙漏古堡的时间并不是同步的，而是有先有后，但是因为关卡内的影像资料几乎都被损毁了，所以……"

"没错，" Guest. 014 像是坐累了，虽然从建立通信到现在也才几分钟，只见他直接后仰躺倒，双手优哉游哉地枕到头后，"那家伙先进去洗了个澡，我后面才进。"

通信屏随着 Guest. 014 的位移而拉伸，这时缪金才看清合着这位打从一开始就在自家床上。相比之下，西装革履坐在办公桌后的 Guest. 013 俨然 K 星精英。

“更正一下，”精英对于 Guest. 014 的描述很有意见，“不是我先进去洗了个澡，而是我遵守关卡规则，在系统指令下完成相关步骤。”

Guest. 014 不怀好意地笑：“系统让你进去先洗澡，但好像没让你把浴袍当战袍。”

Guest. 013 泰然自若：“如果你洗完澡出来就毫无准备地撞上满满一屋子闯关者，你也没时间再去换正装。”

Guest. 014 干脆乐出了声，不住地点头：“也对，幸亏你还穿了一件浴袍，否则……啧啧啧。”虽然没亲见，但每次想象 Guest. 013 裹着浴袍一脸茫然地和满屋闯关大汉对峙就心情飞扬，这几乎成了那该死关卡留给他的唯一快乐记忆，还是脑补的。

Guest. 014 眼角眉梢都因为快乐洋溢起浪荡，刺眼得让 Guest. 013 额角跳了一下，不过超强的自制力还是让他的声音保持了沉静平稳：“虽然浴袍战斗起来多有不便，但我至少没有被闯关者烧成焦炭。”语毕，微笑。

杀人诛心，Guest. 014 被刺激得几乎是跳坐起来，咬牙切齿才挤出个僵硬假笑：“我就知道你记着这事儿呢，放心，我从来不欠人情，那个制剂我弄到了，留个地址，我还你。”

“那倒不必，”Guest. 013 耸肩，“用制剂给你治疗是我自己的决定，一个匿名娱乐活动，我既然敢用，就没打算让你还。”

Guest. 014 不屑地哼：“怎么，怕我上门找麻烦？”

Guest. 013 还真慎重思考了一下：“不排除存在这种可能。”

Guest. 014：“……”

“啪。”三人通信屏，属于 Guest. 014 那一部分突然中断。但在中断前的最后一瞬，缪金好像听到了某种类似抓狂的咆哮……

大约十秒后，Guest. 014 的通信申请再次接入，三方恢复联系。

漂亮男人朝缪金温柔一笑，仿佛先前的不愉快都是幻觉，声音如春风吹水荡清波：“刚才你问到哪里了，继续。”

但缪金知道，那不是幻觉。因为现在 Guest. 014 只跟他一对一，专心致志，目不斜视，仿佛这三方通信里根本不存在 Guest. 013。

更要命的是，缪金根本就不知道该从哪里把话头续上，因为先前的对话里根本没有他的姓名，他只是才开场铺垫两句就被迫成为两位客人追忆娱乐时光的无辜听众。而且听起来这个过程……Guest. 013 穿浴袍战斗？ Guest. 014 被烧成焦炭？

他很清楚地记得客人的资料，Guest. 013 的能力是“真空”，Guest. 014 的能力是“全身锋利”，这样两个人组合起来根本就是“职业杀人团”，简直不要太凶残，竟然也会被一群闯关者弄得如此狼狈？然后 Guest. 013 还给 Guest. 014 用了制剂治疗？能把烧成焦炭的人极快治愈的制剂在 K 星上只有一种，而且很多时候有钱也买不到，就这么在娱乐活动里用了，还是用给别人？还用了就用了不必偿还？这样令人感动的深厚战友情结果就是连通信码都没有互相交换？！缪金的视线在 Guest. 013 和 Guest. 014 脸上来回穿梭，脑袋里全是迷茫的问号。

“没问题了？”等半天不见缪金出声，Guest. 014 倒乐得轻松，“那就这样。”说完，作势又要结束通信。

缪金连忙集中注意力，也不弄什么铺垫预热了，以免又生枝节，单刀直入地问：“两位对霍栩有印象吗？”谢天谢地他还记得自己的调查重点。

Guest. 014 一愣：“谁？”

Guest. 013 也流露些许疑惑。

“霍栩，一个闯关者，你们应该见过的，”缪金说，“他就在那天闯关的人里，能力是‘水’。”

Guest. 014 翻个白眼：“那天闯关的家伙几十个，文具树用起来乱糟糟一片，哪儿分得清谁是谁，没准让我一手一个早早就砍了呢。”

“他闯到了最后，”缪金耐心说明，“和那天通关的大部分闯关者一起闯到了最后。”

“他有什么特别吗？”Guest. 013 嗅到了一些不寻常，看向缪金的视线里多了一分审视，“我听说破坏试炼区的是一群人，你也说他和那一天的大部分闯关者一起闯到了最后，那为什么不调查别人，单独调查他？”

缪金语塞。霍栩和鸮系统设计者的关系别说还没证实，就算证实了，也属于内部机密。如果 Guest. 013 有私人渠道获得那是另一码事，至少在缪金这里无权透露。

Guest. 013 轻而易举读懂缪金的沉默：“明白了。”他略微点头，不再追问，诚实回答道，“我只在最初的时间里和他们短暂交手过几次，都是群体性的，没有对哪一个人有特别的印象。”因为关卡规则本身带来的酸爽体验感已经给他的心灵来了致命一击。

“最初？”缪金没太理解，“那后面的时间呢？”

“这你就要问我了，”Guest. 014 意有所指地向 Guest. 013 的方向斜一眼，“某些人觉得胆小的都率先因为恐惧觉醒通关了，剩下的全是难搞的家伙，危险系数太高，所以找个借口就先溜了。”

“您提前离开了关卡？”缪金不可置信地看向 Guest. 013，不是因为对方的精英气质让人很难相信会临阵脱逃，而是他明明在修复回来的接近关卡尾声的片段影像里看见了 Guest. 013。

Guest. 013：“我……”

一个还没说完，一个以为轮到自己解释，于是两人的声音就不小心同了步——

缪金：“可是关卡快结束的时候您还在里面泡澡啊。”

Guest. 013：“我没有提前离开，只是……”

找个清静房间暂时小憩。Guest. 013 这后半句吃了语速太过沉稳平缓的亏，于是因为缪金实事求是的揭发，再没办法出口。

Guest. 014 从来不知道还有这段剧情。当时 Guest. 013 给他用完制剂，两个人就分道扬镳了，直至关卡结束双双被传送回休息区，才又重新见面，万万没想到还能在这种售后回访中有意外收获。

Guest. 014 立刻神情微妙地看向 Guest. 013：“我怎么记得有人在关卡里把正装换回来了，结果关卡结束回到休息区时却穿着浴袍，给我的解释是‘正装束缚感过强，发现还是浴袍比较舒适’？”敢情是洗澡洗到一半闯关者就全通关了，只来得及抓一件浴袍就狼狈地让系统强制送回休息区？快乐回忆又增加了新素材！

Guest. 013 四平八稳，连眉毛都没动一下：“某些已经被制剂治愈的人，关卡结束回到休息区又是一脸新的焦黑，给出的解释好像也没什么可信度。”

Guest. 014 脸色微顿，但很快自信昂头，直视 Guest. 013 镜片后的眼睛，一字不差又重复了一遍当时的说辞：“我怎么可能被同一个套路烧两回，这脸是我自己弄的，便于在光线暗的地方伪装。”

Guest. 013 淡淡挑眉：“那被塞进铁柜踹下楼梯辅助闯关者快乐觉醒最后连人带柜又被定点爆破，也是你自己弄的？”

“你怎么知道……”Guest. 014 震惊。他不知道 Guest. 013 在分开之后的行踪，理论上 Guest. 013 也没可能知道他的啊。但脱口而出之后，Guest. 014 才意识到不对，立即闭嘴，但已经来不及了。

就算他不自曝，Guest. 013 也一清二楚：“后来我找人调看了关卡影像。”

他们刚结束关卡之旅时，试炼区还一切正常，关卡影像自然也是完整的，但问题是——

“你调看影像干吗？”Guest. 014 莫名其妙。

Guest. 013：“回顾，自省，吸取经验，总结教训，这样才能不断进步。”

Guest. 014 连假笑都要挂不住了，磨牙道：“那你回顾自己戏水那部分就行了，我的个人关卡体验好像和你的进步无关。”

“的确无关，但是我看东西不喜欢跳来跳去，同一关卡的影像资料又没有按照客人进行独立区分，我只好从头到尾全看了。”Guest. 013 推一下眼镜，“虽然的确是浪费了很多不必要的时间。”

Guest. 014：“……”这也就是不知道对方的具体坐标，不然他现在就想瞬移过去送上一个“爱的锋利”。

隔着通信屏都能感觉到双方暗流涌动的调查员默默扶额。他现在严重怀疑第3试炼区的关卡设计导向有问题，否则为什么每组客人都走上了互相伤害的不归路。而更让他觉得扑朔迷离的是，这又是出浴被围观，又是受伤成焦炭，又是制剂来应急，又是铁柜连环踢，再加上前面被拔牙的Guest. 001……第3试炼区的转型方向确定是客人游乐场？

受访者彼此话不投机，调查员又问不到想要的信息，第二组谈话就这样提前开始，又更提前地结束。空气里的微妙暗流终于退散，气氛静默下来。

缪金朝两边都致以真诚的笑容：“两位提供的信息给了我们调查工作很大帮助，十分感谢。”公式化的客套里，是一颗“赶紧结束这组吧”的疲惫的心。

Guest. 014可能是感受到了，也可能正好跟缪金不谋而合，调查员这边刚客气完，他立刻扯扯嘴角，象征性地点下头，准备切断联络。

不料Guest. 013却忽然出声：“等一下。”

Guest. 014极度不爽地挑眉，像是多一秒钟都嫌烦：“又怎么了？”

“通信码。”Guest. 013直截了当提诉求，然后就特坦然特面不改色地在那儿等。

Guest. 014定定地看了对方好几秒才明白过来：“我的？”

“你不是问我要地址吗，没有通信码，我怎么把坐标传给你？”Guest. 013理所当然道。

Guest. 014第一次遇见这么反复无常的，不，说反复无常都是轻的，这就是不要脸好吗：“如果我没失忆，几分钟前某些人好像说过既然敢用制剂，就没打算让我还。”

“我现在改主意了。”Guest. 013大方承认。

之前不想有过多牵扯，是因为从对方手中接过第一个剥好皮的橘子开始，他就将Guest. 014定位在了自己不善于也不想招架的那一类人里，包括对方一口一个的“小十三”，每次都在挑战他的忍耐极限。但是今天再建立通信，Guest. 013突然发现他应对起Guest. 014来好像忽地顿悟了，开窍了，从容了……愉悦了。这就让他有必要重新评估双方未来的互动了。

Guest. 014哪里跟得上这么自由飞翔的心路历程，不过就算跟上了，结果也只能是更火大：“哦——”夸张拖长的尾音里，满满的嘲讽，“休息区的时候我让你留个名字你不留，刚才我让你给我地址你不给，现在你想通了，问我要通信码，我就得提供，凭什么呢？小十三，就凭你编号顺序在我前面？”

Guest. 013端坐得四平八稳，一脸理智客观：“凭你欠我人情。”

Guest. 014 ："……"

再次被迫围观战场的缪金："调查组再次感谢两位的协助，那就先到这里，不耽误两位时间了。"真诚微笑，礼貌告别，他率先切断联络，单方面退出群聊。

面前的通信屏随着他这边的结束联络回到清空状态，至于另外仍在通信的两位是战是和是交换通信码还是双双掀桌，随他们自由发挥吧。

长长舒了口气，缪金揉揉额头，看向工作记录屏。这才完成两组，他就已经深刻感受到这一次调查任务的工作强度了，累心，太累。

精神力稍稍集中，调查员开始继续录入。

【第二组调查信息汇总】

霍栩相关：无。

闯关者相关：Guest. 013 中途放弃，Guest. 014 重伤，闯关者团队作战能力强于预期？

这是缪金的工作随手记，所谓的预期当然也就是他自己的原始预期，就像 Guest. 001、Guest. 002 提供的情况让缪金对闯关者个人能力的认定有所改变一样，Guest. 013、Guest. 014 的遭遇也让缪金开始思考闯关者的团队协作能力。之所以仍然打了个问号，是因为 6/10 这一关毕竟是以多战少，几十个闯关者应对两个客人，单从人数上就占了太多优势，未必真能体现出团队的默契。

记在工作屏上都是以后写报告要用到的，还有报告里用不到但现在十分必要的警示信息，缪金则是在心里默默总结并牢牢记住：同一组的客人很可能出现意想不到、反复无常、捉摸不定、眼花缭乱的双向互动，十分影响调查效率和调查员的工作心态，后面的调查工作建议……不，务必要点对点单线联系。

3

整理好记录和心态，缪金开启新一轮的工作。

第三组，也就是 7/10 关卡天空城，虽然因为是一对一战斗的闯关模式，同那帮家伙接触过的客人足足有三十四位，但愿意接受探访的只有三个——Guest. 110、Guest. 120、Guest. 137。其中，Guest. 137 荷鲁斯对阵的正是霍栩。这也是荷鲁斯虽然身为试炼区工作人员，却还是被缪金纳入了独立调查范围的原因。

距离和第三组约定的时间还有半个多小时，但因为缪金吸取前两组的教训，决定将一次性群聊改为一对一单聊，所以思考再三，他还是提前向荷鲁斯发了联络申请。

按编号，荷鲁斯排在第三组最后，但事关霍栩，缪金还是第一个就想找他聊。可惜联络发过去，并没有被接通。等了几分钟，还不见回应，缪金只得又回归编号，转向Guest. 110。

Guest. 110那边倒是秒接了，看场景和穿着应该是在户外活动，不过天气不大好，一片乌云密布，狂风吹着草木乱摇。Guest. 110的声音裹挟在狂风大作里，脚下也没停，一边逆风慢跑，一边气喘吁吁：“怎么提前了？”

忽视掉对方的没礼貌，缪金略带歉意地说明：“调查工作临时有一些调整，如果您这边不方便，我也可以……”

“没什么不方便的，”Guest. 110打断他，“反正我这儿也没什么重要信息。”

缪金以为对方是不愿浪费时间，所以刻意敷衍。不想Guest. 110忽然停住，顶着迎风凌乱的秀发拉近视角，一张真情实感的大脸怼上联络屏：“因为我遇见的就是一个疯子！”

缪金一怔，立刻搜寻记忆，关于Guest. 110的那场一对一，修复回来的影像只有战局最开始的两三秒，除了能判断出战场是一个封闭悬空的鸟笼之外，再没更多信息，连鸟笼内的闯关者都看不清。

Guest. 110情绪上来了，满脑袋都是那天的不甘和愤懑，根本控制不住：“你见过开打前不严阵以待，就一直冲着你笑的吗？非常刺眼、令人极度不适的那种笑。”

缪金试探性地推测：“可能是心理战？”

Guest. 110：“那问我有没有朋友也是心理战？”

缪金：“……”

狂风忽停，K星安静了。

缪金实在抵抗不过内心的好奇：“您当时……怎么回答的？”

Guest. 110胸膛起伏半天，最后还是平复情绪失败：“算了，你自己看吧。”

语毕，一段影像就被发送到了联络屏上。

缪金播放一看，赫然是当时的对战影像，且是从头到尾的全场。不过从影像视角判断，显然不是试炼区的关卡监控视角，更像是额外设备留下的影像。据缪金掌握的情况，客人进入试炼区是签了保密协议的，这种私自留存影像资料的事显然违规，不过像Guest. 110这样身份的客人，耍一点儿小手段，为自己的娱乐时光制作些纪念带出去倒也不难。但是显然，当事人决定留念的时候并没有预料到后面的发展……

“你有朋友吗？”影像开始没多久，那位身材高大、即使笑着也充满压迫气势的闯关者就向Guest. 110发出了灵魂拷问。

“哈？”战场上的Guest. 110被问迷茫了。

投屏前认真观赏的缪金，在这一刻也几乎是同样的表情。

“我问你有朋友吗？”闯关者又问一遍。

Guest. 110：“什么意思？要和你对战还必须朋友遍天下？”

闯关者：“与对战无关，我只是忽然想到一个有些困扰的问题，急于找到结果，如果可以和人讨论，我想结果会更科学……”

Guest. 110：“是不是解决了困扰，你就会全力和我打？”

缪金艰难地咽了下口水，有一种不太好的预感。但那早就已经发生过的影像，还是不可避免地滑向那糟糕的发展——

闯关者：“如果一个人给了你拥抱，但什么也没说，这代表什么？”

Guest. 110：“什么样的拥抱？偷袭，强制，还是心不甘情不愿的被迫？”

闯关者：“算偷袭，但不算偷抱，是光明正大地抱，周围还有三十二个人在看着。”

Guest. 110：“……三十二个人？”

闯关者：“这不重要。总之他没有不情愿。”

Guest. 110：“拥抱完什么也没说吗？”

闯关者：“什么都没说。”

Guest. 110：“他没说你可以问啊。”

闯关者：“根本没有问的时间，我就已经被传送到这里了。”

Guest. 110：“等等，拥抱完你就被传送到这里了？”

闯关者点头。

Guest. 110：“所以你问的是和你一起闯关的人？”

闯关者继续点头。

Guest. 110：“女人？”

闯关者：“男人。”

Guest. 110：“你在闯关之前不想着怎么战斗，而是去拥抱一个男人？”

闯关者：“他拥抱的我。”

Guest. 110：“这有区别吗？！”

闯关者：“当然。我拿他当最好的朋友，我拥抱他，这是正常的反应，但他失忆了，不记得和我的过往，现在却抱了我，所以这个问题才值得我们在这里讨论。”

Guest. 110：“……”

整整一分钟的寂静，静到缪金以为画面静止了。

终于，画面里的 Guest. 110 麻木抬头：“他拿你当很重要的朋友。”

闯关者喜笑颜开：“我喜欢你的结论。”

战斗终于开打，影像还在继续。但缪金对后面的事情已经不关心了，他现在就想在调查报告中插入一个独立段落，替像 Guest. 110 这样花费巨资却只收获伤害的客人们索赔，包括但不限于被迫充当奇怪友情导师的 Guest. 110、被拔了牙的 Guest. 001、被当众出浴的 Guest. 013 和被塞铁柜爆破的 Guest. 014。

“砰——”影像资料里突然响起震耳欲聋的爆破声。

缪金被震得一霎回神，然后就看见 Guest. 110 跌出了笼子，画面漆黑，战斗结束。距离 Guest. 110 结束顾问时间才过去不到十五秒。

刚拿到试炼区提交的事故报告时，缪金发现里面基本都是围绕 9/10 那天发生的一切进行阐述，他曾要求试炼区补充提交这些闯关者在其他关卡内的行动说明，但试炼区以“闯关者在其他关卡中遵循鸮系统设定和规则闯关，并没有异常情况”和“客人在关卡内的体验属于隐私范畴，除非涉及事故相关，否则试炼区有保密义务”两个理由，拒绝了。

缪金当时想了想，觉着勉强说得过去，加上试炼区退让一步，愿意提供修复回来的零星影像资料，估计是认为这点儿影像也拼不出什么具体内容，所以他也就妥协了，决定通过对这些客人的独立调查，再来搜集闯关者在其他关卡内的资料。但是现在，缪金觉得试炼区怎么都不愿意提供那帮捣乱者闯其他关卡时的情况说明，可能不是为了客人的隐私，而是为了呵护客人的脸面……和心灵。

荷鲁斯那边依旧没有回应，缪金只得按顺序联络 Guest. 110 之后的下一位，Guest. 120。这是一位现役的年轻军人，军衔并不算高，但以他出色的战斗天赋和其家族在军方的威望，缪金毫不怀疑再过个三年五载，自己恐怕连直接与对方建立通信的资格都没有了。

“你好，”联络接通，投屏上出现一张棱角分明的脸，从被汗水浸透的战斗服领口来看，应该刚刚结束训练，“还挺早。”

缪金明白他的意思，还没到约定时间，自己这样属于提前打扰。不过其实也没提前太久，所以缪金打算礼貌性地解释两句。

不料对面根本不在意：“开始吧，你们想知道什么，我会尽力配合提供信息。”说完，Guest. 120 从旁边拿过毛巾，随意地擦着满是汗的脑袋，就像联络屏那边不是初次见面的调查员，而是生活中的熟人或者朋友。

直接，真实。

短短几秒，缪金就感觉到了 Guest. 120 身上强烈的个人特质。作为其他都不关心只想获得真相的调查员，他最喜欢和这种受访对象打交道，因为简单高效。

“那我也就不废话了，”缪金言简意赅，直奔重点，“第 3 试炼区的事故想必您也有所听闻，而引起这场事故的闯关者中有一位曾和您在 7/10 交过手，我想听听您对他的评价，以便我们能从更全面的角度去了解这些闯关者。”

Guest. 120 扯下毛巾，一脸早有所料：“我就猜到最后捣乱一定有他的份。”

缪金：“他？”

Guest. 120：“就是跟我一对一那个小骗子，你今天找我不就是为了了解他的情况吗？”

是为了调查闯关者的情况，但缪金自从接手这个调查项目以来，接触的所有调查对象，试炼区那边的人也好，今天联络的这些客人也好，对于那些闯关者的称呼不是“虫子”就是“那帮家伙”，还没有一个人像 Guest. 120 这样上来就用了“他”。这不像在称呼某种低等生物，更像在谈论一个平等的对手。而且，缪金怀疑此对手可能还很让这位 Guest. 120 意犹未尽。

“小……骗子？”

“他那种通关方法，放在全宇宙哪个星球都够得上诈骗了吧？”尽管已隔多时，Guest. 120 还是难以释怀，这里面不全是对欺骗的控诉，更多的是对自己竟然真就那样上当了的郁闷和懊恼。

缪金很想对 Guest. 120 表达关心和慰问，但是：“主控室自爆，鸮系统内的所有影像资料都被毁，我们只修复回来极少数的片段，”他想这对于 Guest. 120 来说应该是个好消息，“没有关于您的对战情况。”

Guest. 120 有些意外，剑眉微皱：“这么严重？”他指的自然不是影像资料问题，而是试炼区的事故。

客人的反应也让缪金微微讶异。很明显，Guest. 120 知道闯关者在试炼区搞了破坏，但对具体情况和后面造成的严重事故并不清楚。然而 Guest. 120 是军方的人，以他的信息渠道，如果想打听事故内情，可比自己这个被各部门防备的调查员还要更容易。

“最近都在训练，没太关注别的。”看出调查员的疑惑，Guest. 120 笑一下，解释道。他本来是个棱角分明的冷峻脸，但这一笑莫名透出一点儿憨厚来。

可能是这笑容的魔力气质，缪金毫不怀疑就相信了对方的解释，以及对战被骗的事实。他言归正传：“能具体谈谈那个闯关者吗？”

“一个小孩儿，”Guest. 120 拿手在自己身前比了比，“身高也就到我这里，长得特别可爱，第一眼我还以为是小姑娘呢，能力的话，低阶应该是‘毒蛋糕’，高阶好像就不需要媒介传递了，直接肢体接触就可以让人难受，反正防不胜防。”

小孩儿？毒蛋糕？这搭配怎么这么熟悉……缪金不着痕迹地瞥向旁边投屏上的实时工作记录。

【第一组调查信息汇总】

霍栩相关：无。

闯关者相关：……一个会用蛋糕下毒的小不点儿拔掉了 Guest. 001 两颗牙。

“你们对战的过程能详细讲讲吗？”缪金发誓，他这是为工作，绝对没掺杂任何个人好奇，嗯，绝对没有。

Guest. 120 的神情有一瞬的僵硬，虽然同意受访就表示他已经做好了直面那场惨败的心理准备，但此刻真被问到仍是意难平，不过这份不甘和懊恼更多的是针对自己：“其实过程很简单，他装柔弱，我太轻敌，最后就被彻彻底底坑了一把。”Guest. 120 亲手揭开辛酸回忆，“局势一开始就一面倒，我打，他逃，到最后整个战场都几乎被我打成废墟，他埋在废墟底下喊救命……”

“您就心软了？”缪金很注意表情管理了，可看向 Guest. 120 的眼神还是没忍住流露出某种“你是不是傻”的意味。

Guest. 120 脸上有点儿挂不住，语气变粗：“你是不知道他哭得多可怜，喊救命喊得多卖力。”

缪金：“他都被埋废墟底下了，您还能看见他哭得可怜？”

“哭是埋废墟之前的事，那眼圈说红就红，眼泪说来就来，他眼睛还大，然后还不想掉眼泪，就在那儿瞪着大眼睛强忍，一眨都不敢眨地看着你，”说着说着好像又看见小孩儿那可怜样了似的，Guest. 120 赶忙缓口气，对调查员说，“换你你也心软。”

缪金实在无法感同身受，而且他相信把其他所有客人都找过来，挨个问，也不会有谁觉得一个哭着的地球生物楚楚可怜。但 Guest. 120 的话听得出都是真情实感的。所以缪金只能总结出两条：一、那个小小的地球生物，应该是长在了这位青年军人的审美上；二、就 Guest. 120 这个说好听点儿是正直说白了就是不太聪明的样子，想延续他家族的光辉传统成为一名杰出的战术指挥官，道路还很漫长。

“他是趁着骗您拉他出废墟之际，通过接触对您使用了文具树攻击？”缪金记得 Guest. 120 说过对方的高阶文具树就不需要通过媒介再起效了。

“先是肢体接触让我产生类似中暑的状态，最后一击还是用蛋糕结束的战斗，”Guest. 120 记忆犹新，“蓝色奶油小蛋糕。”

缪金点头：“那我是不是可以这样总结，这个闯关者从一开始就制定了装可怜的战术，先用逃跑和哭来进行铺垫，让您形成他很弱的既定印象，最后在您彻底放松戒备时完成制胜攻击。”

“是的。”过程都无保留了，总结也没什么不好承认的。

缪金沉吟片刻，说："那在我看来，对方能通关，依靠的只是小聪明，也很幸运遇上的是您这种喜欢直接对战而不习惯怀疑的对手，否则他这种小伎俩很可能一开始就失败了。"

"也许吧。"Guest. 120 不怎么考虑这种假设性的问题，"但在我看来，他选择了一个赢面最大的战术，至少对我，这招是有效的。"

缪金听出了弦外之意："您是觉得，如果他进入战场遇见的是其他客人，可能就会改用别的战术？"

"很有可能。"Guest. 120 实在很难忘掉那双楚楚可怜又诡计多端的大眼睛，"不过 7/10 的规则是闯关者有权主动挑选自己的对手，所以我想他一定是在众多照片中挑了一个他觉得最有把握对付的，甚至很可能选中我的时候就已经有了后面那些狡猾的战术盘算。"

缪金哑然失笑："他又不认识您，难道单看照片就知道您是什么样的人，还提前想好了战术？"

"他是不认识我，但你说实话……"Guest. 120 定定地看向缪金，满眼认真，"我这张脸，是不是看起来就很好骗？"

缪金："……"这么谦逊正直还对自己有极度清醒认知的世家子弟，K 星一共也找不出来几个了。

Guest. 120 的坦诚让交谈气氛越来越自在，不像调查受访，更像朋友聊天，缪金也就放下了公事公办的态度，想到什么问什么："对战过程中，你有听到那个小孩儿提过一个叫霍栩的闯关者吗？"

调查员没注意到自己的称呼从"您"变成了"你"，但在 Guest. 120 听来，比之前顺耳多了："没有。他怎么了？"

"试炼区上交的事故报告里，他是搞破坏的主力。"缪金实话实说，除了霍栩的身份不能讲。

Guest. 120 点头："明白了，不过帮不上你，抱歉。"

正常流程到这里就该结束通信了，可不知道是 Guest. 120 太好说话，还是他对闯关者那罕见的高度评价，缪金问了一个其实没必要也不合规矩的问题："你相信鸮系统是被那帮闯关者凭实力破坏的吗？"

Guest. 120 想了一会儿："我相信，"他看缪金，"但你好像不太信。"

缪金："因为这代表他们连过 5/10、6/10、7/10、8/10 四关，又在 9/10 拖住客人和应急进入关卡的顾问团，最后不仅成功救出回收室里的闯关者，还毁了主控室，带着所有人一起逃离试炼区，返回地球。"

Guest. 120 不是个喜欢八卦的人，虽然第 3 试炼区的事在军方这边传得沸沸扬扬，但他还是第一次知道这么翔实的细节："听起来确实很有难度。"

缪金："那现在你还信吗？"

这一次 Guest. 120 思考了很长时间，等到再次开口，却不是回答而是反问："你知道我为什么会去第 3 试炼区吗？"

缪金茫然摇头。

Guest. 120 静静道："因为我父亲说那里有最优秀的对手。"

缪金震惊，他还是第一次听见 K 星人用"优秀"去形容那些虫子。是的，尽管按照工作守则，他不可以对任何与调查有关的对象使用歧视性或者带有个人情感偏好的称呼，哪怕那些地球生物仅仅是他们用来试炼的道具，可在心底，缪金和大部分 K 星人一样，都将那些低等文明视为虫子，地球人不过是众多虫子中平平无奇的一只。

"我第一次听见的时候，表情就和你现在一样，" Guest. 120 乐出声，"所以我才好奇，才想去第 3 区看看，到底什么样的对手可以得到我父亲如此高的评价。"

"从结果上看，他们的确展现了超出我们预期的破坏力，"缪金还是承认这一点的，毕竟试炼区被毁的事实客观存在，"但我认为这其中最关键的因素是我们给的文具树。""我们给的"四个字被刻意强调。

Guest. 120 同意一半："文具树只是武器，但如何操作武器，最大限度提升自身战斗力，在逆境甚至是绝境中翻盘，就是个人能力了。"

"可如果没有文具树，他们就什么都不是，再有个人能力也白费。"缪金说，"就像和你对战的那家伙，如果他没有毒蛋糕，没有一接触就能发动的攻击效果，你就是把他从废墟里拖出来十次，他也没机会翻盘。"

"但你别忘了，我们的能力在最初的时候也并非天生，" Guest. 120 的声音沉下来，眼底一片冷静，"因为 K 星的生存环境变得恶劣严酷，我们才得以进化。如果有一天，地球也像 K 星这样，我想地球人也会有同样的进化，获得类似的能力。"换言之，没有谁比谁更高等，不过是 K 星人先遇见了进化的契机。

缪金从来没以这个角度考虑过这些问题，一时发怔。他不觉得自己被 Guest. 120 说服了，明明那些就是歪理，可他又不由自主循着对方的话往更深处思考。

Guest. 120 仅仅是聊到这里了，就顺便说一下自己的看法，并没打算教育甚至改变谁，见缪金一脸自我挣扎的艰难，果断结束这场事先毫无准备的思想认知交锋，问了个自己真正关心的事儿："你刚才说那些闯关者都回地球了？"

缪金顿了下，才回过神："对，他们利用能量释放制造了多个超空间跳跃点。"

显而易见的失望从 Guest. 120 脸上划过。

缪金疑惑，他怎么感觉还嗅到了一丝……舍不得？

“关于这次对战失败，回来之后我认真总结了经验，表面看是我太过轻敌，盲目自信，但其实内在原因是我本身的性格弱点，我太容易相信别人了，缺乏警惕和怀疑意识，当认清这一点后，我这段时间都在进行有针对性的训练。”Guest. 120 侃侃而谈，信心满满，可随后又重重一叹，“原本想着再去找那个小鬼报仇，现在没机会了。”他就算能追杀到地球，能用一些应急手段抵御地球空气从而短暂停留，还能对着一个失去了文具树的小家伙下手吗？没意义不说，也没战斗道德啊。

“你真的想找他？”联络屏另一端突然传来缪金的声音。

Guest. 120 愣愣看他：“什么意思？”

缪金沉吟片刻：“其实不是所有闯关者都成功回了地球，和你交战那个，很可能还滞留在试炼区。”

Guest. 120 眼睛一亮：“真的？！”

缪金：“假的。”

Guest. 120：“……”

缪金：“……”

Guest. 120：“谢谢。”

缪金：“不客气。”

深切认识到自己的警惕和怀疑意识训练仍任重道远的青年军人怀着复杂的心情，结束联络。

为其清醒亲手泼了一盆冷水的调查员关掉联络屏，深藏功与名。

和 Guest. 120 的通信时间比预期长了不少，聊完没两分钟，就到了和 Guest. 137 荷鲁斯的约定时间。早些时候的提前联络未果，缪金这次耐心等到约定时间，不料时间刚到，荷鲁斯先发通信邀请过来了。

“刚刚有点儿事情。”荷鲁斯显然看见了先前缪金发来的两次联络，通信一建立就先解释了原因。因为本身是试炼区工作人员，所以对于独立调查组，荷鲁斯的态度很客气。

你敬我，我也敬你，缪金歉意道：“是我联络早了，没打扰你工作吧？”

“没事，”荷鲁斯大咧咧一笑，“我这边忙完了，随时可以开始。”

“好的。”缪金开门见山，“霍栩，就是在 7/10 里和你一对一交手的闯关者，我想听听你对他的评价。”

今天的调查到荷鲁斯这里，才真正是缪金想要的第一手信息。问完，他便认真等待对面的回答。

荷鲁斯却自嘲地笑了，眼底隐隐闪过一丝愤恨：“还有什么可说的，一个掌握着鸮系统最高权限的家伙，装虫子跟我一对一，耍得我团团转，真会玩儿。”

缪金不着痕迹地挑了下眉。荷鲁斯负责整个第 3 试炼区和上面的联络工作，试炼区提交上来的事故报告，第一个过目的就是荷鲁斯，然后才经他的手送达上面，所以他知道霍栩的身份并不稀奇。但据缪金了解，荷鲁斯虽然归属试炼区，可立场上一直是跟着上面走的，现在上面怀疑第 3 试炼区有伪造霍栩身份来减轻自身责任的嫌疑，荷鲁斯却仅凭运营部提交的报告而没有任何其他资料留存就轻易相信了报告中对霍栩身份的陈述，且言语之间深信不疑，这就值得探究了。

“9/10 发生事故时你并不在场，也没有亲眼看见霍栩使用最高权限。”缪金直言不讳，神情渐渐严肃。此刻的他不再是哄着客人配合调查的亲切询问者，而更像他本来的身份——独立调查组组长。

荷鲁斯敏锐感觉到了气氛变化，轻咳一声，收敛起随意的态度：“我是没看见他在 9/10 做了什么，但 7/10 一对一的时候，我用能力消除了他的文具树，可他的攻击力量丝毫不减，而且远远高于那些虫子的平均水平……起初我以为他在许愿屋强化了力量，可后来我发现他的速度也极快，不是比那些虫子快，是比很多我们的人都快！”他越说越激动，曾挨过霍栩拳头和飞踹的身体部位明明早就痊愈了，却像记忆回笼似的又开始隐隐作痛，“你知道那场一对一我最后是怎么输的吗？没反转，没逆袭，没什么精巧诡计，赤手空拳实打实的较量，我竟然就那样被他一脚一脚踹出战场踹进海里了。”一股脑儿把自己伤疤揭开的 Guest. 137 兼第 3 试炼区工作者深深吸口气，仰望天花板，在时间的流逝里慢慢平复情绪。

缪金静静听完，整个过程里没放过对方任何一个细微的表情。不管荷鲁斯的心向着哪边，眼下他毕竟还是试炼区的人，那么就存在和试炼区串供的动机，利用他和霍栩交过手的特殊身份，侧面把霍栩的身份坐实。

但缪金从头到尾观察下来，没在荷鲁斯身上发现一点点撒谎或者伪装的痕迹。对方的一切不甘、愤恨甚至回忆起那场战斗时的激动，都是那样真情实感，听得缪金都仿佛看见了荷鲁斯被一脚脚踹出战场踹下海里的惨烈情景，不由自主就生出同情，差一点儿开口劝：别难过，你虽然下海了，别的战场还有徒手拔牙、铁柜爆炸、戏精娃娃呢，你不孤单，一点儿都不。

之后缪金又问了荷鲁斯一些问题，结束通信时，他已经彻底相信了荷鲁斯，或者说，相信了霍栩作为鸮系统设计者之子的身份。

其实在刚拿到试炼区报告时，他对霍栩的身份就已经信了五六分，因为如果霍栩只是个普通闯关者，哪怕他只是个普通的K星人，那么整个事故中有一个点就始终无法解释——为什么他们可以侵入鹗系统设置超空间跳跃点的路径，把所有闯关者带回地球？只不过作为独立调查员，他必须在调查开始前，摒弃掉一切先入为主的观念。

现在，他可以踏踏实实地在事故调查报告上把霍栩的身份列明了。

这份独立调查报告递交上去，缪金相信会在上层引起不小的震动。一个K星人和地球人结合的后代在K星的眼皮子底下藏匿了这么多年，最后搞了一个这样影响恶劣的事故，竟还能带着关卡里的所有地球人全身而退，这对于上层甚至对于整个K星都是奇耻大辱。追捕几乎是可以预见的，这样的罪犯上面不可能容忍他逍遥法外。

缪金关掉随手记录的工作屏，调出真正用来提交报告的投屏，准备开始正式撰写调查报告，也可以说是霍栩的定罪书、逮捕令。无论这人躲到哪里，地球也好，K星也好，只要他还在这个宇宙中，就逃不掉。

刚用意念录入报告的第一行，工作界面就被突如其来的紧急联络申请打断。一张年轻的脸完整霸屏，英俊是真的，飞扬跋扈也是真的。

缪金心里一慌，简直想拍自己的脑袋，他竟然忘了还有这位小少爷！

4

Guest. 999，全K星最有权势的几个小少爷之一，论家族，他们家族地位可以排在K星前五，论任性，他排第二，没有其他少爷敢排第一。和他一比，家族有着赫赫军功的Guest. 120也不过就是一个小兵。

这样的人物缪金平时根本接触不到，更别说让对方配合调查，事实上就算可以接触上，缪金也绝对会有多远躲多远——太麻烦，稍不留神就容易惹祸上身。结果这位不知怎么心血来潮就去第3区玩了一把的小少爷听说他这边开启独立调查，竟然主动联络说愿意配合。任凭调查组苦口婆心连说“不必麻烦您”，也没能挡住小少爷的热情。这哪儿是“愿意配合”，分明是“强往上扑”。

“怎么这么慢？”果然，联络一接通，小少爷就不耐烦地抱怨。

“有几位受访对象的联络时间比预计长了些。”缪金哪敢说自己把他忘了，只得委屈前面的客人们了。

Guest. 999微微抬眉，半信半不信，但也没纠缠，直截了当道：“事故发生的时候我就在9/10，你想调查什么，问我就对了。”

主动找上门让人调查这种事，也就一天闲得发慌到处找乐子的小少爷会干了。

“感谢您愿意提供帮助。”缪金脸上一本正经，心里想的却是赶紧把这位应付过去，“那您能回忆一下那天的情况吗？”

“你这也问得太敷衍了。”Guest. 999 倒不乐意了，“那天的情况？什么情况？具体哪方面？你得细致一点儿，问这么笼统我怎么回答？”

“……是我疏忽了。”深吸一口气，再吸，缪金绽开亲切微笑，“请问那天您都和哪几个闯关者交过手，他们之中有没有让您留下深刻印象的？”

Guest. 999 总算认真在记忆里翻找起来了，可是想了一会儿后，却轻轻摇了摇头：“我是和几个家伙打过照面，但没什么特别的。”

本来没怎么认真的缪金，闻言一愣。不对啊，试炼区的报告里对别的关卡没谈，对 9/10 可是重点阐述的，那帮家伙怎么兵分两路，怎么用霍栩牵制 Guest. 999，怎么最后会合留几人看守 Guest. 999，剩下的跑去主控室……报告里写得一清二楚。霍栩凭一己之力和 Guest. 999 僵持了那么长时间，Guest. 999 现在和他说没什么印象？

短暂沉吟，缪金略微正色起来：“是这样，根据我们收到的事故报告，您当时在 9/10 的角斗场曾和其中一个叫霍栩的闯关者对战很长时间，其他闯关者正是利用这段时间攻破了回收室，后又到角斗场和霍栩会合，这才有了后面更严重的事故。”

Guest. 999 不满地抬起一边眉毛，语气张扬：“你的意思是，我间接造成了这场事故？”

废话。

“当然不是。”工作不易，缪金娴熟地撑起演技，“谁都不可能料到他们会有那么大的胆子，敢在试炼区搞破坏，您当时按照关卡规则站在了相应的位置，也遵守了关卡流程，此次事故您没有任何责任。”

不知是不是被缪金的识时务取悦了，小少爷总算收起玩世不恭，稍稍有了些许认真。

“和我对战那个虫子，叫霍栩是吧……”Guest. 999 想了想，似在回忆，“身体素质还行，战斗技巧也有一点儿，文具树应该是水系，后面觉醒了高阶，可以大面积冰冻……”

虫子？文具树？缪金注意到 Guest. 999 的用词，听起来像是仍然不清楚霍栩的身份。不应该啊，像这样的小少爷，就他不想知道，也绝不缺谄媚的好事者主动把消息递过去。

“但也就仅此而已，”自顾自回忆完的 Guest. 999 耸耸肩，看回缪金，诚心发问，“你觉得一只虫子真能凭自己的本事和我缠斗那么长时间？”

缪金连忙收回思绪，飞快琢磨了一下 Guest. 999 的话，神情渐渐讶异：“意思是……您故意放水的？”

“当然。”Guest. 999 仿佛一提起这个就来气，“我好不容易找个机会出来玩儿，结果那时候就那家伙一个人进角斗场，我以为整个 9/10 就这么一个闯关者，当然得慢慢享受，要是一下就弄死了，还有什么意思。”

合理。缪金下意识跟着点头，这完全符合此少爷的顽劣性格。

可如果是这样，有一点就说不通了。霍栩的战斗力是被 Guest. 002 和 Guest. 137 认可过的，尤其是 Guest. 137，也就是荷鲁斯，言之凿凿霍栩在被消除文具树后依然拥有远远高于地球人的力量和速度，他的证词也成为缪金认定霍栩身份最重要的依据。可是现在……

“喂，” Guest. 999 忽然拉近联络投屏，一张年轻帅气的脸都要怼上来了，他眯起眼问调查员，“你好像特别在意这个叫霍栩的？”

“没有。”缪金本能否认，以免给受访者错误的引导，“因为他是唯一和您正面交过手的闯关者，所以……”

“少来，” Guest. 999 哼一声，“后面还有好几只虫子联手给我又是琉璃罩又是定规矩又是骷髅骨又是毒蛋糕的，怎么没见你问？”

缪金：“……”小少爷也是吃了不少苦啊。

“算了，你不想说就不说，” Guest. 999 无所谓，“反正问别人一样。”

这话一点儿没掺水分，缪金很清楚，只要 Guest. 999 想，获得这些资料易如反掌，而且一定比自己这个调查组组长手里的资料还详尽。

“霍栩可能有一半的 K 星血统。”既然瞒不过，缪金索性实话实说，也省得得罪人。

“一半 K 星血统？” Guest. 999 重重皱眉，毫不掩饰地嫌弃，“你确定？”

这是非常自然的反应，任何一个 K 星人都不可能接受被视为虫子的地球人身上竟然还有一半 K 星血这种事，由此缪金也彻底相信，Guest. 999 是真的对霍栩的身份不知情，估计是小少爷日常娱乐项目太多，还没八卦到此等小事上。

“不止如此，他的父亲还很可能是鸮系统的设计者。”缪金继续说。

Guest. 999 默而不语，表情从嫌弃变成了浓浓的怀疑，良久，正色开口：“我觉得这个事情，你们调查组最好还是慎重一点儿，有确凿的证据之后再下结论。”

小少爷突然严肃，弄得缪金也紧张起来：“您认为不可能？”

“那倒不是，毕竟我手上也没有决定性的证据。但你要问我，” Guest. 999 缓缓摇头，“我不觉得霍栩和其他虫子有什么不一样，我更没感觉到他有任何一点儿像 K 星人。”

“可是其他同霍栩交过手的客人都表示霍栩的身体素质十分强悍，甚至在被消除文具树的情况下，攻击力量和速度仍然远高于……”缪金说着说着就顿住了，因为他突然想到，Guest. 999 和 Guest. 002、Guest. 137 不一样，这位少爷是罕见的基础身体素质全觉醒的人，其体力、耐力、速度、力量、敏捷、防御等各项身体指标在 K 星人里都是顶级的，这样的人面对一个只有一半 K 星血统甚至可能连这一半血统都存疑的地球生物，丝毫不觉得对方强悍，是完全正常的。

“不是和我比。”Guest. 999 毫无预警地出声。

缪金困惑抬头：“什么？”

“我知道你在想什么，”Guest. 999 难得耐心解释，“我是说，我没有把那家伙和我比，我是把他和其他虫子横向比较，他的身体素质的确是稍稍强了一点儿，但远没到 K 星人的平均水平。”

缪金有点儿乱。荷鲁斯、Guest. 999 都和霍栩正面对战过，却给了截然不同的信息。

“第 3 试炼区的事故……好吧，”Guest. 999 不太情愿地叹口气，“我想我的确是有点儿责任的。”

缪金错愕。小少爷突然要做人了这是什么情况？

Guest. 999：“但那帮虫子能一路过关闯到主控室，责任也不全在我吧？”

……也就顶多做人一秒。

但这样的 Guest. 999 反而让缪金自在许多：“当然。他们的主要战斗力从 4/10 就开始形成了，一些骨干力量更是在 1/10、2/10 就结识了，从 1/10 到 9/10，再到回收室、主控室，包括运营部的应急处置，但凡一个环节阻止了他们，都不会造成这样严重的后果，所以您完全不必自责。”

Guest. 999 满意点头，随后继续道：“K 星血统，还是来自鸮的设计者，我不知道这么异想天开的说法是谁给你们调查组的，就像你刚才讲的，在这场事故里有责任的人太多了，所以我只能说，每个责任人或者责任方都会有意或无意地去撇清自身的责任，对待这些渠道得来的信息，你们调查组最好保持足够的清醒。”

缪金抿紧嘴唇，陷入沉思。Guest. 999 的话里话外都在暗示……不，几乎算明示了，那就是他觉得霍栩的身份根本是无稽之谈。这和试炼区给的报告以及荷鲁斯的证词都截然相反。只有两种可能：一、试炼区以及在试炼区工作的荷鲁斯都说谎了，为了撇清试炼区在事故中的责任；二、Guest. 999 说谎了，出于某种不明目的。

缪金微微偏过头，像在思索，余光却暗中扫向联络屏里的 Guest. 999，想从对方的神情里捕捉到一些说谎的蛛丝马迹。

但 Guest. 999 又恢复了那个少爷派头，给完建议还不忘为自己修后路，以免被打脸：“当然，如果你们已经掌握了确凿的证据，那就算我多疑了。”

很自然。Guest. 999 的神色没任何异样，一切行为逻辑也符合小少爷的自视甚高——反正闲着也闲着，那就为你们这些愚蠢的调查员指点指点。

最后，也是最重要的，Guest. 999 没理由说谎啊，他图什么？损人不利己地坑第 3 试炼区运营部？还是想让一个早不知道逃到哪里去的霍栩感恩戴德？说不通嘛。

相反，试炼区和荷鲁斯说谎就很合理了，编造一个不存在的“鸮系统之子”，把事故的主要责任归结为“不可预料的意外”。

至于 Guest. 002，他只说霍栩身体素质强悍，但在那个使用狼影的援军赶来之前，Guest. 002 依旧凭借一己之力将霍栩逼到绝境。如果霍栩有 K 星血统，那么这里可以解释为霍栩的能力还没有高阶觉醒。但如果霍栩没有 K 星血统，这里的情况就更顺理成章了——他就是一个身体素质稍微好一点儿的地球人，打不过 Guest. 002 简直太正常了。所以 Guest. 002 提供的信息怎么解释都说得通，甚至后一种更合理。

等半天都不见调查员再开口，Guest. 999 耐心耗尽：“还有想问的没，我可是很忙的。”

缪金连忙感谢：“没有了，非常谢谢您愿意牺牲宝贵时间来帮助我们。”

“你们调查组多用点儿心吧。”联络切断前，Guest. 999 留下这语重心长的最后一句。

缪金：“……”这感觉就像被老领导拍了拍肩。

联络屏消失，空气一瞬间安静，半空中只剩撰写报告的工作屏还在无声运行。

缪金将前面已经写了一大段的关于霍栩身份的内容完全删除，而后凝望着投屏思考了很久，很久。最终，他只慎重地录入了一行——霍栩身份存疑，待查。

5

同一时间，某两位已经从第 3 试炼区离职的前前守关人以及前顾问正在租来的能量空间里忙碌工作。布满整个空间的巨大工作屏里，海量的星际坐标在滚动，在检索，在更新。

随着又一系列坐标投入检索，得摩斯总算获得一刻喘息，转过头来问身旁的前同事、现创业伙伴：“你说那家伙为什么不直接调动军方的坐标检索系统呢，那样不是更快？”

提尔仍目不转睛盯着工作屏：“就是不想让别人知道才私下找。”

得摩斯：“那为什么雇我俩呢？”

提尔：“这个原因你最好别问。”

从试炼区离职的两位守关人为了今后的生计，开始组团承接私人业务，包括但不限于找人、找物、顾问、保镖、事件调查、暴力打架、颜值撑场、绿色伴游等等一系列事务，只要不违法，即便是在 K 星法律边缘疯狂试探的，他们都来者不拒。毕竟事业才起步，胆大敢闯才能打开局面。

不料接到的第一单就是个高强度但同时也高回报的活，找人——基本佣金绝对优渥，额外奖金上不封顶，需要的设备只要开口全提供，发生的费用不管多少全报销。

有钱了不起啊？

对，还真了不起。

又一组坐标检索失败。得摩斯忽然有点儿怀念昔日在试炼区的闲暇时光。提尔离职是深思熟虑后的决定，这家伙一直就这样。可是自己为什么也脑袋一热跟着他一起离职了呢？得摩斯努力回忆也想不起原因了，最后只能一声叹息，冲动，太冲动。

他打起精神，继续录入新的坐标尝试，同时在脑内畅想事业辉煌、身价暴涨的美好未来。这是他目前唯一的心灵支柱了。

等等！某些曾经守关的记忆如潮水般袭来，得摩斯忽然后知后觉——两个朋友关系的男人合伙创业，一不留神就牵扯了私人感情，一不留神就没处理好，一不留神就闹掰，绝症，失忆……这是个高危的职业规划啊！

这边得摩斯刚意识到自己走上了一条多么凶险的路，那边雇主的紧急联络屏就弹了出来。提尔第一时间接通联络。

“怎么样了？”

不久前才出现在缪金联络屏里的 Guest. 999 此刻出现在了提尔的联络屏里，连衣服和背景都没换，显然是刚结束就主动联络了这边。但是和对待缪金的散漫与玩笑截然不同，这会儿的 Guest. 999 脸上没有什么表情，平常的语气里有一点儿淡淡的冷，是与生俱来的上位感。

“根据你提供的资料，我们修复了主控室自毁前留下的超空间跳跃点路径记录，”提尔简洁扼要，“不全是通往地球的，其中三分之一的超空间跳跃点目的地被设成了 K 星。”

“三分之一？”Guest. 999 眉心微蹙，“不对。如果这样，进入这三分之一跳跃点的人都会到达 K 星，K 星不可能没有察觉。”

提尔点头：“所以我认为这是设计者在系统里事先就植入的小把戏，他创造了一部分虚拟路径，使得从数据上看，有三分之一跳跃点通往 K 星，但其实可能只有一个，甚至没有。”

Guest. 999：“但是你们并没有在地球上监测到他。”

“我们同样也没在 K 星监测到他。”得摩斯总算捞到一句说话机会。

“所以呢，”Guest. 999 极力压抑着想要暴躁的冲动，“你们是想告诉我，他既没去地球，也没在 K 星？”

“他也可能既在地球，又在 K 星。”提尔的声音依旧沉静，“毕竟远程监测是有误差的，而且谁也不知道他的父亲还给他留了什么礼物，也许就是可以随意在两个星球穿梭的方法，或者屏蔽现有设备的监测。”

Guest. 999 沉默了。他刚在调查组那边搅了半天浑水，但这样也拖不了太长时间，霍栩的身份迟早还是会被坐实，到时候官方一通缉，事情就复杂了。虽然还弄不清自己为什么就非要把那个小怪物找出来，但他很清楚，自己就是要找，即便日后官方下了追捕令，他也不会罢手，以他对自己的了解，把事情搞出大动静甚至最后撕破脸和官方抢人也是极有可能发生的。所以现在，他要尽可能把这个危险发展切断在萌芽状态。

Guest. 999："明天我给你们接通军方系统。"他就不信了，小怪物他爹还能敌得过军方地毯式扫描的设备和数据库？

提尔微微惊讶，雇主的执着远超他的预期。

得摩斯更是把想法直接写在脸上：霍栩也没在 9/10 把你怎么样啊，不就是最后觉醒冰封角斗场把你冻着了吗，至于这么穷追不舍，不依不饶？

但雇主要往东，他们也不好问为什么不向西。

"行。"提尔一口应下，同时操作投屏，"还有一些我觉得可疑、需要进一步分析的数据，这里没条件处理，我传给你。"

Guest. 999 点头。

这些天以来，他们一直就是这样，有些极端复杂的数据，要花费较长时间才能深入破解，Guest. 999 就都会让提尔打包交给自己，他来找人弄。但那些人并不知道自己处理的是什么数据，全 K 星知道他在找霍栩的只有提尔和得摩斯。

数据传输中，没人再说话，能量空间陷入安静。

得摩斯实在按捺不住求知欲，抬头望向联络屏里的 Guest. 999："能提个问题吗？"

Guest. 999 挑一下眉毛，算是允许。

这些天得摩斯已经习惯了对方欠揍的态度，现在完全心如止水："为什么是我们两个？"

Guest. 999："雇你们两个找人？"

得摩斯："对。虽然我们认识霍栩，但试炼区里见过他的人多了，就算没见过，以你提供的详尽资料也足够了。"

Guest. 999 摇头："雇人是不难，但我还需要被雇佣的人绝对保密。"

得摩斯没想过这一层，闻言终于懂了，还有点儿被认可的小得意："你这么说我就明白了。保密这种优秀品质确实不是每个人都有的，算你有眼光。"

Guest. 999："品质？你想多了，相信你们会保密是因为你们只能保密，也必须保密。"

得摩斯："……凭什么？"

Guest. 999 瞥向提尔："守 1/10 时就该发现霍栩没有文具树，但你没上报……"收回目光，他又重新看向得摩斯，"最后进入 9/10 回收室应急处置的时候，你们又疯狂放水，玩忽职守……”

得摩斯：“……”也没……太疯狂吧?

Guest.999：“事故一出你们就离职了，明面上是引咎辞职，实则是尽快切割以免被调查。所以我才找你们，因为有把柄的人才会绝对守口如瓶。”

得摩斯：“可是你找我们的时候又没说过这些，我们怎么知道被你抓住了把柄？”

Guest.999：“哦？我以为大家心照不宣。”

得摩斯：“……”

——“就是不想让别人知道才私下找。”

——“那为什么雇我俩呢？”

——“这个原因你最好别问。”

几分钟前的对话言犹在耳，得摩斯现在知道提尔为什么不让他问了。敢情就他一个人天真懵懂单纯无邪!

短促的提示音毫无预警地响起，像闪电划破沉闷的乌云。然后，所有人都听见了来自工作屏的播报——

“您要寻找的目标已锁定。”

番外三 霍栩

HUO XU

这个星球的白昼格外漫长，森林层叠的密叶也挡不住强烈光晕，它们寻着密叶间的细小缝隙刺下来，灼热如光剑。霍栩不记得自逃离主控室之后在这里穿行了多久，三天，五天，还是十天？他靠着森林里各种看起来能吃的果实充饥，肚子剧痛过，头晕昏迷过，某次一串紫色浆果甚至让他产生了高强度的兴奋感和幻觉，险些释放能力，幸而在最后一丝理智丧失前手动敲晕了自己……就这样挣扎着向前，竟也挨到了现在。

树木越来越稀疏，视野所及，森林来到尽头。风变得干燥滚烫，夹杂着沙粒扑面侵袭，呼吸都仿佛艰难起来。霍栩顿住，望向前方的目光有一瞬茫然——与森林相接的竟是一片沙漠！他忽然不知该往哪里走了。

眼下这滑稽情境如果让昔日伙伴看见，唐凛和南歌应该不会说什么，他俩总是温柔的；范佩阳铁定会表达“这是我见过的最愚蠢的决定”，顶多在收到唐凛的不赞同暗示时，从直接口述改成挑眉示意；郑落竹和丛越八成会奚落一番，等在伤口愉快地撒完盐，再良心未泯地拍拍他的肩膀，说“兄弟，坚持住，你行的”。

霍栩不知道自己还行不行。捣毁主控室后，他目送所有伙伴离去，在被反复问要不要随他们回地球时依然坚持留到最后，结果就是他既没去 K 星，也没去地球，眼睁睁看着超空间跳跃点关闭。

“抓紧时间，务必以最快速度完成全试炼区搜索。”

“该跑早跑了，现在搜索有什么用？”

“上面下的命令，万一真有漏网之鱼，事故调查就简单了。”

“十五分钟跳跃点，就是条蠕虫也爬回地球了，怎么可能还留在这里？”

“嘘，我听说有个特殊的家伙混进了那帮虫子里，好像不需要文具树就能释放能力，试炼区出事就是因为他。”

“不需要文具树？那不就和咱们一样了吗？”

“管他什么家伙，出事的第一时间这里就启动了能量监测，有发现一点儿异常吗？”

“如果他一直不使用能力，无能量波动的情况下监测器也没辙。”

“就怕咱们累死累活搜索到最后还是……”

“你们再给我废话一句——”

“是，队长，保证完成‘安全清扫’任务！”

主控室趁乱脱身时偷听到的话，让霍栩得以在逃离的第一时间制定了最正确的路线——尽快远离试炼区，不要使用自己的能力。

能听懂K星语言，还要感谢放置在耳内深处的微型翻译器，这是他从主控室里带出来的唯一的东西。当然也可能是父亲特意留给他的，毕竟只有米粒大小的工具却被装在十分醒目的礼物盒里，而主控室超空间跳跃点关闭的一刹那，光晕漩涡在半空划出一道无比可疑的心形弧线，落在礼物盒的藏身位置。

但是东躲西藏到现在，对着眼前看不到尽头的荒芜沙漠，霍栩第一次意识到自己可能真的无法逃离这颗星球了。

黑夜转瞬即逝，又一个白昼来临。森林与沙漠交接，湿热与干热的对撞像激烈海浪一遍遍冲刷着躺在地上的人。那身影已经躺在此处很久了，迎着天空最强烈的光晕一动不动，只有微弱起伏的胸膛证明他还活着。

广义来讲，这一整颗星球都是第3试炼区。但严格来说，圣战场和主控室为基地核心区，其余关卡为直管试炼区，除此之外的地界根本没人管，与这颗废星一起在昼夜晨昏的交替中荒凉着、死寂着。这些天来，一批又一批K星人抵达试炼区，又一批接一批离去。安全清扫，现场调查，事故善后……该做的都做得差不多了，真正有价值的线索却一无所获。

该说霍栩运气好，这次试炼区的事故太严重，关卡之外也被上面下令“安全清扫”，但毕竟区域太大，他又时刻记着不要释放能力，没留下任何能量痕迹，几次与清扫小队擦肩，仍惊险躲过。又或许该说他运气太坏，偏偏在体力耗尽奄奄一息时被“逮住”了。

荷鲁斯不敢相信自己的眼睛。他今天过来只是要给试炼区传达上面的意思：调查结束，试炼区暂时封存，后续可能就此拆除，也可能考虑到第3试炼区的历史意义改建成展览馆，总之等待上面决策安排就对了。可在私人飞行器低空掠过沙漠边缘的最后一刻，他竟然看见了那个家伙！

“还真是你。”荷鲁斯踢了踢死狗一样的家伙，难以抑制内心的狂喜。

霍栩艰难地睁开眼睛，适应了很长时间才渐渐看清那张居高临下的脸。迷惑了几秒后，他干涸沙哑的喉咙里终于逸出一个单音节：“呵。”

荷鲁斯知道对方想起自己了，一个代号 Guest. 137 的手下败将，一个即使在最狼狈时刻见到都可以轻蔑嘲笑的小丑，这种认知几乎让他愤怒失控，砰地一脚狠狠踢过去，地上的人飞起几米又重重落下，连剧痛的闷声都没力气发出。

“你不是很嚣张吗，”毫无还手之力的猎物取悦了荷鲁斯，他连声音都轻快起来，几步上前在霍栩身旁蹲下，抓着对方的头发强迫那张倔强的脸抬起，“再来揍我啊。哦，你不敢，因为一旦使用能力就会被监测系统发现。这你知道的是吧，不然也不可能安然无恙躲过这么多天……”

荷鲁斯自说自话，这并没有降低他的兴致，将昔日羞辱者攥紧在手心的感觉令他愉悦到神经兴奋：“K 星和地球的混血，拥有鸮系统最高权限，听说你是在关卡里长大的，可你现在居然听得懂我的 K 星语……然后呢，还有什么神秘身份，神秘到居然能在那么多证人证词前让调查报告关于你的部分只剩一行——霍栩身份存疑，待查。”最后两个字，荷鲁斯说得咬牙切齿，“待查？哈，我赌上名声和荣誉坦白的一切只换来一个待查。说话啊！”他抓着霍栩的脑袋重重磕向地面……极致的暴怒与兴奋像两道互不相融的浓重油彩，在他脸上诡异扭曲。

霍栩想取掉耳内的翻译器，因为对方聒噪得令人心烦。

水声汩汩。荷鲁斯蓦地停手，低头，只见沙漠里竟铺散开来一片水波，轻轻浅浅地荡漾到他的脚边：“你……”他不可置信地看向霍栩，虽然他本就打算在玩弄对方一番后，再向试炼区汇报自己“艰难”逮住这只狡猾的虫子，但怎么也没想到对方竟真的敢使用能力，主动暴露。难道是怕被自己折磨，想尽早脱离苦海？

思索只在一霎，荷鲁斯便感觉到凛冽寒意，同时也对上霍栩的视线。少年的头发仍被自己紧紧抓着，沾满沙砾的脸上混着血，唯独那双眼睛桀骜明亮，比沙漠白昼的强光还要刺目。荷鲁斯猛然惊醒，意识到自己的巨大疏忽，当下侧身闪躲并释放能力——

“唔！”冻结而成的尖锐冰锥由后刺穿男人的肩膀，又随着迟来的“消除”起效而消失，只留下一个贯穿的血洞。可劫后余生的恐惧比疼痛先一步席卷荷鲁斯，如果他没有侧身闪躲，或者闪得再晚半刻，被洞穿的就会是心脏。

霍栩从地上艰难爬起，仿佛感觉不到疼似的抹了把脸，又吐了两口吃进嘴里的沙子。

荷鲁斯捂着肩膀，一张脸渐渐狰狞：“你找死……”

他等不及试炼基地那边的人按照能量监测定位找过来了，他现在就想要这家伙的命！

失去理智的男人带着浑身血气直冲而来，速度与力量都爆发到极致，比当初在关卡里一对一时更凶猛。但霍栩没躲。因为也躲不开了，刚刚的能力释放耗尽了他最后一点儿力气，不止身体上的，连同这些天在精神上支撑他的一些东西也散得差不多了。

这很符合他的结局：既不属于K星，也不属于地球，生在这里的地下城，死于这里的沙漠森林，短暂的本就不该存在的一生。

——“小霍栩，你是我们最宝贝的宝贝……”

——“设置完超空间跳跃点后，你再最后考虑一次，一次就行……别留在这儿，和我们一起回家……”

——“霍霍霍霍……栩栩栩……”

不，他不想死在这里！

天空忽然撕开一个口子，紫色能量漩涡里冲出一团轰鸣飞驰而下，在荒漠里落地后漂亮甩尾，掀起沙尘暴。它的落点恰在荷鲁斯与霍栩之间，前者狼狈闪躲，中断攻击，后者被卷起的汹涌气流冲得踉跄不稳，跌坐地上，狂沙糊了一脸。

不速之客在风沙中显现。与荷鲁斯流线外形、圆润精巧的飞行器截然不同，刚刚降落的这一架乍看与飞行毫无关系，那毫不考虑速度与阻力的张扬外形、猛烈轰鸣的着陆器和两侧嚣张的飞行翼看不出在超空间跳跃中能起到什么作用，更像所有者随意改装的私人审美喜好，霸道任性。

舱门打开，跳下的身影甚至没给两人看清的机会，便一瞬闪到荷鲁斯面前，不由分说地抓住他的头发把还在呆愣中的荷鲁斯狠狠往地上掼。荷鲁斯连还手都做不到，在绝对碾压的速度与力量面前，没几下就被揍得失去了意识。

Guest. 999像丢垃圾一样扔开手里的男人，看向不远处坐在地上的霍栩，他没用K星语言，而是和在角斗场时一样使用闯关者听得懂的语言：“怎么没走？”语气好像他们很熟。

霍栩听着比面对Guest. 137更烦：“你想干什么？”

“这话好像应该我问你。”Guest. 999发誓，眼前的小怪物是自己从出生到现在遇见过的最会惹人生气的家伙。他几乎搜寻了全星系，最后锁定的可疑能量位置居然在试炼区！

Guest. 999等待跳跃点时想的是怎么把人掐死，但在飞行器里看见实时传输来的影像中满脸血的小怪物，他就只想弄死荷鲁斯了——尽管能锁定霍栩的位置，多半要归功于对方逼得小怪物释放能力。

“为什么不走？”Guest. 999又问了一遍。当初那么多个跳跃点，小怪物随便选一个就可以全身而退，为什么非要留在这里？

因为当时脑子太乱。那么多个跳跃点，地球、K星……随便哪个好像都可以选择，然而那一刻的霍栩只觉得纷乱茫然。不过这些跟眼前的家伙可说不着。他扯扯嘴角，嗤笑道："如果想报角斗场的仇，就趁现在，不然等抓我的人赶来，就没你的份儿了。"

远处已有嘈杂与警报声。从霍栩使用能力的那一刻起，他的坐标已然暴露。

"这里不适合聊天，" Guest.999 耸肩，返回他那架嚣张的飞行器，跳上舱门口，转身看向霍栩，"过来。"

霍栩没动，只吊着眼梢瞥 Guest.999，似乎还笑了笑，一如角斗场上看那个自我感觉莫名良好的傻子。

Guest.999 的声音冷下来，带着不容拒绝的强势："立刻过来，别让我说第三遍。"

他是没说。因为在霍栩终于忍不住骂了他一句傻子后，同样年轻的 K 星小少爷彻底破防，狼狈跳下来直接拎起虚弱的小怪物丢进了飞行器。

舱门关闭，飞行器冲入超空间跳跃点，赶在试炼区人员抵达之前倏然消失。

"去哪儿？"

"K 星。"

"就那么想让我给你当狗？"

"我刚从荷鲁斯手里救了你。"

"我该知恩图报？"

"那换种说法，现在你的命在我手里，你只能听我的。"

"你还是先祈祷 Guest.137 没看清你的脸吧。"

"荷鲁斯？" Guest.999 露出了坐回驾驶位后的第一个笑，透着自负、轻蔑，以及没来由的好心情，"你以为我怕他把我供出来？"

被迫坐在副驾驶位，或者说单方面被绑进座位的霍栩，转动全身上下唯一还能活动的脑袋，不明所以地看向 Guest.999。他的确对这家伙那种与生俱来的优越感与自信感到迷惑。

"这么说吧，他就是没看清我的脸才企图反抗，如果知道我是谁，借他几个胆子也不敢还手。"

霍栩这下还真好奇了："你是谁？"

Guest.999 看着小怪物那张惨兮兮却依旧倔强的脸，忽然改了主意："一个教养良好的有为青年，一个被你和一帮虫子以多欺少的无辜顾客，一个在死亡边缘拉住你的救赎者，一个可以让全 K 星撤销你通缉令的保护人。"

霍栩刚升起的一丝好奇转瞬湮灭："你废话还是那么多。"

"所以考虑得怎么样？"

“不怎么样。”

“你现在还有其他选择？”

“现在没有不代表永远没有，除非你弄死我。”

看来回到 K 星自己也别想消停。可 Guest. 999 一点儿不恼，听话就不是小怪物了，或者说这种不驯本身就是吸引他的地方，一个被打得再狼狈再惨也不会低头的小怪物，想想就有趣。他玩味般低吟：“霍栩……”

不舒服的感觉从后背往上爬，霍栩很不喜欢从这种家伙嘴里听见自己的名字，如果不是被绑着，他会考虑拿脚堵对方的嘴。

“我好像还没自我介绍过，”聒噪的驾驶员又说，“Guest. 999 听起来太蠢了。”

霍栩想说“蠢得跟你很相配”，但他最终闭上眼睛，懒得理。

“算了，自作多情的事我干不来，等你什么时候主动问了，我再告诉你名字。”

霍栩最终仍只知道他叫 Guest. 999。霍栩最终也没去 K 星。变故来的那一刻，霍栩甚至迟钝了许久才睁开眼睛，只看见结束紧急通信的 Guest. 999 那张恣意飞扬的脸上从未出现过的凝重与冷峻。但即使这样，他还能挤出一丝玩笑：“果然不能把话说得太满。”

霍栩没出声，目光充满探寻。直觉告诉他出事了，这种把人当虫子的家伙出事了该高兴的，可下一秒他听见对方问：“想去地球吗？”

霍栩怔住，但对方显然不需要他回答，手臂忽然一阵刺痛，一管不知哪儿来的针剂被猛推到底。

“你给我打了什么？”

“营养剂。不然以你现在这个虚弱样子，落在地球也活不成。”

“刚才怎么不给我打？”

“有我在你又死不了，帮你恢复能量干吗，助力逃跑？”Guest. 999 已经在驾驶位开始操作，很快，一团淡紫色能量在飞行舱中间形成，像把空间融出一个小小洞口，“飞行器能量有限，制造不了太大的跳跃点，但送你一个人够用了。”

直到被从副驾驶位上彻底解绑，霍栩才意识到对方来真的：“为什么？”

“你怎么也废话那么多？让你走就赶紧走。”

“……”

“要我扔你？”

霍栩不再犹豫，起身直奔跳跃点，却在最后一刻听见 Guest. 999 喊他。

霍栩回头：“改主意了？”

“等着，”Guest. 999 说，“我会去找你的。”

图书在版编目（CIP）数据

子夜十. 5 / 颜凉雨著. -- 北京 ： 中国致公出版社，
2022

ISBN 978-7-5145-1942-6

Ⅰ. ①子… Ⅱ. ①颜… Ⅲ. ①长篇小说－中国－当代
Ⅳ. ①I247.5

中国版本图书馆CIP数据核字(2022)第055376号

子夜十 .5 / 颜凉雨 著
ZIYE SHI

出　版	中国致公出版社
	（北京市朝阳区八里庄西里 100 号住邦 2000 大厦 1 号楼西区 21 层）
出　品	湖北知音动漫有限公司
	（武汉市东湖路 179 号）
发　行	中国致公出版社（010-66121708）
作品企划	知音动漫图书・漫客小说绘
绘画支持	LetterS 织亭 星子 Dream 星
责任编辑	徐 慧
责任校对	吕冬钰
装帧设计	杨小娟 周 沫
责任印制	翟锡麟
印　刷	武汉市新华印刷有限责任公司
版　次	2022 年 12 月第 1 版
印　次	2022 年 12 月第 1 次印刷
开　本	787mm×1092mm　1/16
印　张	21
字　数	420 千字
书　号	ISBN 978-7-5145-1942-6
定　价	49.80 元